조연 여배우

묘
보
설
림
—
19

둥구윈 지음
이기선 옮김

조연 여배우

女二

글항아리

차례

나는 이제 알아요. 그리고 이해해요. 우리의 일이란
무대 위에서 연기를 하든 글을 쓰든 마찬가지예요.
중요한 건 영광도, 명성도 아니죠.
내가 꿈꾸었던 그런 것들도 아니죠.
감내해야 한다는 거예요.

자신의 십자가를 짊어지고, 믿음을 가져야 해요.
난 믿음이 생긴 뒤로는 그렇게 고통스럽지 않아요.
내 사명을 생각하면 삶이 더 이상 두렵지 않죠.

—
체호프 『갈매기』(4막의 희곡) 중에서

01

소녀는 작고 매끈한 발을 언니의 운동화에 밀어넣었다. 너무 헐렁해서 제대로 신겨지지 않았다. 발바닥에 모래가 느껴졌지만 아무렇지 않았다. 문제는 발을 뗄 때마다 신발이 벗겨져서 질질 끌고 다녀야 한다는 것이었다.

그 기억 때문인지 성인이 된 이후에도 황청黃澄의 걸음걸이는 자연스럽지 않았다. 마음이 조금이라도 급해지면 신발이 자꾸 벗겨질 것 같았다. 그녀의 느린 듯 조심스러운 걸음은 자신을 억누르는 듯했다. 발에 맞지 않은 신발을 신었기 때문이었다.

모든 것은 언니 황첸黃茜으로부터 시작되었다.

황청이 태어나서 처음 본 건 언니의 얼굴이었다. 아닐지도 모르지만 그녀의 기억은 그랬다. 황첸은 종일 아기 침대 맡에서 동생과 놀아주었다. 자매는 열두 살 차이가 났다. 엄마는 유산 후 아이가 더 이상 생기지 않아 포기하고 있던 차에 황청이 생겼다고 했다.

그녀의 출생으로 가족사진에는 큰 변화가 생겼다. 어린 황청은 언니에게만 안겨서 아기를 안은 황첸과 엄마가 앞에 앉고 아빠 혼자 뒤에 서서 찍어야 했다. 엄마는 매년 가족사진을 찍었는데 네 식구가 한곳을 바라보고 찍은 사진은 한 장도 없었다. 엄마는 왼쪽, 아빠는 오른쪽, 황첸은 아래, 황청만 카메라를 응시하는 식이었다. 황청이 여섯 살이 되고부터는 가족사진에서 아빠가 사라졌다.

황청이 막 걸음마를 뗐을 땐 중심을 잡지 못하고 뒤뚱거리다 언니의 엉덩이에 부딪히기 일쑤였다. 황청은 빨리 유치원에 가고 싶었다. 처음 유치원에 가던 날 언니는 황청을 데려다주면서 더 큰 학교에서 기다리겠다고 말했다. 그래서 그녀는 처음 유치원에 간 날에도 울지 않았다. 태어나서 처음으로 혼자 있어야 하는 불안도 견딜 수 있게 해준 건 언니와 함께하고 싶다는 갈망이었다. 이 모든 걸 황청은 기억하고 있었다. 다만 떠오르지 않을 뿐이었다.

황청이 연기를 하겠다고 하자 언니는 뭐든 상관없으니 주변의 모든 사물을 탐구해야 한다고 했다. 또 멀리 떨어져서 자신을 보려고 노력해야 한다고도 했다. 그래서 반사판 앞에서 정신이 아득해질 만큼의 햇빛을 받고 서 있을 때 언니가 들려준 그 이야기가 머릿속을 파고들었다.

어느 날 남편이 아내에게 이야기를 들려주었어.

남편이 말했지. "지금부터 내가 하는 얘기 잘 들어봐." 아내는 식탁 위에 두 손을 가지런히 모으고 지난 30년간 그랬듯 남편의 이야기에 귀를 기울였어. 남편은 평소와 다름없이 평범하게 이야기를 시작했어. 그날 먹은 점심 메뉴를 말해주는 듯한 말투로 말이야. 그런데 잠시 후 아내의 머릿속에 갑자기 뭔가가 떠오르기 시작했어.

남편이 무슨 말을 쏟아내는 건지 아내는 도통 알 수가 없었어. 그런데 어느 순간 뭔가 보이는 것 같더니 어떤 소리가 들리고 역겨운 냄새까지 맡아지는 거야. 피부에 뾰루지 같은 게 나면서 자기도 모르게 손톱으로 식탁 모서리를 후벼 파기 시작했어.

이야기를 이어가던 남편이 갑자기 말을 멈추더니 불안한 듯 눈알을 굴렸어. 그는 떨고 있는 아내의 손 위에 자기 손을 포개어놓았어. 손을 잡아준 건 아니었어. 아내의 손에 그냥 올려놓은 것이었는데 더 정확히는 아내의 손을 힘으로 누르는 것이었지. 남편은 안아달라고 보채는 아이처럼 아내를 바라보며 물었어. "이런 감정 이해할 수 있겠어?"

아내는 탁자에 패인 자국을 봤어. 그녀가 손톱으로 후벼 판 것이었지. 남편의 이야기는 때로는 나지막이, 때로는 강한 목소리로 이어졌어. 잘 들리지 않아 다 알아들을 순 없었지만, 중년 남자의 실연 이야기라는 건 분명했어.

아내는 살며시 손을 빼서는 남편의 얼굴을 향해 휘둘렀어.

처음 이야기를 들었을 때 황청은 아내가 왜 남편을 때리려고 했는지 이해가 되지 않았다. 하지만 언니는 대답 대신 같은 이야기를 처음부터 끝까지 다시 해줬다. 토씨 하나 바꾸지 않고, 말투도 처음 그대로 다시 했다. 황청은 비로소 이해한 듯 고개를 끄덕였다. 언니가 말했다. "너만의 언어로 바꿔서 두 번이고 세 번이고 계속 이야기해 봐. 다음에 이어질 말을 생각할 필요가 없어질 때까지, 네 머릿속에 떠올린 남편과 아내 얼굴의 눈, 코, 입, 표정까지 모두 또렷해질 때까지 말이야."

그러곤 덧붙였다. "이건 꼭 기억해. 모든 이야기는 한 문장에서 시작돼. 모든 이야기는 한 문장으로 말할 수 있다고 하는 사람도 있어.

그런데", 언니는 일부러 잠시 뜸을 들였다. "이야기를 시작한 그 한 문장이 마지막 한 문장을 결정하는 거야."

황청은 고압적인 현장 분위기를 견디게 해줄 한 문장을 생각했다. 생애 첫 광고 촬영에서였다. 전날 열여덟 시간이나 촬영한 탓에 강한 자외선으로 정수리 두피가 벗겨졌고, 아침에 일어나보니 팔뚝도 벌겋게 달아올라 있었다. 누군가 TPP(타이완에서 가장 활성화된 익명 커뮤니티)에 올린 '오늘 국립도서관 앞에 있던 일본 배우 OO 닮은 여학생 누군지 아는 사람?'이라는 글이 아니었다면 황청은 지금쯤 언니와 집에서 뤼더우탕綠豆湯(녹두로 차게 만든 여름 보양식)이나 먹고 있었을 것이다.

그녀의 이름이 커뮤니티에 게시되자 인터뷰 요청이 들어왔다. 기자는 그녀가 수업을 듣고, 밥을 먹고, 책을 읽고, 캠퍼스를 거니는 장면을 찍었다. 그리고 그녀에게 '리틀 OO'라는 별칭을 붙여서 방송에 내보냈다. 황청의 사진 옆에는 이름도 크게 실렸다. 화면을 둘로 나누어 일본 여배우와 이목구비를 비교하는 사진도 함께 방송됐다.

"TV에서 봤어, 정말 축하해!" 인터뷰 이후 황청은 셀 수 없이 많은 전화를 받았다. 황청은 고맙다는 인사를 하면서도 어리둥절할 수밖에 없었다. 정작 자신은 그 배우와 조금도 닮지 않았다고 생각했기 때문이다. 카메라를 45도쯤 기울여 찍으면 조금 비슷해 보이기도 했는데 그건 긴 머리카락에 관자놀이가 살짝 덮여 있기 때문이었다. 굳이 따지자면 언니가 더 많이 닮았다. 게다가 그 사실은 언니 자신이 가장 먼저 발견했다.

언젠가 일본 드라마를 보던 언니는 TV 화면 앞으로 바짝 다가가더니 물었다. "저 여자 나랑 좀 닮은 것 같지 않아?" 하지만 언니는 기자에게 입도 뻥긋 못 하게 했다. 언니는 TV에 나오고 싶어하지 않았다.

몇 주 후 제작사로부터 연락이 왔다. 일본의 그 여배우가 광고 촬영하러 오는데 대역이 필요하다고 했다. 조명을 맞출 때 배우 대신 서 있는 대역이고 보수는 스물두 시간에 8000위안이었다. 커피숍 한 달 알바비였으므로 그녀는 망설임 없이 동의했다. 언니는 함께 가고 싶어했지만 황청은 그러고 싶지 않았다. 언니와 같이 있으면 모두 언니만 쳐다볼 것이기 때문이다. 언니가 자신보다 더 배우 같다는 사실이 알려질까 두려웠다.

촬영 첫날에는 내리쬐는 태양을 제외하고 모든 것이 새로웠다. 광고 한 장면을 위해 세 시간 동안 서른여덟 번이나 촬영해야 한다는 것도 놀라운 사실이었다. 그리고 둘째 날이 되었다. 그녀는 물을 다섯 병째 마시고 있었고, 햇볕을 가려줄 양산도 곧 거둘 참이었다. 촬영 시작이었다. 조명을 맞춘 조연출이 황청에게 손을 들어달라고 했다.

"때려보세요."

"네?"

여주인공이 남자 배우의 뺨을 때리는 걸 클로즈업해서 찍을 거예요. "손만 나올 거니까 대역을 쓰는 거예요."

"진짜 때리나요?"

"진짜 때리세요."

황청은 어안이 벙벙했다. 그녀는 이제껏 사람을 때려본 적이 없었다. 게다가 모두가 그녀만 쳐다보고 있어서 더 어색했다.

남자 배우가 자신은 괜찮으니 걱정 말고 때리라고 속삭였다.

그의 이마는 땀으로 범벅이 되어 있었다. 얼마나 목이 말랐던지 말할 때 입술 사이로 침이 흘렀다.

"찰싹."

황청은 살짝 겁에 질린 얼굴로 남자 배우를 쳐다봤다.

"다시 갑시다."

"찰싹." "찰싹."

"잘 맞춰서 때려봐요. 할퀴지 않게 손톱 조심하시고."

"찰싹." "찰싹."

"네 번 연속 쳐봐요!" 멀리서 감독이 악을 쓰듯 소리쳤다.

"찰싹." "찰싹." "찰싹." "찰싹."

황청의 다문 입술 사이로 실성한 듯한 웃음이 새어 나왔다.

"아니, 사람을 치는데 웃음이 나오나!" 남자 배우의 매니저가 옆에서 눈살을 찌푸리며 소리 질렀다.

"죄송합니다."

황청의 눈이 시려왔다. 집중된 시선이 황청의 온몸을 찌르고 있었다.

"조명 다시 확인합니다. 거기 그대로 서 있어요."

황청은 저만치 떨어진 곳에 펼쳐져 있는 커다란 그늘막을 보았다. 선글라스를 낀 여배우가 일본에서 대동하고 온 스태프들에게 둘러싸여 음료를 마시고 있었다.

황청이 오늘 영화 잡지에서 본 기사에서는 이 여배우가 버블티에 샤오롱바오小籠包 먹는 걸 좋아한다고 했다. **멀리 떨어져서 나를 보자. 이야기를 하는 거야, 이야기를.**

대역 여배우는 점점 벌겋게 달아오르고 있는 남자 배우의 얼굴을 보았다. 왼쪽 뺨이 오른쪽 뺨보다 커 보였다. 그녀가 한 번 때릴 때마다 누군가 와서 남자 배우의 왼쪽 뺨에 얼음주머니를 올려주었다. 그는 얼음 마사지를 하면서 대역 여배우에게 물었다. "손은 괜찮아요?" 그녀는 사과하듯 말했다. "괜찮아요, 정말 괜찮아요." 대답을 들은 남자 배우는 미소 지으며 자신도 괜찮다고 했다. 다소 어색한 말이 오가는 듯한 이 대화는 오직 두 사람에게만 의미가 있는 것이었다. 대역 여배우는 남자 배우가 웃을 때 안 그래도 뾰족한 턱이 미세하게 앞으로 굽어서 가느다란 달 모양 같다고 생각했다. 이렇게 더운 날 달을 떠올리다니 더위를 먹은 게 아닐까? 대역 여배우의 손도 남자 배우의 뺨처럼 서서히 벌겋게 달아오르고 있었다. 하지만 그걸 신경쓰는 사람은 아무도 없었다. 모두가 얼음 마사지가 필요한 그의 왼쪽 뺨만 보고 있었다. 한쪽 뺨만 보였지만 그가 얼마나 잘생겼는지는 충분히 알 수 있었다. 여대생이 대역 배우가 되어 남자 배우를 만난다. 이야기가 지금 시작된다.

"한 글자도 빠뜨리면 안 돼."
"네?"
"아무것도 아니에요. 아파요?"
"아니에요. 괜찮아요."
둘은 서로만 들을 수 있는 목소리로 말했다.
자, 다시 갑시다. 조감독이 외쳤다.
찰싹. 찰싹. 찰싹. 찰싹. 찰싹. 찰싹. 찰싹……
몇 번을 때렸는지도 알 수 없었다. 이마에 흐른 땀이 눈 안으로 들어갔고, 겨드랑이에도 땀이 흥건해졌다. 남자 배우는 여전히 격려의 눈빛을 보내고 있었다.
"걱정 말고 다시 때려요."

황청만이 들을 수 있는 목소리로 그가 속삭였다.

02

연극 「불면증」 배우 오디션
여배우 3명, 외모 나이 18~23세
섬세하고 신비로우면서 상상력을 자극하는 이미지
*오디션 착용 의상: 화이트 드레스

황청은 연예 잡지 『언더 컬처』에서 오려낸 오디션 광고를 방송 이론 교재에 끼워넣고 다녔다. 그건 행사 기간이 끝나기 전 반드시 써야 한다고 기억을 환기시키는 할인 쿠폰 같았다. 오려낸 광고를 볼 때마다 형광펜으로 덧칠한 '상상력을 자극하는'이란 글자를 소리 내어 읽어보았다.

황첸이 말했다. "섹시해야 한다는 거야. 이 극단의 단원은 대부분 남자일 거야." 언니의 말을 들으니 황청은 포기하고 싶어졌다. 언니는 오디션 의상이 화이트 드레스인 것도 남자들의 판타지 때문일 거라고 했다. 오디션에 가고 싶은 생각이 사라진 황청이 광고지를 찢어버리려 하자 황첸은 그것을 낚아채며 웃음기가 가신 얼굴로 말했다. "만약 네가 정말 연기를 하고 싶다면 연극으로 시작하는 것도 좋아. 앞으로 다 겪게 될 일이니까."

황청이 본 첫 연극은 언니가 고등학교 연극 동아리에서 했던 공연이었다. 그때 황청은 다섯 살이었는데, 언니의 연극은 황청의 머릿속에 각인된 완전한 형태의 첫 기억이었다. 황청은 맨 앞줄에 앉아 있었다. 어른들 무릎 위에 앉지 않아도 이젠 다 볼 수 있었다. 연극은 한 여자와 그녀의 상상 속 친구들에 관한 이야기였다. 연극은 여자가 앓고 있는 망상장애를 동화적 요소와 희극적인 장치로 풀어냈는데 황청은 어려서 이해할 수 없었다. 상상 속 친구들이 하나둘 사라지면서 여자도 점점 정상적인 세계로 돌아간다는 내용이었다. 언니는 여자의 친구 중 한 명을 연기했는데 세상의 모든 비밀을 들을 수 있는 인물이었다. 언니가 머리에 쓰고 있던 시체꽃 모양의 거대한 모자는 여자의 마음속 비밀스러운 소리를 차단하는 역할을 했다.

황청은 언니가 등장하자마자 터져버린 웃음을 멈출 수 없었다. 그녀가 무대에서 웃음을 참지 못하는 버릇이 생긴 건 이때부터였을 것이다. 언니가 연기한 인물은 가장 나중에 떠나면서 여자에게 자신과 함께할 것인지 아니면 혼자 남을 것인지를 결정하라고 했다. 여자가 고민하고 있을 때 탁하고 조명이 바뀌었다. 그때 황청은 무대 위 언니가 자신을 쳐다보고 있다고 느꼈다.

여자가 말했다. "나 혼자 남을래."

황첸이 말했다. "혼자라도 괜찮겠어?"

여자는 힘주어 고개를 끄덕였다. 황첸은 모자를 벗어서 여자에게 씌워주고는 떠났다. 무대를 떠나기 전 그녀는 잠시 멈추어서 관객을 한번 돌아보았다. 황청은 이때도 언니가 자신을 보았다고 느꼈다. 언니가 인사하듯 손을 흔들었을 때 관객석의 황청도 언니에게 손을 흔들어주고 싶었다. 언니가 어두운 무대 뒤로 완전히 사라지자 황청은 왈칵 울음이 쏟아졌다.

연극을 마친 언니는 가족들이 어디에 있었는지도 몰랐고, 강한 조명 때문에 무대 아래는 볼 수 없었다고 했다. 하지만 황청은 언니가 자신을 보고 있었다고 믿었다. 그녀는 언니와 눈이 마주쳤을 때 언니가 자신을 **꿰뚫어**보고 있다고 느꼈다.

언니는 결점이 없어 보였다. 완벽한 건 아니지만 눈에 띄게 부족한 점 없이 평범했다. 하지만 무대 아래에 있던 다섯 살 황청은 온몸에 불이 켜지는 것과 같은 신비한 순간을 느꼈다. 그것은 운명이었다. 황청은 운명의 힘을 온몸 깊숙이 느끼며 운명을 따라 살아왔다. 앞으로 그녀는 무대에 설 때마다 그 운명의 힘에 압도당하는 순간을 필사적으로 찾아 헤매게 될 것이었다. 운명을 온전히 알기 전까지는 누군가 자신을 꿰뚫어보는 그 순간을 간절히 다시 느끼고 싶을 것이었다.

「불면증」 오디션에는 황청 혼자 갔다.

오디션에 참여한 배우는 많지 않았다. 대여섯 명이었는데 모두 동행이 있었다. 현장에서 그녀가 가장 먼저 깨달은 건 배우들의 의상이 모두 순백색은 아니었다는 점이다. 검은 물방울무늬가 있거나, 배색으로 된 줄무늬가 있었다. 황청만 얼룩 한 점 없는 순백의 자수 체크 드레스를 입고 있었다. 그것은 언니가 결혼식에서 동생을 입히려고 산 명품 브랜드의 이월 상품이었다. 작고 귀여운 부케를 들고 플랫 슈즈와 매치하면 심플하고 우아한 들러리 드레스였다. 오디션 당일 예상보다 다소 늦게 도착한 황청은 당황했다. 하얀 드레스를 입고 검은색 바닥 위에 맨발로 서야 하는 줄은 몰랐기 때문이다.

무대 중앙까지 걸어나온 그녀는 앞에 앉아 있는 사람들을 쓱 훑어본 후 입을 열었다. "165센티미터에 56킬로그램입니다." 그런 뒤 엷은 미소를 띤 얼굴로 몇 발짝 뒤로 물러섰다. 수분기 머금은 발자국이 검은색 바닥 위에 남았다. 주말을 앞둔 여름 저녁 태풍이 다가오고 있었다.

"이름이 뭐죠?"

사각턱에 네모난 안경을 낀 남자가 입을 열었다. 그는 이 연극의 감독인 샤오카이小開였다. 이제 막 대학을 졸업한 그는 황청보다 겨우 두어 살 많았다. 황청이 서 있는 모습을 본 그는 처음으로 이 지하 연습실이 정말 작고 좁다는 걸 느꼈다. 낮은 천장은 사람을 짓누르는 것 같아 숨도 잘 쉬어지지 않았다.

"황청이라고 합니다. 한자는 누를 황黃에 맑을 청淸을 씁니다."

"삼수변(氵)에 오를 등登자요?"

"네."

샤오카이 옆에 앉은 나이 들어 보이는 남자가 물었다. 그의 셔츠 소매는 팔꿈치까지 단정하게 걷어져 있었다. 앞니가 벌어진 그를 황청은 TV 광고에서 본 적이 있었다.

"'청'으로 읽나요? '천'이 아니라?"

황청은 드레스 자락을 꽉 움켜쥔 채 고개를 한 번만 끄덕였다.

샤오카이는 황청에게 다가가 잠깐 쳐다보고는 뭔가를 말하려다 멈췄다. 그는 양쪽 검지를 안경 안쪽으로 넣어 눈을 세게 비비고는 짜내듯 한숨을 한번 쉬었다.

"연기해본 적 있어요?"

"없습니다."

"연기할 수 있겠어요?"

"전에 샹성相聲(두 사람이 나와 주로 대화를 통해 웃음을 유발하는 코미디 형식의 전통 예술) 공연은 한 적 있습니다."

"'샹성' 말이죠? 샹'선'이 아니라."

"네, 샹성."

샤오카이는 자리로 돌아와 연필로 뭔가를 끄적여 황청에게 건넸다. 하얀 드레스를 입은 황청은 검은색 바닥 위에 느낌표처럼 서서 종이에 적힌 대사를 반복해서 읽어보았다. 그녀는 이곳에 그녀의 연기를 보고 싶어하는 사람도 있겠지만 그렇지 않은 사람도 있다는 걸 알고 있었다. 앞니가 벌어진 남자는 고개를 숙인 채 이미 단정하게 말아 올린 소매의 매무새를 계속 다듬고 있었다.

　　사랑인지 미움인지 말하지 말아요. 굳이 구분하고 싶지 않으니.
　　술잔을 기울이면서 쓰디쓴 술인지, 향기로운 술인지 먼저 묻는 사람은 없을 테니까. _중국 현대 시인 다이왕수戴望舒의 시집 『대망서권戴望舒卷』에 수록된 시 「Fragments」.

　　"읽어보세요."
　　황청이 읽기 시작하자 샤오카이가 중단시켰다.
　　"다시 읽어보세요."
　　황청이 다시 읽었다.
　　"누구 시인지 아나요?"
　　황청이 고개를 저었다.
　　"상관없어요…… 시의 내용은 이해할 수 있나요?"
　　"네, 이해해요."
　　"의미를 알겠어요?"
　　"네."
　　그럼 지금부터는 자신만의 언어로 대사해보세요.
　　황청은 종이를 다시 쓱 보았다.

　　이것이 사랑인지 미움인지, 난 몰라.

술이 쓴지 단지 물으면서 건배를 하진 않으니까.

"술 마실 줄 알아요?"
"어머니께서 술을 파셨습니다."
샤오카이가 눈썹을 치켜떴다. 어디선가 웃음소리가 들렸다.
"프랑스 최상급 와이너리 포도 품종이네요. 하지만 마시지 않을게
요."
"최상급이라."
샤오카이가 '최상급'이란 말을 따라 말했다. 그는 눈을 감은 채 턱
을 문지르며 생각했다.
"지금 자신이 딸기잼 한 덩이라고 상상하면서 다시 대사해보세요."
황청은 샤오카이에게 잠시 시선을 주는 듯하더니 고개를 숙였다.
다시 고개를 든 황청이 대사를 읊었다.

사랑, 아니면 미움, 나는, 모르겠네.
우리가 만났을 때, 술이, 쓴지, 아니면, 단지, 묻지 않잖아.

샤오카이가 눈살을 찌푸렸다. "왜 그렇게 끊어서 읽죠?"
황청이 말했다. "끈적끈적한 딸기잼이 사방에 튀어 있어서요."
"좋아요. 고마워요."

딸기잼 한 덩이
이것은 황청이 받은 첫 연기 디렉션이었다. 이런 디렉션은 배우가
스스로 소화해야 한다고 생각했고, 샤오카이가 원한 것도 바로 그랬
다. 그녀가 질문하지 않은 것은 어떻게 질문해야 하는지 몰라서였을

뿐이다. 황청은 샤오카이의 말투까지 따라서 읽었고, 분명 질문이 환영받을 만한 상황은 아니었다. 샤오카이는 자신이 무엇을 원하는지 정확히 알지 못했다. 디렉션을 받은 배우가 어떻게 하는지 보는 게 감독이 할 일이라고 생각해서 그렇게 했을 뿐이다. 그는 형용사로 디렉션을 내리면 안 된다고 생각했다. 그래서 조금 슬프게, 조금 고통스럽게, 좀더 기쁘게 따위로는 디렉션을 내릴 수 없었다. 그럼 좋은 감독으로 보이지 않을 것이고 여느 감독들과 다를 바가 없을 것이었다.

디렉션을 들었을 때 황청이 떠올린 건 병에 담긴 딸기잼이었다. 하지만 샤오카이는 한 덩이라고 했다. 황청은 다시 두 가지 장면을 상상했다. 하나는 딸기잼 병이 엎어진 채 전부 쏟아진 장면이었고, 다른 하나는 병 안에 든 딸기잼이 바닥에 쏟아져서 사방에 튄 장면이었다. 그녀는 두 번째 장면을 머릿속에 그리면서 다시 한번 대사했다. 대사할 땐 직관적으로 어절을 나누었다. 시는 보통 이런 식으로 분절된다고 생각했기 때문이다. 자신이 이 차이를 구별해내고 설명을 보탤 수만 있다면 심사위원에게 강한 인상을 남길 수 있을 것이다.

그러는 찰나 뭔가가 또 떠올랐다. '뭉개진 딸기잼과 복숭아잼은 뭐가 다를까?' '감독은 왜 딸기잼이라고 했을까?' 그래서 그녀는 직관적으로 '건배'를 '만남'으로 바꾸어야겠다고 생각했다. 그게 더 자신에게 어울린다고 생각했기 때문이다. 곧이어 너무 진지하고 긴장된 순간에 대한 반작용처럼 갑자기 알 수 없는 웃음이 터져나오려 했다. 이를 악물고 꾹 참으려니 표정이 일그러지고 땀이 송골송골 맺혔다. 그녀가 떠난 후 검은 바닥에 남아 있던 발자국은 한참이 지나서야 사라졌다.

사흘 후 전화가 왔고, 주말부터 연습이 시작된다고 했다.

03

연극 「불면증」에는 세 명의 여배우가 출연했다. 샤오샤오小小, 톈이天亦, 그리고 황청.

주인공 샤오샤오는 아직 고등학생이었다. 웃지 않을 땐 어딘가 떨 떠름해 보이는 표정인데 웃을 땐 왼쪽 뺨에 작은 보조개가 패었고, 연습 중 쉬는 시간이면 항상 담배를 피우러 나갔다. 톈이는 연기를 전공한 대학 졸업생이었고 살결이 유난히 하얬다. 황청보다 한 살 많 았는데 샤오샤오의 엄마 역을 맡았다.

극단장은 이상하다며 감독에게 톈이의 역할을 샤오샤오의 언니 로 바꾸자고 제안했지만 샤오카이는 고개를 저었다. "연기, 동선, 의 상, 조명으로 상상력을 자극해 비현실을 현실로 믿게 만드는 게 바로 연극의 매력이에요." 극단장은 입을 삐죽거리며 말했다. "연극도 자신 이든 남이든 속이지 말고 솔직해야지. 이해를 돕자는 건지 마음대로 생각하라는 건지 알 수가 없잖아."

샤오카이는 톈이에게 엄마처럼 해보라고도 하고, 언니처럼 해보라 고도 했다. 톈이는 둘 다 문제없다고 했다. 샤오카이는 결국 엄마인 지 언니인지는 관객의 판단에 맡기기로 했다. 모든 인물이 혼란스러 운 상태에 있음을 암시하기 위함이었다.

톈이가 물었다. "그럼 제 역할은 엄마인가요? 언니인가요?"

샤오카이가 말했다. "두 가지 감정이 상호 보완해주는 게 좋지 않 나요? 두 가지 다 할 수 있죠?"

인물들의 이름은 없었다. 샤오샤오는 그냥 여자였고, 톈이는 엄마 (또는 언니)로 불렸다. 황청은 '그녀'였다. 여자는 거울을 볼 때 자신이 아닌 환영인 '그녀'만을 볼 수 있다. 환영은 살아 움직이는 존재였다.

거울에서 걸어나와 여자의 그림자가 되기도 하고 여자 자체를 집어삼키려고까지 했다. 여자는 '그녀'로부터 벗어나기 위해 '그녀'를 죽이고 싶었지만 결국은 자살하고 만다.

매번 연습을 시작하기 전 샤오카이는 세 사람에게 워밍업으로 '거울 연습'을 하라고 했다.

두 사람이 마주 보고 서서 한 명은 거울을 보는 사람이 되고, 다른 한 명은 거울 속 모습이 되어 동작, 표정, 몸짓과 손짓까지 모두 똑같이 따라했다. 세 사람은 번갈아가며 짝을 이뤄 연습했다. 황청과 텐이는 금방 호흡이 맞았다. 둘은 상대방이 고개를 돌리거나 팔을 들거나 하는 동작을 미리 알아챘다. 동작을 주도하는 사람은 언제나 따라 하는 상대의 리듬을 감지해서 그에 맞춰 속도를 줄이거나 동작을 추가하거나 조금 더 과장하기도 했다. 가끔은 거울 밖에 있는 사람과 안에 있는 사람을 구분할 수 없었다. 표정은 물론이고 몸 전체가 멀리서 보면 2인 즉흥무를 하는 것 같았다.

이쯤 되자 황청은 두 사람을 지켜보고 있는 샤오샤오가 느끼는 게 없는지 알고 싶었다. 파트너가 되어 연기할 때 샤오샤오는 항상 주도하려고만 했기 때문이다. 황청은 자신이 주도해야 할 때도 샤오샤오가 따라할 수 있도록 리듬을 맞춰줘야 했고, 그러다가 금방 주도권을 잃고 말았다. 샤오샤오의 입에서 나는 담배 냄새도 갈수록 참기 힘들었다. 샤오카이는 옆에서 눈살을 찌푸린 채 지켜보면서 시간이 되면 '파트너 체인지'를 외칠 뿐이었다.

정말 이해할 수 없는 건 샤오샤오와 텐이가 파트너일 때는 완전히 다른 분위기가 연출된다는 점이었다. 그 둘은 혼연일체까지는 아니어도 따라해야 할 사람은 따라하고, 주도해야 하는 사람은 주도권을 절대 놓치지 않았다. 모든 동작은 약속한 듯 일치했고, 두 사람의 호흡도 안정적인 페이스를 잃지 않았다.

황청은 볼수록 이상했다. 그녀는 샤오샤오가 협업하는 방법을 몰라서 그러는 줄 알았는데 갈수록 자신을 겨냥하고 있는 것 같다는 느낌이 들었다. 두 사람이 친하게 지내는 건 아니지만 특별한 갈등이 있는 것도 아니었다. 캐릭터 설정 때문은 아닐까도 생각했다. '그녀'는 분명 샤오샤오에 반대되는 인물이기 때문이다. 도저히 이해할 수가 없었던 황청은 결국 톈이에게 슬쩍 물었다.

"워밍업할 때도 캐릭터에 맞춰 하나요?"

"무슨 말이죠?"

"톈이 씨와 '겨울 연습'을 할 때 보면 샤오샤오는 정말 딸이나 동생처럼 굴어요. 톈이 씨를 따라하고 양보도 받고 하잖아요. 그런데 나랑 연습할 때는 늘 주도권을 쥐고 있어요. 관계의 연결 고리를 틀어쥐고 있달까, 주도할 때면 너무 고압적이어서 상대가 자신을 잘 따라하는지는 개의치 않아요. 따라할 때는 협조하지 않고 오히려 주도권을 빼앗아가죠. 그래서 제가 주도해야 할 때도 줄곧 끌려다니다가 결국 주도권을 뺏겨요."

"샤오샤오는 주도하는 위치로 올라서는 방법을 알아요."

"그럼 톈이 씨는 왜 영향을 받지 않죠?"

"난 거기에 넘어가지 않지만, 황청 씨는 넘어가는 거죠. 그리고 그걸 샤오샤오가 알아요."

"내가 경험이 부족해서일까요?"

"성격과 더 관련이 있을 거예요. 샤오샤오는 나와는 캐릭터로 맞설 필요가 없다고 느꼈겠죠."

"그럼 워밍업할 때도 자신의 캐릭터대로 해야 하나요?"

"물론 그럴 필요는 없죠. 하지만 어떤 사람은 일단 캐릭터를 맡으

면 일상에서도 연기를 하고, 연습실에서는 아예 눈빛이 달라지기도
하죠."

"그렇게 하는 게 좋은 배우인가요?"

톈이는 어깨를 으쓱했다. 황청과의 문답에 열심히는 아니었지만
많은 질문에도 모두 성의 있게 답해줬다. 그녀는 열성적인 성격이 아
니었고, 오지랖을 떠는 건 더 싫어했다. 자기 할 일만 잘하면 그만인
타입이었다.

"그런 연기를 좋아하는 감독도 있죠. 그렇게 보이는 걸 좋아하는
배우도 있고." 그녀가 말했다.

톈이는 샤오샤오가 어떤 사람인지 알고 있었다. 샤오카이는 내버
려두고 싶진 않았지만 샤오샤오를 어떻게 다루어야 하는지 몰랐다.
그에게 여배우란 나약하고 통제하기 어려운 존재였다. 남의 이목을
신경 쓰지 않는 부류는 특히 더 그랬다. 게다가 여고생을 뽑은 건 이
번이 처음이었다. 배우 사이에는 여러 의견이 있을 수 있다고 생각하
는 톈이였지만 경험이 전무한 황청을 이해 못 하는 바도 아니어서 내
키진 않았지만 결국 한마디 덧붙였다.

"거울 연습은 사람 간의 관계를 보여주는 것 같아요. 당신도 똑같
이 샤오샤오를 대해봐요. 고등학생보단 잘하지 않겠어요?"

황청은 톈이의 말을 곱씹어보았다. 샤오샤오의 행동이 의도된 계
략이 아니라 사춘기 문제일 거라고는 생각하지 못했다. 그녀는 남에
게 보이기 위해 댄스 동아리의 바람둥이 선배와 사귀기 시작했다. 남
들에게 좋은 배우로 보이는 것에는 별로 관심이 없었다. 무대에 서는
건 그저 객석에 앉아 있는 남자친구의 마음을 사로잡고 싶어서였다.
다른 소녀들과 다정하게 춤추는 선배의 모습을 그녀가 관객석에서
지켜봤던 것처럼 말이다. 둘의 관계는 사랑에 빠진 모든 사춘기 아이

들이 그렇듯 불안했다. 남자친구와 말다툼이라도 하는 날이면 샤오샤오는 저녁 연습 시간을 지키지 못했다. 항상 늦게 와서는 밥 먼저 먹자고 했다. 그녀에게 「불면증」은 교외 활동에 지나지 않아서 무대 위에서 당당하게 담배를 피우거나, 진하게 화장하거나, 맥락 없이 웃었다 울었다 하면서 매혹적인 미치광이가 될 수 있었다.

한번은 샤오샤오가 도시락을 들고 느지막이 도착했다. 샤오카이는 그녀가 도시락을 먹게 두고 극본 수정에 몰두했다. 톈이와 황청은 마주 보고 두 다리를 벌려 복숭아뼈까지 몸을 숙이며 스트레칭을 하고 있었다. 두 사람은 서로의 팔을 잡아주며 몸을 앞으로 뻗었다. 샤오샤오는 갈비 한 대를 뜯어 우적거리며 물었다.

"언니들 남친은 섹스할 때 콘돔 해요?"

샤오카이는 고개를 숙인 상태로 대사를 받아치듯 말했다. "안 하면 남자도 아니지."

톈이는 황청을 향해 윙크하며 입 모양으로 말했다. "저 사람 분명 안 할 거예요."

"남친이 그러는데 내가 콘돔에 너무 민감하대요." 샤오샤오가 말했다.

톈이가 고개를 들고 물었다. "네가 민감하다는 거야? 남친이 민감하다는 거야?"

"내가 콘돔 때문에 불편해한다는 거예요. 고무에 민감한 사람이 많다나."

샤오카이가 웃음을 터뜨렸다. "대체 누가 불편하다는 거야?" 그는 여전히 극본에서 눈을 떼지 않은 채 물었다. 무슨 대사라도 찾고 있는 것 같았다.

톈이가 몸을 좀더 앞으로 뻗으며 말했다. "콘돔은 해야지. 임신이라도 되면 어떡해?"

황청은 말없이 톈이가 몸을 뒤로 젖힐 수 있게 잡아당겼다.

톈이가 말했다. "임신도 임신이지만 성병에 걸릴 수도 있어." 그녀의 이마는 이미 바닥까지 닿아 있었는데 숨이 찬 기색도 없이 가뿐히 말했다.

샤오샤오는 마지막 갈비를 입안에 욱여넣으며 물었다. "그럼 언니들은 남친한테 콘돔 쓰라고 해요?"

"난 필요 없어." 톈이가 웃으며 몸을 일으켰다. 숨겨놓은 뼈다귀를 찾아 물고 유유히 사라지는 동네 개의 여유로운 능숙함이 묻어난 말투였다. 그녀는 자리를 바꿔서 황청을 앞으로 잡아당겼다.

"난 경험이 없어. 아악! 아파요, 그만 당겨요." 황청은 머리를 숙여 몸을 아치형으로 만들었다. 경험이 없다는 건 거짓말이었다. 왜 거짓말을 했는지는 그녀도 알 수 없었다.

이때 극단장이 인사도 없이 갑자기 들어와 신발을 벗으며 말했다. "그 눈매 가느다랗고 목소리 끝내주던 팡위퉁方雨彤 기억해?"

샤오카이에게 한 질문임이 분명했지만 극단장의 시선은 세 여자 사이를 오가고 있었다. 샤오카이는 대답할 필요가 없다는 걸 알았다. 극단장은 이어 말했다.

"원래 뽑으려고 했는데 시간이 안 된다고 했잖아. **그래서 황청이 된 거고.**"

극단장은 일상적인 대화를 할 때도 일부러 힘을 주어 발음하곤 했다. 하지만 황청을 발음할 때는 유독 글자들이 그의 입 안에서 씹히지 않은 채 입 밖으로 튀어나오는 것 같았다. 톈이는 황청의 손을 부드럽게 놓으려 했지만 황청은 손을 놓지 않은 채 고통을 견디며 바닥으로 몸을 더 낮췄다. 톈이는 황청의 움직임에 따라 부드럽게 잡아당겼다.

"음, 연습 시작 직전에 도망갔던 그 친구요?" 샤오카이가 말했다.

"다른 작품할 때 본 적 있어요. 학업과 병행하기 힘들어서 못 한다고 하더니 다른 데서 청춘 드라마를 찍었더라고요. 하, 사람들은 왜 우리 같은 소극단을 좋아하지 않을까요?"

"알았어, 방해하지 않을게. 샤오샤오는 수업 마치고 금방 왔을 텐데 밥은 먹었나?"

샤오샤오는 유순한 아이처럼 고개를 끄덕였다. 극단장은 벌어진 앞니를 드러내며 잘 말아올린 셔츠의 소매를 습관적으로 매만지면서 사무실로 들어갔다. 연습장 안은 찐득찐득하게 남은 어색함으로 모두가 한참이나 불편하게 있어야 했다. 황청은 이 연극에 처음부터 낙점된 배우가 아니었다는 사실을 이제 모두가 알게 되었다. 샤오카이는 감독인 자신이 간단하게라도 설명할 책임이 있다고 느꼈다.

"작품 창작 단계에서 고민되었던 문제예요. 극단장은 황청이 샤오샤오와 키 차이가 많이 나서 거울에 비친 상처럼 보이지 않는다고 생각했어요. 하지만 저는 달랐어요. 키 차이가 많이 날수록 내재된 음영이 더 투사될 수 있다고 생각했죠. 게다가 펑위통은 소속사 몰래 오디션에 왔어요."

황청은 어떤 표정을 지어야 할지 몰라 무안한 듯 고개를 끄덕였다. 하지만 펑위통이라는 이름만은 분명히 기억했다. 황청은 방금 기분 좋은 일이 있었다고 믿기로 했다. 그녀는 검은 무대막을 멍하니 바라보며 아름답고 선명한 자신의 미래를 보려고 애썼다. 그 뒤에는 더 넓은 무대, 더 많은 조명, 구름 떼 같은 관객이 있을 거라고.

04

황청은 무대 한쪽 끝에서 검은 무대막으로 몸을 감싸고 있었다. 조금이라도 움직이면 새하얀 의상을 입은 그녀가 관객 눈에 대번에 띄게 될 것이었다. 오디션 때 입었던 들러리 드레스는 결국 무대 의상이 되었다. 치마의 허리 부분에 주름이 잡혀 있어서 풍성한 샤스커트처럼 보였고, 기장은 무릎 위였다.

황청은 자신이 샤오카이가 설정한 환영에 비해 거대한 서양 인형처럼 보여서 천상의 우아함 같은 건 전혀 느껴지지 않는다고 생각했다. 공연이 시작됐을 때 황청은 많이 긴장했다. 관객석의 반 이상이 언니의 연극반 동기들이었기 때문이다. 황청은 초대할 친구가 없었다.

황청이 아홉 살 되던 해 생일이었다. 황청도 다른 친구들처럼 생일파티를 하고 싶었다. 엄마랑 케이크 가게를 몇 집이나 들러 간신히 마음에 드는 새까만 초콜릿 케이크를 살 수 있었다. 하지만 생일에는 아무도 오지 않았다. 그때 막 사회생활을 시작한 황첸은 어색함을 무릅쓰고 잘 모르는 회사 동료들을 집으로 초대해 동생의 생일을 함께 축하해주었다. 그날 황청은 지금까지 들어본 생일 축하 노래 중 가장 우렁찬 노래를 들었다.

사실 황청은 아무에게도 생일 초대한다는 말을 꺼내지 못했다. 거절이 두려워서였다. 심지어 그녀는 새까만 초콜릿 케이크가 너무 쓰지 않을까 걱정했다. 두려움은 사랑받고 싶다는 간절한 마음이 역으로 작용한 것이다. 무슨 말을 하든 아무도 거절하지 않는 사랑을 받고 싶다는. 어쩌다 동생이 그런 두려움에 휩싸이게 되었는지 황첸은 늘 안타까웠다.

커튼콜을 할 때 황첸의 친구들은 손뼉을 치며 환호했다. 황첸은 휴지를 든 손을 무대를 향해 흔들었다. 황청은 언니의 얼굴이 눈물로 범벅이 되면 자신도 금방 눈시울이 붉어진다는 걸 알았다. 황첸은 고개를 돌려 옆에 있던 남자에게 몇 마디 했다. 남자는 곧은 자세로 앉아 있었는데 다른 사람들보다 훨씬 큰 것 같았다. 그는 고개를 끄덕이며 가볍게 박수를 쳤다.

황청이 무대 뒤에서 서둘러 물건을 정리하고 있을 때 텐이가 누군가의 손을 잡고 들어와서는 사람들에게 여자친구라고 소개했다. 황첸은 두 사람을 향해 가볍게 목례하고는 깜짝 놀란 표정을 들키지 않기 위해 얼른 고개를 숙였다. 황청도 인사를 하고 가려고 하자 담배를 꺼내 문 극단장은 고개 돌리기도 귀찮다는 듯 거울에 비친 그녀를 보며 말했다. "오늘은 황청의 무대였어." 황청이 대답했다. "감사합니다." 고양이 울음소리 같은 대답이었다.

황청이 나타나자 모두가 환호했다.

우리 모두 네 연기에 감탄했어. 대사는 없었지만 말이야. 황첸이 말했다.

"원래 대사는 한마디도 없었어."

"너 한마디는 하지 않았어?"

"주인공이 대사를 까먹었어."

"주인공은 너였네!" 황첸이 큰 소리로 말했다.

사람들이 저마다 호응했다. 모두 극단 문 앞에 서 있는 걸 보고 황첸은 언니에게 근처 버블티 가게로 가자고 했다. 황첸이 남자의 손을 잡고 와서 말했다. 내 남자친구 캉康이야. 황청은 그에게 가볍게 목례했다. 황청이 언니와 앞장섰고 일행이 따라왔다. 캉은 무리의 제일 끝에서 혼자 걸어왔다.

스무 살이 된 황청은 언니보다 반 뼘 정도 더 컸다. 언니의 머리에 흰머리가 몇 가닥 보였다. 그녀의 가족은 흰머리가 일찍부터 생겼다. 황청은 언니가 엄마의 흰머리를 염색해주는 모습이 좋았다. 그러나 언니가 독립한 후 엄마는 염색하는 법도 아예 잊어버렸는지 지금은 완전히 백발이 되었다. 황청도 가끔 금발을 몇 가닥씩 찾아 뽑을 때면 이게 다 흰머리가 되겠지 하고 생각했다.

"너 입술을 너무 크고 진하게 발랐어. 앞쪽에 있던 관객들은 기겁했겠어." 황첸이 말했다.

"대칭으로 보이게 하려고 아랫입술을 좀 크게 그린 거야."

"대체 누가 그러래?" 황첸이 어이없다는 듯 나무랐다.

황청이 입술을 삐죽거리며 다시 물었다. "많이 티 나?"

"시뻘건 입술이 너무 커 보이잖아. 귀신 같아."

"내가 귀신같이 연기를 잘하잖아."

황첸은 황청의 입술이 대칭이냐 아니냐에 대해 계속 말하고 싶지 않았다. 그런다고 황청이 들을 것 같지도 않았기 때문이다.

공연을 마친 후 스다로師大路의 홍차 카페에 도착하자 화제는 황첸이 공연을 보다가 운 이야기로 옮겨갔다. 캉이 말했다. "황청이 무대에 나오자마자 울기 시작했어. 갈수록 울음소리가 커지더니 70분 내내 울더라니까. 쥐고 있는 휴지도 옆 사람이 준 거야." 황청이 물었다. "도대체 왜 운 거야?" 황첸은 말주변이 좋은 편이 아니었다. 들러리 드레스를 입고 있는 걸 보니 황청이 결혼이라도 하는 것 같아 감격스럽기도 하고 슬프기도 해서 울었다고 했다. 황청은 입을 비죽이며 말했다. "대학 졸업도 아직 안 했는데 결혼은 무슨."

사실 무대 위의 황청은 전과는 분명 달라 보였다. 연기 중이었지만 동생의 내면에서 새로운 무언가가 넓게 퍼져나가는 것 같았다. 동생의 표정은 여전히 익숙했지만, 순간순간 낯설게 느껴져서 황첸은 처음으로 동생의 삶에 개입할 자격도, 이유도 없다고 느꼈다. 그녀는 무대 아래, 그저 관객으로 그 자리에 존재할 뿐, 배우는 아니기 때문이다.

캉이 황청에게 버블티를 건네자, 황첸은 자기의 대추차가 너무 달다고 불평했다. 캉은 그녀의 차를 들고 주문대에 갔으나, 기다려도 직원이 나타나지 않아 그냥 돌아왔다. 셀프 바에 뜨거운 물이 있을 거라는 황청의 말에 그는 뜨거운 물을 가져와 황첸의 차에 부어주었다. 왔다 갔다 하느라 그는 잠시도 앉아 있지 못했다.

차가 너무 묽어졌는지 황첸은 한 모금 마시더니 더는 마시지 않았다. 나중에는 황청과 버블티를 나누어 마셨다.

자매는 빨대 하나를 같이 썼다. 황청은 빨대를 깊이 꽂아 블랙펄을 빨아먹었고, 황첸은 빨대를 위로 당겨 차만 마셨다. 실수로 블랙펄이 딸려오면 도로 뱉었다. 캉은 자매의 모습이 신기하기도 하고 비위가 상하기도 했다. 외동인 그에게 형제애라는 것은 완전히 낯선 감정이었다.

캉은 황첸과 사귄 지 얼마 되지 않아 함께 온 지인들과는 잘 모르는 사이였다. 그들의 대화에 끼기가 어색했던 그는 자연스럽게 옆에 앉은 황청과 이야기를 나누기 시작했다. 황첸은 동생 이야기를 정말 많이 했는데 대부분 동생이 아니라 딸 이야기 같았다.

"왜 대사 한마디 없는 역할을 연기했어요?" 그가 물었다.

"오디션 갔을 땐 몰랐어요."

"연기는 재미있어요?"

"네, 재밌어요. 연습할 때 서로 꿈 이야기를 자주 하는데 그걸 다

기록해요. 사람들은 각자 자기만의 언어로 시를 읽기도 해요. 감독은 배우들에게 이상한 디렉션을 자주 주는데 가끔은 목소리가 쉴 때까지 대사를 반복해서 읽기도 해요."

황청은 계속 블랙펄을 우물거렸다.

"이상한 디렉션이 뭔데요?" 그가 물었다.

"예를 들면 벽에 난 시멘트 틈으로 비집고 들어갈 것같이 대사를 해보라거나, 자신을 사냥꾼에게 쫓기는 족제비나 시커멓게 타버린 토스트, 딸기잼 한 덩이라고 생각하고 연기해보라는 식이죠."

"어렵겠는데요."

드디어 블랙펄을 씹어 삼킨 황청은 캉을 찬찬히 훑어보았다.

"우리 언니랑 동갑이에요?"

"언니보다 세 살 많아요."

"근데 흰머리가 없네요."

"안쪽에는 좀 있어요."

"좀 의외예요."

흰머리가 의외라는 건지, 앞서 얘기 중이던 연극이 의외였다는 건지 캉은 이해할 수 없었다.

황청의 눈은 뭔가를 찾고 있었다. 캉은 서른다섯 살쯤 될 것이었다. 갑자기 **코끼리 저금통**이 떠올랐다. 그의 귀를 정면으로 보고 있었기 때문이다. 그의 귓불은 금방이라도 떨어질 것 같은 물방울 모양이었다. 아래턱에는 움푹 들어간 곳이 있었는데 생각에 잠길 때면 그는 그곳을 지그시 누르며 손가락으로 만지작거렸다.

"연극이 이런 줄은 몰랐어요. 전에 언니가 하던 그런 건 줄 알았거든요."

"언니도 연기를 했어요?"

"모르셨어요?"

"한 번도 못 들었거든요."

"언니는 연기를 잘했어요. 다른 사람을 보는 것 같았죠."

"어떤 장르였는데요?"

"사실적인 작품이었어요. 실제 생활 속 일들을 소재로 해서 곱씹을 게 많았죠."

캉은 자세를 고쳐 앉으며 아래턱의 움푹 팬 곳을 매만졌다.

"그건 너무 지루하지 않나요?"

이때 황첸이 가까이 와 캉과 몇 마디 나눴지만 잘 들리지 않았다. 두 사람은 동시에 웃기 시작했다. 황청은 바닥을 드러내고 있는 눈앞의 밀크티가 자기 것이 아닌 것 같아 언니 앞으로 가볍게 밀어주고는 손을 씻으러 일어났다. 그녀가 일어났을 때 캉만이 그녀를 보고 있었다.

"지루하다."

황청은 화장실 거울에 비친 자신을 보며 중얼거렸다. "연극이 어떻게 지루할 수 있지?"

역할이 입혀진 그녀 자신은 본래 아무런 형태가 없었다는 걸 그녀는 처음 역할을 맡은 후에야 비로소 알았다. 무대 경험은 마치 강력한 먼지떨이처럼 그녀의 모든 감각을 닦아 반짝이게 했다. 일종의 신체적 쾌감이나 즐거움 같은 그것은 공연이 끝난 후에도 얼마간 지속되었다. 최소한 연기를 처음 시작했을 때는 그랬다. 그 쾌락의 강도는 극단장의 비우호적인 태도와 샤오샤오의 쌀쌀맞음 같은 연습 때의 불쾌감을 모두 날려버릴 정도였다. 언젠가 그런 문제들이 없어진다고 해도 더 예상치 못한 일들은 반드시 일어날 것이다.

황청이 화장실에서 돌아왔을 때 언니의 테이블 쪽에서 '와하하'

하는 웃음소리가 들렸다. 옆에서 고개를 숙이고 커피를 마시고 있던 캉이 고개를 들어 황청을 봤을 때는 아직 웃음기를 거두기 전이었다.

황청은 무대 측면의 무대막에서 나와 막 연극 속으로 걸어가는 거라고 생각했다. 대사는 준비되지 않았지만 조금도 두렵지 않았다. 즉흥적으로 하면 훨씬 더 많은 것을 할 수 있다.

05

뭔가 익숙한 느낌 때문에 황청은 캉이 누굴 닮았는지 한눈에 알 수 있었다.

황첸은 대학 때 남자친구를 사귄 적이 있었다. 처음엔 황청만 아는 비밀이었다. 데이트할 때마다 엄마는 황첸이 동생을 데리고 나가 노는 줄로만 알았다. 자매는 신나게 놀았다. 매주 영화를 보거나 시내를 돌아다니거나 볼링을 쳤다. 가끔은 연극을 보거나 미술관에 가거나 맛집을 찾아다녔다. 열 살이었던 황청은 언니의 비밀을 지켜 줘야 한다는 막중한 책임감을 느끼며 자신이 여느 아이들과 다르다고 느꼈다. 황첸은 자신에 대해선 대개 말하고 싶어하지 않았다. 다소 과장되고 불안정한 자신감으로 타인의 평가나 의견은 개의치 않았다.

황청은 언니의 남자친구를 린 삼촌이라고 불렀다.

린 삼촌은 말끔한 외모에 키도 컸다. 정장을 입고 나타나기도 하고, 셔츠에 청바지를 입고 오기도 했는데 몸에서, 특히 머리에서 항상 향기가 났다. 나중에 알고 보니 헤어오일 향이었는데 황청은 그

향을 별로 좋아하지 않았다. 황청과 처음 만난 날 그는 리본으로 예쁘게 포장된 네모난 상자를 건네주었다. 황청이 그렇게 조심스럽게 선물 상자를 열어본 건 그때가 처음이었다. 상자 안에는 하얀 도자기로 만든 코끼리 저금통이 있었다. 코는 짧았는데 귀는 엄청나게 큰 특이한 모양이었다. 황청은 원래 코끼리를 좋아하기도 했지만 선물을 푸는 동안 설렜던 기분 때문에 코끼리가 더 좋아졌다.

나중에는 언니가 선물을 주지 못하게 해서 린 삼촌은 먹을 걸로 황청의 환심을 살 수밖에 없었다. 데이트의 마지막 코스는 항상 24시간 아이스크림 가게였다. 각자 소프트아이스크림을 하나씩 사 들고 린의 차에 올랐다. 황청은 그렇게 작은 차는 처음 타봤는데 뒷좌석에 가려면 조수석에서 개처럼 기어서 넘어가야 했다. 차 안에는 늘 린 삼촌이 좋아하는 재즈가 흐르고 있었다.

언젠가 황청이 아이스크림을 좌석에 흘렸다. 황첸은 그녀를 나무랐지만 린 삼촌은 괜찮다면서 손가락으로 닦아 자신의 입에 넣었다. 황첸과 린 삼촌은 가끔 아이스크림 하나를 둘이 나누어 먹었다. 황청은 두 사람이 번갈아 한입씩 먹는 모습을 보면서 자신은 다른 사람과 나눠 먹을 필요가 없으면 좋겠다고 생각했다. 그녀는 아이스크림을 핥아 먹으며 순진하기 그지없는 눈으로 창밖을 둘러봤다. 차 밖의 세상은 그녀와 무관했고 차 안의 세상은 완벽했다. 성인이 된 후 황청은 아이스크림을 먹을 때마다 짙은 공허를 느꼈다. 누군가 부르는 소리를 듣고서야 정신을 차리고 미소 지었다. 설명할 수 없는 끈적한 과거가 아이스크림이 되어 조금씩 녹으면서 누군가의 입속에 떨어지기를 기다리고 있다.

린 삼촌은 황첸 자매의 이름이 색깔과 관련 있다고 했다. 엄마는 한 명은 물이고, 한 명은 풀이니 서로 의지하면서 끊임없이 생장하라고 지어준 이름이라고 했다. 린 삼촌은 여기에 황칭의 칭澄(물이 맑다는 의미)은 투명한 색이고, 황첸의 첸蒨(꼭두서니라는 풀 또는 붉은빛이라는 의미)은 붉은빛이 도는 주황색으로 태풍이 오기 전 저녁 하늘 같다고 했다.

황칭은 언니의 이름은 묘하게 심오한데 자신의 이름은 너무 단순하고 시시하다고 생각했다.

어느 날 해가 질 무렵 세 사람은 린의 차를 타고 쑹산松山 공항 부근에 가서 비행기를 보았다. 차 안에는 프랭크 시나트라의 '마이웨이'를 크게 틀어놓았다. 린 삼촌은 하늘을 가리키며 큰 소리로 말했다. "저게 바로 언니의 색이야. 하루에 단 몇 분뿐이지. 매일 볼 수 있는 것도 아니고." 황첸은 린의 오른쪽 뺨을 가볍게 톡톡 치고는 뒤에 앉은 동생에게 미소를 지어 보였다. 황칭은 자신의 투명색은 색깔이 될 수 없다고 생각했다. 불현듯 떠나간 아빠가 떠올랐다. 아빠에 대해서는 거의 기억나는 게 없었다. 작은 새처럼 아빠의 뺨을 입으로 톡톡 쳤던 게 생각날 뿐이었다. 그녀가 기억하는 아빠의 이상한 냄새는 술 냄새였다. 부모님이 이혼할 때 황칭은 겨우 여섯 살이었고, 그 후로 아무도 아빠에 대해 말해주지 않아 처음부터 아빠가 없었던 것 같았다. 딱 한 번 황첸이 말한 적 있는데 아빠가 없어도 상관없고 집에 남자가 필요한 것도 아니라고 했다. 그래서 황칭은 자신에게 결핍이 있다는 생각을 한 번도 해본 적이 없었다.

린 삼촌과의 즐거웠던 시간은 1년도 채 가지 못했다.

황첸이 굵은 웨이브 파마를 하고 왔을 때 엄마는 딸에게 무슨 일이 생겼음을 눈치챘다. 황첸은 지루하면 손가락으로 머리카락을 꼬는 버릇이 있었는데 머리카락이 어깨 한쪽에 닿으면 고개를 갸우뚱하고 멍하니 웃었다. 스무 살이 넘은 여대생에게 연애가 특별한 일도 아닌데 왜 동생을 앞세워 연막작전까지 쓰는지 엄마는 이해할 수가 없었다.

어느 날 막 방학을 맞은 황청은 엄마와 함께 카페에서 더우화豆花(연두부에 시럽을 넣어 달콤하게 만든 디저트의 일종)를 먹고 있었다. 맞은편 테이블에는 황청 또래의 여자아이가 앉아 있었다. 잠시 뒤 정장을 입은 남자가 화장실에서 나왔다.

엄마가 경쾌한 목소리로 남자에게 인사했다. 남자는 황청 모녀를 보고 순간 당황한 듯했으나 금세 젠틀한 미소를 지으며 고개 숙여 인사했다.

엄마가 말했다. "어머, 여기서 만나다니!" 반가움을 숨길 수 없는 목소리로 인사하던 엄마는 옆에 앉은 황청의 표정까진 알아채지 못했다.

남자는 주머니에서 손수건을 꺼내 손을 닦고는 여자아이의 맞은편에 앉았다.

엄마가 말했다. "딸이로군요, 참 예쁘기도 하지. 인사해요. 내 딸이에요. 큰아이는 전에 봤죠? 황청, 린 삼촌에게 인사해야지."

남자는 황청을 향해 고개를 끄덕이며 인사했다. 부드럽고 인자한 그의 눈빛은 마치 그녀에게 모든 게 다 별거 아니니 괜찮다고 말하는 것 같았다.

황청이 말했다. "린 삼촌 안녕하세요?"

"그래, 안녕?"

그는 곧 자신의 딸에게 시선을 옮겼다. 딸에게도 인사하라고 할 생각은 없어 보였다. 잠시 기다리던 엄마는 그에게 다시 말을 걸었다. 이렇게 우연히 만난 게 정말 신기하다며 호들갑스럽게 말했다. 하지만 곧 상대의 냉담한 반응을 감지하고는 고개를 숙인 채 더우화를 퍼먹고 있는 황청에게 시선을 돌렸다.

그 짧은 몇 분이 황청에게는 하루 같았다.

잠시 뒤 그가 딸에게 말했다. "다 못 먹어도 괜찮아."

황청은 참지 못하고 옆을 쓱 보았다. 린은 황청에게 미소를 지어 보였고 황청은 다시 바보같이 웃다가 깜짝 놀라 엄마를 돌아보았다. 그러고는 제 발이 저려 황급히 다시 고개를 숙였다. 이 모든 광경을 엄마는 놓치지 않고 있었다.

"아빠, 못 먹겠어." 아이가 말했다.

린은 아무 일도 없다는 듯 더우화를 가져갔다. 황청은 더우화에 올려진 타피오카 몇 알을 무심코 삼키는 바람에 기침을 몇 번 했다. 린과 그의 딸이 떠난 후에야 엄마는 입을 열었다. 엄마가 묻자마자 황청은 힘이 빠진 듯 울기 시작했다.

그리고 집에서는 한바탕 난리가 났다. "내가 이런 천박한 년을 낳았다니!" 엄마는 화가 나서 무섭게 소리쳤다. 황첸도 악을 쓰며 응수했다. "그 어미에 그 딸이지!"

그리고 어느 날 엄마는 결국 가위를 들고 와 언니의 구불구불한 머리카락을 잘라버렸다. 언니는 말 한마디 없이 무섭게 앞만 쳐다보고 있었다. 아무것도 보이지 않는 것처럼.

다시 모든 것이 조용해졌다.

이후 몇 달 동안 언니는 아무것도 하지 않고 잠만 잤다. 황청은 밤에 황첸의 침대에 올라가 그녀의 뺨을 만져보곤 했다. 언니의 뺨이 말라 있으면 그녀는 자기 침대로 돌아와 안심하고 다시 잤다. 언니의 뺨이 젖어 있으면 슬플 때 자신을 위로해줬던 것처럼 언니를 가볍게 토닥이며 마음이 아픈 듯한 표정을 지어 보였다.

어느 날 황첸이 이불 밖으로 눈만 빼꼼히 내밀고는 황청의 머리를 부드럽게 어루만져주었다. 오랫동안 언니와 말할 수 없었던 황청은 금방이라도 무슨 말이든 쏟아낼 기세였는데 먼저 입을 연 건 황첸이었다.

"너도 머리 잘라줄까?"

황청은 뭔가로 머리를 얻어맞은 것 같았다. 그녀는 반사적으로 고개를 끄덕이며 얌전히 자리를 잡고 앉았다. 본능적으로 황첸의 눈을 보며 이해할 만한 뭔가를 찾으려고 했지만, 그 속엔 아무것도 없었다.

"가서 가위 가져와." 황첸이 명령했다.

가위는 정말 무거웠다. 황청은 가져온 가위를 조심스레 내려놓았다. 이불을 평평하게 펼친 침대 위에 책상다리를 하고 앉은 황첸이 황청에게 오라고 손짓했다. 황청은 언니에게 등을 돌리고 앉아 창문에 반사되는 둘의 모습을 보았다. 이따금 미소 짓는 황첸은 엉망으로 잘린 어깨 근처의 단발과 잘 어울렸다. 기괴한 생각이긴 했지만 황청의 눈엔 언니가 더 예뻐진 것 같았다.

싹뚝싹뚝.

자매가 키우는 비숑 프리제 두두가 침대 모서리에 웅크리고 앉아 낮게 낑낑댔다. 두두는 꿈을 꾸는 와중에도 자매의 사랑을 느끼는 것 같았다. 황청은 머리카락이 이불 위로 떨어지는 소리를 상상했다. 눈송이가 떨어지는 것 같겠지. 린 삼촌은 눈을 보러 홋카이도에 가자고 했었다. 자매는 아직 눈을 본 적이 없었다. 린 삼촌은 말했다. "사실 지저분해. 멀리서 봐야 예쁘지."

반년이 지난 후에도 황첸은 여전히 무기력한 모습으로 방에 틀어박혀 있었다.

자매는 유행가 가사를 외우며 논 적이 있었다. 황청은 기억력이 좋아 읽으면서 동시에 외울 수도 있었다. 하지만 황첸은 노래를 불러야 외울 수 있었다. 머릿속 멜로디 때문에 성조가 헷갈리기도 했다. 놀이의 규칙은 한 사람이 한 소절을 외우면 다른 사람이 이어서 외워야 하고, 못 하면 지는 거였다.

그때 황청은 놀자고 졸랐다. 그러면 언니가 좋아할 것 같았기 때문이다.

황청은 새로 사 온 카세트테이프를 들으며 언니와 새 노래를 배웠다. 두 사람은 카세트테이프가 늘어질 때까지 노래를 들었다. 전주의 첫 소절만 들어도 가사를 맞힐 정도였다. 두 곡을 듣고 난 후 황청이 카세트를 끄고 가사를 외우다 황첸에게 넘겼다. 황첸은 귀찮아하며 노래를 그냥 불러버렸다. 황청이 말했다. "틀렸어, 틀렸어. 노래를 부르면 지는 거야." 황첸은 개의치 않고 더 큰 소리로 노래를 계속 불렀다. 잠시 후 황청은 풀이 죽은 얼굴로 말없이 카세트의 되감기 버튼만 자꾸 눌렀다.

황첸은 동생의 뒤통수를 보고 가슴이 답답해졌다. 황첸이 아무렇게나 자른 황청의 머리카락은 몇 달이 지나서야 목까지 길었다. 그때 황청이 울었는지는 모르겠지만 지금 동생의 뾰로통한 얼굴, 테이프 돌리는 소리는 다시 그녀의 심기를 건드렸다. 그녀는 동생이 당장 눈앞에서 사라졌으면 싶었지만 여긴 자매의 방이었기에 황청이 달리 갈 데도 없었다. 황첸의 시선이 책상 위 코끼리 저금통에 머물렀다. 린이 황청에게 그것을 건네줄 때 그의 입가에 걸려 있던 비웃음 같은 미소가 떠올랐다.

"코끼리 내놔."

황청은 이런 식으로 침묵을 깨는 방식이 불안했지만, 언니에게 코끼리 저금통을 가져다주었다. 동전이 많이 든 코끼리 저금통은 꽤 무거웠다.

쨍그랑.

코끼리가 바닥에 떨어졌을 때 황청은 깜짝 놀라 소리 질렀지만 황 첸은 그러지 않았다.

코끼리의 코가 부러지고 귀에 금이 갔다. 몸통이 두 동강 나면서 코끼리 몸 안에 있던 동전이 사방으로 흩어졌다. 황청은 자기가 먼저 놓은 건지 언니가 늦게 잡은 건지 분간할 수 없었다.

"와, 돈 많이 모았네." 황첸이 웃으며 말했다.

입을 다물지 못한 채 언니를 바라보던 황청의 눈가에 이슬이 맺히기 시작했다.

황첸은 표정을 거두고 눈을 내리깔았다.

"나가."

황청은 잠시 멈칫하다 곧 일어나 방을 나왔다. 걸어나오면서 머릿속에 생뚱맞게 떠오른 가사 한 소절을 웅얼거렸지만 소리는 내지 않았다. 방문에 이르러서야 어찌할 바를 모르고 울음을 터뜨렸다. 그녀는 줄곧 언니가 미워서 울었던 거라고 생각했지만 시간이 지나면서 조금씩 깨달았다. 그녀는 언니를 사랑해서 울었다. 여자아이는 자기 주변에서 발생하는 일을 알아챌 수 있다. 나이가 어려도 마찬가지다.

얼마 후 황첸은 독립했다.

06

황청은 햇볕이 쏟아지는 빌라 단지의 중정에 앉아 미간을 찌푸린 채 대본을 읽고 있었다. 날씨가 오랜만에 화창했는데 집에는 볕이 잘 들지 않아 두두를 데리고 나와 햇볕을 쬐었다. 나이 든 두두는 털도 누리끼리하고 눈도 푸르뎅뎅해졌지만, 먹성만은 그대로였다. 황청은 이따금 화상을 입진 않았는지 두두의 발바닥을 만져보았다.

이 중정은 한 동에 다섯 가구뿐인 빌라 세 개 동이 공유하는 공간이다. 빌라의 뒤쪽은 산이라 도시의 교통체증이나 소음 같은 건 느껴지지 않았다. 황첸에겐 이곳이 두 번째 집이었고, 황청은 태어나서 줄곧 이곳에서 자랐다. 그녀는 오후 2시가 되면 들려오는 온갖 소리에 귀를 기울이고 있었다. TV 경제 프로그램의 주식 분석하는 소리가 들렸다. 아이 울음소리, 개를 부르는 남자의 목소리도 들려왔다. 피아노 소리도 들렸는데 연주자는 항상 골드베르크 변주곡만을 쳤다. 한 주에 두 번 정도였는데 매번 같은 단락만 연주했다. 두두의 귀가 창밖으로 흘러나온 음표에 부딪힌 듯 움찔거렸다. 무미건조한 멜로디가 귀에 거슬렸다. 익숙한 부분은 빠르게 연주했고, 틀리는 부분은 반복해서 힘주어 건반을 눌렀다. 황청은 어느 집에서 나는 소리인가 싶어 주변을 올려다보았다. 나뭇잎 하나가 그녀의 얼굴을 스치며 떨어졌다.

「불면증」이 끝나고 넉 달 후 어느 날 샤오카이에게서 차기작을 함께 하자는 제의가 왔다. 이번 작품은 타이베이 프린지 페스티벌에서 공연할 「몽유병」이었다. 출연 제의에 황청은 기쁘다기보다는 놀랐다. 자신이 그곳에서 환영받는 존재는 아니었다고 생각했기 때문이다. 작품은 대부분 기존 인물들에 잭만 새롭게 합류했다.

잭은 게이가 맡았는데 평상시 동작이 여자보다 가벼웠다. 그는 연습을 시작하기 전에 항상 5분간 발성 연습을 하고, 소리를 낮춰 가슴의 공명을 잡은 후에야 샤오카이가 말하는 '남자 목소리'를 낼 수 있었다. 그는 정말 수다스러워서 쉬는 시간이면 누구든 잡고 자신의 연애사를 들려주었다. 대부분 비슷한 짝사랑이거나 실연당한 이야기였다. 잭은 주로 이성애자를 선택했고, 그걸 사랑에 빠진 뒤에야 알았다고 했다. 그러면서 자신이 너무 바보 같다고 했지만, 그의 말투는 한탄스럽기보다는 의기양양하게 들렸다. 황청은 세상의 많은 사람이 괴로움을 즐긴다는 사실을 알게 되었다.

처음 두 번의 공연이 끝난 후 무대 뒤로 온 샤오카이는 머리를 쥐어뜯으며 절규했다.

"아니, 아니! 다섯 살 소녀를 연기하라는 게 아니잖아요. **유년 시절**을 표현하라니까요. **일종의 상태**를 보여주란 말이에요."

샤오카이가 일관되게 사용하는 추상적인 비유 방식을 알기에 황청은 특정 상태에 있는 것이 어떤 느낌인지는 짐작하고 있었다. 하지만 '상태를 표현'하는 건 완전히 다른 것이다.

이번에 맡은 역할은 식물인간이었다. 그녀가 깨어나는 건 환상 속에 있음을 의미했고, 다섯 살 소녀의 영혼에 갇힌 여자가 황청이 맡은 배역의 상태였다. 그녀는 대본에 '순진, 순수, 유치함, 재미, 서툶, 무지 등 연상되는 단어를 썼다. 모두 너무 피상적이었다. 잭의 가늘고 끈적한 목소리가 울려왔다. "황청은 정말 행복한 공주님이야." 그 말을 듣고 의기소침해진 그녀는 써놓은 글자를 보이지 않을 때까지 연필로 죽죽 그었다.

그녀는 자기 유년 시절이 언제였는지 확신할 수 없었다. 그때는 언니의 사춘기와 겹쳤기 때문에 걸핏하면 언니의 궤도로 빨려 들어갔다. 굳이 표현하자면, 어느 시점에 생각지도 못한 장붓구멍이 있어서 딸깍 소리와 함께 맞춰지며 유년 시절은 끝나버렸다. 머리카락을 잘랐을 때일 수도 있고, 코끼리 저금통이 깨져버렸을 때일 수도 있다. 아니면 언니의 마지막 침묵이었는지도.

이번 배역에는 동화 『푸른 수염』을 이야기하는 독백이 있었다. 샤오카이는 황청에게 어린아이다운 잔혹성을 담아달라고 했다. 황청은 대사를 툭툭 끊어 읽고, 단어의 위치를 바꾸고, 호흡을 거칠게 해 숨이 차서 헉헉대는 아이처럼 말했다. 대사는 이미 달달 외운 상태였지만 아기처럼 웅얼대는 자기 목소리를 들으면 황청은 자신이 없어지고 연기에서 유리되었다. 그녀는 항상 스스로를 평가했는데, 그러고 나면 표정도 연기에서 멀어졌다. 연습하면 할수록 좌절감은 켜켜이 쌓여 공연할 때는 금방이라도 터져버릴 지경이 되었다.

게다가 그녀는 눈물도 나오지 않았다.

소녀가 자신이 깨어나지 못한다는 사실을 알았을 때, 몸뚱이에 갇힌 채 죽을 때까지 누워 있어야 한다는 사실을 알았을 때 샤오카이는 황청의 얼굴이 눈물범벅이 되기를 바랐다. 소녀(여전히 이름이 없다)를 맡은 황청은 2막에서 주로 연기했다. 관객이 입장했을 때부터 1막이 완전히 끝날 때까지 황청은 무대 중앙에 놓인 침대에 누워 꼼짝하지 않았다. 그녀는 눈을 뜬 채 완전히 깨어 있는 상태를 유지해야 했다.

황청은 잠들지 않으려고 계속해서 뭔가를 생각해야 했다. '집에 가면 기말고사 조발표 자료를 작성해야 해.' 토론에 참석하지 않는 대신 맡은 것이었다. '식단에서 전분을 줄일 방법은 없을까, 소속사를 진지하게 찾아볼까, 연기를 배울 만한 데가 없을까……' 두서없이 떠오른 것들로 머리가 어지러워지자 황청은 아무것도 생각할 수 없었다.

어제 두 번째 공연에서 그녀는 대사를 집중해서 듣고 있다 그만 잠이 들었다. 깜짝 놀란 그녀는 순간 몸을 크게 움찔하며 잠에서 깼다. 그 순간 그녀는 눈을 뜨지 않으려고 안간힘을 썼다. 다행히 장면이 바뀌어 조명이 꺼져 있었고, 옆에서 준비하던 샤오샤오 외에는 아무도 알아채지 못했다. 황청은 그녀가 샤오카이에게 말할 줄 알았지만 그렇지 않았다. 나중에 그녀는 깜빡 졸았음을 인정하고 사과할 걸 하고 후회했다. 하지만 2막에서 샤오카이의 관심은 그녀가 눈물을 흘리지 않았다는 데에만 집중되어 있었다.

"눈물 흘리는 거 어렵지. 계속 눈에 힘을 주고 봐. 눈물이 날 거야." 극단장이 말했다.

황청은 그의 말대로 해보았으나 눈이 건조해져서 콘택트렌즈가 떨어져나왔다.

"사랑하는 사람에게 다신 갈 수 없어요. 영원히 그에게 말을 걸 수 없게 되었다고 상상해봐요." 샤오카이는 그녀가 상태로 들어갈 수 있게 도왔다.

황청은 계속해서 슬픈 상상을 했다. 한번은 엄마와 언니가 죽었다고 상상하니 1막이 끝나기도 전에 눈물이 나기 시작했다. 하지만 움직일 수는 없었으므로 눈물이 귀속까지 흘러들어가게 둘 수밖에 없었다. 그런데 어렵게 끌어낸 슬픔은 오래가지 않았다. 연극이 결말을 향해 갈수록 울어야 한다는 부담감에 몸 전체가 비어버린 것 같았다.

옆 동에 사는 젊은 엄마가 유모차를 끌고 막 돌아왔다. 유모차 안에는 두세 살 되는 여자아이가 타고 있었는데 손에는 반쯤 먹은 쌀과자를 쥐고 있었다. 아이가 "멍멍이"라고 말했다. "멍멍이, 개." 엄마가 호응했다. 두두는 고개를 들어 두 모녀를 쳐다보고는 다시 엎드려 엉덩이를 꿈틀거렸다. 황청이 한동안 아기를 유심히 바라보자 아이도 호기심 어린 눈빛으로 그녀를 바라보았다. 젊은 엄마는 황청을 향해 가볍게 눈인사했다.

여자 아기는 눈을 깜빡이지 않았다.

아기는 황청의 눈을 뚫어져라 보았는데 1초도 놓치지 않을 태세였다. 아이들은 말이 아닌 눈으로 통제된다. 아이처럼 보이려면 눈으로 말해야 한다. 황청은 연기할 때도 기억하기 위해 서둘러 대본에 메모했다. 유모차가 대문 안으로 들어온 후에야 그녀는 두두가 같이 햇볕을 쬐고 있지 않다는 걸 알았다. 그녀는 뜨거워진 정수리를 만져보고 다리를 쭉 폈다. 두두를 쓰다듬어준 후 달달 외운 독백을 다시 읽어내려갔다.

……자매는 각각의 열쇠가 열 수 있는 문을 찾기로 했어요.

마치 놀이 같았죠.

그들은 문을 하나하나 열었고, 문이 하나씩 열릴 때마다 큰 소리로 환호했어요.

신기한 것들을 모두 보고 난 뒤, 긴 복도 끝 빛이 전혀 비치지 않는 벽에 난 문 하나만이 남았죠.

그건 지하로 통하는 문이었어요.

가장 작은 열쇠를 꽂고 돌리자 열쇠 구멍에서 선홍색 피가 흘러나왔어요. (날카로운 비명)

그곳은 온통 검은색 해골뿐이었고

썩은 내가 코를 찔렀죠.

누군가 문을 닫고 열쇠를 뽑았는데

손에 피가 잔뜩 묻었고 아무리 씻어도 씻기지 않았어요.

열쇠에서는 계속 핏방울이 떨어지고 있었어요.

똑, 똑, 똑……

황첸은 황청이 연습하고 있던 독백이 마음에 들지 않았다. 그녀는 신화나 동화가 들어간 글은 진부하고 시대에 뒤떨어진다고 생각했다. 관객에게도 배우에게도 낯설어진다는 것이다. 황청도 실제로 거리감을 느꼈다. 이야기 속으로 들어가지도 못했고, 울고 싶은 감정이나 두려움도 느껴지지 않았다. 황첸은 소리에 집중해보라고 조언했다. 그저 듣는 것만으로 충분하다고. 이것은 그녀가 배웠던 또 다른 독백 처리 방식이었다.

반쯤 연주되던 골드베르크 변주곡이 갑자기 멈췄다. 황청은 앞쪽 화단의 잎사귀 하나를 응시하고 있었다. 잎사귀는 바람에 끊임없이 나부끼고 있었다. 계속 보고 있다면 잎사귀는 누군가 자신을 주시하고 있음을 알게 될 것이고 천천히 움직임을 멈출 것이다.

샤오카이도 바람에 흔들리는 잎사귀를 비유한 적이 있다. 잎사귀처럼 '그림자 연습' 시간에 상대방을 따라 움직이라는 뜻이었다. 그것은 '거울 연습'에서 발전된 것이었다. 마찬가지로 두 사람이 한 조가 되어, 한 사람은 앞에서 주체가 되고, 다른 한 사람은 뒤에서 그림자가 되었다. 주체가 되는 사람이 돌아서면 서로의 위치 관계가 바뀌었다.

하지만 황청은 이런 신체 연습에 싫증이 나기 시작했다. 서로의 신체에 집중해서 행동을 통제하는 방식으로는 그녀가 역할을 이해하는 데 도움이 될 것 같지 않았다. 그녀는 모든 것이 마음에 들지 않았다. 의상도 싫었다. 귀신 같은 하얀색 잠옷은 몸에 맞지도 않았고 조명을 받으면 안이 훤히 비쳤다. 맨발로 연기해야 하는데 바닥이 너무 더러웠다. 마지막에 다시 눕는 장면에서는 모든 관객이 그녀의 발만 보게 될 텐데 감동의 눈물을 흘리다가도 여배우의 더러운 발을 보면 극에 몰입할 수 없을 것이다. 샤오샤오는 1막이 끝났을 때 처절하게 울었는데 고개를 든 그녀의 얼굴은 눈물범벅이었다. 콧물이 입 안까지 흘렀다. 어떻게 저렇게까지 슬플 수 있지? 대본은 완성도가 떨어졌고 배우들의 캐릭터도 미완성이었다. 남자친구랑 헤어져서 저렇게 슬픈 건가? 하지만 이렇게 되면 눈물 없는 자신의 연기가 더 가식적으로 보일 것이다. 그건 안 된다. 가식적이면 안 돼, 가식적이면 지는 것이다. 황청은 무대가 자신을 필요로 하지 않는다고 느꼈다. 게다가 천부적인 재능도 없었다.

샤오카이는 말할 것이다. "얼굴을 손에 묻고 울음소리라도 내봐요."

아마추어 감독이 아마추어 배우를 포기하는 것이다.

두두가 일어나 귀를 쫑긋거리며 먼저 집 앞으로 가서 기다렸다. 천천히 따라 일어난 황청은 독백을 처음부터 다시 중얼거리기 시작했다. 아직 공연이 두 번 더 남았다. 그녀는 반드시 울어낼 것이다.

07

이에 아말감을 끼운 느낌을 황청은 불편해하지 않았다. 여느 아이들과 달리 황청은 어렸을 때부터 치과에 가는 걸 좋아했다. 치과 치료를 하고 나면 다른 건 먹을 수 없으니까 아이스크림을 사달라며 언니를 조르곤 했다. 어렸을 때 자매가 함께 열이 난 적이 있는데 엄마는 두 아이에게 아이스크림을 사주셨다. 이때부터 몸이 아프면 아이스크림이 유일한 위안이 되었다. 아이스크림 하면 아팠던 게 떠올랐다. 당연히 린 삼촌을 만나기 전의 일이다.

한번은 입을 크게 벌리고 웃는 황청을 본 린 삼촌이 말했다. "조그만 입안에 새까만 충치가 많기도 하네." 황청은 얼른 입을 다물고 물었다. "그걸 어떻게 알아요?" 그리고 그제야 황청은 썩어버린 충치는 다시 나지 않는다는 사실을 알았다. 황첸이 말했다. "우리 집 위생 관념은 정말 문제 있어. 린을 만난 후에야 아침저녁으로 양치해야 한다는 걸 알았다니까. 치실 쓰는 법도 배우고. 엄마는 정말 아무것도 몰라." 나중에 린 삼촌과 더우화를 먹던 여자아이를 떠올릴 때면, 황청의 마음은 항상 시큰해졌다. 틀림없이 하얗고 예쁜 치아를 가진 아이였을 거라 상상하면서.

그 후 황청은 입을 벌리고 웃지 못했다. 누군가와 말할 때면 늘 상대의 입만 바라보곤 했다. 머리카락이 잘리고 1년이 지난 후에야 중학교에 들어갔다. 그리고 린 삼촌을 다시는 볼 수 없었다.

중학교에서 친하지도 않았던 어떤 아이가 어느 날 황청에게 말했다. "나도 입이 좀 비뚤어지면 좋겠어. 입이 비뚤어지면 다 미인이 잖아."

황청은 지금까지도 그 애가 무슨 뜻으로 한 말인지 이해하지 못했다. 이름도 기억나지 않는 그 애는 황청을 향해 한쪽 입을 과장되게 비뚤어 보였다. 순간 황청의 얼굴이 일그러졌고 그날은 종일 긴장한 듯 입을 앙다물고 있었다.

어느 날 퇴근하고 온 황첸에게 황청이 물었다. "내 입이 많이 비뚤어졌어?"

황청의 얼굴을 찬찬히 뜯어 본 후 황첸이 말했다. "네가 말하기 전까지 몰랐는데."

황청은 어렸을 때 사진을 모두 꺼내 자기 입이 언제부터 비뚤어지기 시작했는지 살펴보았다. 어렸을 때 사진은 다 괴상한 표정을 하고 있어서 입이 어땠는지 알 수 없었다. 초등학생이 된 후에는 사진 찍는 걸 좋아하지 않아서 사진이 별로 없었다. 황첸은 옆에서 감상에 젖은 목소리로 말했다. "너 어렸을 땐 나랑 정말 똑같이 생겼었어." 황청은 언니를 억지로 거울 앞에 세워서 서로의 얼굴을 자세히 살펴보았다.

황첸이 말했다. "정말 티 안 나. 세상에 좌우가 완전히 대칭인 얼굴이 어딨어? 얼굴도 글자처럼 계속 뚫어져라 쳐다보면 이상해 보이는 거야. 알아볼 수 있으면 된 거지." 잠시 후 황첸은 벽에 걸린 유치원 졸업 사진을 자세히 살펴보더니 말했다. "어렸을 때부터 조금 비뚤어지긴 했네."

고등학생 때 아나운서가 되고 싶다는 꿈을 결국 포기한 건 그래서였다. 매일 그녀의 입을 바라보는 사람들이 그녀를 '입이 비뚤어진 앵커'라고 부르게 할 수는 없었다. 그래서 동아리도 방송반, 연극반, 공연예술반 중 공연예술반을 선택했다. 주로 상성을 했는데 대본도 직접 썼다. 연극반은 생각도 하지 않았다. 의상도 어색했고 무대 위에 있는 사람들은 가식적으로 보였다. 연극은 황첸의 그 커다란 시체꽃 모자같이 느껴졌다. 사춘기는 보이는 것이 전부인 시절이다. 얄팍하고 까다롭다. 날이 무딘 커터칼처럼.

고등학교 시절은 그런대로 참고 지나갔다.

대학에 입학하자마자 귀를 뚫었다. 친구들은 시먼딩로西門町路 한쪽에 자리한 어느 외국인에게 피어싱했다. 귀를 뚫기 전 그는 그녀의 귓불을 부드럽게 매만졌다. 황청은 몸을 움츠렸고 순간 온몸에 닭살이 돋았다. 그녀는 귓불이 자신의 성감대임을 나중에야 알았다. 오른쪽 귀를 뚫을 땐 아프지 않았다. 왼쪽 귀를 뚫을 때 밖에서 "펑!" 소리가 났다. 도로변에서 오토바이가 뭔가를 들이받았다. 황청이 고개를 돌리는 순간 바늘이 정확히 들어갔다.

"일주일 동안 귀걸이 빼지 마세요." 피어싱 숍을 나온 황청은 친구와 거리를 거닐며 쇼핑했다. 그날 저녁에 입을 가슴선이 드러나는 블랙 미니 원피스를 골랐다. 황첸이 그날 오랜만에 보여줄 사람이 있다고 했다.

그들은 샹그릴라 호텔 근처 고급 스테이크 레스토랑을 예약했다. 린은 먼저 도착해서 테이블에 와인을 미리 준비했다. 그의 머리는 여전히 단정하고 풍성했다. 유일하게 달라진 건 하얗게 변했다는 점이다. 린 삼촌이 자신보다 거의 서른 살이나 많다는 사실을 황청은 그제야 느꼈다. 황청을 본 린도 깜짝 놀랐다. 소녀가 여인으로 자란 것이다. 그때의 황청보다는 조금 더 비밀스럽고 경쾌해졌다.

황청은 천천히 깨달았다. 황첸은 남자친구가 끊이지 않았지만 린을 계속 만나고 있었던 것이다.

와인 향이 느껴질 때마다 속이 울렁거렸지만 황청은 자신도 한잔 마시겠다고 우겼다. 엄마가 토해놓은 걸 치운 이후로 술 냄새만 맡으면 속이 울렁거렸다. 린은 그녀를 위해 잔을 하나 추가했고, 와인을 반쯤 따라주었다.

"천천히 마셔." 린이 말했다.

황첸의 입 주위에 와인이 묻어 있었다. 그녀는 미소를 지으며 편안한 시선으로 황청을 보았다. 언니의 반짝이면서 열기에 가득한 눈동자에서 작고 검은 뭔가가 쏟아져 나오는 것 같았다. 술에 취한 눈빛인가? 황청은 한 번도 황첸이 취한 모습을 본 적이 없었다. 사람이 얼마나 마시면 취하는지도 몰랐다. 황청이 아무렇지 않은 척 잔에 남은 와인을 단숨에 비웠다. 목구멍 깊은 곳에서 느껴지는 불편함을 억누르려 침을 힘겹게 삼켰다. 린은 화이트 와인을 한 병 더 시켰고 디저트 메뉴판을 황청에게 건넸다.

"디저트로 아이스크림 먹을까?" 린이 말했다. 황청은 고개를 끄덕이고 물을 한 모금 마셨다.

"애 오늘 귀 뚫었어요." 황첸이 말했다.

"아프지 않아?" 린이 물었다.

"안 아파요. 그런데 왼쪽은 좀 비뚤어졌어요." 황청이 말했다.

"그래? 어디 보자." 황첸이 황청의 턱을 살짝 들어올리며 흐리멍덩한 눈빛으로 바라보았다.

"양쪽 귀 높이가 다르네."

린도 유심히 살펴보았다.

"입이 비뚤어진 쪽이랑 같은 방향이야." 황첸이 말했다.

황청의 얼굴이 붉게 달아오르기 시작하더니 가슴, 귀, 이마 한가운데까지 천천히 퍼져나갔다.

"당신 취했군." 린이 웃으며 황첸에게 말했다.

"아니에요, 오늘 동생이랑 같이 마시니까 기분이 좋아서 그래요."

황청은 새로 가져온 화이트 와인으로 시선을 옮겼다. 린이 알아채고는 그녀에게 술을 더 따라주었다.

아이스크림이 곁들여진 브라우니가 왔다. 황청은 브라우니 한입에 아이스크림을 조금씩 올려 신중하게 입에 넣었다. 디저트를 거의 다 먹었을 때 두 번째 잔도 바닥을 드러냈다.

다행히 그때처럼 차 안에서 함께 먹던 소프트아이스크림은 아니었다. 열도 나지 않았고 이가 아프지도 않았다. 은 귀걸이를 끼고, 와

이어가 있는 브라를 하고, 몸에 맞지 않는 블랙 원피스를 입고 있었지만 적어도 전부 새로운 것이었다. 황칭은 모든 것이 달라졌다는 걸 알았다. 누군가는 늙어가고 누군가는 성장한다. 그녀는 이 모든 것을 조금씩 이해하고 있었다. 그녀는 린과 황첸의 대화에 끼지 않았다. 듣지도 않았다. 가끔 자기 얼굴 전체가 너무 비대칭적이라는 생각이 들었을 뿐이다.

식당에서 나왔을 때 황첸은 황칭의 치맛자락을 잡아당기며 귓가에 속삭였다. "이런 옷엔 하이힐을 신어야 예쁜 거야."

황칭은 자신의 분홍색 플랫슈즈를 내려다보았다. 너무 구식이고 유치했다.

두 사람은 린의 차에 올라탔다. 이번에 황칭은 뒷좌석으로 기어갈 필요 없이 차 문을 열고 바로 탔다. 린은 황칭을 집 주변에서 내려주고 황첸을 태운 채 사라졌다. 그녀는 떠나는 차의 뒷모습을 보며 지켜야 할 비밀이 또 생겼다는 걸 깨달았다. 다만 이번에는 어렸을 때처럼 자신이 그렇게 특별하다고 느껴지지는 않았다.

사람이란 이렇게 뭔가를 지킬 수 있어야 성장하는 것일까 생각했다.

08

왕 감독이 화장을 좀 지우라고 했다.

황칭은 화장실로 가 휴지에 물을 묻혀 뺨의 블러셔를 지웠다. 뭉개진 파운데이션은 아예 물로 씻어내고 마지막으로 눈 밑에 번진 마스카라를 닦아냈다. 그러고는 치맛자락을 쓱쓱 밀어 주름을 털어냈다. 5년 전 린 삼촌과 식사했을 때 빼고 한 번도 입지 않았던 옷이다. 빨아서 줄었는지 키가 더 자란 건지 치마가 전보다 더 짧아져 있었다. 튜브톱 양쪽을 당기자 예쁜 쇄골이 더 드러났다.

화장실에서 나왔을 때 황청은 복도에서 왕 감독과 스쳤다. 그는 황청의 앞머리에 맺힌 물방울을 보고 '가능성'을 느꼈다. 배우로서, 그리고 여자로서도.

황청은 하이힐을 신고 자리로 돌아왔다. 종아리에 힘을 주면 곡선이 생겼다.

자리로 돌아온 왕 감독도 세수를 하고 온 듯했다.

"키가 어떻게 되죠?" 왕 감독이 물었다.

"168입니다."

"키가 큰데 왜 하이힐까지 신었어요?"

"이 옷과 어울린다고 생각해서요."

"요즘 애들은 오디션 올 때 왜 전부 결혼식 차림인 거야?" 왕 감독이 옆에 있던 중년 여성에게 말했다. 여자는 차가운 한숨을 내쉬며 대답하지 않았다.

"연기는 왜 하고 싶죠?" 왕 감독이 물었다.

"연극 공연을 하면서 특별한 느낌을 받았습니다. 다른 사람이 된 듯한 느낌이요."

"연극을 했어요? 어땠나요?"

"좀, 추상적인데요."

"소극장에서 했나요?"

"서른 명 정도만 들어가는 아주 작은 극장이었습니다."

"무슨 역할이었나요?"

"두 작품을 했는데, 첫 번째는 대사가 없는 거울 속 환영이었고,

두 번째는 지능이 다섯 살 정도인 식물인간 역이었습니다. 이 작품에선 독백이 한 단락 정도 있었습니다."

"재미있었나요?"

"재미는 있었지만 배역에 이름은 없었습니다."

"왜죠?"

"감독님이 이름은 한 개인을 의미하지만, 역할은 인간을 대변해야 한다고 하셨어요."

"무슨 차이가 있죠?"

황청은 말문이 막혔다.

"나도 극단에 있었어요."

"정말요?"

"베케트 극단에 있었죠."

"베케트라니! 대단하시네요. 그런 유명한 극단에."

"좀 상업적이었죠. 관객을 울리고 웃기는."

황청이 웃었다. "중학교 때 언니가 몇 번 데리고 간 적이 있어요."

"언니는 몇 살인가요?"

"저랑 띠동갑이에요. 올해 서른다섯 살이죠."

"신기하네, 나랑 동갑이군요."

황청이 다시 웃었다.

"언니와 사이는 좋나요?"

"저를 끔찍이 예뻐하지만 성격은 아주 달라요. 언니가 좀 강한 편이죠. 엄마와 싸우고 집을 나가서는 몇 년이나 발길을 끊었어요. 언니는 자신이 원하는 것과 원하지 않는 것을 정확히 알아요. 저보단 언니가 더 배우에 어울려요. 고등학교 때 연극반을 했어요."

"언니 이름이 뭐죠?"

"황첸이에요."

"집안이 외자를 쓰는군요. 이름에 한 사람은 풀이 들어가고, 한 사람은 물이 들어가 있네요."

"그런데 언니가 물 같고, 제가 풀 같아요." 황청이 웃었다.

오디션에서의 질문들은 그녀의 성격을 파악하기 위한 것일 뿐, 상대는 답변의 내용보다는 그녀가 말하는 모습을 관찰하고 있다는 걸 그녀는 알고 있었다. 이 순간 왕 감독은 그녀를 정독하고 있었다. 왕 감독이 보기에 그녀의 얼굴은 이목구비를 따로 떼어보면 그렇게 예쁘지는 않았다. 하지만 전체적으로는 개성이 있었다. 아마 그녀의 입 때문이었을 것이다. 말할 때마다 입이 항상 한쪽으로 비뚤어졌고, 웃을 땐 입꼬리가 당겨지는 게 재미있는 느낌이 들었다. 그래서 황청이 말하면서 웃으면 왕 감독도 따라 웃었다. 두 사람은 자신들의 유머 코드가 맞는다고 생각했다.

"참여한 극단 이름이 뭐죠?"

"모여 극단이에요. 다 함께 모이자는 의미이고 구링가枯嶺街에 있어요."

왕 감독이 웃었다. 황청도 따라 웃었다.

"극단장과 작업한 적 있어요. 엑스트라로 자주 출연하죠."

황청은 대답하지 않았다.

"그가 연출도 하나요?"

"네, 하지만 제가 출연한 작품은 아니었어요. 가끔 연습실에 와서 조언은 해주셨어요."

"무슨 조언?"

"그러니까…… 연기에 관한 거죠."

"그 사람 연기 본 적 있어요?"

"광고는 본 적 있어요."

"어땠어요?"

황청은 잠시 머뭇거리다 대답했다. "광고만 봐서는 모르겠어요."

왕 감독이 웃었다. "연기는 별로예요. 좀 억지스럽지."

"무슨 뜻이죠?"

"일부러 웃기려고만 해요. 모든 연기가 잘 계산된 것이죠. 웃기려는 걸 알면 관객들은 재미없어해요. 하나도 안 웃긴 거죠. 의도가 너무 뻔해요."

"저를 별로 좋아하지 않았어요."

"당신을 무시했나요?"

"제 키가 너무 크다고 했대요."

왕 감독이 웃었다. "안목이 없네."

황청은 대답하지 않았다.

"그 사람 얼굴은 코미디밖에 못 해요. 그런데 코미디만큼 어려운 게 없지. 그저 웃기기만 해서 되는 게 아닌데."

황청은 여전히 대답하지 않았다.

"토니상 수상작은 본 적 있어요?"

"없어요."

"뭐요. 볼 만하니까. 연기를 연극으로 시작한 건 좋지만 영상과는 아무래도 다르죠."

"어떻게 다른가요?"

"투영이 다르죠. 연극은 전신으로 연기하지만, 영상은 보이는 부분만 연기한다고 보통 생각하죠. 하지만 난 상반신만 연기하는 거 정말 싫어해요. 손도 어찌할 바를 몰라서 카메라만 들어오면 금방 티가 나거든요. 그렇다고 전통 연극배우들도 쓰기는 쉽지 않아요. 너무 기교

적이라 조절하기가 힘들죠."

옆의 여자가 끼어들었다. "감독님, 시간이 다 됐는데 연기를 시켜 볼까요?"

왕 감독은 황청을 바라보며 생각에 잠겼다.

"일어나보세요."

"방금 키가 얼마라고 했죠?"

"168이요."

"하이힐 벗어보세요."

황청은 시키는 대로 했다.

왕 감독이 일어나 그녀 옆으로 와서 비교했다.

"알았어요. 소속사는 없나요?"

황청이 고개를 저었다.

"질문 없나요?"

"실례지만 어떤 작품인가요?"

"영화예요."

황청이 고개를 끄덕였다.

중년 여자가 왕 감독을 힐끗 보았다.

"오시면 알게 될 거예요."

09

세트장에 도착하자 스타일리스트는 황청을 데리고 근처 네일숍으로 갔다. 그날 촬영팀이 임시 분장실로 대여한 곳이었다. 황청은 순간 손톱을 깎은 지 오래됐다는 생각에 자신의 손톱을 보았다. 스타일리스트의 네일 스톤이 그녀의 황금빛 머리카락을 스쳐 목에 살짝 닿았다. 그녀는 옆에 있던 금발의 남자에게 말했다. "대충 여기까지요." 금발의 남자는 거울을 보면서 황청의 머리카락을 몇 번 만져보더니 고개를 끄덕였다. 그러고는 미용 가운을 황청에게 둘러주었다.

황청은 참지 못하고 물었다. "저, 얼마나 짧게 자르죠?"

금발의 남자는 코를 씰룩이며 멀리 길가에 멍하니 앉아 있는 소녀를 가리켰다.

황청은 이해할 수 없었지만 더는 묻지 못했다. 머리카락을 쥐어 가만히 가슴께로 가져왔다. 그녀는 1년에 한 번만 머리를 다듬었고, 대부분 한 갈래로 묶고 다녔다. 단발머리 하면 황첸과 린 삼촌이 생각났다.

금발의 남자가 가위를 들고 왔을 때 황청은 그때의 황첸을 본 것 같았다. 막내 스타일리스트가 잘 다려진 셔츠를 가지고 와서 갈아입으라고 했다. 교복처럼 보이는 화이트 상의에 네이비 스커트였다. 길가의 작은 천막에서 의상을 갈아입고 나온 황청은 계속 가슴을 여몄다. 셔츠가 너무 얇아서 검은색 브래지어가 훤히 비쳤다. 직급을 알 수 없는 스태프가 황급히 와서 말했다. "감독님께서 메이크업은 필요 없다고 하십니다. 의상만 갈아입고 바로 오세요." 그는 황청을 머리부터 발끝까지 훑어본 뒤 촬영 현장으로 데리고 갔다.

왕 감독은 그녀를 모르는 사람처럼 대했다.

선글라스를 쓰고 있어서 눈을 볼 수 없었고, 뭐라고 말을 걸어야 할지도 몰랐다. 왕 감독은 스태프에게 등받이 없는 작은 의자 하나를 감독 옆자리에 놓게 했다. 황청이 자리에 앉자 다 같이 모니터링을 했다. 왕 감독의 그림자가 황청의 몸을 반쯤 덮었다.

왕 감독은 전방을 향해 소리쳤다. "한 번 더 찍어봅시다! 팡위퉁은 모퉁이에서 뛰어나오라고 하고."

팡위퉁이라는 소리를 듣고 황청은 몸을 한 번 떨었다. 작은 그림자가 모니터 화면 왼쪽 상단에서 나타나 카메라 렌즈를 향해 천천히 뛰어왔다. 그녀는 똑같은 화이트 상의에 네이비 스커트, 똑같은 단발에 체형마저 그녀와 비슷했다.

황청은 몇 년 후 스크린에서 자신을 보았을 때도 바로 이 순간을 떠올렸다. 그녀였지만 그녀가 아니었다. 이전에 「불면증」에서의 환영 연기와 달리 이건 어설픈 복제였다. 그녀일 수 있지만 아니었다. 나머지 사람들은 모두 배경이 되어 있었다.

이 장면은 몇 번이나 찍었지만 왕 감독은 마음에 들어하지 않았다.

그가 황청을 보고 말했다. "봤지? 똑같이 따라해봐." 황청이 일어나 걸어갔다. 팡위퉁은 제자리에 서서 가볍게 숨을 헐떡이며 황청이 다가오는 걸 보고 있었다. 황청은 금방 알 수 있었다. 두 사람은 분장을 비슷하게 했을 뿐 이목구비는 조금도 닮지 않았다. 팡위퉁은 눈이 더 작았고, 쌍꺼풀은 희미해서 잘 보이지 않았다. 입술은 도톰했고 콧날은 날렵했다. 얼굴 전체가 완전히 대칭적이었다. 두 사람이 마주 보았을 때 막연하고 어지러운 공기가 흩날렸다.

조감독이 말했다. "위퉁 씨는 좀 쉬어요. 감독님이 저분한테 다시 해보라고 하셨어요. 아까처럼 하시면 돼요. '액션' 하면 비탈길에서 카메라를 향해 뛰어오세요."

황청은 사람들이 화이트 셔츠 안에 어둡게 비치는 볼륨이 그녀가 뛸 때마다 흔들리는 것을 보고 있는 줄 몰랐다. 팡위퉁이 감독을 향해 가면서 빵조각을 떨어뜨리며 걷던 헨젤처럼 고개를 푹 숙인 채 눈물을 뚝뚝 흘리고 있는 것도 보지 못했다. 선글라스에 가려진 왕 감독의 눈동자가 흥분으로 가득 차 있다는 것은 더더욱 알지 못했다.

"아주 좋아." 멀리서 왕 감독의 목소리가 들렸다.

현장 사람들은 황청이 뛰는 것과 팡위퉁이 뛰는 것에 무슨 차이가 있는지 몰랐다. 하지만 아무도 말하지 않았다. 황청이 몇 번을 반복해서 뛰고 숨을 헐떡이며 감독 의자 옆으로 왔을 때 팡위퉁은 얼른 일어나 황청에게 자리를 내주었다. 팡위퉁은 입을 꾹 다물고 눈을 부자연스럽게 깜빡였다. 그녀의 귀로 들어가는 소리는 전부 꽉 막힌 것 같았다.

"우리 팡위퉁에게 기회를 한 번만 더 주지. 안 되면 여기 여주인공이 또 있으니까." 왕 감독이 말했다.

황청은 의자로 돌아와 무의식적으로 땀에 젖은 셔츠를 피부에서 떼어냈다. 모니터 안의 팡위퉁은 작은 딱정벌레가 느릿느릿 비탈을 오르는 것 같았다. 현장의 모든 사람이 그 작은 그림자를 주시하며 그녀가 다시 미끄러져 나오기를 기다리고 있었다.

"나와요!" 조감독이 큰 소리로 외쳤다.

팡위퉁이 뛰기 시작했다. 순간 황청은 스크린 속 인물과 눈이 마주친 듯해 숨을 몰아쉬었고, 바로 그때 팡위퉁이 넘어졌다. 현장의 스태프들이 모두 얼음이 되어 아무 소리도 내지 못했다. 조감독이 왕 감독을 쳐다봤고, 왕 감독은 손을 들어 동그라미를 그리며 계속하라고 했다. 팡위퉁은 좀 놀라고 무서웠지만 재빨리 일어나 부자연스러운 걸음걸이로 뛰었다. 긁혀서 빨개진 그녀의 무릎은 카메라를 통해 선명히 보였다.

"컷! **아주 좋아.** 카메라 이동합시다."

왕 감독이 외치자 얼어붙어 있던 공기가 일순간 녹아내렸다.

황청은 「여학생 실종 사건」 현장에서 보름간 촬영하고 1만 위안을 받았다. 팡위퉁이 연기할 때면 황청은 감독의 의자 옆에 돌아와 앉았고, 그녀의 뒤로 사람들이 모여들었다. 다른 때는 사람들과 몇 마디 나누지는 못하고 여기저기 기웃거리며 돌아다녔다. 그녀는 현장에 있다는 사실만으로 행복했지만, 막연한 행복이었고 공허하게 들뜬 기분이었다.

매일 현장에 도착하면 황청은 자기 의상을 직접 가져다 입었다. 어느 날 의상을 입었는데 분유 냄새가 났고, 치맛단은 뜯어져 있었으며 치마에는 선홍색 땟자국이 있었다. 황청은 얼룩을 앞으로 오게 치마를 돌려 세면대에서 비누로 빨았다. 그녀가 고개를 숙인 채 휴지로 치마의 물기를 말리며 탈의실에서 나올 때 팡위퉁이 앞을 가로막고 섰다. 두 사람은 키가 비슷해서 이마가 거의 부딪칠 뻔했다. 황청은 무의식적으로 뒤로 한발 물러섰다.

"내 거 입었네요." 팡위퉁이 말했다.

황청은 당황했다. "금방 갈아입을게요."

문을 닫으려 하자 팡위퉁이 안으로 몸을 밀어넣으며 들어왔다. "시간이 없어요. 같이 갈아입어요."

팡위퉁은 뒤돌아 황청과 등을 맞대고 옷을 벗기 시작했다. 황청도 재빨리 돌아서서 셔츠의 단추를 전부 풀었다. 서로 닿지 않기 위해 조심하는 사이 공기 중에 옅은 분유 냄새가 퍼졌다. 치마를 벗으려 할 때 황청이 말했다. "치마가 더러워서 방금 빨았어요. 아직 안 말랐는데 일단 제 거 입으세요." 그 말을 들은 팡위퉁은 치마를 반쯤 벗었다 허리춤으로 다시 올렸다.

황청이 물었다. "그날인가요?"

팡위퉁은 그녀를 흘깃 보고 대답하지 않았다.

"또 묻지 않게 조심해요."

팡위퉁은 고개를 돌려 자신의 스커트를 살폈다.

"안 묻었어요. 깨끗해요." 황청이 말했다.

"저기."

"네?"

"데오도란트 알아요?" 팡위퉁이 물었다.

황청은 고개를 저었다.

"겨드랑이에 바르면 땀 나도 냄새가 안 나요."

황청의 얼굴이 살짝 붉어졌다.

두 사람의 몸은 교복 안에서 열기가 났다. 두 사람이 함께 탈의실에서 나오는 청춘 영화 같은 모습을 스태프들이 보고 있었다. 여학생들이 앞서거니 뒤서거니 들어가서 문을 닫고, 다시 문을 열고 함께 나온다. 찰나의 순간에. 답답한 사각 프레임 안에 가득 찬 이 어색함, 질투, 침묵은 앵글을 높여 찍어야 비로소 볼 수 있을 것 같다. 사람들의 눈에는 소리도, 표정도 없었다. 그저 가벼운 호기심이 발동했을 뿐이다.

녹음기사인 촨朄 오빠만이 농담처럼 "너희 둘 잘 어울리더라"라고 말했다. 촨 오빠는 이 촬영팀에서 유일하게 황청과 대화를 나누는 사람이었다. 마른 체구의 그는 온몸이 문신으로 뒤덮여 있었다. 덥수룩한 머리는 항상 짙은 녹색 두건으로 가리고 다녔는데 젊었을 때 록 밴드에 있었다고 했다.

촬영 닷새째가 되는 날 촨 오빠는 황청에게 모니터링 헤드폰을 가져다주었다. "이젠 지루하지 않을 거야." 장면이 바뀔 때 황청은 종종 이것으로 촨 오빠와 어시스턴트가 나누는 대화를 들었다. 축구 경기 얘기를 하기도 하고, 도시락 메뉴를 상의하기도 했다. 촬영할 때 그녀는 대사 외의 잡음을 듣는 것이 좋았다. 특히 배우가 침을 삼키는 소리가 들리면 황청은 자신도 모르게 함께 침을 삼켰다.

그리고 숨 쉬는 소리.

그녀는 팡위통이 연기할 때마다 습관적으로 숨을 참았다가 컷 소리와 함께 긴 숨을 내쉰다는 걸 알게 되었다. 촬영 직전에 그녀는 언제나 중얼중얼 대사를 외우고 또 외웠다. 황청은 처음에는 팡위통과 함께 마음속으로 대사를 외우다가 나중에는 자신이라면 어떻게 연기할까 상상하기 시작했다.

어느 날 식사 시간에 솬 오빠와 어시스턴트가 길거리에 쭈그려 앉아 담배를 피우고 있었다. 황청이 지나가자 솬 오빠가 그녀에게 담배를 피우냐고 물었다. 황청은 고개를 저었다. 솬 오빠가 말했다. "연기를 한다면서 어떻게 담배를 안 피울 수 있지? 배워두면 쓸 데가 있을 거야." 옆에서 어시스턴트가 웃었다. 황청은 잠시 망설이다 담배를 받아들고 솬 오빠에게 불을 붙여달라고 했다.

"빨아야 불이 붙지. 살살 빨아. 안 그러면 사레들릴 수도 있어."

들이쉬고 내쉬는 담배 연기가 황청의 입에서 뿜어져 나왔다.

쑤시는 듯한 희미한 통증이 발밑으로 흘러내렸다. 이상하게도 황청은 처음으로 자기 몸에 힘 비슷한 어떤 감각이 있다는 걸 느꼈다. 하지만 아직은 그것을 쓸 줄 몰랐다. 힘을 주려고 하면 마치 입에서 내뿜은 담배 연기처럼 그 감각은 공기 속으로 사라져버렸다. 팡위통이 그들의 앞을 지나칠 때 세 사람은 그녀를 보고 있었다. 각자 다른 생각을 하며.

어시스턴트가 말했다. "몰래 숨어서 피우네. 얌전한 고양이 부뚜막에 먼저 올라간다더니."

솬은 돌아서 그를 잠깐 쏘아본 후 황청에게 말했다.

"꼬마 숙녀가 재주도 좋네. 사레도 안 들리고, 제법인데."

조감독이 5분 뒤 촬영을 재개한다고 소리쳤다. 황청은 서서히 현기증을 느꼈다. 왕 감독은 이들을 멀리서 조용히 지켜보며 아무도 모르게 코웃음을 쳤다.

「여학생 실종 사건」은 흥행에 실패했다. 왕 감독이 TV 드라마에서는 흥행 보증수표였지만 처음 만든 영화는 카메라 언어에도 미숙하고 이야기의 긴장감도 떨어졌다. 거금을 쏟은 투자자들은 왕 감독을 블랙리스트에 올려놓았다. 이곳의 규칙은 간단해서 감독이 손해만 보지 않게 하면 다음 작품을 찍을 기회는 언제나 있다. 일단 손해를 보면 혼자 힘으로 재기해야 한다.

여주인공에 대해선 모두가 궁금해했는데 영화 개봉 이후 그녀를 본 사람은 없었다.

황청은 극장에서 최종적으로 완성된 작품을 보았을 때 놀라고 두려웠다. 커다란 스크린 속의 팡위퉁은 황청의 마음속 청춘의 괴로움을 그대로 보여주고 있었다. 그 두렵고도 고집스러운 표정, 흐느낌을 멈추지 못하고 우는 모습, 그리고 납작하게 눌린 듯한 목소리까지. 수많은 소녀의 속삭임을 응축한 듯한 밀도가 느껴졌다.

황청은 팡위퉁의 모든 호흡이 익숙했다. 영화를 보면서 자기의 호흡이 영화 속 역할에 완벽히 일치되고 있음을 느꼈다. 동시에 그녀는 영화 속 대사를 웅얼거렸고, 몇 번이나 숨이 턱 막히기도 했다. 영화 말미에 여주인공은 마지막으로 뒤돌아보면서 적나라하고 건조한 웃음으로 관객에게 작별 인사를 했다. 팡위퉁도 동시에 떠나갔다.

황청은 자기 얼굴을 천천히 팡위퉁의 얼굴에 겹쳐 보았다. 이 극장 안의 모든 관객이 그녀로 인해 행복하고, 그녀를 위해 가슴 아파하며 울고 있다고 상상했다. 영화가 끝나고 사람들은 그녀에 대해 말할 것이다. 그녀의 이름을 금방 떠올릴 수 있는 사람이 없다고 해도 상관없다. 연예계가 곧 '황청'을 알게 될 것이니까.

그녀는 작품 일부가 되는 방법을 찾아내야 했다.

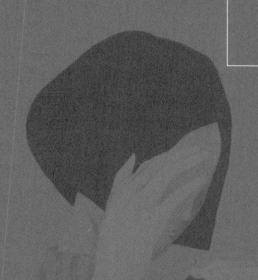

10

미인 선발 대회에 참가 신청을 하려면 간단한 이력과 함께 전신과 반신 사진을 한 장씩 제출해야 했다. 선발 대회는 백화점에서 주최하고 스타엔터테인먼트가 대행했다. 최종 우승자는 백화점 상품권 5만 위안과 시먼딩 쇼핑몰의 올해의 모델 자격, 스타엔터테인먼트 소속 연예인이 될 기회를 얻을 수 있었다. 지원한 40여 명 중 최종 10명이 본선에 올랐다. 황청은 그중 키가 가장 컸고 나이는 두 번째로 많았다.

나이가 가장 많은 참가자는 스물네 살의 린쯔이林姿儀였다.

린쯔이는 밝게 빛나는 둥근 눈 때문에 가까이에서 보면 호기심 많은 금붕어 같았다. 그녀의 오른쪽 목에는 눈에 띄는 흉터가 있었는데 오른쪽 뺨 아래까지 이어졌다. 그래서 그녀는 습관적으로 몸의 중심을 오른쪽으로 두고, 왼쪽 얼굴을 45도 각도로 앞을 향했다. 린쯔이의 가지런한 치아는 예뻤고 잘 웃었다. 하지만 그녀가 너무 크게 웃거나 너무 오래 웃으면 흉터가 도드라졌다. 그녀는 언제나 공손하게 인사를 건넸는데 말투에는 급한 듯하면서 자연스러운 수줍음이 배어 있었다. 처음 모였을 때 그녀는 모든 사람의 이름을 외우고 와서 곧바로 성을 빼고 이름만 불렀다. 자신은 쯔쯔라고 불러달라고 했다. 그녀는 자기 마음대로 황청을 청청이라고 불렀다.

스타엔터테인먼트는 사회자와 매니저를 한 명씩 파견해서 대회 전에 참가자들을 교육했다. 사회자는 포즈와 매너를, 매니저는 자기소개 방법과 결선 진출을 위한 개인기를 가르쳤다.

첫날 수업은 무대 워킹이었다.

사회자는 참가자들에게 반바지와 하이힐을 준비해오라고 했다. 황청은 집 안을 다 뒤져 황첸이 신던 가는 굽의 오래된 샌들을 찾아냈다. 너무 오래돼서 인조 가죽이 계속 부스러졌다. 신을 수는 있었지만 황청의 발가락이 너무 길어서 발가락 끝이 삐져나와 바닥에 닿았다. 그래도 다른 참가자들이 신고 있던 두꺼운 웨지힐보다는 나았다.

사회자는 고개를 저으며 말했다. "쯔쯔가 신은 신발만 합격이네요. 대회 당일에 이런 신발로 무대에 오를 건가요?"

참가자들은 곤혹스러운 눈빛으로 서로를 쳐다보았다.

"상황을 잘 모르는 것 같은데, 업체에서는 신발을 협찬하지 않아요. 자기 신발을 신어야 합니다. 모델은 다 이렇게 해요. 잘 기억하세요. 일을 하려면 먼저 장비를 갖춰야죠. 경마를 하는데 개를 타고 연습할 수는 없잖아요."

몇몇 참가자가 웃었다. 린쯔이는 반짝이는 눈빛으로 사회자를 보고 있었고, 황청은 자기 발가락을 내려다보고 있었다.

"무대 워킹의 비결은 간단해요. 중심을 발바닥 앞쪽으로 집중하고 발끝으로 걸으면 돼요. 그러면 발바닥이 먼저 땅에 닿고 무릎끼리 스치면서 일직선으로 걷게 되죠. 제가 시범을 보여드리죠."

사회자의 하이힐은 굽이 9센티미터는 족히 되어 보였다. 그녀는 두 번 왔다 갔다 했는데 도도한 페르시안 고양이 같았다.

"걸으면서 미소를 유지하고, 숨을 모아 복부를 당기면서 다리에 힘을 줘요. 두 조로 나눠 돌아가면서 연습하고 다른 사람을 관찰하세요."

몇 번 해본 후 사회자는 한 명씩 해보라고 시켰다. 황청 차례가 되었을 때 그녀는 조금 긴장해서 걸음이 몇 번 삐끗했다.

"청청, 너무 무거워 보여요."

황청은 어안이 벙벙했다.

"이 샌들은 걷기가 불편해서요." 그녀가 말했다.

"아니 신발이 아니라 황청 씨가 그렇다고요. 좀 둔한 것 같은데……"

사회자는 손짓으로 몸을 가리켰다. 황청은 즉시 이해하고 무의식적으로 반바지 아래 두툼한 허벅지 살을 매만졌다. 사회자는 '음' 하는 소리를 내뱉고는 그녀의 귓가에 속삭였다. "살을 빼면 자신감이 더 생길 거예요."

"좋아요. 한 줄로 서세요. 함께 걸어보죠."

그녀는 음악 소리를 최대로 올리고 목청을 높여 소리쳤다. "리듬에 맞춰서!"

두 시간을 걷자 황청의 발등에 빨간 자국이 생겼다. 버클이 있는 곳엔 물집도 생겼다. 모든 참가자가 피곤한 기색이었지만 사회자는 있는 힘껏 박수를 치며 박자를 셌다. "리듬 놓치지 말고! 다시! 눈은 정면을 보세요! 거울 속 자신을 넘어 더 멀리 보세요! 자기가 가장 예쁘고 멋지다고 생각하세요! 모두를 제압하세요!"

황청은 대기실에서 샌들을 벗고 통증이 있는 부분을 손가락으로 문질렀다. 린쯔이는 하이힐을 던지듯 벗어놓고 그녀 옆에 앉았다.

"새 신을 신는 게 아니었어, 아파 죽겠네."

황청은 색이 벗겨진 신발을 의자 밑으로 밀어넣었다. 낑낑대는 두 두를 발로 가리듯.

린쯔이가 가방에서 연고를 꺼내 발꿈치에 발랐다.

"빌려줄까요?"

황청은 건네받으며 고맙다고 말했다.

"연고 필요한 사람은 발라요."

몇몇 참가자가 맨발로 다가와 연고를 돌려가며 썼다. 대기실에 민 트향이 가득 찼다.

"오늘 집에 가면 분명 곯아떨어질 거예요."

황청이 웃었다.

린쯔이가 물었다. "청청, 미인대회에는 왜 나온 거예요?"

황청은 너무 갑작스러운 질문에 뭐라고 답해야 할지 몰랐다. 그녀 는 종이컵에 있는 물을 한 모금 마셨다. 손에 남은 연고 냄새가 났다.

"상품권을 타려고요. 언니가 사고 싶다는 게 있대서요." 황청은 뭐 든 언니 핑계를 대는 게 습관이었다.

린쯔이가 웃었다. 희고 가지런한 이가 드러났다.

"언니는요?" 황청이 물었다.

"나는 **광고 모델**이 되고 싶어서요. 우승하면 시먼딩 백화점 전체 에 모델 사진이 걸릴 거예요. 5층 건물 높이만큼 크게 말이죠. 1년 내내."

그녀 목에 있는 흉터는 그녀가 숨을 쉴 때마다 파도처럼 일렁였다. 황청이 무심코 그곳을 응시하자 린쯔이가 순간 자연스럽게 목을 만 졌다. 황청은 이런 식은 예의가 아닌 듯해 차라리 직접 묻기로 했다.

"그 흉터는 어떻게 생긴 거예요?"

왁자지껄하던 대기실이 일순간 조용해지더니 모든 시선이 두 사람에게로 향했다. 린쯔이는 태연하게 고개를 돌려 사람들을 쓱 둘러보고는 아주 익숙해 보이는 쓴웃음을 지었다.

"어느 날 학교에서 나오는데 어떤 미친놈이 황산을 뿌렸어요."

농담인지 아닌지 황청은 분간할 수 없었다.

"그런데 있잖아요. 다행히 피했으니 망정이지 아니었으면 눈도 멀고 오른쪽 얼굴은 다 흘러내렸을 거예요."

그녀는 손바닥으로 뺨을 만졌다. 황청은 흉터가 그녀의 미모를 해칠 정도는 아니라고 진심으로 생각했다. 다만 사람들이 그녀가 예쁘다고 말하는 이유를 좀 바꿔놓았을 것이다. 린쯔이에게 '예쁘다'는 말은 동정 어린 위로가 되었다. 린쯔이는 하이힐을 들어 이리저리 세게 비틀었다.

"새 신발은 좀 늘려줘야 해요. 안 그러면 대회 당일까지 불쌍한 내 발이 견디지 못할 거예요."

황청은 허리를 굽혀 다시 샌들을 신었다.

"이 신발은 엄마 거예요?"

"아니, 언니 거예요."

"다른 신발을 구해요. 이런 신발은 오래되면 끈이 쉽게 끊어지고 굽도 떨어져요. 무대에서 그런 일이 생기면 안 되잖아요. 하지만 대회 당일엔 새 신발은 신지 않는 게 좋아요."

린쯔이는 하이힐을 몇 번 더 구부리고는 가방에서 통기성 테이프를 꺼내 발뒤꿈치에 붙였다.

"경험이 많은가봐요." 황청이 말했다.

"미인대회가 처음은 아니거든요." 그녀는 옅게 미소 띤 얼굴로 하이힐을 다시 신었다. 참가자들이 하나둘 대기실을 빠져나간 뒤에야 다시 입을 열었다.

"스타엔터테인먼트가 타이완에서 제일 큰 기획사인 거 알아요?"

황청이 고개를 저었다.

"난 이 회사랑 계약하고 싶어요."

말을 마친 그녀는 황청의 팔을 끌고 대기실을 나갔다. 황청은 중학생 시절로 돌아간 느낌이었다. 둘이서 단짝이 되는 그런 기분.

대회를 준비하는 동안 황청은 식사량을 대폭 줄였다. 아침에는 고구마 하나, 점심에는 두유와 삶은 닭가슴살을 먹었고, 저녁에는 데친 채소 한 그릇을 먹었다. 그녀는 성격이 날카로워졌고, 잠도 잘 자지 못해서 하루에 다섯 시간도 채 잠을 이루지 못했다. 마지막 며칠간은 극단적으로 매일 토마토만 먹었다. 배가 고파서 어지럽고 눈앞이 아찔했지만, 다이어트를 좀더 일찍 시작하지 않은 게 후회될 뿐이었다.

주최 측에서 제공한 의상이 맞지 않으면 어쩌나 하는 걱정 말고도 황청을 괴롭혔던 건 개인기였다. 그녀는 악기를 다루지 못했고, 댄스를 배운 적도 없으며, 노래는 더 부르기 싫었다. 뭘 보여줘야 할지 도통 생각나지 않았다.

어느 날 황첸은 퇴근 후 동생을 데리고 신발을 사러 갔다. 백화점을 한 바퀴 다 돌았지만 너무 비싸서 섣불리 고를 수가 없었다. 결국 자매는 통화가通化街 야시장에 갔다. 먼저 요기를 한 후 야시장을 다 뒤져서 검은색 단화를 찾았다. 안정감이 있고 굽은 7센티미터 정도 됐다. 황청은 가만히 안도의 한숨을 쉬었다.

캉이 합류했다. 황첸은 탕위안湯圓(새알심처럼 빚어 소를 넣은 음식)

을 먹으러 가자고 했다. 세 사람은 흑임자 탕위안을 두 그릇 시켰는데 황청은 먹지 않겠다고 했다. 자매는 계속해서 개인기에 대해 말했다. 황청은 아직도 뭘 할지 결정하지 못하고 있었다. 황첸이 다른 참가자들은 뭘 하는지 물었다.

"몇 명은 노래한대고, 두 명은 춤춘대. 악기 연주하는 사람도 있고, 누구는 처링抖鈴(막대와 줄을 이용해 모래시계 모양의 물체를 공중에서 회전시키는 중국의 전통 놀이)을 한다던데."

"너 전에 샹성 했었잖아."

"혼자 어떻게 해."

"1인극으로 하면 되지. 아니면 유머 하나 해."

"어렵지 않을까?"

"그러게. 웃기는 부분이 나오기 전에 네가 먼저 웃을 거야."

옆에서 듣고만 있던 캉은 황청의 얼굴이 천천히 일그러지는 것을 보았다.

황첸이 또 말했다. "아니면 너 기억력 좋으니까 원주율을 외우는 건 어때?"

황청은 황첸의 그릇에 있던 숟가락을 들어 휘휘 젓기만 할 뿐 말이 없었다.

"음, 황청은 연기를 할 수 있잖아." 캉이 말했다.

"연기도 개인기라고 할 수 있을까요?" 황청이 물었다.

"당연하지. 난 못하니까." 캉이 말했다.

"그럼 희로애락을 표현하라거나 3초 안에 울어보라고 하겠지." 황첸이 말했다.

"보통 배우 오디션에도 개인기 보여주는 게 있어?" 캉이 물었다.

"있지. 저글링을 하기도 하는데, 대부분은 노래하거나 춤을 추더라고." 황첸이 말했다.

"난 연기는 잘 못해요."

"그럼 마술을 배워보는 건 어때?" 캉이 말했다.

황첸은 농담일 거라고 생각했는데 그의 표정이 꽤 진지했다.

"꼭 개인기가 아닌 공연이라고 생각해봐. 마술도 일종의 공연이잖아. 도구가 있고 기술만 익히면 연습할 수 있고 연기랑도 비슷하잖아."

듣다보니 황청에게 자신감이 좀 생겼다.

황첸이 말했다. "마술은 다 속임수잖아. 연기도 그렇다는 거야?"

황첸의 진지한 반박에 캉이 웃으며 말했다.

"그렇게 따지지는 말고. 내 말은 마술을 잘하면 연기처럼 관객의 시선을 끌 수 있다는 거지."

"아니, 아니지. 이건 다른 거지. 연기와 마술은 모두 설계된 것이지만 배우는 진짜야. 진짜 감정을 해석해서 표현해야 하잖아. 근데 마술은 그냥 속이는 거야. 단순한 기교라 마술의 트릭을 알게 되면 실망하잖아." 황첸이 말했다.

"그렇게 말하면 마술사들이 기분 나빠할 텐데." 그는 황청을 돌아보고 말했다. "어쨌든 아무도 모르게 하면 돼. 초능력이라고 생각해."

그는 다시 깊은 생각에 잠겼다.

황청은 뭔가 말하고 싶었으나 무슨 말을 해야 할지 몰랐다. 언젠가는 자신도 이렇게 누군가는 동의하고 누군가는 반대하는 그런 의견을 말할 수 있게 되길 바랐다.

"너 정말 안 먹을 거야?" 황첸이 물었다.

황청이 고개를 가로저었다.

황첸은 남은 탕위안을 한 번에 털어넣고 국물만 남겼다. 황청이 침을 꿀깍 삼켰다. 결국은 참지 못하고 그릇을 들고 단숨에 국물을 비워버렸다.

11

무대에서 내려온 린쯔이는 대기실에 들어오자마자 울기 시작했다. 그녀는 울면서 목에 있는 흉터를 손톱으로 긁었다. 다들 왜 그러냐는 물음에 그녀는 음악 소리를 제대로 들을 수가 없어서 마지막 두 소절은 춤만 췄다고 했다. 몇몇 지원자가 자기도 음악 소리가 너무 커서 노래를 잘 못 불렀다고 동조해주었다. 황청은 뒤에서 두 번째 순서였고 곧 무대에 오를 차례였다. 지금은 린쯔이의 어깨를 토닥이는 것밖에는 해줄 수 있는 게 없었다. 린쯔이가 고개를 들자 눈물과 펄이 뒤범벅되어 얼굴 전체가 흐려 보였다. 흉터에는 붉은색 손톱자국이 나 있었다. 그녀는 황청을 향해 입 모양으로 말했다. "화이팅."

"자, 그럼 아홉 번째 참가자를 모시겠습니다. 황청청 양입니다."

호명 소리를 들은 황청은 잠시 멈칫했다. 사회자가 이름을 잘못 부른 줄 알았다. 무대는 시먼딩 백화점 정문 앞에 세워졌다. 주말 오후여서 많은 행인이 보고 있었다. 황청은 군중 맨 앞줄에서 손을 흔드는 황첸과 캉을 단번에 알아보았다. 두 사람은 어색한 미소를 짓고 있었다.

황청은 무대 앞까지 걸어가 환하게 웃으며 돌아섰다.

"황청청, 키 168센티미터, 체중 54킬로그램, 현재 신문방송학과 4학년에 재학 중입니다. 취미는 영화 감상과 수영이고 특기는 음, 연기입니다."

그녀는 사회자 옆에 서서 마이크를 이어받았다.

"관객 여러분께 자기소개하실까요?"

"안녕하세요? 황청청입니다. 이번 미인대회에 참가하게 되어 기쁩니다."

"황청청은 이번 참가자 중에서 키가 가장 큰데요. 데님 스타일에 하이힐을 매치하니 대학생인지 모르겠습니다. 워킹도 전문 모델 같네요. 이번 대회를 준비하면서 특별한 경험이 있었나요?"

"배불리 먹은 게 언제인지 모르겠어요."

관객이 웃었다. 사회자도 웃었다.

"아름다움에는 대가가 따르죠. 그래서 몇 킬로그램이나 빼셨나요?"

"5킬로그램이요." 황청은 거짓말을 했다. 사실은 2킬로그램밖에 빼지 못했다.

"일주일 만에요? 정말 대단하네요. 관객 여러분께 비결을 알려주시죠."

"운동 많이 하고 탄수화물을 줄이세요."

그녀는 언니를 쳐다보진 않았지만 곁눈질로 그녀가 캉에게 뭔가 말하고 있는 걸 느꼈다.

"우리 황청청 양은 이름처럼 참 밝네요. 오늘은 무슨 연기를 보여주시겠어요?"

"오늘 전 초능력을 보여드리겠습니다."

"초능력이요? 와! 어떤 능력이죠?"

"다른 사람의 몸에서 일어난 일을 느끼게 할 수 있어요."

"그게 바로 배우가 하는 일 아닐까요? 직접 눈으로 확인해보시죠."

황청은 주머니에서 포커 카드 한 장을 꺼냈다. 현장 효과음이 나오기 시작했고, 여기저기서 관객의 웃음소리가 더해졌다. 황청은 언니와 캉을 볼 용기가 나지 않았다. 이 공연은 두 사람과 함께 며칠 밤을 새워가며 연습한 것이다.

"이건 제 마법 카드입니다. 두 분의 도움이 필요해요. 가능하면 형제자매분이면 좋겠습니다."

"자 올라오실 분 있으실까요?" 사회자가 물었다.

두리번거리는 관객들 사이에서 남학생 두 명이 손을 들었다.

황청은 두 남학생을 무대 중앙에서 서로 마주 보게 한 뒤 한 사람은 눈을 감게 하고 다른 한 사람은 뜨게 했다. 그녀는 눈을 감은 사람 앞에서 손을 몇 번 흔들어 확인한 뒤 포커 카드 한 장으로 눈을 뜬 사람 어깨를 가볍게 쳤다. 황청은 눈을 감은 사람에게 눈을 뜨라고 했다.

그녀가 물었다. "방금 당신의 몸에 작은 반응이 있었던 걸 봤어요. 눈을 감고 있을 때 무슨 느낌이 들었는지 말씀해주시겠어요?"

"누가 제 어깨를 건드린 것 같았어요."

관중이 놀라는 소리를 냈다. 눈을 감고 있던 남학생은 무슨 일인지 전혀 모르는 듯했다.

"많이 혼란스럽죠? 괜찮아요. 이제 바꿔볼까요. 학생분은 눈을 뜨시고, 다른 분은 감으세요."

황청은 포커 카드 한 장으로 눈을 뜬 사람의 코를 가볍게 스쳤다. 그러고 나서 눈을 감은 사람 쪽으로 돌아섰다.

"이제 눈을 뜨세요. 방금 무슨 느낌이 들었는지 말씀해주세요."

"뭔가가 제 코를 스쳤어요."

놀라는 소리가 또 들렸다.

"와, 정말 초능력이네요. 어떻게 알았죠?" 높아진 사회자의 목소리가 날카롭게 들렸다.

황청이 말했다. "사람과 사람 사이에는 텔레파시가 있어요. 전 그걸 연결하는 능력이 있는 거죠."

"그래서 텔레파시가 통했다는 뜻인가요? 혈연관계가 없는 친구나 서로 모르는 사람도 가능한지 관객들이 궁금해하실 것 같은데요."

"가능해요. 하지만 시간이 더 필요해요."

"아, 아쉽군요. 두 분 감사합니다. 시간 관계상 마지막 참가자를 모셔야 할 것 같습니다. 황청청 씨의 연기를 곧 볼 수 있기를 기대합니다. 9번 참가자 황청청 씨 감사합니다."

황청은 손을 흔들어 인사하면서 황첸과 캉을 바라보았다. 언니는 캉에게 어깨동무를 하고 그녀를 향해 엄지손가락을 들어 보였다.

대기실에 돌아왔을 때 그녀가 어떻게 한 건지 모두가 궁금해했다. 황청이 말했다. "마술이잖아요. 말하면 재미없죠." 린쯔이는 등을 돌린 채 눈물을 닦고 거울 앞에서 화장을 고치고 있었다. 흉터는 너무 가리려다보니 약간 푸르스름해 보였다.

"예뻤어요." 그녀가 말했다.

"실수한 게 보였을까요? 옆쪽에도 관객이 많던데…… 방금 사회자가 저를 황청청이라고 부른 거 들었어요?"

"네, 그렇게 소개해달라고 한 거 아니에요?"

황청은 고개를 저었다. 바닥이 드러난 린쯔이의 트윈케이크를 보고 있자니 갑자기 눈이 시려왔다.

"근데 왜 바로 말하지 않았어요?"

고개를 들자 거울 속 자신이 보였다. 곱슬곱슬한 머리칼, 평소보다 얇은 눈썹, 평소보다 긴 속눈썹, 지나친 하이라이트로 높아진 콧날, 오렌지색 입술, 모든 게 그녀 같지 않았다. 이렇게 낯설고 다른 외모와 자신의 본질 사이에서 어떻게 안전한 정체성을 찾을 수 있을

까. 내면의 취약한 자신을 보호하고 외부의 공격으로부터 방어해야
한다.

황청은 물을 한 모금 마시고 담담하게 말했다. "모르겠어요."

무대에 오르는 순간에는 '황청청'이 더 연기자다운 이름같이 느껴
졌다. 더 귀엽고, 비현실적이면서 울림도 있었다. 그래서 그랬다. 미리
정해놓은 것처럼 자연스럽게 받아들였다. 하지만 만난 지 며칠 안 된
사람이 지어준 별명일 뿐이었다. 이름이 외자라 애칭 같은 건 없었는
데 린쯔이가 마음대로 부른 것이다. 그래놓고 왜 고쳐달라고 하지 않
았냐고 묻다니.

마지막 참가자가 돌아왔다. 사회자가 들어와서 말했다. "참가자들
은 5분 뒤에 무대 위로 올라오세요."

대회는 최종 우승자 한 명을 선발하고, 나머지는 순서대로 최고
개인기상, 최고 무대 매너상, 관객이 현장에서 뽑은 인기상이 있었
다. 발표 순서는 인기상부터 시작되었다. 참가자들은 무대 위에 나
란히 섰는데 무대가 좁아서 키가 큰 황청은 8번과 10번 참가자 사
이 뒤에 서야 했다. 린쯔이는 계속 왼손을 허리에 올리고 왼쪽 얼굴
이 관객에게 향하도록 T자로 섰다. 모두 긴장한 듯했다. 황청은 언니
를 바라보다가 처음으로 언니를 내려다본다고 생각하니 기분이 조금
이상했다.

"인기상의 주인공은 6번 참가자 린쯔이입니다."

린쯔이는 앞으로 한발 나왔다. 미소 짓고 있었지만 약간 당황한
표정이었다. 참가자들은 상이 골고루 돌아갈 것임을 알고 있었다. 일
찍 호명될수록 우승에서는 멀어지는 것이다.

다음으로 무대 매너상은 가장 마른 3번 참가자가 받았다. 그녀는
도시락을 늘 다 먹는다는 참가자였다.

황청의 가슴이 뛰기 시작했다.

대회 참가를 결심한 후 그녀가 유일하게 확신에 찼던 순간은 특기란에 '연기'라고 쓸 때였다. 그녀는 목에서부터 가슴까지 빨개지는 것을 느꼈다. 황청은 자신이 우승을 간절히 바란다고는 생각하지 않았다. 린쯔이의 야망을 본 후에는 특히 더 그랬다. 그 야망은 '망상'에 더 가까웠다. 린쯔이는 계속해서 그것을 억누르려 했다. 황청에게 그것은 '환상'이었다. 그녀는 자신의 커다란 얼굴이 대형 건물을 뒤덮는 걸 상상해보려 했지만 솔직히 그건 그녀를 전혀 흥분시키지 않았다.

"최고 개인기상은 바로······"

황청은 이미 그녀를 잊은 친구들이 그녀를 기억해내고, 모든 사람이 그녀의 치아가 고르지 않다는 걸 알게 되는 게 두려웠다. 하지만 린쯔이는? 그 흉터는 그래픽으로 보정하면 그녀의 미소는 바쁘게 오가는 직장인들의 마음을 충분히 사로잡을 것이다. 그건 젊은 여자들에게 언젠가 자신들도 청춘을 대표할 수 있다는 환상을 심어주는 장면이 될 것이다. 이 순간의 황청은 '황청청'이라는 이름 속에 숨었다. 황청청이 지금 이 풍경에 더 잘 어울리는 것 같았다. 주목을 받아도 부끄럽지 않고 떨어지더라도 굳어버린 미소를 짓지 않을 것 같았다.

"9번 참가자, 황청청입니다."

황청은 앞으로 한 걸음 나가 린쯔이 옆에 섰다. 린쯔이는 웃고 있었다. 예쁜 치아가 더 많이 드러났고, 살짝 벌어진 입술에선 목구멍 깊은 곳에서 피어난 작은 꽃들이 보일 것 같았다.

"오늘의 미인대회 우승자이자 올해 쇼핑몰 모델의 영광을 갖게 될 사람은······"

황청이 린쯔이를 바라보자, 린쯔이가 먼저 그녀의 손을 잡아주었다. 친한 자매 같았다. 황첸은 분명 물을 것이다. '너희 그렇게 친한

사이였어?'

"6번 참가자, 린쯔이입니다!"

린쯔이의 눈물은 정확히 눈에서 나와 두꺼운 화장 위에서 멈췄다. 둘이 포옹을 나눌 때 린쯔이가 황청을 향해 돌아서면서 오른쪽 흉터가 정면으로 관객을 향했다. 황청은 힘주어 박수 치며 울컥한 마음이 들었다. 린쯔이의 용기에 감동하기도 했지만, 자신이 미인대회 입상에 그렇게 절박하지 않다는 사실에 안도했기 때문이다.

황청이 우승했다면 포옹도 하지 않았을 것이고, 눈물이 정확히 흐르지도 않았을 것이다. 모두가 보고 싶어하는 그런 장면을 황청은 보여줄 수 없었다. 그녀는 몸에도 마음에도 아무런 흉터가 없는 평범한 외모였고, 완벽하진 않지만 애정 결핍이 있는 것도 아닌 집안에서 자란, 동정이나 질투를 받을 만한 게 아무것도 없는 사람이었다. 나중에 그녀는 당시의 평정심이 일종의 우월감이었다는 걸 깨달았다.

잠시 감정을 추스른 린쯔이는 우아한 몸짓으로 마이크를 건네받아 주최 측과 스타엔터테인먼트에 감사를 표하고 다른 참가자들에 대해서도 하나하나 장점을 언급하며 감사 인사를 했다. 그녀는 황청이 좋은 사람이고 매력적인 무대 매너를 갖추고 있다고 했다. 또 그녀의 초능력도 배우고 싶다고 했다.

모두가 와하하 웃었다. 정말 유머러스하면서도 2위를 한 황청에게도 영광을 나누어주는 품위 있는 멘트였다. 그녀는 너그러운 성품을 가진 새로운 미인이 탄생했음을 완벽하게 보여주었다.

황첸은 제일 긴 감자튀김을 골라 둘로 쪼개 입에 밀어넣었다. 황청은 밀크셰이크를 한껏 흡입하며 더블버거를 기다리고 있었다. 자매는 나란히 앉았고 캉은 맞은편에 앉았다. 그가 제안한 불금 축하 파티이자, 일주일을 굶은 황청의 치팅데이였다.

"얼굴에 흉터 있는 애가 동정표를 받은 거야." 황첸이 말했다.

"이름은 쯔쯔야."

"너희 둘이 친해?"

"그럭저럭."

"걔 최고 용기상이 어울려."

"그런 상은 없어." 황청의 말투에 언짢음이 묻어났다.

"춤 정말 예쁘게 잘 추던데." 캉이 말했다.

"내 동생보다 예쁘단 말이야?"

캉이 잘못 말했다는 듯 두 손을 내저었다.

"쯔쯔는 자세히 보면 이목구비가 예뻐." 황청이 말했다.

"이런 미인대회까지 나온 건 정말 자기 흉터가 아무렇지 않아서인 거야, 아니면 아무렇지 않다는 걸 보여주고 싶어서인 거야?" 황첸이 물었다.

"계속 신경 쓰는 것 같던데. 아니면 왜 항상 흉터 반대편이 보이게 서 있겠어?" 캉이 말했다.

그렇게 사소한 걸 알아채다니 황청은 다소 의아했다.

"그냥 정면으로 마주하고 싶었겠지. 흉터에 더 이상 개의치 않으려고." 대답과 함께 캉이 감자튀김을 한 움큼 집어 입에 넣었다.

"오늘 내가 느낀 건 미인에는 두 종류가 있다는 거야. 한눈에 봐도 미인인 사람과 여러 번 봐야 미인인 사람. 한눈에 봐도 미인인 사람은 금방 질리고, 여러 번 봐야 미인인 사람은 오래 보게 돼. 하지만 흉터가 있는 그 애는 몇 번을 봐도 흉터를 무시할 수가 없어. 남자에게 흉터가 있으면 사고가 있었나보다 하지만, 여자에게 흉터가 있으면 가련해 보이거든. 불공평하지."

"누가 황산을 뿌려서 그렇게 된 건데 자꾸 흉터 있는 애라고 하지 마. 정말 듣기 싫으니까." 황청이 말을 끊었다.

이때 햄버거가 나왔고, 순간 황청의 배고픔이 노기를 눌렀다. 황청은 햄버거를 들고 힘껏 베어 물었다. 추잡한 말을 한입에 먹어버리는 것처럼.

캉은 갑자기 바뀐 황청의 감정이 이해되지 않아 황첸을 쳐다보았다.

황첸은 고개를 저으며 말했다. "내 동생은 남의 **특징**으로 멋대로 별명 짓는 걸 아주 싫어해."

황청은 황첸을 쏘아보고는 다시 먹는 데 집중했다. 두 사람은 그녀가 먹는 모습을 응시했다. 좋았던 분위기는 햄버거를 먹는 동안 굳어버렸다. 다 먹고 손을 닦고 나온 황청의 표정이 좀 누그러졌다고 느낀 캉이 먼저 침묵을 깼다.

"어머니는 왜 초대하지 않았어?"

황첸이 깔깔 웃었다. "우리 엄마가 이런 미인대회를 좋아할 것 같아?"

"황첸은 왜 신청하지 않았느냐고 물으셨을걸요." 황청의 말투에 날이 서 있었다. 황첸을 향한 것인지 엄마를 향한 것인지 아니면 둘 다를 향한 것인지는 알 수 없었다.

"이런, 내가 열 살쯤 어려도 이런 미인대회는 못 나와." 황첸이 눈웃음을 지으며 캉을 보았다. 자신의 말에 반박해주기를 기다리듯이. 하지만 캉은 자매의 전쟁에 개입하지 않기로 하고 황첸을 제지하려는 듯 그녀의 어깨를 살짝 감쌀 뿐이었다.

캉이 참전하지 않자 자매의 말다툼도 싱거워졌다. 황청은 이 사이에 낀 음식을 혀로 핥으며 무심하게 말했다. "엄마는 내가 받은 상품권을 더 좋아하실 거야."

"엄마는 늙은 달의…… 요정이지." 황첸이 과장된 웃음소리를 냈다. 바로 그때 종업원이 쟁반을 들고 와 테이블을 정리했다. 황첸은 성에 차지 않는지 티슈를 꺼내 테이블을 다시 닦았다. 황청은 밀크셰이크를 빨대로 마시며 테이블 위를 휘젓는 언니의 손을 보고 있었다.

캉이 물었다. "예명 지었어?"

빨대를 잘근거리던 황청은 단번에 알아듣지 못했다.

"맞다, 사람들이 널 황청청이라고 하더라?"

"사석에서 그렇게 부르다보니 사회자가 습관이 되어서 그렇게 부른 것 같아. 나도 그냥 따라서 자기소개까지 한 거야."

"제발, 너무 대충이잖아. 네가 황청청이면 난 황첸첸이겠군. 남의 별명은 함부로 짓는다며 뭐라고 하더니 네 이름은 지키지도 못했네."

마지막 말이 바람처럼 불어와 꺼지지 않은 황청의 마음속 불꽃을 다시 지폈다. 그녀가 받아치려는 찰나 캉이 소방대원처럼 선수를 치고 나왔다.

"사실 난 이것도 괜찮은 것 같아. 황청이 정말 데뷔하게 되면 예명을 갖는 것도 재미있을 거야."

재미있다.

이런 생각이 다시 한번 황청의 마음을 간지럽혔다.

12

스타엔터테인먼트의 회의실 벽면에는 아크릴 액자가 빼곡히 박혀 있었다. 액자 하나하나에는 연예인들의 프로필이 들어 있었다. 액자를 마주 보고 앉은 황청은 지나치게 환하게 웃는 관객을 마주하고 있는 것 같았다.

뜨거운 차가 담긴 종이컵을 든 그녀는 윗줄부터 아랫줄까지 찬찬히 살펴보았다. 그리고 바로 알 수 있었다. 인기가 많을수록 윗줄에 배치되어 있었다. 두 번째 줄은 이름까지 알려진 사람들이고, 세 번째 줄은 얼굴만 눈에 익었다. 마지막 줄은 한눈에 스치고 지나갔다. 마지막 두 칸은 비어 있었다. '기획사에 남은 게 두 자리뿐인가?' 저 자린 마음에 들지 않았다. 너무 낮고 너무 뒤쪽이었다.

한 여자가 들어왔다. 그녀가 움직일 때마다 몸에 걸친 액세서리가 딸랑딸랑 소리를 냈다. 그녀는 계약서 두 부를 테이블에 올려놓고, 과하게 올려 그린 아이라인을 한 눈으로 황청을 응시했다.

"팡화芳華라고 해요." 그녀는 황청을 훑어봤다. "개성 있게 생겼네요."

칭찬인지 아닌지 알 수 없었지만 황청은 고맙다고 대답했다.

"스타엔터테인먼트 계약서는 정해진 양식이 있어서 수정할 수는 없어요. 계약 기간은 8년이고, 첫 4년간 수익 배분은 5대5, 5년째부터는 6대4예요. 계약자가 6이고 우리가 4죠. 마지막 2년은 7대3입니다. 스무 살 넘었죠?"

"스물셋이요."

"대학은 졸업했나요?"

"올해 졸업해요."

"몇 달 안 남았네요. 그럼 트레이닝부터 시작하죠. 프로필 사진도 빨리 찍어야 해요. 신인이라면 프로필 사진 비용 3만 위안을 회사가 일단 지불하고 나중에 정산에서 공제합니다. 경제 상황은 괜찮은 거죠?"

황청은 따발총처럼 쏘아대는 그녀의 말에 두 눈이 아득했다.

"무슨 뜻인가요?" 그녀가 물었다.

팡화가 웃었다.

"그렇게 묻는 거 보니 집안 사정은 괜찮은가보네요. 신인은 처음엔 돈 벌기가 아주 어려워요. 회사도 당연히 열심히 밀어주겠지만 오디션에 합격하는 건 개인의 운이거든요. 솔직히 이 바닥은 집안 형편이 좋아서 하고 싶은 일만 골라서 한다거나, 형편이 너무 나빠서 뭐든 죽기 살기로 해야 하는 경우인데, 황청 씨는……"

팡화는 갑자기 말을 멈추고 황청의 얼굴을 유심히 뜯어 봤다. 황청은 무의식적으로 엉덩이를 들썩이고 입술을 꽉 다물었다.

"코 말이에요."

팡화는 손가락으로 황청의 콧날을 매만졌다.

"조금 높이면 옆모습이 더 예쁠 거예요. 눈매도 더 살아날 거고요. 회사와 연계된 성형외과가 있어요. 안전하고 시중보다 저렴하죠. 나추럴하고."

팡화는 '내추럴'을 '나추럴'로 발음하며 강조했다. 이런 말이 세련되고 스타일리시한 사람의 입에서 나오니 꼭 유행하는 신조어처럼 들렸다. 황청은 일부러 잘못 발음하는 것이 일종의 암호일 수도 있겠다는 생각이 들었다. '이곳'에선 일종의 친분관계를 표현하는 게 아닐까.

"그래도 일단 여기서 사진은 찍을 수 있어요. 보정을 해주죠."

황청은 갑자기 코가 간지러웠지만 긁을 수는 없었다. 그녀도 무의식중에 팡화의 코를 자세히 살펴보기 시작했다.

"광고주들이 좋아할 스타일이에요. 광고를 좀 찍다보면 기회가 있을 거예요. 하지만 광고도 너무 많이 찍으면 안 돼요. 얼굴이 너무 익숙해지면 쓰이기 어려우니까."

"광화 씨, 궁금한 게 있는데요……"

광화가 눈썹을 치켜뜨며 그녀의 말을 잘랐다.

"광화 님이라고 해요." 그녀는 손바닥을 펼쳐 뒤를 향해 휘저으며 말했다. "여기 앞 두 줄은 모두 이름에 '님'자를 붙이도록 해요. 예의를 갖추는 연습을 해야 해요."

황청은 들고 있던 종이컵을 꽉 쥐었다.

"뭐가 궁금한데요?"

"계약은 반드시 8년이어야 하나요?"

"왜요? 8년이 긴 것 같아요?"

황청이 고개를 끄덕였다.

"몇 년으로 하고 싶은데요?"

"3……" 황청은 바로 말을 바꿨다. "5년 정도?"

광화가 웃으며 손가락으로 양쪽 눈꼬리의 속눈썹을 위로 올렸다. 그녀는 대략 10분에 한 번씩은 이 동작을 반복했다.

"연기하고 싶지 않아요? 회사가 활동하는 배우를 길러내는 데 시간이 얼마나 걸릴 것 같아요?"

황청은 고개를 저었다. 계약만 하면 연기할 기회가 많이 생길 줄 알았다.

"자, 잘 들어봐요. 우선 신인을 데리고 다니면서 분위기 살피고 업계 사람들한테 얼굴도장 찍는 데 2년은 걸려요. 운이 좋으면 금방 드라마 하나 맡을 수도 있겠죠. 그럼 반년 정도 찍을 거고, 이르면 이듬해에 방영되겠죠. 그럼 못해도 3~4년은 걸리는 거라고요. 좋아요, 만약 인기를 끌어서 우리랑은 5년만 계약한다고 해요. 그럼 우리는 뭐

92

학교예요? 게다가 영화라도 찍으면 촬영부터 개봉까지 2~3년은 족히 걸려요. 더 걸리는 사례도 있고요. 그래도 8년이 길어요?"

황청은 여전히 길게 느껴졌지만 말할 수는 없었다.

"그렇게 길게 느껴지는 건 아직 어려서 그래요. 8년은 눈 깜짝할 사이예요. 저기 맨 윗줄 선배들 다 세 번째 계약이에요."

이렇게 혼란스러워하면서 망설이는 순진한 여자아이들을 팡화는 너무나 잘 알고 있었다. 그녀는 스타엔터테인먼트의 총매니저로 모든 소속 연예인과 직접 계약했다. 황청은 원래 5년 정도만 부딪혀볼 생각이었다. 성공을 못 하고 그만둬도 서른 살은 안 될 테니까. 8년 계약이 끝나면 서른한 살이 된다. 사실 1년 차이다. 나이는 숫자에 불과한 것이므로 8년도 그렇게 두려워할 건 없을 듯싶었다.

"첫 작품부터 여주인공 맡아서 단번에 뜰 자신 있어요?"

황청은 고개를 저었지만 그랬으면 좋겠다고 생각했다.

"다들 그러고 싶죠. 나도 황청 씨가 나가자마자 모두가 원하는 사람이 되면 좋겠어요. 하지만 말했잖아요. 이 업계가 자기 운도 필요하고 하늘의 도움도 필요하다고. 배우는 모델과 달라요. 더 많이 배우고 더 많이 경험해야 하죠. 그러니까 시간을 좀더 투자하는 게 나쁠 건 없잖아요?"

팡화는 황청이 말이 없자 금세 방법을 바꾸었다. 그녀는 계약서를 황청에게 슬쩍 밀어 보였다.

"급할 거 없어요. 가지고 가서 가족들과 상의해봐요."

황청은 계약서를 넘겨받았다.

"다음 주에 바로 신인들 프로필 사진을 찍을 거예요. 황청 씨도 같이 찍을래요? 프로필 사진이 있어야 매니저가 홍보할 수 있으니까요. 요즘 작품이 많아서 다음 달에 아이돌 드라마 몇 편이 촬영 시작한다던데. 최근 오디션 중이고요."

"사진을 찍고 계약을 안 하면요?"

팡화는 말없이 그녀를 쳐다보았다. 황청은 좀 불편해져서 자세를 고쳐 앉았다.

"날 믿어요. 프로필 사진 예쁘게 찍어놓으면 빨리 일하고 싶어질 거예요."

황청은 한 장 반이 전부인 계약서를 훑어보았다. 계약 조항에서 숫자는 모두 고딕체로 처리되어 있었고 팡화가 이야기한 그대로였다. 문득 뭔가가 떠올랐다.

"같이 촬영하는 신인 중에 린쯔이도 있나요?"

"누구?"

"미인대회에서 우승한 사람이요."

"오, 아니요. 사회자는 황청 씨만 추천하던데요. 강력하게 추천했죠. 그 여자분은 정말 용감했어요. 우리 모두 감탄했죠. 하지만 같이 일할 수는 없어요."

그 말을 듣고 황청은 깜짝 놀랐지만 이미 알고 있었다는 듯 평정을 유지했다.

"보통 미인대회 출신들은 1등만 계약해요. 아주 특별한 재능이 있는 게 아니라면 2등과 계약하는 경우는 드물어요. 황청 씨는 선례를 깼죠. 사회자가 엄청 밀어붙였어요."

얘기를 듣고 우쭐해진 황청은 계약서를 다시 훑어보았다.

"같이 사진 찍겠어요? 할 거면 일단 자리부터 잡아둘게요."

"네." 한마디가 입에서 흘러나왔다.

팡화가 일어섰다.

"연예팀 매니저 두 명이 와서 봐주실 거예요."

그녀가 나간 후 두 사람이 들어왔다. 그들은 자기소개도 없이 무표정한 얼굴로 황청을 몇 초간 훑어보고는 나갔다. 황청은 마음에 들지 않는 가구가 된 기분이 들었다. 그녀는 혼자 회의실에 남아서 계약서를 다시 한번 읽어보았다. 내용 중에 이해할 수 없는 전문용어가 몇 개 있었지만 정해진 양식이라는 말이 떠올라 협상의 여지는 없을 듯싶었다. 환하게 웃고 있는 벽에 걸린 선배들을 다시 올려다보았다. 그녀를 응원하고 있는 것 같았다. 알 수 없는 흥분으로 가슴이 뛰기 시작했다. 그녀는 자신의 사진이 첫 번째 줄에 걸리는 상상을 했다. 아니, 일단은 두 번째 줄도 괜찮을 것 같았다.

광화가 들어왔다. 커피 두 잔을 들고 와 한 잔을 황청에게 건넸다.

"예약됐어요. 이번 주는 물 많이 마시고, 충분히 자도록 해요. 그래야 화장도 잘 먹을 테니까."

황청이 커피 한 모금을 마셨다. 달달한 커피믹스였다.

"생각은 좀 해봤어요?"

황청은 당황하며 커피를 내려놓았다.

"뉴스에 나온 적 있죠? 방금 매니저 두 분이 모두 황청 씨를 안다고 하더군요. 내가 다음 달에 몇 주간 출장을 가요. 별문제 없으면 그냥 오늘 계약하는 게 어때요? 안 그러면 내가 돌아올 때까지 기다려야 할 텐데 너무 오래 걸리잖아요. 방금 두 분 모두 황청 씨 프로필을 요청했어요. 괜찮은 프로젝트가 몇 개 있대요."

광화는 말하면서 펜을 황청 쪽으로 밀었다.

스타엔터테인먼트 입구 소파에는 과장된 속눈썹을 한 긴 머리 여자 둘이 앉아 무심히 잡지를 넘기고 있었다. 황청은 두 사람이 자매 같다고 생각했다. 그들은 황청이 자신들을 지나쳐 엘리베이터 앞에서자 비로소 고개를 들고 그녀를 관찰하기 시작했다. 갑자기 젊은 여자들이 와자하게 떠들며 엘리베이터에서 쏟아져나왔다. 진한 향수 냄새가 났다. 황청은 몸을 비켜 사람들이 다 나오기를 기다렸다. 여자들 눈에 달린 작은 부채들이 그녀를 지나칠 때마다 몇 번씩 펄럭였다. '여기 이렇게 많은 자매가 있을 리는 없잖아.' 그녀는 생각했다.

스타엔터테인먼트에서 나온 뒤 그녀는 자신이 떨고 있음을 알았다. 눈에 보이는 대로 아무 카페에 들어갔다. 황첸에게 전화하고 싶었지만, 근무 시간이라 그만두었다. 그녀는 설탕과 얼음을 뺀 아이스라테를 주문했다. 평소 설탕과 얼음을 잔뜩 넣어 주문하던 것과는 완전히 반대였다. 모든 것이 달라졌으니까. 동그란 얼굴에 네모난 금테 안경을 쓴 직원이 더 필요한 것은 없냐고 물었다. "나 오늘 계약했어요! 이제 타이완 최대의 기획사에서 일해요!"라고 말하고 싶었지만, 대신 메뉴판을 유심히 보고 샌드위치를 추가했다. 그제야 점심을 먹지 않았다는 사실이 떠올랐다.

황청은 평소 이 동네 디저트가 너무 비싸다고 생각했다. 이젠 소속사와 계약한 연예인이 되었으니 300~400위안쯤은 별거 아닌 것처럼 느껴졌다. 게다가 이미 접시와 컵도 썼고, 휴지도 잔뜩 가져다 쓴 데다 창가 자리에 앉아 바쁘게 오가는 사람들을 구경하고 있었다. 이 급격히 치솟은 우월감은 린쯔이와도 관련이 있는 것이었다. 하지만 샌드위치를 먹으면서 그런 감정도 점점 사그라들었다.

그녀는 한 번도 린쯔이를 동정한 적이 없었다. 그녀가 용기를 내서 미인대회에 참가한 건 동정받기 위해서가 아니라 인정받기 위해서였다. 그건 황청이 미인대회에 참가한 이유이기도 했다. 그녀는 누군가를 닮아서 뉴스에 나왔고, 대역을 하다가 그 배우를 위협하는 존재가 되었다. 그녀도 언젠가는 자신만의 자리, 그녀만의 '배역'을 얻을 것이다.

그래서 린쯔이가 스타엔터테인먼트와 계약하는 게 꿈이라고 했을 때 황청도 그러고 싶어졌다. 다른 사람을 보고 자신이 원하는 것을 알게 되는 건 그녀의 습성이었다. 황청은 1등을 하지 못해 속상했고, 그래서 황첸에게 화를 냈다. 황첸이 말한 '최고의 용기상'은 사실 어느 정도는 그녀의 속마음과 같았다.

잘못 주어진 1등 타이틀을 정정하듯 그녀가 스타엔터테인먼트에 합류했다.

지금의 이 입장권은 황청이 스스로의 힘으로 구한 것이다.

13

동물병원 앞에서 자매는 크게 다투고 있었다.

황첸은 황청이 아무 상의도 없이 이런 계약을 하고 온 것을 받아들일 수 없었다. 앞으로 8년은 여자에게 가장 빛나는 시간인데 이 종이 쪼가리는 그녀가 보기에 노예 계약서나 다름없었다. 황첸은 계약서를 들고 조항 하나하나가 얼마나 불공평한지 반복해서 설명했다.

"갑은 을의 작업 기회를 얻기 위해 최선의 노력을 다한다. 만약 계약 후 만 1년이 되었음에도 갑이 을에게 수입이 있는 작업 기회를 제공하지 못한다면 을은 계약 해지를 요구할 수 있다."

"'최선의 노력을 다한다'가 대체 뭐지? 회사가 잡지 촬영 하나 잡아주는 게 뭐가 어렵겠어? 1년 후는 또 뭐고? 연예인들이 활동 중단 당했다는 뉴스 못 봤어? 너는 위약금이 800만 위안이라면서 회사 위약금은 왜 명시되어 있지 않은 거지? 이게 노예 계약이지, 그럼 뭐야?"

동물병원에 도착한 후부터 황청은 계속 땀을 흘리고 있었다. 그게 두두 때문인지 장밋빛이었던 미래가 사기극에 휘말렸다고 해서인지는 알 수 없었다. 그녀는 오늘 두두가 퇴원할 수 있을 줄 알았고, 그녀가 대형 기획사와 계약했다는 소식을 들으면 언니가 기뻐할 줄 알았다.

"기획사가 일을 억지로 시키지 않겠다느니, 널 스타로 만들어주겠다느니 하는 건 다 말뿐이잖아. 말로는 뭘 못 하겠어? 중요한 건 계약서에 쓰여 있는 내용이야. 대체 무슨 생각으로 덜컥 저지르고 온 거야? 바보처럼 그 자리에서 바로 계약하는 사람이 세상에 어디 있어?"

황첸의 잔소리는 아예 혼잣말처럼 이어졌다. 황청은 듣기 지겨웠지만 대꾸할 말도 없었다. 그녀는 계약서를 낚아채 가방 안에 쑤셔넣었다. 설렘으로 가득할 것 같았던 8년이 시작부터 구겨져버렸다.

이때 수의사가 굳은 표정으로 진료실에서 나왔다. 의사의 표정을 확인한 황첸은 안 그래도 불안했던 마음에 갑자기 눈물을 쏟았다. 자매는 차례로 진료실에 들어갔다.

두두의 상태는 좋지 않았다. 며칠 입원했지만 조금도 나아지지 않았다. "신부전 증세가 신경에까지 영향을 미치고 있습니다." 의사가 말했다.

"정말 방법이 없을까요?" 황첸이 물었다.

"개가 표현은 못 하겠지만 많이 힘들 겁니다."

황청은 눈물을 참으려고 했다. 다 같이 울고 싶진 않았다.

"두두를 안아봐도 될까요?" 황첸이 물었다.

"네, 하지만 많이 약해져 있어요."

자매가 진료실에 들어서자 두두가 알아봤다. 잘 보이지도 않는 눈으로 우리 안에서 힘겹게 몸을 일으켜 꼬리를 흔들었다. 두두는 황첸의 품에 안겨 그녀의 손을 계속 핥았다.

"열일곱 살이면 충분히 살았어요. 잘 돌보신 거예요."

"두두는…… 얼마나 더 살 수 있을까요?"

황청이 묻자 황첸이 얼굴을 두두에게 파묻고 더 크게 울었다. 두두는 평소처럼 혀를 내밀고 헐떡였다.

"뭐라고 말씀드리기 어렵습니다. 다만 두두는 지금 아주 힘들 거예요. 오늘이 금요일이고 주말에는 휴진이니까 데려가실지 일단 결정하세요. 하지만 이번 주말을 넘길 수 있을지는 장담 못 합니다."

자매는 번갈아가며 두두를 안고 동물병원 소파에 앉았다. 벽에 걸린 TV에서는 저녁 뉴스가 방영되고 있었다. 자매는 말이 없었다. TV 속 세상은 아주 위험해 보였다. 음주운전 사고가 나고, 스토커가 불을 지르고, 노인이 평생 모은 돈을 사기당했다. 안전한 세상도 있었다. 연말 세일, 어버이날 만찬, 지나간 장맛비, 동물원에서 태어난 새끼 판다 소식도 있었다.

우리는 모두 어릴 적부터 모순과 위협이 가득한 세상에 적응해간다. 숙제를 안 하고 몰래 나가 놀면 엄마한테 꾸중을 듣고, 아이스크림을 사려면 음흉하게 웃는 가게 주인의 손에 돈을 올려주어야 한다. 17년 전 두두가 처음으로 자매의 손을 핥았을 때 황첸은 이 순간이 찾아올 것이란 사실을 황청보다 먼저 직감했다. 황첸에게 두두는 사랑하는 소꿉친구였다. 황청에겐 함께 자란 친구였고, 그런 두두를 잃는 것은 자신의 일부를 잃는 것과 마찬가지였다.

두 사람의 슬픔은 각자의 파도가 되어 품에 안긴 두두의 가쁜 숨소리와 함께 가슴속에서 오르내렸다.

"황청, 뭐 하나만 물어볼게."

"뭘?" 황청이 고개를 숙이고 두두를 바라보며 말했다.

"너 연예인이 되고 싶어?"

황첸의 눈은 벽에 걸린 TV를 향하고 있었다. 온몸이 얼어붙으면서 두두를 쓰다듬고 있는 손에만 체온이 남은 것 같았다.

"지금은 말하고 싶지……"

"아니라면 거짓말이겠지." 황첸이 말을 끊었다. "그런데 미인대회는 왜 나간 거야? 상금이나 타려고 나가는 사람은 없어."

황첸이 입술을 깨물며 감정을 참아냈다.

"넌 내가 왜 이렇게 화를 내는지 알아?"

"언니가 하고 싶었던 일을 내가 해서겠지."

반격을 하고 나서야 자신이 내뱉은 말의 의미를 깨달은 황청은 숨이 막힐 것 같았다.

황첸은 놀라는 얼굴로 반문했다. "내가 하고 싶었던 게 뭔데?"

"모두가 언니를 좋아해주기를 바라잖아. 모두가 언니만 쳐다보기를."

말을 마친 황청은 화가 나서 눈물이 터질 것 같은 알 수 없는 감정이 솟아올랐다. 자신의 마음속 가장 깊은 곳에서 갈망하던 것을 말해버려서였는지도 모른다. 황첸이 고개를 저었다. 두 사람은 잠시 조용해졌다. 황첸이 황청을 돌아보았다.

"황청, 날 봐."

황청은 슬픔을 짜증으로 가리고 싶었지만 마지못해 고개를 돌렸다.

"내 코 좀 봐."

황청은 어리둥절했다.

"삐뚤어졌어."

황청의 꽉 다문 입술이 살짝 벌어졌다. 황청은 동물병원에서 이러고 싶지 않았다. 얼른 두두를 데리고 집으로 돌아가고 싶었다.

"얼굴이 완전히 대칭인 사람은 없어. 네가 의식할수록 더 눈에 띌거야. 네가 정말 이 얼굴로 직업을 삼을 생각이라면 빨리 내려놓는게 좋아. 보여지려면 강한 멘탈이 필요한데 너한텐 그게 없어."

"언니는 그렇게 보이지 않아. 안 삐뚤어졌어."

"네가 말하지 않았으면 네 입이 비뚤어졌는지 난 몰랐을 거야. 의식하면 할수록 더 눈에 띄는 거야."

벽에 걸린 TV에는 전국 기상도가 나오고 있었다. 도시 이름마다 작은 태양 표시가 있었다. 아나운서가 미소 띤 얼굴로 말했다. "오후에는 북부 지방에 소나기가 내리겠습니다. 중부와 남부 지방에서는 자외선에 주의하시길 바랍니다." 사람이 예측할 수 있는 미래는 정녕 날씨뿐일까?

"넌 화이트 셔츠 같아. 오래되면 누렇게 변하는 화이트 셔츠. 되도록 가치관이 비슷한 사람들과 어울려야 해. 그래야 자신이 누군지 잊지 않을 수 있어." 황첸의 목소리는 이상하리만치 차분했다.

황청은 울고 싶었지만, 울기 시작하면 무너져내릴 것 같았다. 그녀는 절대 화이트 셔츠 같은 존재가 되고 싶지 않았다.

"두두 내가 안을래." 황청이 말했다.

두두는 황첸의 팔을 베고 눈은 반쯤 감긴 상태였다. 두 사람은 두두를 조심조심 황청의 허벅지 위로 옮겼다.

"너 태어나기 전에 우리 집에 큰 개 한 마리 키웠던 거 알아?"

황청은 몰랐다.

"그 사람이 어디서 데리고 왔는지 모르겠는데 돌보는 사람이 아무도 없었어. 내가 매일 남은 밥에 물 말아서 가져다 먹였지. 그 개는 항상 묶여 있었어. 어린 나는 어른들에게 화가 났지만 지나갈 때마다 쓰다듬어주는 거 말고는 해줄 수 있는 게 없었어. 그러다 그 개가 큰 병에 걸렸는데 얼마 안 지나서 그 사람이 수의사를 불러 안락사시켰어. 그때 그 사람이 개한테 그랬지. '다음 생엔 개 말고 사람으로 태어나거라.' 그때 우린 왜 생명 하나도 제대로 돌보지 못하는 건지 갑갑했어. 두두는 그 개에 비해선 훨씬 더 행복했어."

언니의 말이 끝난 후에야 황청은 '그 사람'이 아빠였다는 걸 알게 되었다. 그녀는 황첸이 아빠에 대해 말하는 걸 거의 듣지 못했기 때문에 약간 의아했지만, 지금은 그런 것에 신경 쓰고 싶지 않았다.

"두두는 정말 안 좋은 거야?" 황청이 물었다.

"글쎄."

자매는 두두를 내려다보며 쓰다듬었다. 손길이 닿을수록 마음은 더 아팠다.

황첸이 말했다. "두두를 편하게 보내주자, 응?"

황청은 더 이상 감정을 누를 수 없었다. 그녀가 울음을 터뜨리자 황첸도 눈물을 흘리기 시작했다. 황청은 두두의 발을 잡고 부드러운 발바닥을 살며시 눌렀다.

잠시 후 두두가 갑자기 안간힘을 쓰며 몸을 일으켰다. 황청이 내려주자 두두는 얼른 문을 향해 가서는 앞발로 유리문을 긁어댔다. 황첸이 일어나 문을 열어주자 두두는 밖으로 나가 오줌을 쌌다. 그리고는 여기저기 냄새를 맡았다. 진료실에서 두 사람을 기다리고 있던 수

의사가 말했다. "9시에 병원 문 닫습니다. 마음의 결정은 하셨나요?"

두두를 안고 있는 황청의 손은 두두의 심장을 받치고 있었다. 황첸이 가위를 가져와 두두의 털을 한 줌 잘랐다. 수의사는 이미 주사기 두 대를 들고 기다리고 있었다.

"주사를 두 대 놓을 겁니다. 한 대는 재워주고 한 대는 떠나게 해줄 거예요. 고통은 전혀 느끼지 못할 겁니다."

"두두, 넌 정말 최고였어. 우리와 오래 함께해줘서 정말 고마워." 황첸이 말했다.

첫 번째 주사를 맞은 두두의 몸이 금방 부드러워졌다. 두 번째 주사를 놓았을 때 황첸은 차마 보지 못한 채 돌아섰다. 황청은 손에서 작은 진동을 느꼈다. 그녀와 함께했던 순수한 사랑, 기쁨과 믿음이 천천히 멈추었다.

수의사는 조용히 일어나 종이 상자를 꺼내왔다. 황첸은 아무런 미동도 없이 돌아서 있었다. 손에는 하얀 털 한 줌을 꼭 쥐고 있었다. 황청은 두두를 종이 상자에 가만히 내려놓았다.

"언니……"

"난 못 보겠어. 마지막은 우리 품속에서 살아 있는 모습으로 기억하고 싶어."

말을 마친 황첸은 동물병원을 나가 문 옆에 쪼그리고 앉았다.

황청은 종이 상자를 닫고 두두의 곱슬한 하얀 털을 마지막으로 한번 어루만져주었다.

두 사람은 길을 걷고 있었다. 눈물이 마를 때까지 걸을 작정이었다. 걷다가 캡슐 장난감 뽑기가 보이면 코끼리와 강아지 캡슐 뽑기를 전부 한 번씩 돌려보았다. 두 사람은 두두가 했던 바보 같은 행동을 하나씩 떠올렸다. 끝말잇기를 하듯 한 사람이 말하면 다른 한 사람이 이어 말했다.

"다크 초콜릿 한 줄을 다 먹고도 죽지 않았지."

"수컷인데 유방암에 걸렸어."

"고환이 하나야."

"엄마가 씻어서 바닥에 놓은 상추를 먹은 적이 있어. 그 쓰다는 여주도."

"구아바랑 바나나를 보면 몸을 부르르 떨었어."

"애들을 싫어해서 목소리만 들려도 으르렁댔어."

"우리가 초인종을 누를 때만 늑대처럼 짖었어."

"자기보다 덩치가 큰 암캐만 좋아했어."

"자다가 내려가 물을 마시면 침대에 안아서 올려달라고 황청을 깨웠어."

"참을성이 강했어. 육포를 앞에 두고서도."

"꿈을 많이 꿨어. 12시만 되면 침대에 올라가 잘 준비를 했지."

"숫총각이었지. 매일 황청이 집에 오기만을 기다렸어."

그날 밤 달은 이지러져 있었다. 구름 한 점 없는 하늘에 별이 총총히 빛났다. 우리가 사랑했던 것은 모두 하늘로 가버리는 듯했다.

"아까 수의사가 우린 그래도 마지막까지 곁에 있어서 다행이랬어. 많은 주인이 마지막 모습을 차마 볼 수 없어서 자리를 피한대. 그래서 개들이 두려움에 떨면서 생을 마친대." 황청이 말했다.

"나이를 먹어서 그런가 견디기 힘드네."

"괜찮아. 두두는 언니 냄새를 맡았을 거야."

"황청, 방금 우리가 겪은 일은 앞으로 계속 떠오를 거야. 시간이 지나도 아주 많이 힘들 거야."

황청은 걸음을 멈추고 말없이 달을 올려다보았다. 평소에 두두와 산책할 때 이런 날씨를 만나면 이렇게 말했다. "저기 달 좀 봐봐, 두두." 그럼 두두는 고개를 들고 꼬리를 흔들면서 황청을 바라봤다. 그녀가 마치 자신의 달이라는 듯이.

황첸이 동생의 손을 잡았다. 둘 다 손이 얼음장 같았다.

"게다가 넌 연기하면서 이 순간을 떠올릴 때가 올 거야. 그게 더 괴롭겠지."

"사람으로 다시 태어나는 게 좋을까?" 황청이 물었다.

"나도 궁금하네."

14

연락받은 주소는 중샤오둥로忠孝東路 골목 안에 있는 한 고급 아파트였다. 그녀는 미리 도착해 알루미늄 문에 비친 일그러진 얼굴을 보며 화장을 확인했다. 메이크업을 배우긴 했지만 아직은 서툴렀다. 눈썹은 너무 진했고, 아이라인 끝은 제대로 올려 그리지 못했다. 그녀는 손으로 두 뺨의 블러셔를 살짝 털어내며 화장이 별로 도움이 되지 않는다고 느꼈다. 그녀와 함께 오기로 한 어시스턴트 매니저 매기는 조금 늦을 테니 먼저 올라가 있으라고 메시지를 보내왔다.

황청은 오히려 안도의 한숨을 쉬었다. 회사 사람이 오디션에 같이 가면 감시당하는 기분이 들었다. 그녀가 무슨 옷을 입고, 무슨 말을 했는지 광화가 모두 알게 될 것이기 때문이다. 이번은 황청이 소속사에 들어온 후 세 번째 오디션이고, 세 번 중 한 번은 왕 감독의 작품이었다. 광화는 황청의 연기가 괜찮다고 했지만, 황청은 아무런 배역도 따내지 못했다. 6개월이 흘렀고, 그녀는 조급해졌다. 회사가 잡은 단체 광고 모델 몇 건을 제외하면 회의실에 앉아서 캔커피를 마시는 회사원이나 수영복을 입고 수영장 끄트머리에서 물놀이하는 역할이 전부였다. 황청은 수입이 거의 없었다.

언제든 스케줄에 맞추기 위해 카페 아르바이트도 그만두었는데 프로필 촬영 비용도 아직 다 갚지 못했다. 그녀는 더 많은 일을 하고 싶었다.

이번 오디션 작품의 감독은 샤오허우小猴라고 불리는 사람이었다. 작은 원숭이라는 뜻의 별명처럼 쾌활한 사람이었다. 오디션 분위기는 유쾌했지만 감독이 주로 말하고 황청은 듣기만 했다. 황청이 연극 경험이 있다고 하자 자신은 극장에 들어가는 게 공포스럽다고 했다. 그가 말한 '공포'라는 단어 때문에 황청은 눈을 크게 뜨며 이해할 수 없다는 표정을 지었다.

"나는 영화감독이에요. 카메라의 배치와 이동으로 관객에게 뭘 보여줄지 결정하죠. 난 내 생각과 관점을 완벽히 통제할 수 있고 내가 원하는 방식으로 그것을 전달할 수 있어요. 하지만 극장은 다르죠. 연출자는 몇 가지 연출 기법을 이용할 수 있지만 관객은 그것과 상관없이 무대에서 자기가 보고 싶은 것을 보죠."

샤오허우는 말하는 중간에 일어났다. "만약 감독이 얼마나 까다롭고 잔소리가 많은지 강조하고 싶다면 내가 말하는 동안 클로즈업을 많이 할 거예요. 입술을 거대하게 클로즈업할 수도 있죠. 황청 씨가 얼마나 풋내기인지 강조하고 싶다면……"

샤오허우는 장난 섞인 농담을 일부러 멈췄다. 집중해서 듣고 있던 황청은 숨이 멎은 듯 눈만 끔뻑일 뿐이었다.

"그냥 예를 드는 거니까 마음에 두진 말아요. 만약 배우의 심리 상태를 강조하고 싶다면, 이야기를 듣고 있는 황청 씨의 표정, 예를 들어 찡그린 눈썹, 갸웃거리는 고개, 꼭 깨문 입술이나 앞으로 기울인 몸, 테이블 아래서 부산하게 움직이고 있는 손 같은 걸 더 많이 찍겠죠. 물론 작업이 빨리 끝나기를 기다리는 짜증 난 제작자나 조감독을 찍을 수도 있고, 소속 연예인의 연기를 걱정하면서 눈치만 보고 있는 매니저를 찍을 수도 있죠."

황청은 그의 말을 따라 방 안의 사람들을 차례대로 둘러보았다.

"관객 입장에서 연극은 주도적이고 영상은 수동적이죠. 감독에겐 그 반대겠죠. 내가 통제할 수 없는 일을 하는 건 정말 무서워요. 그래서 저는 배우들이 정말 대단하다고 생각합니다."

그의 이야기는 다소 음침하고 우울해 보이는 샤오허우에게도 따뜻하고 섬세한 면이 있음을 느끼게 했다. 황청은 누군가로부터 처음으로 '배우'라고 불린 것 같았다.

두 사람은 성격에 관해서도 이야기를 나눴다.

샤오허우는 황청에게 형용사를 사용하지 않고 자신을 묘사해보라고 했다. 황청은 흥미로운 요청에 곧바로 대답하고 싶었지만 한마디도 떠오르지 않았다.

샤오허우가 말했다. "괜찮아요. 천천히 생각해보세요."

기다리는 동안 그는 테이블 위에 있던 종이를 뒤집어 무언가를 휘갈기기 시작했다. 정적이 흐르는 사이 황청은 방 안 사람들의 존재를 다시 한번 느꼈다. 옆에 앉은 매기는 안절부절못하고 있었고, 말 한마디 없이 방구석에 앉아 있던 남자 조감독과 여자 제작자는 소리를 낮춰 대화하기 시작했다. 그들의 시선은 이따금 황청을 향했다.

샤오허우는 황청 앞에서 계속 뭔가를 썼다. 글씨는 들쭉날쭉했고, 세로로 쓰던 걸 다시 가로로 쓰기 시작했다. 어떤 글자에는 반복해서 동그라미를 쳤다. 황청이 고개를 내밀어 동그라미 친 글자를 보았다. '통제'였다.

"감독님, 생각났어요."

"샤오허우라고 불러요. 말해보세요."

"제가 어렸을 때 글씨 쓰기를 하면 아래 선을 벗어나면 안 됐거든요. 백지에 글씨를 쓸 때면 먼저 연필과 자로 선을 그어야 했죠. 그런데 제가 가진 자는 15센티미터짜리여서 선이 점점 아래로 기울었어요. 그걸 모르고 밑줄에 바짝 붙여서 쓰면 글씨가 한쪽으로 기울어졌죠."

남자 조연출이 하품을 하자 황청은 이야기를 멈추었다. 감독은 이미 쓰기를 멈춘 상태였다. 펜을 들고 멈춰 있는 그의 모습은 정지 화면처럼 보였다.

"그럼 어떻게 했죠?" 그가 재촉하듯 물었다.

"다시 썼어요. 하지만 어떻게 해도 완벽하게 똑바로 쓸 수는 없었어요. 그래서 지금도 줄이 있는 노트만 써요."

"지금 노트를 가지고 있나요?"

"네."

황청은 가방에서 카키색 노트를 꺼냈다.

샤오허우는 손을 내밀며 물었다. "뭘 적는지 볼 수 있을까요?"

황청은 잠시 망설이다 노트를 건넸다. 그는 노트를 두어 번 넘겨보고는 황청에게 돌려주었다.

"숙녀분 일기나 훔쳐보는 무개념은 아닙니다."

모두 웃었다.

"일기는 아니고 연기와 관련된 관찰이나 기록 같은 거예요."

"훌륭해요. 진지하군요. 전 진지하게 임하는 배우가 좋습니다. 함께 즐겁게 작업하면 좋겠군요." 샤오허우는 고개를 끄덕이며 말했다. 다른 사람의 인정은 필요로 하지 않는 확신에 찬 태도였다.

그날 저녁 황청은 샤오허우 감독의 영화에 출연하게 되었다는 매기의 전화를 받았다. 황청의 역할은 서브 남주의 첫사랑이었다. 프랑스에 와인을 공부하러 간 재벌 집 딸로 총 네 장면 등장했다.

황청은 기쁜 나머지 두 손으로 입을 막은 채 아무 말도 할 수 없었다.

매기가 말했다. "급한 스케줄이 하나 더 있어. 지난달에 오디션 봤던 「계약 연애」 말이야."

"왕 감독님 작품이요? 기억해요."

"내일 의상 피팅 촬영이 있어."

"네? 내일이요?"

"이번에는 2차 오디션이야. 의상 피팅 후에는 다른 배우들과 함께 실제 세트에서도 촬영할 거야. 촬영 장면도 지난번 오디션 봤던 것과는 다르고, 감정적으로 더 강한 장면이야."

실제 세트 촬영이라는 말에 황청의 가슴이 빠르게 뛰기 시작했다.

"하지만 샤오허우 감독님 쪽에 이미 합격했는데 그래도 가야 하나요?" 황청이 물었다.

"지금 무슨 말을 하는 거야? ERA TV는 타이완 최대의 방송국이야. 드라마 시청률은 볼 것도 없이 톱이고. 2차 오디션 기회가 주어졌는데 안 간단 말이야? 떨어지더라도 윗사람들한테 얼굴도장 찍을 수 있고, 잘 안 되더라도 다음에 기회가 있을 수 있잖아."

"오디션에 합격하면요?"

"둘 다 찍으면 되지. 뭐가 문제야?"

황청은 실제 촬영에는 자신이 없었다. 현장에서 잘해내지 못하면 나쁜 인상을 남겨 오히려 손해가 아닌가 생각했다.

"진짜 중요한 건 아직 말하지도 않았어." 매기가 말했다. "왕 감독님이 지금 리허설을 하고 싶대."

지금? 황청은 시계를 보았다. 벌써 9시가 넘었다.

"다른 배우들은 모두 연기 경험이 있어. 너만 신인인 데다 영화 경험도 없어서 왕 감독님이 먼저 리허설을 하고 싶어하셔."

"알았어요." 어지러운 마음에 황청의 손이 가볍게 떨렸다.

"그런데 지금 바로는 내가 좀 어렵고, 조금만 있다 출발하면……"

"나 혼자도 갈 수 있어요."

매기의 말을 자르고 황청이 말했다. 평소와는 다른 너무나 확고한 말투라 매기는 잠시 말을 잇지 못했다.

"전에 왕 감독님과 작업한 적 있지?" 매기가 다시 입을 열었다. "그럼 주소 보내줄게. 정말 혼자 갈 수 있는 거지?"

"네."

"참, 샤오허우 감독님 작품 얘긴 하지 마. 감독님들은 배우들 겹치기 출연 싫어하시니까."

"알았어요."

15

주소를 따라간 곳은 주택이었다.

택시에서 내려 초인종을 누를 때 주저했는지는 나중에 황청 자신도 기억이 나지 않았다. 하지만 혼자 약속 장소에 갈 만한 심적 여유가 있었던 건 분명히 기억한다. 그녀는 재빨리 가장 편한 청바지와 셔츠로 갈아입었다. 화장기 없는 얼굴로 세수만 하고는 머리를 단정히 묶었다. 평소 외출할 때의 모습이었다. 그녀는 자신도 이해하지 못하는 기대감을 긴장으로 감추었을 것이다. 기회에 대한 배우의 감각은 배우지 않고도 체득할 수 있는 특별한 능력이다.

초인종을 누르자 대문이 열렸다. 오래된 아파트였는데 복도가 어둡고 엘리베이터가 없었다. 황청은 한 계단 한 계단 조심스럽게 발을 뗐다. 그곳이 자신이 가고 싶은 곳으로 이어질지 확신하지 못했다. 4층에 이르자 반쯤 열린 철문 사이로 새어나온 노란색 불빛과 낮은 음악 소리가 어두운 계단의 음습함과 불안감을 단번에 바꿔놓았다. 황청은 갑자기 다급한 마음이 들어 쾌활하고 밝은 목소리로 외쳤다.

"왕 감독님, 저 왔어요."

왕 감독은 긴 소파에 다리를 꼬고 앉아 있었고, 대본은 무릎 위에 놓여 있었다. 응접실 조명은 스탠드 램프 하나뿐이었다.

"바깥 철문은 살짝 닫아두기만 하면 돼. 밥은 먹었나?"

황청이 고개를 끄덕였다. 그녀는 현관에서 신발을 벗었다.

"오디션 볼 때는 왜 이렇게 입고 오지 않았지?" 왕 감독이 말했다.

자신의 옷차림을 내려다본 황청이 다시 고개를 들고 말했다. "지금은 매니저가 없잖아요."

황청은 등받이가 없는 일인용 의자로 가서 앉았다. 눈은 웃어서

실눈이 되었다. 왕 감독의 말투에서 느껴지는 권위적인 어조가 예전 촬영 현장에서처럼 위압적이기는커녕 친근하고 재미있게 들렸다. 아마 장소가 달라졌고 지금은 '그들'뿐이기 때문일 것이다. 그는 그녀가 진한 화장을 한 모습도 보았고, 카메라 앞에서 어쩔 줄 몰라 하는 모습도 보았고, 불안해하면서도 빨리 잘하려고 애쓰는 모습도 보았다. 지금의 황청은 평상시 모습이었고 편안해 보였다. 황청은 동경하고 순종적이며 생기 넘치는 어린 후배 같은 태도를 자연스럽게 취했다.

휴대폰 진동 소리가 들렸다.

황청은 가방을 뒤져 자신의 휴대폰 소리가 아님을 확인하고는 진동 모드로 바꾸었다. 왕 감독은 가만히 그녀를 지켜보기만 했다.

그가 말했다. "화장을 하지 않으니 보기 좋네."

"감사합니다." 황청은 두 손으로 귀엽게 자기 뺨을 문질렀다.

"이름이 황청인가, 황청청인가?"

"황청청은 예명이에요. 감독님께서 편하신 대로 불러주세요."

"스타엔터테인먼트와는 어떻게 계약했지? 계약 기간은?"

"8년이요."

"그렇게 길게?"

황청은 어깨를 으쓱하며 말했다. "그냥, 출연 기회가 더 많을 것 같아서요."

"출연 기회를 얻고 싶으면 나를 찾아왔어야지."

황청은 어떻게 대답해야 할지 몰라서 웃었다. 왕 감독은 미세한 표정 변화를 감추며 대본을 황청에게 건넸다.

"이건 내일 테스트 촬영할 부분이야. 못 하는 걸 보고 싶진 않은데 넌 경험이 없잖아. 유리 같은 소녀의 마음을 또 깨고 싶진 않으니까."

"감사합니다." 황청이 고개를 숙였다. 황청은 왕 감독이 그녀를 충분히 본 것 같다고 생각했다.

"5화에서 회장이 회사를 떠나려는데 비서인 네가 크게 슬퍼하면서 회장에게 다시 한번 생각해보라고 하는 거야. 일단 같이 대사를 읽어보지. 대사를 맞추기만 하면 돼. 해석은 필요 없어."

그들은 대사를 두 번 주고받았다. 황청은 대본 없이도 할 수 있을 것 같아서 대사를 말할 때마다 고개를 들고 왕 감독을 바라보았다.

"난 대사를 달달 외워오는 배우가 제일 싫어. 대사는 외우는 게 목적이 아니라 역할에 맞는 뉘앙스를 찾는 게 목적이야. 대사 하나하나를 전부 상대를 쳐다보고 할 필요도 없어."

황청이 고개를 끄덕였다.

휴대폰 진동 소리가 또 들렸다.

황청은 왕 감독이 듣지 못한 것 같아서 말했다. "감독님, 전화가……"

"신경 쓸 필요 없어. 이 장면의 이유가 뭐라고 생각해? 네 목적이 뭔 것 같아?"

잠시 생각에 잠긴 황청이 입을 열었다. "그를 잡고 싶어요."

"두 글자로 말해봐."

조금 생각한 후 황청이 말했다. "만류?"

"좋아, 그럼 그를 **만류**해야 해. 그가 떠나지 못하게 **설득**해봐. 만류와 설득, 이 두 개의 동사만 기억해. 모든 장면은 두 글자로 요약할 수 있어. 그 두 글자만 잡으면 장면이 흩어지지 않지."

대사를 몇 번 주고받아보니 황청은 매번 조금씩 다르게 느껴졌고 점점 더 흥미가 생겼다. 대사 중 왕 감독이 '3층'을 '삼중'으로 잘못 읽어 황청은 웃음이 터질 뻔했는데 정작 왕 감독이 먼저 웃었고, 결국 두 사람 다 웃음을 터뜨렸다.

두 사람은 배꼽을 잡고 한참을 웃었다. 지금의 왕 감독은 이전에 영화를 찍었을 때와 완전히 다른 사람이었다. 이상한 점은 황청에게 이런 그의 모습이 의외이기는커녕 놀랍고 즐거웠다는 것이다. 그녀에게도 수확이 있었다. 어떻게 연기해야 하는지 알게 된 것 같았다. 망망대해에서 떠다니는 나뭇가지를 잡은 기분이었다.

"감독님, 질문 있어요."

휴대폰 진동 소리가 또 들렸지만 황청은 이번에도 못 들은 척했다.

"드디어 질문할 용기가 생겼나보군."

"제가 그를 조금은 사랑하나요?"

왕 감독은 황청의 눈을 보았다. 이번엔 좀 오래 보았다. 황청도 이번엔 시선을 피하지 않았다.

"사랑의 힘은 순수하고 강렬할 수도 있고, 자연스럽고 흔적을 남기지 않을 수도 있지. 그를 사랑하는 걸로 역할을 설정할 수는 있어. 하지만 설정은 **확실**해야지 조금 사랑하는 건 없어. 세대 차이인가? 우리 나잇대는 조금씩 사랑하는 방법은 몰라. 한번 가르쳐줄래?"

황청은 겸연쩍은 듯 웃었다. 바보 같은 말을 해서 자신의 연애 경험이 적다는 것도 들켜버렸다.

"대충 된 것 같군." 왕 감독이 하품하며 말했다. "내일 상대역을 만나면 긴장해서 까먹지 마. 이 배역이 주연은 아니지만 기본적으로 주인공이랑 같이 가는 역이라 노출이 꽤 되니까 사람들이 금방 알아볼 거야. 잘해서 날 실망시키지 마."

"감사합니다." 황청은 잃어버린 물건을 되찾기라도 한 듯 대본을 가슴에 꼭 품었다. 왕 감독은 손을 뻗어 그녀의 머리를 쓰다듬어주었다. 마치 꼬리를 흔드는 애완견을 쓰다듬어주듯이. 황청은 뺨이 달아올라 목을 움츠렸다. 휴대폰 진동 소리가 또 들리는 것 같았다.

"이 역할은 거의 매회 등장해. 그러니까 촬영할 때 자주 현장에 있어도 돼."

황청의 반응은 기다릴 필요 없다는 듯 왕 감독이 일어섰다.

"많이 늦었군. 집에 데려다줄게."

황청은 곧바로 벌떡 일어나 세차게 고개를 흔들었다. 생각을 순간적으로 털어내려는 것 같았다. 그녀는 현관에 앉아 신발을 신으며 말했다. "아니에요, 아니에요. 택시 타고 가면 돼요. 나오지 마세요."

그녀는 실내가 어두워서 두 사람의 표정이 드러나지 않는 것이 다행이라고 생각했다. 왕 감독은 더 이상 고집하지 않고 그녀와 함께 내려가 택시를 불러주었다. "참, 담배 배우지 마. 여자가 담배 피우는 건 보기 안 좋아." 왕 감독이 말했다.

황청은 별다른 반응을 하지 않았고, 곧 차가 왔다. 왕 감독은 그녀가 차에 오르는 것을 보고 돌아서 들어갔다.

돌아오는 택시 안에서 황청은 가슴을 쓸어내리며 호흡을 되찾으려 애썼다. 방금 일어난 일은 뭔가 이상한 것 같았다. 하지만 그녀는 이상할 건 없다고 스스로를 설득했다.

그녀는 생각했다. 최소한, 그래도 최소한 집에 데려다주겠다는 건 거절했잖아. 그녀가 어떻게 개인적인 리허설을 거절할 수 있겠는가? 그건 왕 감독의 호의였다. 평소보다 좀더 자유롭게 행동하긴 했지만 내가 매니저에게 따라오지 말라고 한 건 아니잖아. 매기가 바빠서 못 간다고 한 것이다. 이렇게 늦은 시간에 혼자 감독의 집에 가는 것도 그녀가 결정할 수 있는 일이 아니다. 그녀는 단지 시키는 대로 할 뿐이다. 이것도 일종의 프로 정신 아닐까?

자신의 순수함을 지키기 위해 그녀는 스스로를 설득하려 애썼다. 이런 모든 일이 전에도 있었고, 자주 있으며, 지금도 어디선가 일어나고 있을 거라고 말이다. 그녀는 자신을 거친 풍파를 겪어낸 선장 같은 활기차고 강인한 사람이라고 생각했다. 곧 조종하지 못하게 될 키를 단단히 붙잡고 있는 것 같았다.

16

수화기 너머 매기는 화가 난 듯 소리쳤다. "촬영팀이 안 된다고 하는데 그럼 어떡해! 사전 제작이 아니면 다 이런 식인데. 부모님 장례식도 못 갈 판이야. 언니 결혼식이니 망정이지, 네 결혼식이었으면……."

전화를 끊은 황청은 그녀에게는 더 이상 기대할 게 없다고 생각했다. 촬영팀에 휴가를 내겠다고 그녀는 한 달 전부터 매기와 입씨름 중이었다. 결국 그녀는 왕 감독에게 부탁할 수밖에 없었다.

왕 감독이 조감독을 불러 몇 마디 하니 조감독이 고개를 끄덕였다. "밤 장면을 낮에 찍으면 6시 전에 보내줄 수 있을 거야." 왕 감독이 손짓하며 말했다. "대신 스태프들에게 음료수 한 잔씩 사."

「계약 연애」 촬영은 두 달째를 넘어서고 있었다. 왕 감독이 황청의 뒤를 봐준다는 소문은 공공연한 비밀이 되어가고 있었다. 황청은 감독과 특별한 사이가 되면 선생님에게 편애받는 모범생처럼 왕따가 될 거라고 생각했다. 하지만 연예계는 그렇게 단순한 세계가 아니었다. 연차가 있는 스태프들은 그녀에 대한 왕 감독의 특별한 배려를 알면서도 모른 척했지만, 그녀를 향해 의미심장한 미소를 짓는 것도 잊지 않았다.

황청이 걱정하던 일은 일어나지 않았다. 오히려 모두가 그녀에게 잘해주었다. 현장 스태프들은 촬영 일정에 황청이 있으면 반가워했다. 그날은 왕 감독이 짜증도 내지 않고 촬영을 빨리 끝내줄 것이기 때문이다.

조감독은 하루의 첫 촬영과 마지막 촬영에 항상 황청의 장면을 넣었다. 그래서 그녀는 온종일 기다려야 하는 날이 많았다.

그러나 기다린 보람도 있었다. 왕 감독은 황청에게 간이 의자를 가져와 자기 옆에 앉게 하고는 다른 배우들이 카메라와 어떻게 호흡하고, 동작의 연속성을 어떻게 유지하는지 관찰하도록 했다. 전에 「어느 여학생의 실종」을 촬영할 때도 같은 자리에 앉았지만 이제 황청은 다른 사람들에게 위협을 주는 존재가 아닌 열심히 배우는 신인이자 스태프들의 수호천사였다.

황청은 소문 따윈 신경 쓰지 않고 연기에만 몰두했다. 매일 자신에 대해 더 알아가고, 몸을 더 잘 다루어서 더 완벽한 연기를 하고 싶었다. 그런 그녀에게 유일한 기준은 왕 감독뿐이었다.

왕 감독은 배우들이 스스로 방법을 찾을 수 있도록 기다려주는 유형이 아니었다. 그는 원하는 결과를 얻기 위해 배우들의 연기를 지도했다. 왕 감독의 연기 디렉션은 디테일하기로 유명했다. '곧장 다가가, 멈추지 말고' '오른쪽 보고, 그다음 왼쪽을 봐' '이 대사를 할 땐 앉아' '책상을 짚은 채로 그의 입을 뚫어지게 쳐다봐'와 같은 식이었다. 촬영 대기 중에는 사람을 유쾌하게 하는 재능으로 현장 분위기를 유머러스하고 활기차게 리드했다. 그는 한 번도 촬영 시간을 초과한 적이 없다는 점과 현장에 여덟 종류 이상의 도시락을 제공한다는 점을 늘 자랑스러워했다.

그의 직설적인 연출 방식은 항상 자신의 위치를 확신하지 못하던 황청에게 여행 가이드가 흔드는 붉은 깃발처럼 명확한 방향이 되어

주었다. 그녀는 그를 따라 어디든 갈 수 있을 것 같았다.

결혼식 당일 오후 5시 반, 야간 촬영이 막 시작되려던 때였다. 황청은 조급해졌고 조감독은 감독에게 촬영을 서둘러야 한다고 말했다. 왕 감독은 황청이 사다준 버블티를 흔들며 말했다. "걱정 마. 이거 다 마실 때쯤이면 촬영 끝나 있을 테니까. 아직 해가 완전히 지지 않아서 조명 세팅을 좀더 해야 해." 황청은 어쩔 수 없이 캉에게 전화를 걸어 조금 늦을 것 같다고 말했다. 황첸에게는 감히 전화할 수 없었다.

촬영은 오후 6시가 가까워서야 시작되었다.

6시 15분이 되자 조감독이 외쳤다. "오늘 촬영 마칩니다!"

"약속한 시간보다 15분이나 늦었으니 데려다주지." 왕 감독이 황청에게 말했다. 의상을 갈아입은 황청은 작은 깃발이 흔들리는 곳으로 이끌리듯 자연스럽게 왕 감독의 차에 올라탔다. 촬영이 끝나고 두 사람이 함께 가는 것은 처음이었다. 모두가 두 사람을 쳐다보고 있었다.

차에 오른 황청은 린 삼촌이 떠올랐다. 오늘이 황첸 결혼식이기 때문인지도 모르고, 뒷좌석으로 기어갈 필요는 없지만 왕 감독의 차도 2도어 스포츠카이기 때문인지도 몰랐다.

그녀가 안전벨트를 맬 때 은은한 유향 냄새가 났다.

"안 막히면 20분 안에 샹그릴라 호텔에 도착할 수 있어. 신부 입장은 놓치지 않으면 좋겠는데."

그 말을 들은 황청은 방금까지의 불안이 사라지고 문득 떠오른 장면 때문에 눈시울을 붉어졌다. 그 모습을 본 왕 감독이 티슈를 몇 장 뽑아 그녀에게 건넸다.

"우와, 금방 눈물이 나네. 눈물 신 찍을 때 좋겠어."

황청은 서러운 울음이 터져나왔다가 곧 감정을 추슬렀다.

"농담한 거야. 늦지 않게 데려다줄 테니 안심해."

"고마워요, 감독님."

황청은 마음을 가라앉혀보았다. 창밖을 보니 옆에 오토바이를 탄 커플이 신호를 기다리고 있었다. 남자는 고개를 돌려 여자의 말을 듣고 있었다. 남자의 손은 여자의 종아리 바깥쪽을 가볍게 두드리고 있었다. 두 사람은 웃고 있었다. 그들이 황청 쪽으로 고개를 돌렸을 때 그녀는 무의식적으로 고개를 숙였다. 그들은 차 안에 있는 젊은 여자와 중년의 남자를 보게 될 것이라고 그녀는 생각했다. 하지만 그들은 차 안을 볼 수 없었다. 그들은 단지 차창에 비친 자신을 보고 있을 뿐이었다.

"연기가 몇 달 만에 정말 많이 늘었어." 왕 감독이 말했다.

"옆에서 보면서 배우는 게 정말 많아요."

"넌 가능성이 있어." 왕 감독의 말투에서 느껴지는 의도적인 어색함이 황청은 낯설었다. 그녀는 고개를 돌려 그를 바라보았다. 옆모습만 보이고 차 안도 어두웠지만 분명하고 강렬한 흐름이 온몸을 감쌌다.

갑자기 그녀는 마음속 이야기를 하고 싶어졌다.

"샤오허우 감독님 아세요?"

"누군지는 알지만 아는 사이는 아니야."

"저 원래 그분 영화 오디션에 합격했었어요. 의상을 세 번이나 맞췄는데 촬영 이틀날 바로 교체됐어요."

"이유가 뭔데?"

"감독님이 매니저에게 전화해서 정말 미안하다고 했지만, 이유는 말해주지 않았어요."

"감독이 직접 전화했다고?"

"네."

왕 감독이 웃었다. "그 사람도 경력이 좀 쌓이면 그렇게는 안 할 거야."

황청은 무슨 말인지 이해할 수 없어 잠시 머뭇거리다 말을 이었다. "제 연기가 별로였겠죠."

"그럴 수도 있지. 하지만 다른 이유도 많아."

황청이 동그랗게 뜬 눈으로 그를 바라보자 왕 감독도 그녀를 쳐다보았다.

"전에 촬영을 이미 일주일이나 했는데 고위 인사가 갑자기 여배우를 바꾸자고 하는 거야. 그러면 일주일 촬영분을 다 재촬영해야 했는데 말이지. 도저히 받아들일 수 없어서 가서 따졌어. 대체 왜 바꿔야 하냐고. 처음엔 여배우가 너무 뚱뚱하고 까맣다더니 나중엔 배역에 어울리지 않는다고 하는 거야. 난 이해할 수가 없었어. 그런 건 의상 피팅하고 촬영 시작 전에 다 알 수 있는 거잖아."

왕 감독은 잠시 멈칫하더니 노란 신호등을 무시하고 가속 페달을 밟았다.

"전에 그 고위 인사의 부인이 촬영장을 방문했는데 여배우가 화장을 고치고 있었데. 부인이 '립스틱 컬러가 정말 예쁘네요. 나도 사고 싶은데'라고 하니까 여배우가 '네, 이건 어디 제품이에요. 어디에 가면 사실 수 있어요'라고 했다는 거야. 그리고 다음 날 그 배우는 교체됐어."

왕 감독이 황청을 바라보았다. 황청은 어리둥절한 표정이었다.

"너라면 어떻게 했을 것 같아?"

"하나 사다드렸겠죠." 황청이 대답했다.

왕 감독은 웃었다. "그렇지. 넌 이런 쪽에 센스가 있어. 이유를 캐봐야 자신에겐 도움이 안 돼. 배우가 너무 많은 걸 알 필요는 없어."

그의 말은 황청에게 위로가 되기는커녕 혼란만 더했다. 그녀는 「계약 연애」의 배역을 스스로 따냈다고 생각했는데 이것도 어쩌면 숨겨진 문을 통해 들어온 것인가 싶었다. 배우와 작업하는 기준이 연기가 아니라면 뭘 위해서 연기를 배우는 거지? 그녀는 묻고 싶었지만, 자신이 정말 그 답을 듣고 싶은 건 아님을 어렴풋이 느꼈다. 그걸 다 알고도 감독의 차 조수석에 앉아 순진무구한 얼굴로 창밖을 쳐다볼 수 있을까?

"왜 얼굴을 찡그리지?" 왕 감독이 물었다.

"전 그냥 좀 아쉬웠어요. 좋은 감독님 작품을 할 수 없어서."

"그 감독의 어떤 점이 좋다는 거야?"

"열정적인 분이에요." 황청은 잠시 숨을 고르고 이어 말했다. "그분은 관객의 눈으로 연기를 보세요. 연기 지도도 아주 차분하게 하세요. 배우마다 주는 연기 디렉션이 모두 달랐어요."

"내 연기 지도는 차분하지 않고?" 왕 감독이 말했다.

황청은 얼어붙은 채 아무 말도 못 했다.

왕 감독이 웃으며 말했다. "그 감독은 아직 젊지."

황청은 나이 차를 언뜻 이해하지 못했다. 스물을 갓 넘긴 신인 배우에게는 모든 감독이 어른이었다.

"그 영화를 찍으면서 내 영화에 겹치기 출연을 한 거야? 양쪽에서 다 교체될 수도 있었어."

이때 차는 시먼딩을 지나고 있었다. 지나는 길에 미인 선발 대회를 했던 그 백화점이 보였다. 황청은 커다란 광고판 속 초록 눈의 금발 모델을 보았다. 목에 걸린 다이아몬드가 탐조등처럼 반짝이며 강렬한 빛을 내고 있었다. 주얼리 브랜드의 광고였다. 다음 시즌엔 손목 시계, 그다음 시즌엔 인삼 농축액, 비디오 게임, 화장품이 걸릴 것이다. 린쯔이의 얼굴이 걸린 적은 없었다. 언젠가 도시락을 먹을 때 바닥에 깔려 있던 전단지에서 그녀의 얼굴을 본 적이 있었다. 린쯔이의 긴 머리는 부스스하게 부풀어져 머리가 두 개쯤 있어 보일 정도였다. 손에는 장난감만 한 기타를 들고 록 스타처럼 소리를 지르는 표정을 하고 있었다. 그녀는 분명 서양 인형처럼 예쁘게 꾸미기를 더 원했을 것이다. 목의 흉터는 전부 지워지고 없어서 황청은 한때 사진 속 그녀가 자신이 모르는 사람인 줄 알았다. 그 백화점은 단 한 번도 올해의 모델로 광고한 적이 없었다. 여성들은 싸구려 광고지에 등장했을 뿐이었다.

"뭘 보고 있어?" 왕 감독이 물었다.

황청이 고개를 저었다. 다른 사람 얘기는 하지 않는 게 좋을 것 같아서 고개를 저었다.

"도착했어. 얼른 들어가봐."

"고마워요, 감독님."

"나중에 기회 있으면 언니 소개해줘."

17

언니에게 왕 감독에 대해 말한 적이 있긴 했지만, 언니와 동갑인 감독이라는 정도였다. 정작 하고 싶었던 말은 하지 않았다. 왕 감독 집에 가서 리허설을 했고, 그의 집 책장에 가득한 DVD 컬렉션을 함께 보고, 촬영장에선 감독 옆에 작은 의자를 놓고 앉는다는 말은 하지 않았다. 방금 누군가의 스포츠카를 타고 언니의 결혼식에 겨우 도착했다는 말도. 그녀는 한때 린 삼촌에 관한 비밀을 지켰던 것처럼 이제는 자신이 주인공이 된 그 비밀을 지키고 있었다.

언젠가 캉이 나중에 기회가 되면 언니와 촬영 현장에 가고 싶다 는 말을 한 적이 있었다. 아마 그때가 되면 황청이 하고 싶은 이야기 도 달라져 있을 것이다.

샹그릴라 호텔 정문에 도착하자 캉과 황첸의 커다란 결혼 사진이 보였다. 전통적인 결혼 사진과 달리 황첸은 칼라가 달린 반소매 진홍 색 원피스를 입고 있었다. 머리에는 앙증맞은 프렌치 베일을 쓰고 옅 은 미소를 짓고 있었다. 캉은 화이트 셔츠에 그레이 정장 바지를 입 었고, 넥타이는 하지 않았다. 셔츠의 첫 번째 단추는 풀려 있었다. 황 첸이 입버릇처럼 꿈꾸던 가슴 깊이 파인 화이트 롱 드레스나 허리까 지 늘어지는 롱 베일은 없었다.

두 사람이 햇볕이 쏟아지는 풀밭에서 폴짝 뛰어오른 순간을 찍은 사진이었다.

'이게 행복이라는 건가?' 황청은 생각했다.

황청은 이제 황첸과 그렇게 닮아 보이지 않았다. 두 사람이 같은 부모 아래서 십수 년 같은 집에서 뒤엉켜 살았던 기억을 제외하면 모 든 게 달라져 있었다. 황첸은 머리를 파마했고, 황청은 단발을 연한 갈색으로 염색했다. 황첸의 침대에는 이제 한 사람이 더 생기겠지만, 황청은 여전히 차가운 벽에 붙어 있는 작은 싱글 침대에서 언니의 빈 침대를 바라보며 잘 것이다. 황첸은 어느 날 새우를 먹고 알레르 기 반응이 나타나기 시작했는데 황청은 사람에게 알레르기 반응이 나기 시작했다. 특히 그녀보다 운이 좋은 사람에게 그랬다. 황첸은 이 제 캉 부인으로 불리게 될 것이다. 황청은 언니가 다시 결혼 전 성으로 불리고 싶어할지 궁금했다.

황청이 생각에 잠겨 있을 때 익숙한 뒷모습이 보였다. 그녀는 "캉 오빠!" 하고 불렀다. 그 사람이 돌아보았다. 그는 피부가 하얗고 코뼈가 살짝 튀어나왔으며 키가 크고 다리가 특히 길어 보였다. 그가 다가와 물었다. "황청 씨인가요?" 그의 'ㅇ' 받침 발음은 너무나 정확해서 이름이 더 듣기 좋게 들렸다. 황청은 처음 보는 사람이었다. 그는 양복 재킷에 눈에 띄는 빨간 꽃을 꽂고 있었고 '안내'라고 쓰인 이름표를 달고 있었다. 그때 느껴진 편안한 향기가 그에게서 나는 것인지 황청은 궁금했다.

"네, 맞아요."

"언니께 모셔다드리겠습니다. 시간이 별로 없어요. 전 텐이라고 합니다."

말을 마친 그는 성큼성큼 앞으로 걸어갔다. 황청이 그의 뒤를 따랐으나 걸음이 너무 빨라 따라잡을 수 없었다. 텐은 코너에 있는 엘리베이터에 들어가 돌아선 후에야 황청이 뒤에 없다는 사실을 알았다. 그는 바로 엘리베이터에서 나와 밖에서 엘리베이터 문을 잡고 그녀를 기다렸다. 황청이 도착하자 텐은 그녀를 먼저 엘리베이터에 태웠다. 두 사람은 왜 숨을 가쁘게 쉬고 있는지 알 수 없었다.

"뒷모습이 캉 오빠와 너무 비슷해서요." 황청이 말했다.

"저는 캉 형님만큼 건장하진 않은데요."

텐은 훨씬 젊어 보였다. 캉보다 훨씬 젊은 것 같았다. 그의 정장은 몸에 맞지도 않았고 상하의가 세트도 아니었다. 상의는 색상이 촌스러웠고 헐렁해서 상체는 무거워 보이고 하체는 가벼워 보였다. 황청도 별다를 바 없었다. 종일 하고 있던 화장은 이미 번져 있었다. 그녀는 헐렁한 멜빵바지에 빛바랜 흰색 운동화를 신고 있었다. 한 명은 의상을 제대로 갖춰 입지 못한 단역 배우 같았고, 다른 한 명은 장소를 잘못 찾아온 보조 스태프 같았다.

황청은 잘 모르는 사람과 엘리베이터 타는 걸 싫어했다. 혼자 탔다면 거울을 보면서 화장을 고쳤을 텐데 다른 사람 앞에서는 그럴 용기가 나지 않았다. 그저 엘리베이터 문만 응시하면서 멍하니 있을 뿐이었다. 텐은 좀더 편해 보였다. 그는 거울을 보면서 브레스트 포켓의 비뚤어진 빨간 꽃을 고쳐 꽂았다.

"이렇게 입고 오신 건가요?" 그가 물었다.

평가당한 느낌이 들어 불쾌해진 황청은 차갑게 대꾸했다. "갈아입을 거예요."

"음, 배우라면서요?"

"저도 그랬으면 좋겠네요." 황청은 너무 빠르게 대답해서 자신도 무슨 말을 했는지 모를 정도였다.

텐은 거울로 황청을 보고는 다시 돌아서서 말했다. "캉 형님께 연기를 하신다고 들었어요."

"연기를 한다고 다 배우는 아니죠."

황청은 너무 직설적으로 대답한 것 같아 말투를 약간 바꿔 물었다. "캉 오빠와는 친한가요?"

"10년도 넘었어요. 형님은 제가 자라는 걸 다 지켜봤죠. 재킷도 형님이 빌려준 거예요."

황청은 어쩐지 어울리지 않는다고 생각했지만 말하지는 않았다.

텐은 잠시 멈추더니 갑자기 뭔가가 생각난 듯 말했다. "걱정하지 말아요. 캉 형님은 언니에게 잘하실 거예요."

그는 황청이 반응도 다 못 할 만큼 상상을 많이 하는 사람 같았다. 그녀는 담담하게 말했다. "전 언니가 캉 오빠를 구박할까봐 걱정이에요."

텐이 입을 크게 벌리고 웃었다. 하얗고 네모난 치아와 분홍색 잇몸이 드러났다. 다른 사람의 입을 보는 습관이 있는 황청은 가지런한 그의 치아에 자꾸 눈길이 갔다.

"결혼식은 처음 와봤어요." 텐이 말했다.

"저도 그래요."

"결혼하고 싶다는 생각이 들까요?"

이번에는 황청이 웃었다. 평소와 달리 입을 가리며 웃지도 않았다.

텐의 기발한 대화법 덕에 폐쇄된 엘리베이터가 더는 답답하게 느껴지지 않았다.

"결혼하면 뭐가 좋죠?" 황청이 물었다.

"엄청 좋죠. 누군가가 매일 엄청나게 사소한 결정을 다 해주게 될 거니까요."

"얼마나 사소한?"

"얼마나 사소하냐면 말이죠. 음, 예를 들면 아침에 뭘 먹을지, 몇 시에 일어날지, 무슨 영화를 볼지, 피자에 치즈 크러스트를 추가할지 같은 거죠. 너무 사소하다고요? 이런 것들은 혼자 결정할 때 정말 힘들잖아요."

"피자에 치즈 크러스트를 추가할지 말지?" 황청은 자신도 모르게 따라 말했다.

"그렇죠. 치즈 크러스트 좋아해요?"

"당연하죠. 더블로 추가해요, 전." 황청이 말했다.

텐이 웃으며 손을 들어 황청에게 하이파이브를 하려고 했다. 순간 주춤한 황청의 손이 어설프게 마주쳤다.

잠시 침묵이 흘렀다.

"어? 근데 왜 아직도 올라가고 있죠?" 텐이 물었다.

두 사람은 함께 위를 쳐다보고서야 아무도 버튼을 누르지 않았다는 걸 알았다.

18

텐은 녹슨 철제 상자를 열고 담뱃잎을 조금 꺼내 말기 시작했다.

결혼식이 끝난 후 황청은 운동화에 멜빵바지로 다시 갈아입었다. 번진 화장도 전부 지웠다. 두 사람은 원래 신혼집 뒤풀이까지 갈 생각이었으나 사람들이 부부에게 하는 짓궂은 장난을 보고 있자니 황청은 캉 보기가 민망해졌다. 게다가 분위기를 깨지 않기 위해 억지로 화를 참고 있는 황첸을 보는 것도 힘들었다. 어느 순간 텐이 그녀 곁으로 다가와 나가자고 눈짓했고 두 사람은 몰래 밖으로 빠져나갔다.

심야의 둔화난로敦化南路에는 지나가는 사람이 한 명도 없었다. 조금 전까지 왁자했던 분위기와 비교하면 지나치게 고요했다. 하지만 황청은 자신이 세트장에 서 있는 듯한 착각이 들었다. 세트 뒤편엔 사람들이 있을 것이었다. 조명 기사도, 스타일리스트도, 의상 담당도 모두 어딘가 숨어 있는 것 같았다.

텐은 잘 말아 입으로 한번 훑은 담배를 황청에게 건넸다. 두 사람은 말없이 담배를 피웠다.

"피곤하네요." 텐이 입을 열었다.

"이래도 결혼이 하고 싶어요?"

"결혼식을 안 하면 되죠."

"오늘 같은 야외 뷔페는 그나마 사람들을 배려한 편이죠. 언니도 편하게 빨간 드레스를 입었고요."

"난 빨간색 웨딩드레스가 있는 줄도 몰랐어요."

"멋지죠. 언니는 늘 남들과 달랐어요."

"네, 정말 예뻤어요."

"언니랑 같이 다니면 사람들은 다 언니만 봤죠."

텐이 담배 연기를 토해내며 황청을 흘깃 보았다.

"별로 못 먹는 것 같던데."

"많이 마셨어요."

"취했나요?"

"조금 어지러운 정도예요."

"술 잘 드시네요. 전 좀 취한 것 같은데."

"아까 사람들에게 백수라고 하셨는데, 혹시 제가 잘못 들었나요?"

"왜요? 저에 대해 궁금하세요?"

"비밀이 많은 사람 싫어해요."

"비밀이랄 것도 없습니다. 진짜 직업이 없어요."

황청은 반은 재밌고, 반은 믿을 수 없다는 표정을 지었다.

텐이 말했다. "예쁘다고 다 연기할 수 있는 건 아니잖아요."

이 말은 황청을 살짝 자극한 것 같았다. 그녀는 말없이 담배를 깊이 빨았다. 롤링타바코를 피운 건 이번이 처음이었다. 달콤한 민트향이 났다.

"예쁘다는 말 싫어하세요?"

"예뻐야만 배우가 될 수 있는 건 아니에요. 외모는 중요하지 않아요."

황청이 잠시 말을 멈췄을 때 텐이 믿기지 않는다는 표정으로 그녀를 바라보았다. 술자리에서 황청은 텐이 다른 남자들에 비해 상대방의 미묘한 감정 변화를 잘 읽어내는 섬세한 직관을 가졌다고 느꼈다. 마치 작가가 자신이 쓴 시나리오의 다음 대사를 아는 것처럼 상대가 무슨 말을 할지 예측하는 능력이 있는 것 같았다. 황청은 자신이 과하게 생각하는 건 아닌지 확신하지 못했다.

황청이 말했다. "그래요, 외모가 중요하다는 거 인정하죠. 하지만 배우가 되려면 더 중요한 것이 있어야겠죠?"

텐이 잠시 생각에 잠기더니 다시 입을 열었다. "사실 진짜 백수는 아니에요. 지금은 학생이죠. 이 나이까지 학생이라고 말하기는 싫어서요. 배우냐고 물었을 때 황청 씨가 그렇다고 말하기 싫은 것처럼 말이죠."

"뭘 배우고 있는데요?"

"비행 조종이요."

황청은 텐을 돌아보았다. 고개를 살짝 들어야 그의 눈을 똑바로 볼 수 있었다.

"최근에 근시도 비행 조종을 할 수 있다고 해서 다니던 직장을 그만두고 시험을 준비하기 시작했어요. 돈을 좀 모아서 해외에서 훈련도 받아야 해요. 스물아홉 살이 되기 전에 합격하고 싶어요."

"몇 살인데요?"

"스물일곱이요."

"비행을 배우는 데 얼마나 드는데요?"

"200만~300만 위안 정도요. 좀 전에 얘기한 더 중요한 것 말인데요, 황청 씨는 왜 배우가 되고 싶었는지 궁금해요."

황청은 바로 대답할 말이 없어서 반문했다. "텐 씨는 왜 비행기 조종사가 되려고 하는데요?"

"제일 갖고 싶은 초능력이 하늘을 나는 것이거든요."

"내가 제일 되고 싶었던 건 언니였거든요."

"언니?" 다소 의아한 대답에 텐은 그 언니가 황첸을 말하는 것인지 어떤 배역을 말하는 것인지 확신하지 못했다.

배우가 되고 싶은 이유를 질문 받은 건 이번이 처음이었다. 자기 대답이 좀 엉뚱했다는 생각이 들었는지 황청은 다시 설명했다.

"그러니까 자신이 되지 않아도 되는 초능력이요."

텐이 말했다. "그럼 잘 배워나가면 되겠네요. 연기도 학습이 필요한 일이잖아요."

"재능이 없을까봐 무서워요."

"배우면 되잖아요. 재능은 문제가 아니에요. 황청 씨는 연기 전공을 한 것도 아닌데 몇 개월 해보고 연기를 못한다고 생각하는 건 좀 오만한 거 아닌가요?"

황청이 그를 흘겨보았다.

"틀린 말은 아니잖아요? 생각해봐요. 이제 겨우 영화 한 편 찍었는데 유명 배우들처럼, 음, 제일 좋아하는 배우가 누구죠?"

황청은 잠시 고민한 후 대답했다. "케이트 윈즐릿."

"왜 좋아하죠?"

"연기에서 강렬한 감정적 힘이 느껴지지만 과장됨 없이 매우 절제되어 있어요. 정말 **나추럴**하죠."

"**나추럴**?"

황청이 웃음을 터뜨리고는 다시 힘주어 말했다. "**나추럴**."

"이제 겨우 몇 달 연기해보고 케이트 윈즐릿처럼 **나추럴**하길 바라는 건 너무 오만한 거 아니냔 말이에요."

황청은 텐이 그녀를 따라 이상하게 발음하는 게 재미있어서 그가 무슨 말을 하는지는 제대로 듣지 못했다.

"이봐요, 친구. 더는 불쌍한 척하면서 자신을 깎아내리지 말아요. 사실은 속으로 다른 사람들이 '절대 그렇지 않아, 너는 정말 재능 있어, 잠재력 넘치고, 정말 예뻐' 같은 말들로 위로해주길 기대하고 있잖아요. 그냥 열심히 배워요, 게으름 피우지 말고."

이번엔 그의 말이 귀에 꽂혔다. 황청은 속마음을 들킨 것 같았다. 좀 민망했지만 오늘 처음 만난 사람 앞이라 솔직하게 대할 수 있었다. 그녀는 일부러 장난스럽게 뾰로통한 척했다.

"게으름 피운 적 없어요. 매일매일 열심히 배우고 있다고요."

"그래야죠!"

두 사람은 조용히 남은 담배를 마저 피웠다. 텐은 주머니에서 종이 상자를 꺼내 황청에게 담배꽁초를 넣으라고 했다. 깊어가는 밤 서늘한 바람이 불어오자 또 유향 냄새가 났다. 텐에게서 나는 냄새가 맞았다. 황청은 마음이 편안해졌다.

"산책할까요?" 텐이 물었다.

"좋아요."

"편의점 쪽이 좋아요."

황청은 그에게 너무 붙지 않도록 조심했다. 약간 경직된 듯한 텐의 걸음걸이도 어색했다. 그도 황청과 적당한 거리를 유지하기 위해 신경 쓰고 있는 게 분명했다. 한참을 걸었지만 어디로 가는지는 아무도 상관하지 않았다. 사실 두 사람 다 편의점 쪽이 어딘지 몰랐다.

"비행은 꿈이었나요?" 황청이 물었다.

"네."

"멋지네요."

"황청 씨는요? 연기가 꿈이 아니었나요?"

"지금은 당연히 그렇다고 말하지만 어렸을 때부터 꼭 되고 싶어했던 꿈은 아니었어요. 그보단 정복하고 싶다는 느낌이 강해요."

"욱해서 하는 말 같네요."

"어쨌든 꿈이 있는 사람은 행복한 것 같아요." 황청이 말했다.

"그래요? 난 아닌 것 같은데." 그가 말했다. "자, 봐봐요. 미래의 황청 씨는 여우주연상을 받고 출연 제안을 끊임없이 받아요. 그것도 하고 싶었던 배역으로만 말이죠. 난 조종사가 되어 매일 비행을 해요. 우리 꿈은 이루어져서 생활이 되겠죠. 행복하지 않겠어요?"

"그런 날이 와봐야 알겠죠."

"자신감도 없으면서 오만하기만 하네요."

"내가 하는 말은 뭐든 비꼬시네요. 정말 너무해요."

"난 이 문제에 대해 정말 심각하게 고민해봤거든요. 사람은 성숙해지면 언젠가는 꿈에 의존하지 않고도 위대해질 수 있어요. 자신이 좋아하는 일을 할 수 있으면 그걸로 충분해요."

"캉 오빠와 언니처럼요?"

"난 두 사람의 선택을 판단하고 싶지 않아요. 하지만 지금 보면 두 사람은 평범하고 우린 특별하죠."

황청이 웃음을 터뜨렸다. "단지 우리가 젊기 때문 아닐까요?"

"원래 모든 사람에게 꿈이 필요한 건 아니죠."

"또 그 얘기군요." 황청이 눈을 흘겼다.

"어쩐지 캉 형님이 그러더라고요. 넌 대화하기가 너무 힘들어서 여자친구가 없는 거라고."

"대화하기는 캉 오빠가 더 힘들어요. 말수가 너무 적잖아요."

"그러니까 여자들이 좋아하죠. 황청 씨도 좋아하잖아요."

"캉 오빠는 정말…… 우리 언니가 좋아할 만한 스타일이에요."

텐은 생각에 잠긴 듯한 황청을 보면서 그녀가 그를 좋아한다는 건지 싫어한다는 건지 생각해보았다. 하지만 이번에는 묻지 않기로 했다.

"사실 난 말이 많은 편은 아니에요. 오늘은 기분이 좀 업되기도 했고 술도 좀 취해서요. 결혼식에 온 것도 처음이에요."

텐은 팔을 너무 크게 흔들다가 실수로 황청의 엉덩이를 살짝 쳤다. 황청은 어색해지지 않기 위해 모르는 척했고, 텐은 손을 황급히 주머니 안에 넣었다.

"음, 그 재킷은 안 입는 게 좋겠어요. 10년은 젊어졌네요." 황청이 말했다. "자기 옷을 입어야 해요."

"아까 입었던 그 화이트 드레스는 예뻤어요."

"언니가 오래전에 사준 건데 무대 의상으로도 입었죠. 원래는 새로 한 벌 사려고 했는데 왠지 모르게 그냥 입게 됐네요. 옷을 입었을 때 약간 이상한 기분이 들더라고요."

황청이 말을 멈추자 텐이 그녀를 바라봤다.

"계속 연기하는 것 같았어요." 황청이 말했다. "결혼식도 다 비현실적으로 느껴졌지만, 모두가 정말 열심히 연기하는 것 같았어요. 난 원래 엄마가 언니와 함께 입장할 때 울 줄 알았거든요. 생각만 해도 눈물이 났는데 막상 그 상황이 되니까 멀게 느껴졌어요. 아무런 감동도 없었죠. 현실이 마치 연극의 그림자가 된 느낌이었어요."

두 사람은 사거리에서 신호등을 기다렸다. 지나가는 차는 한 대도 없었다. 그렇게 서서 시간이 흐르기를 기다렸다.

"아버지는 안 계시나요?"

"살아는 계시겠죠. 하지만 어디 계신 줄은 몰라요."

"저흰 돌아가셨어요."

"엄마는 혼자 계시나요?"

"네, 엄만 혼자 사는 게 편하시대요."

"우리 엄마도 그러셨죠."

"언니는 엄마가 늙은 달의 요정이라고 했어요."

텐이 웃었다. 두 사람은 잠시 침묵 속에서 각자 다른 방향을 보았다.

"결론은 의상을 함부로 입지 말라는 것이네요." 텐은 농담으로 침묵을 깼다.

황청은 다소 피곤한 듯한 표정으로 웃으며 그를 보았다. 텐의 눈빛도 흐릿해 보였다.

"우리 편의점은 못 찾을 것 같은데요. 담배나 한 대 더 피울까요?" 그가 물었다.

"좋아요."

"뭐 하나 물어봐도 돼요?" 그가 황청을 보며 말했다.

그가 잠시 망설이더니 물었다. "대답하지 않으셔도 되는데요."

"네."

"남자친구 있어요?"

신호등의 빨간불이 꺼지고 초록불이 켜졌다.

두 사람은 건너지 않고 그대로 서 있었다.

19

의자는 무대 중앙에 있었다.

황청은 관객을 등진 채 의자 앞에 서 있었다. 그녀는 생각 중이었다. 생각할 때 그녀는 천장이 아닌 바닥을 보면서 엄지손톱을 깨무는 버릇이 있었다. 그렇게 하면 생각이 많은 똑똑한 사람처럼 보일 것 같았다.

아홉 명의 수강생이 참을성 있게 그녀를 보고 있었다. 그 안엔 바이성柏盛 선생님도 함께였다.

황청은 무대 깊숙한 곳까지 걸어가 돌아섰다. 멀리서 의자를 응시하다가 고양이처럼 살금살금 의자 쪽으로 천천히 다가갔다. 그녀는 의자에 몸이 닿지 않게 조심하면서 옆에 쪼그려 앉았다. 그리고는 한 손을 뻗어 조심스레 의자 위에 얹고 가만히 머리를 가까이 댔다. 상반신부터 몸이 부드러워지더니 몸 전체가 물처럼 의자 아래로 흘러내렸다. 의자가 그녀를 덮어버린 것 같았다. 황청은 의자 등받이 틈 사이로 관객을 응시했다.

바이성이 말했다. "좋아요. 수고했어요. 여기서 뭘 봤는지 말할 사람?"

누군가는 '애착'이라고 했고, 또 누군가는 '억압'이라고 했다. '자발적인 구속 의지'라고 말하는 사람도 있었다. 그녀가 일어서지 못했으니 그건 '감금'이라고도 했다. 의자는 주인이고 그녀는 종이라는 해석도 있었다. 명확한 의미가 없는데 억지로 찾으려니 억압적이고 왜곡된 말들뿐이었다.

"좋아요." 바이성이 막 설명을 시작하려고 할 때 마른 목소리가 툭 튀어나왔다.

"**남자.**" 통통한 체형에 온몸의 문신을 드러낸 한 여자 수강생이 말했다.

"사람을 의미한다는 대답은 처음이군." 바이성이 말했다.

황청은 표정 변화 없이 의자 아래에 그대로 있었다. 의자 등받이의 틈 사이로 보이는 수강생들은 모두 조용했지만 부산하게 눈빛을 주고받고 있었다.

"황청청, 이제 대사를 해주세요. 의자가 뭘 의미하는지 우리가 알수 있도록."

그녀가 목을 가다듬고 말했다. **"난 연기를 하고 싶어."**

말을 뱉어내자 그녀의 가슴 깊은 곳에서 뜨거운 열기가 차올라 목을 타고 머릿속으로 흘러가 터져버렸다. 그녀는 울고 싶었다. 그러나 곧바로 스스로에게 말했다. "기억해. 이 느낌, 울고 싶은 이 느낌이 바로 뜨거운 거야."

"좋아요." 바이성이 말했다. "누가 무대로 올라와서 이 장면의 구도를 바꿔보세요."

한 여자 수강생이 올라왔다. 그녀는 황청의 다리를 잡아당겨 의자 밑에서 그녀를 끌어내서는 의자 위에 세웠다. 이때 한 남자 수강생이 올라와 구석에 있던 접이식 의자를 무대 위로 가져와서 황청이 서 있는 의자 옆에 놓았다. 남학생은 황청에게 접이식 의자를 밟고 서게 했지만 의자가 부실해서 황청이 발을 올리자 우지끈했다. 황청은 동작을 멈추고 다른 발은 원래 의자에 그대로 두었다.

바이성이 잠시 중단시키고 말했다. "미안하지만 양쪽 다리를 걸친 자세를 유지해주세요."

무대 아래 수강생들이 떠들썩하게 웃었다.

"방금 모두 잘해줬어요. 언어가 아닌 신체를 통해 소통해보세요. 손짓은 사용하지 마시고요. 이제 두 분이 올라와서 양다리를 걸치고 있는 황청 씨를 구해주세요."

마르고 키가 큰 여자 수강생이 올라 황청을 등지고 서서 두 손으로 황청을 받아낼 준비를 했다. 잠시 망설이던 황청은 먼저 그녀의 어깨를 짚어 자세를 낮춘 뒤 그녀 위에 올라탄 자세로 두 개의 의자에서 미끄러져 내려왔다. 접이식 의자가 한쪽 발에 걸려 툭하고 쓰러졌다.

이때 온몸에 문신이 가득한 여자 수강생이 갑자기 뛰어들더니 의자를 들어 벽에 내던졌다. 부딪히는 소리에 깜짝 놀랐지만, 뒤쪽에서 무슨 일이 벌어지고 있는지 황청은 알지 못했다. 무대 아래 수강생들이 웅성거리기 시작했고, 그때 누군가 일어섰다. 의자를 부순 여자 수강생은 벽에 머리를 기댄 채 가만히 숨을 고르고 있었다. 황청은 그녀의 등에 새겨진 문신이 장미라는 걸 처음 알았다. 장미도 숨을 고르고 있었다. 피어나기를 갈망하면서.

바이성은 우선 황청과 키가 큰 여학생을 자리로 돌려보냈다. 그는 벽으로 가 문신한 여자 수강생과 이야기를 나누었다. 그녀는 울었는지 손으로 눈을 훔치고 있었다. 그러면서 머리도 아픈지 손으로 머리를 세게 긁었다. 두 달 코스 연기 수업은 열 명의 수강생이 함께 들었는데 벌써 네 명이나 감정적으로 폭발해버린 상태였다.

바이성은 문신한 학생을 무대 중앙에 앉게 하고 말했다.

"방금 무슨 일이 벌어진 것인지 한번 들어봅시다."

그녀는 말했다. "저분이 처음에 의자에 다가가는 방식부터 불편했어요. 작은 개미 한 마리가 케이크 부스러기를 향해 기어가는 것 같았죠. 게다가 놀랍게도 어떻게든 자신을 의자 아래로 구겨넣었어요. 이건 누가 봐도 불공평한 남녀관계 같아요. 의자는 일종의 **남성 권력**이에요. 그 위에 앉건, 발로 밟고 서건 그 존재를 강화할 뿐이죠. 그런데 거기에 누가 남성 권력 하나를 또 무대 위에 가져다놓은 거예요."

그녀는 핵심 단어를 말할 때면 눈을 동그랗게 뜨고 코를 벌름거렸다. 말을 하면서 힘껏 팔을 휘두르는 모습이 장미에 기어오르려는 벌레를 황급히 쫓아내는 것 같았다.

그녀는 계속 말했다. "저분이 업혀 내려왔을 때 문득 깨달았어요.

저 두 개의 의자는 저곳에 있으면 안 되는 것이구나."

마지막 말을 하면서 그녀가 왜 눈을 가늘게 떴는지는 알 수 없었다. 그녀는 기력이 다한 듯했고 목소리에도 힘이 없었다.

그녀의 설명에 대한 현장 수강생의 반응은 다양했다. 그녀에게서 '남성 권력'이라는 말이 나오자마자 웃는 사람들이 있었고, 그 웃는 이들을 노려보는 사람들도 있었다. 그녀의 말을 전혀 이해하지 못하는 사람들도 있었는데 이해하고 싶어하지도 않았다. 그녀가 늘 남들과 다르게 행동하고 반대 의견만 내는 걸 전부터 못마땅해하던 사람들이었다. 그런 말들은 사혈침처럼 온몸에 작은 구멍을 내는 것 같다고 느끼는 사람들도 있었다. 그런데 피를 빨아내 독을 빼줄 수가 없다. 황청은 마지막 부류였다. 어쩌면 그녀를 도와 내려준 그 여자 수강생도 마찬가지였을 것이다.

바이성이 고개를 끄덕였다. 긍정의 표현이지만 동의한다는 의미는 아니었다.

그는 그녀를 자리에 앉게 했다. 황청은 어쩌면 문신한 여자 수강생이 말한 변화된 상황이 자신의 설정보다 더 자신의 심리 상태에 가까울지도 모른다는 생각이 들었다. 그 의자는 연기이자 배역이고 작업 기회였다. 하지만 그녀는 의자 위에 앉아서 기다리는 것이 아니라 자신을 끼워넣어 꼼짝하지 못한 상태로 기다렸다. 그 여자 수강생이 말한 '남자'는 그녀가 무서워하는 '권력에 대한 의존'이었다. 그렇지 않다면 그녀가 왜 기어가겠는가, 왜 그렇게 가까이 붙어 있고, 왜 울고 싶었겠는가?

부서진 의자는 짓밟힌 자존심처럼 구석에 그대로 놓여 있었다. 그것은 망가지기는커녕 오히려 벽의 페인트를 벗겨놓았다. 바이성은 의자를 가지고 와 앉았다. "오늘 수업은 여기까지 하죠."

"의자가 계속 변하고 있는 것을 보았습니다. 그것은 동료였다가, 빛이었다가, 시간이었다가, 애인이었다가, 남성 권력도 되고, 유혹하는 케이크 부스러기도 됐어요. 변화는 여러분이 정하고 계획하고 시작한 것 같지만 사실 여러분이 한 모든 행동은 그저 반응일 뿐입니다. 즉흥적인 것이든 나중에 누가 도와준 것이든 말이죠. 캐릭터는 어떤 일도 **시작**하지 않습니다. 우리가 **보고 반응**하는 것이죠."

황청은 바이성 선생님의 마지막 말을 페이스북에 올렸다. 그녀는 페이스북을 시작하고부터 매일 글을 올렸다. 닉네임은 황청청이었다.

그녀는 일이 끊긴 상태였다. 3회분 대본만 가지고 서둘러 촬영 중이던 드라마와 얘기가 잘되어가고 있었는데 의상 피팅 후 한참이 지나도 촬영 스케줄을 통보받지 못했다. 매니저에게 물어보니 광화는 감독이 배우 교체를 원했고, 역할을 놓칠 수 없었던 회사는 다른 배우를 대신 보내 결국은 키가 작고 촬영 경험이 전혀 없는 신인 배우가 캐스팅되었다고 했다. 광화는 이런 일은 비일비재하다며 아무렇지도 않은 듯 말했다.

그래서 일이 없는 날이면 황청은 영화를 한 편 이상 보기로 했다. 개봉작을 우선 보고, 다음엔 세계여행을 하듯 각 나라의 옛날 영화를 골라서 봤다. 프랑스의 트뤼포, 고다르에서 시작해 이탈리아의 펠리니, 미국의 우디 앨런, 히치콕을 거쳐, 타이완의 에드워드 양, 홍콩의 왕가위, 일본의 이와이 슌지, 한국의 이창동, 김기덕까지 섭렵했다. 영화를 볼 때마다 인터넷을 뒤져 가장 근사한 영화 포스터를 찾았는데 대개 중국어판이 아닌 것을 골랐다. 느낀 점이 있으면 감상을 기록했고, 느낀 점이 없으면 대사 몇 구절을 옮겨 적었다. 인기 있는 할리우드 영화도 보긴 했지만, 굳이 글을 올리지는 않았다. 대중의 감상과 다를 때 가끔 글을 써서 올릴 뿐이었다. 그녀는 모두가 좋아하는 건 좋아하지 않았다. 모두가 좋아하는 건 깊이가 느껴지지 않았다. 그녀는 타이완 작품이라면 모조리 찾아 보았다. 좋아하지 않은 작품도 비판하지 않았다. 그런 작품에 대한 글도 주제는 타이완 영화를 사랑해달라는 것이었다.

「계약 연애」 촬영을 마친 후 반년이 지났지만, 다음 배역은 따내지 못했고 그녀는 계속 뭔가를 배웠다. 무용 수업에서는 몸의 쓰임을 배웠고, 연기 수업에서는 부족한 연기를 배웠다. 수업이 있을 때마다 그녀는 자신의 감상이나 깨달은 것을 기록했다. 이를테면 어제는 이런 글을 올렸다.

연기를 배우려면 먼저 '잘 살아내는 법'을 배워야 한다.

두려움은 창작의 원천이다. 사람들은 귀신을 두려워하기 때문에 귀신 이야기를 만든다.

하지만 배우는 연기를 망칠까 두려워해서는 안 된다. 두려움뿐인 연기는 실패할 수밖에 없다.

그제는 이런 글도 올렸다.

우리는 종종 대중에게 받아들여지면 그것이 합리적이라고 생각한다.

하지만 대중은 합리성을 보장하는 것이 아니라 다수를 의미할 뿐이다.

합리성과 다수는 모두 위험하다. 연기에서 경이로움을 앗아간다.

최근 그녀는 연기에 관한 책 『배우 수업』과 『시적인 몸』을 읽고 있었다. 지금의 그녀로서는 많은 부분을 상상에 의지해서 이해할 수밖에 없었다. 그녀는 밑줄을 그으면서 책을 읽고 연극 개론을 정리하듯 문장을 발췌해서 SNS에 올렸지만 누군가에게 공유하려는 것은 아니었다. 공유라기보다는 자기 확신의 선포에 가까웠다.

황청은 아직도 스스로를 배우라 말하기 주저했다. 연기 예술에 대한 끝없는 탐색과 배우려는 욕망은 배우로 인정받지 못할 것이란 두려움에서 비롯되었다. 그녀는 인정받고 싶고, 존재감을 보여주고 싶고, 필요한 존재가 되고 싶었다. 황청은 벌써 몇 달째 소속사로부터 오디션 보자는 연락을 받지 못했다. 그녀는 매일 자신을 다잡는 것 같았지만 사실은 연기로 가득 찬 일상을 보여주는 것이었다. 황청의 생활은 무대 위로 올려졌다.

황청은 새로운 글을 올렸다.

피카소는 말했다. 나는 결코 찾지 않는다. 다만 발견할 뿐이다.
내 삶은 극적이지만 비극적이진 않다.
관찰력을 키우는 것은 그림을 이해하는 것에서 시작한다.

20

연기 수업을 마치고 왕 감독의 차에 오른 황청은 평소와 다르게 수업 이야기를 하지 않았다.

"무슨 일 있어? 표정이 왜 그래?" 왕 감독이 물었다.

"수강생 중에 정말 특이한 여자애가 있어요."

"얼마나 특이한데?"

"온몸에 문신을 했어요."

"넌 문신하지 마. 이렇게 하얗고 깨끗한 게 좋지."

황청은 왕 감독이 그녀의 말을 듣고 있지 않다는 걸 알았다. 그는 관심 없는 일에 대해선 별로 묻지도 않고 금방 화제를 돌렸다. 그래서 그녀는 종종 왕 감독과 대화가 잘 통하지 않는다고 생각했다. 하지만 오늘은 그녀도 말하기 귀찮았다.

"뭐 먹을래?"

"감독님이 정하세요."

황청이 얼굴을 찡그렸다. 왕 감독이 손을 뻗어 그녀의 왼쪽 볼을 꼬집었다. 그녀는 그의 이런 행동이 싫었다. 얼굴이 밀가루 반죽이 된 것 같았다. 그녀는 자신이 먹을 것처럼 취급되는 게 싫었다.

「계약 연애」 촬영의 마지막 한 달간 황청은 왕 감독의 차를 타고 현장을 오갔다. 중간에 장면 전환이 있을 때만 스태프가 정해준 배우의 차를 타고 이동했다.

배우 경력이 가장 짧은 황청은 메이크업과 헤어를 가장 먼저 받아야 했기 때문에, 5시 반이나 6시 반까지는 현장에 도착해야 했다. 왕 감독은 시간이 허락할 때마다 그녀를 태우러 집까지 왔는데 그녀는 항상 집 근처 골목에서 차를 탔다. 이건 황청이 요구한 것인데 왕 감독도 더 이상 묻지 않았다. 그녀와 함께 있을 때 왕 감독이 전화를 거의 받지 않는 것을 그녀가 더는 묻지 않는 것처럼.

감독의 현장 도착 시간은 통상 배우들보다 두 시간쯤 늦었다. 황청을 현장에 데려다준 왕 감독은 차를 현장 근처에 세우고 차에서 잔다고 했다.

황청이 데리러 올 필요 없다고 하면 왕 감독은 알았다면서도 이튿날이면 어김없이 골목에 나타났다. 몇 번 그러고 나서 황청은 더는 말하지 않았다. 여전히 기쁜 듯한 얼굴로 차 문을 열고 매번 그의 등장에 놀란 표정을 지었다.

왕 감독의 차가 자주 가는 일식당으로 향했다. 황청은 놀라지 않았다. 두 사람은 일주일에 세 번 이상은 이곳에 왔다. 왕 감독은 음식을 많이 가리는 편이라 해산물만 좋아하고 채소와 과일은 아예 먹지 않았다. 황청은 뭐든 잘 먹었지만, 매번 똑같은 것만 먹는 건 고역이었다. 그녀는 이 식당의 모든 요리를 한 번씩 다 먹어봤고 이젠 질렸지만 먹기 싫다고 말할 수는 없었다. 그녀는 한 번도 돈을 낸 적이 없다는 게 마음에 걸렸다.

그들은 평소처럼 바 테이블에 앉았다. 오늘은 연어 초밥을 시켰는데 맛이 없었다. 아스파라거스 테마키도 시켰지만 역시 먹기가 힘들었다. 그녀가 물었다. "술 마셔도 돼요?" 왕 감독이 말했다. "마음대로 해." 황청은 사케 한 병을 시켜 몇 잔 마시고, 남은 초밥도 다 먹었지만 여전히 맛이 없었다. 토할 것 같았다. 왕 감독은 가벼운 한숨을 쉬더니 그녀의 볼을 또 꼬집었다. 그녀는 손을 쳐내고 싶은 충동을 억지로 참았다.

"제대로 못 먹었으면 다른 식당으로 가자." 왕 감독이 말했다.

황청은 고개를 저으며 억지로 입꼬리를 올렸다. 그러고는 남은 술을 한 번에 털어 마셨다.

"오늘은 피곤해요. 빨리 집에 가고 싶어요."

"우리 집에 가서 영화 안 보고? 「박하사탕」 DVD 찾아냈는데."

그녀는 대답 대신 진열장에 놓인 생선을 멍하니 바라보았다.

"바이성이 그러는데 연기가 많이 늘었다고 하더군. 즉흥적인 반응도 빨라졌고." 왕 감독이 말했다.

"드라마에선 즉흥 연기를 할 일이 없는데 무슨 소용이에요?" 황청은 접시 위에 흩어져 있는 연어알을 젓가락으로 집어 입에 넣었다. 알이 입안에서 톡하고 터졌다. 또 한 알을 집어 입에 넣고 씹었다. 입안에 바다의 맛이 가득할 때까지 계속 넣었다.

"이 바닥이 원래 이렇잖아. 기다리는 게 일인데 참아야지, 어쩌겠어." 왕 감독이 잠시 말을 멈추었다. "이런 게 짜릿한 건지도 모르지. 내일 당장 일이 들어올 수도 있는 거잖아. 하반기에는 나랑 하지 못할 수도 있고."

"요즘엔 오디션도 본 게 없는데 어디서 일이 들어오겠어요?" 그녀는 말은 무덤덤하게 했지만, 속으로는 화가 치밀어 올랐다. 당장 바 테이블 안으로 들어가 손질해놓은 생선 덩어리를 전부 손으로 주물러버리고 싶었다.

"나한테 불평해봐야 무슨 소용이 있어? 소속사와는 얘기해봤어?"

"회사가 일거리를 구해주긴 해요. 지난달에는 춤은 하나도 못 추는 여자애들 열 명과 힙합 뮤직비디오를 찍었어요. 아, 영화도 한 편 했네요. 바닷가 저편에 떠 있는 바나나 보트에 앉아 있는 역할이었죠. 화장실 갈 때만 빼고 아침 7시부터 오후 5시까지 앉아 있었어요. 제 얼굴은 요만큼도 나오지 않는 일들이죠."

황청은 일부러 '얼굴'을 길게 끌면서 발음했다. 듣고 있던 왕 감독도 점점 인내심을 잃어갔다.

"다른 제작팀이나 감독을 찾아가보지 그래."

"제가 만나고 싶다고 만날 수 있는 것도 아니고, 오디션에 합격해도 알 수 없는 이유로 교체당하기도 했잖아요."

황청은 사케 한 병을 더 주문하려고 했으나 왕 감독이 말했다. "많이 마셨어." 황청이 한바탕 짜증을 내고는 의자에 털썩 주저앉았다. 왕 감독은 더 이상 그녀를 위로하지 않고 바 테이블 안쪽에서 스시를 만들고 있는 조리사의 손을 응시하고 있었다. 두 사람 모두 말이 없었다.

'대체 뭐하는 거지!' 황청도 자신을 참을 수 없었다.

이런 감정은 왕 감독이 새로운 작품을 맡은 후 꽤 오랫동안 지속되고 있었다. 최근은 준비 기간이라 왕 감독은 회의, 장소 답사, 배우 미팅을 하고 남은 시간에 황청과 함께 밥을 먹거나 영화를 봤다. 영화를 보고 나선 오랫동안 이야기를 나눴다. 황청은 늘 자신의 의견을 거침없이 말했다. 대본이 어떻게 바뀌었는지, 주인공 간의 관계가 충분히 구축되었는지, 배역은 충분히 해석되었는지 등에 관한 것이었다. 그런 다음에는 그녀라면 어떻게 했을지를 설명했다. 예를 들면 '그렇게 처량하게 울지는 않았을 텐데' '눈물을 참는 게 더 깊이 있어 보였을 텐데'라고 했다. "연기가 하고 싶어요." 그녀는 연기에 대한 갈망을 끊임없이 드러냈다. 노력하면 눈에 띌 것이고 기회는 기다리면 올 것이라고 했다. 왕 감독은 이런 이야기를 듣는 것이 좋았다. 이런 열정은 이미 그에게서 사라졌기 때문이다. 열정과 청춘은 그에게 서로 비슷한 것이었다.

하지만 황청이 정말 화가 나는 건 단순히 연기할 기회가 없어서가 아니었다. 그녀에게 배역을 줄 수도 있는 사람이 그녀에게 '기회'를 주지 않기 때문이었다. 배역 좀 달라고 직접 말할 수는 없었다. 황청은 그가 먼저 말해주길 바랐다. 그래야 그가 그녀의 욕구를 존중하고 동시에 그녀의 연기 능력도 인정한다는 의미이기 때문이다. 황청은 전보다 더 오디션에 가고 싶었다. 난관 따위는 두렵지 않았다. 그녀는 어느 정도 승산이 있다고 생각했다. 스스로에게 자신도 있었고 왕 감독도 있었으니까.

"대학원이나 가볼까요?" 황청이 물었다.

"무슨 대학원?"

"연기나 연극 관련 대학원이요. 여기저기서 중구난방으로 배우는 건 체계가 없잖아요. 잘 써먹지 못하고."

"연기는 하면서 배우는 거야. 경험이 더 중요하다고."

"지금은 경험을 쌓을 기회가 없으니까요. 기다리면서 시간만 죽이는 거죠."

화제가 다시 제자리로 돌아왔다. 두 사람은 약속이라도 한 듯 입을 다물었다.

왕 감독은 마지막 성게알을 입안에 넣었다. 바다 향 가득한 성게의 신선한 맛이 감정을 조금 누그러뜨렸다.

그는 황청이 뭘 원하는지 알고 있었고, 그도 배역을 주기 싫은 건 아니었다. 하지만 황청은 방송국에서 그의 영향력을 과대평가하고 있었다. 그가 할 수 있는 일은 황청이 생각하는 것보다 훨씬 적었다. 그래서 그가 뭐라고 말하기 어려운 것이었다.

"좋아, 사실 말 안 하려고 했는데, 내일 회사에서 오디션 보자고 연락할 거야."

황청의 눈이 커졌다. "새로 들어가는 영화인가요?"

"오늘 1회 대본이 나왔어. 너와 어울리는 배역이 있더라고."

"어디 봐봐요." 황청이 입을 오므리고 미소를 띤 채 그의 주변을 살폈다.

왕 감독은 황청을 돌아보고는 실소를 터뜨렸다. "관심 있는 거야?"

"왜 진작 말해주지 않았어요?"

"회사가 작업한 것으로 알았으면 했으니까."

황청은 갑자기 미안한 기분이 들었다. 방금 왕 감독에게 했던 말이 떠올랐다.

"어떤 역할인데요?"

"남주의 첫사랑이야. 미리 말하는데 딱 한 장면 등장해. 오디션이 긴 해도 작은 배역이니까 내가 추천했다고 하면 위에서도 별 말 없을 거야."

황청은 분명 실망했다. 그녀는 더 중요한 배역을 원했다. 하지만 어쨌든 적어도 연기할 기회는 생긴 것이다. 계속 불평만 한다면 사랑스럽지 않을 것이다.

"내가 첫사랑 같아요?" 그녀가 부드러운 목소리로 물었다.

왕 감독이 그녀의 머리를 쓰다듬으며 말했다. "스타 감독이 자기 발등 찍는 일을 하겠어? 난 너를 믿어. 자신감을 가져. 앞으로 내가 찍는 작품엔 모두 출연하게 될 테니까 걱정하지 마."

이 말을 들은 황청은 온몸의 긴장이 풀려버렸다. 그녀는 몸을 왕 감독 쪽으로 기울여 그의 어깨에 머리를 기댔다. 그리고 한쪽 다리를 꼬고 흔들었다. 그녀는 스스로에게 말했다. '이건 내가 달라고 한 게 아니야. 왕 감독님이 자발적으로 나를 인정하고 내게 확신을 준 거야.' 그녀는 의자 아래에서 나와 위로 기어 올라가 단정히 앉아야 한다. 이건 남성 권력이 아니라 인정이고 사랑이다.

"뭐 더 먹을래?" 왕 감독이 말했다.

"배불러요."

"집에 가고 싶어?"

"감독님 집에 가서 영화 봐요."

왕 감독은 익숙한 듯 그녀의 볼을 또 꼬집으며 일어나 계산했다.

황청은 이제 그 행동이 싫기는커녕 스스로 자기 볼을 쿡 찔러보았다. 바 테이블의 조리사는 허리를 숙이며 큰 소리로 인사했다. "찾아주셔서 감사합니다."

황청은 순간 조리사가 두 사람의 대화를 다 듣고 있었다는 사실이 마음에 걸렸다. 하지만 곧 생각했다. '손님이 몇 명인데 하루에 얼마나 많은 이야기를 듣겠어. 이런 일은 기억도 못 할 거야.' 그러다 또 생각이 바뀌었다. 자신은 곧 새로운 작품을 계속해서 찍게 되고 노출도 점점 많아질 텐데. 조리사는 어느 날 TV 속의 그 사람이 식당에 자주 왔던 단골손님이라는 것도 알게 될 것이다.

그래서 황청은 돌아서 조리사를 향해 환한 미소를 지으며 인사했다. "고맙습니다!"

21

황청은 미리 도착했다. 그녀의 번호표는 58번이었는데 이제 겨우 20번을 지나고 있었다. 그녀는 병원 밖으로 나와 담배를 피웠다.

오전 햇볕은 따스했다. 하늘엔 구름 한 점 없고 사람들이 무심히 오가고 있었다. 그녀는 종종 걸음으로 지나는 사람들의 모습을 관찰했다. 누구를 만나러 그렇게 바쁘게 걸어가는지, 결혼은 했는지, 집을 나섰을 때의 모습은 지금과 얼마나 다를지 등을 상상했다. 하지만 지금 황청은 아랫배에서 느껴지는 은근한 통증 때문에 아무 생각도 하고 싶지 않았다. 세상이 평온하게 느껴지지 않았다.

누군가 그녀를 불렀다.

"황청."

고개를 돌리자 이 순간만큼은 정말 만나고 싶지 않았던 사람이 서 있었다. 그녀는 손에 들고 있는 담배가 더 문제인지, 아니면 병원 입구에서 차례를 기다리고 있는 것이 더 문제인지 판단이 서지 않았다.

"어디가 아파서 온 거야?" 황첸이 물었다.

그녀는 일부러 황청의 손에 들린 담배를 못 본 척했다. 황청은 안과나 피부과 아니면 정신과라도 온 것이라고 말하고 싶었지만 솔직하게 대답했다.

"산부인과에 왔어."

"나도." 황청이 반쯤 피운 담배를 비벼 끄려고 하자 황첸이 막아섰다. 그리고 그녀에게 담배를 받아 피우기 시작했다. 황청은 언니가 담배를 피운다는 사실을 몰랐지만, 지금은 놀랄 때가 아니었다. 게다가 언니도 놀라지 않는데 동생이 뭘 그렇게 놀랄 일인가 싶기도 했다.

"번호표 몇 번이야?" 황청이 물었다.

"58번."

"아직 멀었네. 이제 20번이던데." 황청은 스스로 얼마나 어리석었는지 깨달았다. 식구들이 자주 다니는 타이안臺安 병원에 오다니. 여기에선 언니만 만날 수 있는 게 아니라 엄마도 만날 수 있었다.

"사람들이 알아보면 어쩌려고 이렇게 길에서 담배를 피워?" 황첸이 말했다.

"누가 날 알아봐. 그리고 담배 피우는 게 뭐 어때서."

"여보세요, 여긴 타이완이야, 프랑스가 아니라."

황청은 짜증이 났지만 반박할 말이 없었다. 그녀는 언니의 뭐든 다 안다는 말투가 싫었다. 연예계에 있는 건 자신인데 말이다.

"너 어떻게 된 거야?" 황첸이 물었다.

"뭐가 어떻게 돼?"

"어디가 아프냐고?"

"음, 정기 검진이야."

말을 내뱉자마자 황칭은 후회했다. 곧 이어질 장면을 예상할 수 있기 때문이었다. 황첸은 그녀가 소변 검사를 마치기를 기다렸다가 처방전을 받아 함께 약국에 갈 것이다. 언니를 어떻게 속일 수 있단 말인가? 거짓말을 하지 않고도 적당히 넘길 수 있었다. 촬영하느라 소변을 너무 참고 물을 적게 마셔서 방광염에 걸렸다고 핑계를 댈 수도 있었다. 요즘 일이 거의 없다는 걸 언니는 모를 테니까.

"캉은 주차하고 올 거야. 우린 산전검사 하러 왔어." 황첸이 말했다.

황첸은 담배를 한 모금 더 빨고는 비벼 끈 꽁초를 쓰레기통에 버렸다.

"요즘 누구 만나?" 황첸이 물었다.

"응. 누구 좀 만나."

"몇 살인데?"

"좀 많아."

"우리 두 사람 봤어. 그 감독이지?"

황칭이 아니라고 말할 수 있을까? 그녀는 화가 났다. 대답할 수 없어서도 아니고 타이베이가 너무 좁아서도 아니었다. 질문 그 자체였다. 그 감독. 그 말은 바늘처럼 날카롭게 들렸다.

하지만 그녀는 황첸에게 말하고 싶었다. 그제 왕 감독이 그녀를 국립 극장에 데리고 가 연극을 보여주었고, 연극이 끝난 후 주차장으로 걸어가면서 언젠가 황칭이 그 자리에 서 있는 모습을 상상했다고 말해주었다고. 또 그들은 촬영이 끝난 후 어떤 대사를 어떤 식으로 다르게 해석할 수 있는지에 대해 토론하고, 촬영장에서 '컷' 소리가

150

나면 바로 왕 감독 자리로 가서 그의 칭찬을 기다리며 자신이 완전히 다른 사람이 될 확신을 가질 수 있었다고. 하지만 이런 말들은 입 밖으로 내뱉는 순간 공허하게 들리리라는 사실을 그녀는 알았다.

"유부남은 아니지?"

"아니야." 황청은 일부러 과장된 표정을 지었다.

"난 그 사람 별로야."

"뭐가 별론데?"

"대역을 현장에 세워두고 여주인공은 언제든 교체될 수 있다고 으름장 놓는 감독 많잖아. 그렇지?"

"배우의 잠재력을 끌어내려고 하는 것뿐이야. 언니가 뭘 안다고."

"잔인해."

"배우가 원래 잔혹한 작업이야."

"넌 이젠 뭐든 다 이해한다는 투구나."

황청은 말없이 앞만 쳐다보고 있었다.

"그 사람, 와이프 때릴 것같이 보였어."

황청이 웃음을 터뜨렸다. 황첸은 그 순간 동생의 등짝을 한 대 때리고 싶었다. 10년 전이었다면 아마 그랬을 것이다.

"언니는 그 사람을 모르잖아." 황청이 말했다.

"그럼 말해봐. 그 사람 어디가 좋은 건데?"

"우린 말이 잘 통해. 그 사람은 연기를 어떻게 해야 하는지, 영화를 어떻게 봐야 하는지 가르쳐줘."

"그래서 좋다고? 선생님을 좋아하는 거랑 뭐가 달라?"

"그리고 예술적인 재능이 있어."

"황청, 잘 들어. 네가 재능을 사랑하는 거라면 돈만 밝히는 여자랑 다를 게 없어. 돈 많은 사람이 어디든 있는 것처럼 재능이 많은 사람도 어디든 있기 마련이니까."

"재능과 돈이 다 많으면 좋겠지." 황청은 차갑게 웃으며 말했다. 그녀는 담배를 한 대 더 피우고 싶었지만, 아랫배에서 간헐적으로 느껴지는 뜨거운 통증이 그녀의 정신을 흐트러뜨렸다.

"그렇게 뜨고 싶은 거야?"

황청은 대답하지 않았다.

"더 말하면 듣기 싫다고 하겠지. 난 네가 그런 여자는 되지 않았으면 좋겠어."

'그런 여자?' 황청은 생각했다. 모든 사람은 배우자를 고를 때 상대의 능력을 평가하지 않나? 귀천의 정도는 누가 정하는 거지? 잘생기고, 권력 있고, 부자이고, 건강하고, 성실하고, 똑똑하고, 어느 것 하나 현실적이지 않은 게 있나?

게다가 황첸은 오래전부터 황청을 이해하지 못하고 있다.

'뜨고 싶다'는 말이 왜 그렇게 천박하게 들릴까? 배우가 더 많은 사람에게 보여지고 싶어하는 것도 뜨고 싶은 것이고, 일에 대해 욕심을 가지는 것도 결국 뜨고 싶은 것이다. 그렇다, 그녀는 뜨고 싶었다. 그게 어때서? 황첸은 지난 2년간 황청이 어떻게 지냈는지는 전혀 관심 없었다. 매일 뭘 해야 할지 몰라 잠만 자고 회사 연락만 기다렸다. 오디션을 보고 나면 항상 마음을 졸이고 있었다. 합격하면 연락이 오고 불합격하면 오지 않았다. 하지만 언제 결과를 알 수 있을지도 몰랐다. '오늘 밤에 연락을 준댔는데 이른 밤일까, 늦은 밤일까? 너무 늦으면 내일 연락을 줄까? 혹시 합격한 사람에게 사정이 생겨서 다시 후보를 찾고 있는 건 아닐까? 나는 왜 안 뽑힌 걸까? 너무 뚱뚱해서? 너무 키가 커서? 입이 비뚤어져서? 예쁘지 않아서? 연기를 못해서?' 기약 없는 기다림과 선택받아야 한다는 초조함을 다른 사람들이 이해할 수 있겠느냔 말이다.

황청은 길 건너에서 신호등을 기다리고 있는 캉을 보았다. 그는 두 사람을 향해 어정쩡하게 손을 흔들었다. 자매의 별로 좋지 않은 표정을 본 것이다.

"화장실 갈래." 말을 마친 황청은 차가운 표정으로 들어가버렸다.

황첸이 그 자리에서 잠시 기다리는 사이 캉이 걱정스러운 듯 가만히 다가오는 것이 보였다. 황청은 이런 남자를 만나야 해, 그녀는 생각했다. 그녀는 자신이 이런 말을 하게 될 줄 몰랐다. 아니다, 그녀는 더 강하고 모질게 말하지 못한 걸 후회했다.

황청은 화장실에서 눈물이 터졌다. 아팠다. 채뇨관에 담긴 소변에는 피가 섞여 있었다. 최근에 몇 번이나 재발했는지 모른다. 항생제도 이미 두 차례나 먹었다. 의사는 이대로 가면 세균을 배양해서 치료해야 한다고 했다. 그녀는 왜 그렇게 됐는지 의사에게 물었다. 의사는 의학 용어를 섞어가며 설명해주었다. 여성은 요도가 짧아서 섹스하는 과정에서 세균이 침입하기 쉽고, 체질과도 관련이 있다고 했다. 그녀는 여전히 이해할 수가 없었다.

그녀는 섹스가 조금도 즐겁지 않았다. 심지어 거부감마저 있었다. 하지만 그녀는 섹스를 거부할 수는 없다고 생각했다. 그건 그를 사랑하지 않는다는 의미일 테니까. 그녀는 사랑과 성은 하나라고 굳게 믿었다. 그는 항상 두 다리를 붙이고 무릎을 꿇은 채 그녀 위에서 이상한 자세로 했다. 그녀가 그를 올려다볼 때면 그는 항상 눈을 감고 고개를 살짝 들고 있었다. 그녀는 계속 그를 보면서 눈을 뜨고 그녀를 바라봐주기를 기다렸다. 하지만 왕 감독은 눈을 뜨면 그녀의 가슴만 주시하며 밀가루 반죽을 하듯 그녀의 가슴을 세게 주물렸다. 그녀는 침대에서 자신이 음식처럼 다루어지는 것이 싫어지기 시작했다.

아래도 아팠다. 하지만 황청은 통증에 따른 비명을 알 수 없는 신음처럼 냈다. 그녀는 이제 아픔을 드러내지 않는 표정을 지을 수 있었다. 그녀가 좋아하는 연기는 내면에 가득 차 있으면서 가끔 무심결에 얼굴에 폭발적으로 드러나는 그런 것이기 때문이다. 황청은 많은 단음절 소리를 내며 모든 것이 천천히 흘러가기를 바랐다. 어쩌면 잠시 이야기를 나눌 수도 있지 않을까 했지만 모든 것이 빨리 지나가버렸다. 왕 감독은 절정의 순간에 스스로 빠져나와 그녀의 배 위에 사정했다. "이렇게 하면 정말 임신이 안 되나요?" 황청이 물은 적이 있다. 왕 감독은 말했다. "오줌 마려울 때 실수로 오줌이 조금 나오면 느낌이 있지?" "그렇죠." "바로 그거야. 난 내 몸을 통제할 수 있어."

자신을 통제할 수 있다니 황청은 부러웠다. '나도 할 수 있어. 몸이 이걸 즐길 수만 있다면 아프지도 않고 병에 걸리지도 않을 거야. 더 듣기 좋은 소리를 낼 수 있고, 더 섹시한 속옷을 입을 수도 있어. 얼굴을 보지 않고도 외부 자극으로 얼마든지 내면의 욕망을 자극할 수도 있어. 우선 즐기는 것처럼 보이면 어쩜 진짜 즐길 수 있을지도 몰라.' 연이은 생각 끝에 또 다른 생각이 끼어들었다.

'다른 여자와 할 때도 눈을 감고 있을까?'

황청은 세면대에 물을 틀어 얼굴을 닦았다. 눈과 코가 빨개 보이지 않게 정리했다. 황첸이 입구에서 그녀를 기다리고 있었다. 혈뇨가 섞인 튜브를 보자 동생을 때려주고 싶다던 충동은 안쓰러움으로 바뀌어 동생을 끌어안았다. 황청은 언니의 품에서 언니의 체취를 맡았다. 전과 똑같은 냄새가 났다.

"잘 들어. 관계하기 전에 물을 마셔. 두 사람 다 몸을 깨끗이 씻어야 해. 끝나면 바로 소변을 봐." 황첸이 말했다.

황청은 그렇게 간단한 문제라면 의사가 왜 그렇게 해주지 않았겠냐고 생각했다.

"나도 예전에 요도염에 자주 걸렸어." 황첸이 말했다. "사실 그건 상대방하고도 관련이 있어. 몸은 거짓말을 하지 않거든."

소변을 담은 튜브를 검사대 위에 놓았을 때 황청은 심한 수치심을 느꼈다. 두 사람은 손을 잡고 함께 산부인과 진료실로 걸어갔다.

황청의 손에는 캉이 사다준 크랜베리 주스가 들려 있었다.

"너무 차가워. 온몸이 얼어붙을 것 같아." 두 사람은 그녀 옆에 앉았다. 캉은 황첸의 허벅지 위에 손을 올려 황첸의 손을 가볍게 맞잡았다. 이런 사소한 행동도 황청의 눈에는 거슬렸다. 그녀는 왕 감독의 손이 어떻게 생겼는지 전혀 떠오르지 않았다.

두 사람은 황청에게 요즘 어떻게 지내냐고 물었지만 짧은 대화 끝에 다시 침묵이 이어졌다. 진짜 이야기를 나누고 싶은 사람은 아무도 없는 듯했다. 진료실 밖에는 전부 배 나온 산모들뿐이라 빼빼 마른 황청과 황첸은 더 눈에 띄었다.

"아이 가지려고?" 황청이 물었다.

두 사람은 마주 보았다. 누가 먼저 대답할지 눈빛으로 의논하는 것 같았다.

"갖고 싶다고 가질 수 있는 것도 아니야. 내가 벌써 서른여덟인데." 황첸이 말했다. 캉이 그녀의 손을 꽉 잡았다.

"의사 선생님이 우리 둘 다 문제없다고 하셨잖아. 노력해보자."

황청은 좋은 소식이라고 생각했다. 언니가 아이를 갖겠다고 할 줄도 몰랐고, 자신이 이모가 된다는 것도 생각하지 못했다. 이제 언니에게 언제까지 동생이기만 한 건 아닌지 모른다.

"요즘에 계속 고민 중인 게 있어." 황청이 말했다.

"뭔데?" 황첸이 물었다.

"유학 가려고, 대출 받아서."

"연기 안 하고?"

황청은 기분이 나빴다. 황첸은 그녀가 언제든 포기하기를 기다린 사람 같았다.

"연기 배우려고."

그녀는 자신의 얘기를 듣고 두 사람이 분명 미덥지 않다는 눈빛을 주고받을 거라고 생각했는데 의외로 둘은 맞잡고 있던 손을 놓았다.

캉이 말했다. "좋은 생각이야. 해외에 나가보는 것도."

황첸이 말없이 그를 쏘아보았다. 편안해 보였던 그녀의 눈썹이 조금씩 찡그려지기 시작했다. '소속사와의 계약, 유학 비용, 그 감독은 다 어쩌고'라고 말하는 것 같았다. 황청은 그런 것들은 보이지 않았다. 언니가 반대한다면 바로 '안 된다'라고 말했을 텐데 아무 말도 하지 않으니 희망이 있다고 생각했다.

전광판에 58번이 떴다.

황청은 진료실에서 나온 간호사가 이름을 부르기도 전에 일어섰다.

22

황첸의 결혼식 이후 황청은 톈과 온라인에서 자주 대화를 나눴다. 톈이 몇 번이나 만나자고 했지만 그녀는 모두 거절했다. 한번은 잠시 망설이다 그날은 일이 없지만, 연락을 기다려야 한다고 말했다. 그녀는 약속을 취소할 여지를 남겼고 만나기 하루 전날 결국 그 핑계를 썼다.

사실 연락받은 건 없었다. 단지 왕 감독이 약속 전날 밤 '내일은 야간 촬영이 없으니 같이 밥이나 먹자'고 했을 뿐이다. 매일 똑같은 걸 먹으면서 왜 텐과의 약속은 가려고 하지 않을까? 왕 감독에게 다른 사람과 약속이 있다고 말할 수도 있었고, 심지어 텐이란 사람에 대해서 말한 적도 있었다. 왕 감독은 빙그레 웃으며 '널 좋아하나보네'라고 말했다. 황청의 얼굴은 쳐다보지도 않고 배고프냐고 묻는 듯한 말투였다. 진짜 궁금해서 묻는 것도 아니었고, 대답도 필요 없었다. 왕 감독에겐 아무것도 이룬 것 없는 이십대 청년이 위협이 될 수 없었다.

황청은 왕 감독이 질투하거나 소유하려는 모습을 본 적이 없었다. 하지만 그녀는 달랐다. 그가 새로운 작품을 찍을 때마다 나이가 그녀 또래거나 새로 데뷔한 여배우들이 있으면 모두 가상의 연적으로 생각했다. 한 촬영 비하인드 영상에서 왕 감독이 어떤 여배우의 머리를 쓰다듬는 장면을 본 적이 있었다. 처음엔 어떻게 이런 장면이 편집되어 들어갔나 의아했는데 불현듯 처음 왕 감독의 집에서 리허설했을 때가 떠올랐다. 당시 누군가 옆에서 촬영했다면 똑같은 장면이었을 것이다. 하나는 촬영장이고 다른 하나는 감독의 집이었다는 것만 다를 뿐. 이런 일은 여기저기서 보이든 보이지 않든 일어나고 있었다. 그녀와 함께 있을 때 왕 감독이 왜 전화를 받지 않는지, 가끔은 왜 그녀도 왕 감독을 찾을 수 없는지 따져도 결론은 하나였다. 황청이 그를 믿지 않아서라는 것이다.

왕 감독은 그녀를 믿기 때문에 누굴 만나든, 누구와 친구가 되든 간섭하지 않고 완전한 자유를 주는 것이라고 했다. "나한테 말하지 않은 사정이 있겠지." 왕 감독의 말은 너무나 사려 깊고 관대하게 들려서 황청은 자신의 유치함을 반성하고, 자꾸 불안해하는 자신에 대해 부끄러움을 느꼈다.

텐이 미국에 유학 가기 전 드디어 그를 만났다. 두 사람은 중산베이로中山北路의 한 카페에서 만나기로 했다.

그녀는 텐과의 커피 약속을 왕 감독에게 말하지 않았다. 어차피 그는 별로 신경 쓰지 않을 거였다. 게다가 그녀는 왕 감독 입에서 나오는 '오, 드디어 비행 배우러 가는구나. 아주 열정적인 청년이네. 나중에 큰돈 벌겠어'라든가, '결국 널 포기했구나' 따위의 말을 듣고 싶지 않았다. 어쩌면 그는 이렇게 말하지 않을지도 모른다. 하지만 그녀는 왕 감독이 하는 어떤 농담도 듣고 싶지 않았다. 이건 그를 위한 배려였다. 그가 더 형편없어질 기회를 주지 않기 위해서였다.

텐은 앞에 놓인 커피는 손도 대지 않았다. 아이스라테의 섬세한 우유 거품 위에는 작은 구멍들이 가득했다. "여기 삼단 아이스라테가 타이베이에서 제일 맛있어요. 우유, 커피, 거품이 완벽한 층을 이루고 있죠." 황청은 그에게 얼른 먹어보라며 재촉했지만 텐은 그녀의 촬영장 뒷얘기에 빠져 있었다.

황청이 말했다. "최근에 단편영화를 찍었는데 어떤 남자 배우의 연인 역할이었어요. 어느 날 그 배우가 작은 향수병을 하나 가지고 오더니 그러더라고요. '미안하지만, 정말 제 스타일이 아니셔서, 아무리 노력해도 몰입이 안 돼요. 제 여자친구 향수인데 촬영할 때마다 뿌리고 와줄 수 있을까요?'"

황청이 웃음을 터뜨렸다. 텐도 따라 웃었다. 그에게 연예계는 완전히 다른 세상 같았다. 모두가 너무 완벽해서 오히려 비슷해 보였다. 그들의 자아는 마치 엔진을 단 것처럼 끊임없이 움직였다. 자신이 그리는 이상향을 향해 달리기도 하고, 타인의 기대에 맞춰 모습을 바꾸기도 했다. 황청은 벌써 세 번이나 자신이 뚱뚱하다고 했고, 너무 성숙해 보인다고 했다. 하지만 텐이 보기에 황청은 갈비뼈가 드러날 만큼 말랐고, 화장기 없는 얼굴에 머리를 단정하게 묶고 청바지에 셔츠를 입은 모습은 스물여섯 살 또래 그대로였다.

하지만 이런 말은 하지 않았다. 그런 말이 황청을 위로해줄 것 같지 않았다. 그녀는 나이가 한참 위인 감독이란 '친구'가 있어서 늘 조언해준다며, '왕 감독님이 그러는데……'라는 말을 입버릇처럼 했다.

그래서 더 말할 필요가 없었다. 텐은 둘 사이가 단순한 관계가 아닐 수도 있다고 생각했지만, 자신은 물을 자격이 없음을 알고 있었다. 황청이 남자친구가 없다고 말한 첫 만남 이후 어느덧 1년이 흘렀다. 그는 곧 떠나야 했고 언제 돌아올지도 알 수 없었다. 그래서 이 커피를 아주 천천히, 정말 천천히 마셨다.

"그래서 그 향수를 뿌렸어요?" 그가 물었다.

"설마요, 연기는 그런 게 아니에요. 자기가 못하는 걸 남 탓할 순 없죠. 전 향수를 가져다 촬영 직전에 그에게 뿌렸어요. 바퀴벌레약 뿌리듯이."

"누군지 물어봐도 돼요?"

"아니요. 전 직업윤리가 철저하거든요." 황청이 의미심장한 미소를 지으며 몸을 살짝 앞으로 기울여 속삭였다.

"나중에 그 사람 유명해지면 말해줄게요."

두 사람은 웃음을 터뜨렸다. 둘은 함께 머그잔을 들었다가 함께 내려놓았다. 황청을 바라보는 텐의 눈빛에는 복잡한 감정이 담겨 있었다. 순간 묘한 긴장감이 감돌았다. 서로 마주 보는 게 어색해진 걸 느끼자 두 사람은 시선을 어디에 둬야 할지 몰랐다. 황청은 서둘러 눈을 피했지만 이미 늦었다. 텐의 얼굴에 스친 씁쓸한 미소가 그걸 말해주고 있었다.

"시간 괜찮으면 같이 저녁이라도 할까요?" 그가 물었다.

죄책감이 밀려왔다. 텐이 보이는 호의가 얇은 우정을 조금이라도 넘어설 때마다 황청은 이 자리에 있으면 안 될 것 같다고 생각했다. 이렇게 순수한 사람에게 희망을 주어선 안 되고, 그럴 생각도 없었다. 텐은 곧 떠날 테고 이건 그저 송별의 자리일 뿐이었다.

"저녁에 약속이 있어요." 황청이 말했다.

"또 차였네요." 텐이 가지런한 치아를 드러내며 씁쓸하게 웃었다. 그는 여유 있는 태도로 자연스럽게 물러났다.

'어쩜 저렇게 치아가 가지런할까.' 황청은 생각했다. 그녀는 단호하게 계산대로 향했다. 죄책감이 조금이라도 희미해지기를 바라며. 이건 떠나는 친구를 위한 자리니까, 자신은 돈을 벌지만 그는 학생이니까, 계산을 하면 애매한 여지 따위는 남지 않을 테니까.

두 사람은 가게 문 앞에서 작별했다. 텐은 지하철을 타야 했고, 황청은 아직 어디로 가야 할지 정하지 못했다. 왕 감독이 올 때까지 기다려야 했다. 그녀는 지하철과 반대 방향으로 간다고 말했다. 다행히 텐은 데려다주겠다고 고집하지 않았다.

며칠 뒤면 텐은 떠난다. 두 사람은 이제 다른 시간대를 살게 될 것이다. 황청은 자신도 유학을 준비 중이라는 말은 하지 않았다.

그와 가까워지는 게 두려웠다.

저녁에 그녀는 왕 감독과 「혐오스런 마츠코의 일생」을 보았다.

왕 감독은 영화관에서 항상 팝콘을 먹었다. 하지만 황청에게 팝콘 먹는 소리는 너무 시끄러웠다. 다들 그렇게 먹으니 참을 수밖에 없었다. 그는 자신이 먹다 남으면 한 번도 먹지 않는 황청에게 늘 건넸다.

그녀가 평생 먹지 않아도 그는 똑같이 그럴 것이다.

황청은 처음엔 형식적인 장르 영화라고만 생각했는데 반쯤 보다보니 눈물이 났다. 왕 감독은 그녀를 보고 왜 그러냐고 묻기라도 하는 듯 팝콘을 세게 흔들어 보였다. 순간 그녀는 마츠코처럼 자신의 인생도 끝장이라고 느꼈다.

다만 그녀는 맞지도, 누명을 쓰지도, 살인하지도 않았다. 그저 잘못된 선택을 했을 뿐이다. 한 번이 아니라 계속해서 잘못된 선택을 했다. 미인대회에 참가하고, 8년짜리 계약을 맺고, 혼자 왕 감독의 집에 가서 리허설을 하고, 그의 카메라 앞에 서고, 그의 차를 타고, 그의 침대에 눕고, 그리고 지금 여기에 앉아 팝콘을 쩝쩝대고 흔드는 소리를 듣고 있는 것 말이다. 어쩌면 처음부터 광고 대역도 하지 말았어야 했다. TV 방송국의 인터뷰도 거절했어야 했다.

그녀는 자기 삶이 너무 사소한 것들로 가득 차 있는 것 같았다. 몸무게가 얼마인지, 출연 분량이 얼마나 되는지, 아이라인은 번지지 않았는지, 입술은 대칭인지, 어떤 브랜드의 가방을 메는지, 우는 장면에서 눈물이 제대로 찍혔는지 같은 것들 말이다. 반면 커튼콜을 할 때의 감동, 행복과 만족, 사랑하고 사랑받는 것, 진실과 선함 같은 삶에서 가장 핵심적인 것들은 압축하여 몸속 깊은 곳에 밀어넣어버린 것 같았다.

그녀는 영원히 일거리를 구걸하듯 기다려야 할 것이다. 입체적이지도 않고 결말도 없는 조연을 하기 위해 20여 년간 공부하고 배운 것을 모두 포기해야 한다. 게다가 스스로 만들어낸 '주도권'과 '능력'마저 내줘야 한다. 빨리 자신을 증명하지 못하면, 그녀의 인생은 송두리째 무효가 되어버릴 것만 같았다.

끝장이다.

왕 감독을 따르는 게 곧 연기를 따르는 거라고 생각했다. 온 마음을 바치면 자신의 가치가 높아질 거라 믿었다. 이런 식으로 가다보면 연기도 무너지지 않을 것이고, 왕 감독도 무너지지 않을 것이다. 무너지는 건 언제든 대체될 수 있는 여배우인 그녀뿐이다.

그녀는 왕 감독 같은 사람은 결코 창작자가 될 수 없다는 걸 아직 이해하지 못했다. 그는 샤오허우 같은 예술가라 할 만한 사람들을 낮춰보면서 그걸 자각하지도 못했다. 물론 중간에 잠들기 일쑤지만 그도 영화는 많이 봤다. 전 세계 희귀 DVD를 수집하고, 그것들을 전시하기 위해 특별히 선반도 제작했지만 모두 해적판이었다. 그는 정품보다 잘 포장된 A급 해적판을 잘 찾아냈다. 그는 연극도 많이 봤지만 몇 편을 봤는지만 강조했다. 뉴욕에 가서 열 편도 넘는 연극을 봤다고 늘 자랑하듯 말하며 자신이 연극 전문가라는 걸 보여주고 싶어 했다. 상업 드라마를 만들지만 남들이 고매한 예술가로 알아주기를 바랐다.

끝장이다.

그녀는 아주 어렸을 때만 자신의 미래를 그려봤다. 지금 생각하면 그 안에 대단한 것은 없었다. 결혼해서 아이 셋을 낳고, 강아지를 키우고, 걱정 없이 살 만큼만 돈을 벌면 된다고 생각했다. 그건 현실이 사람들에게 보여주는 견본 그림 같은 거였다. 하지만 배우자에 대한 모습은 전혀 그려지지 않았다. 배우가 되기 전까지 자신의 미래가 다른 모습일 수 있으리란 생각은 한 번도 해보지 않았다.

잠들지 못할 때면, 그녀는 자주 다른 배역들을 연기하는 자기 모습을 상상했다. 누군가 사진 찍자고 하면 기쁘게 호응할 것이다. 상을 받으면 어떤 말을 할지도 미리 생각해뒀다. 지금은 그녀의 존재도 모르겠지만 앞으로는 더 능력 있는 감독들과도 작업할 것이다. 이런 상상들이 비록 피상적이긴 해도, 적어도 지금과는 다른 삶의 모습이었다. 영원히 선택을 기다리기만 하는 게 아니라 언젠가는 더 많은 선택의 기회를 얻게 될 것이다. 대본도 고르고, 배역도 고르고, 살 곳도 고르고, 다른 사람의 평가를 받아들일지 말지도 선택할 수 있을 것이다.

하지만 이런 것들이 정말 이루어질 수 있을까? 생각할수록 자신이 없어진 그녀는 불면에 시달리기 시작했다.

마츠코는 매번 자신이 끝장났다고 생각될 때마다 더 열심히 사랑했다. 황청은 화면에 반복해서 나타나는 꽃과 나비 애니메이션을 보며 생각했다. 아무리 부서지고 망가져도 조각들을 모으면 꽃을 만들 수 있을 거라고. 애초에 모든 꽃이 활짝 피어 향기를 낼 필요는 없다. 조화도 진짜가 될 수 있다. 시들지도 않고 색이 바래지도 않으며, 멀리서 보면 진짜 꽃처럼 아름답다. 초원 하나, 강 하나, 거기에 별이 빛나는 하늘까지 더하면, 그것이 바로 그녀만의 무대 배경이 될 것이다. 맨손으로라도 직접 만들어낼 것이다. 그러면 아무도 그 꽃이 진짜인지 가짜인지 따지지 않을 것이다.

황청은 엔딩 크레디트가 다 올라갈 때까지도 울음을 멈추지 못했다. 왕 감독은 그녀가 왜 우는지 모르겠다는 듯 짜증 섞인 표정으로 식어버린 팝콘을 다시 집어 먹었다.

팝콘 씹는 소리에 황청은 서둘러 눈물 자국을 닦아냈다.

3막
독립

23

"나는 연애를 해본 적이 없어." 엘레인이 말했다. 그녀는 덴마크에서 온 서른두 살의 여성이었다.

황청은 놀랐다. 단 한 번도 사랑을 경험해본 적이 없다니 믿기질 않았다. 게다가 서른두 살은 스물일곱 살인 황청에게 조금 많게 느껴졌다. 자신의 나이에 유학길에 오른 것도 늦었다고 생각했는데, 하물며 서른이 넘었다니.

"물론 가끔 끌리는 사람은 있었어. 하지만 금방 지나가버려서 아무 일도 일어나지 않았지." 엘레인이 말했다.

그녀의 짧고 구불구불한 금발은 두피에 바짝 붙어 있었다. 그녀의 왼쪽 눈은 초록색이고, 오른쪽 눈은 파란색이었다. 그녀는 황청이 처음 만난 북유럽의 '신비로운 색'이었다.

런던의 하늘은 늘 흐리고, 보슬비가 내렸으며, 어둠이 무겁게 내려앉았다.

황청은 함께 수업을 듣는 엘레인, 료이치와 함께 아크람 칸과 쥘리에트 비노슈의 무용 공연 「in-i」를 보고 나와 지하철을 탔다. 함께 황청의 집에 가서 두부 요리를 먹을 계획이었다. 그들은 모두 런던 동부 교외의 학교 근처에 살았다. 주말마다 공연을 보기 위해 시내에 나왔는데 환승을 하지 않아도 45분이나 걸렸다. 료이치는 여자 둘을 앉히고 자신은 서서 삼각형 모양으로 마주 보고 대화를 나눴다.

료이치의 약혼녀는 일본에 있었다. 그들은 이미 4년째 약혼 상태였다.

"결혼은 왜 안 해?" 황청이 물었다.

"영국에서 돌아가면 하려고." 료이치가 머리를 긁적이며 말했다.

황청과 엘레인은 마주 보며 웃었다. 료이치가 질문에 대답을 안 했기 때문이다. 그녀와 엘레인은 함께 「뜻대로 하세요」에서 자매 역을 준비하면서 가까워졌다. 료이치와 황청은 아시아 학생이 둘뿐이라 수업 첫날부터 친해졌다. 다른 학생들은 이탈리아, 노르웨이, 스페인 등 유럽 각지에서 왔고, 미국인도 세 명 있었다. 반 전체 인원은 열다섯 명이었다.

"황청은? 약혼한 지는 얼마나 됐어?" 엘레인이 장난스레 물었다.

"흠, 곧 헤어질 것 같아." 황청이 코를 씰룩거리며 말했다.

"왜?" 료이치가 일본인 특유의 과장된 표정으로 물었다.

"그러니까…… 그 사람은 감독이야. You know."

외국어를 쓸 때면 'you know'라는 말이 쉽게 튀어나왔다. 그녀를 이해하는 건 타인의 책임이라는 듯. 황청은 왕 감독의 신분을 말해버린 자신에게 약간 놀랐다. 타이완에서는 절대 입 밖에 낸 적 없는 말이었다.

입이 마른 그녀는 혀로 입술을 핥았다. 오늘은 물통 가져오는 걸 깜빡했는데 물을 사기엔 돈이 아까웠다. 영국에선 항상 목이 말랐다.

지하철 안 사람들은 모두 두꺼운 검정 코트를 입고 있었고, 얼굴은 무거운 표정으로 늘어져 있었다. 황청의 몸, 바깥 풍경, 잔디 색깔, 심지어 거리의 소음까지 모든 게 타이완과 달랐다. 타이완은 너무 멀었다. 그녀는 가끔 타이완이 지도에 실수로 찍힌 잉크 자국 같다고 상상했다. 그러면 그곳에서의 모든 걱정거리와 고민이 점점 하찮게 느껴졌다.

난방으로 따뜻한 덜컹대는 지하철 안에서 모두 졸음이 쏟아졌고 하나둘 하품을 하기 시작했다.

황청은 방금 본 무대를 생각하고 있었다. 첫 줄에 앉은 그녀는 쥘리에트 비노슈의 화장기 없는 얼굴을 또렷이 볼 수 있었다. 70분간 이어진 춤으로 땀이 그녀의 상의 가슴과 겨드랑이를 더 붉게 물들였다.

"방금 공연 어땠어?" 황청이 물었다.

료이치는 고개를 끄덕였고, 엘레인은 바로 대답하지 않았다.

"난 영국에 와서야 알게 됐어. 내가 무용과 신체극을 좋아한다는 걸."

"무용은 일종의 이미지야. 하지만 그런 모호함이 가끔 더 혼란스럽게 만들지." 엘레인이 말했다.

"난 무용극이 좋아. 말은 안 할 수 있지만, 움직이지 않을 순 없으니까."

"그렇지 않아." 엘레인이 손가락을 좌우로 흔들며 말했다. "일상의 동작과 무대에서의 예술적 표현은 완전히 다른 거야. 배우가 춤을 춰야 한다고는 생각하지 않아. 두 사람이 뮤지컬을 하고 싶지 않은 것처럼."

"무용에선 인간의 **힘** 같은 걸 볼 수 있어. 거기에 해석과 낭만이 더해진 거지." 황청이 말했다.

그녀는 'power'와 'strength'라는 단어를 썼지만, 머릿속으로 다른 단어들을 찾고 있었다. 어떤 단어도 완벽하게 정확한 것 같진 않았다. 그녀가 말하고자 했던 것은 '힘의 흐름'인 '경勁'이었다. 단순히 동작의 에너지가 얼마나 큰지를 의미하는 것이 아니라, 기술을 조율하는 강약, 마치 사랑하는 사람끼리 서로를 붙잡았다가 놓아주는 그 미묘한 균형 같은 것이었다. 그래서 가방에서 노트를 꺼내 '勁'이라는 글자를 써서 료이치에게 보여주었다.

료이치는 입을 동그랗게 'O'자로 만들더니 'O' 소리를 냈다. 엘레인은 황청의 노트를 집어들고 고개를 갸웃거리며 이리저리 돌려보았다.

"한자는 정말 신기해." 그녀가 말했다.

황청은 이어 말했다. "무용은 시간과 완벽히 공존하는 예술이라서 필름에 담기 어려워. 클로즈업이든 롱숏이든, 그건 영상 언어로 재해석될 수밖에 없어. 이미 무용의 온전한 모습이 아니지. 그래서 시간이 지나면 무용은 과거가 돼버려. 어떻게 보면 해외에서 무용극을 보는 게 더 가치 있는 것 같아."

엘레인은 검지를 입술에 갖다 댔다. 생각할 때면 하는 그녀의 습관이었다. 그들은 외국어로 대화했기 때문에 단어의 선택과 문장 구성에 신중했다. 그래서 황청은 영어로 말할 때면 시간이 느리게 가는 듯한 착각이 들었다. 대화하는 시간이 몇 배는 길어졌다. 일상이 더없이 충만하게 느껴지는 건 당연했다. 시간이 부풀고 켜켜이 쌓이며 일상적인 대화마저 깊이를 더했기 때문이다.

쥘리에트 비노슈가 전문 무용수만 못한 건 당연했다. 다리는 유연하게 높이 올리지 못했고, 무게중심을 옮길 때는 넘어질까 걱정될 정도였다. 하지만 유명 여배우가 자신의 결점이 노출될 수도 있는 공연에 도전한 것은 하늘을 보여주는 것과 같았다. 짙고 옅은 파란색이 있고, 흐렸다 맑았다 하는 회색도 있으며 맑았다가 비가 내리기도 하는 그런 하늘 말이다. 이것만으로도 황청은 알 수 있었다. 배우가 되려면, 미래에 대한 두려움과 불안으로 시간을 낭비하는 걸 당장 멈춰야 한다는 것을.

"황청, 타이완에서 연기를 했다면서 왜 영상 연기 과정을 선택하지 않았어?" 엘레인이 물었다.

그녀의 질문은 황청의 아픈 곳을 찔렀다. 영상 연기 과정이 있다는 건 입학한 이후에 알았다. 미리 제대로 알아보지 않은 걸 후회했다. 연기, 연기만 생각하며 이론 중심 학교는 제외하고 실습이 많은 곳을 찾다가 최근 몇 년 사이 생긴 영상 연기 전공들을 전혀 눈여겨보지 못했다. 하지만 더 이상의 실수를 인정하고 싶지 않았다.

"연기를 매체로 구분하면 안 된다고 생각해. 영국에 왔으니 정통을 배워야지."

"그쪽은 촬영이나 편집 같은 기술적인 것을 많이 배운대. 그런 걸 알면 정말 연기에 도움이 될까?" 료이치가 옆에서 고개를 끄덕이며 말했다.

"나도 지원했는데 이 반을 추천하더라고. 영상 연기반은 영국인 위주인 것 같았어." 엘레인이 말했다.

료이치와 황청은 원하는 게 분명해도 선택권이 자신들에게 있지 않다는 사실이 다소 놀라웠다.

지하철에서 내린 뒤 그들은 슈퍼마켓에 들러 맥주와 과자를 샀다. 료이치가 엘레인이 든 맥주를 들어주려 하자 그녀는 웃으며 말했다. "남자가 도와주는 거 별로 안 좋아해."

"그럼 여자는?" 황청이 손을 내밀며 말했다.

"날이 이렇게 추운데 가면서 마시게?" 엘레인이 장난스럽게 말했다. 황청도 더는 고집하지 않았다.

엘레인은 황청의 집에서 자주 연습했다. 황청에겐 홍콩에서 온 룸메이트 티나가 있었고, 그들은 아파트 2층에 살았다. 아래층엔 이 근처의 유일한 편의점과 피시앤칩스 가게가 있었다. 추운 날이면 부근의 고등학생들이 아파트 계단에 숨어 담배를 피웠는데 황청이 지나갈 때마다 비켜주지 않고 자신들을 직접 넘어가게 했다.

엘레인이 오면 황청은 항상 그녀와 저녁을 함께 먹었다. 엘레인은 먹는 것에 관심이 없었다. 배가 고프면 그저 당이 필요하다고만 했고, 점심엔 앉아서 콜라만 한 잔 마셨다. 황청은 돈을 아끼기 위해 직접 요리했는데 간단하게 보르시(비트를 넣고 끓여 붉은색을 띠는 우크라이나식 수프), 건면 그리고 루웨이滷味(간장과 향신료로 만든 육수에 삶은 고기와 채소 등을 썰어 모은 요리) 한 솥을 만들었다. 엘레인은 황청이 만드는 타이완식 러우짜오肉燥(간 돼지고기 조림)를 좋아했고, 두 사람은 그걸 약간 딱딱한 스파게티와 비벼 먹기를 즐겼다.

세 사람은 각자의 물건을 들고 걸었다. 이 길의 가로등은 서로 멀찍이 떨어져 있었다. 매일 아침 햇살에 습기가 차오르기 시작하면 황청은 이 길을 따라 30분간 조깅을 했다. 조깅 후에는 샤워를 하고 자신을 위한 푸짐한 아침 식사를 한 뒤 8시에 수업을 들으러 갔다.

아침을 먹을 땐 타이완 연예 뉴스를 훑어보곤 했다. 어떤 작품이 방영되고, 누가 누구와 바람이 났고, 어떤 드라마가 시청률 1위인지를 살폈다. 모두 그녀와는 관계없는 것이지만 그녀는 관계가 있기를 바랐다. 스스로 영국 유학을 선택했음에도 마음 깊은 곳에서는 시장에서 찾지 않으니 어쩔 수 없이 스스로 출구를 찾은 것 아닌가 하고 생각했다. 그래서 처음 몇 달 동안은 소외된 듯한 열등감을 느끼며 억지로 달리고, 수업을 듣고, 죽을힘을 다해 과제를 했다. 자신의 처지가 억울하고 불만스러웠지만, 어쩔 수 없이 받아들이려 애쓰는 모순된 감정이 그녀의 몸속을 떠돌았다. 그리고 그 감정은 예고 없이 폭발하곤 했다.

도착한 집은 예상치 못한 상태였다.

거실 바닥엔 이미 술에 취해 쓰러져 있는 사람들이 있었다. 몇몇은 황청과 같이 수업을 듣는 학생들이었고 나머지는 학교에서 본 적이 있는 사람들이었다. 료이치와 엘레인이 자리를 잡는 동안 황청은 루웨이를 데우러 주방에 들어갔다.

하지만 그녀의 냄비는 이미 가스레인지 위에 올려져 있었다. 뚜껑을 열어보니 국물과 두부 부스러기만 남아 있었다. 티나가 다가와 말했다. "청, 루웨이 완전 히트였어." 그러고는 거실을 향해 외쳤다. "그렇지?" 거실 여기저기서 칭찬하는 소리가 터져나왔다. 티나는 맥주를 한 모금 마시고 중국어로 말했다. "루웨이 값은 나중에 줄게." 그러고는 거실로 돌아갔다. 황청은 어쩔 수 없이 냉장고를 뒤져 료이치와 엘레인에게 대접할 만한 게 있는지 찾아보았다.

사람들은 '해본 적 없다' 진실게임을 하고 있었다. 차례가 된 사람이 자신은 해본 적 없는 일을 말하면, 그걸 해본 사람들이 술을 마시는 게임이다. 만약 한 사람만 마신다면, 그 사람은 자기 경험을 모두에게 들려줘야 한다.

이건 아주 무서운 게임이었다. 전혀 알고 싶지 않은 일들을 강제로 들어야 했다. 예를 들면 누가 코딱지를 먹어봤다든지, 스리섬을 해봤다든지, 낙태를 했다든지, 부모와의 성관계를 꿈꿨다든지 하는 것이었다. 심지어 게임을 하고 있는 당사자에 대한 것도 있었다. 이를테면 서로에 대해 성적 환상을 품거나 실제로 관계를 가진 적이 있다든지 하는 식이다. 알아도 인생에 도움될 것 없는 온갖 잡다한 것이었다.

황청도 한번 해본 적이 있었다. 개강 때 반 친구들과 친해지려고 참여했지만, 이튿날 모두가 더럽게 느껴졌다. 특히 술에 취해 쓰러진 몇 명은, 절대 같은 조에서 연기하지 않게 해달라고 기도했다. 황청은 모두가 정직을 선택하는 이유를 이해할 수 없었다. 티나는 재밌으려면 진실을 말해야 하고 서로를 믿어야 한다고 했다. 황청은 재미도 없었고 눈동자가 검지 않은 외국인들을 믿을 수도 없었다. 티나는 웃으며 말했다. "You're so serious."

어쩔 수 없이 게임에 참여할 때면, 그녀는 사소한 사실에 대해선 거짓말도 했다. 예를 들어 오르가슴을 경험한 적이 없냐는 질문에, 모두가 마셨기에 한 번도 경험해보지 못한 그녀도 조용히 따라 마셨다. 마시지 않았다면 남자 동기들이 즉시 자신이 도와주겠다고 나설 게 뻔했으니까. '양심을 속이며 사랑한다고 말한 적이 없느냐'는 질문에 대해서는 술을 마셔야 했지만 순진한 척 눈을 크게 뜨고 다른 사람들이 마시는 걸 구경만 했다. 속이는 것이야말로 보편적인 사랑의 모습이라고 생각하면서.

왕 감독에게 말했을 때 그는 그건 문화 충격이 아니라 황청이 너무 순진해서라고 했다. 정말 그럴까, 황청은 생각했다. 왕 감독이 이 게임을 하는 걸 보고 싶었다. 그가 도대체 어떤 사람인지 알고 싶었다. 하지만 왕 감독은 별거 아닌 질문에서만 몇 잔 마실 뿐 절대 정직하게 답하지 않을 것이다. 그는 이렇게 말했다. "그냥 해봐, 너 자신을 하나의 캐릭터로 설정해. 예를 들면 섹스 중독자 같은 사람으로."

그것은 왕 감독이 황청에게 기대하는 모습이었다. 그녀는 눈을 치켜 떴지만, 다행히 왕 감독은 보지 못했다.

황청은 자신의 평범했던 인생이 곤혹스러울 정도였다. 배우가 되려면 이런 기괴한 일을 다 경험해야 하는 건가? 그녀에게는 극단적이고 거부감 드는 일들이 어떻게 저들에겐 정말 가벼운 일상이고 단순한 중독이란 말인가? 엘레인과 료이치도 게임에 참여하기로 해서 게임을 하지 않으려면 자리를 피해야 했다. 그녀는 설거지하러 주방으로 갔다.

초인종이 울렸다.

황청과 같은 반인 노르웨이 남자 라펠이었다. 그는 들어오면서 황청의 양쪽 뺨에 자기 뺨을 번갈아 댔다. 그녀는 매번 오른쪽을 먼저 대야 하는지 왼쪽을 먼저 대야 하는지 헷갈렸다.

거실에서 환호성이 터졌고, 라펠이 그쪽으로 갔다.

황청은 동작 수업 때의 일로 그와 거리를 두고 싶었다. 수업 시간에 워밍업을 하면서 둘씩 짝을 지어 손을 제외한 신체 부위로 서로 마사지를 하고 있었다. 황청이 바닥에 엎드리자 라펠이 발바닥으로 그녀의 다리, 엉덩이, 허리를 가볍게 밟았고, 처음에는 아주 기분 좋았다. 그러다 허리를 숙이더니 팔꿈치로 그녀의 등을 눌렀다. 힘의 강도도 마사지 위치도 모두 좋았다.

하지만 허리 옆에서 문지르기 시작한 그의 손목이 천천히 올라가더니 어느 순간 가슴 바깥쪽에 닿았다. 그가 손목으로 안쪽을 살짝 문지르자 황청이 몸을 움직였고, 그는 즉시 멈췄다. 다시 등과 엉덩이, 그리고 다른 쪽 허리로 돌아갔다. 같은 방식으로 위로 올라갔고, 황청은 이번엔 팔이 아닌 손날이 가까워지는 게 느껴졌다. 다시 가슴을 만지려는 걸 느끼고 황청이 몸을 움직였지만, 이번에 그는 멈추지 않았다.

고개를 숙이고 있던 황청은 라펠을 올려다보거나 몸을 일으키고 싶었다. 선생님이 무슨 일이냐고 물으면 기껏해야 "불편해서요"라고 말할 것이다. 그러면 라펠은 금발 곱슬머리를 넘기며 'Sorry'라고 할 것이다. 황청은 자신이 너무 예민한 건 아닐까 고민하는 것으로 상황은 마무리될 것이다. 그녀는 결국 가슴에 있던 팔을 빼서 몸 옆에 바짝 붙였다. 나중에 차례가 바뀌어 황청이 마사지할 때는 발만 썼다. 라펠이 고개를 돌려 "청, 온몸을 써야지"라고 말했지만, 그녀는 마지못해 허리를 숙이고 팔꿈치로 대충 몇 번 밀었을 뿐이다.

싱크대 안 그릇을 모두 씻었다. 거실에선 이미 누군가 취한 것 같았다. 황청은 자기 방으로 돌아가 문을 살짝 닫고 과제 보고서를 쓰기 시작했다.

노크 소리가 들렸다. 또 라펠이었다.

그가 맥주를 건네며 물었다. "게임 하기 싫어서. 바빠? 좀 들어가도 돼?"

황청은 잠시 망설이다 맥주를 받고 그를 들어오게 했지만, 일부러 문을 열어두었다. 더블 침대였지만 그녀는 늘 오른쪽에서만 잤다. 라펠은 침대 오른쪽 구석에 다리를 모으고 앉아 북유럽의 귀족처럼 맥주를 홀짝였다. 방 안은 그의 콜론 향수 냄새로 가득했다. 그가 이불 위에 앉았다. '내일 이불을 빨아야겠네.' 황청은 생각했다.

그녀는 구석의 앉은뱅이책상으로 가서 컴퓨터를 켰다. 음악은 틀지 않기로 했다. 밖에서 들리는 시끄러운 소리를 배경음으로 두는 게 나았다.

"괜찮아?" 그가 물었다.

"응. 보고서를 써야 해서."

"모니카 수업 어때?"

"아직 잘 모르겠어. 하지만 적어도 인내심은 많은 분 같아." 황청이 말했다.

"난 뭘 하는 건지 잘 모르겠어." 라펠이 말했다. "수업마다 과일 자르고, 다림질하고, 담배 말고, 카펫 청소하고. 이런 것만 하는 거치곤 학비가 너무 비싼 거 아니야?"

그녀의 동의를 기다렸겠지만, 황청은 그저 맥주를 한 모금 마실 뿐이었다. 사실 그녀도 같은 생각이긴 했다. 지금까지 연기 수업에서는 관객 앞에서 '하는 법'만 배웠다. 대사는 없었다. 가끔 즉흥 연기할 때 말을 할 수 있으면 모두가 끊임없이 말을 늘어놓았다. 모니카는 늘 그들을 멈추게 하고 꼭 해야 할 말만, 다시 하라고 요구했다. 료이치와 황청은 그렇지 않았다. 그들은 머릿속 생각들을 정제하고 난 핵심만 말했기 때문에 결코 군더더기가 없었다.

그때 컴퓨터에서 알림 소리가 났다. 왕 감독이었다.

타이완은 아직 아침 8시일 텐데 웬 전화지 싶었지만, 한편으로는 이걸 핑계로 라펠이 방에서 나가줬으면 했다.

"남자친구야?" 라펠이 물었다.

"받을게." 황청이 말했다.

라펠은 나갈 생각은커녕 침대 구석에서 황청 쪽으로 더 가까이 붙었다.

황청은 잠시 망설이다 전화를 받았다. 라펠은 왕 감독의 얼굴이 선명히 보이지 않는 영상통화 화면으로 다가와 인사했다.

"Hi!"

왕 감독은 예상하지 못했는지 약간 당황한 듯했다.

"얘기해. 난 나갈게." 라펠이 말했다. 황청은 그가 계속 침대에 있을 줄 알았다.

"같은 반 수강생이야?" 왕 감독이 물었다.

"네, 라펠이라고 노르웨이에서 왔대요. 왜 이렇게 일찍 일어났어요?"

"악몽을 꿨어. 네가 외국인들이랑 술 마시고 자는 꿈."

황청은 웃었다. "지금 거실엔 술 취한 사람들이 많지만 난 방에서 착실히 과제를 하고 있었어요."

"그 금발은 왜 방에 같이 있었어?"

황청은 취조받는 것 같아 불편했다.

"밖이 너무 시끄러워서 얘기 좀 했어요." 그녀가 말했다.

"다 같이 놀지 그래."

'놀아?'

'놀아? 대체 뭘 놀라는 말이지? 난 연기를 배우러 왔지 저들처럼 매일 숙취에 시달리며 수업에 가서 청소하고, 밥하고, 화장하는 연기만 하고 싶진 않아.' 하지만 그녀도 정말 알 수 없었다. 방에서 과제를 하면서 사랑하지도 않는 남자와 영상통화를 하는 게 연기에 더 도움이 될지, 아니면 저 술 취한 무리 속으로 뛰어들어 견문을 넓히는 게 나을지.

할 말은 많았지만 그녀는 가만히 입술을 깨물었다.

"보고서 써야 해요. 다시 주무세요." 황청이 말했다.

왕 감독은 하고 싶은 말이 남은 듯했지만, 알았다고만 했다. 겉으로는 그녀의 말을 따르는 척했지만, 사실은 체면을 지키는 게 더 중요했다.

전화를 끊고 황청은 남은 맥주를 단숨에 들이켰다.

'너무 피곤해.'

그녀는 이 관계를 끝내고 싶었지만 모든 것을 잃게 될까 두려웠다. 누군가를 물건처럼 대하고 싶지 않았다. 하지만 왕 감독의 존재는 모든 배경에 단단히 붙어 있었다. 그곳엔 연기의 즐거움과 탐구가 있었고, 도전으로 가득한 희망과 기대, 그리고 가장 중요한 '기회'가 있었다. 그를 버린다면 더 큰 것을 버리는 것이 되고, 어디에 발을 딛고 서 있어야 할지 알 수 없었다. 애초에 기대에서 시작된 감정이란 있어서는 안 되는 것이었다.

왕 감독이 전화하지 않았다면, 라펠은 아마 그녀의 침대에 계속 앉아서 수업에 대해 불평하거나 그녀를 건드릴 기회를 노렸을 것이다. 하지만 그녀는 왜 왕 감독이 전화하지 않았으면 했을까? 어쩌면 라펠이 노르웨이 이야기를 들려주었을지도 모른다. 빙하며, 엄청 단단한 흑빵이며, 그녀가 보지 못한 많은 세상에 대해 말해주었을지도.

황청은 책상에 엎드려 아래층 편의점의 대화 소리와 거실에서 들려오는 왁자한 소리를 들었다. 그녀는 쥘리에트 비노슈가 커튼콜 때 입었던 땀에 젖은 붉은 상의를 떠올리려 애썼다. 오늘 밤 일어난 모든 일이 뒤엉켜 도저히 정리되지 않을 것 같았다.

침대에 누운 그녀는 외로움을 느꼈다. 하지만 한편으로는 다행스러웠다, 자신이 외롭다는 것이.

24

황청은 코끼리였다.

그녀는 무릎을 꿇고 손으로 땅을 짚은 채 천천히 움직였다. 무릎을 꿇고 앉을 때는 오른손으로 코를 잡고, 왼손을 오른손에 통과시켜 길게 늘어진 코끼리의 코를 만들었다. 가끔 고개를 흔들며 상상 속의 커다란 귀를 부채질하듯 흔들었다. 주름이 많은 피부는 두껍고 무겁고 둔하게 움직인다고 상상했다(카펫 위를 무릎으로 걸으면서 피부가 쓸려 벗겨진 걸 집에 돌아간 후에야 발견했다). 옆에는 들고양이, 새, 사자, 알 수 없는 어떤 양서류, 코알라나 나무늘보 같은 동물들이 있고, 쥐나 곤충 같은 작은 생물이 그녀의 등에 웅크리고 있다. 그녀의 코를 물고 싶어하는 모기도 있다.

그녀는 어젯밤 인터넷에서 코끼리 사진을 많이 봤다. 원래는 코끼리의 단순한 동작만 흉내내려고 했다. 걷는 모양과 힘을 주는 지점, 앉거나 눕는 모습, 코로 무리의 동료를 살짝 꼬집고 상대를 코로 말아서 포옹하는 것 등을 말이다. 그런데 자기도 모르게 코끼리의 낭만적인 이야기에 끌렸다. 코끼리는 기억을 잃지 않기 때문에 사람처럼 복잡한 감정을 품은 채 살아간다. 코끼리는 길을 잃었던 동료를 만나면 기뻐하고, 새끼 코끼리가 웅덩이를 건너는 것을 참을성 있게 기다리며, 눈이 먼 친구와 함께 강을 건넌다. 코끼리는 죽음을 이해하고 나아가 애도한다. 황청은 생각했다. 코끼리의 기억이 쌓이기만 하고 사라지지 않는다면 사람처럼 길고 긴 기억 속에 갇혀 괴로울 텐데. 황청은 자신이 린 삼촌의 선물 때문에 코끼리를 좋아하게 되었다는 걸 잊고 있었다. 이제는 중요하지 않을 비밀을 소중히 지켰던 기억이 떠올랐다. 비밀이 중요한 게 아니었음을 이제 그녀는 깨달았다. 문제는 그녀가 황첸의 첫사랑을 마치 자기 것처럼 기억의 심연에 묻어놓고 버려진 왕궁의 경비병처럼 지키고 있다는 것이다.

강의실에서 그녀는 그냥 코끼리가 아닌 어미를 잃어버리고 한쪽 귀를 다친 새끼 코끼리가 되었다. 감정적 배경과 신체적 결함을 설정하면 연기가 더 깊이 있고 풍성해질 듯싶었다. 그래서 연습할 때 그녀는 줄곧 강의실 구석에 웅크리고 앉아 수강생 무리에 좀처럼 끼려 하지 않았다. 다른 동물들이 그녀에게 다가오면 어떤 동물인지 확인하기도 전에 일단 경계부터 했다. 심지어 모기, 도마뱀, 쥐까지 모든 동물을 두려워했다. 코끼리 코를 연상하는 왼손과 기이한 울음소리가 아니었다면 황청은 학대받은 고양이처럼 보였을 것이다.

　'동물 연기'는 한 시간 가까이 이어졌다. 모니카는 모두에게 그 자리에서 인간으로 돌아가되, 동물의 내면 상태는 계속 유지하면서 대화는 하지 말라고 했다. 그녀는 즉흥 주제를 내놓았다. '개학 첫날'이었고, 모두 바깥에서 차례로 들어오라고 했다.

　수강생들은 동물 분장 그대로 완전히 다른 배역에 몰입했다. 엘레인은 나무늘보를 연기했기 때문에 활기 넘치고 민첩한 원래 그녀의 모습은 완전히 사라지고 구부정한 등을 한 채 조각상처럼 의자에 붙어 있었다. 료이치는 사자였기 때문에 영어를 할 때마다 느껴지던 소심함은 온데간데없이 기운차고 당당한 목소리로 자신을 소개했다. 유일하게 황청만이 평소 상태와 크게 다르지 않았다. 그녀는 수강생들이 자신의 변화에 흥분하고 들뜬 상태가 되었다는 사실을 알아챘다. 알 수 없는 패배감에 몸이 풀린 황청은 황급히 구석으로 가 앉았다. 그녀는 수백 개의 근육으로 이루어진 긴 코로 자기 가슴을 꼭 안아주는 모습을 상상했다.

　평가 시간이 되자 모니카는 황청의 연기가 지나치게 세부적인 설정 탓에 실패했다고 지적했다. 황청은 받아들일 수 없었다.

　그녀가 말했다. "감정이 복잡한 동물이라면 당연히 캐릭터도 다양하지 않을까요? 고아가 된 새끼 코끼리와 새끼를 낳은 어미 코끼리는 완전히 다른 캐릭터잖아요. 특히 앉을 때나 코로 뭔가를 찾는 모습이 아주 다를 것 같은데요."

"생각을 너무 많이 했군요." 모니카가 말을 잘랐다.

"생각을 한 게 아니라 관찰하고 연구한 거예요. 인터넷에서 보면 똑같이 보이는 코끼리는 한 마리도 없었어요."

"불쌍한 코끼리를 연기하라는 게 아니었어요." 모니카가 다시 말을 끊었다. "동물을 흉내내보라고 한 거죠. 동물의 외적 행동을 모방해서 순수한 외부 요인이 내적 요인을 자극하는 경험을 하면 배우로서 캐릭터를 구축하는 데 도움이 되죠. 500자짜리 코끼리 자서전을 써오라고 한 게 아니에요. 태국 코끼리인지 아프리카 코끼리인지도 상관없고요."

수강생들이 웃었다. 황청은 얼굴이 화끈거렸다. 그녀는 사람을 사귈 때도, 일을 할 때도, 연기를 할 때도 언제나 디테일이 전부라고 믿었다.

"청, 당신은 너무 많이 연기해요. 당신은 연기하면서 항상 자신이 얼마나 이해했고, 얼마나 준비했으며, 얼마나 많은 걸 설정했는지 보여주고 싶어해요. 하지만 이해를 연기할 수는 없어요. 정말 그 상태라면 연기할 필요가 없죠. 전에 피곤함을 연기할 때도 당신은 한숨을 쉬고 하품하면서 피곤하다는 걸 억지로 보여주려고만 했어요. 관객을 믿게 하고 싶었겠지만 사실 자신도 전혀 믿지 않았어요."

예전이라면 황청은 지적을 받으면서 이미 눈물을 흘리고 있었을 것이다. 하지만 이젠 꿋꿋이 버티며 남들 앞에서는 절대 울지 않는 사람을 연기하고 있다.

모니카가 이어 말했다. "상상력이 풍부한 건 좋아요. 하지만 배우에게 가장 필요한 건 호기심이죠. 예술은 발견이지 창조나 통제가 되어서는 안 돼요. 당신은 항상 새로운 것, 남들과 다른 것을 찾아 헤매겠지만 무대에서 보여줄 수 있는 건 조작과 잘 짜인 설계일 뿐이죠. 다시 말해서 관객은 배우 자체를 볼 뿐이지 캐릭터의 시선을 볼 수 없어요. 그래서 캐릭터는 존재하지 않는다고 말할 수 있는 거예요. 통제하는 만큼 캐릭터는 죽어가죠."

모니카는 다른 수강생들에게 방금 했던 연습에 대한 소감을 물었다. 늘 그렇듯 라펠이 가장 먼저 말했다. "독수리로 변신하니 다 잡아먹고 싶던데요." 황청은 입을 다문 채 숨을 들이쉬고 내쉬며 감정이 지나가기를 기다렸다. 그녀는 정면에 보이는 카펫 얼룩을 노려보며 생각했다. 전에 연습할 때 누가 생달걀을 떨어뜨려서 생긴 얼룩이었다. 어떤 바보가 공연 연습실에 카펫을 깔아놓은 거야?

모두가 돌아갔다. 그녀와 엘레인은 베란다에서 담배 한 개비를 나눠 피우며 조금씩 어두워지는 하늘을 보고 있었다. 어둠이 내리자 수업 시간에 느꼈던 우울감이 황청의 몸 안에 짙게 번져왔다.

황청이 말했다. "이럴 때 의지가 약한 사람의 영혼은 쉽게 잡혀가."

엘레인은 하늘을 향해 연기를 뿜었다.

황청이 다시 말했다. "낮과 밤 사이에는 아주 좁은 틈이 있어. 사람들은 그곳을 통해 사라지지."

어두워진 하늘이 모든 걸 품어줄 것 같았지만 '희망'은 예외였다. 황청도 다른 배우들처럼 자주 미래를 그려보았다. 가끔은 눈부신 장면 속 자기 모습을 막연히 상상하기도 했지만, 대부분은 그저 부유하다 사라져버렸다. 그리고 그제야 자신이 시간을 놓쳐버렸음을 깨닫곤 했다. 불 꺼진 영화관에는 죽음과도 같은 적막이 흘렀다.

엘레인이 말했다. "덴마크에 있을 때 이웃이 죽었어. 나랑 동갑이었는데 자살이었대. 자살한 이웃은 더 있어. 친구도 있고."

"왜?" 황청이 물었다.

"추운 지방에선 쉽게 우울해지거든."

황청이 깜짝 놀라 말했다. "덴마크는 전 세계에서 가장 행복한 나라 아니야?"

"불행한 사람은 모조리 죽어버리니까 그렇겠지." 엘레인은 아무렇지도 않다는 듯 웃었다.

황청은 말을 이을 수 없었다. 사계절 내내 스타킹을 신고 다니던 그 엄숙하면서 초연했던 여자, 엄마를 떠올렸다. 그녀가 언니가 아닌 엄마를 먼저 떠올리는 건 좀처럼 드문 일이었다. 그녀는 엄마에게 친밀감을 느꼈던 기억의 한 장면을 떠올렸다. 자신은 엄마의 침대에 앉아 투명 매니큐어로 스타킹 구멍을 메우고 있다. 엄마는 다른 쪽에서 무심히 자기 일을 하고 있다. 가죽 스커트와 가죽 부츠 안 남색, 짙은 녹색, 짙은 보라색 스타킹은 항상 가운데 발가락부터 구멍이 나기 시작했다. 황청은 뚫린 부분을 손가락으로 집어올려 조심스럽게 매니큐어를 발랐다. 그러면서 자신의 새끼손톱에도 한 번 바르는 걸 잊지 않았다. 반짝이는 손톱의 광택을 바라보며 열 손가락에 모두 바를 수 있는 날이 되면 자기도 엄마나 언니처럼 사람들의 시선을 받게 될 거라고 생각했다.

그녀는 어린아이 같은 순수함이 있었다. 엄마를 위해 뭔가를 하면서 느끼던 자부심은 그녀의 행복했던 순간으로 기억에 남았다. 이때 행복의 기준은 또 무엇이었을까? 연예 활동이 순조롭지 않아 스스로 불행하다고 생각하지만 어찌 보면 건강한 몸으로 해외까지 나와 꿈을 좇을 수 있는 자신이 과연 그런 말을 할 자격이 있을까도 싶었다. 그녀는 사춘기처럼 무의미하게 반복하는 자기모순에 짜증이 나고 어이없어하면서도 끝내 해소할 방법을 찾지 못했다. 황청은 남은 담배 한 대를 엘레인에게 주었지만 그녀는 사양했다.

"나도 약 먹고 있어." 엘레인이 말했다.

"무슨 약?"

"슬픔을 견디는 약." 엘레인이 씁쓸하게 웃었다.

황청은 왕 감독과 우울증에 관해 나누었던 이야기를 떠올렸다. 그는 사람들이 너무 살기 좋아서 생각이 많은 거라고 했다. 황청도 기분이 안 좋아질 때면 생각을 많이 한다고 그는 말했다. 오늘은 모니카도 황청이 너무 많이 생각한다고 말했다. 그녀는 참지 못하고 머리를 세게 긁적였다.

"내가 제일 초조할 때는 약은 떨어져가는데 새로운 약이 아직 도착하지 않았을 때야. 오늘 밤처럼." 엘레인이 말했다.

황청은 근심스러운 얼굴로 그녀를 바라보았다. 그녀의 표정이 엘레인을 웃게 했다.

"걱정 마. 난 자살은 하지 않을 거니까." 그녀가 황청의 어깨를 토닥였다.

"죽기 전엔 말해줘." 황청이 쓴웃음을 지었다. "난 불면증이 있어서 아무 때나 찾아와도 돼." 말을 마친 황청은 담배를 비벼 끄고는 다른 담뱃갑을 꺼내 그 안에 넣었다.

"타이완 사람들은 모두 너처럼 공중도덕을 잘 지켜?"

"영화에선 사람들이 꽁초를 아무 데나 버리지만 현실에선 공중도덕을 지키는 사람도 많아." 황청이 말했다.

"아무도 그게 중요하다고 생각하지 않을 거야. 그런 디테일까지 다 찍으면 영화가 너무 길어지잖아."

황청이 어깨를 으쓱했다. "디테일하면 좋은 거 아닌가?" 황청이 물었다.

담배만이 아니었다. 영화 속의 많은 사소한 소품은 모두 황청의 시선을 끌었다. 머그잔, 한입 먹은 케이크, 과자, 유성펜, 내용과 상관없는 글씨가 적힌 종이 같은 것 말이다. 황청은 언제나 배우가 그 소품을 어떻게 처리하는지, 감독은 디테일을 어떻게 잡아내는지를 관찰했다. 예를 들면 어떤 여배우는 커피를 한 모금 마실 때마다 엄지손가락으로 컵에 난 립스틱 자국을 닦아냈다. 어떤 사람은 대사를 하면서 얼굴에 난 여드름을 손톱으로 후벼 파기도 했다.

때로는 자신의 존재가 그런 '소품'들에 더 가깝다는 생각도 했다. 특히 담배처럼. 담배는 불이 붙는 순간에만 찍힌다. 촬영이 반복되면 타버린 담배는 모두 버려지고 새로운 담배로 교체된다.

"청, 모니카는 그런 식으로 널 비판하면 안 됐어. 넌 그저 진지했을 뿐인데."

"틀린 말은 아니지. 난 너무 진지한 게 문제야. 어쩌면 좀 내려놓는 법을 배워야 할지도 몰라."

황청은 '승부욕'을 영어로 어떻게 말해야 할지 몰랐다.

"어쨌든 좀더 직관에 의지해봐." 엘레인이 말했다. "직관을 믿는 건 자신을 믿는 거야."

"연기가 직관으로 되는 거라면 여기까지 뭐 하러 왔겠어?" 황청이 피식 웃었다.

"모니카는 올해 처음 강단에 서는 거라 자기가 감독이라고 생각하나봐. 모든 사람에게 적용되는 연기 방법이 있는 것도 아닌데."

황청은 엘레인이 진심으로 자신을 위로하고 싶어한다는 걸 알았다. 그녀는 말했다. "그 말을 들으니 위로가 되네. 고마워."

황청은 집에 가서 같이 밥 먹자고 했지만, 그녀는 입맛이 없다며 일찍 가서 쉬고 싶다고 했다. 두 사람은 골목을 함께 걸어 나와 갈림 길에서 헤어질 때 포옹을 나눴다.

포옹 후 미세한 시간차로 두 사람의 몸 사이에 흐릿하고 신비로운 무언가가 빠르게 스쳐 지나갔다. 황청이 그것이 무엇인지 생각하던 찰나에 엘레인이 입을 열었다.

"청, 키스해도 돼?"

황청이 잠시 망설이는 사이 엘레인의 얼굴이 다가왔다. 두 사람의 입술이 가볍게 닿았다 떨어졌다. 황청은 스쳐 지나간 그것이 다시 나 타나기를 기다려보았지만 바람에 흔들리는 나무와 차가운 공기만 느 껴질 뿐이었다. 두 사람은 서로를 바라보다 웃음을 터뜨렸다.

황청이 말했다. "네 립밤 맛이 나네."

엘레인이 말했다. "여자 입술이 이렇게 부드럽다니, 신기하네."

"느낌이 어땠어?" 황청이 물었다.

"나 자신에게 키스한 것 같아. 내가 그런 쪽은 아닌데."

황청이 또 웃었다. "어쩌면 내 문제인지도 몰라."

"모든 걸 네 탓이라고 생각하지 마."

'맞아. 내가 그렇게 중요한 사람도 아니지.' 황청은 마음속으로만 생각하고 말로 하진 않았다.

두 사람은 작별 인사를 나누었다. 황청은 계속 직진했고, 엘레인은 모퉁이를 돌았다.

날은 완전히 지고 어두워졌다.

25

영화 「아이들의 시간」의 배경은 여학교였다. 학생의 장난으로 젊은 두 여교사의 삶이 추문으로 더럽혀진다는 내용이었다. 대본을 받아든 황청은 흥분을 감출 수 없었다. 왕 감독의 집에서 본 오드리 헵번과 셜리 매클레인의 고전 영화에서 두 배역은 주연과 조연이 구분되지 않을 만큼 존재감이 대등했다. 황청에겐 행복한 미래가 망가진 '캐런'이든 동성애적 성향 때문에 결국 자살하고 마는 '마샤'든 모두 꿈에 그리던 역할이었다. 그러나 '여학생 메리' 역을 맡게 된 걸 알았을 때 마음속에 쌓아온 기대감이 순식간에 무너져버렸다.

연기를 배우는 것은 언어를 배우는 것과 다르다. 모두가 같은 글을 읽고, 같은 문장을 분석하고, 단어를 익히는 것과는 다르다는 말이다. 언어는 어휘량이 많은 사람이든 적은 사람이든 결국 노력하는 사람이 더 많은 것을 이해하게 된다. 하지만 연기를 배우는 것은 전혀 다르다. 강사는 학생에 대한 이해와 상상에 따라 대본을 선택하고 역할을 배정한다. 왜 원하는 배역을 직접 선택하게 하지 않는 걸까?

엘레인이 마샤를 맡았다. 캐런은 실루엣이 헵번을 연상시키는 스페인 학생이 맡았다. 황청이 연기할 장면은 여학생들과 함께 선생님에 대해 뒷담화를 하는 것이었다.

그 순간 황청은 공연을 막 끝낸 듯한 아드레날린이 남아 있는 채로, 혀를 내밀고 있는 불독 몇 마리와 함께 슈퍼마켓 입구에 앉아 있었다. 이 견종은 영국 어디서든 쉽게 볼 수 있었다. 처음에는 하나같이 사납게만 보였지만, 나중에는 개도 사람처럼 특성이 있다는 것을 알게 되었다. 그녀가 쓰다듬고 있는 이 녀석은 근육질의 젠틀한 상남자처럼 슈퍼마켓 문 쪽으로 멀어져가는 주인을 하염없이 보고 있었다. 황청은 개의 머리를 쓰다듬으며 진한 개 냄새를 맡았다. 두두가 영국에 함께 있는 장면을 상상해봤다. 하지만 황청은 두두를 슈퍼마켓 앞에 매어놓고 가는 건 누가 데려갈까봐 엄두도 내지 못했을 것이다. 황청은 이 낯선 개를 지키기 위해 앉아 있는 것 같았다. 주인이 돌아와서 황청과 인사를 나눈 뒤 'Young Lady'라고 부르며 목줄을 풀어주었다. 개는 꼬리를 흔들며 뒤도 돌아보지 않고 주인을 따라갔다.

황청은 알 수 없는 허전함을 느꼈다. 대부분의 영국인에게 그녀는 아시아 청소년으로 보일 것이다. 이제 곧 서른인 황청에게 십대 문제아 역할을 맡는다는 게 무슨 의미가 있을까? 다른 사람이 어떻게 생각하든 그녀는 자신이 성숙한 두 여교사 역할에 가깝다고 여겼다. 한 명은 결혼을 숭배했고, 다른 한 명은 진짜 사랑을 찾아 헤맸다. 그들은 열정을 가지고 교육계에 투신했고, 말괄량이 여학생을 걱정하는 인물이다. 그녀가 이 먼 곳까지 유학 온 이유는 연기를 하면서는 이러한 것들을 '경험'할 수 없어서였다. 하지만 연기 학교도 그 자체가 하나의 무대이고 주인공을 돌아가면서 맡는 것은 아니라는 건 전혀 예상하지 못했다. 대부분의 수강생은 이곳에서 조연으로서의 능력을 키우는 법을 배우고 있었다. 덤으로 자신이 다른 사람들의 눈에 어떻게 보이는지도 알아갔다.

황청은 연기 연습 중 자신의 역할에서 도전할 만한 것을 열심히 찾을 수밖에 없었다. '메리'는 응석받이로 자라서 생긴 오만함 때문에 친구들 사이에서 통제적이고 독선적인 기운을 뿜어내는 인물로 황청에게는 익숙하지 않은 캐릭터였다. 캐릭터의 특징을 드러내기 위해 황청은 무의식적으로 무대 위를 휘적거리며 걷거나, 책을 들었다 놓기도 하고, 머그잔을 꽉 쥐기도 했다. 모니카가 물었다. "왜 말을 하다가 일어섰죠? 그때 왜 물을 마셨죠? 왜 벽에 기대어 앉았죠?"

대부분의 질문에 그녀는 답할 수 없었고, 질문이 없어질 때까지 다시 연기해야 했다. 무대 위에서는 의미 없는 '동작'이 하나도 없다는 사실을 그녀는 비로소 이해했다. 그러나 아이러니하게도 그것은 '생각'을 통해서가 아니라 연습을 하면서 직관적인 몸의 파동으로 천천히 '구현'되었다. 연습이 끝날 때마다 황청은 조금씩 방향을 틀어 새로운 출구를 향해 나아가는 느낌이었다. 그런 날이면 집으로 돌아가는 그녀의 발걸음은 나는 듯 가벼웠다. 가방 속에서 달그락거리는 물병 소리를 들으면서 집에 들어가기 전에 담배 피우는 것도 잊어버렸다.

어느 날 오후, 연습 도중 모니카가 갑자기 다가오더니 황청의 머리에 천을 씌우며 말했다. "고개 숙이지 말고 계속 연기해요." 황청은 대사를 한 번 반복한 후 연기를 이어갔다. 처음에는 조금 주저했지만, 곧 가슴에서부터 억제할 수 없는 열기가 온몸으로 퍼져나갔다. 눈이 멀어 더 이상 어둠을 두려워하지 않는 사람 같았다. 그녀는 메리의 불안과 초조, 독단적이면서도 연약한 면을 분명히 느낄 수 있었다. 그것은 동전의 양면 같은 것이었고, 모두 자신 안에 자리하고 있었다. 그녀는 메리가 되었다기보다는 메리의 몸속으로 들어간 느낌이었다.

리허설이 끝난 후 모니카가 칭찬의 말을 건넸다.

"난 당신을 믿었어요. 눈빛이 **살아** 있었거든요."

짧지만 분명한 확신과 찬사였다. 황청은 미소 지었다. 료이치가 연신 고개를 끄덕였고, 일레인은 교실 반대편에서 두 손을 들어 가볍게 휘저었다.

그녀는 바닥에 놓여 있던 커다란 쇼핑백 두 개를 집어들었다. 버스

요금 1파운드를 아끼려면 이 짐들을 들고 작은 언덕을 넘어야 했다.

짐 때문에 벌게진 손자국은 집에 도착한 후 한참이 지나서야 사라졌다. 이 동네에는 자신처럼 힘들게 사는 사람은 없는 것 같았다. 타이완에서는 자신이 들 수 있는 것보다 훨씬 더 많은 짐을 지고 버스에 오르는 사람이나, 오토바이 길이의 두 배쯤 되는 물건을 싣고 달리는 오토바이를 어디서든 볼 수 있었다. 런던의 색깔은 아주 흐릿했고, 사람들은 차가웠으며, 오가는 차들은 멈추는 법이 없었다. 사람들은 서로를 떨쳐내고 싶어하는 것처럼 바삐 움직였다.

집에 돌아온 그녀는 베이글에 햄버거 패티와 상추를 넣어 간단한 저녁을 만들었다. 황청은 이제 밥 먹을 때 타이완 뉴스를 보지 않았다. 그녀는 운이라는 건, 마치 아기가 울음을 터뜨리거나 개가 짖을 때처럼 언제든 만날 수 있다는 걸 알았다. 막 몸을 풀고 새벽 조깅을 나섰을 때나, 첫 번째 컵을 씻고 산더미처럼 남은 그릇들을 바라볼 때처럼 말이다. 이제 그녀는 더 실질적인 것을 추구하고 있었다. 아무도 주목하지 않을 때도 그녀는 계속 발전하고 있었다. 그녀는 마음속으로 선을 그어놓고 연기할 때마다 자신만의 평가 기준으로 삼았다.

황청은 오늘의 성공적인 첫 무대 체험을 온전한 기록으로 남겼다. 영국에 온 후 그녀는 글 쓰는 습관을 들였고, 그 기록은 학기 말에 제출한 논문으로 완성되었다. 텐과는 부정기적으로 편지를 주고받으며 몇 가지 중요한 주제에 대해 진지하게 논의했다. 예를 들면 공연 연구의 권리와 공정성에 대해 그와 생각을 나누곤 했다. 미국에 있는 텐은 캘리포니아의 따스한 햇살 같은 에너지로 영국의 음울함과 습한 추위를 날려주었다. 그녀는 여러 개인적인 생각을 일기로 기록해 하나의 파일에 저장했다. 가끔 영국에 막 도착했을 때 썼던 글들을 다시 읽으면, 그렇게 복잡한 감정을 헤쳐왔다는 사실에 스스로 놀라곤 했다. 당시 그녀는 질투와 불안으로 가득 찬 현실 속에서 자신이 믿는 또 다른 현실을 필사적으로 붙들고 있었다.

텐에게 이메일을 쓰고는 보상이라도 해주듯 무의식적으로 왕 감독에게 전화했지만 그는 받지 않았다. 일어나 주방에 가서 채소를 씻고 물이 끓기를 기다리는 동안 방에서 익숙한 진동음이 들렸다. 영상통화였다.

"밖이라 신호가 잘 안 잡힐 거야." 왕 감독이 말했다.

황청은 시계를 보았다. 타이완은 아침 7시였다. 그녀의 테이블에는 두 개의 시계가 놓여 있었다. 시차 때문에 왕 감독은 영국의 저녁 시간이나 주말에 전화했다.

"이렇게 일찍 현장에 갔어요?" 황청이 물었다.

"요즘 날씨가 안 좋아. 오후에 비가 많이 온대서 좀 일찍 촬영을 시작해야 해서. 넌 어때?"

"오늘 수업 시간에 선생님께 칭찬받았다고 말해주고 싶어서요. 내 눈이 연기하고 있는 것 같대요."

"연기 뭐라고?" 왕 감독이 물었다. 그의 뒤에서 잡음이 들려왔다. 사람들의 크고 작은 소리가 뒤엉킨, 황청에게도 익숙한 현장 소리였다.

"내 눈이 연기하는 것 같다고 칭찬받았다고요. 같이 수업을 듣는 학생들도 내가 딴사람이 된 것 같다고 했어요. 공연이 끝난 뒤 심장이 미친 듯이 뛰었어요. 뭔가를 알아낸 것 같은 기분이 들어요."

황청은 말을 하면서 심장이 또 빨리 뛰는 게 느껴졌지만 좀 전의 흥분보다는 조금 누그러져 있었다.

"잘됐네. 참, 말해주려던 게 있었는데. 이번 작품 끝내면 연말에 진짜 중국에 갈 것 같아."

최근 계속해서 왕 감독에게 촬영을 제안하는 사람들이 있었다. 거기는 제작비도 높고 감독의 입김도 세 황청과 함께 갈 수 있을 거라고 했다. 이 화제는 항상 나올 때마다 황청에게 남의 일처럼 느껴졌다.

"확실해요?" 그녀가 물었다.

"이번 달에 계약할 거야."

"축하해요." 황청은 차분하면서 응원하는 듯한 말투를 내려고 애썼다. 그렇게 해야 할 것 같았다.

"별로 좋아하는 것 같지 않네?"

"아니에요." 황청은 생각했다. 왕 감독이 잘 풀려야 나한테도 기회가 생기는 건데 연기할 작품이 있다면 난 기뻐해야 하는 거 아닌가?

"방금 말했던 그 연기는 뭐야?" 왕 감독이 물었다.

"뭐요?"

"처음에 말하던 거."

"아, 오늘 수업 시간에 선생님이 제 연기가 아주 좋았다고 했어요."

"다행이네. 그 선생이 드디어 안목을 찾았나보군. 그 선생은 아직도 별로야?"

황청은 전화 받은 것을 후회했다. 아니다, 원래 자기가 먼저 건 것이었다.

"이제 연기도 할 수 있게 됐으니 돌아와도 되잖아." 왕 감독이 웃으며 말했다.

"연기를 할 수 있게 되다니요?"

잠시 정적이 흐르는 사이 황청은 왕 감독이 깊은 한숨을 토해내는 소리를 들었다.

"무슨 일 있어?"

보통 분위기가 이 정도 되면 황청은 핑계를 만들어 전화를 끊었다. 며칠이 지난 후 두 사람은 아무 일 없었다는 듯 다시 연락했고, 다음에 분위기가 나빠질 때까지는 이어졌다. 하지만 이 순간 그녀는 왕 감독이 다른 사람 안에 숨어 있는 자아의 일부에 대해 전혀 호기심을 느끼지 않는지 확인하고 싶었다.

"오늘 내가 무슨 연기를 했는지 알아요?" 그녀가 물었다.

"수업 시간에 연습한 거 아니야?"

"네, 어떤 작품인지 아세요?"

"말해줬는데 잊어버렸네." '내가 그런 것까지 기억해야 해?'라고 묻는 듯한 말투였다.

"「아이들의 시간」이었어요."

"맞아, 오드리 헵번 역을 맡았나?"

"아니, 전 메리 역을 맡았어요. 그 여학생이요."

"난 주인공을 맡을 줄 알았지. 봐봐, 내게 넌 항상 주인공이야."

"어제도 이 얘기 하다 화를 냈잖아요. 메리가 저와 얼마나 다른지 말했더니 그래도 내게 감사해야 한다고 했잖아요. 선생님 눈에는 내가 그렇게 어려 보이는 거라고."

"어제 우린 통화한 적이 없는데." 왕 감독이 말을 끊었다. 목소리에 짜증이 묻어났다.

"그렇죠, 내 전화 또 안 받았어요. 딴짓하는가보죠."

"갑자기 혼자 무슨 연극을 하는 거야?"

잠시 정적이 흘렀다. 그녀는 왕 감독이 좀더 조용한 곳으로 걸어가는 소릴 들었다.

"요즘 매일 촬영하느라 진이 다 빠질 지경이야. 사소한 일 하나 깜빡한 걸로 그렇게 민감하게 반응할 필요가 있어?"

"전 정말 소소하지만 기분 좋은 일이 있어서 당신과 나누고 싶었어요. 그런데 내 말은 듣지도 않고 중국 가잔 얘기만 했잖아요."

"네 그 소소한 일이 내가 중국 가는 것보다 중요하다는 거야? 중국 가는 게 너랑은 관계가 없어? 네가 기분 좋아하는 일이 얼마나 드문 일인지 알면 됐어. 중국에선 감독의 권한이 막강하다고 말했잖아. 원하는 사람에게 배역을 줄 수 있다고. 이 말도 네가 기뻐하길 바라는 마음에서 한 거야."

"그게 빌어먹을 나랑 무슨 상관이에요."

"너 태도가 그게 뭐야?"

그의 말투는 감독이 배우를, 선생이 학생을 혼내는 것이었다. 황청은 숨을 깊이 들이마셨다. 입술은 여전히 벌어진 채, 적당한 말이 나오길 기다리고 있었다.

"자신이 정말 연기를 좋아하는지 심각하게 고민해보지 그래?"

왕 감독의 말투는 매우 거칠었다. 황청은 아무 말도 하지 않았다.

"전에 넌 그 선생이 항상 네 연기를 지적하면서 네가 아시안이기 때문에 비중 없는 배역만 준다고 했어. 매일 답답하고 우울해하다가 지금은 칭찬 한마디 들었다고 그렇게 좋아하는 거야? 그렇게 예민해서 어떻게 배우가 되려고 해? 원하는 대로 유학까지 갔으면서 모든 게 불만이고. 남들한테 보여주려고 유학 간 거야?"

황청은 타이완에서의 마지막 시기를 떠올렸다. 왕 감독의 차에 오를 때마다 그녀는 좋은 여자친구가 되어야 한다는 강박에 사로잡혔다. 둘의 관계가 공개되지 않았음에도 말이다. 그러나 그런 생각을 하게 된 뒤로 그녀는 그를 만날 때마다 극심한 불안에 시달렸고 뭘 어디서부터 어떻게 해야 할지 몰랐다. 그녀는 불쾌감, 나아가 혐오감을 참기 위해 필사적으로 노력했다. 기대한 만큼 좋은 여자친구가 되지 못한 날에는 작별 인사 후 그에게 깊은 죄책감을 느끼며 자신을 더 몰아세웠다. 하지만 똑같이 진실하지 못한 사람에 대해 그녀가 대체 언제까지 노력해야 한단 말인가?

황청이 말했다. "내가 연기에 대해서는 예민하다는 거 알고 있잖아요. 어째서 매번 그런 말로 나를 자극하는 거죠?"

"널 자극하지 않는 것도 있나? 그 예민함을 연기에나 좀 써보지 그래. 충고 하나 할까? 맨날 남 탓만 하지 말고 스스로도 좀 돌아봐, 공주님."

그가 전화를 끊어버렸다.

황청은 그 자리에서 멍하니 컴퓨터를 바라보며 앉아 있었다.

잠시 후 티나가 고개를 내밀더니 괜찮냐고 물었다. 그제야 황청은 문 닫는 걸 깜빡했다는 사실을 깨달았다.

"별거 아니야. 그냥 말싸움 좀 했어." 황청이 말했다.

"헤어져. 내가 영국 훈남 소개해줄게!" 티나가 말했다.

황청은 쓴웃음을 지으며 티나에게 문을 닫아달라고 했다.

연기든 감정이든 질질 끄는 게 가장 나쁘다. 전력을 다하는 유일한 방법은 자신에게 퇴로를 남기지 않는 것이다. 왕 감독은 늘 황청의 퇴로였다. 하지만 황청은 그 구불구불한 길 위에서 늘 발을 헛디뎠다. 그 길에는 사막도 없고 빙하도 없는, 사계절이 똑같은 단조로운 아열대 풍경뿐이었다. 그래서 옷차림도, 먹는 음식도 지루하게 한결같았다.

그녀는 컴퓨터에 새 문서창을 띄워 숨 가쁘게 써내려갔다. 왕 감독의 메일 주소를 입력하고 전송 버튼을 누른 후에야 온몸에서 나는 비릿한 냄새를 맡았다.

그녀는 일어나 옷을 다 벗고 창문 앞에 섰다.

커튼을 치지 않았지만, 누가 그녀의 몸을 볼까 하는 걱정은 하지 않았다. 여기는 더블 침대, 작은 탁자, 옷장, 한쪽 벽을 차지하는 전신 거울이 있는 월세 500파운드짜리 그녀의 방이다. 그녀는 거울에 비친 자신의 탄탄한 복부, 가느다란 팔, 다리를 꼬고 앉아 붉은 자국이 생긴 종아리를 보았다. 턱에는 거의 다 나은 여드름이 하나 있고, 이마는 매끈했다. 정수리는 방금 머리를 감아서 머리카락이 삐죽삐죽 올라와 있는데 이건 그녀가 황첸과 가장 닮은 부분이었다. 머릿속에서 끊임없이 떠오르는 생각들이 뭔가를 찾아내려는 듯 위로 뻗어 올라가는 것 같았다. 그녀의 자신감도 실패를 하나씩 밟고 일어나 천천히 자라고 있었다.

모니카는 말했다. "마약은 현실에 저항하는 것처럼 보이지만, 사실은 현실에 순응하는 거죠, 스스로 노예가 되는 방식으로. 배우는 늘 캐릭터가 무엇에 저항하는지를 생각하고, 무엇이 진정한 저항이 되는지를 알아야 해요." 황청은 그동안 자기를 설득하고, 기분을 맞추며 스스로를 마취시켰다. 이제 그녀는 바뀌기로 결심했다, 정면으로 맞설 것이다. 흩뿌린 모래 한 줌으로도 사막을 바꿀 수 있다. 하물며 냉혹한 연예계나 난해한 예술계는 더 말할 것도 없을 것이다. 항상 깨어 있는 상태로 이곳에 남아 있어야만, 노예가 되지 않을 수 있다. 눈을 감은 황청은 결심과 힘이 자신을 둘러싸고 있다고 상상했다. 머릿속에는 온통 메소드가 가득했다. 그녀는 자유로워질 수 있었다.

황청은 린넨 잠옷으로 갈아입고 침대에 몸을 던졌다. 전혀 졸리지 않았지만 내일은 어김없이 올 것이다. 컴퓨터 화면 속 시간은 타이완 오전 9시, 영국은 이미 새벽 2시였다. 적어도 같은 시간 속에서 살아야 행복할 수 있는 걸까.

26

그때 자매는 마주 앉아 있었다. 황청은 언니가 젖병 꼭지를 그리고 있는 줄 알았다.

황첸은 종이를 황청 쪽으로 돌리며 말했다. "이건 자궁이야. 바로 여기." 그녀는 자신의 배를 톡톡 두드렸다. 황청도 따라 두드렸다.

"아니, 다시 짚어봐." 황첸은 테이블 너머로 손을 뻗어 황청의 아랫배를 가볍게 쳤다.

"아." 황청은 자신의 둥실한 배를 매만지며 여기에 무슨 궁이라 불리는 젖병 꼭지가 있나보다 생각했다.

황첸은 연필로 작은 동그라미를 계속 그리며 말했다. "여기 양쪽에 알이 들어 있어. 여자가 태어날 때부터 몸속에 있던 거야. 바로 '란자'라고 하지." 세월이 한참이나 지난 후 황첸이 '난'을 '란'으로 잘못 발음한 것을 알았을 때 황청은 엄마가 사실은 다른 성씨였다는 걸 알게 된 기분이었다. 신성한 생명의 근원을 그렇게 오랫동안 잘못 부르고 있었다니.

"여기 길쭉한 부분은 목처럼 보이지? 여긴 질이야."

황청은 고개를 갸웃하며 다시 살펴보았지만 여전히 젖병 꼭지처럼 보였다.

"란자는 잠자고 있던 곳, 그러니까 '란소'에서 매달 나와. 양쪽에서 각각 한 개씩 밀려서 나오지. 만약 '란자'가 수정되지 못하면 자궁 안은 원래 아기를 보호하려고 준비했던 살들이 떨어지면서 피를 흘리게 돼. 가끔은 아프기도 하고."

"매달 배가 아픈 거야?" 황청이 물었다.

"항상 아픈 건 아니야. 아이스크림을 많이 안 먹으면 안 아플 거야."

"많이 아파?"

황첸이 잠시 생각해보고는 대답했다. "설사할 때 정도야."

황청은 안도의 한숨을 쉬었다. 그녀는 자주 배탈이 나서 그 정도는 잘 참을 수 있을 것 같았다. 하지만 성인이 된 후 그녀는 매달 차에 들이받히는 정도의 고통을 겪어야 했다.

"지금부터는 '**란자**'가 어떻게 수정되는지 설명해줄게." 황첸이 목소리를 가다듬었다.

수정이라는 말을 들었을 때 황청은 마른 금붕어가 떠올랐다(중국어 수정受精의 발음과 마른 금붕어瘦金의 발음이 유사함). 그래서 황첸이 질 위에 올챙이 같은 걸 그렸을 때 그게 아주 작은 마른 금붕어일 거라고 생각했다.

"이건 남자의 '**전자**'야." 황첸이 말했다.

두 사람은 어릴 때부터 'ㄴ' 받침과 'ㅇ' 받침 발음을 정확히 구분하지 못했다. 황청은 줄곧 남자가 여자보다 전기가 잘 통한다고 생각했다.

"남자의 '**전자**'가 제시간에 여자의 자궁에 들어가서 '**란자**'를 파고 들어가면 '**수전란**'이 되어서 점차 아기로 자라는 거야. 그러면 자궁 옆에 남아 있던 살이 몸에 남아서 아기를 보호하고, 이때 피는 더 이상 나지 않아."

"남자의 '**전자**'는 여기까지 어떻게 와?" 황청이 자기 아랫배를 가리키며 물었다. 이번엔 정확한 위치를 가리켰다.

황첸이 말했다. "남자가 꼬추를 네 질에 넣고 싶어할 거야. 여기, 오줌 누는 데 바로 옆 말이야. 그러고는 '**전자**'를 네 몸속에 보내는 거야. 당연히 너도 남자의 꼬추가 몸속에 들어오게 하고 싶을 때가 있어. 두 사람이 모두 하고 싶을 때만 그렇게 하는 거고, 그걸 '**사랑을**

나눈다'고 하는 거야."

황청은 '너도 남자가 몸속에 들어오게 하고 싶을 때가 있어'가 무슨 말인지 이해되지 않았다. 하지만 그녀는 다른 걸 물었다.

"사랑을 나누면 항상 아기가 생겨?"

어린 동생이 사랑을 나눈다는 말을 또박또박 내뱉자 황첸은 자신도 모르게 눈썹을 치켜떴다.

"꼭 그렇진 않아." 그녀가 말했다. "꼭 **맞는 시간에** 해야 임신이 되는 거야. 꼭 맞는 시간에 꼭 맞는 사람을 만나야 사랑하는 사이가 되는 것처럼. 사랑하는 사이가 된 후에 사랑을 나눠야 해. 아기를 갖고 싶지 않으면 남자한테 보호막을 쓰라고 해야 해."

황첸은 말을 마친 후 그림을 그렸던 종이를 구겨서 쓰레기통에 넣었다.

이 성교육은 황청이 열 살쯤 황첸이 해준 것이었다. 회상해보면 대부분의 정보는 황첸이 진지하게 고민한 것이었지만 마지막 말은 너무 즉흥적으로 내뱉은 것이었다. 20대 초반이었던 황첸은 이미 성행위의 위험성을 알고 있었다. 하지만 지금까지 홀로 이 모든 것을 이해하려 애써온 그녀에게는 아직 동생에게 어떤 성관계가 안전하고 아름다운지 알려줄 충분한 지식이 없었다.

황첸의 이메일을 읽자 황청은 그날 종이에 비스듬히 그렸던 젖병 꼭지를 닮은 자궁이 떠올랐다. 그 종이를 버리지 말았어야 했다.

청.

이렇게 글로 전하는 건 말로는 하고 싶지 않아서야(엄마에게도 말하지 않았어).

두 번째 시험관 시술에서 마지막 남은 배아를 이식했는데 지난주 검진에서 심장이 뛰지 않는다고 하더라.

내 자궁은 정말 아기가 살기 불편한가봐. 아무도 거기 살고 싶어하지 않아.

캉은 이제 그만하자고 해. 내가 나이도 너무 많고, 몸에도 무리가 되니까. 돈도 많이 썼어. 그 돈이면 네가 영국에서 학위 하나를 더 딸 수 있었을 거야.

내가 원래 아이를 원치 않았던 거 너도 알지? 어쩌면 우리 집에 결국 엄마 혼자 남아서였을까. 아이를 낳고 기르는 걸 모두 여자의 몫이라고 생각했던 것 같아. 내가 너무 빨리 독립해서였는지도 모르지. 그렇게 외롭고 힘든 일은 하고 싶지 않았어. 단 한 번, 다른 사람과 가정을 꾸리는 모습을 상상해본 적은 있지만 너무 오래전 일이라 생각이 안 나네.

네가 태어나기 전 어린 시절은 너무 외로웠어. 넌 아빠에 대한 기억이 희미하겠지? 술주정뱅이였던 것도 기억하지 못할 거야. 그 사람이 술만 마시러 가면 나는 집 안의 모든 칼과 위험한 물건을 숨기고 너를 꼭 안은 채 잠들었어. 엄마가 그 사람을 왜 그대로 두셨는지 정말 이해가 안 갔어. 그래서 그 사람에 대한 분노를 전부 엄마한테 돌렸지. 시간이 지나면서 엄마도 나를 어떻게 대해야 할지 모르셨던 것 같아. 부모님이 이혼하신 후에도 나와 엄마의 관계는 이미 굳어져서 변할 수 없었어. 그래서 나는 항상 내가 겪었던 일을 너만큼은 겪게 하지 않겠다고 생각하면서, 온 힘을 다해 너를 돌봐왔어. 돌이켜보면 제대로 하지 못한 일이 너무 많지만 나 역시 아이였잖아.

캉과 사귀기 시작한 후 난 '신뢰'라는 걸 배우기 위해 안간힘을 썼어.

이건 나한테 정말 어려운 일이었어. 나는 어떻게 사랑받아야 하는지도 모르고 있었던 거야. 그저 그 자리에서 있는 그대로 사랑받는 간단한 걸 난 하지 못했지.

나는 혼자 문제를 해결하는 데 익숙해져서 남의 도움도 받지 않으려 했고, 심지어 다른 사람과 어떻게 삶을 나누는지도 잘 몰랐어. 특히 좋지 않은 부분은 더더욱. 캉은 내가 더는 혼자 무언가를 해내야 할 필요가 없다는 걸 분명히 느끼게 해줬어.

넌 상상도 할 수 없었겠지. 넌 늘 기꺼이 의지하고 기꺼이 헌신하려 했잖아. 너에게 '사람을 믿는' 건 어려운 문제가 아니니까. 이런 점도 내가 늘 걱정했던 거야.

어느 날 캉이 내게 말했어. 만약 내가 계속 너를 걱정한다면 그건 내가 널 믿지 않는다는 의미라고. 나는 불쾌했어, 그의 말이 맞았거든. 그래서 지난 몇 년간 나는 스스로를 다그치며 네가 했던 많은 선택에 간섭하지 않으려 애썼어. 나는 네가 이제 어른이 되었고, 어떻게든 잘해낼 거라고 믿으려고 했어.

아이를 가지려고 노력하는 동안 나는 줄곧 딸을 가진 모습을 상상해봤어. 그런데 나중에 깨달았지. 내 머릿속 장면은 너의 어렸을 때라는 걸 말이야. 이렇게 말하면 좀 이상하긴 하지만 나도 엄마의 마음이 어떤 건지 조금은 알게 되었어.

다음 달에 캉과 바람 쐬러 일본에 갈 거야. 새로운 미래를 맞이하기 위해 마음을 새로 정돈할 필요가 있으니까(미안해, 영국은 가지 않기로 했어. 너무 먼 데다 너도 바쁘잖아. 너의 일상을 깨고 싶지 않아).

이번 주에 송금했으니까 시간 날 때 가서 확인해. 너무 아끼지 말고 쓸 데 있으면 쓰고, 잘 챙겨 먹고 다녀. 사고 싶은 거 있으면 사고, 많이 다니고 많이 구경해. 꿈이 있는 사람은 고단한 법이고 배운다는 건 원래 즐겁기만 한 게 아니잖니. 하지만 나중에 이런 것을 생각하면 스스로에게 감사할 거야.

새해가 되기 전에 집에 전화하는 거 잊지 말고. 나랑 캉은 오후에 돌아갈 거야.

언니가.

그해의 마지막 날 런던엔 눈이 내렸다. 모니카는 수업 후 수강생들을 집으로 초대했다.

황청은 한 번도 길가에 있는 그런 집에 들어가본 적이 없었다.

'영국 집'은 왠지 타이완 집과 다를 것 같았다. 예를 들면, 집 전체가 타일 바닥이거나 방 안이 새하얀 형광등 불빛으로 가득한 모습은 아닐 것 같았다. 하지만 더 구체적으로 어떤 점이 다를지는 딱히 떠오르지 않았다. 사실 타이완에서도 그녀가 방문해본 집은 그리 많지 않았다.

수강생들에게 문을 열어준 사람은 한 번도 만난 적 없던 영국인 밀라였다. 그녀는 수강생들과 일일이 포옹하고 모두의 이름을 물은 후 집 안으로 안내했다. 현관으로 들어서면 몇 계단 아래로 바로 거실이 보였다. 거실은 벽으로 구분되어 있지 않았고 다양한 무늬의 매트가 무심한 듯하지만 정교하게 나무 바닥 위에 놓여 있었다. 구석 곳곳과 선반에는 관엽식물이 많이 놓여 있었고, 책들은 여러 더미로 바닥에 쌓여 있어 마치 멋스러운 빈티지 서점 같았다.

은은한 향기가 났지만 황청은 무슨 향인지 정확히 알 수 없었다. 그 후로도 황청은 행복의 따스함이 가득한 집에서는 항상 이와 비슷한 냄새를 맡았다. 제라늄 같기도 하고 시더우드 같기도 했다.

모니카가 오븐에서 거의 완벽해 보이는 구운 칠면조를 꺼내왔다.

황청은 영화 속 추수감사절 장면에 들어와 있는 것 같았다. 모두가 긴 테이블에 둘러앉아 음식을 돌려가며 먹었다. 사람들 앞에는 두 개의 유리잔이 놓여 있었는데 하나는 화이트 와인용이고, 다른 하나는 레드 와인용이었다. 황청은 왠지 성숙해진 느낌이 들었다. 밀라는 아시아 학생들을 위해 마련한 새해 모임인데 스프링 롤을 구할 수가 없어서 군만두로 대신했다고 했다.

료이치가 말했다. "군만두는 일본 음식인데, 사실 일본은 음력설을 쇠지 않아요."

황청이 말했다. "실제로 설에 만두를 먹기도 해요. 다만 보통은 직접 빚은 만두고, 그 안에 동전을 숨기기도 하죠." 어렸을 때 외할머니께서 해주신 것이었다.

"그걸 먹으면 어떻게 되는 거야?" 엘리엔이 물었다.

"새해엔 돈을 많이 번다는 의미야." 황청이 말했다.

엘리엔은 한쪽 입꼬리를 올리며 알 수 없는 미소를 지었다.

황청이 말했다. "우리가 가장 듣고 싶어하는 덕담이 '돈 많이 벌어라'거든."

이 말을 들은 밀라는 웃음을 터뜨렸다. 모니카는 밀라의 입가에 묻은 빵부스러기를 닦아주고 함께 웃었다. 그녀는 밀라를 따라 웃는 것 같았다. 황청은 두 사람이 연인이라는 사실을 그제야 깨달았다. 아마도 그 자리에서 그 사실을 가장 늦게 알았을 것이다.

뒤쪽에서 프랑스 샹송이 잔잔하게 들려왔다. 아무도 보지 않는 TV 소리도, 귀를 울리는 폭죽 소리도 없는 이 순간이 비현실적으로 느껴졌다. 스물여덟 해 만에 처음으로 황청은 집이 아닌 곳에서 설을 맞이하고 있었다.

식사를 마치고 모두 거실 여기저기에 흩어져 앉았다. 황청은 와인

잔을 들고 바닥에 놓인 화분을 보고 있었다. 다섯 잔째였던가, 여섯 잔째였던가? 밀라가 다가왔다.

"청, 하나 가져갈래요?" 그녀가 말했다.

황청은 고개를 저으며 말했다. "학기를 마치면 타이완으로 돌아가야 해요. 제가 가버리면 화분은 고아가 될 거예요. 그때까지 살아 있다면 말이죠."

"우리도 여기 얼마나 머물지 몰라요. 그래도 순간순간 최선을 다하고 싶어요."

황청은 놀랐다. 그녀가 보기에 이 집은 평생 살 것 같은, 최소한 평생 살 생각으로 꾸민 집 같았기 때문이다.

"타이완으로 돌아가는 것이 기대되나요?"

"사실 좀 두려워요."

"왜죠?"

"제 나이가 너무 많은 것 같아서요. 아무도 절 찾지 않을 것 같아요."

밀라는 웃음을 터뜨렸다. "그 말을 하는 거 보니 아직 어린 것 같네요." 그녀의 웃음은 하품처럼 다른 사람들에게도 전염되어 모두가 따라 웃었다.

"타이완 연예계는 아담하고 귀여운 스타일을 선호하거든요. 그런데 전 키가 너무 크고 그렇게 귀엽지도 않죠."

"내겐 여러분 모두가 귀여워요. 자신만의 작품을 만들어낼 방법을 찾게 될 거예요."

이 말은 어디선가 들어본 것 같았다. 그녀는 자신도 이런 생각을 했다는 사실을 완전히 잊고 있었다. 밀라는 황청에게 와인을 더 따라주었다. 황청이 잔을 기울이는 순간 잔이 술병에 부딪혔다. 쨍. 황청은 잔이 깨진 줄 알았는데 모든 게 생각했던 것보다 견고했다.

"죄송해요."

"아무 일도 일어나지 않았어요. 괜찮아요." 밀라는 말을 마치고는 술병 안의 술을 한 방울도 남기지 않고 따랐다. 두 사람은 잔을 부딪쳤다. "Cheers."

"청, 우리 집 화분이 모두 다르게 생긴 거 알았어요?"

그 말은 들은 황청이 주위를 둘러보았다. 초록 잎사귀들에 끌린 건 어쩌면 그 때문인지도 몰랐다.

"여기에 있는 화분은 모니카와 올드 마켓에서 하나하나 골라서 사온 거예요." 밀라는 구멍이 많이 나 있는 잎을 매만지며 말했다. 나중에 황청은 그 식물의 이름이 몬스테라라는 걸 알게 되었다. 잎에 난 구멍이 특징인 식물이었다.

"봐요, 같은 종류라도 잎마다 구멍 모양이 다 다른데 똑같은 화분에 심으면 너무 아깝잖아요."

사실 그건 아주 평범한 이야기였다. 하지만 술기운 때문이었을까, 황청은 그 순간 어떤 깨달음을 얻었다. 그녀는 줄곧 영국에서의 연기 공부를 일종의 훈련이라고 생각했다. 이곳에서 잘 조율되어 가장 정확한 음을 내는 악기가 되고 싶었다. 그런데 설을 보내는 마지막 날 특별한 일들이 일어났다. 눈이 내렸고, 서로를 깊이 이해하는 성숙한 동성 커플을 만났으며, 잡지에나 나올 것 같은 아름다운 집에서 수많은 식물과 책을 보았다. 황청은 이 모든 것이 주는 메시지를 깨달았다. 대중의 눈에 장점으로 비치든 단점으로 비치든 상관없이 본모습을 직시해야 한다. 더 중요한 건 그 '본연의 모습'을 자신만의 '특별한 개성'으로 발전시키는 능력이다. 이것이야말로 배우가 자신을 사랑하는 방식일 것이다. 모두가 같은 목표를 추구한다면 그녀는 언제든 유행이 지나면 버려질 수 있는 상품에 불과할 것이다.

밀라는 미소를 지으며 황청에게 부드러운 눈길을 보냈다. 그녀는 자신의 말이 평생에 걸쳐 황청에게 영향을 미치게 되리라고는 상상도 하지 못했을 것이다. 황청이 취했다고 느낀 그녀는 황청을 데리고 부엌으로 갔다. 감자칩 한 봉지를 뜯고 차를 끓이려던 차에 모니카가 다가왔다.

"청, 조심하는 게 좋아. 밀라는 가족 세우기* 상담사 거든." 모니카가 말했다.

"가족 세우기가 뭐죠?" 황청이 물었다.

"집단 무의식을 통해 가족 관계를 탐색하는 방법이에요." 밀라가 말했다.

황청은 무슨 의미인지 이해할 수 없었다.

"우리 무의식 아래에 더 넓은 차원의 **집단 무의식**이 있다고 상상해봐요. 그곳에선 서로의 의식을 느낄 수 있죠. 가족 세우기는 가족을 대리하는 **개인**들의 상호 작용을 옆에서 관찰해요. 이런 방법은 비정상적이거나 우리 안에 막혀 있는 에너지를 분명히 밝히는 데 도움이 되죠."

황청은 진지하게 그녀의 말을 들었다. 질문만으로는 그녀의 말을 이해할 수 없을 것 같았다.

"카를 융을 아나요?" 모니카가 물었다.

황청은 고개를 저었다.

밀라가 웃으며 말했다. "상관없어요. 기회가 닿으면 자연스럽게 알

---

* 독일의 심리치료사 베르트 헬링거가 개발한 심리치료 기법으로 개인의 문제나 어려움이 현재뿐만 아니라 가족 역사와 깊은 관련이 있다고 본다.

게 될 거예요."

"아까 시장 얘기했잖아요, 캠던타운역이나 노팅힐에 가본 적 있나요?" 모니카가 물었다.

"그 영화 본 적이 있어요."

모니카가 웃었다. "거기 정말 좋아요. 갈 때마다 이것저것 맘에 드는 걸 많이 사죠."

"황청 씨도 좋아할 거예요." 밀라가 말했다.

황청은 모니카가 밀라의 허리를 감싸는 모습을 보며 경이로움을 느꼈다. 그녀의 눈은 어떻게 상대의 눈을 찾아냈을까? 그녀의 손이 상대의 몸에 닿을 때 상대는 또 어떻게 그 손을 맞잡을 수 있었을까? 마치 저마다 영혼이 있는 몸의 각 부분이 주인이 사랑에 빠진 순간 깨어나 서로를 알아보듯이 말이다.

생각에 잠긴 황청은 확실히 취한 듯했다. 그녀는 밀라가 끓여준 캐모마일 차를 마신 후 이런 생각들을 모두 잊어버렸다. 동성 연인이 이성 연인과 다른 점은 누가 누구를 돌보는지 구분할 수 없다는 데 있다. 두 사람은 서로에게 차를 끓여주고 무거운 것을 들어준다. 상대가 울고 있으면 함께 울어줄 것이다. 두 사람은 사랑을 통해 무력함을 나누는 동반자였다.

황청, 료이치와 엘레인은 가로등이 띄엄띄엄 서 있는 어두컴컴한 거리를 비틀거리며 걸었다. 황청은 놀랍게도 익숙한 기분이 들었다. 이 모든 광경이 마치 이곳에 오기 전부터 이미 그녀의 기억 속에 있었던 것 같았다. 그녀는 얼어붙은 눈덩이를 집어들고 휘청이며 걸었다. 술 때문이겠지만 해방된 기분이 들었다. 불안과 좌절은 더 이상 바람에 흩날리는 낙엽처럼 그녀 몸에 어지럽게 달라붙지 않았다.

그녀가 눈덩이를 료이치에게 던지자 그가 깜짝 놀라 폴짝 뛰었다. 엘리엔은 황청을 향해 던졌는데 실수로 료이치에게 향했다. 두 여자는 비틀거리며 한데 엉켜서 깔깔거렸다. 료이치도 함께 웃었다. 아무도 반격하지 않았다. 어깨동무를 하고 걷는 세 사람 뒤로 부드러운 가로등 불빛이 그림자를 길게 드리웠다.

런던의 제야는 고요했다. 무언가가 황청 안에서 스르르 풀렸다. 추위에 몸을 잔뜩 움츠린 황청은 입술이 현처럼 떨리는 느낌을 즐기기 시작했다. 입술을 떨면서 웃음을 터뜨렸고, 두 손으로 자신을 꽉 껴안았다.

27

황청은 『풍자화전風姿花傳』을 옆에 놓고 카푸치노의 우유 거품을 홀짝이고 있었다. 그녀는 제아미가 쓴 노能*세계 속 꽃의 경지를 음미해보려 했다. 연기를 통해 '꽃의 형태花形'를 기교 있게 보여주는 것부터 '꽃의 향花香'을 표현해내는 궁극의 경지까지 이르려면 얼마나 먼 길을 가야 할까?

황청은 졸업 작품을 위한 자료를 수집하고 있었다. 모니카가 천을 머리에 씌워주었을 때 황청은 그것이 언젠가 책에서 봤던 '중립 가면' **같은 것임을 알았다. 그때부터 그녀는 '몸을 통해 캐릭터에 들어

* 14세기에 확립된 일본의 대표적 전통 연극으로, 가면을 쓴 시테主人를 중심으로 춤과 노래, 시문으로 이야기를 전개하는 고전극.
** 프랑스 출신 배우이자 연출가인 자크 르코크가 제시한 연기 훈련 도구로 배우의 몸짓과 동작을 순수한 상태로 탐구하기 위해 고안되었다.

가는 것'에 대한 강한 호기심이 일었다.

졸업 작품 발표는 기존 작품에서 캐릭터를 선택하여 15분간 독백 연기를 하고 캐릭터 연구 과정에 대한 설명을 덧붙이는 것이었다. 교실에서는 철저하게 사실주의적인 연기를 배웠지만, 황청은 테네시 윌리엄스의 연극 「유리동물원」 속 인물 로라의 캐릭터를 가면, 마임, 신체 표현 등 다양한 비사실주의적인 접근 방식으로 표현할 생각이었다. 외적 요소를 통해 내적 심리 상태를 보여주는 방식이었다. 자신에게 맞는 연기 방법을 찾았다고 생각했기 때문인지 황청은 한껏 들뜬 상태로 캐릭터를 연구했다.

컵 가장자리에 붙어 있는 시나몬 가루를 훑으며 흘러내리지도 않은 머리카락을 귀 뒤로 쓸어넘겼다. 잘 살아가고 있다는 느낌이 들었다. 토요일 아침 런던의 한 카페에서 황청은 창가 앞 두 좌석을 차지하고 앉았다. 오늘은 누군가 와서 자리가 있냐고 물어도 가방과 코트를 치워주지 않아도 된다.

카푸치노 옆에는 설탕 시럽을 듬뿍 뿌린 시나몬 롤과 접시가 놓여 있다. 포토벨로 로드 마켓 근처 카페에 앉아 간단한 아침과 함께 책을 읽으며 누군가를 기다리는 이 시간은 황청에게 매우 드문 사치였다.

이때 길 건너에 나타난 빨간 코를 한 마술사가 그녀의 눈길을 끌었다. 그는 손에 카드 뭉치를 들고 다니며 전단지를 나눠주듯 지나가는 사람들에게 카드를 뽑으라고 했다. 남자아이의 손을 잡고 길을 가던 남자가 멈춰 섰다. 마술사가 허리를 굽히고 소년에게 카드를 뽑으라고 했지만, 소년은 마술사의 코를 만지고 싶어했다. 황청이 빨간 코야말로 가장 작은 가면이라고 생각하는 순간 익숙한 중국어가 귀에 꽂혔다.

"뭐가 그렇게 재미있어?" 텐이 물었다

미국 특유의 건조한 햇살 냄새가 났다. 황청이 환하게 웃으며 일어나 볼 키스를 하려던 찰나 텐이 반사적으로 팔을 들어올렸고 황청도 황급히 손을 그의 어깨에 올리고는 미국식 포옹으로 바꾸었다. 그는 두 팔로 황청을 안은 채 몇 초간 머물렀다. 황청의 포니테일이 그의 귀를 간질였다. 텐은 그녀를 이렇게 껴안아본 적이 없다는 사실을 문득 깨달았다.

"오랜만이야. 음료 먼저 주문하고 올게."

사실 그는 진작 도착해 길모퉁이에서 담배를 피우고 있었다. 황청이 올 때까지 그녀가 있는 도시를 천천히 느끼고 싶었기 때문이다. 그는 황청이 카멜색 롱코트를 입고 목도리를 손에 쥔 채 카페로 걸어 들어가는 모습을 보았다. 그가 기억하는 그 익숙한 찡그린 얼굴은 보이지 않았고, 계속 피하고 숨으려는 소녀의 모습도 찾을 수 없었다. 황청이 시야에 들어오자 도시의 다른 모든 것이 더 이상 새롭지 않았다.

황청은 자리를 맡기 위해 걸어놓았던 코트를 자신의 의자 등받이에 올려놓고 텐의 배낭도 자신의 코트 위에 걸었다. 텐은 자기 가방이 황청의 의자로 옮겨졌다는 것을 눈치채지 못했다. 그는 블랙커피를 들고 와서 황청의 오른쪽에 앉았다. 짙은 파란색 티셔츠만 남긴 채 재킷은 벗어 의자 등받이에 걸었다.

두 사람이 나란히 앉으니 자리가 비좁았다. 텐은 황청에게 닿지 않도록 왼손을 허벅지 위에 놓았다. 그는 미소를 지으며 그녀를 바라보았다. 이번에는 오랫동안 보았다.

"머리가 왜 이렇게 짧아?" 황청이 말했다.

"내가 직접 잘랐어. 스포츠머리가 편해."

"시차 적응은 했어?"

"괜찮아. 여긴 사방이 영국 악센트네. 우아한 느낌이야."

"근육은 좀 붙었어?" 황청이 그의 팔뚝을 살짝 꼬집었다.

"운동하고 있어. 안 그러면 매일 비행 연습이나 공부만 하게 되니까."

"그래서 비행 조종은 타고난 재능이 필요한 거야?" 황청은 장난기 어린 말투로 물었다.

텐은 잠깐 생각하더니 말했다. "연기보다는 좀 나을 수 있지. 책도 많이 보고 계속 테스트를 받아야 하는 게 좀 힘들긴 하지만."

두 사람은 동시에 컵을 들고 커피를 홀짝였다.

"이게 뭐야?" 텐은 테이블 위에 놓인 『풍자화전』의 표지에 그려진 가면을 가리켰다.

"노라는 일본 가면극 알아? 이건 **여자 가면**이야." 황청이 말했다.

"난 무슨 표정인지 모르겠는데. 웃는 것도 아니고 웃지 않는 것도 아니고."

"뭘 좀 아네. 여자 가면은 슬프기도 하고 기쁘기도 해. 아니면 슬프지도 않고, 기쁘지도 않은 건지 모르지." 황청이 말했다.

"그렇게 복잡한 감정이 있어? 한번 보여줘봐."

황청은 일부러 과장된 표정을 지으며 말했다. "배우한테 희로애락을 보여달라고 하는 건 가장 수준 낮은 요구야."

텐은 가지런한 이를 보이며 크게 웃었다. 그의 치아는 기억했던 것보다 더 하얀 듯했다. 그는 커피를 한 모금 더 마셨다. 커피를 집어든 순간부터 내려놓는 순간까지 그는 황청에게서 눈을 떼지 않았다.

"셰익스피어의 나라에 와서 일본 연극을 공부하는 거야?"

"그냥 궁금해서 좀 본 거야. 이제 졸업 작품 준비해야 해."

"이렇게 빨리?"

"이제 마지막 학기야. 영국 학제는 원래 좀 짧아."

"유학은 내가 먼저 시작했는데 넌 벌써 끝이구나."

"둘을 어떻게 비교해? 넌 비행 시간을 수백 시간 이상 쌓아야 하잖아. 나도 얼른 공연 시간을 쌓고 싶어."

황청은 원래 2년제 MFA 학위를 딸 생각이었지만 황첸과 캉의 돈을 100만 위안이나 더 써야 한다고 생각하면 차마 그럴 수 없었다. 게다가 2학년은 실습수업으로 완전히 다른 두 편의 연극을 공연해야 한다. 황청은 가능한 한 빨리 타이완으로 돌아가 연기 경험을 쌓는 것이 더 실용적이라고 생각했다.

"먹을래?" 황청은 시나몬 롤을 자르기 위해 나이프를 들었다.

잠시 머뭇거리다 텐이 말했다. "나 시나몬 못 먹어."

"어렸을 땐 나도 못 먹었어. 그런데 영국에 오니까 먹게 되더라고. 사람은 항상 성장하는 거니까, 한번 먹어볼래?"

"자기 죄책감 덜자고 같이 먹자는 거지?"

"겁내지 말고 먹어." 황청은 포크로 롤 조각을 찍어 한입 크게 베어 물었다.

텐은 황청이 먹는 모습을 보며 웃기만 했다. 그녀를 보고 웃으러 온 사람처럼.

"정말 맛있게 먹네." 그는 손으로 한 조각을 집어 입안에 조심스럽게 넣었다. 황청은 그에게서 눈을 떼지 않고 반응을 지켜보았다. 그는 맛을 음미하면서 고개를 끄덕이거나 일부러 과장되게 놀란 표정을 지었다.

사실 그 안에는 훨씬 더 놀라운 감정들이 꿈틀대고 있었다. 두 사람은 2년 만에 만났지만, 어제도 만나 커피를 마셨던 사람들처럼 자연스러웠다. 사실 시나몬 롤은 너무 달았지만 두 사람은 이렇게 맛있는 건 처음이라고 생각했다. 그리고 두 사람의 눈은 서로를 찾고 있었다.

"건배." 황청이 머그잔을 들어 텐의 잔에 부딪혔다.

"뭘 위해 건배하지?"

"우린 이제 꿈만 꾸면서 현실에선 기회를 얻지 못하는 그런 사람이 아니야. 이제 네 말이 조금은 이해가 돼. 꿈이 일상이 되는 느낌 말이야."

"내가 언제 그런 말을 했지?"

"언니 결혼식 날 그랬잖아. 사람은 언젠가 꿈에 의지하지 않고 살면서도 위대해지는 날이 온다고 말이야."

"난 벌써 다 까먹었는데."

"난 기억해. 처음 본 날부터 훈계를 늘어놓던 이상한 사람이었거든."

황청의 기억은 그게 전부가 아니었다. 담배꽁초를 그렇게 세심하게 버리는 사람도 처음 보았고, 지난 몇 년간 그에게 에둘러 말했던 거짓말이나 다름없던 말들도 떠올랐다. 텐이 잠깐 여자친구를 사귀었을 때 황청은 그의 메일에 답하지 않았다. 그러다 그가 첫 솔로 비행을 마쳤다는 소식을 듣고 그에게 축하 전화를 했다. 결국 두 사람 사이엔 자기감정은 말하지 않으면서 대화하는 암묵적인 합의가 이루어졌다.

"캉 형님과 언니는 잘 지내?"

"언니는 줄곧 아이를 원했는데 이젠 거의 포기한 것 같아."

"아이는 귀찮잖아."

황청이 한마디 쏘아붙이려고 막 입을 여는 순간 그가 말했다.

"너 많이 좋아 보여."

황청은 눈을 깜빡이며 아무 말도 하지 않았다.

"메일에서 읽은 것보다는 좋아 보여. 메일을 읽을 때마다 네가 행복한 척하는 것 같다고 느꼈거든."

황청이 갑자기 무언가 떠오른 듯 창밖에서 뭔가를 찾기 시작했다.

"아, 없네."

"뭐가?"

"방금 길 건너에 피에로가 있었거든. 어떻게 연기하나 보고 싶었는데."

"피에로도 연구해?"

"지난번 워크숍에서 빨간 코를 쓴 적 있어."

"이렇게 예쁜데 피에로를 해?"

"에이."

"왜?"

"정말 내가 예쁘다고 생각해?"

"거울 안 봐?"

"미국에 가더니 버터 왕자가 돼서 왔네."

"시차 때문에 그래."

황청이 피식 웃었다. 창밖에는 작은 새들이 자갈길을 총총거리며 지나가고, 나뭇잎이 떨어진 자리엔 꽃이 조금씩 피어나고 있었다. 계절이 바뀌는 중이었다. 5월은 런던에서 날씨가 가장 좋은 때다.

"방금 피에로가 마술하는 거 보니까 전에 데뷔할 때 마술했던 게 생각나더라."

"무슨 마술을 했는데?"

"언니랑 형부가 가르쳐준 건데 내가 최고 개인기상을 받았어."

"캉 형님이 카드로 하는 걸 봤는데 초능력이라던데."

황청이 웃으며 말했다.

"형부는 그거밖에 못 할걸."

"그래서 대체 어떻게 했다는 건데?"

"마술은 트릭을 알면 재미없어."

"하긴 속임수인 걸 알면 재미없더라."

"속임수라니? 마술은 **교묘한** 착각 같은 거야. 카드에 집중해야 하는데 내 눈에 집중하게 만드는 거지. 그저 순서의 문제일 뿐이야. 먼저 눈을 감고 있는 사람을 톡 친 다음 눈을 뜨고 있는 사람의 같은 부위를 카드로 치는 거지."

잠시 멍하니 말이 없던 텐이 말했다. "그걸 말하면 어떡해?"

"물어봤잖아."

"알고 싶다는 게 아니라 마술을 보면 사람들이 다 그렇게 물어보잖아. 대체 어떻게 한 거냐고."

황청이 그를 살짝 밀쳤다. 그는 웃으며 남은 커피를 단숨에 마셨다.

황청은 물을 뜨러 가고 텐은 턱을 살짝 들어 창밖을 보았다. 그의 시선은 멀리 보이는 그라피티에 머물러 있었다. 그는 이 자세가 아주 익숙했다. 지난 1년간 늘 자신의 방 창가 안락의자에 앉아 하늘을 바라보곤 했다. 손에는 관제탑과 조종사 간의 대화를 듣는 연습을 하기 위한 무전기가 들려 있었다. 황청이 그에게 물 한 잔을 건넸다.

"순서가 제일 중요하댔지? 난 영국에 도착해서 제일 먼저 널 보러 왔어." 텐이 말했다.

그 말을 듣고 귓가가 달아오른 황청이 마시던 물에 사레가 들렸다. 한바탕 기침을 하고 나니 얼굴이 새빨개졌다. 며칠 전 그녀는 낯선 번호로 걸려온 전화를 받았을 때 텐의 목소리를 알아차리지 못했다. "너 깜짝 놀라는 거 싫어하는 거 알아. 그래서 미리 전화한 거야. 나

런던에 막 도착했어. 주말에 만날 수 있을까?" 황청은 그때 들고 있던 뜨거운 차에 입술을 데었다. 그녀는 기쁨을 감추지 못하고 환영한다고 소리쳤다.

포토벨로 로드 마켓은 하루에 다 둘러볼 수 없는 곳이었지만 두 사람에게 허락된 시간은 하루뿐이었다. 황청은 우선 무대 의상을 사야 했다. 1930년대 느낌이 물씬 나면서도 쓸쓸함이 묻어나는 스타일이 좋을 것 같았다. 그녀는 한 번도 남자와 옷을 사러 다닌 적이 없었다. 서로를 머리부터 발끝까지 훑어보는 건 용기가 필요한 일이라고 생각했기 때문이다. 게다가 황청은 자기 의견을 잘 내는 편이 아니어서 초록색이 잘 어울린다는 남들의 말 때문에 초록색 옷이 많아지는 것도 원치 않았다. 그녀는 스스로 좋아서 입은 옷이 자신에게 가장 잘 어울렸으면 했다. 이런 점도 황첸을 빼다 박았다.

그녀는 파란색 시폰 드레스를 찾아냈다. 허리끈이 약간 낡은 것을 제외하면 모든 것이 완벽했다. 구제 옷의 원단이 너무 좋아서 두 사람은 새삼 놀랐다. 남성용 면 티셔츠조차 많이 빨아서 색이 바래기는 했지만 목 부분은 하나도 늘어나지 않았다. 이런 빈티지는 단순한 패션과는 다르다. 자신을 새것처럼 꾸미려는 조급함 같은 건 없는, 마치 고대 유물을 탐색하는 것 같다.

텐이 영국에 온 건 이번이 처음이었다. 황청을 만날 수 있을지 확실하지도 않은 상태에서 그는 배낭 하나 둘러메고 무작정 비행기에 올랐다. 그는 특별한 계획 없이 황청을 따라다니는 것만으로도 충분히 분주했다. 황청은 경쾌한 발걸음으로 이곳저곳을 둘러보다 가끔은 갑자기 멈추기도 했다. 그들은 즉흥무를 추듯 오전 내내 거리를 쏘다녔다. 텐은 황청이라는 음악에 맞춰 춤을 추는 것 같았다. 박자를 따라 걷다, 멈춰서 기다리기도 하면서 한 발짝 다가서고 또 한 발짝 물러서기를 반복했다. 그는 잿빛 영국을 상상했지만, 공중전화 부스, 우체통, 이층 버스, 지하철 표지판까지 여기저기 빨간색이 자주 눈에 띄었다. 황청은 그것을 '브리티시 레드'라고 불렀다.

텐이 길에서 담배를 피우고 있을 때 황청은 잡동사니가 가득한 오래된 잡화점에서 고개를 내밀고 그에게 들어오지 말라고 했다. 잠시 후 가게에서 나온 그녀가 그에게 쇼핑백을 건넸다.

"선물이야. 가지고 있는 건 너무 낡았잖아."

텐이 쇼핑백을 열어보았다. 황청은 그가 들고 있던 담배를 건네받아 한 모금 빨았다. 안에는 오래된 사각 철제 담배 케이스가 들어 있었다. 형태는 온전했지만, 상단 가장자리에 녹슨 자국이 약간 있었다.

"근사하네. 담배를 더 피울 것 같은데. 담배 생각이 없어도 자꾸 꺼내볼 것 같아서."

"나중에 끊어."

황청은 웃으며 남은 꽁초를 마저 태우고는 주머니에서 작은 종이 상자를 꺼내 꽁초를 넣었다. 그녀의 모습을 보고 있던 텐은 마음속 무언가가 살짝 끌려간 듯한 느낌이 들었다. 역시 5월 런던의 햇살은 따사로웠다. 텐은 선글라스를 썼고, 황청은 고개를 들어 햇살을 맞으며 눈을 감았다.

"햇볕에 타는 거 걱정 안 돼?"

"영국엔 해가 잘 나지 않아. 캘리포니아에서 온 남자가 뭘 알겠어. 나 뚱뚱해진 것 같지 않아?"

"모르겠는데?"

"5킬로나 쪘어. 해외에 있어서 그런가, 얼굴도 좀 두꺼워진 것 같고, 전처럼 예쁘게 꾸미는 것도 이젠 별로야."

"전에는 좋아했어?"

"아마도. 이것저것 신경 쓰면서 살았지. 지금 생각해보면 다 시시한 것들이었는데."

"그땐 네가 정말 시시했나보지."

황청은 한쪽 눈을 살짝 찡그리며 그를 흘겨보았다.

"내 말은 지금은 진지하게 많은 걸 배웠으니까 뭐가 중요한지 알게됐다는 거지."

"넌 그걸 알았고."

두 사람은 조용히 햇살을 즐겼다.

"템스강의 백조들이 모두 여왕 소유라는 거 알아? 매년 백조를 세는데 800년이나 됐대."

"못생긴 오리 새끼도 같이 세는 거 아니야?"

황청이 웃었다. "생각해보면 미운 오리 새끼는 어떻게 해도 백조가될 수 없어. 동화 속 그 오리 새끼는 원래 백조였단 거지."

"미운 오리 새끼는 아무리 발버둥 쳐도 결국 베이징 덕이 될 뿐이야."

"슬픈 얘기네."

"그러니까 자신을 잘 아는 게 정말 중요한 거야. 언제 우리 새끼 거위들이 강 건너는 거 보러 가자. 새끼들이 하나둘 엄마 등에 올라타는데 작은 배를 탄 것처럼 보여."

"언제?" 텐이 물었다.

황청은 잠시 멈칫하더니 말했다. "내일?"

"좋아. 내일 템스강에 미운 오리 새끼 보러 가자."

텐이 웃었다. 황청은 따사로운 햇살에 온몸이 나른해졌다.

그가 말했다. "어렸을 때 야시장에 가면 물고기 잡기를 했어. 아빠는 물고기가 담긴 비닐을 보면 늘 화를 내셨지. 그럼 엄마는 '애들이 좋아하잖아요'라고 하셨어. 아빠는 말없이 물고기 봉지를 베란다에 들고 가서 물통에 쏟아 넣고 깨끗한 물로 갈아주셨어. 며칠이 지나면 나와 엄마는 까맣게 잊어버렸고 아빠만 묵묵히 물고기를 돌보셨어. 그 물고기가 죽을 때까지 말이야. 어떤 물고기는 믿을 수 없을 만큼 크게 자라기도 했어."

"넌 책임감이 없었구나."

"어렸잖아."

"다른 반려동물 키워본 적 있어?" 황청이 물었다.

"물고기도 반려동물이야?"

두 사람은 까닭 모를 웃음을 터뜨렸다.

황청은 상대의 눈에 자신이 특별하게 비친다는 느낌을 받았다. 실로 오랜만에 느껴보는 감정이었다. 왕 감독을 만났을 때도 그런 느낌이 있었다. 그때 그녀는 선택받았다는 우월감을 느꼈고, 다른 사람과 비슷한 점은 숨겨야 한다고 생각했다. 지금은 다르다. 그녀는 햇살 아래 서 있고, 생각나는 대로 말하고 있음에도 그 자체로 자신은 가장 독특한 존재가 되어 있다.

그가 그녀를 바라보고 있었고, 그녀는 그의 시선을 그대로 받아들였다.

28

슈퍼마켓에 들어선 황청은 눈밭 위를 뛰어다니는 강아지 같았다. 텐은 뒤에서 카트를 밀며 그녀의 질문에 얌전히 대답했다. "영국 소는 냄새가 좀 나. 치킨이 낫겠지?" "그래." "이 생선도 괜찮아 보이지?"

"응." "애호박 먹을래?" "응." "당근 괜찮지?" "괜찮아." "치즈는 어떤 거 좋아해?" "다 좋아." "이런 딱딱한 치즈 먹어본 적 있어?" "아니, 없어." "인도 난이나 퀴노아랑 같이 먹고 싶지 않아?" "다 좋아." "양파랑 파프리카도 필요하고, 참! 와인도 사야 해. 너무 많이 샀나?"

둘은 매일 이렇게 함께 장을 보던 사람들 같았다. 매주 시장을 거닐며, 골동품점에서 좋아하는 머그잔이나 목제 치즈 도마, 너덜너덜한 셰익스피어 책을 고르던 사람들 같았다. 두 사람은 길가에 서서 울긋불긋하게 버무려진 스페인식 해물 파에야를 나눠 먹으며 하나 남은 마지막 홍합을 서로에게 양보했다. 일상의 모든 순간은 이런 미세한 디테일로 채워져 있다. 특별한 누군가를 만나면 그 미세한 디테일은 너무 많아져서 시간을 휘게 만든다. 시간은 빨라졌다가 느려지기도 하고, 겹친 듯 낯익은 순간을 만들기도 하고, 하나의 장면으로 응고되기도 한다.

텐은 양손 가득 물건을 들고 있었고, 황청도 마찬가지였다. 두 사람은 드문드문 가로등이 켜진 어두운 거리를 나란히 걸었다. 물건으로 가득 찬 비닐봉지가 자꾸 부딪쳤다. 누가 먼저인지도 모르게 조금씩 서로에게 기대어왔다.

아파트 입구에 들어서자 익숙한 대마 냄새가 났다. 고등학생 무리가 계단에 몰려 있었다. 황청이 앞으로 나서려 하자 텐이 성큼 나서더니 황청을 뒤로 물리고 계단 입구를 막아섰다. 그를 힐끗 본 학생 무리는 흐느적거리며 옆으로 비켜섰고, 벽에 기대고 앉아 있던 몇몇은 일어나 통로를 내어주었다. 황청은 무표정한 얼굴로 텐의 뒤를 따르며 생각했다. '여자한테만 센 척하는 겁쟁이들.'

집에 오자마자 텐은 기네스 한 병을 따서 황청과 함께 마셨다. 시차 때문인지 몽롱해지기 시작했다. 도와줄 수 있는 건 없지만 텐은 주방 벽에 기대어 서서 황청이 요리하는 모습을 지켜보았다. 황청이 텐에게 미국에서 뭘 먹냐고 물었다. 텐은 주방에 가스레인지가 있어서 하루 두 끼는 먹는데 아침에는 맥도널드를 먹고 저녁엔 면을 끓여서 채소를 곁들여 간단히 먹는다고 했다.

황청은 당근 깎던 손을 멈추고 놀란 표정으로 텐을 돌아보았다. 텐이 황급히 덧붙였다. "두유도 마시고, 과일도 많이 먹어." 황청은 고개를 끄덕이며 당근을 닭 아래에 깔고 올리브유와 향신료를 닭 껍질에 고루 바른 뒤 가볍게 두드렸다. 텐은 저 닭이 되고 싶다고 잠시 생각했다. 그는 맥주로 배를 채워서는 안 된다는 생각에 맥주병을 내려놓았다.

집 안 가득 퍼지는 맛있는 기름 냄새는 정말 오랜만이었다. 드디어 닭이 오븐 안으로 들어가고 황청이 파스타면은 조금 있다 삶으면 된다고 했다. 텐은 뭔가 생각난 듯 거실로 뛰어가 가방을 뒤졌다. 황청은 맥주를 들고 와 카펫에 앉아 한숨 돌렸다.

텐이 가방에서 하얀색 뭉치를 가까스로 끄집어냈을 때 티나가 돌아왔다. 황청은 그녀가 친구 집에 갔다 늦게 오는 줄 알고 있었다. 집 안에서 키 크고 건장한 아시아 남자를 발견한 티나는 순간 여성 호르몬을 발산하기 시작했다.

인사를 나눈 텐과 티나는 바로 대화를 시작했다. 황청과 텐은 바닥에 앉았고 둘 사이엔 이미 미지근해진 기네스 병이 놓여 있었다. 미니스커트를 입은 티나는 소파에 앉아 한 손으로 턱을 괴고 있었다. 검은 스타킹을 신은 티나의 다리가 두 사람 시야에 겹쳐 들어왔다. 스타킹의 발가락 구멍마저 일부러 드러낸 듯 섹시함이 풍겼다. 황청은 어린 시절 엄마의 스타킹을 수선했던 장면이 떠올라 그 구멍 위에 매니큐어를 부어버리고 싶은 충동을 느꼈다.

황청은 문득 티나를 제대로 본 적이 없다는 생각이 들었다. 그녀의 한 올 한 올 빛나는 긴 머리가 어깨 위로 흘러내렸다. 작고 가는 눈매는 꿈을 꾸는 듯 몽환적인 느낌을 주었다. 티나는 자기에 관한 일이 아니면 관심이 없었는데 지금은 텐에게 쉴 새 없이 질문을 하고 있었다. 황청이 말할 땐 자꾸 끼어들면서 텐이 말할 땐 살짝 어리숙한 표정으로 골똘히 듣고 있었다.

오븐에서 '띵' 하는 소리가 났다. 텐은 맥주를 한 모금 마셨다. 황청은 주방으로 가서 물을 끓이고 스파게티 면을 넣었다. 거실의 대화는 잘 들리지 않았지만, 간간이 과장된 웃음소리가 흘러나왔다. 황청은 티나에게 같이 먹겠냐고 주방에서 물을 수도 있었지만, 거실로 가서 물어야겠다고 생각했다.

황청은 소파에 앉은 티나가 허리를 숙여 텐 옆에 있는 기네스 병을 집으려는 모습을 보았다. 그녀의 가슴이 거의 다 드러났다. 텐이 미처 반응하기 전에 티나는 맥주병을 집어 들고 한 모금 마셨다.

황청이 말했다. "맥주 마실래?"

"응, 목마르네."

"저녁 같이 먹을래?" 황청은 최선을 다해 초대의 의미를 담은 목소리로 말했다.

티나가 몸을 일으켜 바로 앉았다. 그녀는 의미심장한 미소를 지으며 한참 뜸을 들이다 말했다. "나도 정말 그러고 싶은데, 내 친구가 기다리고 있어서." 그녀가 왜 '내 친구'를 강조하면서 말했는지 황청은 알 수 없었다. 게다가 물은 사람은 황청이었는데 그녀는 줄곧 텐을 바라보며 말했다. '방금 둘이 대화하면서 내가 모르는 무언가가 오간 건 아닐까?' 황청은 무의식적으로 손톱으로 손가락을 꽉 눌렀다.

"흠, 난 정말 가봐야 해."

텐이 황청을 보고 멍청하게 웃었다. 아무한테나 꼬리를 흔드는 멍청한 개 같았다.

"텐, 마지막으로 하나만 물어볼게. 너 지금 싱글이야?"

황청은 텐이 자신을 힐끔 볼 것 같아 살짝 곁눈질했다. 하지만 정말 그랬다면 더 이상할 것 같기도 했다.

"지금은 없어." 텐이 말했다.

티나가 눈을 가늘게 떴다. 당장이라도 사랑에 빠질 것 같은 눈빛이었다.

"그래? 오늘 만나서 즐거웠어. 나 먼저 갈게." 티나가 말했다.

그녀는 일어나 자신의 왼쪽 뺨을 텐의 뺨에 살짝 댔다 오른쪽 뺨도 마저 댔다. 텐은 실수로 그녀와 입을 맞추지 않기 위해 어색하게 가만히 있었다. 황청은 바쁜 일이 있다는 듯 부엌으로 갔다. 티나가 집을 나섰을 때 그녀는 잘 다녀오라는 인사도 하지 않았다.

티나가 나가자 방 안에는 정적이 흘렀다.

황청은 위스키 두 잔을 따라 텐에게 한 잔 주었다.

"먼저 좀 먹어야겠어. 안 그러면 이 소파에서 그냥 잠이 들 것 같아."

"티나가 즐거웠던 것 같아." 황청이 술잔을 흔들었다.

텐은 아무 말 없이 돌아서 가방에서 천 뭉치를 꺼내 카펫 위에 펼쳤다.

"아까 보여주려던 거야. 첫 솔로 비행을 마치고 기념으로 유니폼 뒤쪽을 잘라낸 거야."

천에는 검은 마커로 쓰인 어지러운 낙서와 축하한다는 영어 문구들이 있었다. 그것을 바라보던 황청은 뭔가가 떠오른 듯 펜을 찾았다.

"써도 돼?" 그녀가 물었다. 텐이 천을 평평하게 펴주었다.

황청은 구석에 귀여운 작은 비행기와 통통한 하트를 그리고, 자신의 이름인 '청灩' 자를 써넣었다.

텐이 말했다. "원래는 너에게 주려고 했는데……"

"나한테?" 황청이 서둘러 말을 잘랐다. "소중한 물건인데 잘 간직하지."

"유학 마치고 귀국할 때까지 너한테 잠시 맡겨두려고 했지. 그런데 생각이 바뀌었네."

"주고 싶었다더니. 얼른 밥이나 먹자."

황청은 구운 닭의 3분의 2를 텐의 접시에 놓았다. 그들은 위스키 잔에 얼음을 추가해 몇 잔 더 마시고는 그날 음식을 얼마나 많이 먹었는지, 방금 티나와 무슨 일이 있었는지 모두 까맣게 잊어버렸다.

식사 후 황청이 부엌을 정리하는 동안 텐은 더 이상 버티지 못하고 소파에서 잠이 들었다. 그녀는 담요를 덮어주고는 소파에 기대어 앉아 뉴스를 보기 위해 노트북을 열었다.

토요일 밤의 고요함은 유난히 부자연스러웠다. 음식 냄새는 아직 완전히 가시지 않았고, 알코올은 두 사람의 몸속에서 천천히 퍼져나갔다.

시간이 얼마나 흘렀을까, 바스락거리는 소리에 텐이 잠에서 깼다. 그는 몽롱한 상태에서 자신이 어디에 있는 건지 잠시 생각하다 벌떡 일어나 화장실에 가서 얼굴을 씻었다.

바닥에 가만히 앉아 있는 황청이 뭔가 이상했다.

텐은 황청 옆에 쪼그려 앉아 그녀를 가볍게 두드렸다. 황청이 고개를 돌려 그를 바라보았다. 두 눈이 붉게 충혈되어 있었다.

"무슨 일이야?" 그가 물었다.

"어떤 타이완 감독이 죽었어."

텐은 계기판의 경고등을 본 것처럼 정신이 번쩍 들었다. 그는 황청을 마주하고 앉았다.

"아는 사람이야?"

잠시 머뭇거리던 황청이 말했다. "아니, 그 정도는 아니고. 샤오허우라는 사람인데 오디션을 본 적이 있어. 하루 촬영하고 바로 교체됐지만."

"그 사람은 어쩌다 그랬대?"

"자살이래. 신문에선 제작사와의 갈등 때문이라는데. 내가 오디션 봤던 그 작품이야."

"무슨 갈등?"

"편집을 다시 하라는 압박이 있었나봐."

"그게 다야?"

황청이 그를 쏘아보았다.

"미안해. 내가 잘 몰라서 그래. 얼마나 심각한 일인지 잘 모르겠어."

"영화를 얼마나 잘라내느냐는 중요한 게 아니야. 작품은 그의 일부가 아니라 전부거든. 아마 존재 자체를 부정당하는 느낌이었을 거야. 자신이 조각조각 잘리는 것 같았겠지." 황청은 생각의 갈피를 잡을 수 없는지 두서없이 말했다.

"젊어?" 그가 물었다.

"30대 초반쯤. 감독을 많이 만나보진 못했지만 특별한 사람이었어."

"어떻게?"

잠시 생각에 잠긴 황청이 말했다. "나를 배우라고 불러준 첫 번째 감독이었어. 교체된 배우에게 직접 전화를 걸어 교체 사실을 알려준 유일한 사람이기도 했고. 그는 배우를 그냥 살덩어리나 소품 취급하지 않았어. 진정한 창작자였고, 화가였고, 조각가였어. 그러니까 일종의……"

"예술가?"

"그는 자신의 열정이 언젠간 모두 사라지리라는 건 상상조차 하지 않는 것 같았어. 그의 말을 듣고 있으면 나도 모르게 감화되어서 뭐든 필사적으로 해야 할 것 같은 사명감이 들었어. 그런데 그 절박한 갈망이 사라지고 열정도 없어졌다면……" 황청은 멈칫하고 말을 잇지 못했다. 그녀는 열정이 사라져도 죽고 싶진 않은 평범한 사람이 될까 갑자기 두려워졌다.

텐이 그녀의 어깨에 손을 올리고 가볍게 토닥였다. 창밖에서 행인의 웃음소리가 들렸지만 아마 텐에게만 들렸을 것이다.

"**수용**이 아닌 **거절**을 통해 자신을 이루는 사람들도 있어." 그가 말했다.

황청은 이해할 수 없었다. "그러니까 자살을 통해 자신을 이루었다는 거야?"

"아니 그런 게 아니라, 그는 아마 다른 거절 방법을 찾지 못했을 거야. 그래서 브레이크를 급히 밟은 거겠지."

"하지만 이렇게 죽어버리면 그는 금방 잊힐 거야."

텐은 계속 그녀의 어깨를 가만히 토닥여주었다.

황청이 말했다. "개를 키운 적 있어. 이름이 두두였는데 열일곱 살까지 살았어. 두두를 보내고 한동안 집 안 여기저기서 두두의 하얀 털이 보이는 거야. 그런데 난 그걸 차마 버릴 수가 없었어. 내가 어린 아이였다면 그걸 모아서 두두를 다시 만들어낼 수 있다고 생각했을

지도 몰라. 그건 이제 이 세상에 남은 유일한 두두의 일부인데 그것마저 버리면 두두가 처음부터 여기 존재하지 않았던 것처럼 될 것 같았어."

"우린 다 뭐든 남기지." 텐이 말했다. "그 감독은 영화를 남겼고, 몇 가지 이야기를 남겼어. 두두는 너와 함께 성장했고 여기에 추억을 많이 남겼잖아."

그는 자기 심장을 가리켰다. 황청은 이 순간을 눈에 담아두려는 듯 눈을 깜빡였다. 세수하느라 헝클어진 텐의 짙은 눈썹은 흐릿한 실내조명 아래서 슬픈 얼굴을 만들어냈다. 그녀는 그의 가슴에 머리를 기대고 싶은 충동을 느꼈다.

"할 말이 있어." 황청이 말했다.

"뭔데?"

"전에…… 만났던 사람이 있어."

황청이 그의 반응을 기다리며 그를 바라보았다. 하지만 텐은 아무 말도 하지 않았다.

그녀는 카펫 위 얼룩을 응시하며 말을 이었다. "정말 부끄러운 일인데 듣고 싶다면 말해줄 수 있어."

그녀는 왕 감독을 입 밖에 낼 수는 없었다. 그와의 일은 스스로를 속물처럼 느끼게 만드는 너무나 천박한 실수였기에 굳이 드러내고 싶지 않았다.

"상관없어. 알고 싶지 않아." 텐이 말했다.

"미안해." 그녀가 그를 바라보았다.

"뭐가 미안해."

"말하지 않았으니까."

"너에게도 사정이 있었겠지. 기꺼이 **오해**해줄게." 비꼬는 듯한 텐의 말투에서 피곤한 기색이 묻어났다.

황청은 아주 오래된 이야기를 하는 기분이 들었다. 만약 그날 왕 감독의 차를 타고 결혼식에 가지 않았다면, 황첸이 좀더 일찍 결혼 했다면, 좀더 일찍 텐을 만나고 그래서 모든 것이 달라질 수 있었을 까? 황청은 생각했다. 순서는 중요하다. 등장 순서가 달라지면 이야기 도 완전히 달라진다. 그녀는 무릎에 턱을 괴고 고개를 살짝 기울여 그를 바라보았다.

황청이 말했다. "노에선 배우가 무대 인사할 때 앞으로 가지 않고 뒤로 물러서는 거 알아? 그래야 관객이 무대로 빨려 들어가는 느낌 을 받거든. 너도 그런 사람이야."

"물러선 건 너지. 그래서 내가 여기 있는 거잖아."

그녀는 대답하지 않았다. 한때는 나이가 들면 사랑도 천천히 사라 진다고 생각했다. 하지만 사라지는 건 사랑이 아니라 사람이었다.

"너한테서 왜 꽃향기가 나지?"

"그래? 방금 네 보디워시로 세수했거든."

"너한테서 여자 향기가 나."

"나한테서 네 향기가 나."

텐은 황청의 손을 잡았다. 그녀는 무언가를 쥐고 있었다. 그녀가 손을 펴자 빨간 피에로 코가 있었다.

"원래는 이걸 끼고 널 깨우려고 했는데 샤오허우의 부고를 본 거 야."

"도저히 낄 수가 없었어."

"낄 수가 없었다고?"

"이걸 끼면 울고 싶을 것 같아서."

텐은 빨간 공을 건네받아 자기 코에 끼웠다. 황청이 잠깐 그를 바라보더니 그의 두 손으로 자기 얼굴을 감쌌다.

비극은 사람을 웃게 한다. 사람을 울게 하는 건 희극이다.

29

커다란 꽃다발 두 개가 황청의 얼굴을 간지럽혔다. 하나는 캉과 황첸이 보낸 것이었고, 다른 하나는 텐이 보낸 것이었다. 황청은 얼굴을 긁고 싶었지만, 양손에 꽃다발을 들고 있어서 그럴 수 없었다. 두 개를 한 손에 들면 꽃다발이 망가질 것 같았다. 배낭도 무거웠다. 배낭 안에는 인형의 집 가구들, 화장품, 냄비와 그릇, 무용화까지 무대에서 썼던 소품이 잔뜩 들어 있었다. 저녁 7시가 넘은 시각이었지만 날은 아직 훤했다. 집에 적당한 화병이 있나 생각하면서 길을 걷던 중 길 한가운데서 뭔가를 발견했다.

차에 치여 죽은 다람쥐였다.

머리는 터지고 입에서는 피가 흐르고 있었지만, 형체는 온전했다. 황청은 황급히 꽃다발을 담장에 기대어놓고 배낭을 벗고는 커다란 나뭇잎 몇 장과 돌을 가져왔다. 그녀는 나뭇잎으로 다람쥐의 사체를 들어올리려고 했지만, 나뭇잎은 사체의 무게를 견디지 못했다. 결국 손가락으로 다람쥐 꼬리를 잡고 다른 손으로는 사체를 돌로 받쳐서 겨우 길가 화단으로 옮겼다. 그녀는 나뭇잎을 더 주워다가 다람쥐를 덮어주었다. 이런 일을 전문으로 하는 사람들이 있다고 들은 적이 있었다. 오토바이에 비닐봉지를 잔뜩 싣고 다니면서 차에 치여 죽은 고양이나 개의 사체가 더 이상 훼손되지 않도록 수습하는 것이다. 피를 무서워하는 황청이 어떻게 그렇게 큰 용기를 냈는지 스스로도 놀라웠다.

전두엽 절제 수술에 대한 다큐멘터리를 너무 많이 본 탓인지도 모른다.

황청은 「유리동물원」속 로라의 캐릭터를 해석하기 위해 1930년 대 미국에서 정신병 환자에게 가한 수많은 비인도적 침습 치료 사례를 연구했다. 졸업 공연 몇 주 전부터는 매일 악몽을 꿨다. 실수로 소품을 부숴뜨리거나 무대에 오르기 전 의상을 찾지 못하고 대사를 잊어먹는 꿈이었다. 또 무대 위에서 답을 하나도 쓰지 못하는 시험을 보기도 했다. 며칠 전 꿈에서는 어떤 남자가 무대 위에서 그녀를 덮쳤는데 그녀의 몸에 핀 조명이 비쳤다. 그는 모르는 남자였다. 극에서는 꿈에서도 본 적 없고 실제로도 만난 적 없는 남자라고 했는데 그녀는 생각하면 할수록 그 남자가 둥글고 뭉툭하게 생긴 왕 감독 같았다.

'텐이 있었으면 좋았을 텐데.'

그가 옆에 있으면 다람쥐를 함께 옮기고 사체를 묻어줄 구멍도 함께 팠을 것이다. 이 꽃다발도 전체 커튼콜이 끝날 때 무대에 올라 직접 주었을 것이다. 그는 축하해줄 친구가 올 수 없는 엘레인과 료이치에게 줄 작은 꽃다발도 준비했을 것이다. 어쩌면 전체 학생에게 장미한 송이씩을 나눠주었을지도 모른다. 그는 모니카와 밀라에게 줄 꽃도 준비했을 것이다.

그는 또 황청에 대한 교수님들의 평가도 함께 들었을 것이다. 어두운 관객석에서 무대 위에 서 있는 황청을 봤을 것이다. 하지만 그가마주한 건 황청이 아닌 조현병을 앓는 환자의 불안한 눈빛이었을 것이다. 공연이 끝난 후 그는 물었을지 모른다. "내가 뭘 본 거지? 그토록 낯선 그 눈빛은 대체 어디서 온 거야? 슬픔과 경악, 전율이 뒤섞인 눈빛이었어. 그건 눈에 보이는 건 아니지만 사람을 깊이 매료시키는 신비롭고 이해하기 어려운 상태였어." 그럼 황청이 대답했을 것이다. "이게 바로 연극이야. 내가 본 것을 너도 볼 수 있게 만드는 것." 아마 그는 찰나의 순간에 스치는 황청 본인이 느낀 만족감과 정복감을 포착할 것이다. 그리고 바로 그 순간 그의 존재와 동행이 그녀의 내면 깊숙이 파고들 것이다.

그날 이후 텐은 황청의 집에 일주일간 머물렀다. 아침에는 함께 조깅을 하고 그녀가 수업에 가 있는 동안엔 혼자 버스를 타고 돌아다녔다. 저녁엔 황청이 가르쳐준 대로 식사를 준비했다. 두 사람은 함께 설거지하고 거실 테이블에서 함께 책을 읽었다. 집 안이 어두워서 온 집 안의 불을 다 켜놓고 있었다. 티나가 집에 있을 땐 서로를 흐릿하게 보려는 듯 희미한 스탠드 조명 하나만 켜놓았다. 티나는 두 사람에게 공간을 내주기 위해 며칠간 집에 들어오지 않았다.

텐이 떠나던 날 황청은 종일 수업이 있었다. 그는 큰 배낭을 메고 그녀와 함께 학교에 갔다. 그녀는 평소처럼 이야기를 나누며, 어릴 때 황첸과 등교할 때처럼 주변을 두리번거리며 눈길을 사로잡는 재미난 것들을 찾았다. 하지만 어느 순간 황청은 텐의 손을 놓쳤다. 그녀와 관계할 때면 단단한 두 팔로 그녀의 무릎을 잡아당기던 그가 느껴졌기 때문이다. 그런 느낌이 들면 그녀는 온몸의 힘이 풀려버렸다. 텐이 돌아보자 그녀는 얼굴을 붉히며 그의 손을 다시 잡았다.

손을 흔들고 작별 인사를 한 후에도 황청은 두 번이나 그를 돌아보았다. 두 번째 돌아보았을 때는 텐의 표정이 이상하다고 느꼈다. 눈을 계속 깜빡이면서 가지런한 이는 보이지 않은 채 어색하게 미소 짓고 있었다. 뭔가를 참고 있는 것 같았다. 그들은 언제 다시 만날지 알지 못했지만, 그리 머잖은 날일 거라고 서로에게 약속하고 자신에게도 다짐했다. 황청은 매일 지나는 길에서 그에게 손 흔들며 작별하게 될 줄은 생각지 못했다.

텐은 영국을 떠난 후에도 계속 황청의 일상에 남아 있었다. 현관에서 조깅화를 신고 밖으로 나갈 때면 옆에서 몸을 풀고 있는 그가 보였다. 침대가 삐걱거릴 때는 곤히 잠자던 그의 모습이 떠올랐다. 세탁기에서 엉켜버린 빨래를 힘겹게 꺼낼 땐 옆에 선 그가 멍하니 웃고 있는 것 같았다. 그녀는 그가 베고 잤던 베개를 차마 빨 수가 없어서 며칠간 베고 잤다. 나중엔 안고 잤고, 옆으로 누울 땐 다리 사이에 끼웠다.

"아프지 않아."

황청은 그 촉촉함이 오히려 부끄러웠다. 애액은 그녀 자신보다 먼저 반응했다. 감염이나 염증은 이제 생기지 않았다. 텐이 그녀 안에서 얼마나 머물든, 그녀 위에 있든, 아래에 혹은 뒤에 있든 상관없었다. 횟수가 잦아도 마찬가지였다. 두 사람 다 근시였지만 거울에 비친 서로를 바라보곤 했다. 서로 겹쳐 있던 그 장면에 어쩌면 거친 질감을 더해주었는지 모른다. 텐은 그녀를 봐야 절정에 이른다고 했고 황청은 그의 좌표가 되었다. 그의 땀은 냄새가 없는 깨끗한 물 같았다. 정말 신기했다.

황청은 그 일주일간의 순간순간을 자주 떠올렸다. 하지만 모든 아름다운 기억은 시간과 함께 천천히 모호해지고 흐려진다. 그건 마치 그녀가 좋아하던 영화의 한 장면 같았다. 그녀는 배우에서 관객이 되었고 머릿속에는 많은 장면이 스쳐 지나간 후 몇 가지 이미지만이 남았다. 일주일은 너무 짧았다. 그녀는 그의 손가락 길이나 무릎 모양, 항상 따뜻했던 체온 같은 '실제'의 감각을 다시 느끼고 싶었다. 하지만 갑자기 장면이 바뀌고 빛도 통하지 않는 검은 암막이 중요한 디테일을 숨겼다. 이제 남은 건 오직 신호로 전해지는 것뿐이다.

텐이 미국으로 돌아간 후 두 사람은 틈만 나면 영상통화를 했다. 보통 황청은 밤 시간, 텐은 오후 시간이었다. 황청이 잠들지 못할 때면 두 사람은 컴퓨터를 켜놓았다. 어둠 속에서 어슴푸레 빛나는 컴퓨터 불빛은 어떤 아로마 오일보다 효과적이었다. 황청은 이제 불면증에서 벗어나 매일 5시에 일어났고, 그 시각은 텐이 잘 준비를 하는 때였다. 몽롱한 상태의 그녀는 나른한 목소리로 더듬더듬 꿈 이야기를 했다. 텐은 꼼꼼히 들으면서 분석하는 대신 따뜻한 위로를 건넸다. 그녀의 편안한 밤은 아침으로 이어지고 그렇게 하루하루가 쌓여 몇 개월이 되었다.

그녀는 집 안에서 꽃다발 두 개를 담을 만한 화병을 찾을 수 없었다. 어쩔 수 없이 아직 피지 않은 꽃봉오리만 몇 개 골라 줄기를 짧게 자르고 맥주병에 하나씩 꽂아 볼링핀처럼 식탁 위에 줄지어 놓았다. 나머지 꽃들은 양말 건조대에 거꾸로 매달아 드라이플라워로 만들 생각이었다. 그녀는 거실 카펫 위에 누워 천장을 바라보았다. 벗겨진 페인트 자리가 커진 것 같았다. 처음 그걸 발견했을 때 황청은 텐의 다리를 베고 누워 비문증˚처럼 보이는 그림자를 그에게 설명하려던 참이었다.

학기가 끝났고 이제 떠나야 한다.

그녀는 원래 두 달간 더 머무르면서 한 달짜리 무언극 워크숍에 참석하고 워크숍이 끝나면 혼자 스코틀랜드를 일주일쯤 여행할 생각이었다. 하지만 계획이 바뀌었다. 그녀는 일어나 얼그레이를 끓였고 물이 끓을 때 증기에 손을 살짝 데었다. 그 순간 무대 위에서 남자가

˚ 눈앞에 먼지나 검은 점 등이 떠다니는 것처럼 느끼는 안구 질환.

그녀 위에 올라타 있던 꿈이 다시 떠올랐다. 그리고 급히 회사 이메일에 답장을 써야겠다는 생각이 들었다.

얼마 전 광화가 메일을 보내왔다.

이건 정말 엄청나게 좋은 기회야. 「우아한 그녀들」이라는 방송국 최대 기대작인데 세 명의 여성을 주인공으로 한 현대극이야. 셋 중 한 명으로 오디션을 볼 생각이야. 여주인공이 세 명 나오는 드라마는 흔치 않은 데다 실화를 바탕으로 한 거야. 게다가 20화까지 완성된 대본을 보내왔다고. 정말 기쁘지 않아? 이제 배운 걸 써먹을 때가 된 거야!

메일을 읽으며 황청은 기쁨의 비명이 새어나오는 입을 틀어막았다. 이건 정말 완벽한 타이밍이었다. 영국에서 공부하느라 기회를 놓치기는커녕 오히려 최상의 상태에서 기량을 발휘할 수 있게 된 것이다. 하지만 기쁨도 잠시 황청의 의심 많은 성격이 다시 발동했다. 이렇게 좋은 기회를 회사가 어떻게 따냈을까? 왜 나를 떠올렸을까? 전에 찍었던 영화들을 본 걸까? 지금과 비교하면 이전엔 연기에 몰입하지도 못했고, 동기도 못 느꼈으며, 내면 연기도 형편없었던 데다 캐릭터에 대한 이해도 부족했다. 하지만 어쩌면 누군가 그녀의 가능성을, 나아가 매력이나 개성 같은 황청만의 무엇을 발견했는지도 모른다. 그리고 그것이 마침 그들이 찾고 있는 모습과 딱 들어맞았을지도 모른다.

대본을 읽기 시작하자 그녀의 머릿속 잡념은 모두 사라졌다.

황청은 이틀 밤을 새워 20화 분량의 대본을 모두 읽었다. 그리고 한 번 더 읽었다. 처음에는 스토리를 파악하기 위해, 두 번째는 캐릭터를 연구하기 위해서였다. 황청이 오디션을 볼 배역은 이제 막 서른이 된 화가 '루루璐璐'로 자신도 모르는 사이 유부남과 사랑에 빠지는 여자였다. 나머지 두 명의 여주인공은 오랜 가수의 꿈을 꾸고 있는 백업 보컬 '시시西西'와 일일 드라마 작가 '후디에胡蝶'였다. 모두 각자의 꿈을 향해 달려가지만, 주변에 머무는 인물들로 캐릭터 설정이 상당히 입체적이어서 대본을 읽는 내내 황청은 머릿속이 꽉 채워지는 느낌이었다.

그녀는 즉시 캐릭터 자서전을 쓰기 시작했다. 이어서 장면마다 배우에 대해 열 가지 질문을 하고 답을 썼다.

나는 누구인가, 나는 어디에 있는가, 나는 어디서 왔는가, 지금은 언제인가, 전에 어떤 일이 있었는가, 나는 무엇을 원하는가, 왜 원하는가, 왜 지금인가, 무슨 대가를 치르게 될 것인가, 어떻게 해야 하는가, 장애물은 무엇인가.

그녀는 국내외 근현대 여류 화가를 연구하고 캐릭터에 맞는 이미지와 화풍을 찾기 시작했다. 그리고 최종적으로 조지아 오키프•를 모델로 선택했다.

오키프에게 끌리는 이유가 미세하게 묘사된 그녀의 꽃과 뼈 때문인지, 그녀의 연인 앨프리드 스티글리츠의 카메라에 담긴 초상과 몸 때문인지 황청은 확신할 수 없었다. 스티글리츠의 뮤즈였던 오키프는 그의 사진 덕분에 세상으로부터 사랑받기 시작했다. 황청은 자신의 설정이 아주 마음에 들었다. 입체적인 캐릭터를 만들어냈다는 게

• 1887~1986, 20세기 가장 독창적인 화가로 평가받는 미국의 화가. '여류' 화가라고 불리는 것을 매우 싫어한 것으로 알려져 있다.

너무 자랑스러웠다. 그녀는 얼른 캐릭터를 구현하고 싶었다.

그녀는 거울 앞에 서서 자기 모습을 가만히 바라보았다. 새로운 흥분과 가슴 뛰는 불안감이 그녀의 얼굴에 고스란히 드러났다. 그녀는 어리숙한 미소를 지으며 텐이 뒤에서 자신을 안아주는 상상을 했다. 비행사와 여배우, 행복감이 천천히 퍼졌다가 조용히 사라졌다. 그는 아직 비행 중이고 조금 있다 착륙할 것이다. 미래는 비상할 준비가 되었다고 그에게 말해주고 싶었다.

'희망'이란 원래 끊임없이 다시 돌아온다. 전에는 왜 그걸 믿지 않았을까.

4막
여자

30

황청은 엄지손톱을 앞니 사이에 끼워서 윗니와 아랫니의 중앙선을 맞췄다. 이렇게 하면 아랫입술이 한쪽으로 비뚤어져 보이지 않았다. 하지만 이 상태로 계속 있으면 턱이 반대쪽으로 돌아간 느낌이 들었다. 그래서 말을 하지 않을 때는 입술을 살짝 벌리고 있었다. 말을 할 때는 특정한 음을 낼 때마다 의식적으로 왼쪽 아래턱을 힘을 주어 살짝 당겼다. 이렇게 하면 말을 할 때 치아가 좌우 대칭으로 보였다.

귀국 후 연기 연습이 다시 시작되었다.

스타엔터테인먼트의 응접실에 설치된 TV에서는 홈쇼핑 방송이 무음으로 틀어져 있었다. 회사는 사업 확장을 위해 모델들을 홈쇼핑 채널의 시연 모델로 출연시키고 있었다. 화면 속 모델들은 황청도 아는 얼굴들이었다. 황청과 함께 소속사 계약을 하고 메이크업 수업도 함께 들었다. 벽에 걸린 프로필 사진에서 그녀들은 제일 아랫줄에 있었다. 몇몇은 형광색 메모지로 구분되어 한 칸에 같이 들어 있었다.

황청은 이미 두 번째 줄 오른쪽에서 두 번째 칸을 차지하고 있었다. 이유는 모르겠지만 영국 가기 전보다 한 층이 올라 있었다.

겨우 1년 남짓 떠나 있었을 뿐인데 모든 게 변해 있었다. 시간은 말랑한 청춘의 토양 위에서 쉽게 밀리고 섞일 수 있다. 하지만 나이가 들수록 시간은 빠르게 흐른다. 단단하게 굳어진 흙처럼 쉽게 움직이지도 않는다.

황청은 자신도 변했음을 느꼈다. 며칠 전 치과에 가서 진료 기록을 작성할 때 직업란에 '배우'라고 적었다. 백화점에서 화장품 매장 직원이 무슨 일을 하느냐고 물었을 땐 망설임 없이 답했다. "배우예요." 이젠 이름만큼 자연스럽게 들렸다. 전처럼 애매하게 돌려 말하거나 부끄러워하면서 "배우 일을 좀 해요"라고 말하는 것이 아니라 오늘이 며칠인지를 말하듯 단순한 사실을 진술하는 것 같았다.

직원이 "아, 그래서 낯이 익었군요. 무슨 작품 하셨나요?"라고 재차 물어서 출연한 몇몇 작품을 말해주었지만, 직원은 미안해하는 표정으로 "제가 TV를 잘 안 봐서요"라고 말했다. 황청은 태연하게 어깨를 으쓱하며 상대의 민망함을 무마해주었다. 이런 일이 황청에게는 아무렇지 않았다. 그녀는 스스로 공포와 통제와 같은 장벽을 넘어섰고, 오르내림을 끊임없이 반복한 끝에 오늘의 그녀가 된 것이었다.

팡화가 회의실에 들어오기 전부터 그녀의 액세서리가 짤랑대는 소리가 들렸다. 팡화의 스타일은 바뀌어 있었다. 어깨까지 내려왔던 염색한 곱슬머리는 이제 검고 단정한 앞머리가 있는 학생 스타일이 되어 있었다. 그녀가 가져온 머그잔에는 갓 뽑은 따뜻한 커피가 담겨 있었다. 황청은 전처럼 종이컵에 담긴 커피믹스가 아닌 것이 좀 아쉬웠다. 그 달달함은 이 세계에 처음으로 발을 들였을 때의 첫 기억이었다. 하지만 이제 모든 것이 달라져 있었다.

"살이 좀 쪘을까봐 걱정했는데, 혈색이 좋아 보이네."

"운동하는 습관이 생겼어요."

"좋지."

두 사람이 잠시 서로를 바라보았다.

"매기 말이 「우아한 그녀들」 오디션을 볼까 말까 고민 중이라던데."

황청은 입술을 꽉 깨물었다. "정말 하고 싶어요. 대본도 다 읽었고 연구도 많이 했어요."

"나보다 더 잘 알겠지만, 이거 정말 힘든 기회인 거 알지?"

"제작사가 왜 우리 쪽에 전체 대본을 보내준 건지 알고 싶어요."

광화가 잠시 멈칫하더니 미소를 되찾은 얼굴로 황청을 빤히 보았다.

"내 생각에 오디션은 단지 위에서 확인하는 자리인 것 같아." 그녀가 말했다.

"무슨 뜻이죠?"

"누가 뒤를 봐주는 게 싫어?"

황청의 표정이 어두워졌다. 그녀는 무슨 말을 하려는 듯 숨을 깊이 들이마셨지만 결국 말없이 숨을 내쉬기만 했다.

"왕 감독이 널 많이 챙겼다고 들었어." 광화가 말했다. "회사는 기본적으로 소속 연예인의 사생활에 간섭하지 않아. 일에 지장을 주지 않으면 우린 기본적으로 다 응원해."

"하지만 우린 이미 헤어졌어요."

"응?" 갸웃하는 광화의 고개를 따라 골드 귀걸이가 반짝였다.

"영국에 있을 때 헤어졌어요. 오랫동안 연락도 하지 않았어요."

"그래서 그가 「우아한 그녀들」 쪽에서 널 원한다는 걸 말해주지 않은 거야?"

"못 들었어요. 사장님 메일에도 왕 감독 얘기는 없었잖아요. 매기가 말해줘서 알았어요."

팡화는 커피를 한 모금 마시며 잠시 생각했다.

"그럼 내가 거절해줄까?"

부드럽고 배려심이 느껴지는 말투였지만 황청은 익숙한 그 패배감이 다시 솟아오르는 것을 느꼈다. 팡화가 일부러 말하지 않은 걸 황청은 알고 있었다. 이 모든 상황이 합리적이지 않다는 건 팡화가 모를 리 없기 때문이다. 유학 간 지 1년 만에 주인공 역할이 하늘에서 뚝 떨어졌는데 자신이 실력으로 기회를 얻은 것으로 생각했단 말인가? 그녀는 기회만 보이면 맹목적으로 달려드는 자신이 싫었다. 사냥감을 발견하면 앞뒤 없이 달려드는 사냥개 같았다. 뒤에서 누군가 총구를 겨누고 있다는 사실도 잊은 채. 황청은 끝도 없이 이어지는 기다림의 공포와 갈망을 잊지 못했다. 이 문제는 절대 해결되지 않은 상태로 늘 주위를 떠다녀서 피할 수 있으면 피해서 다녔다. 곳곳이 함정임을 알면서도 자신은 그 함정을 모두 알아볼 능력이 있다고 착각했다. 황청이 말이 없자 팡화는 자연스럽게 TV로 시선을 옮겨 한참을 쳐다보았다.

"저 여자애들 다 알지?" 팡화가 물었다.

황청은 화면을 올려다보았다.

"처음에 홈쇼핑에 보냈을 때 다들 반발이 심했지. 하지만 냉정히 따지면 쟤들은 키도 별로 안 커서 런웨이에는 설 수가 없어. 말솜씨도 별로고 너처럼 연기할 기회도 없다고. 홈쇼핑은 그래도 어느 정도 안정적인 수입은 되니까. 회사에도 돈 벌 사람이 있어야 하지 않겠어?"

황청은 화면을 힐끗 보았다. 별로 보고 싶지 않았다.

팡화가 말했다. "쟤들 다 비슷해 보이지 않아? 난 가끔 이름도 헷갈린다니까."

황청은 혼란스러웠다. 그녀는 자신 역시 홈쇼핑 채널에서 딱 한 발짝 떨어져 있음을 잘 알고 있었다. 저기서 수영복을 입고 강렬한 조명 아래 서 있는 자신이 그려졌다. 코는 사라지고 짙은 아이라인과 인조 속눈썹만 보일 것이다. 그녀들이 그렇게 보이는 건 그렇게 보이도록 허락했기 때문이다. 황청은 언제든 그녀들처럼 될 수 있었다.

"두 사람 좋게 헤어진 거야?" 팡화가 물었다.

'어떻게 헤어지는 게 좋게 헤어지는 거지?' 황청은 스스로 반문했다. 헤어질 때 최소한 서로에게 다른 사람은 없었지만, 황청은 몇 번이나 걸려온 왕 감독의 전화를 받지 않았다. 이렇게 헤어진 것도 좋게 헤어진 건가? 그리고 몇 달 뒤 텐과 사귀기 시작했다. 왕 감독이 이 사실을 알았다면 그래도 「우아한 그녀들」 배역을 제안했을까?

"지금은 남자친구가 있어요. 만약 왕 감독님과 다시 작품을 한다면 남자친구에게 어떻게 말해야 할지 모르겠어요."

팡화가 웃었다. "친애하는 배우님, 정말 연기하고 싶은 거 맞지?"

황청은 금방 눈시울이 시큰해졌다.

"인생에서 하나를 포기하기 시작하면 포기해야 할 게 계속 생기는 것 같아."

"전 아무것도 포기하고 싶지 않아요." 황청이 말했다.

"그럼 성공하고 싶니? 더 유명해지고 싶냐고 물어야 하나?"

황청이 고개를 끄덕였다.

"성공하는 사람의 노력과 운의 비율이 얼마라고 생각해?"

잠시 골똘하던 황청이 말했다. "노력과 운이 7대 3 정도 아닐까요?"

팡화는 더 환하게 웃었다. "그 반대라면? 네가 노력했다는 거 알아. 그러니까 회사도 유학 기간 1년은 기다려준 거야. 정말 하고 싶지 않다면 강요할 생각은 없어. 하지만 회사가 댈 수 있는 평계는 말해 줘야지. 제작진이 아니라 그 윗사람들에게 설명할 수 있는 이유 말이야." 말을 마친 팡화의 얼굴이 어두워졌다.

그녀는 속눈썹을 손가락으로 올리며 말을 이었다. "「우아한 그녀들」은 중국 올로케 대작이야. 회사도 이번 기회로 사업을 확장할 수 있기를 바랐는데. 모두가 너에게 좋은 기회라고 좋아했어."

팡화는 자리에서 일어나 창가에 서서 잿빛으로 변한 하늘을 바라보았다.

황청 앞에 놓인 커피는 한 모금도 줄지 않았다. 그녀는 줄곧 테이블 아래에서 손가락을 꼬집고 있었다. 이런 기회를 거절하는 바보는 없을 것이다. 그런데 자신이 무슨 자격으로 이걸 거절한다는 것인가? 최근에는 죽을힘을 다해 배우고 익힌 모든 것, 지난 6년간 온갖 시행착오를 겪으며 얻은 모든 것에서 좋은 면을 보려고 애썼다. 그것이 불완전한 파편에 불과해도 괜찮았다. 그녀는 그 모든 것을 일기에 쓰고, 반복하고, 저장하면서 의미 있는 것으로 만들어갔다. 그리고 자신에게 이 모든 것은 연기에 '발효균'이 될 거라고 스스로를 설득했다. 그녀는 '자양분'이라는 단어는 쓰고 싶지 않았다. 너무 진부했기 때문이다.

"최근 몇 년간 정말 많은 사람이 중국으로 갔어. 거긴 시장이 크니까 「우아한 그녀들」 같은 대작도 제작이 되는 거지."

황청의 머릿속에 오키프의 얼굴이 떠올랐다. 그녀는 팡화에게 캐릭터의 롤모델을 말해주고 싶었지만 팡화는 오키프가 누군지 모를 것 같았다. 어떻게 보면 오키프도 성공한 남자의 도움을 받아서 유명

세를 얻은 게 아닐까 하는 생각이 스쳤다.

광화가 말했다. "사실 대본을 받았을 때 우린 네가 잘할 수 있을까 걱정은 했어. 1년 유학으로 어느 정도나 발전할 수 있었을까 싶었지."

황청은 방어적으로 그녀를 바라보며 입술을 달싹거렸다.

"「우아한 그녀들」의 세 주인공은 모든 여배우가 꿈꾸는 배역이야. 내가 너라면 마지막 순간까지 배역을 따내려고 했을 거야."

그렇다. 일개 무명 배우가 무슨 자격으로 기회를 걷어차겠는가? 제 발로 찾아온 배역을 거절하고 또다시 기약 없이 기다리겠다고? 황청은 사실 이 작품을 찍을 수 없다고 말하러 온 것이 아니라 자신이 배역을 받아들이지 않을 수 없게 광화가 자신을 설득해주기를 바랐는지 모른다. 아니면 회사가 강압적으로 그녀에게 배역을 맡게 해서 자신은 선택의 여지가 없었음을 연출하고 싶었는지 모른다. 그녀가 배역을 거절하고 싶어한다는 걸 누가 믿을 것인가. 사실 그녀 자신도 믿지 않았다. 황첸은 어떻게 생각했을까? 스스로 결정하라고 했을까? 텐은 뭐라고 할까? 응원해줄까? 황청은 이 모든 것을 생각할 수 없었다. 아니 애초에 생각할 필요가 없는지도 모른다. 이건 그녀의 인생이고 자신을 위한 가장 좋은 기회는 본래 쟁취해야 하는 것이다.

"심각한 얘기 좀 할게." 광화가 창에 기댄 채 황청을 정면으로 바라보았다.

"넌 아직 너의 재능을 충분히 발휘하지도 않았고 너의 재능에 충분히 책임을 지지도 않았어. 물론 네가 재능이 있다는 전제하에 말이야."

광화의 등 뒤에서 쏟아지는 햇살 때문에 황청은 그녀의 표정을 제대로 볼 수 없었다.

"널 위해 해줄 수 있는 건 널 「우아한 그녀들」에 출연시키는 거야. 하지만 그와 계약하게 하진 않을 거야."

황청이 순간 멍해져서 물었다. "그와 계약하다니요?"

"왕 감독이 조건을 하나 걸었어. 우리와는 제삼자 계약을 맺고 너를 그의 소속 연예인으로 해달라는 거야."

황청은 드디어 자신을 겨냥하고 있던 사냥총을 찾았다.

"이런 계약은 흔해. 방송국이나 제작사 쪽에서 종종 요구해. 조건 없이 여주인공 자리를 줬는데 히트 치고 나서 다른 곳과 계약하면 손해가 막심하니까. 계약해도 첫 작품에서 성공하지 못하면 다음 작품 기회는 없어. 하지만 계약을 하지 않으면 첫 번째 작품도 못 하는 거지."

황청은 자신이 도박을 하고 있다고 생각했는데, 사실 그녀는 도박판의 '말'이었다. 잠시 생각에 잠긴 그녀가 입을 열었다. "만약 계약하지 않으면 「우아한 그녀들」 출연 자체가 안 될까요?"

광화가 다시 미소 지었다.

"그건 어떻게 협상하느냐에 달려 있겠지. 그와 계약하고 싶진 않다는 거지?"

"네, 하고 싶지 않아요."

"하지만 계약하면 그의 모든 영화에 출연할 기회가 보장될지도 모르잖아?"

황청은 고개를 저었다.

"계약하지 않으면 「우아한 그녀들」에 출연하지 못할 수도 있어."

"그래도 상관없어요." 황청은 단호하게 말했지만, 떨리는 목소리였다.

광화는 고개를 끄덕이며 말했다. "물론 회사로서는 이익을 최우선으로 하겠지만, 나도 왕 감독이 세운 회사의 상태를 좀 봐야지." 팡화는 속눈썹을 살짝 만지며 커피를 한 모금 마시고는 다시 말을 꺼냈다. "같은 여자로서 그 계약은 나도 권하고 싶지 않아."

무겁고 둔탁한 천둥소리가 오후의 하늘을 뒤흔들었다. 황청은 드디어 컵을 들어 완전히 식어버린 커피를 한 모금 마셨다.

"너에게 해줄 수 있는 건 제한적이지만, 가능한 범위 안에서 최대한 너를 보호할게, 알겠지?"

팡화가 말을 마치자 회의실 전체가 어둑해졌다.

황청이 무자木柵에 있는 자신의 원룸으로 돌아왔을 때, 신발이 비에 흠뻑 젖어 있었다.

이 작은 원룸에 들어온 지는 채 한 달도 되지 않았지만, 모든 것이 만족스러웠다. 발코니, 작은 주방, 소파, TV, 푹신하게 받쳐주는 더블 침대까지 완벽했다. 그녀는 신발 속에 신문지를 넣고 창문을 닫은 뒤 제습기를 켠 후 목욕물을 받았다.

"독립을 하려면 우선 자기만의 공간을 가질 수 있어야 해." 황첸이 늘 강조했던 말이다. "더는 자신에게 퇴로를 남기지 마. 경제적 의존부터 끊어내야 해." 월세가 높긴 했지만 이 작은 원룸이 동력이 되어 더 강한 열정을 불어넣어주길 바랐다.

황청은 더 멀리 내다보고 '집' 같은 느낌을 원했다. 텐의 귀국 계획이 아직 확정되지 않았지만, 언젠가 그와 이 공간에서 함께할 수 있다면 초라한 모습은 아니길 바랐다. 나중에 동거하게 된다면 이곳은 아늑한 보금자리가 될 수 있을 것이다. 여름이면 함께 커뮤니티 수영장에서 수영도 하면서 햇살을 즐길 수 있을 것이다.

그녀는 발을 욕조 가장자리에 놓고 몸을 천천히 물속으로 밀어넣었다. 뜨거운 물이 어깨까지 차올랐다. 이마에 맺힌 땀방울과 함께 한기가 몸 밖으로 밀려나갈 때까지 앉아 있었다. 뜨거운 물에 가슴이 붉게 달아올랐고, 가슴 위의 모세혈관들은 구불구불한 잎맥처럼 모습을 드러냈다. 황청은 오키프의 풍만한 가슴을 떠올렸다. 그녀는 이 순간, 오키프가 설령 스티글리츠를 만나지 못했더라도 결국 인정받는 예술가가 되었을 거라고 확신했다. 비록 오래 걸리고, 더 다양한 주제를 시도했어야겠지만 결국 성공했을 것이다. 오키프의 작품은 충분히 훌륭했다. 그렇지 않았다면 그녀는 그림을 조금 그릴 줄 아는 모델로 남았을 것이다.

황청은 사소한 기억 하나를 떠올렸다. 그녀는 3학년 때부터 브래지어를 입었다. 가운데 작은 리본이 달린 것이었다. 그녀는 황첸이 쓰던 이중 후크가 있는 와이어 브라를 입고 싶었다. 언니 것은 벗으면 가슴 모양이 그대로 잡혀 있었는데 자기 것은 벗으면 흐물흐물한 팬티처럼 보였기 때문이다. 황첸이 두 손을 뒤로 돌려서 브래지어를 잠그는 모습을 보며 황청은 늘 신기하다고 생각했다. 그때 황청은 무슨 일이든 반 정도밖에 해내지 못했다. 지퍼는 잘 못 올리고, 리본은 이상하게 묶고, 신발 끈은 항상 풀려서 제 발에 걸려 넘어지곤 했다. 그래서 어린 시절엔 항상 혼자 후크를 채울 만큼 얼른 성숙해지기를 바랐다.

삶이란 어쩌면 즐거운 기억 위에 또 다른 기억을 쌓아 올리는 건지 모른다. 하지만 실제 삶은 그리 간단하지 않다. 생명은 언제나 새로운 희망을 맞이하고 그 희망이 깨지지 않기를 바라야 한다.

우리는 눈앞의 카드를 뒤집을 때마다 다음에는 더 좋은 카드가 나오기를 기대한다. 킹과 퀸이 나오는 건 순전히 운이다. 누군가 그것을 주었는데 건네받지 않으면 게임은 지속되지 않는다.

그녀는 수건으로 머리를 올린 후 나체 상태로 욕실 밖으로 나와
옷을 입었다. TV 채널을 돌리며 머리를 말렸다. 갑자기 낯익은 얼굴
이 스쳤다. 어떤 여자가 오후 뉴스를 진행하고 있었다. 주요 뉴스 채
널이 아니라 생활 뉴스만 다루는 채널이었다. 뉴스가 한 꼭지 방송될
때마다 앵커는 옅은 미소를 지었다. 그 미소는 그녀의 머릿속에 오래
도록 남아 있던 것이었다.

황청은 드라이기를 끄고 한참을 바라보았다. 정장 차림의 여성 앵
커는 목에 스카프를 두르고 있었다. 뺨의 흉터는 자세히 살피지 않으
면 보이지 않았다. 정말 린쯔이였다. 그녀는 몰라보게 예뻐져 있었고
훈련받은 듯한 발음에는 원래의 앳된 느낌이 완전히 사라지고 없었
다. 그녀는 성숙하고 온화하며 자신감에 차 있는 모습이었다.

하지만 저렇게 계속 웃는 게 맞는 거야? 황청은 참지 못하고 꼬투
리를 찾기 시작했다. 뉴스 앵커치고는 표정이 과한 거 아닌가? 연기
적인 관점에서 보면 그녀의 자의식이 뉴스보다 앞선다는 걸 한눈에
알 수 있었다. 뉴스 앵커라기보다는 데이트하면서 자신의 어린 시절
을 달콤하게 늘어놓는 사람 같았다.

하지만 그녀는 결국 해냈다. TV에 출연한 것이다. 편집된 드라마
장면이 아닌 어떤 캐릭터도 덧씌워지지 않은 온전한 '자신'으로 관객
앞에 서 있었다. 황청은 드라이기를 다시 켰다. 그녀는 생각에 잠긴
채 머리를 대충 말리고는 TV를 꺼버렸다.

어렸을 때 엄마와 살던 집 책상에 앉아 황첸을 앞에 두고 뉴스 방
송을 흉내내던 때가 있었다. 어렸을 때 그녀는 뉴스 앵커도 되고 싶
었다. 그녀는 자신의 프로그램을 '불가사의한 뉴스'로 정하고 재미있
는 상식들을 전했다. 예를 들면 판다는 신선한 말똥에서 뒹구는 걸
좋아하고, 북극곰의 피부는 검은색이며, 숨을 30초 동안 멈추면 딸

꾹질이 멈추고 아라비아 숫자는 사실 인도에서 유래했다는 사실 등
이었다. 그녀는 황첸이 모를 만한 사실들을 찾아내 알려주면서 언니
가 놀라운 표정을 지으면 뿌듯해했다. 지금 되돌아보면 어쩌다 한 번
언니보다 똑똑하다고 느끼던 자기 위안에 가까운 우월감이었다. 그
건 '이겼다'는 느낌이었다.

그녀는 발코니 끝에 서서 멀리 노란빛이 번지는 하늘을 바라보았
다. 큰비가 그치고 구름이 흩어지면서 천천히 맑아지고 있었다. 뒤쪽
의 식탁 위에는 「우아한 그녀들」 대본이 쌓여 있었다. 황청은 기억을
더듬어 특정 회차를 폈다. 빽빽한 필기에 세 가지 색상의 형광펜으
로 강조된 부분들이 있어 마치 중학생의 문학 교과서 같았다.

빈 곳은 글자로 가득 채워져 있었다. 그녀는 펜을 들고 바짝 엎드
려 최대한 작은 글씨로 대사와 대사 사이에 적었다. 오직 그녀 자신
만이 알아볼 수 있는 글씨였다.

31

배에서 꼬르륵 소리가 났다.

차는 막 신호에 걸려 멈춘 상태였고, 차 안의 네 사람은 모두 소리
를 들었겠지만 아무도 묻지 않았다. 다시 꼬르륵 소리가 났을 때 차
가 달리는 중이어서 누구의 배에서 난 소린지 알 수 없었다. 이번에
도 묻는 사람은 없었다. 운전석 바로 뒤에 앉은 황청은 창밖의 바다
를 바라보며 조용히 배를 문지르고 있었다. 옆에 앉은 텐도 반대쪽
창밖을 보고 있었다. 반대쪽엔 바다가 아닌 지루하게 생긴 절벽이 이
어져 있었다.

분위기가 처음부터 나빴던 건 아니었다. 휴게소에 들렀을 때부터 급격히 냉랭해졌다. 차로 돌아온 황첸이 조수석 차 문을 닫았다. 텐은 뒷자리 차 문 옆에서 황청이 타기를 기다렸다. 두 사람은 무거운 분위기를 감지했다. 세 사람이 차 안에서 한동안 말없이 앉아 있고 난 뒤에야 캉이 돌아왔다. 차를 출발시킬 때면 "자, 출발합니다!"라고 외치던 캉은 이번에는 말없이 시동을 걸었다. 그러고는 폭주하듯 달렸다. 방금 산 주먹밥을 집어든 텐이 황청을 힐끗 바라보았다. 그녀는 그의 눈빛을 보고 잠시 망설이다 입을 열었다.

"형부, 차에서 좀 먹어도 될까요?"

"먹어!" "먹어!"

캉과 황첸이 합창하듯 동시에 답했다.

순간 얼어붙어 있던 분위기가 '펑' 소리를 내며 열리는 병뚜껑처럼 풀어졌다. 황청의 위가 꼬르륵하고 다시 신호를 보냈다. 이번엔 모두가 들었고 동시에 물었다.

황첸이 말했다. "너 대체 얼마나 굶은 거야?" 텐이 물었다. "소고기맛 아니면 참치맛?" 캉이 말했다. "나도 배고프네."

위기는 해제되었다. 잠깐이었지만, 네 사람 모두 각자 자기 생각에 잠겼던 것이 분명했다. 황청은 황첸과 캉이 싸우는 모습을 한 번도 보지 못했다. 방금 질주하던 모습을 보면서 캉이 새롭게 느껴졌다. 출발할 때부터 텐은 이상할 정도로 말이 없었다. 황청은 그가 차멀미를 하는 줄 알았다.

이번 1박2일 여행은 캉이 제안한 것이었다. 텐은 항공사 취업을 위해 귀국했는데 타이완에 도착한 지 사흘 만에 외할머니가 돌아가셔서 장례까지 치러야 했다. 황첸은 두 사람이 사귄다는 소리를 듣고 무심한 듯 한마디 했다. "장거리 연애는 힘들어." 나중에 황첸이 캉에게 알렸을 때 캉은 의아해하며 말했다. "텐이 생각이 깊은 편이긴 하지만 황청은 연상을 좋아하는 줄 알았는데." 황첸은 잠시 생각하다 더는 아무 말도 하지 않았다.

그들은 이란宜蘭 근처의 온천이 딸린 한 비밀스러운 민박집에 도착했다. 내비게이션에는 나오지 않아서 주인이 알려준 대로 가야 찾아갈 수 있었다. 모두가 초행이었으므로 길을 한 번 잃기도 했지만 아무도 불평하지 않았다.

황청은 뒤에서 캉이 이따금 손을 뻗어 황첸의 허벅지 위에 올려놓는 모습을 보았다. 황첸은 손을 맞잡았다. 그녀의 약지에 끼워진 황금빛 반지에는 다이아몬드가 박혀 있었다. 황청은 두 사람의 손에서 눈을 떼기가 아쉬웠다. 가벼운 동작 속에서 안정감이 느껴졌다. 황첸의 시선은 캉의 눈썹 너머 바다로 향하고 있었다. 캉은 전방을 주시하고 있었다. 한참 후 그는 부드럽게 손을 빼고 양손으로 핸들을 잡았다. 그는 황첸에게 해안도로라 차가 별로 없으니 운전해보지 않겠느냐고 물었다. 황첸이 고개를 저으며 부드럽게 속삭였다. "난 운전하는 거 별로야."

황청이 손을 뻗어 텐을 가볍게 쳤다. 그는 뭔가에 가로막힌 듯 생각에서 깨어났다. 그녀는 텐의 침묵이 신경 쓰였다. 혹시 그녀를 위해 내키지 않는데 억지로 따라온 건 아닐까 생각했다. 어쩌면 외할머니를 잃은 슬픔에서 아직 헤어나오지 못했는지도 모른다. 텐은 외할머니 손에서 자랐다. 외할머니는 텐이 오기를 기다렸다 그의 얼굴을 보고 떠나셨다. 하지만 바람을 쐬러 가는 것도 나쁘지 않다고 한 건 그였다. 그게 아니라면 다른 사람 차에, 게다가 뒷좌석에 타는 것이 익숙지 않아서인지도 모른다. 다른 이유는 더 이상 생각나지 않았다. 텐이 좀 멀게 느껴졌다.

텐이 황청의 손을 잡아 자신의 입술에 가져가 살짝 입을 맞췄다. 황청은 '괜찮아?'라고 묻는 듯한 표정으로 그를 향해 미소 지었다. 텐은 미소로 답했다. 황청은 그의 가지런한 치아를 보고 나서야 그가 다시 곁으로 돌아온 듯한 느낌이 들었다.

캉이 물었다. "촬영은 언제 시작해?"

황청은 못 들은 척했다. 캉이 다시 물었다. "상하이에 가는 거 아니야?"

황첸이 그녀를 돌아보았다. 텐도 그녀를 보았다.

"상하이에 가?" 텐이 물었다.

황청이 그를 바라보며 말했다. "음…… 드라마 촬영이 있어서."

그때 황첸이 캉에게로 시선을 옮겼다. 두 사람은 더 이상 말을 하지 않는 게 좋을 것 같다고 생각하고 화제를 돌려야 하나 고민했다.

"왜 나한테 말하지 않았어?" 텐이 물었다.

"좀 확실해지면 말하려고 했어."

그녀는 자신도 잘 못 들을 정도로 작게 대답했다. 손바닥에서 땀이 나기 시작했다. 그녀는 잡고 있던 손을 빼고 싶었지만 그가 더 꽉 잡았다. 그는 황청의 얼굴과 창밖의 바다를 번갈아 쳐다보았다.

황첸이 얼른 화제를 돌리며 물었다. "좀 있다 여자들이 마사지 받는 동안 남자들은 뭐 할 거야?"

캉은 백미러로 텐을 살피며 그의 대답을 기다렸다.

텐은 황청을 바라보며 뭔가를 말하려는 듯 보였지만 황첸에게 미소 지으며 말했다. "우린 온천이나 하면서 시원하게 맥주나 마시죠."

캉이 웃었고, 황첸도 따라 웃었다. 황청만이 웃음기 없는 얼굴로 입을 꾹 다문 채 텐이 손에서 점점 힘을 빼고 있음을 느꼈다. 그녀는 손을 빼고 고개를 돌려 창밖을 보았다. 순간 목을 거의 90도까지 꺾었다.

한참 후 고개를 돌린 황청은 텐이 줄곧 자신을 보고 있었음을 알았다.

"왕 감독 작품이야." 황청이 말했다.

"그런 줄 알았어."

그 말은 기분이 나빴다. 왕 감독이 아니면 그녀를 불러주는 곳은 없다는 말처럼 들렸다.

"배역은?"

"여주인공 중 하나야." 그녀에게도 이 말은 좀 모순적으로 들렸다.

"여주인공." 텐이 대뇌었다. 그리고 말했다. "그거 좋은 거 아니야? 왜 말 안 했어?"

텐은 먼저 황청의 손을 잡았다. 살짝 난 땀이 그의 손바닥에 흡수되는 것 같았다.

32

그곳은 100평 가까운 오래된 곡물 창고를 개조해서 만든 민박집이었다. 일행을 맞이한 건 닭 두 마리였다. 민박집 주인인 듯한 젊은 부부는 근처 텃밭에서 채소를 따고 있었다. 남자 주인은 오늘 밤엔 다른 손님이 없으니 공용 공간을 자유롭게 써도 된다고 했다. 각각의 방에도 별도의 온천 풀이 딸려 있지만, 야외의 큰 온천에서 숲속 온천을 즐기는 것도 좋을 거라고 했다. 그때 조그만 아이가 텃밭에서 기어 나왔다. 민박집 부부의 두 살 난 아들이었다. 황첸이 쪼그려 앉아 아이를 향해 인사하자 아이가 까르르 웃으며 그녀에게 안기듯 뒤

뚱뒤뚱 걸어왔다. 나머지 세 사람은 그대로 서 있었다. 황청은 한쪽 발목을 반대쪽에 번갈아 비벼가며 모기를 쫓고 있었다.

마사지를 예약한 자매는 두 시간 동안 딥 티슈 마사지를 받았다. 엎드린 자세 때문에 숨 쉬기가 불편했던 황청은 머리를 이리저리 돌렸다. 마사지사는 손끝으로 집중해서 그녀의 근육을 풀어주었다. 황청은 등에 막혀 있던 기운들이 서서히 풀리면서, 마치 쓰러진 설탕 자루처럼 몸이 나른해졌다.

"텐이 전과 달라 보이는데." 황첸이 말했다.

"항공사 응시 결과를 기다리느라 요즘 스트레스가 많아."

"왕 감독에 대해서는 알고 있어?"

"별로. 굳이 알고 싶지 않다고 했어."

"캉이 미안하대. 사실은 내가 물어보라고 시킨 거야."

황청이 고개를 들어 불쾌한 기색으로 물었다. "왜 그랬던 거야?"

"텐은 상황을 전혀 모르고 있는 것 같아서."

"모처럼 여행 와서 싸우는 연기가 보고 싶었던 거야?"

두 사람은 한동안 말없이 엎드려 있었다. 황청은 언니가 가끔 이런 식으로 그녀를 어떤 일에 직면하게 만든다는 걸 알고 있었다. 불쾌하긴 하지만 텐과 한번은 진지하게 이야기를 나눠야 한다는 사실은 인정했다. 다만 여행까지 와서 해야 할 줄은 몰랐다. 오래 떨어져 지내다보니 마주하고 대화를 나누는 게 어려운 일이 되었다.

마사지 중간에 그녀는 다시 똑바로 누웠다. 황청의 마사지사가 황청의 복숭아뼈 안쪽 태계혈을 누르자 그녀는 갑작스러운 통증에 소리를 질렀다. 아까 차 안에서 있었던 일이 떠올랐다.

"언니는 캉이랑 자주 싸워?" 황청이 물었다.

황첸이 '응' 하는 소리를 냈지만 황청에게 대답한 것인지 자기 몸에 반응한 것인지 알 수 없었다. 황청은 더 묻지 않으려고 했는데 황첸의 입에서 그 이름이 흘러나왔다.

"너 린 삼촌 기억해?"

황청이 편안하게 감고 있던 눈을 반짝 떴다. 곡물 창고의 높은 천장 위로 추억 속 장면들이 떠올랐다. 그녀는 순간 꿈속에 있는 것 같았다.

그녀가 말했다. "기억해."

황첸은 언젠가 집 안 물건을 정리하다 옛날 필름 카메라를 찾았다고 했다. 그 안에는 찍다 만 필름이 들어 있었다. 황첸은 마저 다 찍어서 현상을 맡겼다. 필름을 돌려받자마자 그녀는 어린 시절 황청이 그랬던 것처럼 궁금증을 참지 못하고 길거리에 서서 뭐가 찍혔는지 햇빛에 필름을 비춰보았다. 황청은 그 시절 필름에 지문이 묻지 않게 하려고 조심하던 자신이 떠올랐다. 황첸은 더 이상 말을 잇지 않았다. 황청이 물었다. "무슨 사진이었는데?"

"린이 있었어. 뒤쪽 몇 장엔 두두도 있더라."

황첸은 천장을 똑바로 바라보았다. 입을 살짝 벌린 채 뭔가를 더 말하려는 듯했다. 마사지사는 그녀의 보드라운 종아리를 정성스레 주무르고 있었다.

황첸은 그날 집으로 돌아가 CD를 확인하고 현상소에서 사진을 잘못 넣어줬다는 사실을 알게 되었다. "안에는 프랑스 거리 사진들뿐이었어. 게다가 너무 어두워서 흐릿하게 찍혀 있었지." 그녀는 또 말을 멈췄다. 황청은 예전에 언니를 울리던 게 뭐였던가 떠올리며 생각에 잠겼다.

"필름을 스탠드 조명에 비춰보았어. 하지만 옛날 필름이니 윤곽밖에 확인할 수 없었지. 사람 얼굴은 까맣고, 눈동자는 구멍 두 개가 뻥 뚫린 것처럼 보였어. 난 너무 실망해서 그날 밤 내내 울다 그치다를 반복했어. 그러다보니 캉이 화가 났지."

잠시 멈칫했던 황청이 말했다. "캉이 그렇게 쉽게 화를 내진 않을 텐데."

황첸이 고개를 돌려 황청을 보았다. "린과 한 번 만났거든. 캉이 좀 기분 나빠했지."

황첸의 말투는 얼핏 무심하게 들렸다.

"언니가 더 기분 나빠하는 것 같은데……." 고관절이 비틀리는 느낌이 들자 황청의 목소리는 눌린 듯 낮아졌다.

황첸이 웃으며 말했다. "어렸을 땐 실체가 없는 것에 관심이 많았어. 개념이 잡히지 않으면 짜증이 났지. 그러다 자기만의 관점을 가지고 독특한 의견을 말할 수 있어야 한다고 생각했어. 얼마 지나지 않아 종일 의미를 따지는 게 재미없다는 걸 깨달았어. 그때부터 감각에 따라 행동하기 시작했지. 하지만 나이를 먹으니 감각도 둔해지더라. 그렇게 실컷 울고 나니까 정신이 맑아지는 느낌이었어."

마사지사는 두 사람의 등에 베개를 받쳐주고 똑바로 눕게 하고는 마지막으로 척추 스트레칭을 했다.

"유연성이 좋으시네요." 황첸의 마사지사가 말했다.

다른 마사지사는 말없이 웃었다.

"유연성은 유전이 아니었네." 황청이 말했다.

"성격과 더 관련이 있어요. 두 분 모두 고집이 센 것 같지만 완전히 달라요. 언니분은 저항하는 편이고, 동생분은 참을성이 많으신 듯해요." 황청의 마사지사가 말했다.

"저항하는 사람이 어떻게 유연할 수 있죠?" 황청이 물었다.

"영리한 저항은 힘을 빌려 쓸 줄 알아요. 참기만 하는 사람은 에너지를 몸 안에 쌓아두기 쉽죠. 몸에 쌓인 긴장을 풀어내는 데는 숨을 편안히 쉬는 방법도 큰 도움이 될 거예요." 마사지사가 황청에게 말했다.

마지막으로 마사지사가 향을 피우고, 두 사람은 바닥에 누워 휴식을 취했다. 소리라곤 밖에서 들려오는 것뿐이었다. 황청은 졸음이 밀려왔다. 반쯤 잠든 상태에서 들린 낯선 발자국 소리가 그녀를 현실로 잡아당겼다. 아까 그 아이였다. 아이는 황첸에게 들국화 한 송이를 건네려고 자갈이 깔린 바닥을 맨발로 달려왔다. 무릎의 벌건 모기 물린 자국을 자랑스레 보여주기까지 했다.

황첸은 작은 꽃을 머리에 꽂고는 손톱으로 아이의 무릎에 십자 모양을 살짝 눌러주었다. 잠시 후 민박집 주인이 나타나 연신 미안하다며 아이를 안고 갔다. 황첸의 얼굴에 순간 아쉬움이 스쳐 지나갔다. 그녀는 다시 누웠다. 벽에는 따스한 주황빛 햇살이 희미하게 비치고 있었다. 해가 곧 저물 것 같았다.

저녁 식사는 소박한 농가 요리였다. 한 사람당 한 접시씩이었다. 이름을 알 수 없는 요리들이었지만 모두 맛있었다. 전채 요리로 나온 케일 샐러드는 새콤달콤했는데, 위에 뿌려진 견과류가 처음 입에 넣는 순간부터 황청의 이 사이에 끼었다. 수제 호밀빵은 황청이 두 개를 먹었고, 황첸은 반 개만 먹어서 캉이 한 개 반을 먹었다. 텐은 두어 입에 한 개를 다 먹어치웠다. 수프는 호박 수프였는데, 위에 커피 거품 크림을 한 덩이 올려놓았다. 두 가지 맛의 조화가 의외로 훌륭했다. 황청은 수프를 한 숟가락 떠서 후후 불다가 정신이 팔려 입술을 살짝 데었다. 하지만 아무도 눈치채지 못했다.

메인 요리는 닭고기였다. 어쩌면 아까 그들을 맞았던 닭들 중 한 마리인지도 몰랐다. 구웠는지 튀겼는지는 모르겠지만 닭 껍질이 꽤

바삭바삭했다. 황첸은 닭 껍질을 잘라 캉에게 건넸다. 두 사람의 나이프와 포크는 서로의 접시를 분주히 오갔다. 황청과 텐은 각자의 음식에 집중해서 먹을 뿐이었다. 마지막 디저트를 먹을 때 텐은 수제 아이스크림을 황청에게 건넸다. 그가 싫어하는 카다멈 향 아이스크림이었기 때문이다. 황첸은 딱 한입 먹고는 너무 차가워서 못 먹겠다며 캉에게 건넸다.

캉은 와인 두 병을 가져왔고, 모두 나눠 마셨다. 처음엔 캉이 따르다 텐이 바로 이어받았다. 두 사람은 와인 따르는 방법이 많이 달랐다. 캉은 누구 잔에 술이 줄었나를 유심히 보고 있다가 바로 따라주었는데 텐은 다른 사람도 비슷하게 마실 때까지 기다렸다 한꺼번에 따라주었다. 황청은 이렇게 입에 맞는 와인은 처음이라고 생각했다.

네 사람은 모두 술을 제법 마시는 편이었다. 황첸은 저녁을 적게 먹은 탓에 양 볼에 자연스러운 홍조가 피어올랐다. 어슴푸레한 조명 아래서 유난히 더 아름다워 보였다. 그녀는 캉과 바짝 붙어 앉아 그의 어깨에 살포시 손을 얹고 있었다. 캉이 이야기할 때마다 황첸의 손가락이 캉의 옷자락을 부드럽게 어루만졌다. 황청은 정반대였다. 텐이 그녀의 어깨에 한쪽 팔을 걸치고 있었고, 가끔 엄지손가락으로 그녀의 목덜미를 살짝살짝 건드렸다.

자매는 가끔 눈이 마주치면, 그들만이 이해할 수 있는 어떤 신호를 주고받았다. 황청은 오랜만에 아무것도 신경 쓰지 않아도 되는 기분을 만끽했다. 이 순간 황첸의 웃음을 바라보고, 캉의 목소리를 듣고, 텐의 손길을 느끼는 것만으로도 충분했다.

황첸이 물었다. "항공사 결과는 언제 나와?"

텐의 엄지손가락이 멈췄다. 그 질문 때문이 아니라, 텐의 갑작스러운 동작 때문에 황청은 직감적으로 알았다. 지금 텐에게 기대면 자신이 바닥으로 넘어지리라는 걸.

텐이 말했다. "오늘 나왔어요. 떨어졌어요."

모두가 눈치만 보며 무슨 말을 꺼내야 할지 난감해했다.

황첸이 물었다. "다시 응시할 거야?"

텐이 말했다. "다음 주에 미국으로 돌아가요."

황청이 설명을 기다리는 듯 그를 물끄러미 쳐다보았다. 그는 단지 미안하다는 미소를 던질 뿐이었다.

황첸이 물었다. "그렇게 빨리?"

"미국으로 돌아가서 비행 교관 자격증을 따고 계속 비행 시간을 쌓고 싶어요. 캉 형님이 미국 시민권자라는 게 처음으로 부럽네요." 그는 황첸과 캉을 향해 말했다. 잠시 침묵이 흐른 뒤 그는 황청 쪽을 돌아보며 덧붙였다. "그럼 합격할 확률이 높아져."

"시민권이 있으면 뭐가 좋은데?" 캉이 물었다.

"미국 항공사에 지원할 수 있으니까 바로 비행 시간을 쌓을 수도 있겠죠."

한참 동안 모두가 말이 없었다. 황첸이 마지막 한 모금을 비우자 캉이 일어나 그녀의 잔에 술을 따랐다.

황청은 아까 차 안에서 텐이 그녀에게 물었을 때처럼 목소리를 한껏 낮추면서도 살짝 애교 섞인 말투로 물었다.

"왜 나한텐 말 안 했어?" 그러고는 농담처럼 덧붙였다. "벌점 1점, 이제부터 '나인'이라고 부를 거야."

"지금 말했잖아." 텐이 차가운 표정으로 말했다.

황청은 마치 무언가가 스치고 지나가며 상처를 남긴 듯한 기분이 들었다. 텐의 말이 끝나자마자 캉이 그를 흘깃 보았고, 황첸은 캉을 바라보았다. 텐의 손은 여전히 황청의 어깨에 걸쳐져 있었다. 그의 손을 떨쳐내고 싶었지만, 그저 깊은 한숨을 내쉬며 습관처럼 입술을 깨물 뿐이었다.

"어차피 난 촬영하러 중국에 가야 해."

텐은 말없이 캉 앞에 놓여 있던 술병을 들어 네 사람의 잔에 나눠 따랐다. 캉이 무거운 분위기를 풀어보려고 건배를 제안했다. 누군가 너무 세게 잔을 부딪쳤는지 유리 부딪치는 소리가 날카롭게 귀에 꽂혔다. 황청은 잔이 깨지는 줄 알았다. 모두가 잔을 단숨에 비웠다.

방으로 돌아온 황청은 오른쪽 계단의 욕조에 따뜻한 물을 받았다. 텐이 말했다. "금방 술 마셨으니까 좀 있다 해." 황청은 아무 대답도 하지 않았다. 그녀는 옷을 다 벗고는 물을 대충 한번 끼얹고 욕조안에 들어가 앉아 물이 차기를 기다렸다. 잠시 뒤 텐은 그녀에게 생수 한 병을 가져다주고는 샤워하러 갔다.

황청은 무릎을 감싸 안고 생각에 잠겼다. 욕망은 정말 행복이라는 환상을 만들어내 현실의 모습 위에 아름다운 윤곽을 덧칠한다. 옛날 필름처럼. 그래도 그녀는 황첸처럼 행복할 수 없을 것이다. 자매가 원하는 건 집을 지을 수도 있고, 실재하는 사람이 발을 딛고 설 수도 있는 단단한 기반이기 때문이다.

황청은 계속해서 자신만의 '중심점'을 찾고 있었다. 모든 움직임의 중심축이 되고, 결국에는 돌아갈 수 있는 그 지점을. 자신을 지탱해줄 '중심점'이 나타났다고 느낄 때마다, 얼마 지나지 않아 그것은 흔들리거나 심지어 그녀를 등지고 사라졌다. 앞으로 나아가 붙잡으려하고, 소유하려 하면 모든 에너지를 소진한 뒤에 의심이 피어났다. 그 '중심점'에 대해서든, 자신의 판단에 대해서든. 그것은 영원히 도달할 수 없으면서도 그녀를 끊임없이 전진하게 만드는 '이상'이었다. 때로는 사람이었고, 때로는 삶과 일이었으며, 때로는 그 모든 것을 아우르는 전체였다. 무언극에서는 이런 '중심점'을 '운 포인트 픽스un point fixe'라고 부른다.

텐이 샤워를 마치고 욕조 반대편에 앉았다. 둘은 말없이 그저 똑똑 떨어지는 물소리를 듣고 있었다. 물이 반 이상 차오르자 황청이 누웠고 텐도 따라 누웠다. 두 사람의 발이 서로 다른 각도로 상대를 향해 기댔다. 거리감에 익숙해진 탓인지, 이제는 어떻게 다투어야 할지조차 알 수 없었다. 황청은 물속에서 텐의 손을 찾았고, 텐이 몸을 앞으로 기울여서야 그녀의 손에 닿을 수 있었다.

그는 황청의 젖은 머리카락을 바라보다가 먼저 다가가 입을 맞췄다. 서로의 입술을 번갈아 탐하는 동안 텐의 욕망이 피어올랐다. 황청이 입술을 떼자 텐이 일어섰다. 그녀가 고개를 들어 그를 올려다보았다. 그가 한 걸음 더 다가왔다. 황청은 잠시 망설이다가 무릎을 세웠다.

그녀는 손으로 그를 잡아 입에 넣었다.

그 순간, 그것이 그녀의 '운 포인트 픽스'가 되었다. 전진과 후퇴를 반복하며, 끊임없이 그 지점으로 돌아오는.

33

상하이의 10월은 이미 선선했다.

황청은 짙푸른 색의 린넨 스카프를 목에 두르고 검은 가죽 재킷을 입었다. 그녀는 현장에 갈 택시를 직접 불렀다. 가죽 재킷은 엄마 것이었다. 엄마는 그녀가 너무 어려 보인다며 재킷을 짐가방 안에 직접 넣어주셨다. 엄마는 막내딸이 곧 스타가 될 거라는 생각에 벅차 오르는 기쁨을 감추지 못했다. 황첸은 재킷을 집어들고 유심히 살피 며 말했다. "이렇게 좋은 걸 왜 이제야 내놓으셨대?"

황청은 거울에 비친 어딘가 세 보이는 자기 모습이 어색하게 느껴 졌다. 하지만 광화의 당부가 떠올랐다. "평소 옷차림에 신경 써야 해. 대학생처럼 운동화에 백팩 메고 왔다 갔다 하지 말고. '스타성'을 보 여야 한다고. 특히 중국에서는 더 신경 써야 해. 여주인공답게 보여 야지."

여주인공다운 게 어떤 건지는 페이밍裴夢을 보고서야 알았다. 그녀 는 같은 타이완인으로 황청보다는 두 살 많은 서른 살이었다. 현재 중국에서 수년째 활동 중이었다. 몇 년 전에 로맨틱 사극으로 갑자기 인기를 끌더니 웨이보 팔로워가 1000만이 넘었다. 그녀가 백화점에 간다면 사방에서 거울이 비치고 있다고 느낄 것이다. 어딜 가도 자신 을 볼 수 있기 때문이다. 그녀는 야구모자를 쓰고 반바지가 살짝살 짝 보이는 헐렁한 캐릭터 셔츠를 입고 있었다. 양쪽 귀엔 굵기가 다 른 골드 이어커프를 끼었고, 화장기 없는 얼굴이지만 피부와 입술은 은은하게 빛났다. 가까이 가면 특별한 향기가 났는데 인공적이고 자 극적인 향수 냄새와는 달랐다. 그녀가 이야기할 땐 막 양치질을 한 사람처럼 입에서 은은한 민트향이 났다. 여배우는 꽃이다. 그러니까 반드시 향기로워야 한다.

페이밍은 왕 감독 옆에 앉아서 이야기를 나누기도 하고 서로 웃기 도 했다. 그녀 뒤로는 무표정한 얼굴을 한 남녀 직원들이 일렬로 서 있었다. 나중에 알고 보니 그들은 페이밍의 스태프였고 각자 맡은 업 무가 있었다.

다른 배우도 '로케 사전 답사'를 올 줄은 몰랐다.

황청을 발견한 감독이 손짓했다. 황청은 부르는 대로 가야 했다.

"소개할게. 이쪽은 후디에 역을 맡은 페이멍이고, 이쪽은 루루 역을 맡은 황청청이야. 영국에서 연기 석사를 마치고 막 들어왔어. 유학파지."

"안녕하세요?" 페이멍이 자리에서 일어나려 하자 뒤에 서 있던 직원들이 보스를 수행하듯 일제히 앞으로 한 발짝 나왔다. "페이멍이라고 해요." 오른손을 내미는 그녀를 향해 왼손을 내밀려던 황청은 잘못된 걸 깨닫고 서둘러 손을 바꿨다. 황청은 페이멍이 차고 있는 옥팔찌를 보고 옥팔찌가 이렇게 세련돼 보일 수도 있다는 걸 처음 알았다.

"왕 감독님께 말씀 많이 들었어요." 페이멍이 말했다. 대륙식 억양이 많이 묻어나는 말투였다.

황청은 미소를 지은 채 왕 감독을 힐끗 보았다. 무슨 말을 해야 할지 몰라 어색한 미소만 짓고 있었다. 페이멍이 다시 자리에 앉은 후에도 황청은 여전히 그들 앞에서 벌을 서고 있는 학생처럼 서 있었다. 무표정한 얼굴을 한 뒤쪽 직원들이 저마다 황청을 위아래로 훑어보았다.

"영국 스타일인가? 가죽 재킷 입은 건 처음 보는데?" 왕 감독이 주변 시선 따위는 아랑곳하지 않는다는 듯 다정하게 황청의 옷깃을 매만졌다.

황청은 어색하게 소매를 만지작거렸다. "언니가 준 거예요." 그녀는 여배우 앞에서 엄마의 구닥다리 재킷을 입었다고 말하고 싶지 않았다.

"너한테 안 어울려." 왕 감독이 말했다.

"상하이가 요즘 쌀쌀하잖아요. 가죽 재킷이 딱 맞아요. 제가 보기엔 예쁜데요?" 페이밍이 황청을 변호하듯 말해주고는 곧바로 왕 감독 쪽으로 고개를 돌렸다.

"감독님~" 페이밍이 애교 섞인 목소리로 감독을 불렀다. "제가 연기할 작가는 어떤 이미지라고 아까 말씀하셨죠?"

"작가는 BL 덕후이고, 가수는 오타쿠, 화가는 노처녀야. 그런데 세 주인공이 모두 그런 특징을 공유해." 왕 감독이 말했다.

"BL 덕후라니 듣기 좀 그렇네요." 페이밍이 귀엽게 투정을 부렸다. 황청은 고개를 살짝 기울인 채 왕 감독의 설명을 곱씹어보았다.

"이 캐릭터는 막장 드라마 작가인데 몰래 BL 소설을 즐겨 보거든. 이런 설정이 후디에라는 캐릭터를 입체적이고 사랑스럽게 만들어주는 거야."

'아, 그래서 BL 덕후라고 했구나.' 황청은 그제야 이해했다.

"사랑스럽다고 하시니까 생각났는데요, 어제 피팅했던 의상 있죠? 저한테 재단도 더 깔끔하고 원단도 훨씬 나은 비슷한 옷이 있어요. 가져와보라고 했는데……" 말이 끝나기도 전에 페이밍 뒤에 서 있던 키 작은 여자 스태프 한 명이 가방에서 재빨리 의상을 꺼내 페이밍에게 건네주었다. 독일제 고급 여행 가방도 함께 내밀었다.

"아, 벌써 가져왔네요. 감독님 여행 가방이 고장 났다고 해서 급하게 하나 구해왔어요." 페이밍이 말했다.

"뭐 이런 걸 다……" 왕 감독이 웃었다.

"별거 아니에요. 감독님 대기실로 가져다드릴게요." 그녀가 스태프에게 지시했다.

황청은 저런 톱스타도 감독에게 아부를 해야 하나 싶어 놀랐다. '아부'는 좀 심했고, '처세'라고 해야 하나. 아니면 이렇게 해서 스타가 된 건가?'

"방금 말씀드렸던 의상이요. 이거 어떨까요?" 페이밍이 옷을 자기 몸에 대보았다.

"괜찮네. 입고 싶은 거 입어." 왕 감독이 말했다.

페이밍은 헤어스타일에 관해서도 말했다. 황청은 방금 얘기했던 캐릭터의 내면에 관한 이야기는 이제 다시 나오지 않겠다고 생각했다. 두 사람이 이야기를 주고받는 동안 황청은 조용히 자리를 빠져나왔다. 그녀는 제작진이 만들어놓은 메인 세트인 세 주인공이 함께 사는 아파트를 보고 싶었다. 내일부터 시작되는 촬영은 사흘간 병원 신을 찍고 바로 이 메인 세트로 들어올 예정이었다.

촬영을 앞두고 있을 땐 늘 이런 불안감이 찾아왔다. 첫 촬영 때도 그랬고, 촬영 경험이 많이 쌓인 후에도 마찬가지였다. 전에는 어찌할 바를 몰라 긴장하다가 결국 두려워지기까지 했다. 지금은 여러 '방법'을 습득했고, 조금만 집중하면 그런 공포에서 빠져나올 수 있었다. 우선 캐릭터를 충분히 분석한 후 대본을 완벽히 이해하고 나면 나머지 '미지의 영역'에 대한 불안은 촬영 전 현장 및 스태프들과 친해지면서 조금씩 덜곤 했다.

그녀는 회전목마에서 어느 말을 탈지 고르는 아이처럼 세트장을 여기저기 돌아다녔다. 그녀는 소품을 정리하고 있던 스태프에게 들어가 볼 수 있느냐고 물었다. 그는 잠시 멈칫하더니 물었다. "누구신데요?" "루루 역을 맡은 배우예요." 의심을 거두지 못하는 표정의 스태프에게 황청이 덧붙여 말했다. "화가 역할이요." "들어가세요. 대신 소품은 건드리지 마세요."

거실과 주방은 이케아 쇼룸 같았다. 주방 선반에 순백의 식기와 컵들이 가지런히 놓여 있었다. 대본에서는 세 여자가 모두 덜렁대고 청소 당번 문제로 자주 싸우기도 한다고 했다. 그럼 누군가 결벽증이 있는 건가? 평소에 누가 요리할까? 미적 감각이 있는 화가는 야시장 선술집에서나 쓸 법한 싸구려 플라스틱 컵에다 물을 마실까? 거실의 노란색 'ㄴ'자 소파는 새것처럼 보였지만 원단은 거칠었다. 황청이 앉아서 뒤로 기대려는 순간 '끼익' 하는 소리가 나서 얼른 일어났다. 몸을 일으키면서 벽에 기대어놓은 액자를 무심결에 건드렸다. 액자는 나비넥타이를 한 기다란 속눈썹의 기린을 그린 복제화였다. 황청은 이 커다란 그림을 어디에 걸어야 할지 감이 잡히지 않았다.

그녀는 자신의 방, 정확히는 화가 루루의 방을 찾았다. 바닥에 그대로 놓인 매트리스 왼쪽에 소나무 이젤이 서 있었다. 하얀 플라스틱 책상에는 의자가 없었다. 아직 세팅이 덜 된 모양이었다. 타이완이었다면 그녀는 자기 물건이나 캐릭터의 특징을 보여줄 만한 물건을 가져다놓았을 것이다. 외국어 원서나 화집 같은 것 말이다. 현장 답사할 때 알게 된 화가 친구에게 부탁해서 남은 물감이나 작업할 때 입는 더러운 앞치마도 빌릴 수 있었을 것이다.

매트리스는 지지력이 형편없었다. 황청이 앉자마자 몸이 푹 꺼졌다. 그녀는 전체 20화 중 중 메인 세트 신을 정리해놓은 수첩을 꺼내 순서대로 훑어보기 시작했다.

제3화 루루는 갤러리에서 만난 다련大任에게 첫눈에 반한다. 두 사람은 와이탄外灘을 거닐며 이야기를 나눈다. 그날 밤 그녀는 다련을 이곳으로 데리고 와 밤을 함께 보낸다. 다음 날 아침 다련은 트렁크만 입은 채 세 여자와 풍성한 브런치를 즐긴다.

제5화 루루는 다련에게 가정이 있고, 심지어 세 살짜리 딸도 있다는 사실을 알게 되고, 두 사람은 크게 다툰다.

그다음 두 화는 몽타주 기법. 루루는 작품 활동에 몰두하면서 여러 남자와 원나이트를 즐긴다. 하지만 누구도 아침 식사까지 함께하진 않는다.

제9화 다런이 루루의 전시회 오픈 행사에 나타난다. 루루는 결국 그를 잊지 못하고 불륜을 선택한다. 다런이 다시 이 방에 들어온다.

제11화 불륜을 눈치챈 다런의 아내가 아이를 대동하고 이곳으로 찾아온다.

여기까지 읽은 황청은 루루의 특징을 다시 한번 확인했다. 성적 자유로움, 독특한 개성, 사랑과 욕망에 대한 솔직함, 이 모든 건 황청이 생각하는 자신과는 거리가 있었다. 루루를 설명하는 이런 '단어'들을 머릿속으로 되뇌며 그렇게 표현하려고만 한다면 그녀의 '이해'를 연기하는 것에 불과할 것이다. 결국 캐릭터는 평면적인 종이 인형처럼 되어버려 어떤 자극도 주지 못할 것이다. '아니야, 이렇게 막혀버리다니.'

황청은 세트장을 분주히 오가는 스태프들을 바라보면서 작업할 때 잘 알아볼 수 있도록 한 사람 한 사람의 얼굴과 특징을 기억하려 했다. 오래 보고 있자니 멍해지기 시작했고 나중엔 텐이 보고 싶은 마음에 온몸에 전기가 흐르는 것처럼 찌릿찌릿했다. 그 순간 그녀는 깨달았다.

루루를 입체적인 캐릭터로 만들어줄 수 있는 건 다런뿐이었다. 그녀가 루루로 '변하는' 건 비현실적이지만, 다런을 '보는' 것은 가능했다.

예를 들면 그녀는 시끄러운 갤러리에서 그를 처음 만난 날 자신이 유일하게 마음에 들어하는 그림을 진지하게 바라보고 있는 다런을 본다. 그리고 그의 정리되지 않은 거친 눈썹을 보면서, 자신의 생각과 똑같은 말을 하는 그의 차분한 목소리를 듣는다. 아침을 먹을 때는 십대처럼 수줍어하는 그의 모습을 본다. 그를 놀리고 싶고, 괴롭히고 싶고, 상처를 주고 싶다는 생각도 한다. 그가 자신을 위해 울어줄지, 울 때 고개를 돌려 숨길지도 궁금하다. 다런에게 가정이 있다는 걸 알았을 때, 자기 눈앞에 서 있는 그가 갑자기 초라하고 궁상맞아 보인다. 그녀가 기억하는 매력적인 남자는 순식간에 망가져버린다. 유머는 가식이 되고, 진심은 어리석음이 된다. 양쪽 뺨을 갈겨도 성이 풀릴 것 같지 않다. 이렇게 '보이는' 면들이 다런 역을 맡은 배우에게 꼭 있을 필요는 없다. 황청에겐 아무런 방해가 되지 않을 것이다. 실제로 '캐릭터'라는 건 존재하지 않는다는 사실을 황청은 받아들여야 했다. '보기'와 '상황'을 통해서만 루루는 입체적으로 태어날 수 있다. 그래서 '나는 누구인가/나는 어디 있는가/나는 무엇을 원하는가' 같은 질문들로는 결코 루루에게 생명을 불어넣을 수 없는 것이다. 관객은 캐릭터가 보는 세상을 통해 그들을 알아본다.

언제부터였는지 왕 감독이 옆에서 황청을 지켜보고 있었다. 황청은 뭔가를 깨달은 듯한 흥분을 얼른 감추었다. 예전에는 그에게 곧바로 달려가 종알댔겠지만, 지금은 담담히 눈을 내리깔고 수첩을 덮을 뿐이었다. 왕 감독은 그녀에게 다가가 묻지도 않고 들고 있던 수첩을 가져가더니 침대 반대편에 앉았다. 그의 몸도 푹 꺼져들었다. 황청은 왜 그를 제지하지 못했을까 생각했다.

왕 감독은 알록달록한 보물 수첩을 감상하며 연신 칭찬했다. 제 5화 장면을 펼쳤을 땐 이 장면이 마음에 쏙 드니 꼭 이렇게 찍어야겠다고 말했다. "카메라가 너를 따라 밖에서 안으로 들어오는 거야. 너는 그림이 반쯤 그려진 이젤 앞에 앉아서 붓을 들고 물감을 묻히고 그림을 계속 그리는 거지. 카메라는 그림을 그리고 있는 네 얼굴에서 멈추고, 이때 다런이 방문 앞에서 반쯤 열린 문으로 너를 바라보다가 막 들어오려고 할 때 네가 말하는 거야."

"나가요." 황청의 시선이 문을 향했다.

"좋아, 좀더 차갑게."

"나. 가."

"좋아. 그가 멈칫하는 사이 한 번 더 말해."

"당장, 꺼져."

"그가 문을 닫을 거야. 너는 문이 닫히는 소리를 듣는 순간 눈물이 또르르 흘러. 먼저 울면 안 돼. 좀 참았다가 눈물이 눈가에 가득 고이게 하고 문이 닫히는 그 순간에 뚝 떨어지는 거지."

황청은 설정에서 빠져나와 왕 감독을 돌아보았다. 그는 진지했다.

"꼭 그렇게 딱 맞춰서 울어야 해요?"

"그래야 화면에 예쁘게 나오지."

"자신 없어요."

왕 감독은 말없이 가벼운 미소를 지으며 몸을 살짝 흔들었다.

황청은 그와 한 침대에 있고 싶지 않아 일어나서 이젤 앞에 섰다. 미완성인 그림은 어떤 그림이 될까 상상해보려 애썼다. 머릿속 왕 감독과 관련된 장면이 이중 노출된 필름처럼 겹쳐 보였다. 상대 배우의 낯선 손과 왕 감독의 손, 겨우 세 번 만나고 사랑에 빠진 도저히 헤어질 수 없는 그 얼굴과 왕 감독의 얼굴, 낯선 억양과 친숙한 타이완 말투가 '현장'과 '장면'에 뒤엉켜 기억 속에서 분간되지 않았다. 두 개의 대립하는 것들이 서로를 향해 고함을 치고 있는 것 같았다.

황청은 마음이 불편했지만, 겉으로는 아무렇지 않은 척했다. 인간의 내면은 외부로 표출되는 것보다 항상 크기 마련이다. 그녀는 감정은 '연기'할 수 없다는 걸 실감했다. 유일한 방법은 캐릭터가 지금의 그녀처럼 자신의 감정을 '통제'하려고 노력하는 것뿐이다. 이건 겉으로 보여주는 연기를 훨씬 능가하는 것이었다. 마치 이 순간 그녀가 왕 감독에게 등을 돌린 채 그녀를 향해 뻗어오는 지배욕에 대항하려는 것처럼 말이다. 그녀는 그에게 잘 보이려 하지 않으면 그의 지배력이 약해질 거라며 스스로를 다독였다.

스태프 한 명이 아까 본 기린 그림을 들고 왔다. 그는 침대 머리맡에서 높이를 재고는 못을 박았다. 그 모습을 지켜보던 왕 감독이 입을 열었다.

"치워."

멍해진 스태프가 물었다. "감독님, 뭐 말씀이세요?"

"방금 벽에 건 그 흉물스러운 거 말이야. 다 치우고 가서 미술팀장 불러와!"

왕 감독의 말투가 거칠었다. 황청은 그가 소리를 지르는 동안 눈을 감고 있었다.

목이 길고 긴 속눈썹을 가진 기린 아래에서 자신이 현대 여성 화가라고 설득하는 건 지금 황청에게 그리 어려운 일이 아니었다. 이 빈방도 그녀의 상상 속에선 금방 루루의 흔적으로 가득 채울 수 있다. 이미 정해진 것이라면 그녀는 쉽게 무시하고 자신의 힘으로 현실을 만들 수도 있었다.

왕 감독이 말했다. "미술팀 감각이 형편없어. 소품도 전부 갈아치워야겠어. 아님 미술팀 전체를 갈아치우든가."

황청은 말없이 빈 캔버스 위의 보이지 않는 그림만 응시했다. 이제 그녀는 책임을 남에게 미루지 않는 법을 알게 되었다. 충분히 집중하기만 하면 보고 싶은 걸 볼 수 있었다. 상상력은 일종의 끊임없는 인내심 훈련이다.

"근처 식당에서 밥이나 먹자." 왕 감독이 말했다.

마주 앉은 두 사람은 조용히 메뉴를 골랐다. 음식을 기다리는 동
안 황청은 그와 눈이 마주치지 않으려고 애썼다. 왕 감독이 지루한
듯 식탁 위에 놓여 있는 소금통을 두드렸다. 안에는 쌀알과 소금이
들어 있었다. 다음엔 후추통을 들어 두드려보고는 내려놓았다. 냅킨
을 펼쳐 무릎 위에 놓았다가 다시 식탁 위에 올려놓았다. 마침내 음
식이 나오자 황청은 안도의 한숨을 쉬었다. 식당에는 지나간 유행가
가 조용히 흘러나왔다.

적어도 그는 이제 그녀의 앞머리를 쓸어올리지도, 볼을 꼬집지도,
그녀를 끌어안지도 않았다. 그는 황청에게 앞으로 할 작업에 대해 말
하지도 않았고, 그녀가 잘해야 한다고 상기시키지도 않았다. 황청도
캐릭터를 분석한 것이나, 메이크업 아티스트가 너무 늙어 보이게 메
이크업 해줬다거나, 숙소의 베개가 너무 딱딱하다거나, 물맛이 이상
하다는 등의 말을 하지 않았다. 내일 병원에서 찍을 눈물 신의 순서
가 궁금했지만, 그녀는 묻지 않았다. 콜시트를 확인하면 될 것이었다.
그녀는 배역을 맡겨주어서 고맙다는 말도, 대본이 정말 마음에 든다
는 말도 하지 않았다.

그들은 말없이 식탁 위의 음식을 하나씩 입에 넣었고, 아무도 자
신의 일부를 나누지 않았다.

34

이어폰을 끼고 구석에 앉아 있던 황청은 조감독이 부르는 소리를

듣지 못했다.

　그녀는 방금 예정에 없이 추가된 다런과의 키스신을 소화하느라 안간힘을 쓰고 있었다. 대본에는 '다런의 부인이 길에서 진한 키스를 나누는 다런과 루루를 목격한다' 정도로 간단히 언급되어 있었다. 왕 감독은 두 사람에게 키스하라고 지시했고 두 사람은 그대로 연기했다. 그런데 키스를 마치고 한참이 지나도 '컷' 소리가 나지 않아 멈출 수가 없었다. 멀리서 감독이 다런을 큰소리로 불렀다.

　황청은 다런의 혀가 그녀의 입안으로 밀고 들어오는 것을 느꼈다. 그러고는 그녀의 얼굴을 매만지던 그의 손이 천천히 아래로 미끄러지더니 그녀의 가슴과 엉덩이로 향했다. 황청은 그냥 연기할 수밖에 없었다. 다런의 목을 두른 팔에 더욱 힘을 주었다. 얼마나 지났을까 드디어 '컷' 하는 소리가 들렸다.

　다런이 곧바로 손을 놓았다. 황청은 끓어오르는 화를 참으며 그를 응시했다. 키스신에서 혀까지 쓰는 건 상대 배우에 대한 예의가 아닌데 혹시 타이완과 문화가 다른가 생각했다. 게다가 배경이 되는 장면인데 굳이 이렇게까지 진하게 키스할 필요가 있을까 싶었다. 그녀의 표정을 눈치챘는지 다런이 작게 속삭였다. "감독님 지시였어요." 고개를 돌려 보았지만 왕 감독은 이미 자리를 떠나고 없었다. 스태프들은 모두 좋은 구경이라도 한 듯 만족한 표정으로 흩어지고 있었다.

　메이크업 아티스트가 그녀의 어깨를 톡톡 쳤다. 돌아본 황청의 얼굴을 본 그녀는 화들짝 놀라 소리쳤다. "아이고, 언니 촬영은 이제 시작인데 화장이 다 지워졌어요!" 그녀가 "잠시만요, 빨리 끝낼게요!" 하고 외쳤다. 황청은 얌전히 화장대 앞에 앉아 메이크업을 기다리며 두두를 잃었을 때의 기억을 떠올리려 애썼다.

　그녀는 그래야만 했다. 키스신을 찍기 전부터 그녀는 오전 내내 울고 있었다. 다런이 교통사고를 당한 후 긴급 수술을 받는 장면에서 그의 아내는 루루를 쫓아내려 했다. 촬영하는 동안 루루가 비참하게 울수록 황청은 뿌듯했다. 다른 대체물이나 감정을 일으키는 기억을 동원하지 않고 오직 상대 배우에 집중해서 루루의 몸으로부터 자신의 감정을 끌어냈기 때문이다.

같은 대사를 할 때마다 그녀는 거의 매번 눈물을 흘렸고, 자신도 깜짝 놀랄 정도로 정확했다. 왕 감독은 그녀의 연기가 좋다며, 오전 내내 여러 각도에서 꼼꼼하게 촬영했다. "눈물 모양이 하늘이 빚은 것 같아. 황청의 눈물은 물이 아니라 진주야." 촬영 감독은 굵게 떨어지는 황청의 눈물을 보고 바로 방향을 바꿔가며 집중적으로 촬영했다. 황청은 왼쪽 눈보다 오른쪽 눈에서 눈물이 더 많이 나오는 것 같아 오른쪽 얼굴을 조금씩 더 내밀었다. 황청은 상대 여배우에게 고마웠다. 뺨을 맞는 순간 정신이 혼미해졌지만, 전혀 아프지 않았다. 뺨을 때릴 때마다 상대 여배우는 그녀에게 미안해하면서 너무 세게 때리진 않았는지 물었다. 황청은 예전의 그 남자 배우가 황청에게 말했던 것처럼 "괜찮아요. 더 세게 때리세요"라고 속삭였다. 맞은 뺨은 회복된다. 삶이란 돌아가는 과정인지 모른다. 그 남자는 지금 어느 정도 이름이 알려진 배우가 되었다. 어쩌면 그렇게 뺨을 많이 맞아서인지도 모르겠다.

그런데 갑자기 그 키스신이 끼어들면서 황청의 몰입이 다 깨져버렸다. 그녀는 감정적으로 약간 지쳐 있었다. 오후에도 세 개 신이 남아 있는데 모든 신에 '루루가 눈물을 흘리기 시작한다' '루루의 눈시울이 붉어진다' '루루가 몰래 눈물을 훔친다' 같은 눈물 장면이 있었다. 지문 아래에는 루루가 왜 우는지에 대한 분석이 빼곡히 쓰여 있었는데 눈에 들어오지 않았다. 머릿속에는 잡념이 떠오르기 시작했다. '눈이 이렇게 부었으니 화장도 안 받겠지?' '왜 우는 신이 한꺼번에 몰려 있지?' '다런이 죽은 것도 아닌데 이렇게까지 울 필요가 있나?' '방금 촬영 감독이 수도꼭지 같다고 칭찬했을 때 왕 감독 표정은 왜 그렇게 차가웠지?'

흐트러진 생각에 자만심이 뒤섞이면서 황청은 '섬세한 감정선'에서 조금씩 멀어지고 있었다. 그리고 익숙한 '공포'가 다시 엄습해왔다. 그녀는 서둘러 이어폰을 끼고 감정을 끌어올리기 위한 음악을 들었다. 그녀는 점심도 거른 채 혼자 구석에 앉아 두두의 마지막 모습을 필사적으로 떠올리고 있었다.

현장은 병원 입구였다. 황청이 도착했을 때 페이밍은 왕 감독과 의견 다툼 중이었다.

페이밍이 말했다. "이건 자매가 화해하는 장면이잖아요. 대본처럼 이렇게 울었다 웃었다 할 필요까진 없을 것 같아요. 루루 생각은 어때요?"

"분위기가 중요하니까요. 분위기가 맞지 않으면 저라도 울기는 힘들 것 같아요." 황청이 말했다.

페이밍이 그녀를 흘끗 보았다. 하지만 자기가 울지 못할 거라는 말은 하지 않았다.

왕 감독이 말했다. "항상 대본대로 찍는 건 아니야. 일단 리허설을 하면 감이 올 거야."

두 사람은 대본을 들고 리허설을 하기 시작했다. 페이밍의 직원이 다가와 우산을 씌워주었다. 우산이 왕 감독의 시선을 가리자 페이밍은 자신의 스태프를 거칠게 밀쳤다. 황청은 대사를 다 외운 상태였기 때문에 대본은 그냥 들고 있었다. 그녀는 대사를 다 외웠다고 일부러 대본을 들고 있지 않은 배우를 싫어했다. 자신의 실력을 과시하는 것 같았기 때문이다. 페이멍은 대사를 외우지 않아서 대사를 읽으며 자신의 동선을 어디로 해야 할지 몰라 갈팡질팡했다. 황청은 그녀를 따라가면서 페이멍에 맞춰 움직였다.

페이멍이 말했다. "대사가 너무 많아서 어떻게 해야 할지 모르겠어요. 이 신은 두 페이지나 되는데 그냥 어디 앉아서 하면 안 돼요?"

왕 감독이 주위를 둘러보고 말했다. "저기 야외 휴식 공간이 있네. 일단 인사하고 거기 있으면 내가 그쪽으로 점프 컷 할게. 미술팀한테 예쁜 차양 좀 치라고 해."

"그럼 우린 저기 먼저 가서 대사 맞추고 있을게요. 과일이나 뭐 들고 할 거 없나 소품팀에 물어봐줄래요?" 페이멍이 말했다.

"소품 먼저 가져다줘! 내가 이런 것까지 챙겨야 해?" 왕 감독이 조감독에게 소리쳤다.

"소품 먼저 가져다줘! 빨리!" 조감독이 사람들을 향해 소리쳤다.

한 어린 스태프가 종이봉투를 들고 와서는 누굴 줘야 할지 모르겠다는 얼굴로 서 있었다. 조감독이 얼른 받아 페이멍에게 건넸다.

"페이멍 씨, 좀 무거워요." 조감독이 말했다.

"안에 있는 걸 좀 뺄 수 없나?" 왕 감독이 말했다.

"괜찮아요. 한번 볼게요." 페이멍이 말했다.

페이멍이 봉투에서 사과를 꺼냈다. "이따가 사과를 깎으면서 대사를 해도 될까요?" 페이멍이 물었다.

"감정선이 맞는지 한번 보지." 왕 감독은 조감독에게 지시했다. "사과가 충분한지 확인해."

"사과가 충분한지 확인해!" 조감독이 뒤쪽 사람들을 향해 외쳤다.

"과도 주세요." 페이멍이 말했다.

조감독이 막 소리를 치려는데 왕 감독이 직접 가져오라고 지시했다. 황청은 이 모든 광경을 보면서 좀 우스꽝스럽다고 생각했다.

기다리는 동안 두 사람은 계속 대사를 연습했다. 페이밍은 대본을 보면서 했지만 황청은 옆에 내려놓고 있었다. 왕 감독은 황청이 대사를 할 때마다 말을 끊었다. 그는 대사 사이 호흡이 너무 길다, 목소리 톤이 너무 조심스럽다고 지적했고, 심지어 그녀가 '설정'해온 모든 것을 다 치워버리라고도 했다.

황청은 답답했다. 오전엔 다 괜찮다고 하더니 왜 지금은 다 이상하다고 하는 거지? 그때 페이밍이 입을 열었다.

"감독님, 너무 편애하시는 거 아니에요? 루루만 챙기시고."

왕 감독이 웃으며 말했다. "아직 신인이잖아. 제대로 잡아줘야지."

페이밍은 말없이 미소만 지었다. 그때 과도가 도착했다. 황청은 땀으로 범벅된 조감독에게 순간 동정심이 일었다. 그녀 자신을 동정할 순 없으니까.

조감독이 물었다. "카메라로 한번 찍어볼까요?"

왕 감독이 대답하지 않자 페이밍이 먼저 옆에 있던 촬영 감독을 돌아보며 웃으며 말했다. "한번 찍어보죠. 우리 둘 다 앉아 있으니까."

촬영 감독이 말했다. "좋아요. 감독님 가시죠."

왕 감독이 말했다. "좋아, 그럼 바로 찍지."

모두가 준비를 마쳤다.

"12-3 신, 테이크 원, 액션!"

첫 장면은 카메라 두 대로 양쪽에서 동시에 촬영되었다. 페이밍이 대사를 하며 사과를 깎았다. 황청은 페이밍 손에 자꾸 눈길이 갔다. 사과 껍질이 끊어질 때마다 페이밍의 대사도 끊어졌기 때문이다. 나중엔 페이밍의 차례가 되었는데도 대사는 하지 않고 동작만 이어갔다. 이번엔 세 바퀴나 돌려 깎았는데 껍질이 끊어지지 않았다.

페이밍이 고개를 들고 말했다. "대사 다 한 거예요?"

"컷!" 하고 외친 왕 감독이 두 사람에게 다가왔다.

"사과 깎는 거 안 어울려. 다른 걸로 바꿔볼까……"

"감독님, 루루가 사과 깎는 거 처음 보는 사람처럼 계속 쳐다봐서 그런 거 아니에요?" 페이밍이 물었다.

그 말을 들은 황청이 허리를 세우고 고쳐 앉았다. 입술을 깨물며 왕 감독을 보았지만 오래는 보지 못했다. 구해달라는 것처럼 보일 듯싶었다.

페이밍이 황청에게 말했다. "뚫어져라 쳐다보지 좀 말아요. 더 긴장되잖아요. 나 연습 많이 해서 안 끊기고 다 깎을 수 있어요."

"미안해요." 황청이 말했다.

"끊어져도 상관없어. 깎는 데 너무 집중하지 말고 대사에 신경 써. 좀더 타이트한 숏으로 한 번 더 갑시다." 왕 감독이 말했다.

황청은 페이밍의 표정이 어두워지는 것을 느꼈다. 소품팀 스태프가 갈변된 사과를 가져가고 새것을 가지고 왔다. 페이밍은 손으로 새 사과의 무게를 가늠해보았다.

"12-3번 신, 테이크 투, 액션!"

황청은 몰입에 방해가 되지 않는 선에서 자연스럽게 시선을 이리저리 돌리며 손가락을 만지작거리거나 신발을 내려다보았다. 하지만 가끔은 페이밍이 사과 깎는 모습을 흘끔거려야 했다. 그렇게 하지 않으면 너무 어색할 것 같았다. 이번엔 순조롭게 진행되었다. 페이밍은 완벽한 타이밍에 사과를 다 깎고는 황청에게 한 조각 잘라주었다.

황청은 조금의 망설임도 없이 그것을 입에 넣었다. 예상치 못한 사과의 달콤한 향이 목마른 입안에 가득 퍼졌다. "루루, 미안해." 후디에의 목소리가 들리자 불쑥 감정이 복받쳐 오르면서 눈물이 주르륵 흘러내렸다.

그 순간 황청은 상대의 눈빛에 뭔가 스쳐 지나가는 것을 느꼈다. 그 차가운 기운은 후디에가 아닌 페이밍의 것이었다. 루루의 눈물을 본 후디에는 따라 울었을 것이다. 대본에 따르면 두 자매가 웃었다 울었다 하면서 화해하는 장면이기 때문이다. 하지만 여기 자매는 없었다. 오직 두 여배우만 있을 뿐이었다.

페이밍은 고개를 숙이고 사과를 입에 넣었다. 눈물이 나오지 않았기 때문에 그녀는 고개를 살짝 비틀어 카메라를 보았다. 루루는 사과를 씹으며 얼른 눈물을 훔치고는 후디에를 보며 웃었다. 하지만 그녀는 이 웃음이 어색하다는 걸 알았다.

"컷!"

메이크업 보조가 재빨리 다가와 황청에게 티슈를 건넸다. 화장을 고쳐주며 맡아둔 대본도 건네주었다. "아니, 필요 없어요. 가지고 있어요." 황청이 말했다.

"대본 좀 볼 수 있을까요?" 페이밍이 물었다.

황청은 거절하지 않았고, 페이밍은 대본을 건네받아 휘리릭 넘겨보았다.

"진짜 모범생이네요." 그녀가 담담히 말했다. "하지만 좋은 배우는 어떻게 울어야 하는지가 아니라 어떻게 울음을 참는지를 알아야죠."

그 말을 들은 황청은 무의식적으로 다시 입술을 깨물었다. '이런 명언을 남을 비꼬는 데 쓰다니. 자긴 울지도 못하면서 남이 잘 운다고 비아냥대네.'

"언니, 입술 깨물지 마요. 입술 다 지워져요." 메이크업 보조가 말했다.

"미안해요." 황청이 말했다.

"참, 웨이보 있어요?" 페이밍이 물었다.

"며칠 전에 만들었어요."

"이 대본 사진 찍어서 태그할게요. 관심 좀 끌 수 있을 거예요."

황청이 당황하며 말했다. "대본은 좀 그런데요……"

"내용은 잘 안 보일 텐데." 그때 페이밍의 전담 메이크업 아티스트가 그녀의 립스틱을 바르기 시작했다.

"남들한테 보여주려고 이렇게 빽빽이 써놓은 거 아니에요?" 페이밍의 목소리는 낮았지만 황청은 그 속에서 수치심과 분노를 느꼈다. 인정받고 싶어하는 황청의 욕구를 페이밍은 한눈에 꿰뚫어본 것이다. 어느 배우라고 그 길을 걸어보지 않았겠는가.

그때 왕 감독이 다가와 페이밍의 클로즈업 장면을 먼저 찍자고 했다. 소품팀이 사과를 다시 가져왔다.

페이밍이 손으로 사과를 만져보고는 말했다. "사과가 너무 작은데요. 아까랑 비슷한 걸로 주세요."

순간 주요 스태프들의 모두 동작을 멈췄다.

"아까 손의 감각이랑 타이밍이 다 좋았잖아요. 안 그래요?" 그녀가 말했다.

조감독이 왕 감독의 귀에 대고 뭔가를 말했다.

그때 페이밍이 말했다. "감독님, 루루를 먼저 찍는 건 어때요? 감정선 놓치기 전에요."

황청은 이렇게 될 줄 알고 있었다. 페이밍은 루루가 어떻게 우는지 보고 나서 어떻게 울지를 결정하려는 것이었다. 그녀는 자신보다 황청이 먼저 운 것을 받아들일 수 없었다.

황청이 숨을 깊게 들이마시며 뒤엉킨 감정을 가라앉혔다. '방금처럼만 하면 돼. 집중해.' 그녀는 자신에게 주문을 걸었다.

카메라가 세팅되고 왕 감독이 황청에게 다가와 물었다. "괜찮아?"

황청은 고개를 끄덕였지만 확신할 수는 없었다.

황청은 눈을 감고 크게 심호흡했다.

"12-3번 신, 테이크 스리, 액션!"

그녀는 눈을 뜨고 모든 신경을 페이멍의 손에 집중했다. 페이멍은 화면에 나오지 않기 때문에 대사만 맞춰주고 사과는 깎지 않았다. 마지막에 사과 한 조각만 건네주면 됐다. 하지만 황청은 여전히 그 사과가 보였다. 껍질이 벗겨지면서 칼끝을 따라 조금씩 과육이 모습을 드러냈다. '아, 끊어졌네.' 그녀는 대사를 이어가며 페이멍의 얼굴을 보았지만 방해받지 않기 위해 그녀의 미간에 시선을 고정했다. 페이멍은 대사를 읽으면서 유심히 황청을 관찰했다. 이제 그녀는 황청이 사과를 뚫어져라 쳐다본다고 불평하지 않을 것이다. 그녀의 최대 관심사는 황청이 울 것인가, 울면 얼마나 울 것인가가 되었으니까.

눈물이 나오지 않았다.

왕 감독이 말했다. "바로 한 번 더 가봅시다."

여전히 눈물이 나오지 않았다.

나오지 않았다.

안 나왔다.

왕 감독이 다가왔다. 그는 두 여배우와 약간 떨어진 곳에서 들고 있던 대본을 바닥에 내팽개치며 고함을 질렀다.

"씨발, 저 여자 뭐야! 영국에서 연기로 석사까지 땄다며? 석사는 빌어먹을!"

황청은 그 말에 눈시울이 화끈거렸다. 하지만 어떤 이성적인 부분이 그녀를 무장시켰다. 왕 감독은 어쩌면 이렇게 그녀를 울리려는 것인지 몰랐다. 아니면 이런 방식으로 페이밍에게도 이렇게 울어야 한다고 말하려는 것이었는지도 몰랐다. 하지만 의도가 뭐였든 너무 저열하고 진부한 방법이었다. 황청에 대해 알고 있는 정보로 배우가 가장 신경 쓰는 부분을 공격하고, 게다가 여느 엑스트라 부르듯 '저 여자'라고까지 했다. 만약 그녀가 운다면 그의 방법이 옳다는 것을 증명하는 셈이었다. 황청은 눈물 한 방울도 흘리고 싶지 않았다. 하지만 일이 빨리 끝나기만을 기다리는 이곳의 모든 사람이 그녀만 쳐다보고 있었다. 그녀의 눈물이 기교로 흘린 것인지, 진심에서 우러나 흘린 것인지 신경 쓸 사람은 아무도 없었다. 황청은 눈을 감고 두두가 차에 치이는 잔인한 상상을 했다. 온몸이 찢긴 채 덜덜 떨고 있는 두두가 꼬리를 흔들며 그녀를 보고 있다……

"카메라 돌아가죠! 바로 찍습니다."

눈물이 뚝뚝 흘렀다. 뚝뚝, 뚝뚝뚝.

그녀는 지고 싶지 않았다. 언제나처럼 모든 걸 잃고 구석에 가서 스스로를 달래고 싶지 않았다. 내면의 무언가가 찢겨나갔다.

"컷! 페이밍 씨 클로즈업 갑니다."

그 사과 하나 때문에 모두가 한바탕 고생해야 했다. 페이밍은 지연된 시간을 이용해 감정을 끌어올리고 있었다. 그녀도 이어폰을 끼고 슬픈 음악을 들으며 먼 곳을 응시한 채 감정을 끌어올릴 '대체품'을 찾고 있었다.

결국 똑같은 모양의 사과는 찾을 수 없었지만 페이밍은 별로 개의치 않는 듯했다. 촬영 직전 황청은 페이밍의 전담 메이크업 아티스트가 등으로 카메라를 가린 채 그녀의 양쪽 눈가에 뭔가를 바르는 것을 보았다. 황청은 절대 쓰지 않을 '눈물 유도제'였다.

"12-3 신, 테이크 나인, 액션!"

페이밍이 사과를 깎기 시작했다. 고개를 들자 그녀의 눈은 이미 붉게 충혈되어 있었다. '그럼 루루가 더 빨리 울었어야 했는데.' 황청은 생각했다. 황청은 연기에 집중하려고 했지만 무의식중에 상대를 평가하는 자신을 막을 수 없었다. 아침에 찍었던 장면은 삼 일쯤 전에 찍은 것 같았다. 그녀는 무의식적으로 대사를 치다 페이밍의 반짝이는 눈물이 사과에 떨어지는 것을 보았다. '저 사과 안 먹어도 되겠지?' 황청은 생각했다.

하지만 페이밍은 그것을 건네주었고, 카메라에 잡히지는 않았지만 루루는 그것을 먹었다. 황청은 직업 정신이 투철한 배우이기 때문이다.

35

상하이 연극센터 거리의 모퉁이 카페에는 사람들로 북적였다. 황청은 구석 창가 자리에 앉아 대본을 테이블 위에 펼쳤다. 앞에는 멸균 우유로 만든 카페라테가 딱 한 모금 마신 그대로 놓여 있었다. 유독 진한 거품 윗부분의 움푹 팬 자국이 그대로였다.

거리엔 바람 한 점 없었지만, 길거리는 온통 낙엽이 뒤덮고 있었다.

그녀는 방금 저녁 공연 표를 한 장 샀다. 베케트의 「고도를 기다리며」였다. 중국 연출가가 이 난해한 고전을 어떻게 재해석했을지 궁금했다. 카페 안의 손님들은 저녁 공연을 준비하는 스태프나 배우인 듯 대부분 검정 옷에 검정 신발을 신고 있었다.

황청은 뭐라도 올릴까 싶어 웨이보를 열었다가 폭주하는 알림 문자에 깜짝 놀랐다. 어제까지만 해도 수십 명에 불과했던 팔로워 수가 갑자기 1만 명이 넘었다. 페이밍이 글을 올렸던 것이다. '새로운 작품에서 만난 동향 귀요미@황청청'이라는 글귀와 함께 사진도 두 장 있었다. 하나는 머리를 맞대고 찍은 친밀해 보이는 투숏이었고, 다른 하나는 빽빽하게 끄적여놓은 황청의 대본이었다.

'동향'이란 단어에 그녀는 눈살을 찌푸렸다. '귀요미'는 너무 어린애처럼 들렸다. 댓글은 대부분 이번 작품을 기대한다는 내용이었다. 몇몇은 황청이 별로 예쁘지 않다고 했고, 몇몇은 두 사람의 미소가 자매 같다고 했다. 어떤 댓글은 이런 대본은 박물관에 있어야 할 것 같다고 했다. 황청은 갑자기 늘어난 팔로워 수가 별안간 늘어난 통장의 돈 같았다. 자기가 번 돈은 아니었지만, 보너스를 받은 것 같아 기분이 좋아졌다.

그녀의 눈은 아직도 부어 있었고 두통도 있었다. 그래도 어젯밤은 유난히 깊이 잠들었다. 촬영하면서 힘든 건 그때뿐이라고 스스로를 위로했다. 작품에서 가장 감정 소모가 심했던 신 촬영도 끝났으니 이제 좀 숨을 돌릴 수 있을 것 같았다. 오늘부터 모든 스태프가 메인 세트로 이동했고, 앞으로 이틀간은 그녀의 촬영 일정이 없어서 잠시 쉴 수 있었다.

옆 테이블에는 남자 둘이 앉아 있었다. 한 명은 뚱뚱했고 한 명은 말랐는데 계속 무슨 이야기를 하고 있었다. 꽤 재미있는 이야기라 황청은 한동안 그들의 대화를 몰래 듣고 있었다. 그들은 어떤 배우 친구가 TV 드라마를 찍고 나서 연기가 변했다는 얘기를 하고 있었다.

마른 남자가 말했다. "너무 깊이가 없어."

뚱뚱한 남자가 말했다. "가벼운 방식으로 무거운 감정을 끌어내는 거지."

"무대 위에서 영혼이 없는 사람처럼 연기하더라고."

"TV는 그냥 조그만 화면일 뿐이야."

둘은 잠시 말없이 서로를 바라봤다. 황청은 화장실에 가고 싶었지만, 그들의 대화를 놓치고 싶지 않았다. 살짝 자세를 바꿔 앉자 그들은 어떤 작품 얘기를 시작했다.

뚱뚱한 남자가 말했다. "주연이 문제야."

마른 남자가 말했다. "조연들이 문제지."

"주연은 존재감 자체로도 충분한데 왜 그렇게 오버하면서 연기를 하는 거야?"

"조연은 필요한 캐릭터를 정확히 연기해서 효과를 높여야 하는데 제대로 연기하는 사람이 한 명도 없었어."

둘은 말을 마치고는 마치 약속이라도 한 듯 동시에 음료를 마셨다. 뚱뚱한 남자가 황청을 힐끗 보자, 황청은 얼른 고개를 숙여 대본을 보는 척했다. 두 사람은 계속해서 이 연극이 흥행이 안 되는 이유에 대해 토론했다.

마른 남자가 말했다. "연극은 보편적인 감정을 다뤄야지, 살롱처럼 하면 안 돼."

마른 남자가 말했다. "아니, 연극은 고통을 보여줘야지. 사회 전체가 달콤함으로 우리를 마취시키고 있잖아."

"게임처럼 해야 해. 재미 속에 의미를 담아내는 거지."

"게임이랑 오락은 사방에 깔렸어. 가벼운 오락거리는 넘쳐나잖아. 연극은 치열해야 해."

"그럼 관객이 없잖아. 우린 땅 파먹고 사냐?"

"없는 게 아니라, 아직 못 찾은 거야."

그들은 다시 동시에 음료를 마셨다. 그러고는 각자의 빨대를 빼고 음료를 바꿔 마셨다. 마른 남자는 뚱뚱한 남자가 마시던 음료에 빨대를 꽂아 한 모금 마셨고, 뚱뚱한 남자는 마른 남자의 음료를 아예 직접 들고 마셨다. 황청은 시선 끝으로 마른 남자가 자신을 곁눈질하는 걸 느꼈다. 계속 고개를 숙이고 대본을 보는 척했지만, 그들은 그녀가 엿듣고 있다는 걸 알고 있는 게 분명했다. 만약 고개를 들어 그들과 시선이 마주치면, 뭔가가 깨져버릴 것 같았다. 그들의 토론에는 끝이 없었다. 아이러니한 건 두 사람 말이 모두 맞는다는 사실이었다. 황청은 어쩌면 오늘 밤 「고도를 기다리며」 무대에서 그들을 볼 수 있지도 모른다고 생각했다.

그때 전화가 울렸다.

황청은 마치 공연 중에 휴대폰 끄는 걸 깜빡한 관객처럼 부끄럽고 미안한 표정을 지었다. 하지만 두 남자는 프로 배우처럼 전혀 방해받지 않은 듯, 핑퐁처럼 대화를 계속 주고받았다.

황청이 전화를 받았다. 수화기 너머의 목소리를 듣고는 몇 초간 멍해졌다가, 전화를 끊었다.

순간 카페 전체의 음향이 꺼져버린 것 같았다. 아무것도 들리지 않았다. 황청은 서둘러 짐을 챙겨 화장실에 다녀온 뒤 택시를 잡으러 거리로 나갔다. 직원이 뒤쫓아 나왔다. 계산을 안 한 것이었다. 돌아가 연신 고개를 숙이며 사과했다. 직원은 황청을 쏘아보며 그녀가 내민 100위안짜리 신권을 거칠게 낚아챘다.

이번에는 뚱뚱한 남자와 마른 남자가 그녀를 주시했다. 마치 기대하던 무대가 시작되기를 기다리는 것처럼.

36

또 병원이었다.

태양은 유난히 낮게 떠 있었고, 보이는 사람들은 모두 배역에 몰입한 단역 배우 같았다.

왕 감독은 방송국 관계자들에게 둘러싸여 있었다. 그가 거기 무사히 서 있는 것을 보고 황청은 안도의 한숨을 쉬었다. 현장은 어수선했고, 모두 심각한 표정을 하고 있었다.

촬영 세트가 무너졌다.

페이밍이 중상을 입었고, 그녀에게 우산을 씌워주던 현장 스태프가 현장에서 사망했다.

황청은 멀리 구석진 곳 벤치에 앉아 조용히 기다리고 있었다. 몰려왔던 사람들이 한참 후 하나둘 자리를 뜨고 나서야 왕 감독은 겨우 자리에 앉았다. 황청은 그에게 다가갔지만 어떻게 손길을 내밀어야 할지, 무슨 말을 해야 할지 알 수 없었다. 그저 얌전한 고양이처럼 옆에 있어줄 뿐이었다.

사람이 점점 줄어들면서 날도 조금씩 어둑해졌다.

택시에 오르자 왕 감독 휴대폰의 진동음이 울렸다. 그는 화면을 힐끗 보더니 다시 내려놓았다. 황청은 창밖을 바라보며 그가 옆에 있는 그녀를 배려해 전화를 받지 않는 건지도 모른다고 생각했다. 그녀는 자신도 모르게 그를 변호하고 있었다. 한참이 지난 후 왕 감독이 입을 열었다.

"이번 작품을 중단해야 할 것 같아. 마음의 준비를 해."

황청은 촬영 재개 가능성이 없는 건지 궁금했지만 페이밍의 상태를 물었다.

"골반이 부러졌고, 회복하는 데 얼마나 걸릴지도 알 수 없대. 약혼자가 출산에 영향을 미칠 거라면서 날 고소하겠대."

그녀는 숨소리조차 낼 수 없었다. 오늘 자신이 촬영 중이었다면 사고를 당한 사람은 황청이었을 것이다. 하지만 황청은 유명 배우가 아니기 때문에 제작진은 대체 배우를 바로 찾아내 세트장을 다시 짓는 동안 지난 사흘간 분량을 재촬영했을 것이다. 하지만 페이밍은 대체할 수 없다. 제작사는 차라리 돈을 물더라도 촬영 중단을 선택할 것이다. 페이밍을 대체할 만한 인지도를 가진 배우로 교체해도 여론의 비난을 감당하기 힘들 것이기 때문이다. 만약 황청이 다쳤다면 낯선 상하이에서 적절한 치료를 받을 수 없었을지도 모른다. 어쩌면 그녀는 죽을 수도 있었다. 그랬다면 왕 감독은 교체되었을까, 아니면 이 작품을 포기했을까, 이 좋은 기회를 그가 포기할 수 있었을까?

왕 감독이 없었다면 지금의 그녀도 없었을 것이다. 이젠 페이밍이 없으면 황청도 존재할 수 없게 되었다. 어떤 상황에서도 그녀는 부속품 같은 존재였다.

왕 감독이 말했다. "설령 페이밍이 회복된다 해도 계속 찍고 싶어 하지 않을 거야. 나도 안 하고 싶어."

황청의 마음속에 남아 있던 마지막 희망 한 줄기가 꺼져버렸다. 마음의 준비라는 건 희망을 다시 품지 말라는 것이었다.

"그래도 네가 아니어서 다행이야." 왕 감독이 말했다.

황청은 죽은 스태프의 얼굴이 떠오르지 않았다. 그녀의 이름도 몰랐다. 다만 우산만이 기억에 남았다. 지금 아무도 그녀를 언급하지 않았다. 내일 뉴스에서도 그녀는 이름 없는 스태프일 것이다.

숙소로 돌아온 왕 감독은 조금 멍해 보였다. 두 사람은 함께 엘리베이터에 올랐다. 황청은 그를 먼저 보내기 위해 왕 감독이 묵는 층의 버튼을 눌렀다.

모든 스태프가 같은 숙소에 머물고 있었고, 왕 감독의 방도 다른 사람들과 같이 침대 하나에 테이블과 의자가 하나씩 있는 방이었다. 왕 감독이 방문을 열고 그녀에게 먼저 들어가라고 눈짓했다. 황청이 잠시 머뭇거리자 왕 감독은 그녀의 허리를 가볍게 밀었다. 황청이 한 발을 앞으로 내딛자 그는 문을 닫았다.

그는 테이블 앞에 앉아 두 손으로 머리를 감싸고 있었다. 마땅히 앉을 자리가 없던 황청은 침대 끝에 걸터앉았다.

시간이 얼마나 흘렀을까, 왕 감독이 일어나 물 한 병을 단숨에 들이켰다. 그는 침대로 돌아와 앉아 팔꿈치를 무릎에 올리고 얼굴을 두 손에 파묻었다. 그는 아무 소리도 내지 않았다. 황청이 그의 곁으로 다가가 옆에 앉았다. 그는 울고 있었다. 놀라움과 혼란스러움이 그녀를 휘감았다. 모든 것이 불안정한 신호로 느리게 재생되는 화면처럼 눈앞에 펼쳐지고 있었다.

그녀는 왕 감독의 등에 손을 살며시 얹었다. 이 뭉툭한 어깨를 다시 만지게 될 줄은 몰랐다. 하지만 모든 경험이 배우에게는 자양분이 된다는 사실을 그녀는 잊지 말아야 했다.

왕 감독이 그녀를 끌어안으며 소리 내어 울기 시작했다.

황청은 가만히 그에게 안긴 채 세상에 보여지기도 전에 요절해버린 캐릭터를 떠올리며 애도했다.

순간 그의 손이 그녀의 상의를 거칠게 올리고 속옷 안으로 비집고 들어와 가슴을 꽉 움켜잡았다. 거의 잊은 줄 알았던 반죽이 된 듯한 그 역겨운 느낌이 되살아났다.

사람이 죽었지만 욕망은 여전히 펄떡이며 살아 있었다.

황청은 위스키 잔의 얼음덩어리를 바라보며 생각했다. 만약 뭔가가 조금이라도 달랐다면, 예를 들면 촬영 스케줄이 변경되었거나 뭐든 연기된 게 있었다면 이 얼음덩어리는 다른 사람의 잔에 담겨 있었을 것이고, 다른 술에 섞여서 다른 사람의 몸에 들어갔을 것이다. 그럼 다른 사람의 소변이 되어 다른 변기에 떨어졌겠지. 황청도 이 바가 아닌 다른 장소에 있었을 것이다. 아주 차갑고 낯선 곳이었을지도 모른다.

왕 감독의 방에서 나온 황청은 곧바로 택시를 타고 형산로衡山路로 향했다. 그녀는 아무 가게로 무작정 들어갔다. 싸구려 음악, 담배 냄새가 찌든 공기, 훑어보는 눈빛, 황청은 이 모든 것에 아무런 감각도 느끼지 못했다.

그녀는 루루와의 이별을 도저히 받아들일 수가 없었다.

그녀는 루루의 비극과 고통을 경험했지만 자유로움과 대담함은 느껴보지 못했다. 그녀는 불공평하다고 소리치고 싶었지만 '공평'이라는 말로는 다 표현할 수 없을 것 같았다. 드디어 기회를 잡았다고 믿었는데 신은 그녀가 아직 준비되지 않았다고 여기는 모양이었다. 그게 아니면 그녀는 배우가 될 운명이 아님을 인정하라고 강요하는 것인지도 모른다. 그녀는 성공할 운명도, 인기를 얻을 운명도, 그저 좋은 역할 하나를 맡게 될 운명도 아니라는 의미가 아닐까. 순간 황청은 연기를 하지 말라는 하늘의 뜻이 있음을 느꼈다.

한 남자가 다가왔다. 중국 본토 억양이 아닌 완전한 미국식 영어가 들렸다. 그녀는 남자의 얼굴을 응시하며 영어로 대답했다. 남자는 그녀의 억양이 좀 이상하다고 했고 그녀는 혀를 굴려서 발음하는 게 어렵다고 했다. 남자는 가까이 다가와 그녀에게 키스했다. 황청은 남자가 건넨 술을 두 잔 더 마셨다. 잠이 왔다. 남자는 같이 나가겠냐고 물었다.

　루루라고 부르는 남자의 목소리가 들렸다. 아마도 황청은 자신을 루루라고 소개한 모양이었다.

　벌거벗은 두 사람은 침대에 누워 있었다. 남자가 황청의 몸을 무심히 더듬었지만 황청은 알지 못했다. 그녀는 아무것도 느껴지지 않았다. 보고도 보지 못하고, 듣고도 듣지 못하는 것처럼 그녀는 서로를 느낄 수 있는 촉각을 완전히 닫아버렸다. 그녀는 둔감한 코끼리가 된 것 같아 피식 웃음이 터졌다. 남자는 그녀가 좋아한다고 여겼는지 따라 웃었다.

　그가 그녀를 더듬었다. 그녀도 그를 더듬었지만 콘돔을 끼웠는지 확인하기 위해서였다. 낯선 체취가 느껴졌다. 그녀의 냄새는 아니었다. 자신이 체취가 특별한 것도 아니면서 그녀는 냄새 없는 남자에게 끌렸다. 하지만 루루는 개의치 않았다.

　남자는 그녀의 몸에 키스하며 허리까지 미끄러져 갔다. 그녀의 배꼽에 이르렀을 때 침을 한 방울 떨어뜨렸다. 그녀는 몸을 일으켜 어이없고 불쾌하다는 눈빛을 보냈다. 그는 그녀를 올려다보고는 자신의 침을 다시 핥았다. 다시 누운 황청은 웃음이 나올 것 같았다. 세상엔 참 이상한 사람도 많구나 하고 생각했다. 남자가 더 아래로 향하려고 하자 황청은 그의 머리카락을 거칠게 잡아 올리며 거부했다.

　남자는 그녀의 입술을 찾기 시작했다. 그녀는 고개를 돌렸다. 그는 그녀를 뒤돌아 앉히고 뒤에서 힘껏 밀고 들어왔다. "아파?" 황청은 관계할 때마다 텐이 물었던 질문을 자신에게 했다. 아무런 감각이 느껴지지 않았다. 콘돔 때문인가? 그녀는 콘돔을 사용하고 관계한 적이 별로 없어서 확신할 수 없었다. 창문에 비친 자신의 모습을 본 황청은 소극장에서 했던 거울 연습이 떠올랐다. 남자는 고삐를 잡는 기수처럼 황청의 흐트러진 머리카락을 움켜쥐었다. 이제 황청은 코끼리가 아니라 말이 되어 있었다.

남자는 계속해서 그녀 안으로 들어오는 동안에도 그녀의 머리카락을 쥐고 놓지 않았다. 그녀는 발버둥 치지 않았다. 남자는 앞으로 몸을 기울이며 그녀의 가슴을 주물렀다.

남자가 말했다. "Say my name."

황청은 그의 이름을 몰랐다. '그가 말해주었던가? 그랬던 것 같은데. 피터? 존? 브라이언? 아님 크리스?'

숨을 헐떡이던 남자가 거칠게 외쳤다.

"Say my name!"

황청은 입술을 살짝 벌리고 혀를 입천장으로 올리며 루루의 목소리로 소리냈다. "Daddy······"

남자가 갑자기 쥐고 있던 그녀의 머리카락을 놓고는 무릎을 꿇은 자세로 일어나 황청의 허리 아래를 단단히 누른 채 빠르게 움직였다. 황청의 등에 떨어진 그의 땀방울이 피부를 타고 흘러 침대에 떨어졌다.

절정의 순간이 왔다.

그는 괴성을 질렀다. 이 방법이 효과적이었던 것이다.

나른해진 남자가 옆으로 누우며 숨을 몰아쉬었다.

황청은 엎드린 채 창문에 비친 자신을 바라보았다. '연기는 끝났는데 왜 아무도 '컷'을 외치지 않는 거지?'

37

황청은 비 오는 날을 좋아했다.

오늘 비가 좋은 건 어제도 그제도 엊그제도 모두 화창했기 때문이다. 특히 지난 두 달간 캘리포니아에 있으면서 그녀는 확실히 깨달았다. 맑은 날도 너무 익숙해지면 그 찬란함을 잃어버린다. 햇살은 그저 그녀의 지친 몸에서 무언가를 더 앗아갈 뿐이었다.

비는 달랐다.

물은 실체가 있는 것들을 가져와 스며들고, 한데 모이고, 흔적을 남긴다. 비가 오면 모든 생명의 소리는 잦아들고 빗방울 소리의 향연이 시작된다. 빗방울이 나뭇잎에, 인도에, 아스팔트에, 철제 지붕에, 차창에 그리고 제각기 다른 각도로 기울어진 우산들 위에 떨어진다.

황청은 우산을 눌러 쓰며 생각했다. '이런 날씨에 신을 신발 한 켤레도 없구나.'

버스 정류장에서 집까지는 걸어서 10분 거리였다. 그녀는 채워지지 않는 연기에 대한 고민은 잠시 내려놓고, 걸음을 내디딜 때마다 신발 속에 고인 물이 찰박거리는 소리에만 집중했다. 무심결에 혀로 입가의 상처를 핥았다.

얼굴에는 아직 화장이 남아 있었지만, 엉망이 되어 있었다. 집에 가서 거울을 보면 복잡한 감정이 들 것이다. 초췌한 표정, 젖어서 축 처진 머리카락, 그리고 터진 입술까지 정말 가정폭력을 당한 여자다운 모습일 것이다. 더 이상 '행복한 황청'은 아니다. 대본 마지막이 어떻게 끝났더라? 여자와 세 살배기 아이는 사회복지과를 통해 '안전한' 곳으로 보내졌다. '가정폭력으로 고통받는 이웃을 도와주세요, 행정원이 함께합니다.' 엔딩은 그거게 찍었다. 그렇게 화창했던 날에.

황청은 늘 결말을 먼저 찍고 시작을 나중에 찍는 작품만 했다. 그 래서 연기할 때 시간은 가짜였다. 그녀는 모든 걸 알면서도, 그 '앎'을 예쁘게 '모름'으로 포장해야 했다. 다양한 복선은 작가와 감독의 몫 이지만, 결국엔 자신의 캐릭터를 완벽하게 만들고 싶어하는 배우의 머리 위로 떨어졌다. 황청이 가장 곤혹스러웠던 건 이런 촬영 방식으 로는 아무리 연기를 잘해도 결말의 연기는 결국 '상상'으로 만들어낸 것이라는 점이었다. 촬영이 다 끝나고 나면, 그녀는 늘 더 나은 선택 이 있었을 거라며 자책했다. 연기에는 언제나 아쉬움이 남는다.

그녀는 숫자 세 개를 기억하지 못했다. '119가 아니라면, 110이었 던가?'

가정폭력 예방 공익 광고는 사흘 동안 촬영했다. 원래대로라면 산 책하듯 집으로 돌아가 밥을 먹고, 화장을 지우고, 샤워하고, 잠깐 눈 을 붙이면 배역에서 쉽게 빠져나올 수 있었을 것이다. 하지만 조금 전 배우라고 부르기도 민망한 그 콧구멍 큰 남자가 술병을 그녀의 입에 억지로 밀어넣었을 때, 비 오는 이날 흔적을 남기는 건 비뿐만 이 아니게 되었다.

그녀는 저항했지만, 그럴수록 술병은 더 깊숙이 밀려들어 온다는 사실을 깨달았다. 리허설 때 그 남자는 감독 보라고 시늉만 했다. 허 공에 대충 휘두르고, 황청의 머리 위로 손만 휘저었다. 심지어 황청의 손을 끌어다가 어떻게 막아야 하는지 직접 보여주기까지 했다. 그 순 간 황청은 남자들의 역겨웠던 '손'이 떠올랐다. 그들은 늘 그녀의 손 을 끌어다가 자신들의 부푼 성기를 만지게 하거나, 구강성교를 할 때 면 그녀의 머리를 손으로 눌렀다. 그것은 그녀가 충분히 만족스럽지 않거나, 제대로 하지 못하고 있다는 신호였다. 모든 건 그들의 리듬에 따라야 했다.

감독이 고개를 끄덕였다. 그는 카메라 앵글만 확인할 뿐 황청은 안중에도 없었다. 그녀가 의아해하는 사이, 감독이 촬영 감독에게 말하는 소리가 들렸다. "배우들 즉흥으로 가게 하고, 핸드헬드로 찍어. **한번 부딪쳐보지.**"

현장에서 지시하는 사람이라고 다 감독은 아니다. 직전 컷에서 그 남자는 황청이 도저히 표현해내지 못하는 뭔가를 끌어내려고 그녀에게 다가와 둘만 들을 수 있는 목소리로 속삭였다. "순진한 척 좀 그만해. 배역만 준다면 **몸도 팔 년이.**" 황청은 아무런 미동 없이 차갑게 웃었다.

"자, **한번 부딪쳐봅시다!**"

그녀가 예상할 수 있는 건 콧구멍 큰 남자의 콧구멍이 더 커지리라는 것뿐이었다. 그는 먼저 따귀를 때렸다. 아팠다. 그다음 그녀의 목을 잡아 벽으로 밀쳤다. 황청은 분노가 치밀어 올라 그에게 거칠게 침을 뱉었다. 콧구멍 큰 남자의 연기가 시작됐다. 황청은 침팬지 같은 그의 얼굴을 보고 순간 웃음이 나왔다. 남자도 웃더니, 술병을 들어 황청의 입에 억지로 밀어넣었다. 황청은 처음엔 입을 꽉 다물고 있었지만, 순간 이를 다칠 것 같았다. 반강제로 입이 열렸고, 술병이 그녀의 입속으로 들어왔다. 그 순간, 황청은 그의 아래를 힘껏 걷어찰까 고민했지만, 대본은 그녀가 두려움에 떨기를 원했지 반격하기를 바라지 않았다. 대본 속 캐릭터는 그저 '여자'일 뿐이었다.

'엿 같은 대본.'

그래서 짧은 몇 초 동안 그녀는 남자의 분노에 찬 숨소리에만 집중했다. 남자의 눈에서 번쩍이는 쾌감을 보고 그녀는 두려움보다는 경멸과 분노를 느꼈다. 황청은 할 수 없이 눈을 감고 히스테리컬한 발작 소리를 내보려 했다. 그녀의 눈물은 목구멍 깊숙이 들어온 술병이 억지로 짜낸 것이었다. 촬영이 끝나자마자 그녀는 화장실로 뛰어가 구토했다.

화장실에서 나오자 모두가 줄을 서서 그녀를 맞이했다. "괜찮으세요?"라고 묻는 사람도 있었고, "운 거 봤습니다"라고 말하는 사람도 있었다. 남자가 다가와 과장된 몸짓으로 그녀 앞에서 무릎을 꿇으며 "고생 많으셨습니다"라고 말했다. 모두 와하하 웃었다. 폭력적인 촬영 관행을 아무렇지도 않게 눈감아주는 웃음이었다. 황청이 아무런 미동 없이 그를 매섭게 내려보았다. 현장의 분위기가 순식간에 싸늘해졌다. 감독이 다가오자 황청은 그의 어깨를 세게 부딪치며 분장실로 향했다. '부딪쳐보자며? 이게 무슨 연출이야. '즉흥'을 남발하는 건 자신의 무능을 증명할 뿐이야.' 그녀는 속으로 그에게 고함을 질렀다.

하지만 황청에게 진짜 연기의 희열은 그렇게 돌아선 후에야 찾아왔다. 카메라와 관객이 기다리는 건, 연기가 있는 순간들이 층층이 쌓여가는 것이다. 하지만 현장의 배우들에게는 그런 순간은 대부분 존재하지 않는다. 캐릭터와 배우 사이를 떠다니는 미묘한 진실의 감각들은 유성처럼 스쳐 지나간다. 모든 배우는 그 순간을 간절히 원하지만 황청은 이제 어떤 하늘에서 그런 유성이 떨어지는지 분별할 줄 알게 됐다. 적어도 영문도 모른 채 목숨 걸고 촬영해야 하는 정부 홍보물 현장은 절대 아니다.

기억이 났다. 가정폭력 신고 번호는 113이었다.

그녀는 이제 막 말을 배운 아이처럼 가냘프고 여린 목소리로 말했다. 세 살배기 남자아이는 황청을 잘 따랐지만, 그녀를 '엄마'라고 부르진 못했다. 그녀의 얼굴을 보면 더 못 불렀다. 거짓말하는 법도 모르는 아이가 낯선 여자를 엄마라고 부르도록 강요받으며 생애 첫 거짓말을 하게 된 것이다. 연기는 결국 거짓말이다.

황청은 처음으로 엄마 역을 맡았다. 서른을 앞둔 엄마 역할은 어울리는 듯하면서도 어딘가 어색했다. 황청은 그 어린아이를 귀여운 강아지라고 상상해야 내면의 친밀한 연결 고리를 찾을 수 있었다.

113. 황청은 집에 돌아와 거울 앞에서 약을 바르며 중얼거렸다. 당장 113으로 전화를 걸어 말하고 싶었다. '맞아서 다쳤어요. 연기하다가 그런 건데 도와주실 수 있나요?'

그녀는 입가의 상처를 보이며 가련한 표정으로 셀카를 찍어 업로드했다.

'오늘 가정폭력을 당했어요.'

#여배우 #황청청 #목숨걸고연기 #행정원이함께합니다

웨이보에도 올렸다. 글을 안 올릴 땐 그대로인 팔로우 수가 글만 올리면 자꾸 줄었다. 페이밍의 글 때문에 황청을 팔로우했던 사람들이 그녀의 글을 보고 팔로우를 취소했기 때문이다. 그럴 때마다 그녀는 상실감을 느꼈고, 또 그 상실감을 느끼는 자신이 싫었다.

촬영 중단이 확정된 후, 황청은 「우아한 그녀들」 캐스팅 때 받은 계약금으로 캘리포니아행 편도 비행기표를 끊었다. 그러고는 상하이에서 곧장 텐을 만나러 갔다. 그곳에 머문 두 달 동안, 그들은 약속이라도 한 듯 그 사고에 대해 입을 열지 않았다. 텐이 비행을 나갈 때면 황청은 작은 아파트 주방에서 시간을 보내거나 자전거를 타고 3마일쯤 떨어진 마트에 가서 한가롭게 시간을 보냈다. 텐이 비행기를 한 번 태워주었는데, 조종간도 잠깐 만지게 해줬다. 그들은 헤드셋을 낀 채 이야기를 나눴다. 장난감 자동차를 조종하는 것 같았고, 모든 게 게임처럼 느껴졌다.

둘이 의지하며 사는 느낌은, 때로 정말 행복하다는 착각마저 들게 했다. 약탈과 변수로 가득한 세상에서 영원히 떠나온 것 같았다. 황청은 처음으로 연기를 그만둘까 생각했다. 어차피 운명은 그녀에게 고도처럼 기회는 영원히 오지 않을 거라고 말하고 있었다. 하지만 이제는 체화된 원망과 억울함이 기억의 서남쪽에 계속 남아 있었고, 매일 해가 질 때면 좀비처럼 스멀스멀 기어나왔다. 잠들지 못하고 뒤척이면서 예전에 불면에 시달렸다 극복했던 시절을 떠올렸다. 다시 반복되는 상황에 그녀는 복잡한 감정을 느꼈다. 황청은 눈을 뜬 채 침대에 누워 강해져야 한다며 자신을 다독였다. 그렇게 뜬눈으로 밤을 지새우는 날이 많아지면서 텐과 생활 리듬이 달라졌고 이런 그녀는 일찍 일어나야 하는 텐에게 자주 방해가 되었다.

두 사람은 장난삼아 서로의 안경을 바꿔 써본 적이 있었다. 텐이 말했다. "600도 근시 안경으로 보는 세상은 어떤가 궁금했는데 정말 어지럽네." 황청은 텐의 300도 근시 안경을 쓰고 흐릿해 보이는 그의 모습을 보며 생각했다. 자신이 가지지 못한 걸 보완해줄 수 있는 사람도 상대를 온전히 채워줄 수는 없구나. 너무 넘치거나, 너무 부족해서. 텐은 나날이 앞으로 나아가고 있는데 자신은 갈수록 퇴보하고 있음을 느꼈다. 그녀는 더 이상 여기 머물러선 안 된다는 걸 알았다.

초인종이 울렸다. 황첸이 도착했다.

그날 밤 황청은 언니에게 같이 저녁을 먹자고 했다. 그녀를 보자마자 황첸은 미간을 찌푸렸다.

"꼴이 왜 이래?" 그녀가 말했다.

황첸의 머리는 뿌리 부분이 모두 하얗게 세 있었다. 최소한 두 달은 염색하지 않은 것 같았다. 자매의 집안은 모두 머리가 잘 자라기도 했고 흰머리도 빨리 났다.

황첸은 커다란 비닐봉지에서 초밥과 회를 꺼내고는 반 평도 안 되는 주방을 분주히 오가며 익숙한 솜씨로 차리기 시작했다. 평소라면 황청도 이야기를 나누며 거들었겠지만 오늘은 할 말이 떠오르지 않았다. 침묵이 불편해진 그녀는 TV를 켜려고 했지만 리모컨이 보이지 않았다. 15평짜리 원룸에서 리모컨을 잃어버릴 수 있다니. 자매의 집에서는 식사 시간에 절대 TV를 틀어놓지 않았다. 황첸은 집 안에 들어서는 순간 황청에게 무슨 일이 생겼다는 걸 직감했다.

"뭐 찾아?" 황첸이 물었다.

"아니야."

"일단 먹자." 황첸이 말했다.

황청이 앉으면서 테이블 위에 쌓여 있던 대본을 바닥에 내려놓았다. 그녀는 한 번도 대본을 그렇게 함부로 다룬 적이 없었다. 특히 지난 몇 달간 안고 자다시피 했던 「위대한 그녀들」 대본은 더욱 그랬다. 진작 버렸어야 했는데 차마 그럴 수 없었다.

자매는 한동안 조용히 밥을 먹었다. 한 명은 상대가 말을 꺼내주길 기다렸고, 다른 한 명은 상대가 먼저 물어봐주기를 기다렸다.

"연어 좋아하지 않아? 왜 하나도 안 먹어?" 황첸이 물었다.

"오늘은 별로 먹고 싶지 않네."

"사케 잔 있어?"

한참을 찾았지만 보이지 않아 결국 위스키 잔에 마시기로 했다.

황청은 오늘 촬영장에서 있었던 일을 이야기하며, 황첸에게 입안의 상처들도 보여줬다. 황첸이 소속사에 항의해야 한다고 했지만, 황청은 건성으로 '응' 하고 넘겼다. 회사가 자신을 위해 뭘 해줄 거라 기대하지 않았다. 미국에서 돌아온 지 삼 주가 넘어서야 겨우 일거리 하나를 받았다. 좋은 작업은 아니었지만, 뭐라도 해서 자신을 다시 추스르고 싶었다.

"계약 몇 년 남았어?" 황첸이 물었다.

"2년 좀 넘게."

"중도에 종료할 순 없어?"

"우스갯소리 있잖아. 올 땐 마음대로 들어와도 갈 땐 마음대로 못 가는 데가 소속사라고."

아무도 웃지 않았다. 대신 둘은 마치 약속이라도 한 듯 동시에 술을 한 모금 마셨다.

"시간 있지? 머리 염색 좀 해줘." 황첸이 말했다.

황청은 내키지 않았지만 알겠다고 했다.

어렸을 땐 황첸이 엄마 머리를 염색해줬고, 이젠 자신이 언니 머리를 염색해준다. 그럼 나중에 내 머리는 누가 염색해주지? 두 사람은 초밥을 몇 점씩 더 집어먹었다. 황첸이 의자를 들고 화장실로 가 거울 앞에 앉자, 황청은 그릇을 가져와 염색약 튜브 두 개를 섞었다.

꼬리빗으로 머리카락을 조심스레 나누고 머리핀으로 고정했다. 황첸은 거울 속 동생의 얼굴을 보다가 불현듯 뭔가를 깨달은 듯, 거대한 감정의 파도가 온몸을 휩싸고 도는 것을 느꼈다. 그 감정의 파도에 휩쓸리기 직전, 그녀는 깊게 숨을 들이마셨다.

"왜 그래?" 황청이 거울 속 황첸을 보며 물었다.

"기억나? 예전에 엄마가 내 머리 자르신 거."

"응, 그리고 언니도 내 머리 잘랐잖아."

"그때 넌 열 살, 난 스물두 살이었지."

"난 기억 안 나."

황첸은 저급한 농담이라도 들은 것처럼 갑자기 비틀린 미소를 지었다.

"그때 그 아이를 낳았다면, 지금 열아홉 살이 됐을 거야."

염색약을 바르던 황청의 손이 멈췄다. 황첸이 거울 속 그녀를 응시했지만, 황청은 입술을 꽉 깨물고 고개를 숙인 채 다시 염색약을 바르기 시작했다.

황첸이 계속 말했다. "그때 기억은 몇 가지밖에 없어. 내가 처음 알았을 때, 엄마가 알게 됐을 때, 린에게 말했을 때, 그리고 전신마취 직전. 어떻게 병원을 나왔는지도 기억나지 않아."

"전신마취를 했다고? 부분마취로도 충분하지 않아?"

그 말을 들은 황첸의 얼굴이 순간 굳어졌다. 황청은 아차 싶어 조용히 염색을 이어갔다.

황첸이 말했다. "그때 난 전신마취 했어. 느낌이 너무 안 좋았지. 잠들었다 깨어났더니 모든 게 사라졌어."

"린 삼촌은 뭐랬는데?"

"처음 들었을 땐 한참 동안 말이 없더라. 그러고는 어떤 결정을 하든 존중하겠다고 했어."

황청은 흩어진 기억의 조각들을 맞추기 시작했다.

"겨우 사흘 만이었어." 황첸이 말했다. "엄마가 나를 데리고 가서 아이를 지웠어. 20년이나 지났는데 난 아직도 그 일을 받아들이지 못하고 있어."

"낳고 싶었어?" 황청이 물었다.

황첸이 웃었다. "그거 알아? 린은 원래 엄마가 소개받은 사람이었던 거. 한부모 가정끼리 이어주려고 했던 건데 린이 나를 좋아했던 거야."

황청은 동작을 멈추고 어찌할 바를 몰랐다.

"엄마는 내가 그 아이를 낳고 린과 결혼하면 자살하겠다고 했어."

"진심이었을까?"

"엄마는 정말 그럴 것 같았어. 그때 너무 어려서 엄마가 자존심 때문에 그런 건지 아니면 아이를 낳으면 엄마처럼 **내 인생도 망칠 거라**고 생각해서 그런 건지는 알 수 없었어."

황청은 언니가 어떻게 그런 상황에 놓였는지 묻고 싶었다. 하지만 어쩐지 놀랍지는 않았다. 그 두 사람과 함께 보낸 기억을 떠올려보면 편안하고 자연스러운 장면들인데 그 안에 엄마를 넣어보면 뭔가 어색했다. 하지만 이런 생각은 엄마에게 너무 잔인한 것이었다.

"병원에 가기 전까지 린은 계속 다시 생각해보라고 했어. 그건 내 인생이니까 그래야 한다고. 그때는 그 말이 무책임하게 들렸어. 난 결혼하자는 말을 듣고 싶었던 것 같아."

"결혼하자고는 안 했어?" 황청이 물었다.

황첸은 고개를 저었다. "그래서 실망했지. 근데 나중에 재혼하더라."

황청은 염색약을 다시 바르기 시작했지만 어떤 순서로 발랐는지 기억나지 않았다. 언니와 엄마의 관계가 왜 그렇게 살얼음판 같았는지 이제야 이해가 갔다. 그리고 엄마가 했던 말이 떠올랐다. '인생을 망쳤다'고. 큰딸은 머리를 염색해주고, 작은딸은 스타킹 구멍을 막아주었지만, 엄마에게 황첸과 황청은 결국 하얀 머리카락이고 뚫린 스타킹 구멍 같은 존재였던 것이다. 돌이킬 수 없다는 걸 알면서 어떻게든 고치려고 안간힘을 쓰는 부분이었다. 흰머리는 점점 늘어나 엄마의 아름다움을 덮어버리고, 구멍은 골칫덩어리가 되어버렸다. 결국 딸들은 언젠가 엄마를 위해 더 이상 아무것도 가리거나 메울 수도 없게 될 것이다. 그들 자신이 엄마가 되기 전까지는.

"왜 지금까지 얘기해주지 않았어?" 황청이 물었다.

황첸이 잠시 멈칫했다. "내가 말해줬으면 네가 지금 임신을 안 했을까?"

황첸은 거울 속 황청을 뚫어지게 쳐다보며 동생의 눈빛을 기다렸
다. 늘 했던 그대로 동생을 압박하고 있었다.

황청은 못 들은 척 더 열심히 염색약을 발랐지만, 그녀의 손은 눅
눅해진 과자처럼 흐물거렸다.

황첸은 동생이 특별히 놀라지 않았다는 걸 알았다. 동생은 행동과
표정으로 언니에게 암시를 주고 있었으니까. 늘 그랬듯이 누군가 등
을 떠밀어야만 현실을 마주하는 동생이었다.

"텐의 아이야?" 황첸이 물었다.

황청은 눈을 크게 뜨고 마침내 황첸과 시선을 마주했다. 그리고
알았다. 언니는 이렇게 날 보고 있었구나. 언니의 첫 질문이, 자신이
스스로에게 던진 첫 질문과 같다는 것도 의외였다.

"그럼 누구겠어?" 그녀가 짜증 섞인 목소리로 말했다.

"병원은 가봤어?"

"아직."

"잘 생각해봐. 안 그러면 평생 후회할 거야. 나도 몇 년째 임신이
안 되는 게 다 그때 일의 업보 같아."

실수로 염색약을 황첸의 얼굴에 묻힌 황청은 서둘러 휴지를 뽑아
닦아주었다.

"텐은 알아?"

"몰라." 황청이 말했다. "난 아직 어떻게 할지도 결정 못 했어. 어쩌
면 그한테 말할 필요가 없을지도 모르고."

황첸은 동생을 바라보며 이상함을 감지했다. 동생과의 관계가 생
각보다 훨씬 멀어진 것 같았다.

"여자들 삶이라는 게 이렇게 뻔한 길밖에 없는 걸까?" 황첸이 한

숨을 쉬었다.

아버지와의 기억이 없으니까 그건 아마 꿈에서 본 장면이었을 것이다. 아이가 아빠의 목말을 타고 있고 그녀는 뒤에서 그들의 뒷모습을 바라본다. 그녀는 누구에게도 말한 적 없었고, 그 장면이 그녀의 잠재의식 속 갈망인지, 아니면 그저 어떤 배역의 머릿속 상상인지도 분간하지 못했다. 그녀는 이미 오래전부터 어떤 환상도 갖지 말자고 다짐해왔다. 좋은 배역을 따낼 수 있을 거란 기대 속 환상은 매번 물거품으로 끝나버렸다. 황청은 원하는 것일수록 기대하면 안 됐다. 그건 마치 저주 같은 거였다.

그녀는 염색약이 황첸의 두피에 닿지 않도록 조심스럽게 발랐다. 이번엔 염색이 얼룩덜룩하게 될 것 같았다.

"무서워?" 황첸이 물었다.

황청은 한참을 생각하는 듯하더니 입을 열었다. "내게 선택권이 없을까봐 무서워."

"무슨 말이야?"

황청은 염색약을 내려놓고 손을 씻었다.

"텐이 원한다면, 어떻게 거절해야 할지 모르겠어."

"넌 원하지 않는다는 거야?"

"내가 왜 원하겠어?" 황청의 눈이 금세 빨개졌다. "지금껏 해온 모든 노력이 물거품이 될 텐데." 그리고 스스로 반문했다. 이도 저도 아닌 이 경력 말고 그녀에게 남은 건 뭐가 있을까? 눈물이 소리 없이 바닥으로 떨어졌다.

수도꼭지에서 떨어지는 물방울 소리만 울리는 방 안에서 자매는 한동안 말이 없었다.

황첸이 말했다. "어떤 프랑스 여성 작가가 그러는데 모든 여자의 마음속엔 언제나 아이 하나가 살고 있대. 누군가는 놓쳐버리고, 누군가는 잃어버리고, 누군가는 여전히 기다리고 있는 아이가 산대. 자식이 없는 사람도, 있는 사람처럼 실제로 존재하지 않는 그 아이를 가끔 떠올린대."

그녀는 황청을 설득하려는 게 아니었다. 단지 먼저 깨달은 인생의 결론을 황청에게 들려주는 것뿐이었다. 그게 자신의 책임이라고 생각했으니까. 황청은 말없이 계속 염색약이 묻은 손가락을 문질렀지만, 감각이 잘 느껴지지 않았다. 황첸은 머리를 감싸 올리고 화장실을 청소했다. 황청은 밖으로 나와 소파에 힘없이 주저앉았다.

'언니는 그때 그려준 젖병 꼭지 그림을 기억할까?' 황청은 생각했다. '란자'와 '전자'로 설명해준 그 성교육 시간을 말이다. 그때 황첸은 임신하기 전이었다. 그게 아니라면 '구조'보다는 '행위'에 대해 더 자세히 말해줄 수 있었을 것이다. 황첸은 그때 섹스에 대해 몰랐다. 아무도 가르쳐주지 않았으니까.

자궁, 그것은 여성의 서사를 가두는 울타리다.

황청은 눈가를 닦으며 일어나 식탁을 정리했다. 술잔을 두어 번 흔들어보고는 남은 사케를 단숨에 털어넣었다. 그러고는 생연어 한 점을 입에 넣었다.

화장실에서 나온 황첸의 눈과 코는 빨갛게 물들어 있었다. 소파에 털썩 주저앉은 그녀는 눈을 감고 흐트러진 생각들을 정리했다. '황청에게도 생각할 게 많을 텐데. 하지만 이런 위기의 순간이면 저 애는 늘 모든 걸 차단하고 진공상태로 있곤 하잖아. 연극을 하다가 문득 무대 위에서 연기하는 자신을 멀리서 바라보는 것처럼.'

황첸이 관자놀이를 문지르며 물었다. "연기 말고, 하고 싶은 거 있어?"

황청은 대답하지 않았다.

연기는 처음엔 그저 놀이였다. 그러다 경쟁이 되었고, 이기고 싶은 욕망이 되었다. 그리고 전쟁이 되었다. 결국엔 황청의 몸에 박힌 총알이 되어버렸다. 그녀는 자신을 조각조각 부수어 여기저기 흩뿌렸고, 그러다 너무나 소중한 것들마저 잃어버렸다. 실수투성이인 채로 비틀거리며 걷다 멈추기를 반복하는 동안 마음속 부스러기들은 자꾸 떨어져 나가고, 몸도 서서히 무너져내리는 중이었다. 포기하고 싶었지만 마지막 도전을 결심했었다. 그런데 지금 부서지고 망가진 이 몸에 새 생명이 찾아온 것이다. 이건 그녀를 조롱하는 걸까, 아니면 뭔가를 증명하라는 걸까? 연기를 못 하게 된다면, 다른 건 뭘 해도 의미가 없을 것 같았다.

황첸이 다시 물었다. "텐은 뭐라고 할 것 같아?"

황청은 어깨를 으쓱였다. 모르겠다는 건지 상관없다는 건지 알 수 없었다.

생각하고 싶지 않았다. 어떤 기대도 결국은 저주가 되어버릴 테니까.

38

침묵에는 두 가지가 있다. 하나는 말을 하기 전의 침묵이고, 다른 하나는 말을 하고 난 후의 침묵이다.

처음 전화가 왔을 때 황청은 버스를 타고 있었다. 한 젊은 남자가 흔들리는 버스 안에서 서투른 솜씨로 어린 딸의 머리를 묶어주고 있었다. 그녀의 눈에 한 손가락이 없는 그의 손이 보였다.

두 번째 전화가 왔을 때 황청은 산부인과 진찰대에 위에 다리를
벌리고 누워 있었다. 양말은 신고 있었는데 오른쪽 뒤꿈치에 구멍이
나 있는 게 보였다.

세 번째 전화가 왔을 때 그녀는 집에 돌아와 더블 사이즈 햄버거
세트를 먹고 있었다. 평소엔 케첩을 싫어했는데 그날은 케첩을 세 봉
지나 까 먹었다.

황첸이 왔을 때, 그녀는 바닥에 앉아 몸을 풀고 있었다. 손가락으
로 성대 주변 근육을 부드럽게 마사지하면서 발성 연습을 시작했다.
오늘은 산부인과 의사와 패스트푸드점 직원을 빼고 아무와도 대화
를 나누지 않았다. 목을 푸는 건 감정에 빠지지 않고 연기 상태에 집
중하기 위해서였다. 황첸은 회사 일 좀 처리하면서 식탁에 조용히 앉
아 있겠다고 했다. 황청이 충분히 몸을 풀고 발성 연습을 마쳤을 때
는 이미 미국 시각으로 자정이 다 되어가고 있었다. 황청은 방 안을
이리저리 서성이면서 전화를 걸었다. 신호음이 시작되기도 전에 텐이
전화를 받았다.

"뭐 하고 있었어? 전화는 왜 안 받아?"

"못 들었어."

"아침 일찍 나갔어?"

"일이 있어서."

"아."

두 사람 모두 말이 없었다. 텐의 숨소리가 들리는 것 같았다. 황청
은 벽에 기대어 눈을 감고 그의 모습을 떠올려보려 했다.

"잘했어?" 그가 물었다.

"뭘?"

"일 말이야."

"그냥 오디션이었어."

"뭐였는데?"

황청은 잠시 생각하다가 입을 열었다. "광고."

"아직도 광고 오디션 보는 거야?"

"광고주가 지명을 해서."

그가 무슨 말을 해줘야 할지 모르겠다는 듯 작게 한숨을 쉬었다. 각자 열심히 꿈을 좇고 있는 연인은 서로를 걱정하고 그 걱정에 답하는 일에 점점 더 서툴러졌다.

"교관 자격증 받았어. 드디어 비행 시간을 쌓을 수 있게 됐어."

"잘됐다."

그가 웃었다. "뭐가 잘됐다는 거야?"

"드디어 됐잖아, 정말 잘됐지."

황청은 진심으로 기뻤다. 하지만 그 기쁨은 어딘가 멀게 느껴졌다. 텐이 한 걸음 앞으로 나아갈 때마다 그녀는 자꾸 한 걸음 뒤로 물러나는 것 같았다.

"얼마나 쌓아야 돼?" 황청이 물었다.

"천오백 시간. 늦어도 1년 반 안에는 다 채워야 해."

"지금 몇 시간 했는데?"

"이백팔십."

황청은 생각보다 적다고 생각했다. 미국 간 지가 벌써 몇 년인데…… 몇 년이었더라? 그녀는 혼란스러워졌다. 뭐라고 해야 할지 몰라 두 사람은 다시 침묵했다.

"그런데 혹시 무슨 일 있어?"

"아니."

"뭔가 이상한데."

"전화 연결이 좀 안 좋은 것 같아."

"노트북으로 영상 통화할까?"

"노트북 배터리가 다됐어."

황첸이 함께 있다는 걸 알게 할 순 없었다. 게다가 그의 얼굴을 보면 그녀는 연기를 계속할 수 없을 것 같았다.

"그럼 1년 반 동안 돌아올 계획은 있어?" 황청이 물었다.

톈이 잠시 머뭇거리더니 물었다. "무슨 일 있어?"

"다음엔 언제 만날 수 있을지 궁금해서."

"상황을 좀 봐야지. 여기 오고 싶으면 언제든 와도 돼. 네 자전거도 여기 있잖아."

그의 말투는 일부러 가볍게 말하려고 애쓰는 것처럼 들렸다. 그는 절대 함부로 약속하지 않는 사람이었다. 그의 인생은 계획대로 움직여야 하고, 확신이 없으면 아무 말도 하지 않는다는 걸 황청은 알고 있었다. 황청이 그를 좋아하는 이유이기도 했다.

그녀는 침대 옆 바닥에 주저앉았다. 황첸이 이쪽을 돌아보자 손을 휘저으며 다시 고개를 돌리라고 했다. 달아오른 귓가에 전화기를 바짝 붙였다.

"아직도 사소한 결정을 하는 게 어려워?" 황청이 물었다.

"뭐라고? 갑자기 무슨 소리야." 톈은 도무지 이해할 수 없다는 듯 물었다.

"피자 주문할 때 치즈 크러스트를 추가할지 말지 같은 거 말야."

"무슨 말인지 모르겠는데."

"**결혼**하면 사소한 결정을 누군가와 함께 할 수 있을 거라고 했잖아."

황청은 일부러 '결혼'이란 단어를 강조했다. 그를 오해하게 해서 마술을 부리려는 참이었다.

"내가 언제 그런 말을 했어?"

"처음 만났을 때, 언니 결혼식장 엘리베이터 안에서."

"왜 갑자기 그 얘기를 꺼내는 거야?"

"그런 말을 하면 여자들이 좋아해서 그런 거였어?"

"도대체 오늘 왜 이러는 거야?"

"가정적이고 여자를 존중하는 좋은 남자인 척하는 게 좋아?"

"대체 무슨 소리를 하는 거야? 우리가 결혼한 건 아니지만 뭘 먹을지 말지는 늘 네가 정하잖아……"

"하지만 중요한 결정을 할 땐 한 번도 날 신경 쓰지 않았어."

"예를 들면?"

"예를 들면, 네가 교관이 되려고 계속 미국에 남겠다고 했을 때."

"내가 계속 비행할 수 있는 기회는 이것뿐인 거 너도 알잖아."

'그렇지.' 황청은 생각했다. 그녀는 알고 있었을 뿐만 아니라 충분히 이해했다. 그래서 그를 탓하지 않을 것이다, 절대로. 텐도 그렇게 그녀를 탓하지 않기를 바랐다.

"그리고, **결혼**은 안 해도 돼." 그녀는 계속해서 '결혼'이란 단어를 강조했다.

텐이 잠시 머뭇거렸다. "그래서 지금 하고 싶은 얘기가 이거야?"

"이런 얘기 한 번도 해본 적 없잖아."

"제발, 우리가 만난 지 얼마나 됐다고?"

"나도 곧 서른이야. 어떤 가능성도 느끼지 못하겠어."

황청의 호흡이 빨라지면서 문득 걱정이 들었다. 만약 텐이 생각했던 것만큼 결혼을 거부하지 않는다면? 만약 이런 자극에 정말로 무슨 행동을 취하려 한다면? 그는 황청이 결혼을 재촉하는 게 아니라 다른 무언가를 숨기고 있다는 걸 금방 알아차릴 것이다. 황첸이 걱정스러운 눈빛으로 그녀를 다시 돌아보는 게 보였다. 자매는 서로를 바라보며 입으로 숨을 내쉬었다.

"너는 전 남자친구랑 드라마 찍을 때 나한테 물어봤어?" 톈이 말했다.

다른 상황이었다면 이 말에 마음이 아팠을 것이다. 톈이 정말 그녀와 결혼할 생각이 없다는 거니까. 하지만 지금은 오히려 안도가 됐다. 황청은 전화기를 반대쪽 귀로 옮기며 달아오른 귀를 손으로 문질렀다.

"네가 허락했겠어? 너도 알잖아, 그게 내가 연기할 수 있는 유일한 기회였다는 걸." 그녀는 차가운 미소를 띠며 말했다. 손바닥에 땀이 배어났다. 그녀는 그의 말을 그대로 되돌려주며, 자신의 비참함을 무기로 그의 사랑을 상처 내고 있었다.

"너 자신을 그렇게까지 낮출 필요가 있어?"

"그래, 난 그만큼 형편없으니까. 그래서 내 인생은 계속 기다리기만 해. 남들이 일자리 하나 던져주기를 기다리고, 네가 조종사의 꿈을 이룰 때까지 기다리고."

전화기 너머에서 톈의 한숨 소리가 들려왔다.

"그런 건 우리가 만날 때부터 다 알고 있었잖아. 아무도 너에게 강요하지 않았어. 너에겐 선택권이 없었던 것처럼 말하지 마."

"넌 영국에 오지 말았어야 했어." 황청이 말했다.

"그래서 내 잘못이라고?" 그가 그녀에게 이렇게 소리를 높인 적은 없었다.

"희망을 줬잖아. 하지만 난 정말 지쳤어. 뭘 기다리는지도 모르고, 얼마나 더 기다려야 할지도 모르는 이런 날들에 정말 질려버렸다고."

"왜 갑자기 더는 못 기다리겠다는 거야?"

황청의 가슴이 조여왔다. 하지만 냉담한 말투로 말했다. "식었어."

"그렇게 쉽게?"

"그렇게 사랑하지도 않았나보지."

전화기 너머에선 아무 소리도 들리지 않았다. 황청은 잠시 전화가 끊어진 줄 알았다.

"그럼 더 기다리지 마."

황청은 소리 없이 쓸쓸한 웃음을 지었다. 결국 그 말을 받아냈지만, 생각보다 쉽게 끝나버려서 좀 허탈했다. 정말로 1년 반이라면 금방 지날 것이다. 배우에게 기다림이란 어려운 일도 아니다. 그녀를 화나게 한 건 텐의 슬픔이었다. 황청이 그를 화나게 했는데도 그는 반격하지도, 전화를 끊지도 않았다. 지금 그는 분명 너무 아플 것이다.

"난 정말 더는 못 하겠어." 황청이 말했다.

둘의 숨소리는 이미 오래전에 어긋나 있었다. 황청은 눈을 감았다. 잠들지 못하는 밤이면 텐의 심장 소리를 세어가며 자신의 심장 박동을 늦추곤 했다. 그렇게 해도 매번 잠들 수 있었던 건 아니지만, 그렇게 하는 게 좋았다. 그의 넓은 어깨와 단단한 팔다리, 항상 짧고 깔끔하게 정리된 손톱이 좋았다. 재미있는 이야기를 들으면 파안대소하던 그가 좋았다. 황청은 울고 싶었지만, 지금은 절대 그럴 수 없다. 황첸이 조용히 소파로 와 무릎을 끌어안고 앉아 황청을 지켜보았다.

"어쨌든 난 여기 있을 테니까 어떻게 할지는 네가 정해." 텐이 말했다.

그녀가 원하던 대답이었다. 황청은 그에게 충분히 물었으니 이제 자신의 결정을 내리기로 했다. 그녀는 무릎을 반쯤 세우고 얼굴을 숙였다. 눈물이 바닥으로 떨어졌다. 그녀는 최대한 평범한 목소리를 내려 애썼다.

"그럼 이제 그만하자." 그녀가 말했다.

그들은 한 번도 헤어진다는 말을 입에 올려본 적 없었다. 황청은 톈의 성격을 잘 알았다. 한번 말하면 후회하게 되더라도 반드시 지키는 사람이었다. 황청은 이제 어떤 후회도 할 수 없게 됐다.

"그냥 이렇게?"

톈의 목소리는 차가웠다. 황청은 이제 세상에서 가장 아름다운 미소를, 그녀가 진정으로 사랑했던 첫사랑을 잃어버렸다고 생각했다. 그는 평생 그녀를 용서하지 않을 것이다.

"나중에 네가 조종하는 비행기 한번 타게 되면 좋겠다." 황청이 말했다.

뚜……

황청은 끊긴 전화기를 든 채 주저앉았다. 사람은 받아들여질 때보다 거절당할 때 성장한다고 한 톈의 말이 떠올랐다. 황첸이 그녀를 일으켰다.

그녀는 곧 모든 게 후회되어 이불을 뒤집어쓰고 울어버렸다. 방금 무슨 말을 했는지 기억해내고 싶었지만, 기억나는 건 '침묵'뿐이었다. 이불을 뒤집어쓴 그녀는 중립 가면을 쓴 것처럼 감각이 되살아났다. 그녀의 연기적 사고는 놀랍게도 대화 중에 이어진 침묵을 탐구하기 시작했다. 그것은 마치 음과 양이 하나로 조화를 이루는 것 같았다. 많은 감정이 그 안에서 움직이고, 해체하고, 흩어지다 결국 사라졌다. 침묵이 있을 때마다 부서지는 감정을 바라보며 그녀는 감정을 부수는 것이 자신이 할 일이라고 생각했다. 제대로 부서지지 않는다면 발로 밟아서라도 부숴야 한다. "이 고통을 기억해. 하나도 빠짐없이. 언젠간 쓸 데가 있을 거야." 그녀는 스스로 다짐했다.

텐에게 전화하기 전 예상한 그의 반응은 "우리 아이야? 지금은 어쩔 수 없는 거 알잖아. 같이 해결해보자"였다. 그랬다면 황청은 그를 미워하는 것은 물론이고 좋았던 과거도 모두 부정하게 되었을 것이다. 하지만 막상 그의 목소리를 들으니 "넌 어떻게 하고 싶은데? 우리 그냥 낳자. 미국으로 와"라고 할 것 같았다. 그럼 그녀는 거절할 수 없을 것이고, 그건 결국 연기를 포기해야 함을 의미했다. 그래서 황청은 처음부터 자신의 임신 사실을 텐에게 말할 생각이 없었다. 그에게 전화를 걸었을 땐 이미 결정을 내린 뒤였다. 임신에 대해 텐이 어떻게 반응하는지 실제로 보지 않아야 상처받지 않을 것이라는 언니의 말을 그녀는 믿었다.

출산과 연기, 비행은 함께 존재할 수 없다. 누가 봐도 포기해야 할 사람은 황청이었다. 그녀는 자신의 미래에 거액의 판돈을 걸어야 할 처지가 되었다. 게다가 그녀가 가진 유일한 도구인 몸은 지금 다른 할 일이 생겨버렸다. 지난 7년간 황청은 무대에 오를 기회를 좀처럼 얻지 못했다. 그녀는 언제나 무대 밖에서 안간힘을 쓰고 있었지만, 누구도 그녀를 주목하지 않았다. 그녀는 진짜 모습을 누구에게도 보여주지 못한 채 오랫동안 몸만 풀고 있었다. 그녀는 싸워보지도 못한 채 항복하고 싶지 않았다. 그래서 더욱 텐이 비행을 포기할 수 없는 심정을 이해했다.

다만 되돌릴 수 없는 우연한 사건으로 두 사람의 길지 않았던 관계는 종지부를 찍었다. 황청이 할 수 있는 건 아름다웠던 과거를 그대로 간직하는 것뿐이었다. 사물의 어두운 면과 사물 그 자체는 같은 무게를 갖는다. 희망의 불씨를 꺼지지 않게 하는 것은 희망의 완벽한 반대인 절망일 때도 있다. 황청은 출산, 연기, 비행, 사랑 중 가장 많은 걸 지킬 수 있는 선택을 했다.

황첸은 그녀를 토닥이며 따뜻한 물을 가져다주었다.

물잔을 받아 든 그녀는 눈빛이 흐려졌다. 그녀는 가장 사랑하는 사람과 함께 인생의 한 토막을 연기했고, 그것은 지금까지 그녀에게 최고의 공연이었다.

오늘 이후로 두 사람은 다시는 같은 무대에 서지 못할 것이다.

5막
여배우

39

대본에 커피를 쏟은 게 이번이 몇 번째인지 모른다.

황청은 가방 안 물건을 모두 바닥에 쏟아놓고, 커피로 3분의 1쯤 젖은 대본을 휴지로 눌러가며 닦았다. 연습실 앞쪽에서는 배우들이 느슨한 원을 그리고 앉아 바이성의 이야기를 듣고 있었다. 커피 향이 사방으로 퍼질 때쯤 바이성이 그녀를 불렀다. "황청."

편안하게 고개를 돌리는 여유로움에서 황청은 자신이 달라졌음을 느꼈다. 이번 작품을 위해 과감하게 자른 짧은 머리 덕에 그녀의 이목구비는 한층 또렷해져 있었다. 찰랑이는 긴 머리는 없어졌지만 완벽한 아이라인을 한 큰 눈을 깜빡이며 여유로운 몸짓으로 바이성을 돌아보았다. 얼룩진 대본으로 연신 부채질을 하면서.

8년 전, 바이성은 황청의 연극 연기 강사였다. 지금은 연극 「끝내지 못한 일」에서 황청과 부부 역을 맡게 되었다. 반년 전, 바이성으로부터의 전화는 뜻밖이었다. 그때 황청은 오랫동안 가족 외에는 아무와도 연락하지 않고 있었다. 소속사와는 두 달 뒤 계약이 만료될 예정이었고, 회사는 그녀가 해외에 있는 줄 알고 있었다. 회사에는 2년여 전부터 한동안 해외에 있을 생각이라고 말했다. 팡화는 담담하게 물었다. "그만두는 거야?" 황청은 완전히 그만둔다는 말은 하지 못했다. 나중에 회사가 트집을 잡을지도 모르기 때문이었다. 집안 문제로 친척을 만나러 간다고도 하고, 엄마가 연기하는 걸 탐탁지 않아 하신다고도 했다. 황청의 말을 들은 팡화는 자기가 사람을 잘못 본 건 아닐까 생각했다. 처음 만났을 때 황청은 강렬한 야망으로 가득 찬 눈빛을 하고 있었는데 한 번의 시련으로 와르르 무너져버린 것이 믿기지 않았다. 그녀는 영어 과외 자리를 구했고, 나머지 시간은 집에서 고전 영화를 보며 보냈다. 스타엔터테인먼트와 재계약을 할지, 아니면 꾸준히 작품을 찍는 제작사로 옮길지 고민 중이었다. 연기만 할 수 있다면 어디든 상관없었다. 하지만 어디서 작품을 찾아야 할지 갈피를 잡지 못했다. 『언더 컬처』에 실린 오디션 공고를 보고 무작정 연기를 시작했다는 사실이 믿기지 않을 정도였다.

그래서 바이성의 전화를 받자마자 황청은 약간의 위험을 감수하기로 결심했다. 아직 계약이 남아 있는 상태에서 오디션을 보러 간 것이다. 그녀는 스타엔터테인먼트가 연극에는 관심이 없어서 오디션에 소속 배우를 보내지 않을 걸 알고 있었다. 설사 합격하더라도 공연할 때쯤이면 계약이 끝나 있을 터였다. 이틀간 이어진 오디션에 온 사람들은 연극과 학생과 현직 연극배우들뿐이었다. 소속사가 있는 배우는 한 명도 없었다. 이들 사이에 선 황청은 세련되면서도 복잡한 분위기를 풍겼다. 그녀를 돋보이게 한 건, 그녀를 태우고 스스로 꺼져버린 그 무언가였다. 황청을 바라보며 바이성은 생각했다. 시간이 소녀의 풋풋함을 앗아갔지만, 지금이야말로 배우로서 가장 빛날 수 있는 때가 되었다고.

오디션을 통해 세 명의 여배우가 최종 선발되었고, 상대역인 세 명의 남자 배우는 이미 확정된 상태였다. 세 쌍의 남녀는 각각 부부의 과거, 현재, 미래를 연기할 예정이다. 황청은 바이성과 현재 부부 역을 맡았다. 바이성이 상대역이라는 걸 알았을 때 황청은 어색함을 느끼지 않을 수 없었다. 사석에서는 아직도 '선생님'이라고 불러서 호칭을 바꾸기 힘들었다. 반면 바이성은 그녀가 예명인 '황청청' 대신 본명 '황청'을 쓰기로 했다는 말을 들은 뒤로 단 한 번의 실수도 없이 제대로 불러주었다.

황청은 이제 극단에서 가장 어린 배우도 아니고 대학 시절 소극장에서 공연한 경험과 석사학위도 있지만, 극장에서는 여전히 신인이라는 생각이 들었다. 그래서 막히는 게 있으면 바로 바이성에게 질문을 던졌다. 하지만 바이성은 늘 질문으로 답해주었다. 그는 길을 직접 보여주는 대신 그녀 스스로 지도를 펼치고 찾아보게 했다. 「끝내지 못한 일」이 국립극장에서 초연을 마치고 3개월간의 타이완-홍콩-중국 순회공연을 준비하고 있을 때였다.

"뉴紐 감독님이 오시기 전에 각자 대사를 바꿔서 연습해보자. 준비되면 시작할까?" 바이성이 말했다.

"네, 금방 준비할게요!" 황청이 밝고 또렷한 목소리로 대답했다. 그녀는 이런 역할 바꾸기 연습을 게임처럼 즐겼다. 자신이 줄줄 외우고 있는 대사를 상대가 읽으면 마치 청소기가 놓치고 지나간 틈 같은 대사의 빈틈을 발견할 수 있기 때문이었다.

하지만 그녀의 쾌활하고 생기 넘치는 모습은 세련된 방어 기제 같은 것이었다. 뉴 감독과 그의 아내 쑤蘇 선생이 이미 와 있다는 걸 그녀는 알고 있었다. 복도에 쑤 선생의 에센셜 오일 향이 은은하게 퍼지고 있었다. 뉴 감독은 뒤쪽 '작은 방'에 숨어서 짙은 눈썹을 매만지며 배우들이 연습하는 모습을 지켜보고 있을 것이다. 그들은 연극계에서 유명한 부부로 복합 미디어를 활용한 표현 방식을 선호해서 최근에는 연극과 영상을 결합해 전통적인 서사와 관점의 경계를 허무는 작품을 즐겨 만들었다. 그들이 다루는 주제는 대부분 인간 사이의 사랑에 관한 것이었지만, 끊임없이 다양한 시도와 혁신을 통해 비슷하면서도 미묘하게 다른 이야기를 탐구했다. 그들 작품은 늘 논란의 중심에 있었고, 극과 극의 평가를 받았다. 오디션을 보러 가기 전까지 황청은 두 사람의 이름만 들어봤을 뿐 작품을 본 적은 없었다. 어쩌면 잘 이해하지 못해서 아무런 부담도, 선입견도 없이 연기를 할 수 있었는지 모른다. 뉴 감독은 항상 배우들에게 질문 세례를 퍼부을 듯한 살기등등한 표정으로 연습실에 들어섰다. 반면 쑤 선생은 언제나 넉넉한 린넨 원피스를 입고 품위 있는 태도를 유지했다. '작은 방'에서조차 그 부드럽고 우아한 말투를 잃지 않았다.

초연 다음 날인 토요일이었다.

황청이 오후 공연을 마치고 도시락을 반쯤 먹었을 때 '작은 방'으로 불려갔다. 저녁 공연까지는 한 시간밖에 남지 않은 상태였다.

조감독은 그녀를 방까지 안내한 뒤 살며시 문을 닫았다.

"앉아요." 뉴 감독이 말했다.

황청이 자리에 앉았다. 작은 방 안에는 성스러운 나무라 불리는 유창목 향이 은은하게 배어 있었다.

"황청청과 황청의 차이는 정말 한 글자뿐인가요?" 뉴 감독이 물었다.

예전 예명을 듣는 순간, 황청에게는 당황스러움과 부끄러움이 한꺼번에 밀려왔다. 마치 자신의 과거 밑바닥에 숨겨둔 썩은 뿌리를 우연히 들여다본 듯한 기분이었다. 그녀는 아무 말도 하지 않았다.

"본명으로 돌아가는 게 본인에게 어떤 의미였죠?" 뉴 감독이 다시 물었다.

잠시 생각에 잠겼던 황청이 입을 열었다.

"전엔 저 자신을 있는 그대로 받아들이지 못했어요. 늘 다른 사람이 되고 싶어서……"

"하지만 내가 관객이라면 황청 씨를 보고 싶진 않을 것 같은데, 안 그래요?" 뉴 감독이 그녀의 말을 잘랐다.

황청은 입을 다물었다. 순간 속마음을 털어놓으려 했던 자신이 후회스러웠다. 뉴 감독 뒤에 앉은 쑤 선생은 미소를 띤 채 그녀를 지켜보고 있었다.

"무대에서 매력이 있는 배우는 말을 하기 전에 이미 관객의 시선을 사로잡아요." 뉴 감독이 말했다.

"우리가 왜 황청 씨를 선택했는지 알아요?" 쑤 선생이 입을 열었다.

황청은 '배우는 모르는 게 약'이라고 생각하며 고개를 저었다.

"당신 눈 속에서 빛이 보였거든요. 오디션 때 그 빛을 보고 당신을 발견했어요. 연습할 때도 좋았는데, 공연을 시작하니까 그 빛이 사라졌어요. 어디로 간 거죠?"

쑤 선생의 마지막 말은 뉴 감독을 향한 것이었다. 그의 다음 말을 끌어내려는 듯.

"저는 2년 동안 아무 일도 하지 못했어요." 황청이 담담한 목소리로 솔직히 말했다. 이제 곧 일어날 일에 대해서도 마음의 준비를 했다. 최악의 경우 그녀는 교체될 것이다.

"아, 그럼 그게 **욕망**이었겠군요. 지금은 안주하면서 모든 게 약해진 상태고." 뉴 감독이 말했다.

황청은 다시 입술을 깨물었다.

"자신이 사랑받을 만한 사람이라고 생각해요?" 쑤 선생이 물었다.

쑤 선생의 주된 역할은 이런 것이었다. 배우들에게 영혼을 들춰내는 듯한 철학적인 질문을 던지고는 그들을 은밀히 해체했다. 그녀는 달걀과 두부, 횡단보도, 미끄럼틀 얘기도 전부 사랑으로 귀결시킬 수 있는 사람이었다.

황청은 잠시 생각하고는 대답했다. "전에는 사랑을 갈망했어요. 하지만 사랑받을 자격이 있는지 없는지를 사랑받을 사람이 판단할 수는 없다고 생각해요. 그건 자기애 아닐까요?"

황청은 질문에 직접적으로 답하지는 말아야 한다며 자신을 다잡았다.

"그럼 이제 서른이 넘었으니까 더 이상 사랑을 갈망하지 않는다는 건가요?" 뉴 감독이 짙은 눈썹을 살짝 치켜떴다.

"너무 갈망하는 것들은 때로 재앙이 되기도 하죠."

황청은 '일인칭 주어'를 빼고 대답했다. 진술하는 듯한 문장은 논문처럼 들릴 테니 그녀의 감정을 가려줄 것이다.

쑤 선생이 고개를 끄덕이더니 더 부드러워진 표정으로 말을 이었다. "황청 씨가 연기하는 인물은 내면이 아직 혼란스럽지만, 과거보다는 자신을 이해하게 되면서 더 단단히 서고 더 강하게 저항하기도 해요. 그런데 황청 씨가 연기하는 감정의 몸부림은 **흉내**만 낼 뿐 진짜 **힘**은 전혀 실리지 않았어요……"

"상대역인 바이성이 너무 강해서일지도 모르죠." 뉴 감독이 끼어들었다.

쑤 선생은 그를 흘겨보고는 다시 말을 이었다. "평소 다른 사람들과 어울리는 모습을 보면, 황청 씨는 늘 발랄하고 모든 사람을 배려해요. 말도 아주 공손하게 하죠. 하지만 전 그렇게 일부러 자신을 낮추는 태도는 결국 자신의 실수를 용납받으려는 방편일 뿐이라고 생각해요."

황청은 침을 꿀꺽 삼켰다. 정곡을 찌르는 말이었다. 이런 가식적인 태도 때문에 자신을 교체하려는 건가 생각했다.

"일을 안 한 2년 동안 뭘 했죠?" 뉴 감독이 물었다.

"쉬었어요." 황청의 몸 안에서 무언가가 꿈틀거렸다. 그녀의 눈빛이 흔들렸지만, 눈치챈 사람은 아무도 없었다. 부부는 여전히 자신들이 의도한 파괴에만 집중하고 있었다. 황청은 대화가 이 주제에서 벗어나길 바랐다.

"연기가 잘 안 되는 건 황청 씨가 **너무 행복**해서예요." 뉴 감독이 말했다.

황청의 입꼬리가 살짝 움찔거렸지만 웃음이 나오지 않도록 참았다. 하지만 이 부부가 바로 이런 그녀의 복잡한 표정을 기다리고 있다는 것을 황청은 알고 있었다. 무대 위에서도, 아래에서도 황청은 그들을 실망시키고 말았다.

"황청 씨 캐릭터는 강인하면서도 연약한 모습을 보여야 하는데 지금은 둘 다 부족해요. 맡고 계신 **'현재'**가 중심을 잡아주지 않으면 '과거'와 '미래'도 제대로 보여줄 수 없어요." 뉴 감독이 덧붙였다.

"**더 잔인하게** 자신의 처참한 부분을 파고들어야 해요. 이런 식이라면 황청 씨는 여섯 명의 배우 중에서 가장 약한 사람이 될 거예요." 쑤 선생이 말했다.

쑤의 말이 끝난 뒤에도 황청은 그대로 기다렸다. '그래서 초연이 끝나면 배우를 교체하기로 했어요'라는 말이 아직 남아 있을 것이기 때문이었다. 하지만 뉴 감독과 쑤 선생은 무대 인사를 마친 배우들처럼 긴장을 풀었다. 황청이 커다란 눈으로 그들을 바라보자, 그들도 그녀를 향해 윙크했다.

자리에서 일어난 황청은 고맙다는 인사를 하고 방을 나왔다.

대기실로 돌아왔을 때 배우들은 모두 무대로 음향 체크를 하러 가고 없었다. 그녀는 반쯤 먹은 도시락을 그대로 버리고 무대로 향했다. 음향 감독이 그녀의 이름을 부르자 모두가 돌아보았다. 그녀가 방금 '작은 방'에서 나왔다는 걸 다들 알고 있었던 모양이다. 황청은 태연하게 자기 대사를 확인하고, 시작 위치에 앉아 스트레칭을 했다. 사람들이 우르르 빠져나간 뒤 황청은 테이프 자국과 소품에 긁힌 자국으로 얼룩진 무대 바닥을 뚫어지게 바라보며 모든 무너짐과 치유는 원래 소리 없이 일어난다는 걸 이해했다. 그녀는 감독의 재능에 매료되어 그들을 너무 신뢰하면 안 된다는 걸 자주 잊곤 했다. 이건 과거 왕 감독이 촬영장에서 고함을 지르며 그녀를 모욕했던 것보다는 좀더 기술적이었지만, 꼼수를 부리는 본질은 마찬가지였다.

공연 전에 이렇게 역할을 나누어 배우의 내면을 무너뜨리려는 그들의 방식은 위험한 것이었다. 이렇게 궁지에 몰린 배우는 도망칠 수 없는 극장에서 무너져버리거나, 아니면 감정의 벼랑 끝으로 자신을 몰아붙일 수 있다. 그 상태로 무대에 오르면, 배우는 피를 말리는 절박한 본능으로 감독이 원하는 것을 보여준다. 황청도 흔들렸다. 연기를 쉬는 2년 동안 그녀는 관객들이 정말 그녀를 보고 싶어할까에 대해 끔찍하리만치 잔인하게 생각하고 또 생각했다. 그녀는 다른 배우들의 연기를 날카로운 시선으로 보면서 수많은 결점을 찾아내고 자신은 같은 실수를 하지 말아야겠다고 다짐했다. 어떻게 자신이 가장 약한 사람일 수 있단 말인가?

바이성이 다가와 물었다. "괜찮아요?"

"네, 괜찮아요." 황청이 쾌활한 척하며 대답했다.

"공연 전에 작은 방에 황청만 불려간 게 아니에요."

"선생님도 가보셨어요?"

바이성이 웃으며 말했다. "나한테는 그러지 않죠."

황청도 웃으며 말했다. "그렇죠. 저한테 조언해주실 거라도 있으세요?"

"자신을 신인이라고 생각하지 말아요. 사람이 약해 보이면 주변에 나쁜 사람도 늘어나는 법이에요."

황청은 잠시 멈칫했다. 바이성도 자신을 약하다고 생각하다니, 그럼 정말 반성해야겠다고 생각했다.

"두 분 모두 그렇게 나쁘게 말해주진 않았어요. 어떻게 보면 감독이나 배우나 결과를 최우선으로 생각하는 건 마찬가지겠죠." 황청이 말했다.

"가끔 우리가 펀드 매니저 같다는 생각이 들어요."

"대박은 못 내지만요." 황청이 웃으며 말했다.

조명과 음향은 계속 조정 중이었다. 파란색과 붉은색 조명이 두 사람의 얼굴을 번갈아 비추는 동안, 뒤쪽에서는 볼 수 없지만 비 떨어지는 소리가 들렸다. 빗소리를 들으며 황청은 손바닥에서 습기가 느껴졌다. 극장은 모든 상상을 현실로 만들 수 있는 곳이었다.

"절 교체하겠다는 말을 들을 줄 알았어요. 하긴, 최소한 초연이 끝날 때까진 기다려야겠지만요." 황청이 말했다.

어쩌면 그녀가 어딘가에서 자신보다 더 큰 고통을 겪었을지 모르겠다고 바이성은 생각했다. 그녀의 말투가 그렇게 말하고 있었다.

"연극에서 배우를 교체하면 모든 사람이 처음부터 다시 시작해야 해요. 타이완의 극단들은 그런 사치를 부릴 만한 여유가 없어요."

황청은 그의 말을 곱씹으며 마음을 진정시켰다. 이제는 과거의 일을 현재의 자신에게 덧씌우는 나쁜 습관을 고쳐야 했다.

바이성이 객석을 향해 돌아섰다. 멀리 날아가버린 풍선을 바라보듯 1층에서 2층, 3층까지 시선을 옮겼다. 무대 위의 조명이 이리저리 계속 움직였지만, 그의 몸은 비추지 않았다.

"늘 궁금했어요. 선생님은 연기를 가르치는 게 더 좋으세요? 아니면 직접 연기하는 게 더 좋으세요?" 그녀가 물었다.

"연기를 가르치는 게 꿈인 배우는 없어요."

바이성의 말투는 찌를 듯 날카로웠다. 그는 시선을 거두고 얼굴에 마이크 선을 붙인 테이프를 꽉 누른 뒤 손을 내밀어 황청을 일으켰다.

"가죠. 얼른 옷 갈아입어야죠."

이후 세 번의 공연에서 황청은 자신이 뉴 감독의 기대에 부응했는지 확신할 수 없었다. 하지만 무대 위에서 '안정감'을 되찾았을 때 일단 자신을 너그럽게 봐주기로 했다. 관객은 자신이 한 것 이상을 본다는 사실을 알았을 때 그녀는 비로소 그 안정감을 느낄 수 있었다. 대사와 동선은 물론이고 심지어 일부러 구멍 난 스타킹까지 모두 그녀를 거쳐 캐릭터로 완성된 것이었다. 황청이 처음으로 '창조'해낸 캐릭터였다.

그들은 지난 두 달 동안 이 대본을 천천히 만들어갔다. 전체 연습 과정은 일종의 공동 창작이었다. 감독이 상황을 던지면 배우들이 즉흥적으로 발전시켰고, 감독은 계속해서 새로운 요소들을 더했다. 소품을 하나 더 쓰라거나, 시선 처리를 달리해보라거나, 연기의 결이나 톤을 바꿔보라는 식으로. 당시에는 아무도 이런 작업 방식에 이의를 제기하지 않았다. 설사 있었다고 해도 감히 말하지 못했다. 모두가 이 대본이 끝없이 발전해나갈 수 있다고 믿었다. 어떤 이야기도 완벽하게 끝날 수는 없고, 미래 뒤에는 더 먼 미래가 있으니까. 감독은 세 쌍의 부부를 동시에 무대 위에 올려놓고 후반부에는 구성을 흐트러뜨렸다. 황청이 연기하는 '현재'는 배역의 '과거'와 '미래'를 만나게 되는 것이다.

현재가 미래에게 말한다. "과거를 사는 사람은 과거의 미래를 만들 뿐이다."

미래가 현재에게 말한다. "용서란 자신이 다시는 상처받지 않게 하는 것."

그들이 함께 과거에게 말한다. "미래는 영원히 부유하는 것."

「끝내지 못한 일」은 관계를 통해 시간을 이야기했다. 매일, 매시간, 심지어 매순간 인간의 감정은 변화한다. 그것은 진화일 수도 퇴화일 수도 있지만, 전진이든 후퇴든 그 종착지가 어떤 모습일지는 아무도 모른다. 황청은 줄곧 시간이란 강물처럼 흘러가는 것으로 생각했다. 하지만 그녀는 시간이 어쩌면 강바닥에 더 가까울 수도 있다는 사실을 깨달았다. 조용히 쌓여가는 것이다. 시간은 사람을 한순간에 부식시키는 것이 아니라 켜켜이 쌓이고 짓누르면서 서서히 비틀어놓는다.

데뷔하고 이렇게 오랜 시간이 지난 후에 첫 연극 작품으로 국립극장 무대에 설 줄은 꿈에도 몰랐다. 황청은 상상해보지도 못한 곳에 도달했다. 그녀는 곧 무대와 객석 사이를 오가는 관능적인 공기의 흐름에 매료되었다. 관객은 일단 사로잡히면 숨 쉬는 것조차 배우와 한 몸이 되어 극에 완전히 몰입된 채 자신을 내맡긴다. 막이 오르는 순간의 완벽한 정적과 커튼콜 때의 박수는 세상에서 가장 아름다운 소리였다. 무대 위에는 카메라도, 방해꾼도, 언제든 연기를 중단시킬 수 있는 감독도 없었다. 무대를 손에 쥔 순간 그녀는 그 어느 때보다 자유로웠다.

황청은 귀걸이를 만지작거리며 그녀의 대사를 읽는 바이성의 목소리를 듣고 있었다. 둘은 함께 더 많은 빈틈을 청소해나갔다. 올리고 내리기를 반복하며 한 글자 한 글자씩 짚어가면서 많은 공을 들여 연습했다. 다섯 번의 초연은 겨우 갓난아이를 빚어낸 정도였다. 그녀에겐 그 아이를 자신만의 모습으로 키워낼 수십 번의 기회가 아직 남아 있었다. 뉴 감독이 반듯한 굵은 눈썹을 하고 들어왔는데, 드물게 여유로운 모습이었다. 쑤 선생이 환한 미소를 지으며 모두에게 순회공연 티켓의 90퍼센트가 팔렸다고 말했다. 동료들의 환호성에 황청도 따라 소리를 질렀다. 뉴 감독과 쑤 선생이 유난히 사랑스러워 보였다.

기회를 준 사람들에게 황청은 늘 특별히 너그러웠다.

40

연습이 끝나자 황청은 서둘러 의상을 갈아입고 집에 갈 채비를 했다. 오늘은 엄마 생일이었다. 캉은 매년 레스토랑을 예약했고, 그때마다 까다로운 엄마는 얼굴에 웃음꽃을 피웠다. 황첸은 가는 길에 황청을 태워서 가겠다고 했다.

극장을 나서자 저 멀리 아이궈둥로愛國東路에 서 있는 캉의 차가 보였다. 차 안엔 아무도 없었다. 차에 기대어 서 있는 캉은 담배를 피우는 것 같았다. 황청은 캉이 담배 피우는 모습을 본 적이 없어서 그인지 확신할 수 없었다. 황첸이 빨리 나타나기를 바라면서 그녀는 일부러 천천히 걸었다.

황청이 가까이 다가가자 캉은 황급히 담배를 비벼 끄고는 꽁초를 차 안의 커피가 남아 있는 컵에 집어넣었다. 그는 여전히 황청의 짧은 머리가 낯선 듯했다.

"어머니 모시고 산책 갔어. 곧 올 거야." 그가 말했다.

황청은 고개를 끄덕였다.

"먼저 차에 타고 있을래? 에어컨 틀어줄까?"

"괜찮아요, 연습실에서 종일 에어컨 바람 쐬었어요."

멀뚱히 서 있는 두 사람의 분위기는 어색하기 짝이 없었다. 황청은 가방에서 텀블러를 꺼내 남은 커피를 마저 마셨다.

"공연도 끝났는데, 순회공연 때문에 또 연습하는 거야?"

"더 좋아질 수 있으니까요."

"내가 보기엔 이미 충분히 좋던데."

"어느 회차 보셨어요?"

"토요일 저녁 공연."

"그날은 연기를 못했어요."

"뭘 못했는데?"

"너무 힘이 들어갔어요. 공연 전에 감독님이 작은 방으로 불러서 뭐라고 하셔서……"

"뭐라고 했는데?"

"제가 너무 행복해서 연기를 못한대요."

캉이 황청을 바라보았다. 황청의 시선은 석양으로 물든 주황빛 저녁 하늘을 천천히 스치고 있었다.

"물론 아무것도 모르고 하는 소리예요. 이 바닥에선 아직 유명하지 않은 사람에겐 아무 말이나 해도 된다고 생각하죠."

"내 눈엔 훌륭했어."

황청이 웃었다. "이제 나이도 있으니 연극 한 편 하는데 이렇게까지 해야 하나 싶긴 해요."

그녀는 교체될까 두려웠다는 말은 하지 않았다. 이런 두려움은 외부 사람이 이해할 수 없는 것이다.

"넌 아직 젊어."

"연극은 좋았어요?"

캉이 잠시 생각하다 말했다.

"보는 내내 무대 위의 그 사람이 너라는 걸 잊을 정도였어."

황청의 눈이 순간 반짝였다. 그녀는 늘 이런 말이 배우에겐 최고의 찬사라고 생각했다.

"넌 달라졌어…… 음, 눈에 띄게."

"머리를 잘라서 그럴 거예요."

황청이 약간 쑥스러워하며 머리를 쓸어넘겼다. 가까운 사람의 좋은 말을 칭찬으로 받아들여도 될지 망설여졌다.

"어느 순간엔 황첸 같기도 해." 캉이 말했다.

그 말을 들은 황청은 눈을 떨구며 왠지 모를 실망감을 느꼈다.

"큰 극장은 뭔가 성스러운 느낌이 있어. 난 아직도 네가 처음 연기했을 때가 기억나. 천장이 낮은 지하실에서였잖아."

황청의 실망을 눈치채지 못한 캉은 자신의 기억 속에 잠겼다.

"난 눈물범벅이 된 언니밖에 기억나는 게 없어요."

황청이 말했다.

"첫 연기를 했을 때 기분이 어땠는지 기억나?"

"솔직히 별로 생각 안 나요."

"재미있다고 했어."

그 말은 이상하게 황청의 마음을 흔들었다. 지난 2년간 그녀는 자신의 기억을 애써 부정적인 것으로 바꾸어왔다.

"무대 위의 너를 처음 봤을 때 넌 거기에 있어야 할 사람처럼 보였어. 이렇게 큰 무대에 서는 걸 보니 정말 자랑스럽다."

황청은 약간 감동했다. 둘은 잠시 말이 없었다.

"최근에 텐이 약혼했대. 알고 있었어?"

그녀는 닫으려고 했던 텀블러를 다시 열어 입에 대는 척했다. 아까 남은 커피 맛과 함께 공기 한 모금을 삼켰다.

황청은 짐짓 태연한 척하며 말했다. "모르죠. 연락을 안 하니까요."

그녀는 또다시 '일인칭 주어'는 빼고 말했다. 그녀의 감정을 덮어서 보이지 않도록.

캉은 대꾸 없이 습관처럼 턱 보조개를 만졌다. 나이가 들수록 그 패인 자국은 더 깊어진 듯했다.

"기장 시험엔 붙었죠?"

황청은 그게 더 궁금했다.

"붙었지."

"드디어."

"나도 연락은 거의 안 하고 지내." 캉이 말했다.

황청은 잠자코 있었다. 잠시 후 입을 열었다. "이제 집세 내주지 마세요."

"언니랑 얘기해."

"말했는데 형부한테 말하래요. 두 분 다 그러실 필요 없어요. 제가 불편해요."

캉이 황청을 돌아보며 쓴웃음을 지었다. "두 달 뒤면 미국으로 돌아가니까 그때까지만 내줄게." 그는 잠시 생각하는 듯하더니 말을 이었다. "자매 사이에 끼어서 내가 난처할 때가 많아."

황청은 캉이 세심한 사람이라는 걸 알고 있었다. 그의 행동에는 넓은 관용과 인내가 배어 있었다. 그 모든 게 쉽지만은 않았을 것이다. 그래도 그녀는 생각했다. 모든 일에는 단 하나의 가능성만 있는 건 아니다. 그것이 아름답거나 잔혹해서, 아니면 현명하거나 어리석어서 그렇게 된 건 아닐 것이다. 몇 년간 배우 생활을 하며 얻은 가장 큰 깨달음은 실패란 필연이지 결과가 아니라는 것이었다. 황첸 부부는 미국 이민을 준비하고 있었다. 황첸은 외국 생활을 동경했고, 이제 모든 게 뜻대로 이루어졌다. 그 순간 구름층이 황혼의 부드러운 빛을 가리며 선명한 경계를 만들어냈다.

"저기 온다."

황첸이 해를 등지고 차가 있는 그늘진 곳으로 걸어왔다. 머리에 작은 꽃을 꽂고 있는 캉루康濡를 업고 있었다. 황첸이 손으로 아이의 눈을 가리고 있었고, 뽀얗고 통통한 두 다리가 황첸의 걸음에 맞춰 흔들렸다. 1년이 넘었는데도 황청은 여전히 언니의 그 행복한 표정에 압도되곤 했다. 캉이 바닥에 그어진 빛의 경계선을 넘어 몇 걸음 앞으로 나갔다. 황청이 한 번도 본 적 없는 미소를 지으며.

황청은 문득 어린 시절은 사실 단 한 순간뿐이라는 것을 깨달았다. 그건 근심 걱정 없이 코끼리 저금통에 50위안을 넣던 그 순간도, 아이스크림이 손에서 녹아 끈적이던 그 순간도 아니었다. 초등학교에 들어간 뒤 처음으로 혼자서 빨간 벽돌을 세며 집으로 걸어갔던 그 순간이었다. 황청의 인생은 그 고요히 작열하던 순간을 따라 펼쳐졌다. 땅바닥에는 빨간 벽돌 외에도 틈새에 핀 잡초들, 개 발자국, 길게 늘어진 그림자가 있었고, 이후엔 무대와 촬영장의 테이프로 표시된 위치들이 이어졌다. 제대로 서 있지 않으면 그녀는 빛을 잃거나 초점을 잃고 흐려졌다. 그녀는 어린 시절에서 가장 빛나던 한순간을 잊은 적이 없었다. 눈앞에서 비닐봉지가 날아오르던 그 순간을. 그녀는 그게 비가 아닌 바람이라는 걸 분명히 알고 있었다.

그녀는 한때 세상의 모든 문제에는 답이 있다고 믿었다.

41

머피의 법칙인가. 가는 길 내내 뭔가에 가로막혔다.

처음엔 신호등 때문에 버스를 놓쳐서 지하철로 갈아탔다. 교통카드 잔액이 부족해서 개찰구가 열리지 않았다. 그다음엔 에스컬레이터가 수리 중이라 작업자가 울타리 안에서 계단 쪽을 가리키고 있었다. 요가 교실 입구에서는 회원증을 찾지 못해 또 몇 분을 허비했다. 수업은 이미 시작된 시각이었다. 인도 출신 선생님은 평소 지각을 절대 허용하지 않았다. 황청은 벽시계를 보며 그냥 돌아갈까 하고 망설였다. 데스크 직원이 그녀의 표정을 읽었는지 재촉하듯 말했다.

"얼른 들어가세요, 오늘은 대체 강사예요."

황청은 발소리를 죽이며 살금살금 강의실 안으로 들어갔다. 자리가 거의 다 차 있었다. 단발의 날씬한 여자 강사가 다가와 그녀를 위해 자리를 만들어주었다. 옆을 지나는 강사에게서 기억 속의 어떤 향기가 느껴졌다. 황청은 일단 안경을 벗어 요가 매트 옆에 두고 구령에 맞춰 캣카우 자세로 호흡을 시작했다.

일이 없을 때는 되도록 콘택트렌즈를 끼지 않았다. 「끝내지 못한 일」 중국 공연 때는 매주 도시를 옮겨다녔는데, 수질이 맞지 않아서인지 공기가 더러워서인지 계속 다래끼가 났다. 아프지는 않았지만 눈꺼풀 안쪽에 다래끼가 생겨서 눈을 감으면 눈알 두 개를 굴리는 것 같다고 바이성이 말했다. 가장 심했던 건 오른쪽 눈 아래에 난 것이었는데 계속 빨갛게 곪아서 눈 밑 애교살이 한쪽만 부어올랐다. 마지막 몇 차례 공연에서는 아예 아이 메이크업은 포기하고 눈썹만 굵게 그린 채 한쪽 눈에만 렌즈를 끼고 무대에 올랐다. 바이성은 가끔 무대에서 한쪽이 마치 몰입이 깨진 것처럼 살짝 비뚤어진 황청의 눈을 보고 놀라곤 했다.

그녀는 불안에 시달렸다. 튀긴 것, 매운 것, 기름진 것은 아예 먹지 못했고, 매일 밤 물통에 뜨거운 물을 담아 스팀으로 찜질했다. 영상 작품이 아닌 연극이어서 그나마 다행이었다. 연극 무대에선 상대배우 외에는 아무도 배우의 얼굴을 자세히 볼 수 없으니까. 평소에는 책벌레처럼 두꺼운 안경을 쓰고 다녀야 했고, 그러면 자신감이 순식간에 위축되었다. 타이완에 돌아오자마자 안과 수술로 딱딱하게 굳은 종기 몇 개는 제거했지만, 나머지 물렁물렁한 것들은 좀더 기다려야 했다. 의사는 호르몬과 관련이 있으므로 스트레스나 기분 같은 요인으로 언제든 재발할 수 있다고 했다. 의사의 말에 실망한 황청은 한의원을 찾아갔다. 한의사는 빙그레 웃으며 말했다.

"모든 게 눈에 거슬리나보네요. 보지 않으면 괴롭지도 않다고 하잖아요."

머리로는 이해했지만, 몸은 따라주지 않았다. 그녀는 고름 가득한 눈을 달고 한약 가루의 쓴맛을 참으며 얌전히 요가 교실로 향했다.

그녀는 대체 강사였지만, 자신만의 교습법이 있었다. 황청은 안경을 써야 그녀의 동작을 제대로 볼 수 있었다. 이번에는 확실히 보였다. 10년이 지났는데도 두 사람의 헤어스타일이 이렇게까지 비슷하다는 게 우선 놀라웠다. 그리고 이런 유사성도, 지금 이곳에서의 만

남처럼, 얼마나 많은 우연이 겹쳐야 가능할까 싶었다. 황청은 그녀의 이름을 또렷이 기억하고 있었다. 팡위퉁, 그녀는 주연작 한 편을 남기고 홀연히 사라져버렸다. 그녀가 지금 황청 옆에서 영웅 자세를 교정해주고 있다. 황청은 들어올린 팔을 귀에 붙이며 자기 겨드랑이가 팡위퉁을 향하고 있다고 생각했다. 데오도란트, 좁은 화장실, 왕 감독, 톈 그리고 루까지 생각은 꼬리를 물고 자꾸 떠올랐다. 그때 팡위퉁의 목소리가 들려왔다. "미골을 조이세요. 그래야 힘이 허리로 가지 않아요."

'그녀가 나를 기억할까?'

그녀의 표정에서는 아무것도 읽을 수 없었다. 여주인공 같은 기품은 여전했다. 연기하지 않을 때는 표정을 잘 간직해두는 듯했다. 복귀 후 요란한 목소리에 과장된 표정으로 하지 않아도 될 말까지 늘어놓는 황청과는 달랐다. 하지만 왜 이런 생각을 하는 걸까. 이제 배우도 아닌 그녀와 무엇을 비교한단 말인가. 황청은 늘 팡위퉁의 은퇴가 아쉬웠다. 그녀가 계속 연기했다면, 지금쯤 광고계를 휩쓸고 있었을 텐데.

허리가 정말 불편했다. 연습할 때도 자주 다쳤다. 마지막 바퀴 자세는 엄두도 못 내고 그냥 누워 있었다. 매번 마지막 이완 자세를 할 때면 황청의 머릿속은 오히려 잡다한 생각들로 가득 찼다. 뉴 감독이 소개해준다는 영화 투자자와의 만남은 어떨까? 그때 눈이 또 재발하면 어떡하지? 수업이 끝나면 팡위퉁에게 인사를 해야 할까? 뭐라고 말을 꺼내지? 어쩌면 그녀는 황청의 이름조차 기억 못 할지도 모른다. 당시 촬영장에서 황청은 그냥 '여자애'라고 불렸으니까.

그때 팡위퉁의 유난히 차분하면서 낮게 울리는 목소리가 들려왔다.

"이완은 힘을 빼고 집중하는 거예요."

황청은 눈을 뜨고 턱을 당기며 팡위퉁을 올려다보았다. 당장이라도 탈의실로 달려가 수첩에 적고 싶은 말이었다. 그녀는 집중하는 법을 알았지만, 바이성이 연기할 때 보여주는 그렇게 편안하게 이완된 상태는 배우지 못했다. 정말 멋있었는데.

수업이 끝난 후, 황청은 일부러 천천히 움직여 마지막으로 나갔다. 팡위퉁이 먼저 인사를 건넨 건 뜻밖이었다.

"안녕하세요, 황청청 씨?" 그녀가 담담하게 미소 지었다.

황청은 자신도 모르게 코미디언 같은 표정을 지으며 말했다.

"저를 기억하세요? 이름까지 정확히?" 자신의 이름을 정확히 불러주는 사람은 누구에게든 황청은 이런 미소로 화답했다.

"지금은 본명을 써요. 황청이에요."

"그렇군요. 연기하는 거 가끔 보이더라고요."

그녀의 말에는 늘 주어가 없었다. 어딘가 초연한 듯한 신비로움이 느껴졌다.

두 사람은 앞서거니 뒤서거니 하며 탈의실로 들어갔다. 황청은 이야기를 이어갔다. 게스트에게 질문을 쏟아내는 토크쇼 진행자처럼. "요가는 얼마나 했어요? 인도에도 가봤어요? 채식하세요? 어떤 동작이 눈 주변 혈액순환에 좋나요? 허리가 자주 아픈데 어떤 동작이 도움이 될까요?" 팡위퉁은 천천히 그렇지만 꽤 친근하게 대답해주었다. 황청의 안경을 벗겨 아직 낫지 않은 다래끼를 살펴보기도 하고, 황청에게 동작을 해보라고 해서 어떤 근육 때문에 허리가 아픈지 확인해주기도 했다. 그녀는 황청의 몸을 이리저리 매만졌다. 황청은 다행히 땀이 다 마른 상태라 안심이 되었다. 요즘은 외출할 때마다 데오도란트를 꼭 바른다. 사람의 체취는 쉽게 바뀌지 않는다. 팡위퉁에게서 나던 그 향긋한 우유 냄새도 여전했다. 여주인공들은 다 향기로웠다. 그들은 모두 꽃 같은 존재니까.

대화가 끝나갈 무렵까지 황청은 정작 묻고 싶었던 말은 꺼내지 못 했다. '왜 연기를 그만뒀어요?' 황청은 오늘의 우연한 만남이 일회성 이라는 걸 알았다. 팡위퉁은 주로 일대일 개인 레슨을 한다고 했다. 황청이 그녀에게 개인 레슨을 받지 않는 한 이런 친근한 대화를 나 눌 기회는 다시 없을 것이다. 오늘의 재회는 이대로 아름답게 마무리 하는 게 좋겠다고 생각했다.

황청이 계속 허리를 이리저리 비틀고 있을 때 팡위퉁의 목소리가 들렸다. "왕 감독님은 잘 지내나요?"

황청은 동작을 멈추었다. 가장된 무심함이 묻어나는 목소리였다. 정작 묻고 싶은 게 있었던 건 팡위퉁이었다. 황청은 코미디언 같은 미소를 천천히 거두며 대답했다. "잘 몰라요."

"정말요?" 팡위퉁이 옆에 보이지 않는 친구라도 있는 듯 고개를 살 짝 돌리며 말했다.

그녀는 더 이상 숨기지 않았다. 그녀의 표정이 순식간에 얼어붙 었다.

"네?" 황청은 못 들은 척 되물었다.

"여주인공만 좋아하는 줄 알았는데."

황청은 자신도 모르게 입술을 깨물었고, 팡위퉁이 자신의 입술을 주시하고 있다는 걸 느꼈다.

"나중에 그의 신작에 황청 씨가 나오는 거 보고 알았어요. 나한테 도 집적거린 적이 있는데 그 뚱뚱하고 짧달막한 몸매는 정말 못 봐 주겠더라고요."

팡위퉁의 말투는 가볍게 떠다녔다. 말을 마친 그녀는 요가복 위에 린넨 원피스를 바로 입었다. 황청이 오기 전 팡위퉁이 왕 감독을 잠시 만났다는 건 황청이 모르는 일이었다. 팡위퉁은 다른 사람들이 보는 앞에서는 절대 왕 감독의 차에 타지 않았다. 그녀의 이미지 관리는 황청보다 훨씬 엄격했다.

그건 그녀가 황청보다 약한 사람이었기 때문이다. 그녀는 여러 문제에 한꺼번에 맞설 수 없었다. 그녀는 당시 최소한 세 가지 문제에 맞서야 했다. 소속사, 대역이었던 황청 그리고 왕 감독. 한 달이라는 길지 않은 촬영을 거치며 그녀는 거의 무너질 뻔했다. 촬영이 끝나자마자 종적을 감추었고 개봉 당시 홍보 활동에는 여주인공이 늘 빠져 있었다. 소속사는 그녀에게 내용증명을 보냈고, 수년에 걸친 소송 끝에 분쟁은 해결되었다. 팡위퉁은 당시 이해할 수 없었다. 그 사람은 어떻게 그토록 잔인한 짓들을 전부 사랑으로 둔갑시킬 수 있었을까. 오랜 시간이 지나서야 그건 사랑이 아닌, 일종의 사냥이었음을 깨달았다. 이것을 인정하는 것은 마치 그녀의 젊은 날 전체를 부정하는 것과 같았다.

황청은 대답 없이 상의를 걸치고 바로 청바지를 입었다. 팡위퉁에게 속옷만 입은 모습을 보이고 싶지 않았다. 눈을 한 번 감았다 뜨니 10년 전으로 돌아갔다 온 기분이었다. 그녀는 시간의 터널에 끼어 흐트러진 몸속 분자들이 모두 일그러져버린 것 같았다. 함께 추억을 나눌 줄 알았는데, 옛날 기억이라곤 상처뿐이었다.

"사실 영화 찍기 전에도 본 적 있어요. 모여 극단의 연극이었는데, 제목이 뭐였더라."

황청은 여전히 말없이 앉아서 양말을 신었다. 다행히 오늘 양말엔 구멍이 나지 않았다. '여주인공께서 미련이 남으셨나? 대체 언제 적 얘기를 하는 거야……'

"아, 생각났다. 「불면증」이었죠? 보러 갔었어요."

황청은 오랜만에 단장의 벌어진 앞니를 떠올렸다. 그리고 그녀 앞에서 일부러 삶은 계란을 물고 말하던 그 버릇도.

"알아요, 원래 팡위퉁 씨가……"

"그 배역은 원래 내 거였죠." 팡위퉁이 말을 가로챘다.

황청도 그 말을 하려던 참이었다. 이런 말은 그녀도 수도 없이 들어왔고, 자신도 많이 했던 말이다. 배우들은 다른 사람이 배역을 맡은 뒤에도 이런 말을 하길 좋아했다. '아, 제게 먼저 제의가 왔죠. 그런데 시간이 안 맞아서……' '아, 원래 제가 맡으려고 했는데 대본이 마음에 들지 않아서……' 먼저 제안받은 것을 자신이 첫 번째 선택이었다는 듯이 말하는 건 배우들이 자신을 위해 쌓아올리는 먼지 같은 자존심이었다. 한번 불면 날아가버릴 만큼 가벼운.

"형편없는 작품이었는데 연기를 잘하셨어요."

의외의 칭찬에 황청은 마음이 약간 누그러졌다. 일종의 '배우병'으로 칭찬받으면 가면이 벗겨지곤 했다. 분명 비아냥거리는 말이었음에도 그랬다.

"근데 요즘엔 잘 안 보이던데, 대역 같은 것도 아직 하고 있나요?"

팡위퉁은 오늘 끝까지 가볼 심산인 듯했다. 황청은 일단 가만히 서서 그녀의 담담한 표정을 자세히 살펴보기로 했다. 어떻게 대답해야 서로 기분 상하지 않게 이 연기를 끝낼 수 있을까 고민하면서. 그런 황청의 시선에 팡위퉁은 오히려 불편해졌다. 황청의 눈빛은 흐릿하고 연민이 섞여 있었지만, 선의는 거의 찾아볼 수 없었기 때문이다. 기억 속의 그 호기심 많고 예민했던 눈빛은 찾아볼 수 없었다.

"최근엔 연극을 하고 있어요. 순회공연을 막 끝내고 왔죠."

"아, 생각났다. 영국 유학도 갔죠?"

그 순간 황청은 알았다. 자신은 팡위퉁을 거의 떠올린 적이 없었던 지난 10년 동안 팡위퉁은 그녀의 근황을 안티팬처럼 업데이트해 왔던 것이다. 때로는 라이벌이 자신의 약점을 알려주기도 한다. 체취라든가, 어떤 관계의 진실 같은 것들을 말이다. 그녀는 자신이 그토록 신경 쓴 상대가 사실은 자신에게 전혀 관심이 없었다는 걸 알게 되면 어떨까? 황청은 팡위퉁이 안쓰러워지기 시작했다.

팡위퉁이 그녀의 입술을 흘끗 보더니 말했다. "연극에선 비뚤어진 입이 안 보이겠네요."

황청은 웃으며 말했다. "많이 피곤하신가보네요."

그녀는 온화하게, 아무런 분노도 싣지 않고, 오히려 연민과 동정이 섞인 목소리로 말했다. 팡위퉁은 말이 없었다. 차갑게 유지하려 했던 두 눈이 뜨거운 물에 놓인 얼음처럼 금이 갔다. 황청은 이미 온갖 평가에 익숙했다. 사람들은 배우라는 고기를 프라이팬 위에 올려놓고 이리저리 뒤집으며 굽는다. 그런 신체 비하는 별로 새롭지도 않아서 비아냥으로 응수할 필요조차 못 느꼈다. 비대칭적인 얼굴은 오히려 장점도 있었다. 슬프고 우울한 표정을 더 비틀어 강조할 수도 있고, 좌우 얼굴이 다른 사람처럼 보이게 했다.

어쨌든 지금 무대 위에 있는 건 황청이었다. 지금은 잠시 휴식을 취하는 시간일 뿐이었다. 팡위퉁이란 관객은 기한 지난 출입증으로 무대 뒤에 몰래 들어와 자신의 분장대와 의상을 되찾으려 하고 있다. 지성이면 감천이라고 했던가, 무대 아래 오래 서 있으면 무대는 내 것이 된다.

황청은 물건들을 한꺼번에 가방에 집어넣으며 말했다. "일거리 없는 배우들이 요가 가르치러 많이 다니더라고요. 타이베이 거리에 요가 강사가 많을까, 연기 지망생이 많을까 늘 궁금했어요."

"왕 감독이랑 잤으니까 지금까지 이 바닥에서 뒹굴 수 있었던 거 아니야?"

광위퉁의 목소리가 떨리기 시작했다. 자신은 그러지 않은 걸 지금 후회하는 걸까? 그녀는 모를 것이다. 바로 그래서, 감독과 잤기 때문에, 황청은 조연만 맡을 수 있었다는 걸. 누구나 자신을 과거의 고통 속으로 밀어넣어 뒤흔들 수 있는 능력이 있다. 다만 배우는 그 행위를 체계적으로 해낼 수 있고, 일반인은 대개 통제력을 잃어버린다는 차이가 있을 뿐이다. 만약 광위퉁이 계속 연기를 했다면, 10년의 시간을 뛰어넘은 그들의 대결은 이 작은 '탈의실'이 아닌 어느 촬영장이나 오디션장 같은 더 공개된 무대에서 펼쳐졌을 것이다. 그렇다면 훨씬 더 볼만했을 텐데. 하지만 이제 그녀는 더 이상 황청의 라이벌이 아니다.

"전 계속 이 바닥에서 뒹굴어보려고요." 황청이 미소 띤 얼굴로 말했다.

그때 데스크 직원이 탈의실 안으로 고개를 내밀고 말했다. "위퉁, 아직 안 가셨네요. 오늘 강사 수당 드릴게요."

황청은 직원이 건네는 몇백 위안을 힐끗 보고는, 가방을 들고 위퉁의 어깨를 살짝 스치며 탈의실을 먼저 나섰다. 그 순간 황청은 요가 강사도 배우지 못한 유연성을 익혔다는 사실을 깨달았다. 자신을 구부려 잔인함과 상처를 견뎌내고, 마치 아무 일 없었다는 듯이 온전히 빠져나와, 연예계라는 전쟁터에서 계속해서 몸을 펼칠 수 있는 그런 유연성을 그녀는 갖게 되었다.

요가 학원을 나온 황청은 평소처럼 우유를 사러 아래층 편의점으로 가지 않고 반대 방향으로 걸었다. 걸어가는 동안 길거리의 신호등은 항상 초록불을 켜면서 그녀에게 길을 열어주었다. 증오는 썩은 물 같아서 항상 깨끗이 비워내야 한다. 그러지 않으면 악취가 진동할 것이다. 얼마나 걸었는지 갑자기 배가 고팠다. 그녀는 바로 맥도널드로 들어갔다.

더블버거를 선택하고 음료는 커피로 바꿨다. 감자튀김은 라지 사이즈로 고르고 치킨 한 조각도 추가했다.

주문을 마치고 자리에 앉으니 루가 생각났다. 몇 주 전 공항에 배웅하러 갔을 때 황첸이 화장실에 간 사이 몰래 감자튀김을 먹여주었다. 캉이 옆에서 웃었다. 황청은 루가 태어나서 처음 먹어본 맛있는 음식이 그녀가 준 것이기를 바랐다. 루는 곧 그녀를 잊을 것이다. 다음에 만나면 '내가 이모야' 하고 다시 소개해야 할 것이다.

언니 가족이 떠난 뒤 황청은 각오했던 것보다 더 심한 상실감을 느꼈다. 특히 매일 욕실에 있을 때면 더했다. 전혀 통제할 수 없었던 그때의 몸 상태가 떠올랐다. 매운 음식을 먹지 않던 그녀가 매운 음식과 시큼한 말린 과일을 입에 달고 살았다. 늘 꿈을 꾸며 자던 그녀가 새벽까지 꿈 한 번 꾸지 않고 잤다. 자신 같으면서도 자신 같지 않은 느낌이었다. 양치를 할 때면 이게 얼마나 복잡한 동작인지, 아이가 몇 살이 되면 이걸 배울 수 있을까 생각했다. 비누가 배에 남은 희미한 흉터를 스칠 때면 희미한 소리가 들려왔다. 황첸이 아이를 안고 그녀를 깨우며 "루가 왔어"라고 하는 소리가. 루瀂는 청澝처럼 물을 품고 있다. 검은색을 의미하고 모든 것을 포용한다는 뜻을 갖는다. 루는 울고 있었다, 아주 크고 우렁차게.

황청은 분명히 낙태를 고민했다. 그녀는 후회가 감정의 서랍에서 가장 큰 자리를 차지하리란 것도 알고 있었다. 두두의 죽음을 끝없이 되새기듯, 자신이 한 아이를 죽였다는 사실도 끊임없이 되새기게 되리란 것도 알고 있었다. 그녀는 분명 후회할 것이고, 빨려나간 태아처럼 짓이겨진 살이 피와 엉겨 덩어리질 때까지 연기를 증오할 것이고, 자신을 증오할 것이었다.

자매는 머리를 맞대고 궁리를 거듭한 끝에 모두를 만족시킬 방법을 찾아냈다. 황청은 그녀의 마음속에서 언제나 주인공이었던 언니에게 엄마라는 자리를 내어주기로 했다. 황첸은 황청보다 훨씬 더 간절히 엄마가 되고 싶어했다. 그녀는 언제든 모성의 기쁨과 자식에 대한 걱정에 빠질 준비가 되어 있었고, 순식간에 그 역할 속으로 들어갔다. 다만 아쉬움이 있다면 황청이 그녀의 사랑, 즉 텐을 포기했다는 것이었다. 사랑이 남아 있었다면 이 계획은 이루어지지 못했을 것이다. 하지만 이 연극에서 사랑은 이미 하찮은 것이 되어버렸다.

만약 팡위퉁이 과거라는 늪에 빠지지 않았다면, 두 사람은 어쩌면 마주 앉아 속 깊은 대화를 나눌 수 있었을지도 모른다. 그랬다면 그녀는 황청의 깊은 상처를 엿볼 수도 있었을 것이다. 어쩌면 그들은 가장 날카롭고 신랄한 말들로 왕 감독을 함께 비웃었을지도 모른다. 그러면서 팡위퉁은 그때의 어리석었던 자신으로부터 한 걸음 물러나 너그럽게 자신을 받아들일 수 있었을 것이다. 무대 안팎에서 대역을 했던 과거는 이제 황청에게 아무런 감정도 불러일으키지 못했다. 어쩌면 그녀는 B급 배우도 못 됐을지 모른다. C급, D급도 얼마든지 있을 수 있으니까. 그녀는 왕 감독이 무언가를 숨기고 있다는 걸 알면서도 스스로 추궁하기를 포기했다. 아마도 그녀는 자신의 인생을 예견했던 걸지도 모른다. 그래서 누구에게도 추궁당하고 싶지 않았던 것인지도.

「우아한 그녀들」에서 일어난 사고로 황청은 한 가지 사실을 깨달았다. 대체 불가능한 배우는 없다는 냉정한 현실을 알았다. 연예계는 바다와 같아서 빠진 것이 있으면 다른 것으로 채워지며 변하는 것은 아무것도 없다. 팡위퉁은 스스로 뭍으로 올라간 후에도 계속 인어공주가 되고 싶었기 때문에 고통스러운 것이다. 햄버거의 마지막 한입을 씹으며 황청은 생각했다. 팡위퉁은 앞으로 더 많이 배워야 진정한 요가 선생이 될 수 있을 것이다. 그때가 되면 황청처럼 자신을 용서할 수 있을 것이다.

42

저우周 사장이 왕레이王蕾에게 황청의 잔에 술을 따르라고 눈짓하자 그녀는 얼른 두 손으로 잔을 받아들었다.

"조금만 주세요. 벌써 석 잔째예요." 황청이 말했다.

"이 친구 괜찮네. 술도 잘 마시고." 저우 사장이 말하자 왕레이가 웃으며 호응했다.

다섯 사람이 룸 안 작은 원탁에 둘러앉았다. 황청은 저우 사장과 왕레이 사이에, 뉴 감독 부부는 저우 사장 오른쪽에 앉았다. 가이세키 요리를 거의 두 시간 동안 먹은 후에야 드디어 메인 요리가 나왔다. 황청은 눈앞의 돌판을 바라보았다. 가리비 위에 캐비어가 가득 올려져 있었고, 옆에 놓인 고급 잔에는 손질된 바위게가 담겨 있었다. 새로운 요리가 나올 때마다 그녀는 어떻게 먹어야 할지 몰라, 일단 요리의 플레이팅을 감상하는 척하다가 다른 사람들이 먹기 시작하면 따라 먹었다. 보통은 왕레이를 따라했다.

처음 만났을 때 각자의 자기소개는 건조했다. "왕레이예요.""레이 선배, 안녕하세요? 황청이라고 해요." 왕레이는 우아한 미소를 짓고 있었지만 특별한 반응은 보이지 않았다. 사실 모두가 그녀를 '레이 선배'라고 불렀다. 저우 사장의 특별 비서인 그녀의 이름을 직접 부를 사람은 없었다. 좀 나이 들어 보이는 호칭이라도 그녀는 개의치 않았다. 저우 사장의 젊은 시절은 어두웠다. 감옥에서 출소한 후 영상 산업에 뛰어들어 영화에 거액을 투자하고, 방송국 주식을 사들이고, 엔터테인먼트 회사를 세워 드라마를 제작했다. 이제는 매니지먼트 회사를 설립할 예정이다. 하지만 그는 다른 기획사처럼 신인을 키우거나 이미 인기 있는 연예인의 이름값을 빌리는 데는 관심이 없었다. 그는 왕레이에게 몇 번 굴러본 실력은 있지만 알려지지 않은 그런 배우를 찾으라고 했다. 왕레이의 아버지는 저우 사장과는 의형제 사이였다. 그녀는 어려서부터 어머니와 함께 미국에 보내져 아버지를 몇 번 보지 못했다. 아버지 장례식 때 타이완에 돌아왔다가 그대로 저우 사장 곁에 머물렀다. 저우 사장은 그녀를 친딸처럼 아꼈다. 어찌나 아끼는지 왕레이는 그가 자기 친아버지가 아닐까 하는 의심까지 들 정도였다.

왕레이는 모델 같은 분위기를 풍겼다. 황청보다 큰 키에 광대뼈는 도드라지고 눈은 외꺼풀이었다. 대학에서 예술을 전공하면서 미국에서 친구들과 실험적인 단편영화를 많이 찍었다. 때로는 찍기도 하고 때로는 찍히기도 했는데 자신이 나온 모습을 보는 데는 전혀 관심이 없었다. 타이완에 돌아와서는 혼자 이곳저곳을 돌아다니며 평일에는 영화를 보고 주말에는 연극을 봤다. 「끝내지 못한 일」 초연을 보고는 극단을 찾아가 황청이란 사람에 관해 물었다. 뉴 감독과 쑤 선생은 젊었을 때 실험영화도 찍어본, 반쯤은 영화인이어서 그녀가 저우 사장 사람이라는 말을 듣자마자 마치 딸을 시집보내듯 분주히 움직였다. 타이완의 극단은 단원들을 먹여 살릴 형편이 못 됐다. 정관계 인사들과 관계가 좋은 극단은 기업의 도움을 받았고, 그렇지 않은 극단은 여기저기 기획서를 보내 정부 보조금으로 겨우 입에 풀칠하는 수준이었다. 황청의 매니지먼트 계약은 사실 그들과 상관없는 일이었지만, 이런 인연도 언젠간 다 도움이 될 것이었다. 부부는 최근 몇 년간 중국과 홍콩 시장 개척에 힘써왔는데, 이건 저우 사장의 사업과도 맞아떨어지는 면이 있었다. 저우 사장의 조직폭력 배경은 타이완 전체가 다 아는 사실이었다. 황청도 들어서 알고는 있었지만, 구체적으로 무엇을 조심해야 할지는 몰랐다. 그저 왕레이와 잘 맞는다고 느꼈을 뿐이다.

황청은 지난주에 계약서를 들고 그들의 회사에 갔다. 로비 옆 의자에는 빨간 찻통을 유심히 보고 있는 사람이 있었는데, 돋보기안경이 코끝까지 내려와 있었다. 그가 황청에게 손짓했다.

"이 통에 쓰인 글자 좀 읽어줄래요?" 그가 말했다.

황청은 통을 건네받아 '동방미인차東方美人茶'부터 읽기 시작했다. 차 소개, 색깔과 향을 지나 차를 우리는 방법의 마지막 글자까지 읽었다. 고개를 들어보니 그녀의 뒤에 한동안 조용히 서 있던 왕레이가 있었다.

"저우 사장님이세요." 왕레이가 말했다.

황청은 공손히 웃으며 인사했다. 사실 이미 짐작하고 있었다.

"황청, 황청…… 이름이 좋군. 자네는 자신이 청의青衣*라고 생각하나 화단花旦**이라고 생각하나?" 저우 사장이 물었다.

그녀는 경극을 잘 몰랐지만, 기본적인 개념은 알고 있었다. 황청은

• 경극에서 차분하고 정숙한 여성 역할.
•• 경극에서 발랄하고 명랑한 젊은 여성 역할.

잠시 생각하다 말했다.

"저는 늘 작은 화단 역할을 했지만, 마음속으로는 스스로를 큰 청의라고 생각했어요. 하지만 타이완 연예계는 화려한 꽃과 귀여운 꽃의 조화만 좋아하니 설 자리가 없는 청의는 혼자서 고고해질 수밖에 없죠."

저우 사장이 웃었다. 황청의 말에 담긴 자조를 알아차렸고, 그녀가 지적한 배역의 한계에도 공감했다. 그는 왕레이에게 고개를 끄덕였고, 왕레이는 황청을 자신의 사무실로 안내했다.

눈앞에 펼쳐진 건 한쪽 벽을 꽉 채운 DVD와 외국 서적들이었다. 황청은 자신도 모르게 자세히 살펴보기 시작했다. 영화로 시작된 두 사람의 대화는 각자의 몸 안에서 울리던 소리가 서로 맞아떨어지면서 합주로 이어졌다. 영화에서 해외 생활로, 다시 각자의 가족과 어린 시절로 이야기는 계속되었다. 한 시간이 훌쩍 지나서야 황청은 가방 속의 계약서가 생각났다. 왕레이가 계약서를 확인하다가 문득 생각난 듯 물었다.

"문제가 될 만한 이력이 있나요?"

"무슨 뜻인지……"

왕레이가 뭔가를 생각하며 눈동자를 살짝 굴렸다. "예를 들면 섹시 화보나 누드집같이 이미지를 해칠 만한 거요."

황청은 고개를 저었다.

"지금 싱글인가요?"

"네."

"결혼한 적은?"

"없어요."

"전 배우가 대중에게 사생활을 밝힐 필요는 없다고 생각해요. 신비로움을 최대한 유지하는 게 좋죠. 하지만 남의 가정에 끼어드는 일은 없었으면 해요. 그런 뉴스는 모두에게 상처가 되니까. 만약에라도 그런 사랑에 빠지면 적어도 나한테는 미리 말해줘요."

"네."

"연애를 보고하라는 건 아니에요. 어린 친구도 아니고 회사에도 연애 금지 조항 같은 건 없어요."

황청이 고개를 끄덕였다.

"미혼모는 아니죠?"

순간 멈칫했던 황청은 이내 미소를 지으며 말했다. "아니요. 하지만 언젠간 기회가 있으면 좋겠어요."

"아이를 갖고 싶어요?" 왕레이는 다소 의외라고 생각했다.

"나중에 모든 것이 안정되면요."

"그럼 연기는 힘들 텐데 괜찮겠어요?"

"충분히 인기가 있으면 문제없지 않을까요? 요즘엔 톱스타들도 아이 낳고 더 활발히 활동하잖아요."

"하긴 그런 것 같네요."

"회사에서 아이를 못 낳게 하는 건 아니죠?" 황청이 일부러 농담처럼 물었다.

"당연히 아니죠. 저우 사장님은 가정을 정말 중요하게 생각하세요. 우리 회사는 출산휴가가 최소 6개월부터 시작이에요. 전 쓸 일이 없지만요."

황청이 웃었다. 그녀는 왕레이의 시원시원함이 정말 좋았다. 그녀와의 대화는 황첸을 떠올리게 했다.

"하지만 정말 계획이 있다면 사전에 나에게 말해줘야 해요. 우리는 여기저기서 기획을 검토하고 있어서 초기 단계에 캐스팅되어도 배우들에게 미리 알려주진 않거든요. 이런 점은 이전 소속사들과 좀 다를 거예요. 우리는 보통 투자를 해서 발언권이 센 편이죠."

황청이 고개를 끄덕였다. 그녀는 왕레이가 더 좋아졌다. 입에 발린 말로 배우에게 허황한 기대를 심어주는 게 아니라 담담하게 현실적인 이야기를 해주는 게 좋았다.

"그런데 왜 저와 계약하시려는 건가요? 궁금했어요."

"직감이죠. 아니면 상상의 여지를 느꼈달까. 난 이런 게 좋아요. 선명하게 보이지 않는 황청 씨의 느낌이."

"형태가 없는 것도 장점이 될 수 있네요. 꽃이 피길 기다릴 필요가 없는 관엽식물 같죠." 황청이 자조 섞인 말투로 말했다.

왕레이가 웃었다. "참, 전에 「우아한 그녀들」에 참여한 적 있죠?"

황청이 고개를 끄덕였다.

"정말 대박이 났던데요."

"대본도 좋았고, 캐릭터들도 매력적이었어요."

"중국 방송국의 오디션 홍보 전략도 괜찮았어요. 배우 교체 문제도 원만히 해결하면서 새로운 스타도 만들어냈잖아요."

황청은 고개를 끄덕였지만, 사실 예고편도 보지 않았다. 마음이 다시 흔들리는 게 싫었다.

"아쉽진 않아요?" 왕레이가 물었다.

"아쉽지 않다면 거짓말이겠죠. 하지만 전 운명론자예요. 제 역할이었다면 저를 찾아왔을 거라고 생각해요."

왕레이가 잠시 뒤 말했다. "나도 그렇게 생각해요."

회사를 나올 때, 황청은 매니저와 잘 지낼 수 있을까 생각하느라 자신이 엄청난 거짓말을 했음을 잊고 있었다. 집에 돌아와 곰곰이 생각해보니 두려워지기 시작했다. 저우 사장의 복잡한 배경을 생각하면, 미혼모 스캔들이 터졌을 때 계약 위반에 따른 배상은 단순히 금전적인 문제로 끝나지 않을 것 같았다. 하지만 누가 알 수 있을까? 배에 남은 희미한 흉터와 의료보험 기록 외에는 황청이 아이를 낳았다는 걸 증명할 수 있는 건 아무것도 없다. 게다가 아이는 이제 조카가 되어 '엄마'와 함께 타이완을 떠났는데.

황청은 머리칼을 헝클어뜨리며 걱정을 털어냈다. 그녀는 인터넷에서 「우아한 그녀들」을 검색해보았다. 어려진 배우들의 나이에 맞추기 위해 모든 등장인물의 나이가 다섯 살 이상 어려져 있었다. 원래 삼십대 초반이었던 루루는 스물다섯으로 바뀌어 있었고, 루루 역을 맡은 배우는 오똑한 코에 작고 가냘픈 몸매가 고등학생 역할에도 어울릴 것 같았다. 꽃이 5년 내내 피어 있을 수 없고, 식물도 5년이면 분갈이를 해줘야 하는데 여자의 스물다섯과 서른을 어떻게 이렇게 손바닥 뒤집듯 바꿀 수 있지?

황청은 몇 회를 띄엄띄엄 보았다. 괜찮았던 여성 성장 스토리는 달달한 청춘 드라마가 되어 있었다. 두통이 밀려왔다. 그녀는 테이블 아래에 놓았던 대본 더미를 꺼냈다. 다시 펼쳐보지도 않으면서 차마 버리지도 못했던 것들이다. 그때의 기억을 떠올릴 때마다 머릿속 화면이 다시 편집되곤 했다. 어떤 부분은 빨리 감기고 어떤 부분은 느려지거나 멈춰버렸다. 하지만 황청은 이제 과거를 파내 구덩이를 만들고 그 안의 기억을 모두 까맣게 물들이기로 했다. 쓰레기봉투에 대본 더미를 쑤셔넣었다. 재활용도 할 수 없도록 한 번에 태워버리는 게 가장 좋겠다. 반바지로 갈아입고 슬리퍼를 질질 끌고 나가 루루를 내팽개치듯 던져버렸다.

저우 사장이 36년산 위스키를 한 병 더 주문하고는 황청의 잔을 가볍게 두드렸다. 황청은 황급히 정신을 차리고 술잔을 홀짝였다. 정말 부드러웠다. 그녀의 양 볼에 꽃이 피어났다. 왕레이도 그녀만큼 마셨지만, 얼굴색은 조금도 변하지 않았다. 그녀는 모두의 잔을 채우면서 그들의 상태를 살폈다.

평소 술을 입에도 대지 않던 쑤 선생도 36년산 고급 술만큼은 한 잔 탐했다. 그녀는 특별히 저우 사장에게 건배를 청했다.

"우리 황청 앞으로 잘 부탁드립니다."

그녀가 팔꿈치로 뉴 감독을 찌르자, 뉴 감독이 급히 잔을 들며 큰 소리로 말했다.

"황청을 여자친구처럼 아껴주세요."

순간 모두가 얼어붙었다. 오랜 풍파를 겪어온 저우 사장만이 태연하게 웃고 있었다.

"취했나봐요. 무슨 말을 하는 거예요." 쑤 선생이 황급히 뉴 감독을 나무랐다.

왕레이가 재빨리 분위기를 수습하며 말했다. "딸처럼 아껴달라는 말씀이었나보네요."

"맞아요, 맞아. 딸처럼 아껴달라는 뜻이었습니다." 뉴 감독이 입가에 흘린 침을 소매로 닦았다.

황청은 뉴 감독이 그렇게 당황하는 모습을 한 번도 본 적이 없었다. 그녀는 마른 웃음을 지으며 자신보다 나이가 많은 술의 마지막 한 잔을 입안에 밀어넣었다.

그러고는 왕레이에게 속삭였다. "더는 못 마시겠어요."

마지막으로 디저트가 나왔을 땐 모두 배가 불러 더는 먹을 수 없다고 했다. 다행히 떠먹는 과일 셔벗 한입이었다. 황청이 셔벗을 입에 넣자 새콤달콤한 패션프루트 맛이 순식간에 뜨거운 술기운을 씻어내렸다.

식사가 끝나갈 때쯤 쑤 선생은 서둘러 저우 사장에게 「끝내지 못한 일」의 내년 재순회 공연 얘기를 꺼냈다. 이번에는 중국 쪽이 아닌 저우 사장의 회사가 맡아주면 좋겠다고 했다. 저우 사장은 고개를 끄덕이며 왕레이에게 잘 처리하라고 지시했다. 마지막으로 술잔을 두 드리며 그는 비틀대면서 일어섰다. 모두가 잔을 들었다.

저우 사장이 말했다. "오늘 특별히 기분이 좋네요. 우리 회사가 황 청이라는 숨어 있던 보석을 찾았거든요. 그리고 또……" 그는 일부러 잠시 말을 멈추고 왕레이를 향해 잔을 들었다. "왕레이가 올해 가장 핫했던 드라마의 영화 판권을 따냈어요. 2년 후에 촬영 들어갑니다!"

쑤 선생이 물었다. "어떤 작품인가요?"

저우 사장이 대답했다. "「우아한 그녀들」이죠."

그 말을 들은 황청은 바로 왕레이를 돌아보았다. 그녀는 좀처럼 보기 힘든 환한 미소를 지으며 황청과 가볍게 건배했다. 그러고는 황 청의 귓가에 속삭였다. "역할이 당신을 찾아오면 도망칠 수 없죠."

황청은 빈 잔을 입으로 가져갔다. 아무 맛도 느낄 수 없었다.

43

상하이 훙차오 공항에 도착했을 때 왕레이와 대화를 나누던 황청의 얼굴에서 갑자기 웃음기가 가셨다. 그녀는 몸이 순간 경직되는 것을 느꼈다. 어디 불편한 곳이 있냐고 왕레이가 물었지만, 황청은 고개를 저으며 화장실에 다녀오겠다고 핑계를 댔다. 남은 생수로 입을 헹군 후 물을 틀어 얼굴을 씻었다. 거울을 멍하니 바라보다가 립스틱을 꺼내 바르고, 검지에 살짝 묻혀 블러서 대신 광대뼈 양쪽에 발랐다. 이 불편함은 이곳이 상하이이기 때문인지, 아니면 곧 출연할 「오디션 토크」 때문인지 알 수 없었다.

「오디션 토크」는 최근에 인기몰이 중인 배우 서바이벌 프로그램 중 하나였다. 타프로그램과는 달리 열두 명의 참가자가 모두 이름이 알려지지 않은 신인 배우라는 점이 특징이었다. 계속된 트레이닝과 평가에 따른 탈락 과정을 거치면서 배우의 성장을 관찰하고 동시에 배우라는 직업의 냉혹한 현실을 보여주는 프로그램이었다. 제작진은 서바이벌 프로그램 특유의 현란한 기교나 독설이 아닌 연기 예술의 본질을 알리는 데 중점을 둔다고 강조했다.

황청은 두 회분을 녹화할 예정이었다. 그녀는 이른바 외부 '도전자'로서 기존의 열두 멤버와 함께 영화 「우아한 그녀들」의 공개 오디션에 참여하게 되었다. 영화 「우아한 그녀들」은 대성공을 거둔 동명의 드라마를 벤치마킹해 인기 TV 프로그램을 홍보 작업에 투입하는 방식으로 캐스팅 열기를 끌어올리려 했다. 하지만 왕레이는 회사가 투자자로 참여해도 황청이 반드시 캐스팅된다는 보장은 없으며, 어떤 역할이 될지도 장담할 수 없다고 했다. 할 수 있는 건 프로그램을 통해 그녀를 대중에 노출하는 것뿐이었다.

이런 조건이었기에 황청은 승낙했다. 그녀는 자신의 실력이 공개적으로 검증되는 것이 두렵지 않았다. 오히려 간절히 원했다는 편이 맞을 것이다. 영화의 한 장면을 연기해보라고 하면 그녀보다 작품을 더 잘 이해하는 참가자는 없을 것이다. 연극 무대에서 단련된 즉흥 연기도 자신 있었다. 그녀가 언제든 투입 가능한 배우라는 걸 얼마든지 증명할 수 있었다.

황청이 출연을 망설인 유일한 이유는 서바이벌 프로그램의 화제성을 높이기 위해 가짜 갈등을 '연출'할까 우려해서였다. 왕레이는 잠시 생각하다 이내 말했다. "그것도 일종의 연기 아닌가요?" 황청은 대답하지 않았다. 왕레이가 말을 이었다. "반응이 좋으면 화면에 많이 나오고, 반응이 없으면 편집될 테니 큰 손해는 없을 거예요." 그럴싸한 논리였다. 홍콩의 여성 감독이 영화 「우아한 그녀들」을 맡았다는 걸 알게 된 후 작품에 대한 황청의 기대는 되살아났다. 여성 연출가의 시각으로 세 여성 캐릭터는 진정한 의미에서 부활할 수 있을 것이다. 무엇보다 더 성숙해진 모습으로 루루 역할을 다시 한번 해보고 싶었다. 황청은 왕레이에게 더 이상 아무 말도 하지 않았다.

　왕레이에 대한 신뢰는 우연한 공모를 계기로 급격히 형성되었다. 당시 황청은 한 미니시리즈에서 검사 역할로 출연하고 있었다. 수사국을 배경으로 하는 이야기라 남성 캐릭터 위주였고 여성 검사가 그나마 가장 비중 있는 여성 캐릭터였다. 하지만 캐스팅 초기에는 몇 장면밖에 안 나오는 여성 판사 역할을 제안받았고 대본도 두 장면 분량밖에 받지 못했다. 왕레이는 어떻게 했는지 완성된 대본 6회분을 구해서 아무 말 없이 황청에게 건네주었다. 황청은 대본을 검토한 후 여성 검사 역할이 좋겠다고 말했다. 왕레이가 말했다. "하지만 우린 여성 판사 역할을 제안받았어요. 비중은 적지만 중요한 역할이에요." 황청이 대본을 다시 훑어보았다. 바스락, 페이지 넘기는 소리를 들으며 두 여자는 동시에 결심했다.

　다음 날 황청은 혼자서 제작사 오디션장에 갔다. 도착하자마자 그녀는 감독과 타이완의 몇몇 유명한 여성 검사에 대해 이야기를 나누었다. 현장의 모두가 흥미진진하게 들을 만한 이야기였다. 감독은 오디션은 필요 없다고 했지만, 황청은 그래도 서로 확실히 하기 위해 한번 보는 것이 좋겠다고 고집했다. 그러고는 여성 검사의 장면을 펼처 조감독과 연기를 시작했고, 그곳의 모든 사람이 당황했다. 황청이 순간 몰입하여 던지는 첫 대사를 조감독은 얼결에 받아줄 수밖에 없었다. 연기가 끝나자 현장 사람들은 모두 입을 다물지 못했다. 조감독은 계면쩍은 얼굴로 말했다. "사실은 여성 판사 역을 제안드렸는데요." 황청은 놀라고 부끄러운 표정으로 얼른 대본을 다시 꺼내며 다급히 말했다. "매니저가 제대로 전달받지 못했나봐요. 전 제가 검사 역할일 줄 알았어요." 감독이 그녀를 보며 말했다. "괜찮아요. 이 정도면 충분해요."

황청이 건물을 나왔을 때 근처 카페에서 기다리고 있던 왕레이는 제작진으로부터 전화를 받고 있었다. 황청은 의미심장한 미소를 짓고 있는 왕레이의 얼굴을 보고 자신이 역할을 따냈다는 것을 알았다. 그 순간 황청은 전우를 얻었다.

조금 전 비행기에서 그녀는 왕레이와 과거의 일들을 가볍게 이야기했다. 왕 감독과의 교제, 영국 유학에서 배운 것들, 텐과의 짧은 사랑 그리고 엄마가 된 후 눈물이 많아진 황첸에 대해 이야기했다. 왕레이는 주의 깊게 들었지만 별다른 반응은 없었다. 황청은 몇 마디로 자신을 정리할 수 있다는 사실에 현기증을 느꼈다. 무용수가 몇 바퀴를 돌고 제자리에 돌아왔을 때 느끼는 현실과의 미묘한 괴리감 같은 것이었다.

「오디션 토크」 제작진 숙소에 도착했을 때는 마침 저녁 시간이었다.

연습생들은 긴 테이블에 둘러앉아 이야기를 나누며 식사하고 있었다. 황청과 왕레이가 들어서자 모두가 일어나 인사했다. 씹고 있던 음식도 삼키지 못한 채였다. 황청은 자신이 그들보다 나이가 훨씬 많다는 사실을 깨달았다. 연습생들은 모두 화장기 없는 얼굴에 슬리퍼와 홈웨어 차림이었고 머리도 대충 묶고 있었다. 아직은 다른 사람을 연기한 경험이 많지 않아 자기 자신을 잃지 않은 그 얼굴들에는 같은 열망, 같은 연약함, 비슷한 고뇌와 비슷한 아름다움이 담겨 있었다. 몇 년이 지나면 그들도 너무 많이 닳아서 지금의 개성을 잃고 적당히 어울리며, 언제든 쓰일 수 있는 비슷비슷한 얼굴이 될 것이다. 황청을 알지 못하는 그들은 공손한 눈빛으로 그녀를 살펴보았다. 황청은 학생 기숙사에 잘못 들어온 듯한 기분이 들었다.

스태프는 두 사람을 복도 끝 2인실로 안내했다. 황청은 대기실 구석에 앉아 책을 읽고 있는 사람을 발견하고는 한 번 더 쳐다보았다. 그 사람은 예의 바르게 책을 내려놓고 일어나 두 사람을 향해 고개를 살짝 숙였다. 황청은 그를 향해 미소 지으며 할 말이 있는 듯한 표정으로 다가가려 했지만 자기 발에 걸려 넘어질 뻔했다. 의아한 듯 고개를 갸웃한 그의 얼굴은 미소를 간신히 유지하고 있는 것 같았다. 황청은 눈을 가늘게 뜨며 고개를 끄덕이고는 왕레이를 따라 방으로 들어갔다.

그는 그녀를 기억하지 못했다.

황청이 그의 훤한 얼굴을 몇 번이나 후려쳤는데도 그는 기억하지 못했다. 자신이 맞았다는 건 기억하겠지만 누구의 손이었는지는 중요하지 않을 것이다. 배우의 기억은 사건으로 엮여 있어서 기억 속 사람은 시간과 함께 점점 흐려진다.

왕레이는 캐리어를 내려놓고 벽 쪽 침대에 앉아 물을 마셨다.

"쉬창위徐滄宇 알아요?" 왕레이가 물었다.

"전에 만난 적 있어요. 그땐 이름도 몰랐는데."

"최근에 잘 풀렸죠. 고생한 보람이 있달까."

"그 사람도 오디션에 참가하나요?"

"자신을 증명할 좋은 기회니까요. 두 사람 잘 맞을 거예요. 가서 옛날 얘기나 좀 하지 그래요? 내일 현장에서 만나면 호흡이 더 잘 맞을 거예요." 말을 마친 왕레이는 씻으러 갔다. 황청은 캐리어에서 소품 가방을 꺼내 탁자에 올려놓았다. 작업할 때면 항상 가지고 다니는 작은 가방인데 왕레이는 그것을 배우의 마법 주머니라며 놀렸다. 그녀는 슬리퍼로 갈아 신고 인터넷에서 쉬창위를 검색해보았다. 최근에 몇 작품을 촬영한 모양인데 기사는 전부 그가 살을 얼마나 빨리 찌웠다 뺐느냐에 관한 것뿐이고 스캔들은 없었다. 피곤해진 그녀는 침대에 누워 눈을 감았다.

그녀는 방문을 열고 나가 쉬창위 앞에 선 자기 모습을 보았다. 그녀가 물었다. "무슨 책을 읽고 있나요?" 아마도 『백년의 고독』이거나 유명한 추리소설일지 모른다. 그도 아니면 『배우 수업』이거나 그가 맡을 역할의 전기일 수도 있다. 황청이 앉자 쉬창위는 책을 덮으며 그녀를 살짝 돌아보았다. 그는 그녀의 기억처럼 느리고 침착하게 온 신경을 집중해 움직였다. 다음 행동을 고민하면서 움직이는 사람 같았다. 황청은 전에 두 사람이 만났던 일을 말했다. 쉬창위는 그녀를 물끄러미 바라보다 무엇이 달라졌나 고민하다 입을 열었다. "기억납니다."

황청은 물론 예뻐졌지만, 쉬창위는 여성의 외모를 가볍게 칭찬하는 사람이 아닌 것 같았다. 그의 공손함과 온화함은 종종 불필요한 오해를 일으켜서 그는 이제 남녀를 막론하고 누구하고든 여운을 남기지 않는 대화법을 익혔다. 다른 사람들이 오해할 만한 어떠한 여지도 남기지 않았다. 그 때문인지 그는 종종 '너무 얌전해서 복잡한 캐릭터는 소화하지 못할 것 같다'라는 평가를 들었다. 고뇌하는 듯 머리를 긁적이는 그에게 황청이 말했다. "한계는 그것을 극복하는 원동력을 함께 가지고 있어요. 모든 배우에게는 자신만의 한계가 있죠."

그들은 지난 몇 년간 좌절로 만신창이가 된 열정을 어떻게 이성으로 다스릴 수 있게 되었는지를 서로에게 털어놓았다. 새로운 환경에 처할 때마다 한 가지 목표를 정해두는 황청의 나쁜 버릇은 이제 거의 사라졌다. 과거의 그녀는 늘 누군가에게 닻을 내리고 그에게서 뿜어져 나오는 힘을 이용해 자신을 늘 어렴풋한 긴장 상태에 놓이게 했다. 그 긴장감은 동시에 호르몬을 분비시켰다. 카리스마로 변환될 그 무언가를.

황청은 아무 말도 하지 않았고 쉬창위는 웃음을 지었다. 뾰족한 턱과 가지런한 하얀 치아가 드러났다. 황청은 잠시 멍해졌다. 반짝이는 그의 얼굴이 날카로워져서는 안 되는데. 그녀가 몸을 살짝 움직이자 추락하는 듯한 기분이 들었다. 눈을 떠보니 다시 컴컴하고 낯선 방 안이었다.

파란 새벽빛이 비치고 있었다. 곧 아침을 맞이할 것이다. 이 가는 소리가 작게 들려 벽 쪽 침대를 돌아보았다. 잠시 멍하니 있은 후에야 이불에 돌돌 말린 사람이 왕레이라는 걸 알았다.

상하이였다. 그녀의 모든 것이 뒤집힌 그곳.

44

참가자들이 메이크업을 마치자 숙소로 온 제작진이 마이크를 달아주었다.

왕레이가 말해주지 않아도 이 마이크는 종일 꺼지지 않고 모두에게 그녀의 대화를 들려준다는 걸 황청은 알고 있었다. 그녀는 다른 참가자들과 함께 미니버스에 올랐다. 촬영장까지는 차로 30분 거리였다. 쉬창위는 이어폰을 낀 채 맨 뒷줄에 혼자 앉아 있었다. 그의 이어폰에서는 아무 음악도 흐르지 않을 것이다. 매니저들은 서로 인사를 나누며 명함을 교환했고, 참가자들은 조용히 대화를 나누었다. 황청은 말이 없었다.

창밖으로 보이는 상하이 풍경은 전생의 기억 같았다. 과거의 중요한 순간들은 이제 황청이 연기할 때 소비하는 이미지가 되었다. 알몸으로 누워 있는 자신이 보인다. 낯선 육체가 그녀의 몸 위에서 헐떡이고 있다. 때로는 병든 해골 같기도 하고 때로는 기름기가 줄줄 흐르는 거대한 짐승 같기도 하다. 그녀는 그날 밤 그 남자의 모습을 한 번도 떠올릴 수 없었다. 루가 태어났을 때의 피와 양수가 얼룩진 푸르스름한 주먹도 떠오른다. 따뜻한 자궁에서 밀려 나온 것에 대해 엄중히 항의라도 하는 듯 필사적으로 휘두르고 있었다.

이런 이미지들은 그녀의 등 뒤에 있는 문을 열어주었다. 그녀는 눈물이 그렁그렁 맺힌 채 문이 닫히지 않도록 한쪽 발을 걸치고 눈물 짓는 관객들과 함께 과거로 향했다. 하지만 대부분의 경우 그녀는 따라가지 않고 관객이 문을 지나가고 나면 자신은 문밖에 홀로 남았다.

현장에 도착하자 황청과 다른 도전자들, 그리고 열두 명의 연습생은 외부 스튜디오로 안내되었다. 이곳에서 자신의 이름이 불리면 메인 무대로 나가 오디션을 보는 방식이었다. 자신의 순서가 아니어도 다른 배우의 상대역으로 불려나갈 수도 있었다. 많이 불려나갈수록 심사위원이 눈여겨보고 있다는 의미라는 걸 모두 알고 있었다. 다른 배우와는 어떤 케미가 있는지 보고 싶어하는 것이다.

황청이 미리 준비한 장면은 페이밍과 찍었던 병원 앞 화해 신이었다. 후디에 역할로 불려나온 연습생은 왜소하고 목소리도 가녀렸다. 그 옆에 서면 황청이 우락부락한 남자처럼 보여서 매혹적인 루루가 자칫 이상하게 보일 것 같았다. 반쯤 진행된 연기를 중단시킨 감독이 난처한 표정을 지으며 광둥성 악센트가 섞인 표준어로 말했다. "역할을 좀 바꿔보는 게 어때요?"

티를 내지는 않았지만 황청은 당황했다. 그녀의 머릿속에는 아직 페이멍의 후디에가 남아 있어서 갑자기 연기를 하면 페이멍의 스타일을 따라하게 될 것이었다. 연습생은 고개를 끄덕이며 당찬 목소리로 좋다고 했다. 순간 황청은 그녀가 루루를 연습해왔다는 걸 직감했고 이 상황도 어쩌면 짜인 각본이 아닐까 하는 의심이 들었다. 그녀는 일어나 옷매무새를 가다듬고 연기를 준비했다. 그리고 스스로에게 말했다. "페이멍처럼 연기하면 돼. 어차피 아무도 모르잖아."

연습생의 뺨을 타고 흐르는 눈물을 본 순간, 마음속 깊은 곳에서 솟아오르는 승복하고 싶지 않은 감정은 그때의 페이멍이 느꼈을 질투와 같은 것이었다. 황청은 얼른 머릿속 이미지를 더듬어보았다. 하지만 너무 서두른 탓인지 떠오르는 화면은 어둡고 일그러져 있었다. 순간 눈물이 나오지 않을 것임을 직감한 그녀는 '철없고 둔한 언니' 같은 말투와 몸짓으로 전략을 바꿨다. 억눌린 듯한 감정은 기교로 포장했다. 혀의 근육으로 목의 깊은 곳을 강하게 눌러 하품을 할 것 같은 상태를 만들자 눈 주위는 붉어지고 눈가에 눈물이 맺혔다. 여느 연습생과는 완전히 다른 접근법이었다. 몇몇 심사위원은 황청의 절제된 해석에 강렬한 신선함을 느꼈고, 두 개의 배역을 자유자재로 연기하는 모습에 찬사를 보냈다. 마음 한편이 불편했던 황청은 칭찬이 그렇게 기쁘지 않았다. 다른 사람들처럼 칭찬에 들뜬 기색을 보이지도 않았다. 감독은 황청의 담담한 표정에서 반전 매력을 느꼈다.

첫 번째 자유연기가 끝나고 황청은 두 번 더 불려갔다. 한 번은 루루 역이었고, 또 한 번은 코러스 가수 시시 역이었다. 시시는 한 번도 제대로 연구해본 적 없는 캐릭터였다. 그저 가수로 설정한 배역이라고만 생각했기 때문에 직감에 의지할 수밖에 없었다.

시시가 실연을 당하고 세 여자가 집에서 취하도록 술을 마시는 장면이었다. 술 취한 연기를 해본 적은 없지만, 균형을 잡으려고 애쓰면서 자꾸만 비틀대야 하는 게 핵심이라고 생각했다. 초점을 잃은 눈빛으로 무게중심을 이리저리 옮기며 걸었다. 음을 찾아 헤매듯 아무렇게나 올렸다 내렸다 하는 목소리는 의도치 않은 웃음을 자아냈다. 그녀 자신도 놀랄 정도였다.

장면이 중반쯤 이르렀을 때 그녀는 비틀거리며 소품 가방 쪽으로 걸어갔다. 원래는 립스틱을 꺼내려고 했는데 빨간 코가 손에 잡혔다. 순간 연기가 멈췄지만, 고개를 숙이고 있어서 아무도 눈치채지 못했다. 그녀는 바로 술 취한 상태로 돌아와 빨간 플라스틱 코를 쓰고는 흐리멍덩한 눈빛으로 바보 같은 웃음을 지어 보였다. 그 순간엔 아무도 빨간 코가 무엇인지 눈치채지 못했다.

그녀는 빨간 코를 삐뚤빼뚤하게 코에 대충 올리고는 술병을 마이크 삼아 영국에서 배운 올드 재즈 '올 오브 미All of me'를 어설프게 부르기 시작했다.

All of me
Why not take all of me
Can you see I'm no good without you

캐릭터의 끓어오르는 감정을 표현하려던 것뿐이었으므로 진지하게 부를 생각은 없었다. 하지만 부르면 부를수록 뜨거운 무언가가 빨간 코를 통해 스며드는 듯했다. 연신 실실대며 노래를 부르는데 오랫동안 머릿속을 떠나지 않았던 이미지가 불쑥 떠올랐다. 담배를 물고 있는 텐의 모습이었다. 마지막 한 모금까지 태운 후 그는 비벼 끈 담배꽁초를 담뱃갑 안에 다시 넣곤 했다. 순간 그녀는 이런 행동이 왜 그토록 오랫동안 그녀를 매료시켰는지 깨달았다. 그녀는 자신을 버려지지 않는 담배꽁초라고 생각했던 것이다. 그토록 다정한 선행은 그녀를 웃게도 하고 울게도 했다. 어둑한 거실 바닥에 앉아 빨간 코를 끼우고 그녀를 서툴게 웃기려 했던 텐의 모습이 떠올랐다. 그 따스한 손을 잡아 자신의 뺨에 가져갔던 순간이.

You took the part that once was my heart.

황청은 갑자기 고개를 숙이고 동작을 멈췄다.

완벽한 침묵에 모두가 얼어붙었다. 다시 심호흡하고 고개를 든 그녀의 두 눈은 빨갛게 충혈되어 있었다. 그녀는 흐릿해진 눈빛으로 슬픈 듯 카메라를 보며 천천히 마지막 가사를 읊었다.

So why not take all of me.

그녀의 뒤에서 문이 스르르 열렸다. 이번엔 문이 닫히지 않도록 발을 걸칠 필요도, 문이 닫힐까 두려워할 필요도 없었다.

그녀는 연기를 하는 것이 아니었다. 노래를 부르던 '시시'는 어느 순간 사라지고 없었다. 남은 것은 빨간 코를 하고 있는 황청과 뜨거운 눈빛으로 그녀를 바라보며 꿈과 믿음, 슬픔을 나누었던 텐뿐이었다.

그녀는 늘 그를 제대로 보내고 싶다고 생각했다. 하지만 언제가 될지도, 어떤 방법이 좋을지도 몰랐다. 빨리 이별을 맞이하고 싶지도 않았다. 1년 후나 2년 후, 아니면 좀더 나중이라도 상관없었다. 진짜 이별은 격정적인 리허설 현장이나 좀더 강렬한 캐릭터의 독백을 하면서 맞게 될 줄 알았는데 서바이벌 프로그램의 녹화 현장에서 맞게 될 줄은 상상도 못 했다.

무대 안팎에서 박수가 터져나왔다.

몇몇 심사위원은 흐르는 눈물을 찍어내고 있었다. 황청은 돌아서서 빨간 코를 빼고는 승리에 감격한 운동선수처럼 두 연습생을 꼭 끌어안았다. 심사위원들은 얼마나 감동적이었는지를 이야기하느라 바빴지만 가쁜 숨을 내쉬고 있는 황청에게는 아무 소리도 들리지 않았다. 그녀는 머릿속으로 해일처럼 밀려드는 이미지의 파도를 물리치려 애쓰고 있었다.

동시에 그녀는 한 번도 느껴보지 못했던 '연기의 충만함'에 빠져들었다. 그건 관객을 만족시킬 필요도, 감독의 지시에 따를 필요도, 자신에 대해 엄격한 평가를 할 필요도 없는 것이었다. 그녀는 몸을 풀거나, 감정을 고조시키거나, 카메라를 의식할 필요 없이 지금 이 순간 존재하고 있을 뿐이었다. 문이 열렸다. 그가 보였다. 그를 먼저 보내고, 그의 뒤를 따르다 조용히 문을 닫았다.

간절히 이별을 원하면서 동시에 많은 일을 해낼 수 있었다는 사실이 황청은 놀라웠다. 그녀는 아이를 낳았고, 계속해서 성숙해졌고, 필사적으로 연기했고, 조금씩 나이 먹고 있다. 황청은 문득 오늘의 이별이 무의식이 꾸민 각본이었나 싶은 생각이 들었다. 그녀는 텐과의 사랑의 추억인 그 빨간 코를 영국에서 돌아온 뒤론 단 한 번도 꺼내보지 않았다. 그것은 운명이 던져놓은 미끼가 되어 마법 주머니 안에서 기다리고 있었다. 그리고 황청은 알고 있었다. 대사 하나, 소설책 한 줄, 영화의 한 장면, 심지어 작은 소품 하나에도 사랑의 흔적이 남아 있다는 걸.

45

점심 시간에 황청은 연습생들과 같은 테이블에 앉아 도시락을 먹었다. 먹을 수는 없었지만, 음식이 마음에 들지 않는 것처럼 보일까 봐 사람들과 이야기를 나누며 밥알을 몇 젓가락 입에 넣고 천천히 씹는 시늉만 했다. 아무도 보지 않는 사이 왕레이가 도시락을 몰래 치워주었다.

황청은 진행자가 재촉할 때까지 분장실에서 미적대다 배우들 대기실로 돌아왔다. 쉬창위 옆자리로 안내되었다. 두 사람은 서로를 향해 고개를 까딱했다. 그와는 두 번째 접촉이었다. 황청은 블라우스를 매만지며 발끝을 가지런히 모았다. 발목을 바짝 붙이자 종아리가 가볍게 맞닿았다. 그녀는 자신의 허벅지를 내려다보았다. 너무 말라서 벌어진 틈으로 깍지 낀 손을 늘어뜨렸다. 쉬창위는 그녀를 곁눈질하더니 몸을 살짝 움직였다. 허벅지 위에 팔을 괴고 몸을 앞으로 숙였다. 그는 옆에 앉은 여자의 요란한 존재감이 불편하게 느껴졌다.

방송으로 두 사람의 이름이 동시에 호명되었다. 두 사람은 알고 있었다는 듯 일어나 걸어가는 발걸음이 같은 리듬에 맞춰 움직였다.

심사위원의 눈빛은 달라져 있었다. 황청은 자신도 모르게 쉬창위 쪽으로 한발 다가갔다.

감독이 물었다. "두 분 서로 아시나요?"

쉬창위는 고개를 저었고, 황청은 그를 안다고 했다.

"두 번째 즉흥 연기는 좀 어려운 걸로 내도 될까요?"

황청이 고개를 끄덕였고, 그는 문제없다고 말했다.

"두 사람은 막 작품을 끝낸 배우예요. 오늘은 까다로운 인터뷰이고 억지로 나왔어요. 설정은 이렇게 하죠. 두 사람은 과거에 **비밀 연애**를 했고 누군가가 바람을 피워 헤어졌어요. 우린 누가 바람을 피웠는지는 몰라요. 두 분도 상의할 수 없어요."

"배우도 상의를 못 한다고요?" 한 심사위원이 놀란 듯 물었다.

"그래야 배우들이 감정을 미리 설정하지 않죠. 연기를 즉흥적으로 얼마나 주고받을 수 있는지 보고 싶어요." 감독이 설명했다.

"너무 재밌겠는데요. 그럼 제가 인터뷰 진행자를 해도 될까요?" 앞서 질문한 심사위원이 말했다. 그의 야심만만한 도전 의지에 다들 웃음을 터뜨렸다.

감독이 말했다. "물론 괜찮습니다. 하지만 질문은 날카로워야 해요. 장난스러우면 안 됩니다."

심사위원이 제대로 하겠다며 가슴을 탁탁 치자 현장은 웃음바다가 되었다. 황청과 쉬창위만은 줄곧 침착했다. 두 사람은 가끔 시선이 마주쳤는데 무언가 교감하는 것처럼 보였다.

감독이 말했다. "자, 그럼 시작할까요?"

진행자: 바쁘신 와중에 「스타와의 만남」을 찾아주셔서 감사합니다. 우선 칸 영화제에서 남녀 주연상을 함께 수상하신 것 축하드립니다. 수상 후 동반 출연은 저희 프로그램이 처음이죠……

(현장 여기저기에서 웃음이 터져나왔다. 두 사람은 진행자의 상황 설정에 따라 바로 고개를 숙이고 감사 인사를 했다.)

진행자: 솔직히 저희 프로그램에 함께 출연하시는 게 부담스럽지 않으셨나요?

황청: 혼자보단 둘이 낫죠.

쉬창위: 이젠 익숙합니다. 같이 작품을 했으니 홍보도 당연히 함께 해야죠.

진행자: 홍보도 일종의 연기인가요?

쉬창위: 사실 우린 모두 일상에서도 연기를 하고 있습니다. 인식하고 있지 않을 뿐이죠.

황청: 자기 자신을 연기하는 게 가장 어려워요. 연기를 잘하고 있는 건지 기준을 삼을 게 없으니까요.

진행자: 이번에 중년 부부로 호흡을 맞추셨는데요. 심리적으로는 각자 몇 살 정도라고 생각하세요?

쉬창위: 전 원래도 올드한 타입이라 육, 칠십 정도?

황청: 전 실제 나이와 비슷한 것 같아요.

진행자: 나이에 민감하신가요?

쉬창위: 조급한 마음이 들죠. 아직 대표작이 없다고 느끼면서도 빨리 마흔이 되고 싶기도 해요. 그럼 더 복합적인 캐릭터를 맡아 대표작을 만들 수 있을 것 같아서요.

진행자: 이제 수상도 하셨으니 대표작이 생긴 것 아닌가요?

황청: (재빨리 끼어들며) 요즘 시대에 자기 나이대로 사는 것 자체가 쉽지 않은 일 같아요. 직업상 여배우는 나이 들수록 일이 줄어드는 게 현실이지만 상실도 삶의 일부죠.

진행자: 여배우로서 나이 드는 게 두렵지는 않으세요?

황청: 지금의 모습에 만족해요.

진행자: 그럼 이제 젊음이 그립지 않나요?

황청: 어떻게 보면 소녀 시절은 지루했어요. 생각이 너무 단순해서 오히려 마음이 늘 심란했죠.

쉬창위: 그래도 미래에 대한 상상으로 가득 찬 느낌은 꽤 신나지

않나요?

황청: 지금도 얼마든지 상상할 수 있어요.

쉬창위: 그때처럼 그렇게 열정적일 수 있을까요?

황청: 정말 육, 칠십 대처럼 말씀하시네요.

진행자: 쉬창위 씨가 더 젊은 여배우와 호흡을 맞추면, 황청 씨는 신경 쓰이진 않으세요?

황청: (잠시 생각하다) 재미있는 질문이네요. 근데 이걸 반대로 물어 보면 좀 이상하지 않을까요?

쉬창위: 무슨 뜻이죠?

황청: 제가 더 젊은 남자 배우와 연기하면 신경 쓰이세요?

쉬창위: 쓰이죠. 그런 건 보통 연하남이나 선생님을 사랑한 제자 이야기잖아요.

황청: (웃으며) 우리 문화가 성숙한 여성과 어린 남성의 조합에 익숙하진 않죠.

쉬창위: 사실 저는 그런 역할 해보고 싶어요.

황청: 연상을 사랑해본 적 있어요?

쉬창위: 기회가 없었네요.

황청: 연기를 위해서라도 한번 경험해보고 싶진 않아요?

쉬창위: 사랑은 경험 삼아 하는 게 아니죠.

진행자: 그렇다면 극 중에서 격정적인 사랑에 빠지고 베드 신도 찍어야 했는데 어렵진 않으셨나요?

(두 사람은 각자 미소 지으며 잠시 침묵한다)

쉬창위: 황청 씨가 매력적인 분이라 어렵진 않았습니다.

황청: 그렇게 말씀하시면, 저도 쉬창위 씨를 매력적인 분이라고 해야 하잖아요.

쉬창위: 아닌가요?

황청: (웃으며) 말씀드리기가 곤란하네요. 하지만 사랑이란 건 어떤 경우든 어려운 거잖아요. 그렇지 않나요?

진행자: 연인을 연기할 때는 상대방을 정말 사랑해야 하나요?

황청: 그럴 필요는 없어요. 감정을 투영하기만 하면 되죠.

쉬창위: (말을 끊으며) 아니요. 저는 필요해요.

황청: 그럼 연기할 때마다 연인이 생기는 거네요?

쉬창위: 아, 감정을 분리하는 것도 일종의 연기 기술이죠. 저는 메소드 연기를 하니까 체험이 중요합니다. (잠시 멈추고) 그래서 결말에 헤어지면 정말 아프죠.

(둘이 서로를 바라본다)

황청: 스포일러 했잖아요. 벌금 내요.

쉬창위: 하하, 그럼 이 부분은 편집하고 다시 찍죠.

황청: 그럼 절대 편집하지 않을 거 알잖아요.

쉬창위: (진행자를 향해) 우리 둘이 같이 있으면 불꽃이 튀는 것 같지 않나요?

황청: (웃으며) 맞아요. 싸우면서 친해진 사이죠.

진행자: 첫 만남은 어떠셨나요?

황청: 처음 만난 날 잘생긴 얼굴을 곤죽으로 만들 뻔했죠. 전 스무 살이었는데 대역을 하고 있었고, 쉬창위 씨는 광고 촬영 중이었어요. 같은 무대에 서게 될 거라곤 상상도 못 했어요.

(쉬창위가 할 말이 있는 듯 살짝 입을 벌렸다가 곧 고개를 숙이며 머쓱한 웃음 짓는다)

황청: 그땐 제 이름도 몰랐던 걸로 사석에서 제가 엄청나게 놀렸죠.

진행자: 당시 느낌이 어땠나요?

황청: 좋은 사람 같았어요.

쉬창위: 그게 다예요?

황청: 좋은 사람이 얼마나 귀한데요.

쉬창위: 황청 씨는 긴장하면 입술을 깨물어요. (황청이 놀란다) 보세요, 지금도 입술을 깨물려고 하잖아요. 그리고 두려울 땐 멋쩍게 웃어요.

진행자: (다른 심사위원들을 보며) 정말 있었던 일처럼 말씀하시네요.

황청: (동요하지 않고) 여자를 이렇게 섬세하게 관찰하는데, 누가 넘어가지 않겠어요?

쉬창위: 전 누구든 세세하게 관찰해요. 관찰하지 않으면 좋은 배우가 될 수 없다고 생각하거든요.

황청: 전 배우가 항상 타인을 관찰하고 동기를 분석해야 한다고 생각하지 않아요. 그러다보면 오히려 자신을 틀에 가두고 더 중요한 것들을 놓칠 수도 있어요.

쉬창위: 더 중요한 게 뭐죠?

황청: (잠시 생각하다) **중간**에 있는 것들이요.

쉬창위: 관계 말인가요?

황청: 아니요, 말과 말 사이에 있는 것들이요. 호흡이나 침묵 같은 게 되겠죠. A에서 B로 이동하는 그 과정 자체도 마찬가지죠. 그게 진정한 극적 긴장감의 원천인 것 같아요.

쉬창위: 자연스럽게 표현되어야 하니까 그것도 결국 동기의 결과 아닐까요? 그런 중간의 것들을 자꾸 의식하면 연기가 계산적으로 변하고 관객을 감동시킬 수 없어요.

진행자: (다른 심사위원들을 향해 손짓하며) 논쟁이 붙으셨네요.

황청: (이어서) 중간의 것들을 의도적으로 채우자는 게 아니에요. 전 동기를 분석하고 캐릭터를 해체하는 게 더 계산적이라고 생각해요. 사진작가가 원하는 빛을 기다리듯 중간에 흐르는 긴장감을 배우가 포착할 수 있다면 캐릭터가 스스로를 의식하면서 배우를 이끌고, 변화시키고, 나아가 통제할 수도 있어요. 그리고 연기가 끝나면 그 캐릭터는 반드시 뭔가를 남기고 떠나게 되며 그게 다음 캐릭터의 자양분이 되는 거죠. 그렇게 배우는 성장할 수 있다고 생각해요. 이런 성장은 자연스럽게 이루어지지 강제로 주입하거나 끌어올릴 수는 없어요.

쉬창위: (웃으며) 연기 강의를 하셔도 되겠는데요.

진행자: 황청 씨는 대립을 즐기시는 성향 같으신데요.

쉬창위: 방송의 재미를 위해서죠.

황청: 진지한 성격인 것 맞지만 사람이 아닌 일에 대해서만 그래요.

쉬창위: 배우들은 연기 얘기만 나오면 다들 진지해지죠.

진행자: 뭔가를 증명하려는 건가요?

황청: 연기 철학이 있다고 말하고 싶은 거지 증명할 건 없어요.

쉬창위: 아니면 대표작이 없다는 걸 증명하는 걸 수도 있겠죠.

황청: 왜 그렇게 대표작에 집착하세요? 정말 작품 하나가 한 배우를 대표할 수 있을까요?

쉬창위: **자기 기대와 타인의 인정**이 일치하는 것이니까요.

황청: 바로 그게 프로와 아마추어의 차이예요. 아마추어는 언제나 인정을 갈망하죠. 하지만 프로 배우라면, 연기를 끝낸 그 순간 자신이 성취했는지 스스로 알 수 있지 않나요?

진행자: (일부러 자극적으로) 우리의 남우주연상 수상자가 아마추

어라고 말씀하시는 건가요?

황청: 감히 그럴 리가요. 다만 배우가 인정받으려 애쓰는 습관이 때로는 약점이 될 수도 있다고 생각해요.

쉬창위: 너무 단정 지으시네요. 배우가 통제할 수 있는 건 작은 일부예요. 최종 결과물까지는 거리가 있죠. 연기할 때 그것이 갖는 의미를 전혀 고려하지 않는다고 장담할 수 있나요?

황청: 완벽한 순간은 없어요. 하지만 적어도 그런 순간이 찾아올 수 있게는 해야 해요. 연극을 해보시는 건 어때요? 분명 그런 순간들을 만날 거예요.

이때 감독의 목소리가 이들의 즉흥 연기를 중단시켰다.

스태프들이 등받이 없는 의자 두 개를 무대로 가져와 나란히 앉아 있던 황청과 쉬창위를 마주 보게 했다. 감독은 같은 설정을 유지하되, 연기가 끝날 때까지 시선을 딴 데로 돌리지 말고 서로의 눈만 쳐다보라고 했다.

두 사람은 눈싸움하듯 서로를 응시했다.

황청은 쉬창위의 눈썹이 헝클어져 있고, 눈의 크기가 서로 다르다는 걸 발견했다. 오른쪽은 쌍꺼풀이 있었고, 왼쪽은 없었다. 문득 어린 시절이 생각났다. 삐뚤어진 입술을 걱정하기 전에는 짝짝이 눈이 콤플렉스였다. 그때 피구를 잘하는 같은 반 남자친구를 짝사랑했는데 그 아이에게 말을 걸 때면 꼭 외꺼풀인 눈을 비벼서 쌍꺼풀을 만들어놔야 용기가 났다. 순간 쉬창위의 얼굴이 천천히 그 시절 남학생의 모습으로 변해 보였다.

멍하니 바라보다 황청은 생각했다. '어느 쪽 눈에 쌍꺼풀이 생긴 거지?' 쉬창위는 황청의 눈동자가 좌우로 빠르게 움직이는 게 보이자 웃음이 나왔지만 애써 참았다. 황청도 그걸 알아채고 필사적으로 웃음을 참았다. 웃음이 터지면 분명 탈락할 것이다. 그들의 시선이 만든 현장의 또 다른 차원의 공간에 기이하면서 모호한 긴장감이 조용히 퍼져나갔다. 감독이 진행자에게 다시 질문을 시작하라고 지시했다.

진행자: 방금 프로와 아마추어 얘기를 하셨는데, 어쨌든 두 분은 이제 톱스타가 되셨잖아요. 두 분께 인기란 어떤 의미인지 묻고 싶습니다.

쉬창위: 전 한 번도 스타가 되고 싶다고 생각해본 적 없어요. **좋은 배우**가 되고 싶었을 뿐이죠.

황청: 운이 좋은 사람만 그렇게 말할 수 있어요.

쉬창위: 막상 유명해지면 제가 아무리 진짜 모습으로 살아가려 해도, 다른 사람들 눈에는 계속 비현실적인 존재로 비쳐요. 제가 연기한 캐릭터보다 사람들이 상상하는 제 모습이 훨씬 부풀려져 있거든요.

황청: 사실 대부분의 배우는 처음엔 다들 유명해지고 싶어해요. 유명해진다는 건 일종의 인정이니까요. 하지만 시간이 지나면서 깨닫죠. 유명해지는 건 연기를 잘하고 못하고와는 전혀 상관없다는 걸요. 이게 정말 잔인한 현실이에요. 이걸 깨달은 사람 중에는 그만두는 사람도 있고, 계속 도전하는 사람도 있죠. 하지만 도전할수록 더 서글퍼져요. 그러다가 '좋은 배우가 되어서 보여주겠다'고 다짐하게 되고…… 결국은 당신처럼 자기 세뇌를 하는 거죠.

쉬창위: 자기 세뇌라고 하면 안 되죠. 이건 이상이에요, 건전한 가치관이죠.

황청: 건전하다는 것도 상대적이에요. 연기를 더 알아갈수록 제가 아는 게 없다는 걸 더 깨닫게 돼요. 하지만 이 길을 계속 걸어가다보

니 알게 됐어요. 결국 세상 모두 다 어린아이처럼 서툴고 미숙하다는 걸요.

쉬창위: 순수한 마음을 지키는 게 배우에겐 중요하죠.

황청: 전 유치함을 말하는 거예요. 솔직히 말하면, 저도 처음에는 스타가 되고 싶었어요. 근데 유명해지지 못하니 좋은 배우가 될 수밖에 없었죠. 물론 체면 때문에 이런 말은 한 번도 안 했지만요.

쉬창위: 지금 인정하시네요.

황청: 여우주연상을 받았으니 당당하게 제가 좋은 배우라고 말할 수 있죠.

쉬창위: 스타와 좋은 배우가 꼭 상충되는 건 아니에요.

황청: (웃으며) 우리가 지금 이렇게 연기와 예술, 인생을 논하면서 대단한 척하는 것도, 결국 우리가 이 자리까지 왔기 때문이에요. 아무것도 아니었을 때는 신념처럼 여기는 이런 것들도 거의 의식하지 못했죠. 우리 얘기를 들어주는 사람도 없었을 거고요.

쉬창위: 황청 씨, 눈이 딴 데로 가고 있어요.

황청: 죄송해요, 눈이 좀 건조해서요.

진행자: 연기를 포기하고 싶은 적은 없었나요?

쉬창위: 한 번도 없어요.

황청: 한 번도 없었다고요? 말도 안 돼.

쉬창위: (웃으며) 왜요?

황청: 연기를 시작할 때, 누구나 가슴속에 작은 불씨 같은 게 하나씩 있잖아요. 열정이라고 해도 좋고 야망이라고 해도 좋고…… 그 불꽃은 오직 자기만 볼 수 있고, 다른 사람들은 눈 코 입에서 나오는 연기만 볼 수 있어요. 시간이 지나면 그 불씨는 꺼질 듯 말 듯한 상태가 되죠.

쉬창위: 그 기분 알아요. 그래서 가끔은 바람을 일으키거나 다른 사람에게서 불을 빌리기도 하죠.

황청: 어떻게 빌리는데요?

쉬창위: 뜻이 맞는 사람들과 함께 작업하는 거죠.

황청: 그건 희망 사항이죠. 사실 전 이제 상도 받았는데, 연기 안 해도 되지 않을까 하는 생각도 해요.

쉬창위: 황청 씨에게 연기는 상을 받기 위한 수단이었나요?

황청: 결국엔 인정받고 싶어서였겠죠. 하지만 계속 자신을 증명하는 게 너무 힘들어요.

쉬창위: 저는 연기를 좀더 넓게 봐요. 단순한 직업 이상의, 일종의 삶의 방식이라고 생각해요. 단지 상 받고, 돈 벌고, 유명해지는 그런 목표가 아니에요. 만약 연기가 목표라면, 포기할까 말까 하는 고민이 생기겠죠. 하지만 제게 연기는 수영 같은 기술이에요. 누군가에게 '앞으로 수영 안 할 거예요?'라고 묻지 않잖아요? 저한텐 그런 질문이 성립되지 않아요.

황청: 하지만 올림픽 금메달리스트라면 성립되겠죠.

쉬창위: 그럼 칼 가는 일로 비유해볼게요. 이것도 하나의 기술이잖아요? 하지만 종일 칼만 갈 순 없어요. 칼을 갈 때는 불로 달궜다가 식히기도 하고, 한참 갈고 나면 잠시 쉬게도 해줘야 해요. 시간을 두고 천천히 조화를 이뤄가면서 원하는 만큼 날카로워지는 거죠. 겉으로 보면 단순히 반복하는 것 같지만, 사실 세심하게 신경 써야 할 게 정말 많아요. 이 과정을 견딜 수 있는 사람만이 끝까지 남는 거죠.

황청: 포기할까 말까 하는 고민은, 남자 배우들에겐 훨씬 단순한 문제일 거예요.

쉬창위: 요즘은 여성 문제만 나오면 다 복잡해지죠.

황청: 말씀 조심하셔야 해요. **여성혐오** 딱지가 붙을 수도 있어요.

쉬창위: 황청 씨도 **여권운동가**란 딱지가 달갑진 않을 텐데요?

황청: 전 어떤 권력이든 추구하려 한 적이 없어요. 그냥 어느 순간 깨달았죠. 무대 안에서든, 무대 밖에서든 여배우인 저는 늘 **사냥감**이 었다는 걸요. 그 사실을 견디기가 너무 힘들었어요.

쉬창위: 그래도 포기하지 않았잖아요.

황청: 매일 포기하고 싶었어요.

쉬창위: 하지만 결국 버텼잖아요.

(둘은 서로를 바라보며 잠시 침묵한다)

진행자: (조용히 끼어들며) 두 분의 인생에서 가장 후회되는 일은 무엇인가요?

쉬창위: 그녀를 떠나보낸 거요.

(황청은 말없이 바라만 본다)

진행자: 누구를요?

쉬창위: 당신, 황청.

(깜짝 놀란 황청이 쉬창위를 바라보며 한참을 생각한다)

황청: 당신을 떠난 걸 후회하지 않지만, 아이를 낳은 건 후회해요. (잠시 멈추고는) 아니, 정확히 말하면 엄마가 되기를 포기한 걸 후회해요.

쉬창위: 아이라니요?

황청: 당신과는 상관없어요. 한 남자를 사랑했고 그의 아이를 낳았죠. 하지만 연기를 포기할 수 없었어요. 그래서 그 둘을 포기했죠.

쉬창위: 잠깐만, 진심이야?

황청: 이런 농담을 하는 여자는 없어.

(잠시 침묵이 흐른다)

쉬창위: 내게 말했어야 해.

황청: 아무에게도 말하지 않았어.

쉬창위: 내게 말했다면 분명 무슨 방법이 있었을 텐데.

(다시 침묵이 흐른다)

황청: 말했다면 그 모든 게 소중하다는 걸 당신이 이해했을까?

쉬창위: 아무에게도 말하지 않았다면서 왜 여기서 이런 말을 하는 거야? 인생 망치려고 작정했어?

황청: (눈시울을 붉히며) 모르겠어. 입에서 그냥 나와버렸어.

쉬창위: (진행자를 향해) 그만하시죠. 이 부분은 절대 방송에 나오면 안 됩니다.

황청: (차갑게 웃으며) 늦었어요. 이 정도면 충분히 깜짝 선물이 되지 않을까요? 제가 더 보여드릴 게 없네요.

쉬창위: 왜 자꾸 뭘 주려고 하는 거야?

황청: 충격적 비밀도 의미가 있잖아. 당신을 뛰어넘고 싶었거든.

진행을 맡았던 심사위원이 말했다. "두 사람 정말 미리 얘기해놓은 거 아니죠? 왜 내가 연기 테스트를 받은 거 같죠?"

감독이 '컷'을 외쳤다. 전체가 잠시 휴식을 취했다.

두 사람이 깊은숨을 토해내자 긴장으로 팽팽했던 어깨가 축 늘어졌다. 황청이 얼른 눈물을 훔쳤다. 쉬창위가 다가와 그녀를 안아주었고, 둘은 작은 목소리로 잠시 이야기를 나눴다.

"정말 못 알아봤어요. 미안해요."

"그런데 제가 입술을 깨무는 버릇이 있고, 긴장하면 웃는다는 건 어떻게 아셨어요?"

"오늘 줄곧 당신을 관찰하고 있었거든요."

순간 그의 순수한 따뜻함이 황청의 몸을 감쌌다. 자신이 쉬창위를 관찰하느라 다른 사람도 자신을 관찰하고 있다는 걸 잊고 있었다.

감독이 물었다. "두 분, 어떠셨나요?"

황청이 대답했다. "서로 눈을 바라보니 완전히 다른 느낌이었어요. 상대방의 눈을 보면서 생각을 표현하기가 어려웠어요. 하지만 마지막에는 온전히 받아들여진 느낌이 들었어요."

"쉬창위 씨가 바람을 피운 거죠? 하지만 그렇게 미워하는 것 같진 않던데요." 감독이 물었다.

황청이 말했다. "미움보다는 분명 더 복잡한 감정이에요. 둘 다 배우라면 감정에는 경쟁심이나 질투 같은 게 깊이 박혀 있을 거라고 생각했어요. 배신으로 인해 그런 것들이 밖으로 더 드러났겠죠."

"영화제에서 수상한 걸 자꾸 잊게 되네요. 방금 너무 많은 일이 한꺼번에 일어나서요." 쉬창위가 말했다.

황청은 고개를 끄덕이며 그를 향해 미소 지었다.

"그런데 방금 하신 말씀들 다 진짠가요?" 한 심사위원이 의미심장한 얼굴로 물었다.

둘은 서로를 바라보았다.

쉬창위가 쓸쓸하게 웃으며 말했다. "글쎄요, 저도 헷갈리네요."

황청의 대답은 달랐다. "전 열심히 연기했을 뿐이에요. 전 나이 먹는 게 두렵지도 않고 스타도 아니니까요."

거짓말이었다.

사소한 변형을 제외하면, 황청이 말한 건 모두 사실이었다. 그녀는 자신을 연기하고 있었다. 자신의 '희망'을 연기한 것이다.

"마지막에 왜 아이 이야기를 꺼낸 거죠?" 한 심사위원이 물었다.

"긴장감은 충분했지만, 전체적으로 절정에 이르지는 못한 것 같았어요. 창위 씨가 갑자기 절 떠난 걸 후회한다고 했을 때 제게 공을 넘겼다고 생각했어요. 창위 씨 눈에서 어떤 섬광 같은 게 보였거든요. 그래서 더 큰 자극을 던졌죠. 창위 씨가 받아줄 거란 확신이 있었어요."

"사실 좀 놀랐어요." 쉬창위가 말했다.

"하지만 잘 받아주셨잖아요, 감사해요." 황청이 답했다.

감독이 말했다. "이건 극중극의 극이었어요. 진행자의 개입도 있었고, 장애물도 여러 겹에 걸쳐 있었죠. 두 분 사이의 감정적 거리감, 서로 다른 연기관, 그리고 공개된 자리라 감정을 거칠게 드러낼 수도 없는 상황도 있었어요. 서로 눈을 마주 보게 했던 건, 황청 씨가 말한 그 '중간에 있는 것들'을 끌어내기 위해서였어요. 보통 사람들은 배우를 잘 모르면 단순하고 우스꽝스럽게 생각하기 쉽습니다. 그래서 제가 보기에 가장 빛났던 순간은, 캐릭터라는 겉모습을 뚫고 여러분이 실제로 겪어온 좌절과 깨달음이 드러났을 때였어요. 정말 선물 같은 순간이었어요. 진정성이 느껴지고 매우 감동적이었어요."

두 사람은 아이들처럼 해맑게 웃으며 무의식적으로 더 가까이 서 있었다.

"혹시…… 두 분, 사귀시는 건 아니죠?" 감독이 물었다.

둘은 동시에 고개를 저으며 서로 향해 웃었다. 그 모습이 더 연인 같아 보였다.

황청은 쉬창위의 치아가 그렇게 가지런하지도, 그렇게 새하얗지도 않은 자연스러운 상태라는 걸 이제 알았다. 카메라 앞에 서는 사람이라고 하기엔 너무 현실적이었다. 그래서 이 모든 게 마지막까지 자연스럽게 흘러갈 수 있었던 것 같다. 둘이 함께 춤을 춰야 가능한 놀이니까.

두 사람은 마치 약속이라도 한 듯 발걸음을 맞추며 뒤돌아 퇴장했다. 황청은 긴장으로 굳어진 어깨를 자신도 모르게 한 번 돌려보았다. 근육 사이로 뼈마디가 우두둑 소리를 냈다. 박수 소리 같았다. 그리고 그녀의 심장은, 가슴을 다정하게 어루만지는 듯한 고요한 울림으로 돌아왔다.

46

두 사람은 기내식을 먹지 않았다. 기내는 치킨라이스 냄새로 가득했다. 왕레이는 승무원에게 블랙커피와 얼음을 따로 달라고 했다. 황청은 우롱차를 주문했는데 너무 뜨거워서 입도 델 수가 없었다. 그녀는 왕레이가 익숙한 듯 블랙커피를 얼음 잔에 조금씩 붓는 모습을 지켜보았다. 얼음이 깨지면서 미세한 신음을 냈다.

"커피는 왜 안 마셔요?" 왕레이가 물었다.

왕레이는 위스키라도 든 것처럼 얼음 잔으로 원을 그리며 흔들었다.

"한번 마셔봐요."

황청은 잔을 건네받아 한 모금 머금어보고 말했다. "훨씬 낫네요."

왕레이는 한 잔 더 주문했다. 그렇게 두 사람의 작은 테이블에는 잔이 다섯 개나 쌓였고 마지막으로 콜라 한 병을 추가했다. 황청이 시킨 것이었다. 두 사람은 만족한 듯 보였다.

"좋은 결과가 있을 것 같아요."

「오디션 토크」 얘기인 건 알았지만 황청은 대답 없이 가볍게 호응할 뿐이었다.

"사실 과거의 황청 씨가 궁금하긴 해요." 왕레이가 말했다.

"그럼 제 매니저는 하지 않겠다고 했을지 몰라요."

"내가 매니저를 했으니까 지금은 황청 씨도 있는 거죠."

황청은 미소 띤 얼굴로 테이블 위 물 자국을 바라보다가 손으로 지웠다. 그녀는 줄곧 외줄 타는 심정으로 살아왔다. 사라지지 않고 그녀를 괴롭힌 두려움이야말로 그녀가 존재했다는 가장 확실한 증거였다. 넘어져도 아무 일도 일어나지 않는다는 걸 그녀는 이제 알았다. 넘어지는 순간에 가장 선명히 깨어 있을 수 있기 때문이다.

왕레이가 기내 스크린을 누르며 영화를 고르고 있었다. "혹시 「피아니스트의 전설」이란 영화 봤어요?"

오래전에 본 영화였다. 가장 기억에 남는 건 남자 주인공의 크고 비뚤어진 코였다. 왕레이는 영화의 이탈리아 원작자를 소개하며 그가 소설 『미스터 그윈Mr. Gwyn』을 썼다고 말했다. 테이블의 물 자국을 닦아내고 손가락으로 철자를 써가며 Gwyn을 발음해 보였다. "소설은 베스트셀러 작가가 더 이상 책을 쓰지 않기로 결심한다는 내용이에요. '자신을 살아가게 하는 유일한 것이 실은 자신을 서서히 죽이고 있다'고 느꼈기 때문이죠. 작가에게 글쓰기가, 예술가에게 창작이, 등산가에게 산이 그러하듯."

"배우에게 연기가 그러하듯." 황청이 말을 받았다.

"이 일을 그렇게 심각하게 받아들이는 게 좋은 걸까요?" 왕레이가 웃으며 물었다.

황청은 시선을 떨구었다 고개를 다시 들었다. 그녀는 늘 실제 삶이 그녀가 연기했던 어떤 역할보다 더 극적이라고 느꼈다. 그녀는 왕레이에게 최근 다시 생각하게 된 신데렐라 이야기를 꺼냈다. "여배우들은 진작부터 유리구두를 준비해놓고 기다리지만 호박 마차는 좀처럼 오지 않아요. 기다리다 지친 사람들은 다른 마차를 타버리지만, 그러면 무도회에 영영 도착할 수 없죠." 황청은 구두가 더러워질까봐 신지도 못하고 손에 쥐고 있었다. 기다림에 지쳐도 아무 마차나 타지 않았다(한 번 잘못 탔다가 스스로 뛰어내린 적이 있다). 결국 그녀는 드레스 자락을 들고 구두를 손에 쥔 채 맨발로 걸어간다. 걸어가면서 궁금한 생각이 든다. '이 무도회는 과연 갈 만한 가치가 있는 걸까?'

황청이 말했다. "예전에 '배우'란 제게 단순한 명사였어요. 직업명이고 사람 이름 같은 거였죠. 나중엔 형용사가 됐어요. 예쁘고, 아름답고, 특별한 것이었죠. 그다음엔 동사로 변했어요. 다양한 동기와 연기 기술을 의미하죠. 그러고 나서야 천천히 명사로 돌아갔어요. 저 자신과 연결된…… '황청은 배우입니다'라고 말할 수 있게 된 것이죠."

왕레이는 황청이 점점 소설책 같다고 느꼈다. 처음부터 끝까지 읽을 순 없지만 펼칠 때마다 놀라움을 발견할 수 있어서였다. 그녀는 황청의 말을 곱씹어보았다.

"말할 게 있어요. 화내지 않으면 좋겠네요." 왕레이가 말했다. "쉬창위도 우리 회사와 계약했어요. 당신과 함께 「우아한 그녀들」에 캐스팅이 내정되어 있어요. 프로그램에서 형편없이 하지만 않았다면 감독도 결정을 바꾸지 못할 거예요. 그리고 결과적으로, 우리 안목이 옳았다는 게 증명되겠죠."

황청이 프로그램 중에 있었던 일을 떠올리는 듯 눈알을 굴렸다.

"배역도 결정되었나요?" 그녀가 물었다.

"아니요, 감독님이 직접 보고 하신대요."

"쉬창위는 알고 있었나요?"

"그 사람 매니저가 알려준 거예요. 우린 삼자 계약이니까요."

"그래서 그렇게 연기를 잘했던 거군요."

"기분 나빠요?"

"지금이라도 말해줘서 고마워요. 배우는 모르는 게 낫죠."

황청은 녹아버린 남은 얼음을 전부 커피에 쏟았다. 둘은 각자의 생각에 빠졌다.

"아까 그 소설이요. 글쓰기를 그만둔 미스터 그윈은 어떻게 됐나요?" 황청이 물었다.

"초상화를 써줘요."

"어떻게요?"

"매일 정돈된 빈방에서 모델이 되는 사람과 단둘이 만나요. 한 달 동안요. 그리고 마지막엔 이야기를 쓰죠. 딱 한 장면을, 소설의 한 부분처럼 말이죠. 제가 제일 좋아하는 건 그 방의 전구예요. 시간이 되면 타이머처럼 탁 꺼져요."

"정말 그런 직업이 있나요?" 황청의 목소리에 부러움이 묻어났다.

"황청, 이건 소설이에요."

"누가 절 그렇게 써줬으면 좋겠어요."

"이미 비슷한 일을 하고 있잖아요."

"무슨 뜻이죠?"

"가상의 캐릭터를 맡을 때마다 자신과 맞는 특징을 찾아내잖아요. 어떤 장면은 비슷한 경험을 했을 수도 있죠. 그것들을 프레임에 담아두는 거예요. 빨간 코를 쓰고 노래했을 때, 처음엔 우스꽝스러웠는데 웃다보니 눈물이 났어요. 그 순간이 바로 당신을 의미하죠. 바로 당신이 정해놓은 **양식**이에요."

황청은 문득 황첸이 옆에 와 있는 듯한 착각이 들었다. 갑자기 알 수 없는 상실감이 밀려왔다.

그건 세 사람이 하는 '자리 뺏기' 게임 같았다. 황첸이 황청의 자리에 앉았고, 하나 남은 자리는 루에게 주어졌다. 황청은 자리가 없어져 계속 술래를 해야 했다. 그런데 갑자기 게임이 끝나버렸다.

왕레이가 황청의 아버지에 관해 물었다. 황청은 부모님이 일찍 이혼하셨고, 아버지는 주정뱅이로 알고 있다고 했다.

"알고 있다고요?"

"언니가 그랬어요."

"어린 시절 아버지의 부재가 삶에 영향을 미쳤다고 생각해요?"

"굳이 말하자면 언니가 영향을 더 받았다고 해야겠죠. 언니가 처음으로 죽도록 사랑했던 남자가 아버지 같은 사람이었거든요. 하지만 그건 아버지가 없어서라기보다는, 언니가 아버지와 더 오래 함께 지냈기 때문일 거예요."

"이해해요. 나도 어릴 때 잘해주시는 삼촌이 많았어요. 하지만 어린 나이에도 그 친절함이 진짜가 아니란 걸 알 수 있었죠."

"눈치가 빠른 이유가 있군요."

"결국 우리에게 영향을 미치는 건 **아버지의 부재**가 아니라, 그들이 어떻게 존재했는가예요."

황청은 생각에 잠겼다. '아예 존재하지 않았다면?' 그녀는 황첸과 아버지에 대해 이야기를 나눈 기억이 없었다.

"아까 얘기한 거, 다 사실이죠?" 왕레이의 어조가 조금 달라졌다.

"뭐가요?"

"쉬창위와 대화했던 거 전부 진짜죠?"

황청이 왕레이를 바라보았다. 순간 묘한 긴장감이 흘렀다. 마치 무대 위에서 서로를 탐색하는 배우들처럼.

"미혼모였다는 얘기까지 전부. 아이를 낳아보지 않은 여배우는 그런 말을 할 수 없어요. 황청 씨가 말했잖아요. 이런 농담을 하는 여자는 없다고."

황청의 입술 끝이 미세하게 떨리며 차가운 미소에 다시 온기를 불어넣었다. 그녀는 휴대폰을 꺼내 루의 사진을 왕레이에게 보여주었다. 여느 아이 엄마처럼.

왕레이는 휴대폰과 황청을 번갈아 보았다. 여느 친한 친구처럼.

"입술이 닮았어요. 아랫입술 중앙이 움푹 팬 것도 똑같아요. 매력적이네요." 왕레이가 말했다.

"집안사람들 입술이 다 특이해요. 이 아인 루예요, 제 조카죠. 뒤에도 다 이 애 사진이에요."

왕레이가 휴대폰을 건네받았다.

황청이 말했다. "화가들이 자화상을 그릴 때 거울을 보고 그리잖아요? 전 언니보다 늦게 태어난 쌍둥이 같아요. 다만 언니의 삶이 저보다 훨씬 충만했죠. 전 항상 언니를 보며 제 자화상을 그려요. 언니가 아이를 낳으면 저도 아이를 낳는 거죠."

왕레이는 눈을 가늘게 뜨며 황청의 말과 표정에서 진실과 거짓을 가려내려 했다.

"나중에 언니가 그 애에게 말해줄 건가요?" 왕레이가 물었다.

"뭘요?"

"아이의 출생에 대해서요."

황청이 웃었다. "너무 몰입하셨네요."

그녀가 휴대폰을 도로 가져가 혼자 사진을 보기 시작했다. 왕레이는 그녀의 옆모습을 응시하며 생각했다. '이 소설은 이미 몇 장이 뜯겨나갔구나.'

루는 입을 살짝 벌린 채 황청의 침대에서 낮잠을 자고 있었다. 황청은 아이의 가느다란 앞머리를 살며시 젖히고 아토피로 붉어진 이마와 양 볼에 연고를 발랐다. 그녀는 일어나 TV를 끄고 식탁 의자에 앉았다. 황첸은 계속 창밖만 멍하니 바라보고 있었다. 그녀의 짙은 머리칼은 연한 금발로 염색되어 있었다. 자꾸 나는 흰머리를 가리기 위해서였을 것이다. 황첸은 금발 때문에 피부가 더 어두워 보였고, 화장도 훨씬 두꺼워 보였다. 황청은 멍해 보이는 그녀가 시차에 적응하는 중인지, 루의 아토피 치료법을 고민하는 중인지 궁금했다.

"뉴질랜드의 화산 웅덩이가 갑자기 생각나네. 그 화산 국립공원에는 분홍색 돌이 많았어. 천국 안의 지옥 같았지."

그녀의 시선은 한곳에 고정되어 있었지만, 더 먼 곳을 보는 것 같았다. 황청은 그녀가 뉴질랜드에 다녀온 줄도 모르고 있었다. '모름'의 상태는 가장 가까운 언니에 대해서라도 그녀에게 더 이상 놀라운 일은 아니었다.

아는 것이 항상 좋은 건 아니다.

"어젯밤엔 잘 잤어?" 황청이 물었다.

"서너 시간 정도?"

"좀더 잘래? 아니면 커피 줄까?"

"담배 있니?"

"옛날에 끊었어."

"왜?"

"저우 사장님이 담배 피우는 거 찍히면 재떨이 물을 마시게 할 거라고 했거든."

"나도 옛날에 끊었어. 커피나 한잔 줘." 황첸이 하품을 하며 말했다.

미국에서 돌아온 지 이 주가 지났는데도 황첸은 아직도 시차 적응을 못 하고 있었다. 그래서인지 그녀의 표정은 항상 뭔가 잊은 게 없나 고민하는 것 같았다. 곧 다섯 살이 되는 루는 말도 잘 듣고 조용한 성격이었다. 아이와 자주 영상통화를 했기 때문에 이번에 만났을 때는 잠시 수줍어하다 공항에서 나오자마자 황청의 손을 잡았다.

「끝내지 못한 일」에서 하차하지 않았다면 황청은 두 사람과 시간을 보낼 수 없었을 것이다. 황청을 제외한 나머지 배우들은 「끝내지 못한 일」의 두 번째 중국 순회공연 소식을 통보받지 못했다. 바이성이 그녀에게 물어보기 전까지 그녀도 뉴 감독과 쑤 선생이 타이완 배우를 중국 배우로 교체하기로 한 걸 알지 못했다. 황청은 저우 사장 소속이었기 때문에 남겨진 것이었다. 이 일은 모두를 불쾌하게 했다. 이 연극은 대사, 스토리, 동선, 심지어 소품의 사용까지 모두 배우들이 함께 만들어낸 것이기 때문이다. 하지만 두 번째 순회공연에 대한 계약서를 쓰지 않았기 때문에 모두가 그저 속수무책으로 당할 수밖에 없었다. 게다가 뉴 감독은 '집단 창작'이 자신의 핵심 작업 콘셉트라며 두 번째 순회공연은 현지 배우들에 맞춰 수정될 거라고 공개적으로 말하고 다녔다. 하지만 얼마나 바뀔지는 알 수 없는 일이었다.

바이성에게는 다른 배우들과 함께하겠다고 했지만, 왕레이와 다른 촬영 계획이 있는지 따로 논의했다. 20~30회 공연 수입이 적은 건 아니지만 연극의 노출도는 영상 작품에 비하면 미미하기 때문이었다. 게다가 3개월 동안 중국에 묶여 있으면, 다른 오디션 기회가 있어도 참여할 수 없었다. 공연이 끝나고 나서 바로 다른 작품을 할 수 있을 거란 보장도 없었다. 둘은 상의 끝에 영상 작품에 집중하기 위해 연극에서는 하차하기로 했다. 황첸은 동생이 몇 달 정도 시간이 날 거라는 이야기를 듣자마자 곧바로 타이완행 비행기표를 예매했다.

황청은 그라인더에 커피콩 두 스푼을 담아 베란다로 나갔다. 조심스레 유리문을 닫고 원두를 갈기 시작했다. 루가 깰지도 몰라서였다. 서쪽에서 비치는 눈 부신 태양 빛에 그녀는 눈을 가늘게 떴다. 손끝에서 진동하는 '찰칵찰칵' 소리가 문득 그녀의 머릿속에서 쉬창위의 목소리와 포개어졌다. 그녀에게 그는 얼굴보다 목소리가 더 익숙했다. 지난 1년 남짓 영화를 준비하며 두 사람은 간간이 연락을 이어왔다. 타이완을 자주 비우는 쉬창위는 위챗 음성 메시지를 즐겨 보냈지만, 황청은 늘 문자로 답장했다.

「오디션 토크」가 방영되자 대중은 두 사람을 진짜 연인으로 믿어버렸다. 캐스팅은 최종적으로 황청이 보컬리스트 시시를, 쉬창위는 시시의 연인 샤오마小馬를 맡게 되었다. 황청은 캐스팅 결과가 마음에 들지 않았다. 루루에 비해 시시는 너무 단순하고 평면적이었다. 내면의 깊이도 없고, 영화 속에서 달콤쌉싸름한 로맨스만 담당하는 인물이었다. 그녀가 정말 하고 싶었던 역할은 세상의 쓴맛을 온몸으로 견뎌내는 루루였다. 결국 쉬창위와 연기할 수 있다는 것만이 영화 「우아한 그녀들」에 대한 유일한 기대가 되었다.

서바이벌 프로그램으로 그녀의 인지도는 확실히 올라갔다. 수년 간 연락이 없던 왕 감독도 프로그램을 보고는 은근한 메시지를 보내왔다. 인사 사고가 났을 때 혼자 있고 싶다던 자신에게 황청이 '먼저' 육체적인 위로를 건넨 그 밤이 특별한 의미로 남아 있다는 내용이었다. 상하이에 마련한 자기 집으로 와서 옛정을 나누자는 말도 잊지 않았다.

세상이 자신의 전성기에 멈춰 있다고 굳게 믿는 남자들의 낡아빠진 감성은 철저한 자기 착각을 만든다. 과거를 무기 삼아 휘두르는 왕 감독의 수법에 황청은 역겨움을 느꼈다. 그는 흔적만 남은 권력으로 '과거시제'를 조종하고 위협할 수 있다고 믿는 것이다. 넓어진 이마와 툭 튀어나온 배를 애써 외면하고 지나간 로맨스를 끄집어내서 치근대는 상대가 황청 한 사람만은 아닐 것이다. 그의 연락처를 차단하며 그녀는 분노하지 않기로 했다. 분노는 복수심을 키울 뿐이며, 그런 인간에게는 단 1초도 허비하고 싶지 않았다.

황청은 상하이에서 드라마 몇 편을 제안받았지만 여러 사정으로 한 편만 방영되었고 그나마도 화제성 없이 막을 내렸다. 쉬창위는 몇 편의 영화에 연달아 출연하면서 자신의 대표작을 찾아가고 있었다. 황청은 종종 그의 SNS 게시물에 좋아요를 눌렀다. 쉬창위의 생일에는 웨이보에 프로그램할 때 함께 찍은 투숏을 올리며 생일 축하 메시지를 남겼다. 이때 쉬창위의 열성팬들이 몰려와 뻔뻔하게 그의 인기에 편승하려 한다고 공격했지만, 황청은 악플을 읽지 않았다. 그녀는 영화 「우아한 그녀들」 개봉 때까지는 화제성을 유지해야 한다는 걸 잘 알고 있었다. 한편으로는 진심으로 그에게 호감을 보이는 것이기도 했다. 다만 그녀 자신도 그것이 계산된 행동인지 순수한 마음인지는 구분하기 어려웠다.

그녀는 다시 방으로 들어가 갈아놓은 원두를 필터에 조심스레 부었다. 정전기 때문에 그라인더 벽에 달라붙은 미세한 가루를 두드려 떨어내고 싶었지만 참았다. 뜨거운 물을 원을 그리듯 돌려가며 조금씩 부었다. 커피 가루가 갈색 동심원을 그리며 서서히 젖어들면서 로스팅 향이 조금씩 피어올랐다.

황첸의 시선은 여전히 허공을 맴돌고 있었다. 그녀가 물었다. "영화는 언제 찍어?"

"이달 말부터."

"곧이네. 참 신기하지. 돌고 돌아 결국 같은 작품이네."

"운명이 너무 심술을 부리니까, 난 그냥 모른 척하기로 했어."

"기대돼? 영화로는 데뷔작이잖아. 배역 비중도 높고."

"아직 시작도 안 했는데 끝나고 나면 허무해질 거란 생각부터 들어."

황첸이 커피를 홀짝였다. 황청의 말을 듣지 못한 것 같았다.

"저건 뭐야?" 황청이 황첸의 가방에 담긴 약봉지를 가리켰다. 황첸은 돌아보더니 가방을 끌어당겼다.

"멜라토닌이야. 전에 정신과 의사에게 처방받은 거야."

"정신과?" 황청은 놀란 기색을 감추려고 했지만 목소리가 커지는 건 어쩔 수 없었다. 자고 있던 루가 몸을 살짝 뒤척였다.

"예전에 가끔 상담받았어. 나중엔 안 가게 됐지만."

"얼마나 전에?"

"아주 오래전에, 네가 아무것도 모를 때였어. 이번에 다시 갔더니 가족 세우기 상담을 권하더라고. 들어봤어?"

황청은 고개를 저었다. 한참이 지나서야 영국에서 모니카가 말했던 게 떠올랐다.

황첸은 방관자로 관찰한 가족 세우기 장면을 이야기해주었다. 그건 마치 다른 사람들이 우리 가족을 연기하는 것 같았다고 했다. '연기'라는 말은 정확하지 않았다. 상담사는 '대리자'라는 표현을 썼다. 어머니의 대리자, 아버지의 대리자, 형제자매의 대리자, 배우자나 자녀의 대리자. 이들은 공간 속에서 몸을 직관적으로 자유롭게 움직이고 상호작용하면서 친밀함과 소원함, 고통스러운 버림과 과도한 집착 같은 가족 구성원 간의 관계를 드러냈다. 그저 옆에서 바라보는 것만으로도 숨겨진 진실이 선명하게 드러났다.

배우인 황청이 가족 세우기 상담을 이해하는 건 어렵지 않았다. 배우란 원래 직관에 길든 존재이기 때문이다. 그녀가 궁금했던 건 상담사가 왜 이것을 권했느냐였다. 황첸의 말에서는 약간의 호기심과 함께 은근한 경멸 그리고 미세한 공포가 뒤섞인 복잡한 감정이 느껴졌다.

황청이 문득 떠오른 생각에 계속 킥킥거렸다. 영문을 모르겠다는 듯 황첸이 말을 재촉했다.

"언니가 예전에 엄마를 '늙은 달의 요정'이라고 했잖아. 어느 날 문득 연습실에서 누군가 갑자기 외치는 걸 상상했어. '달의 이름으로 널 용서하지 않겠다!'"

황청이 세일러문의 포즈를 취하자 황첸의 얼굴에 마침내 진짜 웃음이 번졌다.

황청이 말했다. "그거 알아? 「세일러문」이 『슬램덩크』에도 나온대. 이노우에 다케히코가 다케우치 나오코와 결혼하지 못해서, 그냥 자기 농구 만화에 양갈래 머리를 한 세라를 그려넣었대."

"그럼 세일러문은 누구랑 결혼했는데?"

"유스케랑 했어. 『유유백서』 작가."•

"정말 평행우주 같아. 세 만화의 세계가 삼각관계였던 거네."

"난 가족 세우기에서 아빠가 어떻게 나올지 궁금해."

황첸이 차갑게 웃었다.

• 실제 작가 이름은 도가시 요시히로이고, 유스케는 작품의 주인공 이름이다.

"왜 웃어?"

"아마 네가 오디션에서 했던 것처럼 잔뜩 취해서 술병 들고 노래나 부르고 있겠지. 광대 같은 사람이야."

"노래를 잘했어?"

"할 줄 아는 게 노래밖에 없었으니. 어렸을 때 자장가도 불러줬는데 기억 안 나?"

황청은 고개를 저었다. 그 기억은 완전히 지워지고 없었다. 황첸의 목소리에는 어쩐지 희미한 그리움이 배어 있었다.

"매년 내 생일이면 어김없이 나타나서 생일 축하한다고 하고는 돈 얘기를 해. 지난번엔 어디 목재에 투자했다면서, 관세를 못 내 항구에 발이 묶였다나. 돈 빌려달라는 사정도 가지가지야."

황청은 둘이 아직도 연락하고 있다는 사실에 놀랐다.

"매년?"

"응, 시한폭탄처럼 정확하게 온다니까. 엄마한텐 말하지 마. 쓰러지실라."

"나는 안 보고 싶대?" 황청의 목소리에 실망감이 묻어 있었다.

황첸이 웃으며 말했다. "보고 싶니?"

"난 아빠에 대한 기억이 아무것도 없어. 길에서 마주쳐도 모를 거야."

"기억이 없는 게 차라리 나아. 네가 유명해지면 분명 나타날 거야."

말을 마친 황첸이 커피를 한 모금 마셨다. 더는 말하기 귀찮다는 표정이었다. 황청은 언니가 지금까지 가족의 방패가 되어주고 있었던 사실을 그제야 알았다. 그러면서 한 번도 내색하지 않았다니. 황청은 어떻게 고마움을 표해야 할지 몰랐다.

황첸은 탁자 위의 악보를 무심히 넘겼다. 황청이 「우아한 그녀들」

에서 부를 노래였다. 왕레이가 보컬 트레이너를 소개해줘서 매주 두 번씩 보컬 트레이닝을 받고 있었다.

"음반은 안 낼 거야? 배우를 갈망했던 사람이 결국 가수가 된다. 재밌잖아."

"그럴 수도 있고. 하지만 노래를 못하면 결국 다른 가수가 더빙하게 될 거야. 코러스 가수가 다른 사람의 코러스를 받게 되는 거지." 황청이 자조 섞인 웃음을 지었다.

"남의 목소리를 빌리는 건 너무 이상하잖아. 넌 어쩌면 그 사람의 노래 실력을 물려받았을 수도 있어." '아빠'라는 말은 입에 올리지도 않았는데 황첸의 미소가 더 지쳐 보였다. 황첸이 가방에서 트럼프 카드 같은 것을 꺼내 탁자 위에 올려놓았다.

"그게 뭐야?" 황청의 목소리에 경계심이 묻어났다.

"타로 카드야, 본 적 없어?"

"언제부터 이런 걸 믿은 거야?"

"이건 믿고 안 믿고하고는 상관없어. 가끔은 이런 소품으로 내면의 생각을 들여다보는 것도 필요해. 자, 한 장 골라."

"안 할래."

"왜?"

"난 내가 무슨 생각하는지 잘 알아."

"전부 다?"

짜증이 난 황청은 대답하고 싶지 않았다.

"아니면 나쁜 카드가 나올까봐 그런 거야? 여기 진짜 나쁜 카드는 없어."

"캉이랑 무슨 일 있는 거 아니지?" 황청이 말을 끊었다.

황첸은 잠시 멈칫하더니 웃음을 터뜨렸다. 이상하리만치 길게 웃었다. "우린 잘 지내. 안 뽑을 거면 내가 대신 뽑아줄게." 그녀는 언제라도 무너질 듯한 표정으로 황청을 바라보며 카드를 몇 번 섞고는 한 장을 뽑아 탁자 위에 놓았다.

카드에는 날개 달린 두 천사가 알몸으로 춤을 추고 있고, 머리 위로 열두 개의 광선을 내뿜는 태양이 그려져 있었다. 아래에는 'The Sun'이라고 적혀 있었다.

"대박! 완전 좋은 카드야!"

"쉿, 조용히 해." 황청이 말했다.

"이건 네가 완전히 새로운 시작을 맞이할 거란 뜻이야. 지금까지 걸어온 길은 모두 하나의 의미로 모일 거야."

황청은 황첸의 눈을 빤히 쳐다봤다. 황첸은 피하지 않았지만, 아무것도 담기지 않은 눈빛으로 동생이 들여다보게 내버려두었다. 그녀는 천천히 눈을 깜빡이더니 커피를 한 모금 마셨다.

"이건 무슨 원두야? 약간 신맛이 있는 게 상큼하네." 황첸이 말했다.

황첸은 원래 산미 강한 커피를 좋아하지 않았다. 하지만 어쩌면 어느 순간 갑자기 좋아하게 된 걸지도 모른다. 마치 어느 날 문득 타로 카드를 가방에 넣고 다니기 시작한 것처럼, 또 어느 날 문득 뉴질랜드의 화산을 떠올리고, 약을 처방해주던 그 상담사를 기억해내는 것처럼. 그런 순간들은 온전히 황첸만의 것이었다. 너무나 사적이어서 누구와도 나눌 수 없는 순간들이다. '내게도 그런 순간들이 있어. 분명 많이 있을 거야.' 황청은 괜히 심통이 나서 그렇게 생각했지만, 떠올리려 하면 할수록 머릿속은 하얘졌다. 그리고 왈칵 서글픔이 밀려왔다. 훗날 그녀는 이날의 갈피를 잃었던 대화를 자주 꿈으로 꾸었다. 매번 언니와 조금 더 이야기를 나누고 싶었지만, 번번이 아쉬움에 눈물지으며 잠에서 깨어났다.

"이따가 운전 좀 해줘. 살 게 있어." 황첸이 말했다.

황청은 피곤해서 쉬고 싶었다. "언니 미국에서 운전하잖아."

"나 운전하는 거 안 좋아하잖아. 미국에서는 했는데 돌아오니까 못하겠네."

루가 몸을 뒤척이다 침대에서 떨어질 뻔했다. 황첸이 재빨리 커피 잔을 내려놓고 가서 아이를 안아 올렸다.

탁자 위에 쏟아진 커피가 춤을 추고 있는 두 아기 천사를 적셨다. 황청은 천천히 티슈를 뽑아 커피를 닦아냈다. 카드는 젖지 않았고 나무 탁자도 멀쩡했다. 아무 흔적도 남지 않았다. 남은 커피는 한 모금뿐이었다.

48

촬영 첫날 쉬창위는 황청을 보자마자 말도 없이 황청의 어깨에 기댔다. 두 사람이 마지막으로 본 지도 반년이 넘었다.

"왜 그래?" 황청이 물었다.

"봐봐." 그가 손가락으로 자기 머리칼을 가리켰다. "흰머리가 몇 가닥 자랐어." 그는 꽤 흡족한 말투였다.

"어, 축하해." 황청은 일부러 건성으로 말했다. 사실 흰머리는 보이지 않았다. 그의 두피가 하얗다는 것만 확인할 수 있었다.

"천천히 조지 클루니가 되고 있는 거지." 그는 말을 마친 후 건들건들 걸어갔다. 걸어가는 모습도 이전과는 많이 달라져 있었다.

쉬창위의 엉뚱한 행동은 어쩌면 배역에 몰입하기 위한 준비 작업일 수도 있고, 아니면 정말 나이 먹고 있다는 사실에 들떠서일 수도 있었다. 황청은 쉬창위의 내면이 살짝 우울해 보이는 겉모습과는 많은 차이가 있다고 생각했다. 하지만 이것도 메신저를 통해서 받은 인상이라 이런 생각도 그냥 상상에 남겨두기로 했다. 어쨌든 주변 사람들에게는 둘이 무척 가까워 보였다.

쉬창위는 코미디가 처음이라며 샤오마 역을 맡은 걸 기뻐했다. "시시와 샤오마는 이 영화에서 가장 사랑스러운 커플이야." 그의 말을 듣고서야 황청은 깨달았다. 그녀는 이제 대본을 설명서 읽듯 분석하지 않는 데다 노래 연습에 시간을 많이 쏟느라 시시가 코미디 캐릭터라는 걸 인식하지 못하고 있었다. 새로운 도전으로 황청은 설레는 동시에 긴장되었다.

제작발표회 때 쉬창위는 그녀의 어깨에 자연스럽게 팔을 둘렀고, 황청은 그의 어깨에 살짝 기대어 카메라를 향해 미소 지었다. 두 사람은 중앙에서 약간 왼쪽에 서 있었고, 루루 역을 맡은 배우가 바로 황청 옆에 바짝 붙어 섰다. 그녀는 황청보다 머리 하나 정도 작았고, 글래머러스한 몸매에 피부는 유난히 하얬다. 황청은 그녀가 일부러 드러낸 가슴골 사이에 파란색 펜던트가 반짝이는 것을 보았다. 그녀는 황청이 보고 있는 걸 느꼈는지 살짝 고개를 들어 달콤한 미소를 지어 보였다. 남자는 물론이고 황청도 순간 황홀함을 느낄 정도의 매력이었다. 쉬창위가 그녀의 어깨를 살짝 쥐며 속삭였다. "웃어요. 오늘 사진은 인터넷에 오래 남을 테니까." 황청은 눈부신 햇살에 미간을 살짝 찌푸렸다.

방송을 보았을 때 그녀의 첫눈에는 루루가 보였고, 그다음에 자신이 보였다. 그제야 루루는 원래 저렇게 아담하고 글래머러스한 몸매여야 하고, 자신처럼 키 크고 마른 사람은 시시 역이 어울린다는 사실을 받아들였다. 그 순간 당시 왕 감독이 황청을 루루 역으로 캐스팅하기 위해 얼마나 많은 사람을 설득해야 했을까를 생각했다.

「우아한 그녀들」 촬영 7일째였다.

황청은 그날이 7일째였던 걸 또렷이 기억한다. 다음 날이면 촬영 후 첫 휴일을 맞을 것이기 때문이었다. 운명이 잔인한 장난을 치기 전, 마지막으로 숨 돌릴 틈을 준 하루였다.

그날 황청은 5시에 일어나 황첸이 밤늦게 보낸 메시지를 확인했다. '오후에 루 좀 봐줄 수 있어?' 황청은 '오늘 늦게까지 촬영이야'라고 답장했다. 황첸은 급한 일이 아니면 갑작스러운 일정을 잡지 않는 성격이다. 황청은 그래서 한 줄을 덧붙여 보냈다. '어디 가게?'

그날은 매일 촬영이 끝나면 구겨서 버리는 스케줄표처럼 특별한 것이 없는 하루였다. 훗날 황청은 아주 오랫동안 그 구겨진 종이를 주워다가 조심스레 펴서 '잔혹함' 너머의 어떤 사소한 징후라도 찾아내고 싶었다. 그 모든 주름을 다 다려서 펴고 싶었다.

그날 현장의 분위기는 마치 죽음을 앞둔 사람의 마지막 숨결처럼 이상하리만치 활기차고 강렬했다. 그들은 미술관에서 촬영 중이었다. 시시와 밴드 멤버들이 전시회 오프닝 공연을 하는 장면이었다. 공연이 끝나면 시시와 샤오마가 미술관을 돌아다니며 난해한 현대미술 작품들을 보면서 이런저런 평을 하는 장면이 이어질 예정이었다. 대본에는 구체적인 대사가 없었고 감독은 「오디션 토크」 때처럼 둘이서 즉흥적으로 대화를 나누길 바랐다.

그 말을 들은 황청은 미간을 살짝 찌푸렸다. 감독이 지나가기를 기다렸다가 작은 소리로 중얼거렸다. "각본 수당도 받아야겠어." 쉬창위는 그녀를 흘깃 보더니 아무 말 없이 가슴에 달린 마이크를 가리켰다. 황청은 상관없다는 듯 어깨를 으쓱였다. 쉬창위가 말했다. "우린 '오가닉'이잖아, 유기농 배우." 그의 농담에 그녀는 웃음이 터졌다. 둘은 눈앞의 미술 작품들을 진지하게 살펴보기 시작했다.

몇 번의 테이크를 마치고 나니 정오가 가까워졌다. 도시락이 아직 도착하지 않아서 감독은 두 사람의 클로즈업 장면을 몇 컷 더 찍기로 했다. 카메라가 그들의 얼굴을 정면으로 담았다. 감독의 요구에 따라 다양한 표정 연기를 해야 했다. 황청은 자신의 표정이 미세한 조합으로 무한히 변할 수 있다는 게 놀라웠다. 마지막 테이크에서는 쉬창위의 배에서 꼬르륵 소리가 났다. 황청은 시시 말투로 자못 진지하게 물었다. "배고파?" 쉬창위가 대답했다. "감독님을 웃기기 전엔 아무도 먹을 수 없어." 감독이 웃음을 터뜨렸고, 늦어진 도시락이 마침 따끈따끈하게 배달되었다. 현장의 분위기는 더할 나위 없이 즐거웠다.

그날 휴대폰을 확인했을 때를 그녀는 기억한다. 황첸은 가족 단톡방에 루의 연고가 어디 있느냐고 묻는 엄마에게 답하지 않았다. 황청이 보낸 메시지도 읽었는데 답이 없었다. 황청은 대수롭지 않게 여기며, 도시락을 들고 쉬창위와 함께 미술관 통유리창 앞에 앉았다. 단둘이.

그녀는 치킨 도시락을, 쉬창위는 밥이 없는 갈비 도시락을 골랐다. 이런 미세하고 디테일한 기억들은 뜨거운 기름이 튀어 온몸에 남은 상처처럼 황청의 머릿속에 아프게 남아 있다. 그녀는 쉬창위가 상반신 노출신 때문에 체지방을 낮춰야 한다고 했던 말도 기억한다. 황청이 젓가락으로 닭 껍질을 한쪽에 밀어놓는 것을 보고 그는 결국 닭 한 조각을 집어갔다. 그렇게 둘은 서로에게 장난을 치면서 웃고 떠드느라 하늘을 흔드는 천둥소리를 듣지 못했다.

창밖의 파파라치는 얼른 고개를 들어 먹구름의 위치를 가늠해보고는 서둘러 사진 몇 장을 더 찍었다. 사진은 충분히 찍은 것 같다고 판단한 그는 비가 내리면 바로 철수해야겠다고 생각했다. 창가에 앉아 있던 황청은 평소와 다름없이 쉬창위와 이야기를 나누었다. 다만 고개를 조금 더 기울이고 부드러운 눈빛으로 더 많이 웃었다. 두 사람이 일어섰을 때 그녀는 일부러 그와 살짝 부딪쳤다. 황청은 누군가 자신을 찍고 있다는 걸 알았지만, 왕레이는 쉬창위에게는 말하지 말라고 했다. 진짜와 가짜가 섞여 있을 때 가장 애매하게 보이는 법이라고.

미술관에서 몇 킬로미터 떨어진 와이솽시外雙溪*에서 황첸도 고개를 살짝 기울이며 웃고 있었다.

I've lived a life that's full
I traveled each and every highway

하늘이 몇 번이고 천둥을 울리면서 대지를 흔들었다. 황첸은 검은색 쿠페를 운전하며 프랭크 시나트라의 '마이 웨이'를 듣고 있었다. 그녀는 에어컨 버튼을 찾고 있었다. 비가 내리기 전에 도착하고 싶었다. 창밖으로 빠르게 스쳐가는 녹음이 조금씩 그녀의 시야를 잠식해 갔다.

Regrets, I've had a few
But then again, too few to mention

* 타이베이 부근의 지명, 두 개의 하천이 합류하는 지점이라는 의미다.

굽은 길을 도는 순간 맞은편에서 오던 작은 트럭이 황첸이 본 마지막 광경이었다.

그다음 순간, 그녀는 움직일 수 없었다.

I did what I had to do
And saw it through without exemption

황첸은 얼굴이 젖어드는 걸 느꼈다. 가장 먼저 떠오른 건 가방 속 루의 아토피 연고였다.

조수석을 돌아보려 했지만 할 수 없었다. 소리 내어 "린?" 하고 부르고 싶었지만 목소리가 나오지 않았다.

거의 동시에 한 장면이 떠올랐다. 고등학교 연극 공연 때였다. 무대 의상을 입고 시체꽃 모자를 쓴 그녀는 황청을 안고 있었다. 황청이 유치원에 다닐 때였으니까 다섯 살인가? 네 살인가? 황청은 무대에서 언니가 자신을 봤다고 계속 재잘대고 있었다. 하지만 무대 조명이 너무 밝아서 황첸은 아무것도 볼 수 없었다. 언니가 자신을 봤다고 떼를 쓰는 동생에게 아무것도 보지 못했다고 말하는 건 너무 잔인한 일이었다. 그래서 '봤는데, 자세히는 못 봤어'라고 얼버무렸다. 입을 삐죽거리며 화를 내는 황청의 앙증맞은 얼굴이 천천히 루의 얼굴과 겹쳐 떠올랐다. 화난 얼굴은 둘이 똑 닮았어.

캉이 떠올랐다.

차분한 그의 얼굴은 그녀에게 한 번도 느껴보지 못한 안정감을 주었다. 그가 우는 걸 본 적 있었던가? 그는 울 것이다. 그의 눈을 떠올려 그를 바라보았다. 그녀의 입이 움찔거렸다. 아무도 듣지 못할 말을 하고 있었다.

30초도 채 안 되는 짧은 순간이었다. 황첸의 머릿속 장면들은 그렇게 영원히 사라졌다.

한 시간 뒤 황청의 휴대폰은 배터리가 떨어질 때까지 진동이 울릴 것이다. 내일 신문에는 두 사람의 스캔들과 끔찍한 사망 기사가 각각 다른 페이지에 게재될 것이다. 마치 평행우주처럼. 두 사건의 연관성을 아는 사람은 거의 없을 것이다.

천둥이 계속해서 울렸다.

그날 오후 끝내 소나기는 내리지 않았다. 음울한 하늘이 타이베이 분지를 무겁게 내리눌렀다. 산길에서 구조 작업이 진행되는 동안 도심의 카메라는 황청의 미소를 찍고 있었다. 도시는 밤이 될 때까지 무거운 침묵 속에 잠겨 있었다. 깊은 밤이 되어서야 폭우가 쏟아졌다.

6막
딸

49

고개를 살짝 든 그녀의 눈동자는 어항에 갇힌 물고기처럼 불안하게 흔들렸다. 메이크업 아티스트는 진동 마사지기를 가져다 황청의 두 뺨을 힘주어 쓸어올렸다. 너무 세게 미는 것 같아 불편했지만 황청은 얼굴이 얼마나 쳐졌으면 이렇게까지 할까 싶어 참기로 했다. 몇 번이나 나오는 하품을 참느라 고인 눈물이 속눈썹을 적셨다.

황청은 문득 자신의 내면이 온갖 잔인한 것으로 가득 차 있다는 걸 깨달았다. 그 끔찍한 생각들이 머릿속의 모든 것을 조각내버렸다. '그 후' 그녀는 많은 대본을 받았지만 선한 캐릭터는 너무 선하기만 하고, 악한 캐릭터는 너무 악하기만 했다. 황청은 고개를 저으며 말했다. "이런 연기는 더 이상 못 하겠어요."

'그 후'란 황첸이 죽은 후였다. 죽음은 황청의 기억을 두 동강 내버렸다. 그때는 9월이었는데 황청은 「우아한 그녀들」의 촬영을 가까스로 마쳤다. 그리고 이어진 10월, 11월, 12월은 두 사람이 함께 보냈던 그 모든 시간처럼 똑같이 흘렀다. 하지만 황첸은 멈춰버렸다. 그리고 황청도 멈췄다. 어릴 때 놀던 '무궁화꽃이 피었습니다'처럼 술래가 돌아볼 때까지 기다려야 한다. 술래는 황청이다. 언니는 돌아보지 않으려 한다. 하지만 멈춰 있던 황첸의 자세는 버티지 못하고 천천히 무너진다. 봄이 오고 여름이 왔다. 1년이 지나 「우아한 그녀들」이 개봉했다. 황청은 그 후로 머리를 손질하지 않았다. 애도의 표시처럼 자란 흰머리카락을 영화 홍보를 위해 검게 염색했다.

가을이 되었다. 수상자 명단이 발표되던 날, 황청은 황첸과 나눈 대화창을 열었다. 대화는 마지막 메시지에 멈춰 있었다.

'어디 가게?'

그녀는 몇 자를 적어 보냈다가 몇 시간 뒤 다시 지웠다. 위에는 지워진 메시지 기록이 줄줄이 남아 있었다. 언니에게 무슨 말을 하고 싶었는지 아무도 알 수 없게 되었다.

왕레이가 보조 두 명과 함께 겹겹이 포장된 드레스를 들고 조심스레 문을 통과해서 들어왔다. 눈을 감고 있던 황청은 등 뒤로 바람이 스치는 것을 느꼈고 메이크업 아티스트가 동작을 멈췄다.

"드레스 먼저 입어봐요." 왕레이가 긴장한 듯한 목소리로 말했다.

황청이 눈을 떴다. 거울에 비친 두 보조는 혼이 났는지 금방 울고 온 얼굴이었다. 누군가 큰 실수를 저지른 것이 분명했다. 그녀가 왕레이를 따라 탈의실로 향하자 두 보조는 강아지처럼 얼른 그들의 뒤를 따랐다. 하지만 왕레이의 호통에 그 자리에서 얼음처럼 굳어버렸다. 한 사람은 눈가에 눈물이 그렁그렁했고, 다른 한 사람은 따라 울지 않으려고 고개를 돌리고 있었다.

왕레이가 메이크업 아티스트에게 도와달라고 했다. 둘은 조심스럽게 두툼한 붉은색 드레스를 꺼냈다.

눈이 부실 정도로 선명한 붉은색 때문이었는지 황청은 불쑥 농담이 튀어나왔다. "모기 피 같네요."

아무도 그녀의 농담에 웃을 기분이 아니었고, 왜 그런 농담을 하는지 궁금해하지도 않았다. 왕레이는 고르고 고른 핸드메이드 레이스 드레스를 보조가 얼마나 어이없이 망쳐놓았는지, 그리고 자신이 이 안전하면서도 강렬한 오프숄더 레드 드레스를 얼마나 급하게 구했는지를 쉴 새 없이 이야기했다.

황청은 드레스를 입어보며 태연하게 말했다. "적어도 굶고 무대에 오를 일은 없겠어요. 쇄골만 신경 쓰면 되잖아요."

"숨 참아요." 왕레이가 말했다. 그녀와 메이크업 아티스트가 등 뒤의 지퍼를 올리자 황청의 가슴 사이로 은근한 골이 만들어졌다. 그것은 여성의 몸에 새기는 인위적인 주름이었다. 타인의 욕망과 자신과의 타협 사이에서 무심한 듯 연출된.

셋은 거울 앞에서 한동안 말없이 서 있었다. 아무도 가슴골을 더 깊게 만들자고 말하지 않았다. 누구도 '커리어 라인' 같은 여성 차별적인 단어를 내뱉을 수는 없었다.

"휴, 좀 끼는데요." 황청이 말했다.

"그럼 좀 굶어보죠." 왕레이가 말했다.

"목 부분이 너무 허전한데요." 메이크업 아티스트가 말했다.

"주얼리숍에 연락했으니 곧 도착할 거예요." 왕레이는 계속 고개를 살짝 기울인 채 거울 속 황청을 쳐다보며 고민했다.

황청은 이렇게 선명한 빨간색을 소화할 수 있으리라고는 생각하지 못했다. 빨간색은 언제나 황첸을 떠올리게 했다. 그때 그 커다란 결혼사진 속 황첸은 온통 빨간색이었으니까. 거울 속의 자신은 공격성이 없는 기묘한 매력을 풍기고 있었다. 가시가 뽑힌 붉은 장미처럼, 변형된 붉은 꽃처럼.

"오랜만에 하이힐을 신어서 넘어지지나 말아야 할 텐데." 황청은 왕레이의 부축을 받으며 큐빅이 박힌 하이힐을 신었다. 순간 키가 반 뼘쯤 커졌다.

왕레이가 말했다. "드레스가 너무 긴데, 힐을 좀 높은 걸로 바꿀까?"

황청은 드레스 자락을 잡고 몇 걸음 걸어보았다. "더 높은 걸로 신으면 쉬창위가 투덜댈걸요." 그녀가 웃으며 말했다.

왕레이는 고개를 끄덕이며 동의했다. 웃음은 나오지 않았다. 가장 긴장한 사람은 왕레이였다.

"쉬창위에게 드레스 바뀌었다고 말해야 할까요?" 메이크업 아티스트가 물었다.

"서프라이즈! 해야지." 황청이 말했다.

50

황청의 이름이 호명되었다. 그녀는 담담하게 일어났지만, 드레스 자락에 하이힐이 걸려 살짝 휘청했다.

쉬창위가 재빠르게 몸을 숙여 드레스 자락을 잡아주면서 그녀를 안았다. 귓가에 속삭이는 그의 목소리가 들렸다. **"드디어 해냈네요."**

황청은 미소 지으며 가볍게 인사를 건넸다.

그 순간 TV 앞에 앉은 수많은 여성 팬이 행복한 탄성을 질렀다.

자리에서 일어나 무대에 오르는 동안 그녀에게는 아무 소리도 들리지 않았다. 그녀는 금마장金馬獎* 수상을 수없이 상상하면서 그 순간을 환희와 감동으로 채우곤 했다. 하지만 지금 그녀는 한 걸음 한 걸음 내디딜 때마다 호흡이 차분해졌다. 모든 생각이 머릿속에서 빠져나가고 몇 개의 화면이 스치듯 지나갔다. 그 안의 익숙한 얼굴들이 하나둘 환하게 미소 짓고 있었다.

그녀는 드레스 자락을 살짝 들어올리고 무대 계단을 조심스레 올랐다. 그녀가 트로피를 받을 때까지 박수 소리가 멈추지 않았다. 그녀는 당연히 자리했어야 할 누군가를 찾는 것처럼 객석을 둘러보고는 마이크 쪽으로 몸을 살짝 숙여 수상 소감을 말했다. 미리 준비해둔 수상 소감은 이미 머릿속 어딘가로 밀려나 있었다. 그날 이후 그녀는 오랜 삶을 살아내면서 잊히지 않는 독백처럼 남은 그날의 소감을 일상의 어떤 순간마다 조용히 되뇌곤 했다. 그리고 그때마다 스스로를 칭찬했다. 수상을 간절히 기다려온 영광이 아닌, 일종의 '연기'로 받아들인 것이 얼마나 옳은 선택이었는지를.

정상에 선 등산가가 된 자신이 살면서 지나온 어두운 죽음의 골짜기를 돌아보는 상상을 해보았다. 가슴 한편이 미세하게 떨려왔다. 끊임없는 실패를 겪어야만 이곳에 도달할 수 있었다는 것을 그녀는 알고 있었다. 많은 것을 잃었고 동시에 얻었다. 두 가지를 비교할 수는 없다. 황청은 이룬 것을 뿌듯해하며 우아하게 눈물을 흘리는 대신 차분하고 진지한 목소리로 예술에 대한 존경과 감사를 표하기로 했다. 그리고 마지막으로 하늘에서 보고 있을 언니에게 상을 바쳤다. 이 짧지만 진심 어린 수상 소감은 그날 밤 소셜 미디어에서 수없이 공유되었고, 다음 날까지도 회자되었다. 하지만 며칠이 지나자 쉬창

* 중화권에서 가장 권위 있는 영화제로 매년 타이완에서 개최된다.

위와의 스캔들만 남았다.

소감을 마친 황청은 한발 물러나 한 손으로는 살짝 드러난 가슴 골을 가리고 커튼콜을 하는 것처럼 허리 숙여 인사했다. 하지만 드레스와 하이힐 때문에 15도 정도밖에 굽힐 수 없었다. 무대 아래로 내려가라고 채근하는 듯한 박수 소리가 다시 한번 울렸다. 무대 뒤로 안내된 그녀는 트로피를 현장 스태프에게 건넸다. 잘 모르는 사람들이 다가와 공손히 축하 인사를 건넸다. 현장에서 가장 흥분한 사람은 왕레이였다. 그녀는 황청의 손을 잡고 사람들을 헤치며 분장실로 향했다. 메이크업을 수정하고 바로 인터뷰를 준비했다.

기자의 첫 질문은 연기한 지 10여 년 만에 신인상을 받게 된 소감이 어떠냐는 것이었다. 이후의 질문은 '쉬창위가 방금 뭐라고 말해줬나요?' '쉬창위는 평소에도 그렇게 다정한가요?' '쉬창위는 수상하지 못했는데 어떻게 위로해줬나요?' '쉬창위와 축하 뒷풀이도 함께 갈 건가요?'같이 전부 쉬창위와 관련된 것이었다. 더 이상 질문할 거리가 없다고 느낀 기자들은 대충 사진 몇 장을 더 찍고 인터뷰를 끝냈다. 황청은 순진하게도 적어도 한 사람은 언니에 관해 물어봐줄 줄 알았다.

시상식에서 돌아와 자리에 앉은 황청의 귓가에 쉬창위가 속삭였다. "어쩜 그렇게 침착하지? 실망했잖아."

"뭐가?"

"울었어야지."

"나도 내가 울 줄 알았지. 그런데 갑자기 너무 차분해지는 거야. 방금 뭐라고 했는지 기억도 안 나."

"솔직히 말해줄까?" 쉬창위의 말에 황청은 그를 흘겨보았다.

"무난했어. 마지막 언니에게 상을 바친다는 말만 감동적이었어."

그의 말은 위로가 되었다. 「우아한 그녀들」 촬영 후반부에도 그의 격려가 없었다면 버티지 못했을 것이다.

"그럼 창위 씨는 울었어?" 황청이 장난스레 물었다.

"눈물을 닦는 척했지. 카메라에 잡힐지도 모르니까." 황청이 웃음을 터뜨렸다.

"방금 기자가 온통 당신에 관해서만 물었어. 아마도 내일은 내 드레스 잡아주는 사진이 뜨겠지."

"거봐, 나 똑똑하지?"

두 사람은 귓속말을 주고받으며 가끔 고개를 숙이고 미소 지었다. 카메라는 그런 두 사람의 다정한 모습을 놓치지 않았다. 그들은 이제 개의치 않았다. 쉬창위는 황청을 통해 완벽한 남자친구 이미지를 구축했고, 황청도 이런 상황에 더는 거부감을 느끼지 않았다. 그건 왕레이가 말하는 영리함이었다. 모든 작품에는 부가적인 대가가 따른다는 사실을 이제 그녀도 알았다. 「우아한 그녀들」에서 쉬창위와의 '가짜 연애'쯤은 별게 아니었다.

시상식이 끝난 후 저우 사장이 개인 클럽에서 마련해준 축하 파티가 있었다. 도착하자마자 황청과 쉬창위는 시상식 의상을 벗어던졌다. 온몸의 뼈마디가 비명을 지르는 것 같았다. 도착했을 때 이미 자정을 넘긴 시간인 데다 시상식에서의 긴장감이 한꺼번에 풀린 황청의 정신은 흩어져 떠 있는 별 같았다. 왕레이는 그녀가 오늘의 주인공이기 때문에 저우 사장이 자리를 뜨기 전엔 절대 갈 수 없다며 그녀에게 물에 위스키를 살짝 섞은 잔을 건넸다. 황청은 천천히 잔을 들이키며 틈날 때마다 휴대폰을 열어보았다. 축하 메시지가 쉴 새 없이 왔지만 답하지 않았다. 무심하게 휴대폰 화면을 넘기다 가족 단톡

방을 열어보았다. 황첸이 남아 있는 유일한 공간이었다.

마지막 메시지는 11시가 조금 넘어 엄마에게서 온 것이었다. 황청이 수상하는 것도 못 보고 잠든 루 사진이 첨부되어 있었다. 루웨이 접시를 들고 오는 쉬창위를 보고 황청은 서둘러 휴대폰을 내려놓았다. 갑자기 배가 고파진 두 사람은 말없이 먹기 시작했다.

"준비됐어?" 쉬창위가 물었다.

"뭘?"

"다시 연기하는 거."

황청은 입안 가득 넣은 두부를 힘주어 씹었다.

"방금 무대 위에서 깨달은 게 있어. 사실 우리 배우들이 관객을 보는 시간은 관객이 우리를 보는 시간보다 훨씬 길어." 그녀는 우물거리던 음식을 꿀꺽 삼켰다.

"이제 상도 받았으니 더 많은 사람이 보겠지."

황청은 그를 똑바로 바라보았다. 전혀 동의하지 않지만, 여성 특유의 부드럽고 온화한 표정으로.

"정말 상을 받으면 모든 게 달라질 거라고 생각해?"

쉬창위는 대답하지 않았다. 앞에 놓인 루웨이 접시를 바라보며 미역과 머리 고기 중 무엇을 먹을지 고민하는 것 같았다. 그는 젓가락을 내려놓았다.

"다음에 내가 상 받으면 그때 말해줄게."

질투도, 농담도 아니었다. 그는 진심이었다. 그해 황청에게 뺨을 맞으면서도 그녀를 격려했던 그때의 진심 그대로였다.

황청은 그에게 행복도, 영광도, 성취도 모두 우리가 맛보기 전에 심어진 어떤 이미지나 장면 혹은 느낌일 뿐이라고 말해주고 싶었다. 사람들은 '거기'에 가야 한다고 믿는다. 거기만큼 반드시 가야 할 이유가 있는 곳은 없을 거라면서.

하지만 막상 도착하면 '여기'가 정말 '거기'인지 확신할 수 없게 된다. 눈앞의 풍경이 오는 동안 심어진 이미지와는 너무 다르기 때문이다. 결국 그 차이가 당신을 허무하게 만들고 더는 아무것도 붙잡고 싶지 않게 된다. 지금은 아니더라도 쉬창위는 언젠가 모든 걸 이해할 것이다. 더 이상의 말은 필요 없었다.

사람들이 하나둘 자리를 뜨기 시작하자 쉬창위는 황청에게 같이 가자며 언제 갈 건지 물었다. 황청은 저우 사장과 이야기를 나누고 있는 왕레이를 보면서 어깨를 으쓱이고는 조금 더 있다 가자고 했다. 쉬창위가 담배를 건넸다. 황청은 피우고 싶긴 했지만 거절했다. 그와 같이 나가기도 싫었고 몸에 담배 냄새 배는 것도 싫었다. 결국 쉬창위 혼자 담배를 피우러 나갔고 한참 동안 돌아오지 않았다.

시간은 이미 새벽 3시를 넘어섰다.

그녀는 화장실에서 뭉개진 화장을 지웠다. 보통 이맘때면 거의 깨어날 시간이었다. '그 후' 황청은 깊은 잠을 자지 못하고 매일 새벽 4~5시면 깼다. 그 시간은 언제나 은은한 서늘함과 희뿌연 잿빛을 품고 있었다.

변기 뚜껑을 내리고 앉아 창밖의 칠흑 같은 하늘을 바라보다가 잠이 든 것 같았다. 다시 눈을 떴을 때는 밖에서 소리가 거의 들리지 않았다. 나가보니 술잔과 접시들이 어지럽게 널려 있고 왕레이와 스태프 몇 명만 남아 있었다.

왕레이는 쉬창위가 그녀를 찾아다니다 방금 갔고, 밖에서 기다리던 기자들도 그가 혼자 나가는 걸 보고 다들 흩어졌을 거라고 전했다. 황청은 고개를 끄덕였다. 잠들기 전 무슨 일이 있었는지는 기억하지 못하는 몽유병 환자 같은 표정이었다. 상을 받은 날 화장실 변기에 앉아 잠이 들다니, 믿기지 않았다.

택시에 올라 잠시 망설이다 원룸 대신 본가로 가달라고 했다. 날이 밝으면서 새들이 지저귀기 시작했다. 차창에 기대어 길가의 청소부들을 바라보며 빗자루에 쓸려가는 낙엽처럼 마르고 가벼워진 것 같다고 느꼈다.

열쇠로 문을 열고 들어가 조용히 샤워를 했다. 드라이기를 켤 용기가 나지 않아 수건으로 머리를 세게 문질러 말렸다. 조심스레 방문을 열었다. 예전에 자매가 쓰던 방이었다. 두 개의 싱글 침대를 양쪽 벽에 각각 붙여놓았는데 황첸이 나간 뒤 오른쪽 침대에는 옷더미를 쌓아놓고 지냈다. 나중에 황청이 독립한 후에도 엄마는 방을 그대로 두었고 1년 전쯤 황첸이 돌아왔다. 구석에는 그녀의 은색 캐리어가 그대로 놓여 있고, 책상 위에는 읽다 만 릴케 시집이 놓여 있었다.

루는 황청이 예전에 쓰던 침대에서 자고 있었다. 황청은 언니 침대에 옆으로 누워 잠든 아이를 바라보았다.

눈을 감자 단단한 땅을 딛고 있는 듯한 느낌이 몸을 감쌌다. 그녀는 어린 시절을 보낸 이 방에서 온전히 존재하는 자신을 느꼈다. 과거의 어느 순간도, 흐릿하게 남은 꿈도 아닌 바로 여기에서. 어디선가 언니 냄새가 났다. 황첸에게 특별한 체취가 있었던 건 아니지만 그녀의 냄새는 어린 황청에게 늘 안정감을 주었다. 그 후 그 냄새의 기억은 억압이 되어 원초적이고 깊은 슬픔으로 가득 찼고, 결국 그것이 어떤 냄새였는지조차 기억나지 않게 되었다. 그녀는 아직도 언니가 이 세상에 없다는 걸, 유골함 속 재가 되었다는 걸 믿을 수 없었다. 그런데 그 재가 한때 정자와 난자를 '**전자**'와 '**란자**'로 잘못 알려주던 언니였다는 걸 믿어야 한다.

'언니, 봤어? 나 상 받았어.' 마음속으로 중얼거렸다.

날이 완전히 밝았다. 조금 있으면 방 안으로 스며든 햇살이 침대 끝을 타고 오를 것이다. 루는 눈을 뜨고 아직도 모든 게 신기하기만 한 새로운 하루를 시작할 것이다. 그때까지 황청은 깨어나지 않겠지만 몽롱한 상태에서 그녀 곁으로 스며드는 냄새를 느낄 것이다. 언니의 것과는 다른 어린아이 특유의 달큼한 우유 향이 마치 손목에 묶인 실처럼 그녀를 가만히 이 세상으로 이끌어줄 것이다.

51

설을 앞둔 타이베이의 편의점 앞에 황청이 서 있었다. 선물 세트 더미 위로 햇살이 부서지고, 행인들은 그녀가 무얼 보며 망설이고 있는지 호기심 어린 눈길을 보냈다.

커다란 딸기 맛 포키를 하나 집어들었다. 루는 딸기를 좋아했다. 분홍색이라면 뭐든 그 아이의 시선을 사로잡았다. 그때 언니의 목소리가 들렸다. '과자 먹이지 마.' 황청은 속으로 대꾸했다. '설날이잖아.' 하지만 이내 겸연쩍은 목소리로 말해버렸다. "사실 매일 먹어." 결국 과자를 들고 계산대로 향했다. 황청은 겉으로만 순종적이지 속으로는 언제나 반항적이었다. '어차피 옷장에 숨겨두었다가 상으로만 꺼내줄 거니까.' 황청은 종종 이렇게 언니의 목소리를 들었다. 어쩌면 일부러 그러는지도 모른다. 언니의 목소리를 듣고 싶어서.

약속 장소는 카페였다. 동구의 낡은 건물 2층에 있었다.

계단을 올라가 문을 밀고 들어선 카페에는 남은 자리가 거의 없었다. 입구 옆 바 테이블에만 자리 하나가 남아 있었다. 머리를 파묻고 노트북을 하는 사람들뿐이라 실내에는 키보드 두드리는 소리만

들렸다. 기분 나쁜 표정을 한 점원이 말했다. "흡연석밖에 없는데요."
황청은 괜찮다고 했다. 테라스 2인석을 안내받았다. 앉은 자리에 아
직 온기가 남아 있었다.

맞은편 의자로 옮기려던 찰나, 골든 리트리버 한 마리가 발치로
다가와 축축한 코를 그녀의 발목에 대고 킁킁거렸다. 놈은 혀를 내밀
고 주인에게 하듯 꼬리를 연신 흔들어댔다. 굳어 있던 황청의 얼굴에
미소가 번졌다. 귀여운 마음에 개의 머리를 쓰다듬으며 주인은 어디
있나 두리번거렸다.

키 큰 단발머리 여자가 카페 안으로 들어왔다. 황청은 저도 모르
게 한동안 그녀를 바라보았다. 여자는 여름 사진에서 걸어 나온 사
람 같았다. 1월인데도 반바지에 반소매 차림이었고, 다리는 곧고 길
었으며, 이목구비가 혼혈처럼 뚜렷했다. 황청뿐만 아니라 카페의 모
든 사람이 고개를 들었다. 단발머리 여자는 테라스를 둘러보더니 결
국 바 테이블에 남아 있던 유일한 빈자리에 앉았다. 황청은 문 앞에
서 전화를 받고 있는, 선글라스를 쓴 곱슬머리 여자를 발견했다. 린
삼촌의 딸이었다.

마지막으로 그녀를 본 건 언니의 장례식장에서였다. 햇살이 그녀
의 몸에 머물기를 고집하는지 밀빛 피부는 더 검게 그을려 있었다.
가게 안을 살피다 황청과 눈이 마주치자 잠시만 기다리라는 손짓을
보냈다.

황청은 계속 덩치 큰 개의 머리를 쓰다듬었다. 쓰다듬을 때마다
황청의 손길이 좋은지 눈을 지그시 감고 고개를 위로 들이밀었다. 황
청은 아무리 좋아도 골든 리트리버는 키우지 말아야겠다고 다짐했
다. 수명이 너무 짧으니까. 개는 문을 향한 편안한 자세로 엎드렸다.

린 삼촌의 딸은 자리에 앉자마자 선글라스를 머리 위로 올렸다.

병원과 장례식장에서는 볼 수 없었던 가지런한 치아가 드러났다. 미소 짓는 붉은 입술은 한 송이 꽃 같았다. 어린 황청이 늘 부러워했던 그것이다. 그녀는 어렸을 때 더우화 집에서 두 사람이 만났던 일을 기억하지 못할 것이다. 그날은 그녀가 아버지와 보내는 평범한 오후 중 하나였을 테니까. 하지만 그날 이후 자매의 인생은 달라졌다. 삶에서 하찮은 순간이란 없는 법이다.

"사람이 이렇게 많을 줄은 몰랐어요." 그녀가 말했다.

사고 이후에야 황청은 린 삼촌이 말기 암 환자였다는 걸 알았다. 그래서 그날 황첸이 린 삼촌의 차를 몰았던 거였다. 언니는 타이완에서 거의 운전하지 않았고 산길에 익숙하지도 않았다. 사고는 그렇게 난 것이었다. 하지만 이런 사실은 황청에게 별 의미가 없었다. 이 비극을 어디서부터 이야기해야 할지 아무도 알지 못했다. 대신 뒷수습을 하는 사람에게 관심이 쏠렸고, 그 일을 해야 하는 사람은 황청이었다. 엄마와 남편에 비하면 여동생인 그녀는 슬픔에 빠질 자격조차 없는 사람이었다.

개가 몸을 움직여 주인의 발치에 엎드렸다.

그녀가 말했다. "재즈가 들어서자마자 황청 씨에게 가던데요. 정말 신기하죠. 아버지가 키우시던 개예요."

"재즈." 황청이 그 이름을 중얼거리자 재즈는 꼬리로 바닥을 두어 번 쳤다.

"아버지 개라고요?"

"어머니가 돌보시다 제가 데려왔어요."

더 이상 할 말이 없어진 두 사람의 표정은 굳어졌다. 재즈가 고개를 들고 귀를 쫑긋 세웠다. 린이 개를 토닥였다.

"아이스크림 좋아해요?" 린이 물었다.

"좋아해요."

"커피도 드시죠? 이 집은 아포가토가 맛있어요. 아이스크림은 직접 만들죠."

황청은 좋다고 했다. 린은 그 기분 나쁜 표정의 직원을 불러 주문하고는 재즈에게 화장실에 다녀올 테니 잠깐만 기다리라고 말했다.

재즈는 주인의 뒷모습을 보며 낮게 낑낑댔다.

이 개가 아니었다면 황청은 진작 가버렸을 것이다. 그녀는 후회하고 있었다. 대체 뭐가 궁금했던 걸까. 린 삼촌의 일도 궁금하지 않았다. 그녀는 단지 언니에 관한 게 궁금했을 뿐이다. 하지만 이 낯선 여자가 자신보다 언니에 대해 더 많이 알 리는 없을 것이다. 어쩌면 그녀는 그럴 가능성 자체를 받아들일 수 없는지도 모른다. 황청은 쪼그려 앉아 개를 쓰다듬었다. 재즈가 따뜻한 눈길로 그녀를 바라보자 모든 것이 편안해졌다. 기분 나쁜 표정을 한 직원이 재즈에게 물을 가져다주었다.

주문한 음료가 나올 때가 되어서야 린은 돌아왔다. 돌아온 그녀는 아까와는 달리 한결 편안해 보였다. 그녀는 숟가락을 독특하게 들어 커피에 잠기지 않은 아이스크림을 먼저 떠먹었다.

"이 부분이 제일 맛있어요." 그녀가 말했다.

황청은 아이스크림을 커피와 함께 떠먹었다. 린은 왜 말해주는 대로 먹지 않느냐고 나무라는 눈빛으로 그녀를 쳐다보았다.

그녀가 검지로 아이스크림을 떠서 테이블 밑으로 가져가자 재즈는 꼬리를 흔들며 혀로 핥았다.

"배 아프니까 조금만 먹자." 주인의 말을 알아들은 듯 재즈는 다시 얌전히 엎드렸다. 린은 숟가락 뒷면으로 아이스크림을 커피에 섞고 숟가락을 내려놓은 후 물을 마셨다.

"이제부터 천천히 먹으면 돼요. 아이스크림이 부족하면 더 달라고 하면 되고요." 린이 말했다.

"아이스크림을 정말 좋아하시나봐요." 황청은 아이스크림 쇼를 본 것 같았다.

"아이스크림 없으면 못 살죠." 린이 어색하게 웃었다. 그녀의 웃음에 황청도 어색하게 따라 웃었다.

"어렸을 땐 린 삼촌을 만나야 맛있는 아이스크림을 먹을 수 있었어요."

"우리 아빠요?"

"두 사람이 만날 때 항상 제가 끼어 있었거든요. 아이스크림으로 입을 막으셨던 거죠."

"아빠답네요. 세상 모든 여자가 아이스크림을 좋아한다고 생각하셨나봐요."

황청이 물을 마셨다. 기분 나쁜 표정의 직원이 바로 와서 물을 채워주었다.

"우리 언니 장례식에는 왜 오셨죠?" 황청이 물었다.

린은 밀크셰이크처럼 보이는 것을 숟가락으로 휘젓다 가끔 입술에 올려놓고 입술을 식혔다.

"아버지가 그러길 바라셨을 것 같았어요." 그녀는 황청의 눈을 바라보며 말했다. "두 분은 비록 마지막에…… 음, **함께하셨지만**……"

그녀가 난처한 표정을 지었고, 그걸 보는 황청은 불편했다.

"우리 아빠는 일흔이 넘으셨고 병도 깊었죠. 하지만 언니분께선……"

그녀는 말을 멈췄다. 황청은 여전히 그녀의 눈을 응시하고 있었다.

"자매 사이가 좋았다고 들었어요. 전 어렸을 때부터 비밀을 나눌 수 있는 사람을 정말 갖고 싶었죠. 이젠 비밀도 아닌 것들이지만. 황청 씨도 나와 이야기하고 싶을 거라고 생각했는데 1년이 지나서야 연락하셨네요."

"나를 알고 있었나요?"

"아빠가 물으신 적이 있어요. 또래 여자아이랑 같이 살고 싶지 않냐고. 당신을 말하는 거였겠죠. 전 당장에 좋다고 했어요. 전 외동이라 어렸을 때부터 형제를 둔 친구들이 부러웠거든요."

그땐 그녀와 황첸의 머리카락이 잘렸던 때다. 황청은 언니가 그녀를 데리고 가정을 꾸리려 했다는 건 생각도 하지 못했다. 엄마에게 복수하고 싶었던 걸까, 아니면 언니는 정말 자길 엄마라고 여긴 걸까?

"결혼했나요?" 린이 물었다.

"아니요."

"호랑이띠죠? 몇 월생이에요?"

"5월이요."

"난 11월생이에요. 그때 두 분이 결혼하셨다면 언니라고 했을까요, 이모라고 했을까요?"

황청은 순간 웃음이 터질 뻔했다.

린에게서 조롱의 의도는 느낄 수 없었지만, 질문이 우스꽝스럽게 느껴졌다. 만일 그때 언니가 아이를 포기하지 않았다면 언니는 죽지 않았을 것이고, 형부도 만나지 않았을 것이고, 그러면 톈도 없었을 것이고, 루도 존재하지 않았을 것이다. 생각은 꼬리에 꼬리를 물고 이어졌다. 첫 단추를 잘못 끼운 걸 알게 되는 마지막 단추까지.

"엄마는 호랑이띠 아이를 낳으면 부부가 불행해진다고 하셨어요. 농담이셨겠죠. 어차피 서로 사랑하는 사이도 아니었지만 전 항상 그 말을 믿었어요. 우리 집은 상의할 일이 있으면 항상 화부터 냈죠. 전

늘 부모님의 이혼이 제 탓인 것 같았어요. 아, 황청 씨 아이스크림이 다 녹았네요."

황청은 한입 먹고는 음료에 더 이상 손대지 않았다. 음료인지 디저트인지 도통 알 수가 없었다. 다시 숟가락을 들고 연거푸 입에 넣어보았지만 달기도 하고 쓰기도 했다. 그녀는 기분 나쁜 표정의 직원에게 따뜻한 아메리카노를 주문했다. 린은 아이스크림을 하나 더 주문해서 재즈에게 먼저 핥게 했다.

"언니를 본 적 있나요?" 황청이 물었다.

린은 한 번 본 적이 있다고 했다. 누구 생각이었는지 모르겠지만 함께 야외 공연에 갔다고 했다. 어린이극이었다. 커다란 공이 무대 위에서 굴러내려왔고 관객들은 함께 그 공을 밀었다. 키가 작아 손이 닿지 않은 아이들은 아빠가 올려주기도 했고, 어떤 아이들은 커다란 공에 얼굴이 부딪히기도 했다. 린은 아빠의 어깨 위에 타고 있었지만 너무 구석이라 공이 오지 않았다. 그러자 황첸이 중간까지 뛰어가서 린이 공을 만질 수 있도록 밀어주었다. 모두가 행복한 시간이었다.

그 공연은 언니가 황청도 데리고 간 적 있다. 황청도 그 공을 만져보고 싶었는데 그러지 못했던 기억이 아직도 생생했다. 그때 자매는 중간에 앉아 있었지만 황첸은 그녀를 들어올릴 수 없었다.

린의 기억 속에 그들은 공연 후 아이스크림을 먹으러 갔다. 초콜릿 맛과 바닐라 맛을 고른 그녀는 먹을 때 맛이 섞이지 않도록 살짝살짝 핥아 먹었다. 그런데 아빠와 낯선 여자는 아이스크림 하나를 한입씩 번갈아 나눠 먹고 있었다. 보기 민망했지만, 자꾸만 눈이 갔다. 아빠가 그런 행복한 표정을 지은 걸 본 적이 없었기 때문이다. 결국 그녀의 아이스크림은 손에서 다 녹아버렸다.

"두 분이 너무하셨네요." 황청이 쓴웃음을 지으며 말했다. 마음 한

편이 아려왔다.

재즈가 갑자기 꼬리를 흔들었다. 단발머리 여자가 테라스로 들어와 정중하게 물었다. "Mind if I smoke?"

황청은 여자가 들고 있던 담배를 보았다. 담뱃잎이 살짝 삐져나와 있었다. 자기 개가 아니므로 그녀는 대답하지 않았다. 린이 고개를 끄덕였다. 여자는 고맙다고 한 후 테라스 구석에 서서 담배를 피웠다. 밖으로 뿜은 연기가 바람을 타고 돌아왔다. 익숙한 민트향이 옅게 퍼졌다. 황청의 마음에 잔잔한 물결이 일었다.

린은 숟가락으로 아이스크림을 뒤적이다 입에 넣었다. 잠깐 창밖을 보더니 다시 시선을 돌렸다.

"두 분은…… 혹시 함께 떠나신 걸까요?"

황청은 눈을 동그랗게 뜨고 그녀를 바라보았다.

"아빠가 돌아가시고 계속 설사를 했어요. 친구가 권해서 최면 치료를 받았죠."

황청의 미간이 찌푸려졌다. 진지할 때만 나오는 표정이었다. 이를 알 리 없는 린은 자신이 헛소리를 하고 있어서라고 생각했다.

"어쨌든 설사의 원인은 제가 자신을 잃어버리고 싶어서였대요. 아빠는 줄곧 낙태한 아이에 대해 죄책감과 미련을 가지고 사셨거든요. 어쩌면 그 때문에 병이 생기고 사고가 난 것인지도……"

"언니는 자살했을 리 없어요." 황청이 격앙된 목소리로 말을 끊었다. 단발머리 여자가 두 사람을 힐끗 보았다.

황청은 침범당한 듯한 기분이 들었다. 하지만 그 말을 내뱉는 동시에 그녀에게 묻는 다른 목소리가 들렸다. '정말 그렇게 확신할 수 있어?' 재즈가 뭔가를 느꼈는지 고개를 들고 긴장한 듯 두 사람을 향해 하품을 했다.

린이 재즈의 머리를 쓰다듬으며 말했다. "전 늘 그런 느낌이 들어요. 아빠는 언니분을 만나고 나서 당신의 죽음을 직감하셨던 것 같아요. 그분은 아빠가 가장 놓지 못한 사람이었으니까요."

두 사람은 잠시 말이 없었다.

"미안해요. 이런 말을 하는 게 아니었는데. 정말 미안해요." 린의 눈가에 이슬이 맺혔다.

황청은 마음속으로 제발 울지 말라고 빌었다. 지난 1년간 황청은 자신의 눈물을 다른 사람들을 위로하는 데 털어 써야 했다. 이제 그녀에겐 남은 눈물이 없었다. 설사 있다고 해도 자신을 위해 아껴둬야 했다.

두 사람은 다시 말이 없었다. 단발머리 여자는 테라스 끝에 놓인 꽁초로 꽉 차 있는 재떨이에 담배를 비스듬히 비벼 껐다. 꽁초 끄트머리에 옅은 오렌지색 립스틱이 묻어 있었다. 그녀는 테라스에 잠시 서 있다 안으로 들어갔다. 황청이 물컵을 비우자 그 기분 나쁜 표정의 직원이 부지런히 오가며 물컵을 채워주었다.

그녀는 문득 이 순간 그녀가 필요한 걸 가장 잘 알고 있는 이 직원이 고마웠다. 그녀는 아랫배가 불러오는 것 같았지만 금방이라도 울 것 같은 사람을 두고 갈 순 없었다. 화장실을 가지 못하니 머릿속이 점점 어지러워졌다. 이곳은 개를 제외한 무엇도 그녀를 편안하게 해주지 못했다.

시간이 얼마나 흘렀을까, 황청이 침묵을 깨고 입을 열었다. "언니를 만났을 때 몇 살이었나요?"

"대여섯 살쯤이었어요."

"그렇게 어렸을 땐데 아직도 선명하게 기억이 나나요?"

"전혀 아빠 같지 않은 아빠를 봤다면 황청 씨도 잊지 못했을 거예요."

황청은 아빠에 대한 기억이 거의 없었지만 지금은 다른 이야기를 꺼낼 때가 아니었다.

그녀는 루를 생각하고 있었다. 루가 아직 어리니 크면 잊어버릴 거라고 했지만 루는 황첸을 분명 기억할 것이다. 루에게 뭐라고 말해야 할까. 떠나버린 엄마가 사실은 자신을 너무 사랑해줬던 이모이고, 몰래 과자를 주던 이모가 엄마였다고 해야 하나. 캉은 또 누구라고 해야 하나.

드라마는 비극이나 재난이 왜 일어났는지에는 관심이 없다. 사람들이 보고 싶어하는 건 상처 입은 인물들이 어떻게 계속 살아가느냐이다. 황청이 남은 커피를 들이켰다. 시선은 자신도 모르게 단발머리 여자를 향했다.

그녀 옆에는 어깨에 손을 올리고 서 있는 그림자가 있었다. 황청은 바로 고개를 돌렸다. 스치듯 본 것이지만 황청은 확신할 수 있었다. 그동안 수없이 그를 보았다고 착각했지만 이번만큼은 확실했다.

린도 녹은 아이스크림은 마저 마셨다. 눈물은 이미 거둔 뒤였다. 그녀가 말했다. "그분들도 아주 슬플 거예요."

"누가요?"

"돌아가신 분들이요." 황청은 자신과는 전혀 상관없는 무언가를 보듯 먼 곳을 응시했다.

"우리는 두 분을 잃었지만 두 분은 우리 모두를 잃으셨잖아요. 이렇게 생각하면 마음이 좀 덜 아파요." 린이 웃었다. 졸고 있던 재즈가 일어나 앉았다. 붉은 입술이 고운 치아를 감쌌다. 조금 지워진 립스틱 때문에 꽃잎이 몇 장 떨어져 나간 듯한 미소였지만 어린 시절 황청이 느꼈던 그 선연한 부러움을 되살려냈다. 다만 이번엔 다른 것이

부러웠다. 마음만 먹으면 거둘 수 있는 그 눈물이.

린이 일어나 계산대로 갔다. 황청은 자리에 앉아 연신 꼬리를 흔들고 있는 재즈를 바라보며 속으로 다짐하고 있었다. '다시는 이런 큰 개를 키우지 않을 거야. 죽을 때까지 계속해서 잃게 될 테니까.' 그리고 황청은 알았다. 그 그림자가 이 개를 보면 자신도 보게 되리라는 걸.

그녀가 고개를 살짝 들었을 때 텐은 바 카운터에 기댄 채 테라스를 보고 있었다. 그의 귀에 뭔가를 속삭이고 있는 그 단발머리 여자의 얼굴이 환하게 빛났다. 황청은 그가 듣고 있지 않다는 걸 알았다. 그도 그녀를 응시하고 있었기 때문이다.

린이 재즈를 부르자 개는 재빨리 주인을 쫓아갔다. 꼬리가 지나가는 사람들을 스쳤다.

황청은 일어나 출구를 향해 걸어갔다. 테라스에 계단이 있으면 좋으련만. 그녀는 그를 지나쳐야 밖으로 나갈 수 있었다. 훗날 이 장면을 떠올리면 왜 그렇게 도망치고 싶었는지 자신도 이해할 수 없었다.

단발머리 여자는 나가는 두 사람을 보고 직원에게 테라스 자리로 옮기고 싶다는 손짓을 했다.

황청은 개의 주인인 척 개의 뒤를 따라 나갔다. 텐과 스치는 순간 그녀는 멈춰 서서 먼저 인사를 건넬까, 그가 먼저 인사를 건네줄까 생각했다. 하지만 그녀를 불러 세운 건 린의 말이었다.

"아, 맞다. 수상 축하해요."

황청은 고맙다고 말했다. 린에게 하는 말은 아니었다. 텐도 분명 들었을 것이다. 모든 것이 그만한 가치가 있다는 걸 말해주는 어떤 긍정의 눈빛을 보냈는지도 모른다고 그녀는 생각했다.

황청은 참지 못하고 텐을 바라보았다. 그는 에스프레소 잔을 들고 있었다. 축배를 건네듯이. 그녀는 그의 약지에 끼워진 반지를 보았다.
'이제 에스프레소도 마실 수 있게 되었구나.'

두 사람이 밖으로 나와 계단을 내려가려는데 어떤 남자의 목소리
가 들렸다.

"저기요, 물건 놓고 가셨어요." 그 기분 나쁜 표정의 직원이 말했다.
커다란 딸기 맛 포키 상자였다.

상자를 건네받은 황청이 고맙다고 인사했다. 겨우 한 층을 내려오
는데 20층은 내려온 기분이었다. 두 사람은 작별 인사를 했다. 앞으
로 다시 만날 일은 없을 것이다.

황청은 자기 모습이 어땠는지 따위는 신경 쓰지 않았다. 그저 텐
의 모습이 **좋아 보였다**는 생각만 했다. 그는 전과 다름없는 깔끔한
짧은 머리에 무채색 티셔츠를 입었고 눈빛은 여전히 한낮의 햇살 같
았다. 그녀는 종종 재회의 순간에 머물며 자기도 모르게 의미심장한
미소를 짓곤 했다.

30분 후 그녀는 전화기를 열어보았다. 세 시간 뒤에 또다시 전화기
를 확인했다. 하루, 이틀이 지나고 일주일 후 루와 그 포키를 다 먹은
후에도 텐에게서 연락은 오지 않았다.

조금 실망한 건 사실이다. 하지만 그런 그를 사랑했다는 게 뿌듯
했다.

52

남자가 황청 앞에 서서 손을 내밀었다.

그녀는 천천히 뒤로 물러나 뒤에 있는 사람을 보호하듯 감쌌다.

앞에서는 압박감이, 뒤에서는 두려움이 확연히 느껴졌다. 도망치고 싶은 충동마저 느꼈다. 그녀는 손을 내민 사람을 노려보았다. 그의 눈빛은 부드러웠지만, 그녀는 여전히 멀리 도망치고 싶었다. 뒤에서 그녀의 옷을 당기는 손을 붙잡았다. 그 손은 델 듯이 뜨거웠다. 그녀는 그를 잡고 벽에 부딪힐 때까지 뒤로 물러섰다. 남자는 양손을 내리고 그 자리에 서서 슬픈 듯 그들을 바라보았다.

치료사가 **가족 세우기**를 끝냈다.

황청은 땀에 젖은 손을 놓았다. 심장이 빠르게 뛰고 있었다.

설명할 수 없는 감정이었다. 연기도 아니었는데 더 깊이 몰입했다. 황청은 방금 이 가족의 어머니를 '대리'했고, 뒤에 선 사람은 내담자 본인을 대리했다. 그녀에게 강한 압박감을 준 존재는 아버지의 대리자였다. 그가 대리자로서 가족 세우기 공간에 들어서자 몸이 저절로 반응하기 시작했다. 신들린 것과는 분명 다른 것이었다. 모든 대리자는 분명 어떤 에너지에 관통된 듯했지만, 자신의 의식만은 또렷했다.

황청은 모르는 가족의 이야기였고, 내담자도 누군지 알지 못했다. 가족 세우기를 통해 이 가족 안에 드리워진 폭력적인 기운이 선명히 드러났고 그 안에서 그녀는 허공에 떠 있는 듯한 무력감을 느꼈다.

치료사가 내담자와 상담한 후 다시 나타났다. 그가 신호를 보내자 황청은 크게 심호흡하고 일어나 자신의 차례를 준비했다.

그녀는 치료사에게 가족은 엄마와 언니뿐이라고 말했다. 아빠는 여섯 살 때 집을 나가신 후 연락이 끊겼다고 밝혔다. 1년쯤 전에 교통사고로 사망한 언니 때문에 고통스럽다고 했다.

치료사는 그녀에게 살면서 가장 감동받은 순간을 떠올려보라고 했다. 하나는 어린 시절에, 다른 하나는 최근에 일어난 일로.

황청은 어렸을 때 공원에서 참새를 쫓아다니던 기억이 떠올랐다. 황첸이 '참새'라고 가르쳐주었지만, 황청은 '작은 새'라고 했다. 황첸이 '작은 새도 되고, 참새도 돼'라고 다시 가르쳐주었다. 하지만 황청은 고집스레 '작은 새' '작은 새' '작은 새'라고 우겼다. '참'을 발음할 줄 몰라서 그랬다. 하지만 황첸은 다그치지 않고 반복해서 말해주었다. 참새를 볼 때마다 '저건 참새야. 참, 새.' 잘 알아들을 수 있도록 천천히 또박또박 말해주었다. 황청은 '참새'라고 말할 수 없어서 '작은 새'도 말하지 않았다. 그러던 어느 날, 그녀가 '참새'를 말했다. '잠새'로 들리긴 했지만. 황첸은 '대단하다'는 칭찬 대신 담담히 말했다. '그렇지. 참새.'

명상이 끝났다.

치료사는 황청에게 그녀 자신과 황첸을 '대리'할 사람을 정하라고 했다.

두 사람의 대리자는 처음엔 마주 보았지만, 언니가 동생에게서 천천히 등을 돌렸다.

치료사는 또 다른 사람에게 엄마를 대리하도록 했다.

엄마가 등장하자 자매 간의 거리는 멀어져서 세 사람은 커다란 삼각형을 이루었다.

언니는 돌아보았지만, 동생도, 엄마도 아닌 먼 곳을 응시했다.

동생은 언니에게 다가가고 싶었지만 망설였다.

치료사는 대리자들에게 지금의 감정을 간단히 말해보라고 했다.

언니: 화가 나요. 그러면서 좀 슬퍼요.
엄마: 별로 느껴지는 게 없어요. 그냥 앉고 싶어요.

갑자기 쪼그려 앉은 동생의 대리자는 말이 없었다.

치료사는 황청에게 아빠의 대리자를 정하라고 했다.

삼각형에 변화가 생겼다.

아빠는 곧바로 언니를 향해 갔지만 언니는 계속해서 밀려냈다.

동생이 언니의 뒤로 갔지만 역시 계속 밀려났다.

언니는 아빠와 자매 사이의 거리를 넓혔다.

아빠는 시도를 포기하고 언니만 바라보았다.

엄마가 아빠의 등 뒤로 왔다. 동생이 두 사람 주변을 맴돌았다.

언니는 소외된 사람처럼 제자리에서 세 사람을 바라보고 있었다.

치료사는 옆에 있던 황청을 바라보았다. 그녀의 시선은 동생의 대리자에 머물러 있었다.

치료사가 황청에게 말했다. "사람이 죽으면 산 자는 죽은 자로부터 뭔가를 받게 돼요. 보통은 나쁜 것이죠. 이제 어떻게 해야 할까요?"

황청이 말했다. "모르겠어요."

치료사가 고개를 끄덕이며 한 사람에게 네 사람의 중앙에 들어와 보라고 했다.

새로운 대리자는 바로 중앙에 섰다. 언니는 시선을 곧바로 그 사람에게 옮겼다.

엄마가 앞으로 나서며 그녀의 시선을 가로막았다. 그러면서 그를 밖으로 내몰려고 안간힘을 썼다.

그 사람은 내밀리면서도 저항하지 않았다. 언니도 그저 바라볼 뿐이었다.

치료사가 물었다. 이 사람은 **누구**를 대리하는 거죠?

황청이 말했다. "린 삼촌이요. 언니의 전 남자친구였죠. 교통사고로 함께 사망했어요."

치료사는 잠시 멈칫했지만, 차분히 말을 이었다. "가족 안의 모든 구성원은 각자의 **자리**가 있어요. 황청 씨의 가족 중엔 잊히거나 의도적으로 배제된 사람이 있는 것 같군요. 이 사람들도 불러와야 해요."

황청은 일어서면서 살짝 비틀거렸다. 잠시 망설이던 그녀는 결국 황첸이 잃은 아이와 루를 대리할 '두 사람'을 지정했다.

치료사는 아무런 반응 없이 가만히 지켜보았다.

이어진 장면은 황청이 평생 이해하기 어려우면서도 가장 감동스러웠던 순간이었다.

황첸의 아이가 황첸의 뒤로 가서 그녀의 손을 살며시 잡았다.

루의 대리자는 아무런 망설임 없이 동생에게 가다가 몇 걸음을 남겨두고는 멈칫했다. 땅만 내려다보다가 황첸과 아이가 있는 쪽을 힐끗거렸다.

잠시 뒤 동생이 다가가 루의 손을 꽉 잡았다.

치료사가 대리자들에게 느낌을 말해달라고 했다.

두 아이는 신기하게도 자신의 생모를 찾아갔다. 루는 심지어 황청의 양보와 이별을 느꼈다. 황청의 마음에 복잡한 감동과 죄책감이 소용돌이쳤다.

아빠의 대리자는 어느새 가장자리로 비켜 있었다.

엄마는 아직도 린 삼촌이 다른 사람에게 접근하지 못하게 막고 있었다. 엄마는 린 삼촌의 손목을 꽉 잡고 있었다.

루의 대리자가 울기 시작했다. 아이가 울자 멀리 서 있던 언니도 울음을 터뜨렸다.

언니 옆에 있던 아이가 엄마의 등을 쓰다듬었다. 두 팔로 감싸 안으려고까지 했다.

치료사가 황청에게 말했다. "지금 장면은 아주 혼란스럽죠. 하지만 우리는 보이는 모든 것을 믿어야 해요. 지금은 엄마가 막아서고 있는 저 사람부터 처리해야 할 것 같군요." 치료사는 황청을 린 옆으로 이끌고는 그에게 느낌을 물었다.

린 삼촌: (언니가 있는 쪽을 가리키며) 가고 싶습니다.
엄마: 안 돼요.

황청이 치료사에게 말했다. "그는 아이 아빠예요."
치료사는 엄마에게 손을 놓으라고 했다. 린 삼촌은 황첸과 아이를 자신 곁으로 데리고 갔다.
린 삼촌이 언니의 손을 잡았다.
아이가 언니를 놓아주고 뒤로 한발 물러났다.
치료사는 아이에게 느낌을 물었다.

아이: 힘들어요. 저 사람들과 멀리 떨어지고 싶어요.

치료사는 아이에게 아빠에 대해 어떤 느낌이 드냐고 물었다.

아이: 궁금해요.

치료사가 물었다. "언니는 어떤 기분인가요?"

언니: 서 있기가 힘들어요.

언니는 다시 울기 시작했다. 아이는 한발 떨어져 서서 함께 눈물을 흘렸다.

린 삼촌은 언니의 손을 잡은 채 울고 있는 두 사람을 멍하니 쳐다보았다.

린 삼촌: 등 뒤에서 뭔가 날 잡아당겨요. 거대한 무언가가 날 둘러싸고 있어요.

치료사는 고개를 끄덕이며 엄마의 대리자에게 다가가 지금의 상태를 보게 했다.

엄마가 황첸의 어깨에 손을 올리자 린이 손을 내렸다.

언니는 엄마에게 천천히 기대며 더 크게 울기 시작했다.

마침내 엄마는 언니를 품에 안았다.

아이는 더 뒤쪽으로 물러났다.

치료사가 말했다. "여기엔 한 가족 이상의 힘이 얽혀 있네요."

황청이 말했다. "이 남자에겐 가정이 있었거든요."

치료사가 말했다. "그 문제는 그분들에게 맡겨야 해요. 오늘은 언니의 **죽음**에 대해 다뤄보려고 하는데, 괜찮겠어요?"

황청이 고개를 끄덕였다.

치료사가 동생에게 다가가 언니에게 일어난 일에 대한 느낌을 말해달라고 했다.

동생: 초조하고 너무 불안해요.

치료사가 린을 데리고 나갔다.

린이 빠지고 나자 언니는 천천히 울음을 그치더니 바닥에 쪼그려 앉았다.

엄마도 함께 쪼그리고 앉아 언니의 어깨를 감쌌다.

치료사는 황청을 데리고 가서 엄마와 언니 옆에 서게 했다.

치료사가 아이에게 말했다. **"누워보렴."**

황청은 이 광경을 보면서 마음속 불안이 기적처럼 **빠져나가는** 것을 느꼈다.

그녀는 바닥에 쪼그려 앉은 언니를 뚫어져라 쳐다보았다.

치료사는 언니에게 아이 옆에 누우라고 했다.

언니가 누웠다.

그녀는 아이의 머리를 자기 쪽으로 당겨 찬찬히 어루만졌다.

아이가 그녀 쪽으로 돌아누웠다. 두 사람은 오랫동안 서로를 안아주었다.

엄마는 쪼그려 앉은 채 언니의 손을 쓰다듬었다.

치료사가 물었다. "지금 기분이 어때요?"

아이: 아주 편안해요. 금방 잠이 들 것 같아요.

언니: 방금 모든 게 지나갔어요. 이제 한결 편해졌어요.

엄마: 나도 눕고 싶어요. 정말 미안하다고 말하고 싶어요. 정말 미안하다고.

눈앞의 광경을 보면서 황청은 가슴 깊은 곳에서 거대한 슬픔이 솟아오르는 것을 느꼈다.

눈에서 눈물이 떨어지더니 이내 격렬하게 흐느끼기 시작했다.

치료사는 입으로 숨을 쉬어보라고 했다.

"지금 무슨 장면을 보았는지 자세히 말해볼래요?"

"언니와 아이가 **모두 죽었어요.**" 황청의 목소리는 흐릿했다.

치료사는 흐느끼는 황청의 어깨를 토닥였다.

한참이 지나서야 그녀의 숨소리는 잦아들었다.

치료사가 말했다. "진정한 애도의 시간을 충분히 갖지 못하신 것 같네요. 이 장면을 기억하세요. 그리고 지금 제가 하는 말을 따라 하세요."

황청이 고개를 끄덕였다. 눈물 몇 방울이 바닥으로 떨어졌다.

치료사가 말했다. "언니에게 말해보세요. '언니, 난 아직 여기 있어.'"

황청이 입을 달싹였지만, 말이 나오지 않았다. 두 손을 꼭 쥐고 고개를 흔들었다. 말할 수 없었다. 말하고 싶지 않았다. 그녀는 아직 준비되지 않았다.

치료사가 한참을 기다린 후 밖에 나가 있던 루의 대리자를 황청 곁으로 데리고 왔다.

루는 잠시 망설이는 듯하더니 황청의 손을 살며시 잡았다.

치료사는 엄마에게 일어나 황청의 나머지 손을 잡으라고 했다.

양손을 잡힌 상태에서 황청은 배 속을 차지하고 있던 거대한 아픔이 바람 빠진 풍선처럼 점점 작아지고 있음을 느꼈다.

그들은 그렇게 손을 잡고 한참을 서 있었다.

치료사가 말했다. "이제 언니에게 말해보세요. 나는 이제 언니랑 헤어질 거야."

황청이 말했다. "**나는 이제 언니랑 헤어질 거야.**"

"잠시뿐이야."

황청이 말했다. "**잠시뿐이야.**"

"나는 계속 아름다운 걸 만들어나갈 거야."

황청이 말했다. "나는 계속 아름다운 걸 만들어나갈 거야."

그녀는 한 번 더 반복해서 말했다. 풍선의 바람을 완전히 빼버리는 것처럼. 양손을 꽉 잡은 채로 다시 숨을 쉴 수 있게 되었다.

치료사가 발했다. "이제 딸의 손을 잡고 아빠에게 가보세요."

황청은 엄마의 손을 놓고 루의 손만 잡은 채 아빠에게 갔다.

하지만 막상 아빠를 마주하니 미세한 동요가 다시 일었다. 루가 긴장한 듯 황청의 손목을 꽉 잡았다.

아빠는 황청을 그저 바라만 보고 있었다.

치료사가 그에게 말했다. "할 말 있으면 해보세요."

아빠: 뭐라고 해야 할지 모르겠네요.

치료사가 말했다. "이렇게 말씀해보세요. 미안하다. 하지만 너희는 모두 내 딸이야."

아버지: 미안하다. 하지만 너희는 모두 내 딸이야.

황청은 크기를 가늠할 수 없는 고통이 그녀의 온몸을 적셔오는 것을 느꼈다.

치료사가 황청에게 말했다. "아빠에게 말해보세요. 내 아빠인 걸 받아들입니다. 이 아이는 제 딸이에요."

황청이 말했다. "내 아빠인 걸 받아들입니다. 이 아이는 제 딸이에요."

아빠가 그녀를 향해 웃었다.

그녀는 눈앞의 전혀 낯선 사람을 자신도 모르게 끌어안았다.

아픔이 발아래로 천천히 빠져나갔다.

그녀는 그를 살며시 놓으며 말했다. "고마워요."

치료사는 대리자들의 위치를 다시 한번 정리하고 엄마를 아빠 곁으로 보냈다.

가족이 누워 있는 언니와 아이를 둘러쌌다.

황청은 여전히 루의 손을 잡고 있었다.

치료사가 물었다. "지금 기분이 어떤가요?"

"설날에 집에 온 것 같아요." 황청이 말했다.

"비유로는 순간의 감정을 표현할 수 없어요. 느끼는 그대로 말해보세요."

"가벼운 느낌이에요. 아까는 정말 혼란스러웠어요. 사람들 얼굴이 앞을 가로막는데 누군지 보이지 않았죠. 지금은 한결 좋아졌어요."

치료사는 루의 대리자에게 기분이 어떤지 물었다.

루: 다른 사람들에게도 가고 싶은데 못 하겠어요. 여기에만 있게 돼요.

치료사가 황청에게 말했다. "이 아이는 두려움이 많아요."

치료사가 다시 루에게 물었다. "엄마 곁에 있으면 편안하니?"

루: 편안하다기보다는 그냥 여기 있고 싶어요.

"자, 됐습니다. 여기까지 하시죠. 모두 긴장을 푸세요."

황청이 긴 숨을 토해내며 바닥에 쓰러졌다.

눈을 감자 가족 얼굴이 전부 스치고 지나갔다. 어떤 사람은 두꺼운 먼지가 덮인 듯 흐릿했지만, 그녀는 손으로 먼지를 털어낼 수 있을 것 같았다. 황첸과 아이가 바닥에 누워 서로를 끌어안고 있는 모습이 머릿속에 새겨졌다. '마지막 모습'은 보지 못했지만 언제나 그녀는, 늘 마지막 대화에서 서로에게 더 많은 말을 했더라면 하고 상상했다.

누군가 옆으로 다가온 것 같았지만 황청은 눈을 뜨고 싶지 않았다.

"도움이 좀 되었나요?" 치료사가 물었다.

천천히 눈을 뜬 황청은 치료사를 물끄러미 바라보더니 토해내듯 대답했다. "네."

"언니의 운명이에요. 이제 떠나보내야 합니다." 치료사가 말했다.

황청의 눈에 다시 눈물이 가득 고였다.

"사랑은 쥐고 있는 것보다는 마음속으로 인정하는 것이 중요합니다. 아이를 사랑한다는 사실을 인정하는 것만으로 힘이 생기잖아요. 언니는 처음부터 끝까지 거의 움직이지 않았다는 걸 눈치채셨나요?"

황청은 고개를 끄덕였다.

언니는 가족 중 가장 강력한 존재였다. 그녀는 죄책감 같은 것을 억누르거나 부정하면서 세상의 모든 엄마처럼 "내게 맡겨"라고 말했던 것 같았다. 원망이나 원한도, 간절한 사랑이나 그리움도, 죽고 싶은 마음마저 모두 떠안으려 했던 것 같다.

"엄마에게 말씀드려야겠죠?" 황청이 물었다.

"당신에게 도움이 된다면요."

"모르겠어요."

"그럼 일단 하지 마세요."

"언니는 아이를 지우고 정말 괴로워했나봐요."

"아이의 희생은 감동적이죠. 때로는 엄마를 위해 자신을 희생하는 아이도 있어요. 이건 일종의 전형적인 파괴적 환상이죠. 이후 죄의식과 죄책감이 강화되면 **질병**이나 **사고**로 속죄하는 모습을 보이기도 해요. 외부로 나타난 일들이 내부에 투사된 결과라고 생각하죠."

"그럼 교통사고는 무의식적인 자살이고 아이를 포기한 것도 스스로 내린 결정이 아니라는 뜻인가요?" 황청이 물었다.

치료사는 참을성 있게 설명했다. "가족 세우기의 핵심은 사건이 왜 일어났느냐, 그게 누구 잘못이냐를 따지는 게 아니에요. 오히려 가족 구성원을 각자의 자리로 돌려보내고, 다른 구성원과 무의식적으로 '동일시'하려는 모든 행동을 내려놓는 것이죠. 다른 사람의 삶에 간섭하지 말고 그대로 내버려두세요. 다른 사람의 짐을 진다는 건 그 자체로 자기 착취적인 행동인데 우린 그걸 사랑이라 착각하기도 하죠. 하지만 죽음은 모든 걸 평온한 상태로 되돌려줍니다. 죽음은 완성이죠."

"이제 언니와의 이별을 받아들이고 그런 뒤 중요한 딸과의 관계를 해결해야 해요. 아이는 엄마와 연결되기 위해 순수하고 맹목적인 사랑을 해요. 다른 사람의 운명에 개입해서 사랑하는 사람을 구하려는 행동도 마다하지 않죠. 하지만 이런 식으로는 아무도 구원받지 못하고 문제는 대를 이어 계속될 거예요. 황청 씨의 가족은 딸이 엄마를 대신하고, 아빠는 의도적으로 배제되거나 잊혔어요. 황청 씨의 딸도 지금 비슷한 문제에 직면해 있습니다. 상황은 더 복잡해지겠죠."

치료사가 황청이 못 풀고 있는 문제를 정확히 지적하자 황청은 고개를 떨구었다.

"완전한 가정만이 행복할 수 있나요?" 그녀가 물었다.

"**완전**하다는 게 뭐죠?" 치료사가 되물었다.

"어쩌면 모두에게는 각자의 위치가 있을지도 모르죠. 모두가 각자의 위치로 **돌아와야** 서로를 정확히 볼 수 있겠죠. 가족의 체계는 잘 짜인 대본이라고도 할 수 있습니다. 각자는 모두 주연이면서 동시에 여러 캐릭터를 소화하죠. 대본에는 각자의 대사와 이야기가 있을 겁니다. 누군가 다른 사람의 역할을 빼앗는다면 이 체계는 무너지기 시작하죠."

"일종의 숙명론인가요?" 황청은 이런 비유를 별로 좋아하지 않았지만, 배역이 스스로 배우를 찾아간다는 그녀의 믿음과도 비슷한 생각이었다.

"그것을 정의하지는 않을게요. 우리가 의식 수준에서 알 수 있는 것은 너무나 제한적이니까요."

그녀는 언젠가 꾸었던 악몽이 떠올랐다. 거울에 자기 얼굴은 보이지 않고 몸만 보이는 꿈이었다. 그때의 느낌은 대사를 못 외운 상태로 무대에 오르는 것보다 더 끔찍했다.

언니의 죽음을 받아들이기 위해 안간힘을 쓴 결과는 언니를 중심으로 한 가족 체계의 발견이었다.

황청은 그 가족 체계에서 조연조차 되지 못했다. 그녀는 언니의 삶을 구경만 하고 있었다. 그녀는 가족의 방관자였다.

지금까지 그녀는 언니를 통해 자신의 존재를 확인했다. 그래서 친구도, 사랑도 필요 없었고, 심지어 아이까지 내어줄 수 있었다. 그녀가 죽을힘을 다해 매달려온 연기도 '인정'을 받기 위한 수단에 불과했다. 그녀는 자신을 볼 수 없었기에 자신이 아닌 다른 사람의 인정을 받아야만 '황청'으로 존재할 수 있었다.

생각이 여기까지 이르자 이상하게 웃음이 터져나왔다.

처음 웃어보는 사람처럼 약간은 쓸쓸하고 어색한 웃음이었다. 그녀는 자기 자리로 돌아갈 방법을 찾고 싶었다. 바닥 표시도, 조명도 없는 칠흑 같은 어둠 속이지만 누구도 그녀를 대신할 수 없기에.

<h2 style="text-align:center">53</h2>

루가 눈을 떴다.

하늘, 다음엔 구름이 보였다. 그리고 황청의 얼굴이 보였다.

두 사람은 공원 나무 아래 풀밭에 누워 있었다. 루는 황청을 따라 한쪽 발을 들고 있었다. 모습이 꽤 우스꽝스러웠다. 황청은 물통을 건네 루에게 마지막 남은 물을 마시게 하고는 선크림을 꺼내 루의 팔에 발라주었다. 황청이 물통을 건네자 루는 마지막 남은 한 모금을 마셨다. 선크림을 바르고 싶지 않았던 루는 간지러웠는지 작은 손으로 톡톡 쳤다.

그건 황첸이 가르쳐준 방법이었다. 아토피 때문에 팔이 하얗게 변해서 반 친구들이 같이 앉지 않으려고 했지만 루는 아무에게도 말하지 않았다.

앞쪽 미끄럼틀에 모여든 아이들이 신나게 놀고 있었다. 루는 조용히 아이들을 바라보았다.

황청이 물었다. "놀고 싶어?"

루가 그녀를 보고 다시 아이들을 보았다.

황청이 말했다. "가봐."

루가 달려갔다.

나무 그늘 아래 오후의 햇살이 나뭇잎 사이로 쏟아졌다. 나른하고 충만한 공기가 느릿하게 흐르고 있었다. 황청은 대본을 꺼내 몇 페이지 펼쳐 보고는 다시 누웠다. 눈을 감고 황첸이 읽다 남긴 릴케의 시집에서 연필로 밑줄 그어진 시를 떠올렸다.

나는 신神의 주위를 맴돕니다. 태곳적 탑을,
나 수천 년이라도 돌고 돌 것입니다.
하지만 나는 알지 못합니다. 내가 매인지 폭풍인지
아니면 한 곡의 위대한 노래인지.

황청은 이 장면을 떠올리며 무릎을 가볍게 흔들었다. 바람을 따라 명멸하는 빛이 느껴졌다.

사람은 죽으면 빛이 된다고 하는데 자신의 빛은 언니만큼 눈부시진 않을 것 같았다. 구름도, 두꺼운 커튼도 뚫지 못할 것이다. 대신 나뭇잎 사이로, 문틈으로, 손가락 사이로 흐르며 스며들 것이다. 로즈 골드의 은은함으로.

배우인 그녀가 빛이 없을 수는 없다. 화가가 빛을 갈망하고 기다리는 데에 절대 지치지 않는 것처럼. 그리고 빛의 종류도 구분할 수 있어야 했다. 새벽빛인지 황혼빛인지, 어둑한 것인지 고요한 것인지 아니면 눈이 부신 것인지. 전자에는 기대가, 후자에는 축복이 가득했다.

요즘에는 길을 걷다 황청을 알아보는 사람들이 생기기 시작했다.

배우인지 알아보는 사람들도 그녀의 이름까지 기억하진 못했다. 가끔은 이렇게 묻는 사람들도 있었다. "TV에 나온 그 사람 맞죠?" 황청은 늘 "그 사람 누구요?"라고 되묻고 싶었지만, 그저 고개를 저으며 어떤 배우와 닮았다고만 했다.

이런 식의 부정은 어색한 상황을 모면하기 위해서는 아니고 다른 사람의 호기심을 풀어줘야 한다는 의무감을 정중히 비껴가는 것이었다. 극소수의 사람만이 그녀를 알아보았다. **"황청 씨 아니신가요?"** 하고 묻는 사람들에게만 수줍게 고개를 끄덕였다.

누구도 자신의 이름을 부정해서는 안 되니까.

배우, 스타, 연예인은 형용사적인 명사일 뿐이다. 황청은 이런 말을 특별한 의미 없이 그대로 받아들이고 자신이 맡을 '역할' 중 하나일 뿐이라고 생각했다. 그녀는 '자기답게 사는 것'의 올바른 방식을 익혔다. 그것은 단순히 남의 시선을 신경 쓰지 않는 것을 넘어, 남에게 보여주기 위한 행동을 하지 않아도 된다는 것을 깨닫는 것이었다. 그래서 그녀는 모든 SNS 계정을 로그아웃했다. 그녀의 과거를 지울 필요까진 없으므로 탈퇴는 하지 않았다. 그렇게 사회와 스스로 거리를 두었다.

한 줄기 빛이 또 그녀의 얼굴에 내리쬐었다.

황청은 눈을 꾹 감았다. 빛이 몸에 들어오면 열이 될 것이다. 날씨가 좋은 오후엔 루를 데리고 나와 햇볕을 쬐었다. 이렇게 만들어진 열은 두 사람에게 힘이 될 것이었다.

캉이 멀리 공원 쪽에서 걸어왔다. 걸음을 멈추고 잠시 바라보더니 다시 걸어왔다. 그리고 다시 걸음을 멈추었다. 눈이 좋은 루가 그를 보았다.

"아빠!"

루는 금방 친해진 친구들을 뒤로하고 달려갔다. 황청이 돌아보며 멀리 손을 흔들었다.

캉은 아이가 날아가버리기라도 할 것처럼 루를 꼭 품에 안았다. 그는 마치 전장에서 간신히 빠져나온 지친 군인 같아 보였다. 그는 황청과 아주 조심스럽게 지냈다. 아직 상처가 치유되지 않은 두 사람은 서로의 아픔을 건드리지 않도록 늘 조심했다.

캉은 루를 데리고 미국으로 돌아가려 했고, 심지어 황청에게도 함께 가자고 했다. 황청은 루에게도 안정이 필요하다는 이유로 당분간은 그럴 수 없다고 했다. 장례식이 끝난 후 얼마간 머물던 캉은 돌아가야 했다. 그가 떠나자 루는 상심한 듯 며칠이나 말을 하지 않았다.

여섯 살 소녀는 이해할 수 없는 일들을 이해하려 애쓰고 있었다. 왜 이제는 엄마를 만날 수 없는 거지? 왜 아빠와 미국에 돌아갈 수 없는 거지? 왜 매일 이모랑 같이 있어야 하는 거지? 황청은 모든 질문에 대답해주려고 했지만 매번 자기 대답이 충분치 않다고 느꼈다. 그녀는 루가 황첸과 캉을 충분히 그리워할 수 있도록 해줬다. 함께 지내면서 루는 점점 그녀에게 의지하게 되었고 학교에 다닐 때쯤엔 마음속으로 받아들일 수 없었던 감정들도 조금씩 흔적이 지워지고 있었다.

황청은 진지하게 생각해보았다. 어쩌면 루를 데리고 미국에 가는 것이 아이를 좀더 편하게 하는 선택인지도 몰랐다. 루는 아빠 곁에서 황첸의 부재만 이해하면 되고, 결국은 황청을 천천히 엄마로 받아들일 수도 있을 것이다. 황청과 캉의 관계는 아이가 자라면서 이해하게 될 것이다. 과거와 비슷한 선택의 순간이 다시 찾아왔다. 루를 위해 미국에 가면 그녀는 배우로서의 커리어를 포기해야 한다.

이런 상황에서 연기를 계속할지, 그만둘지를 확실히 결정하는 것은 자신을 옭아매는 일이었다. 어떤 선택을 하든 결국 패배하게 될 것이고, 그 결정은 '그녀의 능력을 벗어나는' 것이었기 때문이다. 루를 돌보기 위해 잠시 쉬는 것인데도 사람들은 그녀가 일을 포기했다고 생각했다. 하지만 황청은 힘들게 쌓아온 자신감, 그러니까 자신을 온전히 연기에 바쳤다가 회복할 수 있는 능력을 잠시 내려놓는 것뿐이었다. 이번엔 그 능력을 어떻게 회복할 수 있을지 모르겠지만 어쨌든 그녀는 포기하지 않을 것이다. 인간은 끝까지 가보지 못한 길은 포기하지 못한다. 배우라는 길은 언제나 새롭게 시작된다. 이제 그녀는 비누처럼 닳아 없어지지는 않겠지만, '끝까지 가봤다'는 건 그녀 스스로 인정해야 비로소 의미 있을 것이다.

그녀는 캉과 진지한 대화를 나눈 적이 있다. 그녀의 생각을 캉은 어렴풋이 이해한 것 같았다. 그는 말할 때 온몸이 긴장으로 경직되었다. 그건 불편해서가 아니라 습관적인 억압에 따른 것이었다. 그의 이런 자의식은 때로 황청의 마음을 아프게 했다. 캉은 원래 무슨 일이든 강요하는 법이 없었다.

황청은 그녀를 이해해준 그에게 감사했다. 그녀는 루에게 지금 모든 걸 다 이야기해주는 대신 커가면서 이해하게 하고 싶었다. 캉도 타이완으로 돌아올 수 없다면 양쪽을 자주 오가겠다고 했다. 그러곤 밀려오는 슬픔에 고개를 떨궜다. 황청이 한 번도 보지 못한 가장 상처 입은 표정이었다. 황첸의 죽음보다 더 아픈 것 같았다.

"제가 너무 잔인한가요?" 황청이 물었다.

캉은 고개를 저으며 말했다. "루는 네 딸이야."

황청의 심장이 마치 뜨거운 불에 덴 듯 조여왔다.

잠시 후 그가 불쑥 물었다. "황첸이 질투하는 모습 상상할 수 있어?"

황청은 이해할 수 없다는 듯 고개를 저었다. 그 말의 진짜 의미가 뭔지 생각했다.

"한동안 황첸은 질투에 사로잡힌 모습이었어. 날 떼어내려고 그러는 건가 의심도 했지."

"뭘 질투했는데요?"

"모든 것."

"상상하기 어려운데요."

"난 늘 내가 필요한 사람인 줄 알았어. 하지만 언니를 영원히 만족시키지 못했지. 언니의 구원자는 루였어. 루가 온 뒤로 둘은 꼭 붙어 다녔어. 그 이후로 우린 같이 자지도 않았어. 질투는 모두 사라지고 황첸은 완전히 다른 사람이 되었어."

둘은 잠시 침묵했다. 황청은 캉이 황첸의 과거를 얼마나 알고 있는지 확신할 수 없었다. 하지만 그녀는 죽은 언니에 대한 예의를 지켜야 했고, 황첸이 말하지 않았을지도 모르는 부분을 함부로 이야기할 수도 없었다. 지금으로서는 그게 서로에 대한 배려이기도 했다.

"그저 **엄마**가 된 거예요." 황청이 말했다.

그 말을 들은 캉은 멍해졌다. 이해할 수 없는 외국어를 들은 듯한 표정이었다. 그는 꿈이 아닌가 확인하듯 갑자기 자기 손을 바라보았다. 그는 아직 결혼반지를 끼고 있었다.

"그렇게 단순한 거였다고?" 캉이 말했다.

캉이 웃음을 터뜨렸다. 걷잡을 수 없는 웃음이었다. 황청도 따라 웃었다.

두 사람은 어린 시절 했던 바보 같은 일을 떠올리며 즐거워하는 친한 친구처럼 보였다. 하지만 이건 누군가에 대한 집착을 완전히 내려놓은 후 홀가분하게 터져나온 웃음이라는 걸 두 사람은 알고 있었다. 그 순간, 그들은 전엔 느끼지 못했던 친밀함을 느꼈다. 그것은 부부의 정이나 연인의 사랑, 혈육의 정 이상의 것이었다.

꺄르르 웃음이 터진 루가 캉 위에서 뒹굴면서 신발을 벗어던졌다. 황청은 신발을 옆으로 치우고 루가 맨발로 미끄럼틀에 가서 놀게 했다. 그곳엔 다른 아이들이 와서 놀고 있었는데 루는 금세 친해졌다.

황청은 이십대 때 자신이 캉을 사랑하게 될지 모른다는 상상을 했다. 언니가 사랑하는 사람이니까 언니의 모든 감정을 함께하고 싶어서였다. 캉은 어느 여자에게든 사랑받을 자격이 충분한 사람이었다. 하지만 황청은 이제 안다. 만약 그를 정말 사랑하게 된다면 자신이 너무 사랑했던 황첸이 남긴 끝내지 못한 일을 이어받고 싶어서일 것이다. 캉은 밑줄이 그어진 책 같았다. 그녀라면 다른 곳에 밑줄을 그을 것이다. 하지만 지금 황청에게 중요한 건 루가 그에게서 '아빠의 사랑'을 느낀다는 것이다. 그는 누구도 그가 아빠의 대역이라는 사실을 눈치채지 못하게 그 역할을 완벽히 해낼 것이다.

캉이 잔디 위의 대본을 집어들고 황청 옆에 앉았다.

"새 작품이야?"

"다음 주에 리허설이 있어요. 드디어 이런 대본을 받아보네요."

"응?"

"어려 보이려고 애쓸 필요 없이 제 나이대로 보이면 돼요. 서른다섯 살이 넘은 비중 있는 여성 역할은 좀처럼 만나기 힘들거든요."

"어떤 역할인데?"

"싱글맘이에요."

캉이 대본을 넘기자 빼곡히 적힌 메모가 보였다.

"비중이 커 보이네."

"엄마의 역할은 비중이 작을 수가 없죠."

두 사람은 서로에 대한 이해가 담긴 미소를 주고받았다. 황청은 대본을 가방에 넣었다.

아이들은 숨바꼭질하고 있었다. 가위바위보에서 진 루가 술래가 되었다. 자그마한 아이는 바닥에 쪼그려 앉아 숫자를 세기 시작했다. 공원에는 숨을 곳이 많지 않았지만, 아이들은 어떻게든 보이지 않겠다 싶은 곳을 찾아 숨었다. 어떤 아이들은 자기가 보지 못하면 남들에게 자기도 보이지 않을 거라고 생각한다. 또 어떤 아이들은 술래가 볼 수 있는 곳이라도 자신의 재빠른 몸놀림을 믿고 숨는다. 황첸은 전자였고, 황청은 후자였다.

"하나, 둘, 셋, 넷, 다섯, 여섯, 일곱, 여덟, 열." 루가 숫자를 셌다.

"아홉은 빼먹었네." 캉이 말했다.

"맞아요. 그리고 아직 스물까지밖에 못 세요." 황청이 말했다.

"열다섯, 열여섯, 열일곱, 열여덟, 스물." 루가 일어나 주위를 둘러보고 등 뒤에 숨어 있던 남자아이를 바로 발견했다.

"보세요."

"왜 아홉은 빼먹지?" 캉이 물었다.

"모르겠어요. 항상 그 숫자만 건너뛰어요."

"아홉을 알긴 해?"

"알아요. 발음하기 힘들어서 그런 것 같아요. 좀 지나면 아홉도 말하겠죠. 매일 숫자를 세주고 있어요."

"스물까지만?"

"백까지 세주죠. 그런데 스물이 넘어가면 잘 안 들어요."

"숫자가 너무 커지니 의미가 없나보네."

"그런가봐요."

그들은 서로를 한동안 바라보았다. 그 눈빛은 부드럽고도 단단했다.

캉이 먼저 시선을 거두어 먼 곳을 바라보았다. 황청은 그를 잠시 더 바라보다가 같은 방향으로 시선을 옮겼다.

그녀의 눈앞에 드넓은 하늘이 펼쳐졌다. 흰 구름 그리고 저녁 해가 보였다.

그녀는 린 삼촌이 말했던 황첸의 붉은빛이 저것이었구나, 하고 생각했다.

나무들의 초록 왕관이 시야에 들어왔다. 가로등이 하나둘 켜지고 차 소리가 밀려왔다. 그제야 하늘이 다시 한번 펼쳐졌다. 미풍이 불어오고 아이들의 웃음소리가 울려 퍼졌다.

맨발의 작은 소녀가 부서지는 햇살을 등지고 그들에게 뛰어오고 있었다.

연기를 사랑했던 모든 이에게 바칩니다.

エピローグ을 뜻하는 에필로그

내가 건너온 바다

나는 키에 비해 발이 작은 편이다.

처음 모델이 되었을 때 나는 엄마의 신발을 자주 빌려 신었다. 엄마는 나보다 키는 크신데 발은 반 치수 작아서 깔창을 넣으면 그럭저럭 신을 만했다. 어려서 맨발로 많이 다녀 발이 커진 거라고 하시던 엄마 말씀이 아직도 기억난다. 그때는 그 말씀이 발이 큰 게 흠은 아니지만, 여자는 발이 작은 편이 낫다는 뜻으로 들렸다. 지금 생각하면 전족纏足 콤플렉스처럼 이면에 숨겨진 온갖 의미를 늘어놓을 수도 있을 것 같다. 하지만 나는 지금 '그래야 하는 것'에 대해 말하고 싶다.

'그래야 하는 것'들이 바다라면, 이 소설은 그 바다를 항해하는 이야기다. 나는 스스로 장편소설을 완성할 수 있을지 확신 못 했다. 스무 살 때 카메라 앞에서 어쩔 줄 몰라 하면서 연기를 할 수 있을지 확신 못 했던 것처럼 말이다. 2015년 첫 작품이 출간된 후 나는 두 가지 정체성을 갖게 되었지만 '배우'라는 타이틀을 늘 '작가' 앞에 두

446

고 살았다.

이유는 분명했다. 사람들이 내가 이제는 연기를 하지 않는다고 생각할까봐 두려웠다. 정확히 말하면 아무도 내 연기를 찾지 않는다는 것이 알려질까봐 두려웠다. 그런 두려움은 나를 더욱 글쓰기에 몰두하게 했다. 솔직히 말하면, 그것은 이상적인 시작이었다. 단지 내가 '연기'하고 싶어하는 이야기를 쓰고 싶었을 뿐이기 때문이다. 작은 무대를 만들어 자신에게 대사를 주고 배역도 주는 건 어떤 문학적인 가치의 추구나 인정과는 무관하다. 글을 통해 더 많은 사람이 나를 알게 되었다는 걸 글을 쓰며 깨달았다. 사람들을 만나면 나는 연기하기 위해 글을 쓰는 배우라고 말했다.

이런 생각은 글을 쓰면서 천천히 변해갔다. 나는 계속 배우의 직관으로 미친 듯이 읽고 쉼 없이 창작했다. 나는 (배우의 숙명이기도 한) '기다림'을 견디는 방법을 찾아서 기뻤고, 쓰면서 연기하는 방식으로 기다림을 영원히 견딜 수 있을 거라고 생각했다. 하지만 몇 년이 지난 후 나는 모순적인 의심에 빠졌다. '글쓰기가 주는 분명한 긍정의 신호는 어쩌면 연기를 포기하라는 하늘의 암시가 아닐까?'

물론 연예계에서 겪은 수많은 환멸과 상실에 기인한 생각이었다. 게다가 연기자의 길을 선택한 것도 반항기가 섞인 다분히 불량한 마음에서였다. 그래도 포기하고 싶지 않았다. 그건 도태되는 것이니까. 하지만 때로는 그 모든 역경이 글을 쓰는 나로 이끌어준 것에 진심으로 감사하기도 했다. 글과 연기의 삼각관계 속에서 한참을 괴로워하다 마침내 떠올린 생각은 여배우에 관한 장편소설을 써야겠다는 것이었다. 그리 희망적이지 않은 현실의 서글픈 이야기를.

아내를 잃은 남자가 처제와 결혼했다는 이야기를 들은 적이 있다. 실화라고 했다. 자세한 내용은 잊었지만, 이야기 자체의 어떤 감정의 결이 나를 움직였다. 그래서 이 소설을 쓰기 시작했을 때, (비록 나중에 뒤집혔지만) 이야기의 결말은 대략 정해져 있었다. 하지만 '여배우의 결말'에 대해서는 늘 답을 찾지 못했다. 그들의 결말은 너무나 뻔했다. 무대와 결혼해 계속 연기하면서 늙어가거나, 은퇴하고 재벌과 결혼해 시선을 피해 사는 엄마가 되거나. 다른 한 가지는 문학적인 처리로 작가가 된 배우가 자신의 이야기를 써내는 것이었다. 어느 것도 만족스럽지 않았다. 화가 났다. 우리에게 허락된 길은 정말 이게 전부인 걸까?

이 소설이 타이베이 문학상 연금 대상을 받았다는 소식을 듣고 나는 주저앉아 엉엉 울었다.

기뻐서만은 아니었다. 난 정말 아팠다. 달콤하면서 씁쓸한 이 감정은 심리학적으로도 분명 설명할 수 있을 것이고 독자들도 이해할 것이다. 나는 이 이야기를 무척 사랑하지만, 연기에 대한 집착과 고집스러운 표현이 많아서, 연기를 잘 모르는 일반 독자들에게는 너무 딱딱하게 느껴지지 않을까 염려된다. 마음 더 깊은 곳에서는, 그녀의 운명이 내게는 이미 너무나 익숙한 환멸처럼 돼버릴까 두렵다. 스무 살에 오디션을 보고 연기를 시작한 나는 이제 곧 이야기 속 황청과 같은 마흔이 된다. 지난 20년간 보고 겪은 모든 것은 이 소설을 위한 것 같다.

황청은 늘 자신만의 작품 방식을 찾아다녔고, 이 소설은 나의 방식이었다.

결국 나는 만족스러운 결말을 찾아냈다. 내가 경외하는 여인, 황청의 감정적 선택은 나로서는 따라갈 수 없지만, 감정선보다 더 깊이 와닿은 것은 그녀가 연기를 하면서 겪은 충돌과 성찰이었다. 글을 쓰는 동안 나는 『배우와 표적』『시적인 몸』『보이지 않는 배우』 등 내게 큰 영향을 준 연기 관련 서적들을 반복해서 읽었다. 그리고 마지막 여정에서, 독일 심리학자 헬링거의 절판된 책들을 통해 '가족 세우기'의 심오한 의미를 탐구했다. 황청이 천천히 자신의 순서를 정리해가듯, 나도 한 걸음씩 내 자리를 찾아갔다.

연기를 통해 글쓰기를 배웠고, 글을 쓰면서 나는 자아를 내려놓고 다시 연기를 배웠다.

연기와 글쓰기 중 하나를 선택할 필요는 없었다. 글을 쓰면서 나는 훌륭한 작가들과 그들의 작품들로부터 많은 것을 배웠다. 연기의 길을 걸으며 무대 위와 아래, 카메라의 안과 밖에서 만난 모든 이에게 고마웠다. 우리의 결정은 당시에는 옳았든 옳지 않았든 먼 훗날이 되면 모두 하나의 풍경이 되어 펼쳐질 것이다.

마지막으로 남편에게 특별히 고마움을 표하고 싶다. 잠들기 전 내이야기를 듣고 소설의 제목을 떠올려준 그에게 감사 인사를 전한다. 그는 늘 믿음이란 영원한 진행형이라고 말해주었다. 그를 만난 후 내발은 신기하게 반 치수 커져서 엄마와 같아졌다. 이젠 신발을 빌릴 필요가 없게 되었지만.

변하지 않은 사실은 이 세상에는 여전히 수많은 '그래야 하는 것'이 존재한다는 것이다. 다행히 나는 더 이상 그것에 얽매이지 않는다. 그리고 나의 작은 배는 지금도 조용히 항해를 이어가고 있다.

옮긴이의 말

나는 키에 비해 발이 큰 편이다.

여성에게 '발이 크다'는 평가는 단순한 신체적 특성을 넘어 여성의 이상적 이미지, 사회적 지위, 미의 기준과 깊게 얽혀 있다. 에필로그에서 작가가 언급했던 전족은 여성미와 순종을 뜻하는 작은 발에 대한 극단적 숭배의 한 예에 불과하며, 여성의 큰 발에 대한 부정적 의미는 비록 많이 희석되었다 해도 여전히 가치중립적이지 못하다. 발이 큰 여성은 귀엽지도 여성스럽지도 않을 거라는 평가가 시대에는 맞지 않아도, 여전히 여성에게 '그래야 하는 것'으로 강조되는 미의 기준이 있다는 것을 우리는 알고 있다.

주인공 황청에게 '그래야 하는 것'은 10년에 가까운 처절한 노력과 시도를 모두 포기하고 사랑하는 사람 곁에서 아이를 낳고 가정을 꾸리는 것이었으며, 주인공을 꼭 닮은 작가도 어쩌면 비슷한 고민을 했을 것이다. 아니, 모든 여성은 비슷한 고민을 한다. 시대에 따라 모습은 조금씩 바뀌지만 결국 여성이 할 수 있는 선택이란 일과 결혼하거나 아이 엄마가 되는 것, 둘 중 하나다(물론 삶의 유형은 다양하다. 여성의 삶이 그 둘밖에 없느냐고 항의한다면 할 말은 없다. 다만 크게 분류하자면 그렇다는 말이다).

작품은 황청이 누군가의 대역으로 막 연예계에 발을 디딘 때부터 수많은 시행착오와 좌절, 헛된 희망이 뒤엉킨 20여 년의 세월을 거치며 (주연이 아닌) 조연 배우로 성장하는 과정을 시간순으로 보여준다. 작품을 번역하는 동안 내 의식과 기억도 대학 졸업 후 사회에 첫발을 들인 때부터 원치 않던 퇴직을 하고, 사회에서 유리된 채 엄마가 되어간 20여 년의 세월을 따라 흘렀다. 남성 누아르 영화 현장 같던 직장에서는 역할도 미미한, 몇 안 되는 여성의 자리에 오르기 위해 늘 종종거렸다. 남편의 발령지를 따라 자주 이사하고, 어렵게 얻은 쌍둥이를 두고 직장에 나갈 수는 없어서 일을 포기했다. 같은 일을 하던 남편이 팀장이 되고 실장이 되고 조직의 장이 되는 동안, 나는 세 살 아이의 엄마가 되고 다섯 살 아이의 엄마가 되고 여덟 살 아이의 엄마가 되었다.

일인가, 아니면 가정인가? 진부하다 못해 뻔한 질문이지만 우리는 아직도 답을 찾지 못하고 있다. 자신의 미래이기도 한 '여배우의 결말'을 고민해야 했던 작가도 마찬가지였을 것이다. '무대와 결혼해 계속 연기하면서 늙어가거나, 은퇴하고 재벌과 결혼해 시선을 피해 사는 엄마가 되거나' 선택은 둘 중 하나뿐일 것 같지만 작가는 오랜 시간과 노력을 들여 기어이 다른 길을 모색했다. 작가로서 자신의 배우 이야기를 글로 쓰기 시작한 것이다. 2015년 단편소설집 『춤추러 걸어가기』를 통해 문단에 데뷔한 그녀는 2023년에 첫 장편소설 『조연 여배우』로 제23회 타이베이 문학상 연금부문 대상에 선정되었고, 이후 타이완 문화부가 주관하는 문학상 '금전상' 후보에도 올랐다.

『조연 여배우』는 그녀의 연기 경험과 삶에 대한 통찰을 바탕으로 한 작품으로 배우로서, 여성으로서, 가족의 일원으로서 그녀의 고민과 성찰이 고스란히 담겨 있다. 연출자이자 창작자로서도 활동 범위를 넓혀가고 있는 작가는 '이번 작품에 연기에 대한 집착과 고집스러운 표현이 많아서 연기를 잘 모르는 일반 독자들에게는 너무 딱딱하게 느껴지지 않을까 염려된다'고 했지만, 연기와 공연에 대한 황청의 집착에 가까운 애정과 노력은 독자들에게 오히려 보편적인 감정으로 받아들여지리라 생각된다. 맡은 일을 잘하기 위해, 주연이 되기 위해 고군분투하고, 때로는 잘못된 선택을 하기도 하는 황청을 통해 독자는 그 시절의 자신을 떠올려볼 수도 있을 것이다. 나 역시 성장하고 인정받기 위해 안간힘을 쓰던 그때의 나를 떠올리며 스스로에게 수고했다고, 열심히 해줘서 고맙다고 말해줄 수 있었다.

욕심에 비해 부족한 한국어 실력과 아무리 아껴 써도 모자란 시간에 괴로운 나날이었지만, 번역하는 지난 몇 달은 오랜만에 내 일을 만끽할 수 있었던 행복한 시간이었다.

마지막으로, 그 시대 여성의 삶을 오롯이 견디고 살다 가신 나의 엄마에게 깊은 감사의 마음을 전하고 싶다.

2025년 5월
이기선

조연 여배우

초판 인쇄	2025년 5월 30일
초판 발행	2025년 6월 6일
지은이	둥구운
옮긴이	이기선
펴낸이	강성민
편집장	이은혜
마케팅	정민호 박치우 한민아 이민경 박진희 황승현 김경언
브랜딩	함유지 박민재 이송이 김희숙 박다솔 조다현 김하연 이준희
제작	강신은 김동욱 이순호
펴낸곳	(주)글항아리 | **출판등록** 2009년 1월 19일 제406-2009-000002호
주소	10881 경기도 파주시 문발로 214-12, 4층
전자우편	bookpot@hanmail.net
전화번호	031-955-2689(마케팅) 031-941-5161(편집부)
팩스	031-941-5163
ISBN	979-11-6909-394-1 03820